中国社会科学院学部委员专题文集
ZHONGGUOSHEHUIKEXUEYUAN XUEBUWEIYUAN ZHUANTI WENJI

三国与红楼论集

刘世德◎著

中国社会科学出版社

图书在版编目(CIP)数据

三国与红楼论集/刘世德著.—北京：中国社会科学出版社，2013.1
(中国社会科学院学部委员专题文集)
ISBN 978-7-5161-1736-1

Ⅰ.①三… Ⅱ.①刘… Ⅲ.①《三国演义》研究—文集②《红楼梦》研究—文集 Ⅳ.①I207.41-53

中国版本图书馆CIP数据核字(2012)第271548号

出 版 人　赵剑英
出版策划　曹宏举
责任编辑　门小薇
责任校对　张玉霞
责任印制　戴　宽

出　　版　中国社会科学出版社
社　　址　北京鼓楼西大街甲158号(邮编100720)
网　　址　http://www.csspw.cn
　　　　　中文域名:中国社科网　　010-64070619
发 行 部　010-84083685
门 市 部　010-84029450
经　　销　新华书店及其他书店

印刷装订　环球印刷(北京)有限公司
版　　次　2013年1月第1版
印　　次　2013年1月第1次印刷

开　　本　710×1000　1/16
印　　张　28.25
插　　页　2
字　　数　448千字
定　　价　86.00元

《中国社会科学院学部委员专题文集》编辑委员会

前 言

哲学社会科学是人们认识世界、改造世界的重要工具，是推动历史发展和社会进步的重要力量。哲学社会科学的研究能力和成果是综合国力的重要组成部分。在全面建设小康社会、开创中国特色社会主义事业新局面、实现中华民族伟大复兴的历史进程中，哲学社会科学具有不可替代的作用。繁荣发展哲学社会科学事关党和国家事业发展的全局，对建设和形成有中国特色、中国风格、中国气派的哲学社会科学事业，具有重大的现实意义和深远的历史意义。

中国社会科学院在贯彻落实党中央《关于进一步繁荣发展哲学社会科学的意见》的进程中，根据党中央关于把中国社会科学院建设成为马克思主义的坚强阵地、中国哲学社会科学最高殿堂、党中央和国务院重要的思想库和智囊团的职能定位，努力推进学术研究制度、科研管理体制的改革和创新，2006 年建立的中国社会科学院学部即是践行“三个定位”、改革创新的产物。

中国社会科学院学部是一项学术制度，是在中国社会科学院党组领导下依据《中国社会科学院学部章程》运行的高端学术组织，常设领导机构为学部主席团，设立文哲、历史、经济、国际研究、社会政法、马克思主义研究学部。学部委员是中国社会科学院的最高学术称号，为终生荣誉。2010 年中国社会科学院学部主席团主持进行了学部委员增选、荣誉学部委员增补，现有学部委员 57 名（含已故）、荣誉学部委员 133 名（含已故），均为中国社会科学院学养深厚、贡献突出、成就卓著的学者。编辑出版《中国社会科学院学部委员专题文集》，即是从一个侧面展示这些学者治学之道的重要举措。

《中国社会科学院学部委员专题文集》（下称《专题文集》），是中国社会科学院学部主席团主持编辑的学术论著汇集，作者均为中国社会科学院学部委员、荣誉学部委员，内容集中反映学部委员、荣誉学部委员在相关学科、专业方向中的专题性研究成果。《专题文集》体现了著作者在科学研究实践中长期关注的某一专业方向或研究主题，历时动态地展现了著作者在这一专题中不断深化的研究路径和学术心得，从中不难体味治学道路之铢积寸累、循序渐进、与时俱进、未有穷期的孜孜以求，感知学问有道之修养理论、注重实证、坚持真理、服务社会的学者责任。

2011 年，中国社会科学院启动了哲学社会科学创新工程，中国社会科学院学部作为实施创新工程的重要学术平台，需要在聚集高端人才、发挥精英才智、推出优质成果、引领学术风尚等方面起到强化创新意识、激发创新动力、推进创新实践的作用。因此，中国社会科学院学部主席团编辑出版这套《专题文集》，不仅在于展示“过去”，更重要的是面对现实和展望未来。

这套《专题文集》列为中国社会科学院创新工程学术出版资助项目，体现了中国社会科学院对学部工作的高度重视和对这套《专题文集》给予的学术评价。在这套《专题文集》付梓之际，我们感谢各位学部委员、荣誉学部委员对《专题文集》征集给予的支持，感谢学部工作局及相关同志为此所做的组织协调工作，特别要感谢中国社会科学出版社为这套《专题文集》的面世做出的努力。

《中国社会科学院学部委员专题文集》编辑委员会

2012 年 8 月

目　录

卷一　《三国》论

卷二　《红楼》论

卷三 读红偶说

卷四　附录

卷 一

《三国》论

论《三分事略》与《三国志平话》的异同和先后

一 不是“唯一的一部”

从文学发展的历史上看，《三分事略》是一部具有重要价值的讲史话本。

我们知道，伟大的小说家罗贯中在创作《三国志演义》的时候，曾经参考和借鉴了许许多多的素材。其中最主要的，除了陈寿《三国志》和裴松之注以外，还有唐代以来的民间传说、故事和戏剧，特别是宋元两代以三国故事为题材的讲史话本。在这一方面，宋代的讲史话本没有流传下来，元代的讲史话本今天还保存着两种。一种是大家已很熟悉的《三国志平话》；另一种是大家可能还感到比较陌生的《三分事略》。

《三国志平话》现存建安虞氏刊本，藏于日本内阁文库。另有日本盐谷温玻璃版影印本（1926），商务印书馆涵芬楼翻印本（1929，上海），海宁陈氏慎初堂排印《古佚小说丛刊》本（1929），古典文学出版社排印、标点本（1954，上海），文学古籍刊行社重印《全相平话五种》本（1956，北京）。对于它，我国的学术界素有研究，已经发表了不少有意义的论文来探讨它的历史价值，以及它和《三国志演义》之间的嬗变关系。

而《三分事略》完全属于另外一种情况。

《三分事略》现存建安书堂刊本，藏于日本天理大学天理图书馆，有影印《天理图书馆善本丛书·汉籍之部》第十卷本（八木书店，1980，东京）。它在最近几年方始为我国学术界所知，对于它的研究和探讨还很不够。

作为讲史话本，《三分事略》的书名不见于前人的记载。近人有关中国古代小说的书目，以及有关中国古代文学史和小说史的学术论著也从来没有提到过它。在这样的情况下，有的文学史著作追溯《三国志演义》成书过程时，无视《三分事略》的存在，而竟自断言《三国志平话》是“唯一的一部”“以三国故事为题材的平话小说”①，也就不足为奇了。

为什么它会长期沉埋，不为我国学术界所知呢？个中原因，至少有四点可说：

第一，原书在中土久已失传，仅仅保存在东邻友邦。在1980年之前，没有出版过影印本，更没有出版过排印、标点本。似乎也没有日本学者对它进行过专门的报道。从这个角度来看，它缺乏《三国志平话》那样煊赫的身份。

第二，它收藏于天理大学的天理图书馆。该校和该馆位于奈良县天理市，地点比较偏僻。这又是一个带有浓厚的宗教色彩的大学的附属机构。因此不易引起我国学术界人士的注意。

第三，何况它在天理图书馆的藏书中只被看做一般的善本书籍。该馆的藏书，最重要者为“国宝”和“重要文化财产”两级。前者有6种（包括《刘梦得文集》、《欧阳文忠公集》），后者有70种（包括《古文尚书》、《古文孝经》、《五臣注文选》、《白氏文集》、《豫章黄先生文集》），而《三分事略》却够不上资格，未能列名其中。这也是它长期不为外界所知的一个重要原因。

第四，《三分事略》的书名，粗粗一看，不像是一部和《三国志平话》一样的讲史话本。即使知道了书名，如果不细读书中的内容，也还是会不经意地让它从眼前溜过去。

二　同一部书而有两个不同的名称

《三分事略》和《三国志平话》都是以三国故事为题材的讲史话本。它们实际上是同一部书而有两个不同的名称。

它们的共同点表现在什么地方呢？

---

①　游国恩等主编：《中国文学史》第四册，人民文学出版社1982年版，第15页。

（一）情节内容相同。两书都始于汉光武刘秀赏春和司马仲相阴司断狱，止于秋风五丈原和刘渊灭晋。其间的关目，完全一致。

（二）文字基本上相同。例如开场诗，《三国志平话》作："江东吴土蜀地川，曹操英勇占中原，不是三人分天下，来报高祖斩首冤。"《三分事略》仅有两个字不同，即"土"作"王"，"曹"作"官"。这显然是由于字形相近而刊刻时产生讹误。

（三）行款、格式基本上相同。两书都分上中下三卷；半叶20行，每行20字；每半叶分上下栏，上栏图相，下栏文字。甚至每半叶的首行首字和末行末字，两书也都保持一致。

（四）在错别字、假借字和俗体字的使用上，可以总结出共同的规律，如"诸葛"之作"朱葛"、"新野"之作"辛冶"，等等。

（五）插图基本上相同。插图位于上栏，约占三分之一的篇幅，每半叶都有一幅。从图中标题，以至人物、衬景来看，它们显然同出一源。

《三分事略》和《三国志平话》是同一部书而有两个不同的名称，这个事实表明什么呢？

首先，这表明它们在那个时代已跻身"畅销书"之列，受到广大读者的喜爱和欢迎。它们的思想内容和艺术表现手法，使它们获得了一定的成功。恐怕只有在这样的前提下，才会出现不同的书商接二连三地竞相出版同一部书而更换书名，以招徕生意，扩大销路的可能。

其次，这还从侧面表明，《三分事略》也好，《三国志平话》也好，它们都不可能是书商的作品。《三分事略》的刊行者建安书堂，当即李氏建安书堂；《三国志平话》的刊行者建安虞氏，当即建安虞氏务本书堂。[1] 李氏和虞氏的书堂都设于建安一地，由于商业竞争的原因，李氏不会去翻刻或重印虞氏自己创作的小说，虞氏也不会去翻刻或重印李氏自己创作的小说。他们两家如果刊行同一部作品，那只有一种可能：它既不是李氏的作品，也不是虞氏的作品。而从其他方面的种种情况来判断，最大的可能性

① "李氏建安书堂"及"建安虞氏务本书堂"之名，见于毛春翔《古书版本常谈》（上海人民出版社1977年版，第45页）所列举的元代书坊表。此表系据叶德辉《书林清话》录入，其间亦有毛氏所补充者。

在于，《三分事略》和《三国志平话》实乃说话人的底本。①

三 仍不是同一部书

《三分事略》和《三国志平话》虽然是同一部书而有两个不同的名称，但它们之间毕竟存在着一定的细微的差异，并不百分之百地相同。所以，从严格的意义上说，它们仍然不能算作同一部书。

它们的差异又可以归结为哪几个方面呢？

（一）书名不同。对于一部书来说，书名是十分重要的。它们却故意避免重复，分别使用了不同的名称。一种叫做“三分事略”，另一种则选择了“三国志平话”。

（二）刊印者不同。它们属于所谓的“建本”系统，刊印于同一县境，福建建安，当时的印刷业中心之一。然而一种出于李氏书坊，另一种出于虞氏书坊。

（三）图相的刊印有异。如果我们对这两种书的图相细加比较和甄别则不难发现，它们有精细和粗糙的区分，工致和拙朴的差别。无论从绘制还是从刊印来看，都可以断定，它们绝非出于同一底版。

（四）个别的文字不同。例如《三分事略》“成败”——《三国志平话》“输赢”，其他如“曹公”——“曹操”，“急亡（忙）”——“摇旗”；“长牟（矛）”——“钢牟（矛）”，“赐酒”——“劝酒”，“出轿子”——“下轿子”，“不到”——“都无”，“它军”——“贼兵”。这些词例的性质和“偷道”——“喻道”、“金鼓”——“锣鼓”、“提刀”——“提剑”之类不同，都不是因字形或字音近似而造成的差错。

当然，这些差异的存在，并不足以超越、掩盖或更改它们的共同点。同中有异，或者说，大同小异——乃是我们在考察了《三分事略》和《三

① 补充说明：（一）“《三分事略》和《三国志平话》实乃说话人的底本”——这是就它们的正文而说的。（二）至于它们的插图，当为书商所加。插图的增设，标识着书的性质的转变：由说话人的底本而成为面向广大读者的通俗性读物。（三）“话本”是不是可以理解为“说话人的底本”，近年来，在国内外学术界，存在着不同意见的争论。这个问题比较复杂，需要作专门的探讨，这里不再赘述。

国志平话》的异同情况之后所得出的概括性的结论。总之，在它们之间，同为主，异为次；同是大前提，异则仅仅是一些例外而已。

因此，说它们是同一部书的不同的刊本，大概离事实不远。

四 刊刻的年代

既然《三分事略》和《三国志平话》是同一部书的不同的刊本，那就有了先后的问题。它们之中，孰先孰后呢？

这就有必要考察它们的刊刻年代了。

《三国志平话》的封面标明“至治新刊”。至治系元英宗年号（1321—1323）。可知它是元代中期的刊本。《三分事略》的封面则标明“甲午新刊”。甲午是哪一年呢？从元初到元末，甲午只有两年，一为世祖至元三十一年（1294），一为顺帝至正十四年（1354）。一在元代的早期，一在元代的晚期。前者约早于《三国志平话》二十七年至二十九年，后者晚于《三国志平话》三十一年至三十三年。

查《三分事略》卷上和卷中的首叶首行题署书名作：“至元新刊全相三分事略”。元代以“至元”为年号的有二，一为世祖（1264—1294），即前至元，一为顺帝（1335—1340），即后至元。顺帝的至元年号，共六年，其中没有和甲午相遇者，可以排除。而如上文所述，世祖至元三十一年适逢甲午。

既是至元，又是甲午，这样看来，《三分事略》刊印于前至元三十一年（1294），按理是毫无疑问的了。

因此，从刊刻的年代来看，《三分事略》早于《三国志平话》。前者是元代早期的刊本，后者是元代中期的刊本。

然而，学者们却提出了两种不同于此的见解：（一）“至正十四年”说；（二）“元明易代之际”说。

第一种见解认为《三分事略》刊行于顺帝至正十四年（1354）。例如，天理图书馆影印本的目次在书名下侧特别注明：“至正十四年刊本”。入矢义高教授即持这种见解。[①]

① 参阅《三分事略》影印本卷后所附的《题解》。

第二种见解，认为《三分事略》印刷于元明易代之际。这种见解见于陈翔华同志的论文《小说史上又一部讲史平话〈三分事略〉》。①

提出这两种说法的学者，尽管见解彼此歧异，仍有互相一致的共同点。他们都认为，《三分事略》是“重刊”或“翻刻”的坊本，晚于《三国志平话》。

他们的说法能够成立吗？

五 “至正十四年”说商榷

看来入矢义高教授对《三分事略》封面标明的“甲午新刊”四字确信无疑。但对《三分事略》卷上和卷中首叶首行题署的“至元新刊”四字却抱怀疑的态度。他因而把《三分事略》的刊刻年代定为至正十四年甲午（1354）。总之，他认为《三分事略》晚于《三国志平话》；“甲午”，只能在刊刻《三国志平话》的“至治”（1321—1323）之后，而不能在“至治”之前。

且看入矢义高教授所阐述的理由。

他的理由可以归纳为三条。（1）《三分事略》的本文，错别字相当多，俗体字也多。它的插图，稚拙素朴，有所简略，不如《三国志平话》精致细密。而从元明两代的通俗书的通例来看，本文和插图粗杂的是后印者。（2）陆心源《皕宋楼藏书志》著录《皇元风雅》后至元二年（1336）刊本，为“李氏建安书堂”所刻，则《三分事略》也同为李氏所刊行。（3）书名“全相三分事略”上加“新刊”二字，可证《三分事略》晚于《三国志平话》。

这三条理由，作为“至正十四年”说的支柱，依我看，是比较软弱的，还欠缺着必要的说服力。

统计错别字和俗体字的增多或减少，这不足以构成判断版本先后的标准。问题在于，人们对于事情本身可能给予两种完全相反的解释，而且还会摆上一大堆理由。张三指出，《三分事略》错别字和俗体字很多，可见

① 载《文献》第十二辑，书目文献出版社 1982 年版。

它比《三国志平话》晚出。因为书商在翻刻时，从牟利的动机出发，一味粗制滥造，只求抢时间，哪里还顾得上细致的校雠。李四却争辩说，《三分事略》错别字和俗体字很多，可见它早于《三国志平话》的刊行。因为后来者居上，《三国志平话》避免和改正了《三分事略》的一些容易发现的缺点。应该承认，他们各自的推理都含有一定的合理的因素；他们的说法，都存在着可能性。张三的说法驳不倒李四的说法，同样，李四的说法也推翻不了张三的说法。若要评断他们的不同说法的是非，则只有另外寻求充分的理由和坚强的证据。

关于插图的工拙、粗细，也可作如是观。

在书名上冠以“新刊”二字，完全是刊刻者的广告术。以“新刊”为号召的书，一般来说，它的出版时间并不一定比书名上光头秃脑地没有“新刊”二字的书要晚。何况《三国志平话》也照例摆脱不掉这种添加“新”字或“新刊”二字的手法。它的封面上的题署，“建安虞氏新刊”、“新全相三国志平话”和“至治新刊”，一共18个字，而“新”字倒频繁地出现三次。卷上、卷中、卷下的首行，卷上、卷中的末行，都作“至治新刊全相平话三国志”，卷下的末行则作“新全相平话三国志”，处处忘不了这个“新”字。既然两书都标榜“新”或“新刊”，那么，这件事实本身丝毫没有向我们透露任何有关它们刊刻年代早晚的消息。显而易见，《三分事略》的书名上加“新刊”二字，并不能证明它必然晚于《三国志平话》。

在后至元二年（1336）刊行《皇元风雅》的“李氏建安书堂”和刊行《三分事略》的“建安书堂”，倒有可能是同一家书坊。入矢义高教授指出的这一点，我是非常同意的。但是，这一点仍然不能证明《三分事略》必然晚于至治年间（1321—1323）刊行的《三国志平话》。我想，作为一家老字号，建安书堂的经营持续至少四十年之久，先在前至元三十一年（1294）刊行《三分事略》，继而又在后至元二年（1336）刊行《皇元风雅》，这应该说是完全有可能的。

“至正十四年”说面临着两个难题。

第一，它必须证明《三分事略》晚于至治年间刊行的《三国志平话》。这是它赖以建立的前提。它在这一方面所提出的证据应该具备明确性，不能被人们作含糊其词的解释，更不能被人们作既可以这样又可以那样的两种截然相反的解释。如果它的前提难以成立，像上文所分析的，那么，它的脆弱性立刻就暴露无遗了。

第二，它必须回答："甲午新刊"的字样和"至元新刊"的字样为什么会同时存在于《三分事略》一书之中？在"新刊"上面分别所加的两个字，无疑是刊刻年代的标识。我们要一视同仁，不能只看到"甲午"，而忽视了"至元"。在判断《三分事略》的刊刻年代时，"甲午"和"至元"两个重要因素，必须一并考虑在内。不言而喻，是甲午而非至元，或者，是至元而非甲午，都属于致命伤。至正十四年固然是"甲午"，却和"至元"毫不搭界。一部刊刻于至正十四年的书，为什么要在首叶首行特别标明一个六十余年前或十余年前的年号呢？这岂非自己在打自己的嘴巴？如果说，"至元新刊"是"至正新刊"的偶然的讹误，那么，它赫然相继出现在卷上和卷中的首叶首行这样引人注目的位置上，为什么会一错再错呢？总而言之，"至元新刊"四个字造成了"至正十四年"说的不可逾越的最大的障碍，除非我们举出凿凿可信的证据，证明"至元"二字出于后人的篡改。

1982 年访日时，我有幸在天理图书馆见到了《三分事略》原书。根据我的考察，《三分事略》有"甲午新刊"四字的封面，与全书浑然一体，可信为原有物：卷上和卷中首叶首行的"至元新刊"四字，绝无挖改、贴改等可疑的痕迹。

所以，我认为，"至正十四年"之说是不可信从的。未识天理图书馆和入矢义高教授以为然否？

六　"元明易代之际"说商榷

再看陈翔华同志所提出的"元明易代之际"说。

陈翔华同志也不同意"至正十四年"说。他注意到，《三分事略》卷上、卷中的末叶末行和卷下的首叶首行都题"照元新刊全相三分事略"。他因此推断说，"一连用了三个'照'字。不仅再次证明这是一个翻刻本，而且明显地流露出不是元人的口气，或非元朝统治区域出版物"。"建安终元之世，为元朝统治区，奉元朝正朔，印书当不用‘照元’字样。”他的结论是：“尽管此书翻刻的也许较久，我们还不能确切地指出印行年份；但是推想它在元明易代之际印刷，当不会离事实太远。”①

“元明易代之际”说，和“至正十四年”说比较，它所主张的年代虽然仅仅推迟了短暂的十余年，却否定了现在传世的这部《三分事略》作为元刊本的可能性。依我看，它的理由比“至正十四年”说更为薄弱无力。

《三分事略》所体现的元刊本的时代特征是十分显著的。它的字体、刀法都和《三国志平话》近似。不仅如此，当我们从纸、墨和刊刻的版式等方面加以判断时，也可一清二楚地看出它是元刊本，而不是明刊本。

问题的关键在于对“照元”二字的理解。

能不能把“照元”解释为“仿照元刊本”呢？不能。如果是“仿照元刊本”，那就只能刊行于明代。在元代刊印而大书特书“仿照元刊本”云云，万无此理。我曾向一些精通版本之学的专家请教，他们告诉我，在版本刊刻史上，未闻有以“仿照元刊本”为号召的明刊本小说或戏曲的事例：

在许多传世的元刊本中，可以看到一个通例，即凡作“××新刊”者，上面两个字往往是年号或地名，用以表示刊刻的年代或地点。习见的例子，前者如《三国志平话》的“至治新刊”，后者如《元刊杂剧三十种》中的《东窗事犯》的“大都新刊”，《关大王单刀会》，《尉迟恭三夺槊》、《诸宫调风月紫云亭》、《李太白贬夜郎》、《霍光鬼谏》、《辅成王周公摄政》、《小张屠焚儿救母》的“古杭新刊”。而类似于“照宋新刊”、“照明新刊”、“照清新刊”的“照元新刊”，以我的孤陋寡闻，还没有发现这种刊本的存在。

“照元”和“新刊”四个字连成一气，不能分割。把“元”字说成是“元刊本”的省略，显然牵强之致。这样一来，文理欠通顺，也违反了语法的规则。若要改正这个病句，起码添补作“照元本新刊”才行。由此可见，“照元”二字显然并不含有“仿照元刊本”的意思。“增字解经”的办法是不可取的。

① 《文献》第十二辑，第26页。

那么，“照元”二字究竟该作何种解释呢？

陈翔华同志曾广泛列举《三分事略》中出现的别字或异体字，并把它们分作3类。其中的第十类是：《三分事略》“大量使用通借字，即利用习见的、笔画少的音同或者音近的字来代替本字”①。例如，以司马一代司马懿，以周余代周瑜，以玄得代玄德，等等。这种现象对正确理解“照元”二字富有启发意义。在我看来，“照”是同音字“肇”的假借，“照元”实即“肇元”。所谓“肇”和“元”都是新的开始的意思，

至元三十一年甲午是元世祖至元年号的最后一年。元世祖忽必烈卒于这一年的正月。到了四月，太孙铁木耳即位，是为元成宗。在封建社会里，使用年号以后，旧君逝世，新君继位，需要更改年号。这时，按照通例，旧年号往往可以使用到岁末，逾年而改元。忽必烈逝世后，从二月到十二月，仍称为至元三十一年；铁木耳虽已继位，从四月到十二月，这几个月仍须维持忽必烈的年号。因此，至元三十一年不仅能够满足“至元”、“甲午”、“照（肇）元”这样三个条件，而且还是唯一的年份。终元之世，舍此而外，再无第二个年份可言。

推想起来，关于《三分事略》的刊刻年月，存在着两种可能。

一种可能是：它在至元三十一年初开始刊印，所以在封面刻上“甲午新刊”字样，在卷上、卷中的首叶首行刻上“至元新刊”字样。到了刊印的半途，传来元世祖逝世，元成宗继位和明年改元的消息，于是在卷上、卷中的末叶末行和卷下的首叶首行改题为“照（肇）元新刊”。从“至”到“照”，仅仅换去一个字，又含混又不含混，这样就可以避免因新旧君主年号更替而引起的麻烦，实在是一种巧妙而得体的方式。也就是说，它的刊印工作，开始于正月世祖逝世之前，完成于四月成宗即位之后，都是在至元三十一年这一年之中进行的。

另一种可能是：它在至元三十一年开始刊印，所以先刻上了“甲午新刊”和“至元新刊”的字样。但全书却在次年即元贞元年竣工。为了不在表明刊印年代的地方出现两个不同的年号，就另外使用了“照（肇）元”的称呼。也就是说，它的刊印工作，开始于至元三十一年，完成于元贞

① 《文献》第十二辑，第39页。

元年。

我这样的推断，不知陈翔华同志意下如何？

七　怎样解释八叶的欠缺？

以《三国志平话》和《三分事略》对照阅读，不难发现，后者有若干脱叶。如果借用《三国志平话》插图的标题，则《三分事略》所脱者为以下的八叶：

（1）卷上，“张飞三出小沛”、“张飞见曹操”、“水浸下邳擒吕布”三叶。

（2）卷中，“孔明班师入荆州”、“吴夫人欲杀玄德”两叶。

（3）卷下，“孔明斩马谡”、“孔明百箭射张郃”、“孔明出师”三叶。

怎样解释这八叶的欠缺呢？

入矢义高教授和陈翔华同志都注意到了《三分事略》脱叶的具体情况。入矢义高教授对此没有下任何判断。陈翔华同志却把原因归结为“删削未刻”，“书贾谋利而偷工减料之所致”①，实际上把这种现象看做是《三分事略》晚于《三国志平话》的佐证。

这样的解释是值得商榷的。

请先看卷中的脱叶。《三分事略》所缺的“孔明班师入荆州”、“吴夫人欲杀玄德”为21叶和22叶。前面一叶“曹璋射周瑜”② 插图中，标有阳文“二十”二字。而紧接在20叶之后的一叶，“吴夫人回面”插图，在车轮右下侧有阴文“廿三”二字（《三国志平话》此叶插图则在马蹄下有阳文“廿三”二字）。

从“二十”跳到“廿三”，可知缺失了21、22两叶。如果故意删削，那一定把“廿三”改为“廿一”，不会留下如此明显的破绽。

再看卷下的脱叶。《三分事略》所缺的“孔明斩马谡”、“孔明百箭射

① 《文献》第十二辑，第30、34、36页。

② 标题据《三国志平话》，《三分事略》，此五字模糊不清。

张部”、“孔明出师”为19叶、20叶和21叶。前面一叶“孔明木牛流马”[①]插图中，标有阳文“三国下十八”五字。这和《三国志平话》相同。但22叶“秋风五丈原”插图，《三国志平话》标有阴文“廿二”二字，《三分事略》却作阴文“十九”二字；23叶“将星坠孔明营”[②]插图，则《三国志平话》和《三分事略》均作阳文“廿三”二字。

从“将星坠孔明营”插图的页码来看，两书均作23叶，可知《三分事略》缺失的19、20、21三叶，也和卷中的两叶一样，当非故意删削。至于“秋风五丈原”插图的“廿二”误作“十九”，可知早在《三分事略》刊刻完毕、编制页码时，就已脱失了19叶。

卷上脱叶的情况和这差不多。《三分事略》所缺的“张飞三出小沛”、“张飞见曹操”、“水浸下邳擒吕布”为20叶、21叶和22叶。前面一叶“张飞捽袁襄”[③]插图中，标有阳文“三国上”和“十九”五字。《三国志平话》同，唯“十九”二字作阴文。而23叶“曹操斩陈宫”末行下侧，《三国志平话》标有阴文“二十三终”四字，《三分事略》却标为阴文“二十”二字。

我猜测，大约漏刻三叶后没有察觉，故而在编制页码时，少计算了三叶。如果是故意删削，则理应采取掩盖的手段，使页码前后衔接，以免被人一眼识破。

无论是卷上、卷中，还是卷下，其脱叶之处，正文均不衔接。和页码不衔接一样，这也可以证明，脱叶不是故意删削的结果。

当然，在解释脱叶现象时，我们还没有把握完全排除刊刻者出于牟利的动机而偷工减料的因素；三卷的脱叶，不前不后，都发生在倒数第二叶至第四叶之内，毕竟蹊跷得很，当非偶然所致。

但不管怎样，脱叶现象并不能成为《三分事略》必然晚于《三国志平话》的确证，则是可以断言的。

看来，要判断两书的先后，必须探索其他的途径了。

---

① “流马”之上四字为墨等。

② 《三分事略》“孔明营”之上三字为墨等。

③ 前四字为墨等。

八 “黄忠”和“汉黄忠”

从一些插图我们不难判断出两书刊印的先后。

例如，《三分事略》卷下 11 叶“黄忠斩夏侯渊”[①] 插图，旗上有“黄忠”二字，而到了《三国志平话》，这幅插图上的“黄忠”二字却变成了“汉黄忠”三字。若再细察，可以发现，“汉”字形状较大，与“黄忠”二字不一致，缺乏一气呵成的特征。显而易见，“汉”字是后添的。其原因则在于构图的不当，旗子画得过长，使“黄忠”二字之上留下了空白，不得不用“汉”字去填补。这是《三国志平话》晚于《三分事略》的明证。

试看《三分事略》和《三国志平话》卷下 13 叶的“关公斩庞德佐”插图，旗上都有“汉关公”三字，大小一律，笔画十分协调，丝毫没有后添的痕迹。正和“汉黄忠”三字形成鲜明的对比。

更有说服力的则是另一个例子，即插图标题中的“摆旗”和“拒桥”的两歧。

九 “摆旗”和“拒桥”

《三分事略》卷中 14 叶插图的标题，作“张飞摆旗退卒”。这六个字，到了《三国志平话》卷中 14 叶插图的标题中，“张飞”、“退卒”还是“张飞”、“退卒”，“摆旗”却变成了“拒桥”。“摆旗”和“拒桥”，无论在字形或字音、字义上，都有着不容混淆的差别。

不妨比较一下它们的优劣。

“摆旗”之事，见于正文。现引《三分事略》前一叶正文中有关的一段文字（《三国志平话》的异文，用圆括弧注明）于下：

> 却说张飞北至当阳长坂，张飞令军卒将五十面旗：北于阜高处，一字摆开，二十骑马军正觑南河曹公二（三）十万军至，尊重何不

① 标题据《三国志平话》，《三分事略》此六字为墨等。

> 趣，张飞笑曰："吾不见众军。"只见曹公（操）众军马，一发连声便叫："吾乃燕人张翼德，谁敢共吾决死！"叫声如雷贯耳，桥梁皆断，曹军倒退三十余里。

这两个字，虽有来历，用作标题，却有重大的缺陷。第一，"摆旗"和"退卒"之间很难说有什么直接的因果关系。根据作者铺叙的故事情节，曹军的败退，显然不是由于张飞下令将五十面旗一字摆开。主要是因为张飞"叫声如雷贯耳，桥梁皆断"，曹军才"倒退三十余里"。第二，张飞"退卒"的地点，正像插图上所描绘的，是在桥侧，而不在山头。"摆旗"的地点则不同，在山头，即"阜高处"，不在桥侧。第三，把"摆旗"和"退卒"联系在一起，语气不够顺畅，意义欠显豁，读者一时不易从标题的字面上了解故事内容之中的究竟。由此可见，"张飞摆旗退卒"，作为标题文字，不可避免地存在着一定的局限性。

那么，"张飞拒桥退卒"怎样呢？

"拒桥"二字，并非臆造，也见于正文。在前一叶正文中，引有"翼德庙赞"：

> 先生图王，三分鼎沸。拒桥退卒，威声断水。诸侯恐惧，兵行九地。凛凛如神，霸者之气。

紧接着，文中插有阴文标题："张飞拒水断桥"。按："拒"字即"据"字的同音简化字。"据水断桥"四字实出于陈寿《三国志·蜀书·张飞传》正文：

> 先主闻曹公卒至，弃妻子走，使飞将二十骑拒后。飞据水断桥，瞋目横矛曰："身是张益德也，可来共决死敌！"皆无敢近者，故遂得免。

"拒桥退卒"不仅有来历，而且还避免了以"摆旗退卒"为标题所带来的种种缺陷。它既和插图上的描绘保持一致，又完全符合于正文中的故事情节的铺叙。

同是标题，若把“张飞拒桥退卒”和“张飞摆旗退卒”放在一起加以比较，优劣立见。前者强似后者数倍，这是不劳辞费的。

“拒桥退卒”和“摆旗退卒”，一优一劣，孰先孰后呢？

我认为，优者居后，劣者在先。试想，怎么会越改越坏呢？从一般情理上推测，只有越改越好的。后来的刊行者，大约是发现了“张飞摆旗退卒”这一标题的局限和缺点，因此才从正文引用的“翼德庙赞”中采掇“拒桥退卒”这现成的一句四字来做替身。相反地，如果说标题原作较优的“拒桥退卒”，后来的刊行者故意改为较劣的“摆旗退卒”，那倒是不可想象的书商出于牟利的动机，偷工减料，以图省事和加快速度，这样的事是会有的；但在一般的情况下，他们没有必要也没有兴趣去替换文字，而且他们也不一定具备那样高的文化水平。“桥”、“旗”二字笔画的繁简还算相去不远。“摆”字的笔画却大大地多于“拒”字，几乎将近二倍。易“拒桥”为“摆旗”，对于一些唯利是图的书商说来，是一桩不足取的傻事。在他们的脑子里，照我看，不大可能产生这样的念头。

要判断两书刊印的先后，不仅可以从插图和标题着眼，就是书名本身也露出了端倪。

十　书名为什么不同？

《三分事略》和《三国志平话》，它们的内容相同，它们的文字也基本相同。但是，它们为什么要起两个不同的名称呢？

现存元至治间建安虞氏刊本“平话”小说，共计五种。兹将书名列表如下：

1.《新刊全相平话武王伐纣书》

封面题“全相武王伐纣平话”，别题“吕望兴周”。

2.“新刊全相平话乐毅图齐七国春秋后集”

卷上末叶末行作“新刊全相乐毅图齐七国春秋后集平话”。

3.“新刊全相平话秦并六国”

封面题“全相秦并六国平话”，别题“秦始皇传”；卷上首叶首行，作“新刊全相秦并六国平话”；卷下末叶末行则作“新刊全相评话秦并六国”。

4. “新刊全相平话前汉书续集”

封面题（全相续前汉书平话），别题“吕后斩韩信”。

5. “至治新刊全相平话三国志”

封面题“新全相三国志平话”。

细观这五部小说的书名，有两点至堪注意。

第一，书名概为“新刊全相平话×××……”，或作“新刊全相×××……平话”。格式一律，整然有序。

“三国志”云云，和“七国春秋”、“前汉书”一模一样。《三国志平话》这个书名，和其他四个书名并列、组合在一起，自然而又妥帖。相反地，如果代之以“三分事略”的书名，势必破坏了和谐，失去了匀称。因此，由《三分事略》而改名《三国志平话》，其原因是可想而知的。

第二，其他四部小说书名的开端都是“新刊全相”四字，唯独《三国志平话》却在“新刊全相”之上再冠以“至治”二字，特别标明了刊印的年代。

为什么要这样做呢？增加这两个字，实际上是企图增加这部书在发行过程中的号召力。不外乎要显示出它和“至元新刊”的《三分事略》的区别，以刊印年代的新近来争取读者的注意和购买，从而扩大自己的销路。“新刊”是书商们喜欢使用的字眼，关键在于那个“新”字。因有“至元新刊”的《三分事略》在前，所以，《三国志平话》在至治年间刊印时，理所当然地要加上比“至元”更新更近的“至治”字样。如果处于相反的情况，有了“至治新刊”的《三国志平话》在前，其后刊印的《三分事略》为什么添上一个比“至治”更旧更远的年号呢？那是很难理解的。须知，《三分事略》或《三国志平话》之类的书属于“普及版”的性质，在当时，它们主要是卖给一般的读者，而不是以版本收藏家为主顾的。

就《三国志平话》这个书名而说，它显然晚于《三分事略》。那么，就《三分事略》这个书名而说，它有没有可能早于《三国志平话》呢？

“三分事略”这样的名称，对于我们并不陌生。同样是元代的讲史话本，《薛仁贵征辽事略》[①] 不正以“事略”二字为书名吗？在元人诗文中，多以“三分书”称演述三国故事的讲史话本。例如王沂的诗句，“回首三分书里事，区区缚虎笑刘郎”；“君不见，三分书里说虎牢，曾使战骨如山高”[②]。《东京梦华录》著录了宋代讲史艺人霍四究，其人以“说三分”擅场。可见三国故事话本以“三分”为名，由来已久。因此，《三分事略》的书名完全有可能早于《三国志平话》。

十一 《襄阳会》中的“王孙”

元人杂剧《刘玄德独赴襄阳会》也可以证明《三分事略》早于《三国志平话》。

《襄阳会》第二折的主角，正末所扮演的角色是“荆王手下家将”王孙。他奉刘琮之命，到驿亭中去盗取刘备的的卢马，结果发现刘备“是无罪之人”，又和刘表“关亲”，遂放刘备逃走。他还亲送刘备到檀溪河畔，并指引刘备抄小路直奔新野、樊城。

此人的名字比较奇特而又罕见。也不知道他是姓王名孙，还是无姓而名王孙。不管怎样，以“家将”的身份而命名为“王孙”，总不免给人以诧异的感觉。

如果细究的话，他的名字是有出处的。出处就在《三分事略》。

《三分事略》卷中有这样的情节：刘备前往荆州投靠荆王刘表，受到友好的款待，引起蒯越、蔡瑁的不满，设计安排圈套，欲杀害刘备。时值三月三日，满城民众游赏河梁会。蒯、蔡二人乃请刘备出襄阳城外赴会，暗中约定在酒至半巡之际，使壮士杀之，不想“内一人见皇叔面如满月，隆准龙颜，私奔于皇叔，附耳具说”。刘备获知消息，连忙乘马逃走。

这个向刘备告密的壮士，书内不曾留下他的姓名。此外，书内也不曾

---

① 《薛仁贵征辽事略》，明《文渊阁书目》卷六著录，见于《永乐大典》卷五二四四辽字韵。有赵万里辑校本（古典文学出版社 1957 年版）。

② 王沂：《虎牢关》（七律），见《伊滨集》卷七；《虎牢关》（七古），见同书卷五。

出现过任何一个名叫王孙的人物。但在“马跃檀溪”之后，有这样一首诗[①]：

> 三月襄王（阳）绿草齐，王孙相引到坛（檀）溪。
> 滴驴（的卢）何处埋龙骨，流水依然绕大堤。

诗中出现了“王孙”一词。在这里，王孙泛指一般的贵族子弟，并非特定的人名。可能是《襄阳会》的作者误解了“王孙相引到檀溪”一句的意思，当然也可能是他故意捏合，涉笔成趣。于是剧中援救刘备的人就被安排为家将王孙。

在《襄阳会》第二折，面对着檀溪水，扮演王孙的正末有一段唱词：

> 【耍厮儿】遥望见绿茸茸莎茵芳草，翻滚滚雪浪银涛，檀溪大堤水围绕……

词句和上文引述的那首诗相仿佛，显然是从那里袭用的。

在《襄阳会》中，刘表的官职名称前后不一。在第一折刘备称刘表为“荆州牧”，刘表自言“官拜牧守之职”，刘表长子刘琦称其父“今为襄王”。但到了第二折，在王孙、刘备的嘴里，刘表又变成了“荆王”。而称刘表为“荆王”，正和《三分事略》相符。《三分事略》中有“今有荆州刘表，见为荆王”的话头，见于刘备和关羽、张飞的对白。

这些都表明，《襄阳会》的作者在写作时曾阅读和参考过《三分事略》其书。

当然，上文引述的情节、诗、唱词和官职名称，《三国志平话》基本上都同于《三分事略》。那么，为什么不说是《襄阳会》的作者在写作时曾阅读和参考过《三国志平话》呢？

这是由《襄阳会》作者的时代决定的。

我们知道，《襄阳会》的作者高文秀是元代前期的杂剧作家。在《录

① 此诗系唐代胡曾所写的《咏史诗·檀溪》，见《全唐诗》卷六四七。

鬼簿》中，他的姓名归于“前辈已死名公才人”一类。天一阁本、《说集》本列于关汉卿、白仁甫、庾吉甫之后，居第四位；曹本列于关汉卿之后，居第二位。从名次的排列不难看出，即使在前期作家中，他的时代也是比较早的。因此，他看到至元刊本《三分事略》的可能性是存在的；反之，他看到至治刊本《三国志平话》的可能性则是不存在的。

已故的严敦易同志曾经考证过《襄阳会》杂剧和《三国志平话》的关系。他的结论是：“无论如何，本剧作者应是曾见此书的。”那时，他还不知道《三分事略》一书的存在。他说：“故高文秀的生卒年代，虽无可详考，他之不及见至治本建安虞氏全相《平话》，委实有其可能。除非在至治本之前，早已有了另一种本子的内容完全相同的《平话》。”① 现在，至元刊本《三分事略》的发现，完全祛除了他的疑惑，并且证实了他的“除非”的推测。

十二 结论

本文所谈，可以简要地归纳为以下五点：

（1）《三分事略》刊印于元初至元三十一年甲午（1294）。或者说，它的刊印工作也可能开始于至元三十一年，而完成于元贞元年（1295）。

（2）主张《三分事略》刊印于元末至正十四年甲午（1354）的说法，和主张《三分事略》刊印于元明易代之际的说法，都大可商榷。我认为，它们缺乏确凿的证据和必要的说服力。

（3）《三分事略》的刊印早于《三国志平话》将近三十年。

（4）《三分事略》和《三国志平话》的情节内容、文字、行款、格式、插图基本相同。它们是同一部书而有不同的名称。

（5）但它们同中有异。它们是同一部书的不同的刊本。

① 严敦易：《元剧斟疑》，中华书局1960年版，第82页。

罗贯中与《三国志演义》

——醉耕堂毛评本《三国志演义》校点本前言

一 一对“忘年交”

小说家的社会地位，在中国古代的封建社会里得不到应有的尊重。尽管他们的作品流传普及，他们塑造的人物形象和他们编织的故事情节脍炙人口，但他们的姓名和生活情况却鲜为人知。因此，有关他们的资料很少保存下来，以致我们今天对他们的生平事迹还是知之不多，有些方面甚或是一片空白。

《三国》（《三国志演义》的简称，下同）的作者罗贯中不就是这样的吗?

但和其他著名的小说家（例如《水浒传》作者施耐庵、《西游记》作者吴承恩、《金瓶梅》作者兰陵笑笑生、《红楼梦》作者曹雪芹）比较起来，他还算是幸运的。

不管怎么说，他的姓名总是和《三国》牢固地联系在一起。在这一方面，他还没有遇到过挑战。不像吴承恩那样，是不是《西游记》真正的作者，直到今天还在不断地引起海内外学术界的争议。也不像曹雪芹那样，最近还有人想剥夺他的《红楼梦》著作权，而把伟大作家的桂冠献给另一个冒出来的叫做曹渊的人。

在现存《三国》最早的刊本上，明确地题署着两行字:

晋平阳侯陈寿史传[①]

后学罗本贯中编次

第一行字，表明素材来自何处。第二行字，向读者指出作者是谁。依据中国古代小说刊本或目录题名的通例，“编次”一词在这里不仅含有“编辑”的意思，而且还可以解释为“撰写”和“创作”。

从署名可知，作者姓罗、名本，字贯中[②]。

另一方面，罗贯中又不像《水浒传》作者施耐庵和《金瓶梅》作者兰陵笑笑生那样，除了小说上的孤零零的署名之外，其他一切（包括真实的姓名、确切的生卒年、凿凿有据的生平事迹，等等）都留给后人去作考证，或者去作驰骋想象力的话题了。

罗贯中的幸运就在于，他有一位“忘年交”。

六十多年以前，天一阁旧藏明蓝格钞本《录鬼簿·录鬼簿续编》被几位辛勤访书的学者发现了[③]。令人惊喜的是，在《录鬼簿续编》中，赫然列有罗贯中的小传。

关于罗贯中，传世的资料不多。而最早、最全面、最详细、最可靠的资料，就要数《录鬼簿续编》中的这篇小传了。

那么，《录鬼簿续编》又是一部什么样的书呢？

顾名思义，《录鬼簿续编》是钟嗣成《录鬼簿》的增补本。

《录鬼簿》是一部记载元代戏曲家的生平事迹、作品目录的专著。它

---

① 这里的“平阳侯”三字有误。陈寿没有做过“平阳侯”。据《华阳国志·陈寿传》，他曾“出为平阳侯相”。平阳侯相乃平阳侯属下之官员。据《后汉书·百官志》，侯国之“相”相当于县令。“平阳侯”和“平阳侯相”，地位悬殊，区别很大。一个“相”字焉可省略？这可能是出于作者的误解，也可能是刊刻者为了追求两行字数的对等，而故意删掉了“相”字。

② 某些明清刊本在罗贯中名字的题署上有很大的随意性，出现了一些不可思议的奇怪的错误。例如《三国》双峰堂刊本：姓罗，名“道本”，字贯中；《三国》三余堂刊本：姓罗，名“贵志”；《水浒传》双峰堂刊本：姓罗，名“道本”，字贯中，号“名卿”。

③ 关于天一阁旧藏明蓝格钞本《录鬼簿·录鬼簿续编》发现的时间有不同的说法。《国立北平图书馆馆刊》第十卷第五号发表马廉校录的《录鬼簿·录鬼簿续编》，后附赵孝孟写于1936年10月的短跋，说发现于1931年秋。而天一阁旧藏明蓝格钞本《录鬼簿·录鬼簿续编》附有郑振铎写于1946年10月的长跋，却说发现于1928—1929年。赵跋早于郑跋十年。而郑振铎又是此钞本的发现者和收藏者。未知孰是。

的版本系统，有简本、繁本、增补本之分[①]。简本著录作家113人，繁本著录作家152人，增补本著录作家151人。天一阁旧藏明蓝格抄本即增补本。

增补本的增补工作，主要由贾仲明进行。他的增补，主要表现在三个方面：（一）增补了八十余首吊词；（二）在剧目下，增补了若干“题目正名”；（三）补撰《录鬼簿续编》[②]，附于《录鬼簿》原书之后。

贾仲明是什么人呢？

贾仲明，一作贾仲名，自号云水散人、云水翁，淄川（今属山东省淄博市）人。他是元末明初著名的戏曲作家。著有杂剧14种，现存5种。他还是一位散曲作家，著有散曲集《云水遗抒》，已佚失不传。

他的突出成就却在于《录鬼簿续编》一书的编撰。这也是他对中国戏曲史所作的最大的贡献。他不愧为古代的一位优秀的戏曲目录学家。

他在《书录鬼簿后》一文的末尾，题署“永乐二十年壬寅中秋，淄川八十云水翁贾仲明书于怡和养素轩”。这就告诉我们，在明代的永乐二十年（1422），他的高寿是80岁。古人自称“八十”，有时是指80岁整，有时则仅仅是举成数而言，实际上指80岁上下。若按80整岁计算，逆推的结果是：他实生于元代至正三年（1343）。

所以，他是罗贯中的同时代人，更是罗贯中的朋友。他又是罗贯中小传的作者。单凭这短短的一篇罗贯中小传，应该承认，他已对中国小说史研究作出了不可磨灭的贡献。

作为《录鬼簿》一书的补充，《录鬼簿续编》记载了元末明初戏曲家的生平事迹、作品目录。它著录作家78人。内容丰富，资料翔实。它的可靠性相当高。试想，记录者和被记录者都是生活在同一时代的人，发生舛误的可能性难道不是十分微小的吗？

罗贯中小传位于《录鬼簿续编》的卷首。从排名顺序上看，第一名是

① 这采用了王钢同志的意见，请参阅他的《校订录鬼簿三种》（中州古籍出版社1991年版，郑州）的《前言》和《凡例》。简本指明钞《说集》本、明孟称舜《古今名剧合选》附刻本；繁本指清尤贞起钞本、明季精钞本、清曹寅《楝亭十二种》本、上海图书馆藏清钞本、清刘世珩《汇刻传奇》附刻本；增补本指天一阁旧藏明蓝格钞本、清劭初斋钞本。

② 《录鬼簿续编》的编撰者是不是贾仲明，在学术界存在着不同的意见。我认为，从种种情况判断，贾仲明确系《录鬼簿续编》的编撰者。

钟嗣成，《录鬼簿》的编撰者；第二名便是罗贯中。这反映了罗贯中在贾仲明心目中的重要地位。

罗贯中小传的全文如下：

> 罗贯中，太原人，号湖海散人。与人寡合，乐府、隐语极为清新。与余为忘年交，遭时多故，各天一方。至正甲辰复会，别来又六十余年，竟不知其所终。

这篇小传，篇幅虽短，内容却很宝贵。它向我们透露的消息，有这样几点：

（1）罗贯中不但是一位小说家，而且还是一位杂剧家、散曲家。他和许许多多的伟大的作家一样：他们往往是博学多才的，他们的成就和贡献也常常是多方面的。

（2）罗贯中的故乡是山西太原。在元代，有很多山西籍的杂剧作家。我们可以举出一连串的名字，例如，李寿卿、刘唐卿、于伯渊、赵公辅、李行甫、狄君厚、孔文卿、石君宝、郑光祖、乔吉，等等。在中国戏剧史上，或在中国文学史上，这是一个引人注目的突出的现象。

（3）他生活于动乱的年代，背井离乡，四方漂泊，没有功名，也没有在官场干过事，故以“湖海散人”自称。

（4）他的性格的特点是“与人寡合”，有一点儿孤僻的味道。

（5）他的戏曲作品的风格，可以用两个字来概括：“清新”。

（6）他和贾仲明是“忘年交”。忘年交，是指不受年龄或辈分的拘限而成为亲密的朋友。这表明两人的年龄相差很大，起码要在 20 岁上下。具体用在罗、贾二人身上，可以有两种解释：甲，贾仲明的年龄大于罗贯中；乙，罗贯中的年龄大于贾仲明。

（7）他们二人曾在至正甲辰那一年会过面。至正是元代最后一个皇帝的最后一个年号。甲辰，即至正二十四年（1364）。再过四年，就是明代正式开始的第一年，即洪武元年了。

（8）贾仲明如果生于至正三年，则在至正二十四年为 22 岁。因此，“忘年交”的解释只有一种能讲得通，即罗贯中的年龄大于贾仲明。而另一种解释（即贾仲明的年龄大于罗贯中）显然难于成立，因为 22 岁的贾仲明不大可能去同一个幼小的孩童会晤、谈心和订交。

试以罗贯中的年龄大于贾仲明为前提，进一步推算罗贯中的生年。如果罗贯中在至正二十四年为40岁（比贾仲明大18岁），则他大约生于元代泰定二年（1325）；如果罗贯中这一年为50岁（比贾仲明大28岁），则他大约生于元代延祐二年（1315）。

如果罗贯中生于元代泰定二年，则在明代洪武元年时，他是44岁。如果罗贯中生于元代延祐二年，则在明代洪武元年时，他是54岁。

罗贯中的卒年不详，在目前尚无法推知。

框定了罗贯中的生年之后，就可以有根有据地确认：罗贯中是一位生活于元末明初的作家。或者说，他是一位属于14世纪的作家。

二　晋、浙、鲁、赣

尽管有了罗贯中小传，他的生平事迹仍然遗留下两个人们感兴趣的、尚未最终解决的问题，一个是他的籍贯，另一个是他的著作。

关于罗贯中的籍贯，在学术界，目前存在着几种不同的说法。主要有山西太原、山东东平、浙江钱塘、浙江慈溪、江西庐陵五说。

应该怎样来看待这些不同的说法呢？

1. “太原”说

“太原”说的根据在于贾仲明《录鬼簿续编》的罗贯中小传。它明白无误地指出，罗贯中是“太原人”。

我认为，这是最正确的、最可靠的说法。

贾仲明是罗贯中的同时代人，又是罗贯中的朋友。他的说法，如果没有出现确凿可靠的、坚强有力的反证，应该有最大的可信性。

2. “钱塘”说

罗贯中的籍贯，在明代嘉靖时人的笔记中，田汝成说是“钱塘”①，王

① 田汝成：《西湖游览志馀》卷二十五。《绣谷春容》卷六也有同样的说法。

圻说是“杭州”[1]，郎瑛则笼统地说是“杭人”[2]。清人笔记同样也有笼统地说是“越人”的[3]。这些都可以归入“钱塘”一说。

这个说法也有一定程度的可信性。因为在《水浒传》的创作上，罗贯中和施耐庵是合作者的关系，而据高儒（也是嘉靖时人）说，施耐庵是钱塘人[4]。施耐庵、罗贯中二人都曾生活在一个地方，只有这样，他们方始能在小说创作上有携手联袂的机缘。

既然罗贯中是太原人，那么，钱塘便可能是他的流寓地了。也就是说，罗贯中的原籍是太原，寄籍则是钱塘。

3. “东平”说

“东平”说即“东原”说。

“东平”说的根据在于蒋大器（庸愚子）的《三国志通俗演义序》。其后，从万历年间开始，众多的《三国》刊本或其他署名“罗贯中”的小说刊本便给作者增添了“东原”的籍贯[5]。有的刊本更把“东原”错成了“中原”[6]。

这里需要辨明六点：

第一，这些刊本的刊刻年代都比较晚。

它们一共16种。其中，12种为明刊本，4种为清刊本。而12种明刊本中，有8种刊行于万历中后期，另4种则刊行于万历之后。

第二，蒋大器本人的时代也比较晚。

他的那篇序文写于弘治七年（1494）仲春。他是成化、弘治年间人，距离罗贯中的时代将近百年之久。

在蒋大器之前，在弘治七年之前，我们还没有发现，曾有人提出过罗

---

① 王圻：《续文献通考》卷一百七十七。

② 郎瑛：《七修类稿》卷二十三。

③ 周亮工：《因树屋书影》卷一。

④ 高儒：《百川书志》卷六。

⑤ 这些刊本有：《三国》双峰堂刊本、熊清波刊本、郑少垣刊本、郑世容刊本、杨美生刊本、雄飞馆刊《英雄谱》本、藜光堂刊本、三余堂刊本；《隋唐两朝志传》龚绍山刊本；《三遂平妖传》王慎修·世德堂刊本、天许斋批点本、墨憨斋批点本；《水浒传》双峰堂刊本、德聚堂刊本、坊刊一百二十四回本、兴贤堂刊《汉宋奇书》本等。

⑥ 《忠义水浒志传评林》双峰堂余象斗刊本。

贯中是“东原”人或“东平”人的说法。

第三，蒋大器的话并不可靠。“东原”二字实有错讹的可能。

试看蒋氏的原文：

> 若东原罗贯中，以平阳陈寿传，考诸国史，自汉灵帝中平元年，终于晋太康元年之事，留心损益，目之曰《三国志通俗演义》。

其中，有四个专门名词，“东原”、“平阳”、“中平”、“太康”，两个是地名，两个是年号，颇为缠夹不清。

请注意：紧接于“东原罗贯中”之后，有“平阳陈寿”四字。

陈寿明明是安汉（今四川省南充市）人[①]。蒋大器却谬误地称陈寿为“平阳”人。平阳乃五代十国时的县名，其地在今浙江省境内。安汉与平阳，相隔有千里之遥。陈寿不但没有出生在平阳，没有生活在平阳，而且也没有在平阳做过官。蒋大器竟把一位四川人无端地说成了浙江人。

他既然能够把陈寿这位四川人说成山东人，安知他不能够把罗贯中这位山西人说成山东人？

他在陈寿籍贯上犯错误的来由，恐怕是这样的：在《三国》抄本或初刊本上[②]，像嘉靖本那样，无疑也有着“晋平阳侯陈寿史传”、“后学罗本贯中编次”两行字。蒋大器看到了“陈寿”之上的“平阳侯”三字，因而误记“平阳”二字为陈寿的籍贯。

他既然能够把官名“平阳”说成地名“平原”，安知他不能够把山西“太原”说成山东“东原”？

第四，“东原”是古地名，指今山东省东平县一带。而从蒋大器序文看来，他在称呼用作籍贯的地名时，并不使用古地名。

蒋大器序文的末尾的印文，有“金华蒋氏之印”六字。金华有府、县之别。而金华县乃隋代所立之名，西汉名曰乌伤，东汉名曰长山；金华府

① 《晋书·陈寿传》说：“陈寿，字承祚，巴西安汉人也。”

② 蒋大器序文曾说，“书成，士君子之好事者，争相誊录，以便观览”。或许他曾看到过《三国》的抄本。

则系龙凤六年（1360）朱元璋所改之名，元代名曰婺州路，龙凤四年朱元璋一度改名宁越府。由此可见，在蒋大器生活的那个时代，金华是今地名，不是古地名。他称述自己的籍贯时，都不使用古地名，为什么要在称述罗贯中的籍贯时非使用古地名不可呢？

这就不免令人想到："东原"二字之中，必有误字。"太"误为"东"，实有可能。

第五，有人说，《录鬼簿续编》罗贯中小传"太原人"乃"东原人"之误。这个说法缺乏必要的说服力。

天一阁旧藏明蓝格抄本《录鬼簿·录鬼簿续编》一共著录了四位太原籍的作家：李寿卿、刘唐卿、乔梦符和罗贯中。小传中都说他们是"太原人"。前三个"太原"都没有出问题，唯独最后一个"太原"写错了，——这是很难令人相信的。

另一方面，"东原"说的主张者认为，东原就是东平。但元代东平籍的杂剧作家不少，各种版本的《录鬼簿》就著录了八位之多：高文秀、李好古、张时起、顾仲清、赵君卿、陈彦实、张寿卿和李显卿。他们的小传中，都无一例外地说是"东平人"，而没有一处说是"东原人"的。如果罗贯中真是他们的同乡，那也一定会在他的小传中写作"东平人"，而不会写作"东原人"的。这样一来，以"太原"为"东原"之误的说法，岂不落了空？

更何况古人的乡土观念十分浓厚。贾仲明本人就是山东人，如果罗贯中也是山东人，岂有不引为同乡，反而视为异乡人（山西人）的道理？

第六，某些万历年间或万历之后的刊本上的"东原"二字，系当时的书商所加，与作者罗贯中无干，不是他自己的题署。

有人把这两个字指认为"罗贯中本人的题署"。这缺乏依据，只不过是"想当然耳"的臆测。拿现知有此题署的年代最早的《三国》双峰堂刊本（万历二十年，1592），《水浒传》双峰堂刊本（万历二十二年，1594）来说，二者都出于同一家书坊，而前者题曰："东原贯中罗道本编次"，后者题曰："中原贯中罗道本名卿父编集"。如果这也算是出于本人的题署，难道他能把自己的籍贯一会儿说成是"东原"，一会儿说成是"中原"吗？难道他能两度把自己的名字误说为"道本"吗？难道他能无缘无故地给自己捏造出“名卿”这样一个表字吗？

4. “慈溪”说

在五种不同的说法中，只有此说是当代学者提出的。

1959 年在上海发现了元代理学家赵偕的文集《赵宝峰先生集》。此书的卷首载有一篇至正二十六年（1336）十二月十三日的《门人祭宝峰先生文》。署名的门人共 31 人，包括“罗拱”、“罗本”兄弟二人在内。赵偕以及“罗拱”、“罗本”都是慈溪人，——这就是“慈溪”说的依据。

天下同时、同姓、同名的人不在少数。若要证明这一位“罗本”即是那一位罗本，即是《三国》的作者罗贯中，还需要另外举出确凿可靠的、坚强有力的证据。仅仅因为同时、同姓、同名而匆忙断定某甲和某乙为同一人，那是远远不够的，也是无法取信于人的。“慈溪”最大的缺陷，即在于此。

慈溪罗本，有表字曰“彦直”[①]。而《三国》作者太原罗本，字“贯中”。表字不同，他们能是同一人吗？罗彦直非罗贯中。

慈溪罗拱，字彦威，号常明子，乃罗本之兄，“慈溪杜湖人也”[②]。胞兄是杜湖人，胞弟当然也是杜湖人。是慈溪人，而偏偏要特别指出他们是慈溪境内的杜湖人（也就是说，不是慈溪境内的别的什么地方的人），这意味着他们世居于杜湖，是在杜湖其地土生土长的。

戴良《九灵山房集》有一篇《书画舫宴集诗序》和一首《寄罗彦直》诗。从这两篇作品可以窥知，罗彦直是个家境丰饶的书画收藏家，所居名“书画舫”；洪武二年（1369）十月，戴良等人曾在“书画舫”饮酒赋诗。其时，罗彦直久居于慈溪的书画舫中，过着优游自在的生活。

而《三国》作者罗贯中却自号“湖海散人”，是个离乡背井的漂泊者。他和罗彦直完全是两路人。

赵偕是当时著名的理学家。罗彦直以之为师，显示了他对理学的向往和追求。这也是和《三国》作者罗贯中大异其趣的。从《三国》所反映的思想看，罗贯中和理学是根本搭不上界的。

---

① 见《宋元学案》“罗本”条下所附王梓材的按语。

② 见《宋元学案》“罗拱”条下所附王梓材的按语。

5. “庐陵”说

庐陵即今江西省吉安市。罗姓乃当地的望族。

“庐陵”说的根据在于《说唐演义全传》的题署。但这并不可靠。因为第一，《说唐演义全传》共68回，它根本不是罗贯中的作品。第二，《说唐演义全传》现存最早的刊本刊行于清代乾隆四十八年（1783）。

怎么能根据一个晚出的、伪托的作品来确定罗贯中的籍贯呢？

在当前的学术界，此说影响不大。

以上五说，按其提出的时间顺序排列如下：

太原说—东原说—钱塘说—庐陵说—慈溪说

而以最早的“太原”说为最可信。

三 哪些是他的作品

罗贯中有哪些著作？除了《三国》，他还写过哪些小说？

罗贯中的著作，主要是小说和杂剧。另外，还有散曲和“隐语”。

贾仲明的《录鬼簿续编》中，罗贯中小传提到了他的“乐府”和“隐语”。按照当时的习惯用法，乐府指的就是散曲。隐语何所指，则不详，或许是谜语之类？

罗贯中小传还著录了他撰写的三部杂剧作品：《赵太祖龙虎风云会》，《忠正孝子连环谏》和《三平章死哭蜚虎子》。其中，《连环谏》和《蜚虎子》两部佚失不传，它们的内容已无法详知。只有一部《风云会》完整地保存了下来。

《风云会》见于抄本《古名家杂剧》，现有《古本戏曲丛刊》四集影印本、《元曲选外编》排印本（中华书局1959年版）。它的“题目正名”乃是：“伏降四国咨谋议，雪夜亲临赵普第，君相当时一梦中，今朝龙虎风云会。”全剧共四折一楔子。第一折至第三折，正末扮赵匡胤；第四折，正末扮赵普。在作者的安排下，赵匡胤、赵普二人成为全剧的中心人物，故事情节正是围绕着他们二人展开的。

罗贯中的《风云会》杂剧和他的《三国》小说有着若干相似之处。它们都同样歌颂了贤明的、时刻以社稷与苍生为念的君主，也同样歌颂了那些忠心耿耿、建功立业的将相王侯。赵匡胤不就是刘备的影子吗？赵普、苗训不就是诸葛亮的影子吗？赵匡胤和曹彬、郑恩等人的结义兄弟关系，不就是桃园三兄弟的写照吗？

在《风云会》和《三国》之间，从主题思想到人物形象，在某种程度上，人们都能发现有趣的、巧妙的重合。它们是出于同一个作家笔下的两部作品。因之，这种重合的呈现绝不是偶然的。也就是说，《风云会》不但有助于我们对罗贯中这位伟大作家的思想、艺术成就的认识和评价，而且还有助于我们对《三国》这部伟大作品的思想、艺术特征的认识和发掘。

罗贯中是伟大的小说家。他的代表作当然是小说《三国》。据明人说，罗贯中编撰的小说竟有“数十种”[①]。数量之多，令人惊讶。惜乎我们今天无缘目睹全豹。我相信，这恐怕是一种张大其词的妄说。我们能看到的被说成是罗贯中作品的小说，实际上只有下列四种：

1. 《隋唐两朝志传》
2. 《残唐五代史演义传》
3. 《三遂平妖传》
4. 《水浒传》

它们到底是不是罗贯中的作品呢？

《隋唐两朝志传》，12 卷，122 回。现存万历四十七年（1619）龚绍山刊本，题“东原贯中罗本编辑”“西蜀升庵杨慎批评”。

《残唐五代史演义传》，60 则。刻本甚多，其最早者刊行于明末。题“贯中罗本编辑”。有八卷本、六卷本、十二卷本之分。八卷本题“李卓吾批点”。六卷本、十二卷本题“玉茗堂批点”。

---

① 田汝成：《西湖游览志馀》卷二十五；王圻：《续文献通考》卷一百七十七；雷琳等：《渔矶漫钞》卷七。

《三遂平妖传》，4 卷，20 回。题“东原罗贯中编次”。现存两种：一为残存两卷本，刊行于万历年间；一为完整本，第一卷至第三卷题“钱塘王慎修校梓”，第四卷题“金陵世德堂校梓”。完整本，孙楷第判断说，“书刻在万历二十几年”①。但此本封面题“冯犹龙先生增定”。而冯梦龙生于万历二年（1574），至万历二十五年（1597）时，年方 24 岁。此时前后，他似无可能去做“增定”的工作。冯梦龙增补40 回本刊行于泰昌元年（1620）之后。故知以“冯犹龙先生增定”为号召的王慎修·世德堂刊本的刻印、销售不可能早于此一年。

《水浒传》，署名罗贯中的刊本，主要有三种。（一）北京图书馆藏白棉纸残本。残存八回，其中五回系郑振铎旧藏，三回为敝帚斋旧藏，据说是“嘉靖间刻本”或“嘉靖间武定侯郭勋刻本”。②（二）天都外臣序本。序文撰写于万历十七年（1589），现存清代石渠阁补刊本。（三）袁无涯刊本。约刊行于万历四十二年（1614）。这三种刊本均题“施耐庵集撰”、“罗贯中纂修”。同时，嘉靖年间的《百川书志》所著录的《忠义水浒传》也说是“钱塘施耐庵的本，罗贯中编次”。

怎样判断这四部小说是不是罗贯中的作品呢？

不妨分两步走。先立下一个判断真伪的标准，再来讨论某些细节。

在没有确凿可靠的文献资料的情况下，可以根据中国古代小说发展历史的实际进程，根据中国古代小说刊本的演变规律，在年代上寻找出一条分界线来。

我们注意到，在明代，在小说刊本上，伪托作者的姓名或者乱题作者的姓名，这种现象是从万历年间（1573—1620）开始流行的，因此，分界线便可划在万历之前的隆庆年间（1567—1572）。在这之前，包括嘉靖年间（1522—1566），这种风气还没有出现。其时，小说刊本上关于作者的题署，书目上关于小说作者的著录，应该承认，是比较可靠的。

这个标准如果能被大家接受、同意，那么，就可以用它对上述四部小

① 孙楷第：《中国通俗小说书目》卷五。

② 参阅郑振铎《劫中得书续记》第四十五；孙楷第《中国通俗小说书目》卷六；郑振铎《水浒全传·序》。按：此本是否确为“嘉靖间刻本”或“嘉靖间武定侯郭勋刻本”，学术界尚有争议。

说进行初步的判断了。显然，只有《水浒传》在这个分界线之前，其余三部小说都在分界线之后。也就是说，需要把《水浒传》单独地脱离出来，它的作者之一非常可能是罗贯中，而现存的《隋唐两朝志传》、《残唐五代史演义传》和《三遂平妖传》倒不一定是罗贯中的作品。

试从三个方面来做进一步的分析。

第一，现存最早的《三国》刊本分则而不分回，由此不难推知，《三国》原本必然也是如此。《隋唐两朝志传》、《三遂平妖传》正和这一点抵触。它们分回而不分则。这遂成为它们晚出的一个标识。

第二，刻印小说而配以名人的评点，也是万历以迄明末的风气。较早的李贽（1527—1602）评本出现于万历年间。其后，陆续有“李卓吾”、“钟伯敬”、“汤显祖”、“杨升庵”、“陈眉公”等人的评本应市。其中绝大部分是书商玩弄的伪托作者、评者或乱题作者、评者的把戏。《隋唐两朝志传》、《残唐五代史演义传》和《三遂平妖传》等书的先后问世，正反映了这种风气的传播之广。

第三，上文业已指出，关于罗贯中的籍贯，“太原”是记载年代最早的、最可靠的说法，“东平”（“东原”）则是后起的、舛误的说法，其始作俑者为《三国》嘉靖本所刊载的蒋大器的序文。某些书商蹈袭蒋氏的说法，把“东原”二字题署在某些《三国》或其他小说的刊本上，则始于万历年间。《隋唐两朝志传》、《三遂平妖传》二书以“东原”充为罗贯中的籍贯，恰好从一个侧面告诉我们：它们的底本可能不是罗贯中的原本，甚至可能与罗贯中了无关涉。

这三部小说是否罗贯中的作品，大体上是比较一致的，但仍有细微的差别。在我看来，《隋唐两朝志传》和《三遂平妖传》的不可靠性更甚于《残唐五代史演义传》。

那么，《水浒传》是不是罗贯中的作品呢？

从刊本的题署和书目的著录看，在施耐庵名下的是“集撰”和“的本”，在罗贯中名下的却是“纂修”和“编次”。两者迥然不同。从语义上分析，这两组词意有明显的区别。仔细比较一下，即可看出：施耐庵是作者、执笔者，而罗贯中只不过是整理者、编者而已。

因此，从狭义上说，施耐庵是《水浒传》的作者；从广义上说，《水浒传》是施耐庵、罗贯中二人合作的产物。

《三国》和《水浒传》的语言形式不同，前者是浅近的文言，后者却是通俗的白话。这就很难令人相信，它们竟会出于同一人罗贯中的笔下。

有人坐实了施、罗二人具体的分工，把前70回的著作权给予施耐庵，而把后50回的著作权给予罗贯中①。不言而喻，这仅仅是一种凭空的猜度。它出现的时间太晚，不足为据：只有在明末清初之后，在120回本、70回本流行之后，它才可能在人们的头脑中形成。

四　八个歧异的书名

一书多名，在中国古代小说作品中是常见的现象。《三国》自不例外。它同样有着形形色色的书名。

从现知最早的刊本起，四百多年以来，它的主要的刻印在书上的正式名称至少有八个：

1. 《三国志演义》
2. 《三国志传》
3. 《三国志史传》
4. 《三国全传》
5. 《三国志》
6. 《四大奇书第一种》
7. 《第一才子书》
8. 《三国演义》

前七个出现于明代中叶至清初，最后一个流行于20世纪50年代以后。

其中六个书名，带有“三国志”或“三国”字样的，都是从《三国志》（属于“二十四史”之列的、晋代陈寿编撰的一部历史著作）的书名派生而来的。另外两个书名则另起炉灶，从字面上看，它们跟《三国志》

① 徐渭仁：《徐钠所绘水浒一百单八将图题跋》。

毫不沾亲带故。

在明清两代，叫《三国志演义》的刊本最多。这以嘉靖本为代表。也以嘉靖本的书名最为朴素，仅仅在“演义”之上增添“通俗”二字；除此之外，别无其他附加的累赘的字样。属于这一系列的其他版本，往往在“三国志”之上另加“新刻”、“新刊”、“新镌”、“校正”、“古本”、“京本”、“大字”、“音释”、“圈点”等字。花样层出不穷，大约都是书商们（或受他们雇用的一批文人、整理者）的一种招徕顾客的手段。

叫《三国志传》的为数也不少。属于这一系列的几乎全是闽刊本（刊行于福建，或者说，刊行于福建建阳），它们的正式书名，虽然以“传”字代替了“演义”二字，但在主体之外，其他的附加的字样依旧大多保存着，诸如“新锓”、“新刻”、“新刊”、“新锲”、“重刻”、“京本”、“校正”、“考订”、“按鉴”、“全像”、“大字”、“批评”、“演义”、“通俗演义”，等等，不一而足。

《三国志史传》之名，属于叶逢春刊本、王泗源刊本。但王泗源刊本在书题之后犹存“建邑梓”三字，第二卷至第七卷又题《三国志传》。因此，它只能算是闽刊本《三国志传》系列的旁支。

叫《三国全传》的则是《三国志传》系列的另一个旁支。仅有熊清波刊本一种以这个名称传世。它无例外地也是闽刊本。更何况在它卷首所载的序文的标题上也明明以闽刊本所特有的“三国志传”为书名。

叫《三国志》的都是所谓“批评”本。一共有四种：“李卓吾”评本，“钟伯敬”评本，李笠翁评本，毛宗岗评本。在书名之上，它们大多宣称“某某某先生”“评”或“批”、“批评”、“批阅”，以资号召。这恐怕是明末清初的时髦的风尚。除此之外，倒没有其他那些附加的累赘的广告语。附带指出，近世某些日文译本的书名也叫做《三国志》。

叫《四大奇书第一种》的有毛评本的最早的刊本——康熙年间的醉耕堂刊本。还有芥子园刊本。

至于《第一才子书》之名，则始于李渔评本。李渔的自序说，“复忆曩者圣叹拟欲评定史迁《史记》为第一才子书，既而不果。余兹阅评是传之文，华而不凿，直而不俚，溢而不匮，章而不繁，诚哉第一才子书也！”而在这以前，在毛评本卷首的《读三国志法》一文中，毛宗岗也说过同样的意思："吾谓才子书之目，宜以《三国演义》为第一。"后来的某些刊本遂把李渔评本的这个书名移用在毛评本上。

自20世纪50年代起，人民文学出版社的整理本以《三国演义》为书名。一直流行到今天，有40年之久。

这七个不同的书名，哪一个应该是正式的、准确的书名呢？

书名当然是可以由作者或出版者、整理者任意取定的。他们完全可以自作主张，而不必多考虑读者或批评家能否同意或接受。

但是，一个被读者或批评家认可的好的书名，对于该书的传播，还是干系非浅的。同时，对于历史上存在的同书异名，在今天，尤其是在学术界，更需要统一为大多数人能够接受的一个科学的、准确的书名，以免滋生不必要的混乱。

在我看来，评价一个书名的好坏，至少需要着眼于这样七点：

1. 它是不是比较准确地反映了全书的内容？
2. 它看起来是不是醒目，读起来是不是响亮？
3. 它的字义是不是通顺？
4. 它会不会令读者产生误解？
5. 它是不是和别的已有的书名重复、混淆？
6. 它有没有给人以"挂羊头卖狗肉"的感觉？
7. 它如果不是原作者所定的书名，而是旁人或后人更改的书名，那么，它是不是比原来的书名更豁朗，或者更贴切？

姑以这七点为标准，来评说一下8个书名的优劣短长。

"第一才子书"是什么意思呢？

原来"才子书"的概念是由明末清初的大批评家金圣叹提出的。经他评点过的著作，有《必读才子书》、《唐才子书》、《贯华堂才子书》等名目。他曾称《水浒传》为《第五才子书》。据说，他所品定的"才子书"，共有六部，依次为：

1.《庄子》

2. 《离骚》
3. 《史记》
4. 杜诗
5. 《水浒传》
6. 《西厢记》

其排列不是随意的，而是有特定的次序。但这个次序显然不是以作品本身的成就论高下，而是完全以它们产生的时代为先后。

《三国》恰恰并未厕身于金圣叹的“才子书”之内。如果硬要插入的话，按照原先的顺序，它也只能安排在第五位，居于《水浒传》之前。而李渔、毛宗岗却运用了另一种标准，安排了另一种次序。他们异口同声地称许《三国》为“第一才子书”。这就是李渔评本以及后来某些毛评本之所以被称为《第一才子书》的由来。

李渔、毛宗岗的评骘，意味着《三国》的思想水平、艺术成就超越了《庄子》、《离骚》、《史记》、杜诗、《水浒传》等。这能否取得广大读者的共识，很难说。但它们实际上已偏离了金圣叹所设定的“才子书”的次序。

因此，这个书名的缺点，首先就在于它袭用了旁人的有专门解释的名称，却又违反了旁人的使用规则。这个书名的另一个缺点则在于它的不明确性。当一个陌生的读者，在书店里看到一本书的书名位置上印着“第一才子书”这样几个大字的时候，他不可能立刻就知道这究竟是一部什么样的书。这难道不会影响它的销路吗?

“四大奇书第一种”是什么意思呢?

所谓“四大奇书”，指的是四部著名的小说作品:《三国》,《水浒传》,《西游记》,《金瓶梅》。《三国》是其中的第一部。这个称号，先由冯梦龙提出，后获得李渔的赞同，并由李渔在毛评本的序言中公开披露。

这个书名的缺点，同样在于它的不明确性。一般读者见到这个书名，未免纳闷：“书”，什么“书”呀?是戏剧，还是散文?“四”，哪“四”部呀?又有哪一个读者能从一开始就知道“第一种”到底指的哪一种呢?

“三国志”，这个书名不是和陈寿的历史著作《三国志》完全重合了吗？人家知道你究竟是小说呢，还是史书？这不是仿佛坠入五里雾中了吗？

“三国全传”，这个书名强调的是个“全”字。这在当时的书籍市场上，是书商们经常玩弄的把戏。许多小说常以“全”字作为号召，故意在向读者暗示：当心，别人出版的同一内容的小说都是“不全”的，千万不要上当，而实际上，它的内容或篇幅有时并不比别人的多出一字一句来。一个“全”字，充满了商业广告的味道。

“三国志传”是什么意思呢？

“志传”可以有两种解释。或者解释为《三国志》的传记部分。或者解释为《三国》的“志传”。我想，后者可能更符合原意。

“志传”二字，常见于一些明代小说的书名。例如《隋唐两朝志传》、《南北两宋志传》、《列国志传》、《全汉志传》，等等。值得注意的是，它们大都刊行于万历年间。而以“三国志传”为书名的《三国》刊本也恰恰集中出现在这个同样的年代，这难道是偶然的巧合吗？在这批以“志传”为名的小说中，现知最早的刊本为《全汉志传》，它刊行于万历十六年(1588)。我推测，恐怕正是由于它的畅销，福建建阳的一些书商受到了启发，才大胆地作出了把《三国》改名《三国志传》出版的决定。一家书坊做开了，别的书坊也就争先恐后地效颦。一块肥肉，大家抢着吃。这终于使得“志传”在当时几乎成为历史演义小说的代名词了。

这个书名如果说有缺点的话，那就在于它是后起的，是由后世的书坊主人改题的，并不符合作者罗贯中的初意。

由作者罗贯中当年亲自拟定的书名应该是《三国志演义》。它不但是今天所能见到的最早的《三国》刊本（嘉靖本）的正式书名，也是今天所能见到的最早的书目记载中所著录的《三国》的正式书名①。

那么，“三国志演义”是什么意思呢？

其中的“三国志”三字，指的仍然是陈寿的《三国志》。用“三国志演义”作为书名，意思是告诉读者：我这部小说所演述的内容是以陈寿的《三国志》为依据的。“三国志演义”者，“演”《三国志》之“义”也。不妨指出，正是这个书名的出现，宣告了中国古代小说园地内的一个崭新

① 高儒：《百川书志》卷六“史部·野史”。按：高儒乃明代嘉靖年间人。

的门类——“历史演义小说”的成立。

“三国志演义”——这个书名，完全合乎上文所提出的前六点标准。因此，学术界的大多数人士都选用它来作为《三国》的正式的、准确的书名。

另外，也有称为《三国演义》者。个别的明刊本（夷白堂刊本）偶尔用过它。毛评本中，非正式地用过它。个别的清人笔记中也出现过这个称呼。至于用作正式的书名，则似自20世纪50年代始。远的如50年代人民文学出版社出版的整理本，近的如中国电视剧制作中心的电视连续剧[①]，都以“三国演义”为名。有的工具书（例如《辞源》、《辞海》）亦同样以“三国演义”四字立条目。

有人说道，“三国演义”未尝不可以作为《三国》的简称。但仔细推敲起来，如果是以“三国演义”四字作为“三国志演义”五字的简称，则似无多大的意义。因为仅仅减去一个“志”字，又何“简”之有呢？又有人问道，正式的书名用“三国演义”，到底有什么缺点呢？如果是以“三国演义”为正式的书名，可能不太容易讲得通。说“‘演’‘《三国志》’之‘义’”则可，说“‘演’‘三国’之‘义’”则不可。更何况这还违背了罗贯中的原意。作者明明在这部小说的开头题写着两行字：

> 晋平阳侯陈寿史传
> 后学罗本贯中编次

由此可见，以《三国志演义》为正式的、准确的书名，实可说是最佳的选择。

至于简称，“三国”二字就很恰当，似不必再作他求。一来它早已出现在明代文人的笔下[②]。二来言简意赅，抓住了原来书名中最具有区别性

① 这部电视连续剧的海外版仍以《三国志演义》为名。

② 参阅郎瑛《七修类稿》卷二十三“辩证类”“《三国》《宋江》演义”条，胡应麟《少室山房笔丛》卷四十一“庄岳委谈下”“世所传《宣和遗事》极鄙陋……”条。

的两个字。

五 三个第一

从《三国》在中国小说发展史上的地位来说，它拥有三个“第一”。

它是我国的第一部长篇小说。

它是我国的第一部章回体小说。

它是我国的第一部历史演义小说。

一部中国小说史，是以文言的、短篇的小说开始的。无论是魏晋志怪小说、唐代传奇小说，还是宋元话本，基本上属于短篇小说的性质。宋元讲史小说稍微有些不同，它们带有连续性或系列性的特点。它们由说话人向听众演说，可能要分回分目，才能讲完全书，但它们大多停留在口头文学的阶段。今天保存下来的宋元讲史小说，情节简略，文字稚拙。以篇幅而论，它们还够不上长篇小说的资格。公元10世纪以后兴起白话小说，这才为长篇小说的出现开辟了道路。

真正的长篇小说，创始于14世纪中叶。其标识就是《三国》和《水浒传》的出现。

而罗贯中的《三国》则是现存的、作家撰写的第一部长篇小说。

罗贯中和施耐庵是同时代的作家。但在施耐庵的《水浒传》中，我们可以明显地看到《三国》一书的影响。一些正文的叙述和赞词中的文句，一些情节或场面的铺叙，甚至一些人物的绰号、容貌和兵器的描绘，无不流露出《水浒传》蹈袭《三国》的痕迹。因此，《水浒传》的问世无疑要晚于《三国》。

罗贯中本人所写的小说不止一部。他的《三国》现存最早的刊本，刊行于16世纪20年代[①]。而现存的署名罗贯中所作的其他长篇小说，例如《隋唐两朝志传》、《残唐五代史演义传》、《三遂平妖传》等，都刊行于17

① 即嘉靖本。

世纪[①]。它们究竟是不是罗贯中的作品，还缺乏确证。退一步说，即使罗贯中果真是它们的作者，现存的刊本也已经过后人较大的修改，远非原貌。因此我们说，现存的第一部长篇小说是《三国》，而不是罗贯中的其他作品，这大约离事实不远。

从 14 世纪中叶到 19 世纪末，中国的长篇小说普遍地采用了章回小说的体制。作为现存的第一部长篇小说，罗贯中的《三国》已具备了章回小说的雏形，并对章回小说的形成和繁荣起到了不可低估的作用。

从文体上说，至少在下列两点上值得我们注意。

第一，是它的语言。

《三国》用浅近的文言写成。在它以后涌现出无数的长篇小说作品，绝大多数放弃了文言，改而采用通俗的白话，尽管有些作品偶尔还保留了与《三国》类似的浅近文言的因素。这正反映了中国古代小说语言发展的潮流：

文言—浅近的文言—白话

《三国》恰恰处于历史的转折点上。

第二，是它的分则。

《三国》全书分为 24 卷，共 240 则（节，段）。每则有单句七言标目，起概括内容和醒目的作用。例如首尾四则，为：

祭天地桃园结义；
刘玄德斩寇立功；

① 《隋唐两朝志传》现存龚绍山刊本，有木记说：“万历己未岁季秋既望，金阊书林龚绍山绣梓。”《残唐五代史演传》现存几种刊本，均未标明刊行的年代。但八卷本题“李卓吾批点”，六卷本题“玉茗堂批点”，而李贽（1527—1602）和汤显祖（1550—1616）均系万历年间人。且《隋唐两朝志传》万历四十七年刊本木记说：“继此以后，则有《残唐五代史志传》详而载焉，读者不可不并为涉猎，以睹全书云。”两书均多附署名“丽泉”之诗。可知两书刊行年代相去不远。《残唐五代史演传》当为万历刊本（不排除有为天启或崇祯刊本的可能）。《三遂平妖传》现存王慎修·世德堂刊本，封面上有“冯犹龙先生增定”字样。冯犹龙即冯梦龙；而冯梦龙增补本却刊行于泰昌元年（1620）。故知此王慎修·世德堂刊本当印于泰昌元年之后。

羊祜病中荐杜预；
王濬计取石头城。

但没有“第一则”、“第二则”……的顺序数。每则的结尾处又设置悬念，以“此人是谁”、“未知性命如何”、“毕竟如何，且听下回分解”等语收束。这是16世纪20年代刊本所反映的罗贯中原本的面貌。16世纪90年代的刊本开始把24卷改成了12卷、20卷或6卷，但240则没有变动。到了17世纪的二三十年代，一些刊本不再分卷，开始把240则合并为120回，并使回目凑成七言双句。又到了17世纪的六七十年代，毛宗岗评本出现，60卷、120回的形式始告正式确定；回目双句，也由“参差不对，错乱无章”的七言修饰为“精工”的、讲究对偶的七言或八言。例如首尾两回：

宴桃园豪杰三结义，斩黄巾英雄首立功；
荐杜预老将献新谋，降孙皓三分归一统。

《三国》的版本相当繁多。它经历了不同时期的不同版本的如下演变：

分则		分回		分回
单句标目	——	双句回目	——	双句回目
		不对偶		对偶

这恰恰也代表着章回小说文体发展的进程。

而同一部作品的不同版本能起到保存章回小说发展痕迹的作用，这在中国小说史上，除了《三国》，还找不到其他的作品。

由于《三国》小说书名中的“演义”二字，产生了中国小说史上的一个专门的术语：“历史演义小说”。

历史演义小说是明代长篇小说中的一个重要的品种。它和神魔小说、人情小说、公案小说等品种一起，构成了明代长篇小说的主体。

历史演义小说，作为长篇小说（章回小说）的一个品种，是从明代开始出现的。当时，它广泛流行，深受读者的喜爱。作者们纷纷按照朝代的演变和进程来系统地描绘重大的历史事件，上自盘古开天辟地开始，下至明代本朝，举凡中国历史上的每个朝代几乎全都可以在历史演义小说中得到存身之地。这么众多的历史演义小说，组成了比较完整的中华民族历史的巨幅画卷。

在不同作家的笔下，在不同的作品中，有时会重复地、交叉地出现同样的内容。或相互抄袭，或相互补充，而各有不同的描写重点。以隋唐两代历史故事为题材的明代小说，即达五种之多[①]。有的作品甚至冠以“续编”或“后传”的书名，来增加自己的号召力。例如万历年间的《新刻续编三国志后传》，它主要是演述十六国时期（304—439）前赵刘曜（318—329 在位）的事迹，却以《三国》的“续编”、“后传”的形式和读者见面。这些都表明了明代的历史演义小说的发展呈现出争奇斗艳、十分繁荣的局面。

这个局面的形成，实际上是由《三国》奠定基础的。

《三国》不仅是明代历史演义小说最优秀的代表作品，而且还是明代历史演义小说中的第一部开创性作品。明清两代的其他历史演义小说的诞生，无不笼罩在它的影响之下。

从《三国》可以充分地看出历史演义小说所具备的几个特征。

它们虽以史书为依傍，却不以史实为拘限。在创作过程中，作者们通过对素材的各种各样的剪裁，进行了适当的艺术加工。有的是吸取了民间传说，有的则是出自作者的想象和虚构。也就是说，有虚有实，虚实结合。由于历史演义小说本身性质的界定，当然以实为主，以虚为辅。至于虚和实的成分各占多少比例，那就因人因书而异了。这和作者的文学创作观念、艺术功力有关。这也从一个方面决定了历史演义小说作品是否成功，是否能够赢得读者的喜爱。清代著名学者章学诚（1738—1801）从史学家的立场出发，对《三国》作了若干苛刻的指责。他的评价未免有偏颇之处；但

① 这五种是：“罗贯中”编辑、“杨升庵”批评的《隋唐两朝志传》；熊大木《唐书志传通俗演义》；“徐文长”批评的无名氏《隋唐演义》；齐东野人《隋炀帝艳史》；袁于令《隋史遗文》。

他指出《三国》有“七分实事，三分虚构”的特点[①]，这句话还是中肯的，符合于一般历史演义小说的实际，因而常为古代小说研究者所引用。

它们的写法，约有两类。一类是平铺直叙，基本上按照编年的顺序将采择的事件逐一写出来。另一类则是以一个或数个英雄人物为中心，展开事件和场景的描绘。前者仿佛史书中的“编年体”和“纪事本末体”，后者犹如史书中的“纪传体”。有时，则在一部作品中，两类写法兼而有之。

它们描写的时代范围，或是一个朝代的始终，或是数个朝代，或是某个特定的历史时期。《三国》就描写了东汉末年和三国时代的历史人物和故事。它的叙事，起于东汉灵帝建宁元年（168），讫于西晋武帝太康元年（280），前后凡113年。

它们描写的内容重点，可以是开国皇帝和将相王侯们的创功立业史，可以是割据时期的群雄纷争史，也可以是末代皇帝的亡国史。

它们的作者在描写历史人物和故事时，往往并不采取纯客观的、超然的态度，而是流露了一定程度的倾向性。在贤明、仁德的君主和暴虐、狡诈的君主之间，作者的爱憎是分明的。许多矛盾的引发都被作者纳入了所谓“忠奸斗争”的轨道。在《三国》中，作者的赞许主要给予了蜀汉刘备一方，并对他们一方的许多人物有不同程度的美化。

它们的作者把注意力集中于政治、军事等重大事件的描写，笔触很少顾及人物的日常生活的场景，家庭生活、爱情生活等很少进入作者的视野。和这有关联的是，作者所塑造的成功的人物形象很少有平凡的百姓，当然也很少有平凡的妇女。

六　最早的与最流行的

在《三国》现存的各种版本中，哪一种是最早的刊本，哪一种是过去最流行的版本呢？

前者是嘉靖本。后者是毛评本。

嘉靖本的刊行年代最早。它也最接近于罗贯中原稿的面貌。

---

① 章学诚：《丙辰札记》，见《章氏遗书外编》卷四。

嘉靖本刊行于嘉靖元年（1522）[①]。

它的书名叫做《三国志通俗演义》。

作者的题署处有两行字。第一行“晋平阳侯陈寿史传”。第二行为“后学罗本贯中编次”。

值得注意的第二行的“后学”二字。这是相对于第一行所提到的一百多年以前的晋人陈寿而说的。当然，它无疑是作者罗贯中的一种自谦的说法。旁人没有必要，也没有义务去替他谦逊一番。所以，这一行字，或者说，这两个字，应该是出于罗贯中自己的手笔。事实胜于雄辩，这就证明了，有“后学”二字题署的嘉靖本直接地或间接地来源于罗贯中的稿本。

嘉靖本卷首刊载了两篇序文。一篇是庸愚子《三国志通俗演义序》，署“弘治甲寅仲春几望，庸愚子拜书”。甲寅，即弘治七年（1494）。下有印章两方：“金华蒋氏之印”，“大器”。可知庸愚子是金华（今属浙江省）人蒋大器的别号。另一篇是修髯子的《三国志通俗演义引》，署“嘉靖壬午孟夏吉望，关中修髯子书于居易草亭”。壬午，即嘉靖元年（1522）。下有印章两方：“关西张子词翰之记”，“尚德”。可知修髯子姓张，名尚德，关西（今陕西省一带）人。

全书分为24卷。每卷10则，共240则。

此书每半叶9行，每行17字，是一种刻印比较精致的大字本。

嘉靖本有两种影印本。一为商务印书馆影印本（1929，上海），系以涵芬楼藏本为底本，并以日本文求堂主人藏本补配。一为人民文学出版社影印本（北京），有线装本（1974）、平装本（1975）之分，系以上海图书馆藏本为底本，并以甘肃省图书馆藏本补配。

这里需要指出两点：

第一，商务印书馆影印本，书名题为《明弘治本三国志通俗演义》。“弘治本”之称，不确。该影印本有蒋大器《序》而无张尚德《引》。其所以被误称为“弘治本”，根据无非就在于蒋大器弘治七年的序文。但张尚德嘉靖元年序文的存在，正好否定了“弘治本”的说法（嘉靖元年在弘治

---

① 嘉靖本并没有特别标明它的刊刻年代。这里说它“刊行于嘉靖元年”，是因为它载有一篇撰写于嘉靖元年的序文。版本学家、目录学家一般都是这样来处理刊刻年代问题的。

七年之后，相隔有 28 年之久）。推测起来，产生这种说法的原因，或许是在用以影印的底本上恰巧缺少那篇嘉靖元年的序文；当然，也不排除这样的可能：在影印之前，或在影印之时，有人故意抽掉了那篇嘉靖元年的序文，企图鱼目混珠，用嘉靖本来冒充弘治本。

第二，经细心对校，发现商务印书馆影印本和人民文学出版社影印本两者的文字和细节有着细微的歧异。最突出的例子莫过于卷 16 第三则“玉泉山关公显圣”。两本同样是写关羽之死，却存在着避讳和不避讳的区别。人民文学出版社影印本比较详细地描写了关羽被擒和被杀的过程。而在商务印书馆影印本，这些细节丝毫不见踪影，仅仅写道：只见空中有人叫喊“玉帝有诏”云云，于是关羽“父子归神”。从常理判断，两本的刊刻时间一先一后，人民文学出版社影印本应在先，商务印书馆影印本必在后。

也就是说，嘉靖本有初刻本与覆刻本之分。人民文学出版社影印本的底本是初刻本，商务印书馆影印本的底本则是覆刻本。

嘉靖本现有上海古籍出版社排印标点本（1980）。它实际上是以商务印书馆影印本（即嘉靖本的覆刻本）为底本而加以标点的。

如果要问，在众多的《三国》版本中，哪一种版本是过去和当前的读者们所最熟悉的？那么，答案很可能是毛评本了。

《三国》毛评本的流行，与《水浒传》金圣叹评本相仿佛。金圣叹评本问世后，不胫而走，迅速占领了市场。从清初到清末，在传播的竞争中，所有其他的《水浒传》版本几乎都纷纷败在它的手下。它成为《水浒传》在清代最流行、最热门、最受读者欢迎的版本。毛评本也毫不逊色地有过这样一段光辉的历史。它同样是《三国》在清代最流行、最热门、最受读者欢迎的版本。

“毛评本”是毛宗岗评本或毛纶、毛宗岗父子评本的简称。“评”是评点、评论的意思。“毛”则有时指的是毛纶、毛宗岗父子，有时主要是指毛宗岗。

毛评本刊行于清代康熙年间。它的覆印本以及各种各样的派生本，在清代，多如牛毛。

全书分为 60 卷。每卷两回，共 120 回。

它的书名是《三国志演义》，或称《四大奇书第一种》、《三国志》。

目录前题署“茂苑毛宗岗序始氏评”，“声山外书”，“吴门杭永年资能氏定”。声山是毛宗岗之父毛纶的表字。

现存的毛评本，以醉耕堂刊本为最早。醉耕堂刊本卷首载有李渔的序文，署“康熙岁次己未十有二月，李渔笠翁氏题于吴山之层园”。己未，即康熙十八年（1679）。这篇序文后来遭人删改，并伪托为金圣叹顺治元年（1644）撰写的序文，置于毛评本的其他刊本的卷首，并改书名《四大奇书第一种》为《第一才子书》，改“声山别集”为“圣叹外书”，迷惑了不少的阅读者和研究者。

毛评本对罗贯中原本进行了多处的增删和修饰。卷首所载的《三国志演义凡例》，——介绍了它的改动。约而言之，有如下十端：

（一）删除了“之”、“乎”、“者”、“也”等字，和一些“冗长”、“复沓”的词语。

（二）改写了一些“讹”、“误”。例如，刘备闻雷失箸（毛评本第21回；嘉靖本卷5第一则），马腾入京遇害（毛评本第57回；嘉靖本卷12第四则），关羽封汉寿亭侯（毛评本第26回；嘉靖本卷6第一则），曹后骂曹丕（毛评本第80回；嘉靖本卷16第九则），孙夫人投江而死（毛评本第84回；嘉靖本卷17第八则）。

（三）增添了一些“事不可阙”的细节描写。例如，关羽秉烛达旦（毛评本第25回；嘉靖本卷5第九则），管宁割席分坐（毛评本第66回；嘉靖本卷14第二则），曹操分香卖履（毛评本第78回；嘉靖本卷16第六则），于禁陵庙见画（毛评本第79回；嘉靖本卷16第七则），诸葛亮夫人之才（毛评本第117回；嘉靖本卷24第四则），郑玄侍儿之慧（毛评本第22回；嘉靖本卷5第三则），邓艾“凤兮”之对（毛评本第107回；嘉靖本卷22第四则），钟会“不汗”之答（毛评本第107回，嘉靖本卷22第四则），杜预《左传》之癖（毛评本第120回；嘉靖本卷24第九则）。

（四）增添了一些已被选入《文选》的文字。例如，孔融荐祢衡表（毛评本第23回；嘉靖本卷5第五则），陈琳讨曹操檄（毛评本第22回；嘉靖本卷5第三则）。

（五）把原本中“参差不对”、“杂乱无章”的单句“题纲”合并、润饰为对偶的、“精工”的双句回目。

（六）削去了伪托的李卓吾评语，并用自己撰写的新评语来校正旧评语中“唐突”刘备、“谩骂”诸葛亮的地方。

（七）保留了原本对“事之是者”和“尤可笑者”所加的圈点，而删去了原本对“事之非者”所加的涂抹。

（八）增加了唐宋名人的诗词，删去了周静轩等人“俚鄙可笑”的诗句。

（九）削去汉代尚未产生的七言律诗，例如，钟繇、王朗颂铜雀台（毛评本第56回；嘉靖本卷12第一则），蔡瑁题馆驿屋壁（毛评本第34回；嘉靖本卷7第七则）等伪作。

（十）削去一些“后人捏造”的、为“今日传奇所有”和“今人之所知”的情节。例如，关羽斩貂蝉[①]，张飞捉周瑜[②]。同时，还削去一些“古本《三国志》所无”、“非今人之所知”的情节。例如，诸葛亮欲烧魏延于上方谷（毛评本第103回；嘉靖本卷21第五则），诸葛瞻得邓艾书而犹豫未决（毛评本第117回；嘉靖本卷24第四则）。

毛评本卷首还载有一篇《读三国志法》。此外，它对各回的文字也都进行了比较细致的评点。

总之，毛评本兼有两种功能，它既是《三国》的修改本，又是《三国》的评点本。在对毛评本作出评价的时候，不能忽略这两种功能的区分。

作为一种修改本，对《三国》原本说来，毛评本有功，也有过。毛评本与罗贯中原本有着较大的距离。毛氏父子的修改，有的是正确的和必要的。但在更多的地方，他们对伟大作家罗贯中的伟大作品《三国》不够尊重，擅出己意，作了许多不忠实、不必要的修改。在这一点上，无可讳言，他们是有过失的。不过毛评本的出现却在客观上扩大了《三国》传播的范围，使它拥有了更多的读者。在这一点上，它自然又是有功劳的。

作为一种评点本，毛评本具有较高的艺术价值。它的许多透辟的见解，细腻的分析，精彩的议论，都能给予读者很大的启发。它对中国文学理论

① 见于元人杂剧《关大王月夜斩貂蝉》。京剧亦有《月下斩貂蝉》。

② 见于明人传奇《草庐记》。京剧《龙凤呈祥·芦花荡》亦演此事。

批评宝库作出了巨大的、不可磨灭的贡献。毛宗岗（包括他的父亲毛纶），和他的前辈金圣叹、他的后辈脂砚斋一样，在中国古代小说理论批评史上，占据着显要的、不可动摇的位置。

七　父与子

读《水浒传》，不能不知道金圣叹。读《红楼梦》，不能不知道脂砚斋。同样，读《三国》，也不能不知道毛宗岗其人。

毛宗岗因《三国》毛评本而著名。

一般人都以为“毛评本”这个名词中的“毛”字指的就是毛宗岗。其实，这是一个小误会。“毛”固然可以指毛宗岗，但它同时也应该兼指毛宗岗和他的父亲毛纶二人。

为什么呢，因为“毛评本”的评者不止是毛宗岗一人，理应包括毛纶在内。他们父子二人都参加了毛评本对《三国》的评论和整理工作。他们彼此既是父子的关系，又是合作者的关系。而在这项工作中，可以说，毛纶是首倡者，毛宗岗则是完成者。许多毛评本上，除了题署“茂苑毛宗岗序始氏评”之外[①]，往往还题有“声山别集”或“毛声山先生批评”等字样，就是这个道理。

毛纶、毛宗岗父子是何许人呢?

毛纶，字德音，号声山，长洲（今江苏省苏州市）人。生活于明末清初，生卒年不详。他富有学问，而一生穷困，不得志于时。中年以后，又遭双目失明的厄运，乃闭门著书自娱。顺治八年（1651），他曾在同乡官宦蒋灿家坐馆授徒。

据褚人获《坚瓠补集》卷二《汪啸尹祝寿诗》说，“毛德音先生纶……有《三国笺注》、《琵琶评》行世”。可知毛纶评点过的作品，至少有戏曲《琶琶记》、小说《三国》两种。

康熙五年（1666），毛纶评点的《琵琶记》刊行。书名改称《第七才子书》。评论部分由他本人口授，儿子毛宗岗笔录。书前有一篇《总论》，

① “茂苑”，指毛宗岗的乡贯，是长洲的别称。

谈到了他们同时进行的《三国》的评点工作：

> 昔罗贯中先生作《通俗三国志》，共一百二十卷。其纪事之妙，不让史迁。却被村学究改坏，予甚惜之。前岁得读其原本，因为校正，复不揣愚陋，为之条分节解。而每卷之前，又各缀以总评数段。且许儿辈亦得参附末论，共赞其成。书既成，有白门快友见而称善，将取以付梓。不意忽遭背师之徒欲窃冒此书为己有，遂致刻书中阁，殊为可恨。今特先以《琵琶》呈教，其《三国》一书，容当嗣出。

这一番话，使我们了解到：

第一，《三国》的评点工作，主要是由毛纶本人进行的。“儿辈”当指毛宗岗。他只不过充任了助手的角色，所起的作用是次要的。

第二，毛纶的评点工作的内容，计有三项：“校正”文字；在正文之中加入“条分节解”的评语；在每卷之前加入“总评”数段。

第三，他的评点工作，在康熙五年之前，也就是在《第七才子书》刊行的那一年之前，业已完成。

第四，毛纶评点的《三国》本已决定由白门（今江苏省南京市）书坊刊行。但却发生了一桩意料不到的事，以致刊印之事遂作罢论。当时到底发生了什么事情呢，我们只知道是他的一位门人，违背师训，欲将此书攘为己有。至于昔日有关的种种情况，则因时日相隔久远，直接或间接的文字资料匮乏，今天已无法了解其中的究竟。有人指出，那个“背师之徒”就是在毛评本上署名的杭永年。这仅仅是一种可能的猜测，似乎还缺少必要的证据。

毛宗岗，字序始，号孑庵。生于崇祯五年（1632）。康熙四十八年（1709）春季仍然健在，卒年不详[①]。著有笔记小说集《孑庵杂录》。他的

---

① 蒋祖芬《娄关蒋氏本支录·祖范》（抄本）载有毛宗岗的跋文，署“康熙己丑之春，通家晚学生毛宗岗谨识”。己丑即康熙四十八年。可知他至少活到了此时。跋文中说，“岁辛卯……时予方弱冠耳，而今忽忽已老矣”。古人一般以“弱冠”指二十岁。辛卯即顺治八年（1651）。以此逆推，可知生于崇祯五年。有人推断他生于崇祯十二年（1639），不确。

一些诗、词、文，例如《猫弹鼠文》、《美女灯谜》绝句、《西江月·咏物》词、《临江仙·焚书自叹》词等，散见于他的朋友褚人获的《坚瓠集》。另外，《题金豫音小像》以及写于康熙十九年（1680）的为金豫音祝寿诗二首，见于《金氏重修家谱》;《雉园公戊辰朱卷并遗嘱手迹合装册题跋》一文，见于《娄关蒋氏本支录》稿本中册。[①]

当毛纶在蒋灿家教书的时候，毛宗岗也跟随在身旁。因此他结识了蒋灿之孙蒋铭、蒋之逵等人。蒋铭曾促成了《第七才子书》毛评本的刊印。毛宗岗在《参论》中称蒋铭为“吾友”。蒋之逵则是其父毛纶的门生。后来，蒋铭之子蒋深又成为毛宗岗本人的门生。毛宗岗为蒋灿试卷、遗嘱题跋，就是应蒋深的请求而写的。

大约在这个时候，毛宗岗还结识了当时著名的文人尤侗。尤侗与蒋氏“世为中表”，曾为《第七才子书》毛评本撰写序文。

毛宗岗同金圣叹也有来往。金雍编辑的《圣叹尺牍》一书中保存着金圣叹写给毛宗岗的一封信。

康熙四年（1665），其父毛纶因病废目，《第七才子书》的评点由毛宗岗执笔代书。次年，毛宗岗商请其师“葑溪浮云客子”撰写序文[②]，遂成书刊行。

康熙十八年（1679）十二月，李渔为《三国》毛评本撰写序文。此书由醉耕堂刊行，乃现存最早的《三国》毛评本。

在康熙三十四年（1695）前后，毛宗岗为其友褚人获《坚瓠集》庚集撰写序文。其后，《坚瓠集》的广集、补集、秘集都选录了毛宗岗的一些文字。

我们知道，毛纶、毛宗岗父子二人都参与了《三国》毛评本的整理和评点。据毛纶在《第七才子书》的《总论》中说，《三国》毛评本的“校正”和“总评”是他自己所作。而李渔的醉耕堂本序在谈及《三国》毛评本的“评”者时，仅仅提到了毛纶一人的名字。但是，我们并不知道，除了“校正”和“笔录”之外，毛纶还具体做了什么，除了“笔录”之外，

① 娄关，在长洲。

② 葑溪，也在长洲。

毛宗岗究竟还做了什么。我们更不清楚，他们二人之中，谁做得多，谁做得少，谁应该是主要的，谁应该是次要的。好在他们是父子关系，即使把账错算在谁的头上，也没有多大的妨碍，不至于引起著作权的纠纷。

在这一点上，毛宗岗占了便宜。因为在今天，他的名气比毛纶更大。毕竟他是毛评本整理和评点工作的最后完成者，毕竟他的名字刻印在毛评本引人注目的位置上。

八 四大系统

几部伟大的小说名著，都有比较复杂的版本问题。《水浒传》、《西游记》、《聊斋志异》、《儒林外史》和《红楼梦》如此，《三国》也如此。

所以，作为《三国》的热心读者，在阅读之前，了解一点有关它的版本问题的常识，还是必要的。

《三国》的传播十分广泛。除了最早的“嘉靖本”和过去最流行的“毛评本”之外，还有着不计其数的刊本。

这些复杂繁乱的版本，能不能厘清它们的头绪呢?

大体上说来，《三国》的版本可以分为甲、乙、丙、丁四大系统。甲系统和乙系统是240则本。丙系统和丁系统则是120回本。

从版本演变的历史进程看，240则本的产生在先，120回本的产生在后。而所谓240“则”，其实就是120“回”的“一分为二”（一回分拆为二则）。所谓120“回”，其实就是240“则”的“合二而一”（二则合并为一回）。

甲系统包括嘉靖本、周曰校刊本、夷白堂刊本、夏振宇刊本等。它们都在作者的署名上冠以“后学”二字。它们都分为240则，而每则都有一个单句的标目。

但嘉靖本和夷白堂刊本是24卷本（每卷10则），周曰校刊本和夏振宇刊本则是12卷本（每卷20则）。

另外，在书名上，嘉靖本、周曰校刊本都叫做《三国志通俗演义》，夷白堂刊本、夏振宇刊本则微有不同，前者叫做《通俗三国演义》，后者叫做《三国志传通俗演义》。

嘉靖本刊行于明代嘉靖元年（1522）。卷首载有蒋大器（庸愚子）弘治七年（1494）的序文，和张尚德（修髯子）嘉靖元年的序文。在《三国志演义》现存的各种版本中，它的刊行年代最早。它也最接近于罗贯中原稿的面貌。因此，它一直被认为是《三国志演义》最重要的版本。嘉靖本现有两种影印本：商务印书馆影印本（1929）。人民文学出版社影印本（1974）。它们的底本在某些文字和细节上有所歧异，这正反映了嘉靖本初刻本（人民文学出版社影印本）和覆刻本（商务印书馆影印本）的不同。

周曰校刊本，它的另两个名称是万卷楼刊本或仁寿堂刊本，万历十九年（1591）刊行于金陵（今江苏南京）。卷首也有蒋大器、张尚德的两篇序文。有插图240叶。初刻本插图记有刻工王希尧、魏少峰二人的姓名。覆刻本则无。周曰校刊本现有天一出版社《明清善本小说丛刊》影印本。

夷白堂刊本，万历年间刊行于武林（今浙江省杭州市）。它的行款，半叶9行，每行17字，同于嘉靖本。这表明它和嘉靖本有一定的血缘关系。但书中某些地方，例如卷21首叶首行，有“徽郡原板”字样。这又表明它的底本可能是一种安徽刊本。

夏振宇刊本的刊行年代、地点不详。它晚于周曰校刊本。从文字上看，当出于周曰校刊本。它们在书名之上都增添了完全相同的附属语：“校正古本大字音释”。它们在分卷上都同样有所变动，把嘉靖本的24卷合并为12卷。蒋大器、张尚德的两篇序文同样都被保留下来。它们的文字也都同样接近于嘉靖本。夏振宇刊本现有中华书局《古本小说丛刊》影印本（1993）。

甲系统的版本（尤其是嘉靖本），它们的文字最接近于罗贯中的原本。而在作者署名之上冠以“后学”二字，正具有特征的意义。试想，若非来自罗贯中本人的稿本，何劳旁人费心去代替他使用这样的谦抑之词呢？

乙系统包括余象斗刊本、“评林”本、熊清波刊本、郑少垣刊本、杨起元刊本、郑世容刊本、刘龙田刊本、笈邮斋刊本、杨美生刊本、黄正甫刊本、美玉堂刊本、刘荣吾刊本、“合像”本、朱鼎臣辑本、王泗源刊本、熊成治刊本、“汤学士校正”本，等等。它们不妨统称为“闽刊本”。它们共同的特点，可以概括如下：

1. 在分卷上，都属于20卷本；

2. 基本上都以《三国志传》为书名；

3. 刊刻的地点都在福建，而且基本上集中于建阳一地；

4. 绝大多数刊行于万历年间，而且都在甲系统的周曰校刊本之后；

5. 叶面上都采用了上图下文的形式。

6. 在内容上，绝大多数都插增了关索出身、入川、征孟获的情节。

种种迹象表明，乙系统各版本或它们的底本的产生，要晚于甲系统中的嘉靖本、周曰校刊本等。

乙系统各版本的文字比较粗芜简略，和甲系统不同，情节上也略有出入。它们以普及性的通俗读物的面貌出现。由于商业竞争的原因，出版者既要忙于抢赶时间，又要蓄意节省工料，印制上的草率、粗糙在所难免。从《三国》的流传过程看，这一类版本对后世的影响并不算大。

这一系统中余象斗刊本、“评林”本、郑少垣刊本、郑世容刊本、笈邮斋刊本等，都有中华书局《古本小说丛刊》影印本。

丙系统，从分卷上说，有不分卷本和24卷本的区别。

不分卷本刊行于明末，包括吴观明刊本、宝翰楼刊本、绿荫堂刊本、藜光楼植楠堂刊本等，可以统称为李卓吾评本。

24卷本刊行于清初，包括两衡堂刊本，遗香堂刊本等，可以统称为李笠翁评本。

李卓吾评本和乙系统的闽刊本有一定的血缘关系。这从以下三个现象可以得到解释。第一，丙系统的吴观明刊本刊行于福建建阳。第二，丙系统的藜光楼植楠堂刊本的正式名称虽然是《李卓吾先生批评三国志》，但在第100回回末等处却题为《李卓吾先生批评三国志传》，袭用了闽刊本的书名。第三，乙系统的王泗源刊本的书名，或作《……三国志史传》，或作《……三国志传》，封面的题名却也袭用了闽刊本特有的书名：《李卓吾先生批点原本三国志传》。

不过宝翰楼、绿荫堂、藜光楼植楠堂已变成了江苏苏州的书坊。刊刻地点从建阳向苏州的转移，标志着它们和乙系统的决裂。它们显然也接受了甲系统的影响。当然，它们和甲系统、乙系统毕竟有所不同。最重要的是，它们把240节改成了120回，并以增加大批评家“李卓吾”或李渔的评语为号召。

当然，所谓“李卓吾”的批评并非真正地出自李贽的笔下，而是像叶昼那样的文人和一些书商串通起来，共同做手脚，托名伪造的[①]。

李渔评本现存康熙年间彩色套印本。它的卷首载有李渔自序，署“湖上笠翁李渔题于吴山之层园”。而李渔自南京移家杭州云居山东麓的层园，系康熙十六年（1677）间事，序云：“余于声山所评传首，已僭为之序矣。”而李渔的毛评本序文系作于康熙十八年（1679）十二月。由此可知，李渔评本实出于毛评本之后。它成书的时间约在康熙十六年至十九年之间[②]。

丁系统比较单纯，由一大批毛评本，以及它们的种种派生本组成。这是在清代流行了250年之久的、最畅销的《三国》版本。

毛评本对《三国》本文做了许多的改动，并且还添加了许多的评语。

毛评本对后世有很大的影响。丙系统中的李笠翁评本产生于毛评本（醉耕堂刊本）问世之后，直接吸收了毛评本的许多评语。20世纪50年代至70年代在中国大陆上普遍流行的人民文学出版社排印本，就是在毛评本的基础上进行整理的。今天的《三国》读者，恐怕绝大多数都是从毛评本入手的。中国电视剧制作中心的80集电视连续剧《三国演义》的剧本也正是依据毛评本改编的。

如果按照版本产生时代的先后来排列，四大系统的顺序为：

甲—乙—丙—丁

① 钱希言：《戏瑕》卷三。

② 李渔卒于康熙十九年（1680）。

《三国志演义》朝鲜铜活字残本试论

——《三国志演义》朝鲜铜活字残本研究之一

一 前言

近年来，在韩国相继发现了《三国志演义》朝鲜翻刻本和朝鲜铜活字残本。

《三国志演义》朝鲜翻刻本分藏于鲜文大学、首尔大学、岭南大学、东国大学以及林荧泽、李谦鲁、金荣镇等处，其配补影印本已于2009年8月由鲜文大学中韩翻译文献研究所、学古房（首尔）在韩国联合出版，限印二百部。

《三国志演义》朝鲜铜活字本，李亮载藏，残存一册（卷八上、卷八下）。卷八上，第1叶至第35叶佚缺，文字始自第147节“庞德抬榇战关公”、第36叶前半叶的“一将立于阶下，其人少不务农”，至第150节“吕子明智取荆州”、第56叶。其中，第45叶缺。卷八下，残存第1叶至第47叶前半叶。第47叶前半叶仅存五行半，“祖宗天下何期今日废之朕”以下佚缺。卷八下保持着第151节“关云长大战徐晃”至第159节“废献帝曹丕篡汉”；估计卷八下应至第160节。其行款则是，每半叶十一行，每行二十字。卷八下题“三国志通俗演义”，署“晋平阳侯陈寿史传”、“后学罗本贯中编次”。此铜活字残本已于2010年5月由鲜文大学中韩翻译文献研究所、学古房（首尔）在韩国联合影印出版，限印二百部。

这两部书的发现和影印出版都离不开韩国鲜文大学朴在渊教授的努力和贡献。

2008年，在“第四届东亚出版文化国际学术会议”（日本仙台）上，朴在渊教授发表了论文《近世中国古典小说在朝鲜之出版》。其中第二节“《新刊古本大字音释三国志传通俗演义》”介绍和论述了朝鲜翻刻本的一些情况。朝鲜翻刻本影印本卷末刊载了朴在渊教授的论文《关于新发现的朝鲜翻刻本〈三国志通俗演义〉》。朴在渊教授当时的主要看法是：

1. 朝鲜翻刻本的底本是周曰校刊本甲本。“朝鲜刻本不是周曰校刊本的改刻本，而是甲本的覆刻本。”

2. “《朝鲜王朝实录》中的‘三国志演义’很可能是指周曰校刊本甲本”。

3. “耽罗刊本的刊年‘丁卯’有可能不是1627年，而是壬辰抗倭战争之前的‘丁卯’年，即1567年”。

4. 周曰校刊本修髯子的“引”所署的“嘉靖壬子”“很可能是周曰校刊本甲本的刊行年度”。

本文作者之一曾在“2009年韩国中国小说学会创立20周年纪念国际学术大会”（韩国首尔）上发表论文《〈三国志演义〉朝鲜翻刻本考论——周曰校刊本研究之二》。此文的主要结论可以概括为：

1. 朝鲜翻刻本是周曰校刊本的忠实的翻刻本。
2. 奇大升所说的《三国志演义》是指朝鲜翻刻本。
3. 朝鲜翻刻本上的“丁卯”是指隆庆元年（1567）。
4. 周曰校刊本甲本刊行于嘉靖三十一年（1552）。

2010年1月23日，在韩国“画与书论坛”定期学术报告会上，朴在渊教授介绍了新发现的《三国志演义》朝鲜铜活字残本的有关情况。2月间，“韩联网”上发表了有关的报道。3月19日，朴在渊教授应邀在南京大学域外汉籍研究所作了题为“新发现之朝鲜活字本《三国志通俗演义》”的演讲；随后，《南京大学学报》2010年第5期上，刊载了朴在渊教授的论文《关于新发现的朝鲜活字本〈三国志通俗演义〉》。这篇论文又以《关于新发现之朝鲜活字本〈三国志通俗演义〉》为题，发表在《三国志演义》朝鲜铜活字残本影印本上。

朴在渊教授此时表明了以下的新看法：

> 1.《朝鲜王朝实录》中《三国志通俗演义》“至于印出”的记录所指的是活字本，不是翻刻本。
>
> 2. 这个朝鲜活字本所使用的活字是丙子字，是从1516年开始到壬辰（1592）抗倭战争之前一直使用的铜活字。（按：1592年是万历二十年。）
>
> 3. 新资料《三国志通俗演义》活字本原本在中国刊行（1552）以后，于1560年初中期被重新印出的。（按：1552年是嘉靖三十一年壬子；1560年是嘉靖三十九年庚申。）
>
> 4. 有丁卯年耽罗刊记的朝鲜翻刻周曰校本《三国志传通俗演义》并非翻刻于隆庆元年（1567）的丁卯，而是六十年后的丁卯年（天启七年，1627）。
>
> 5. 朝鲜活字本的底本是周曰校甲本（嘉靖三十一年，1552）和嘉靖壬午本（嘉靖元年，1522）。……本人认为它是以周曰校甲本为底本，参照了嘉靖壬午本，并进一步校勘的版本。

拙文谨对以上五点作出回应，进行商榷。

敬以此文献给“第九届中国古代小说文献暨数字化国际研讨会”（韩国首尔，成均馆大学），它使拙文得到了一个公开发表的机会。

敬以此文献给朴在渊教授，由于他的努力，在韩国连续发现了《三国志演义》朝鲜翻刻本和朝鲜铜活字残本，促进了《三国志演义》版本和传播史的深入研究。另外，他还在2009年8月面赠《三国志演义》朝鲜翻刻本的影印本，又在2010年6月先后寄赠了他在《南京大学学报》上发表的论文的电子版以及朝鲜铜活字本的影印本，谨在这里向他表示由衷的谢意。

二 简略的年表

为了便于讨论问题，请允许我们先列出一份简略的年表①，以供参考：

1323年（至治三年）或1325年（泰定二年），罗贯中约生于此时。

1364年（至正二十四年），贾仲明与罗贯中相会。

1422年（永乐二十年），贾仲明撰《书录鬼簿后》。其时，贾仲明年“八十”，他已不知罗贯中所终。

1465—1505年（成化元年至弘治十八年），沈津认为，《三国志演义》上海残叶②刊行于此时。

1494年（弘治七年），蒋大器（庸愚子）撰《三国志通俗演义序》。其中说：“书成，士君子之好事者，争相誊录，以便观览。”

1516年（正德十一年，朝鲜中宗十一年），朝鲜铜活字“丙子字”开始使用。

1519年（正德十四年，朝鲜中宗十四年），朝鲜铜活字“己卯字”开始使用。

1522年（嘉靖元年），嘉靖壬午本刊行。张尚德（关中修髯子）撰《三国志通俗演义引》。其中说：“简帙浩瀚，善本甚艰，请寿诸梓，供之四方，可乎？”

1522—1566年（嘉靖元年至四十五年），《古今书刻》著录本、《宝文堂书目》著录本刊行于此时。

1529年（嘉靖八年），周显宗刊行《陶渊明集》（上海图书馆藏），其前后衬页为《三国志演义》某刊本的残叶。

1534—1567年（嘉靖十三年至隆庆元年，朝鲜明宗时期），朴彻庠认为，朝鲜铜活字本刊行于此时。

1540年（嘉靖十九年），《百川书志》著录本刊行于此前。

---

① 这只是一个“简略”的年表，凡与我们讨论的问题无直接关系的事实和版本均未阑入。

② 请参阅刘世德《〈三国志演义〉残叶试论》，《南京师范大学文学院学报》2002年第3期。按：此文已收入拙著《三国志演义作者与版本考论》（中华书局2010年版）。

1548 年（嘉靖二十七年），叶逢春刊本刊行。

1552 年（嘉靖三十一年），朴在渊（前）[①]、刘世德认为，周曰校刊本甲本刊行于此年。

1561—1566 年（嘉靖四十年至四十五年），朴在渊认为，朝鲜铜活字本印行于 16 世纪 60 年代的初中期。

1572 年（隆庆六年），朝鲜铜活字本印行年代的下限。

1573 年（万历元年），朝鲜改铸甲寅字。《酌中志》著录本刊行于万历初年。

1591 年（万历十九年），周曰校刊本乙本刊行。

1592 年（万历二十年），余象斗刊本刊行。朝鲜抗倭战争（“壬辰倭乱”）。李谦鲁、朴在渊（前）认为，朝鲜翻刻本刊行于此年之前。朴彻庠、金文京、朴在渊（后）认为，朝鲜翻刻本刊行于此年之后。

1627 年（天启七年），金文京、朴在渊（后）认为，朝鲜翻刻本刊行于此年。

三　寻找铜活字本的底本

在明代嘉靖、万历年间，《三国志演义》的版本，以我们今天所见所知的版本而论，基本上可以分为甲乙两大系统。甲系统以嘉靖壬午本（嘉靖元年，1522）、周曰校刊本甲本（嘉靖三十一年，1552）为代表，乙系统以叶逢春刊本（嘉靖二十七年，1548）、余象斗刊本（万历二十年，1592）领衔，紧随其后的是同样出于福建建阳一地的诸多刊本。

甲系统和乙系统的主要区别在于：书名、作者署名、分卷、图像、行款有所不同，人物、情节和文字有或多或少的歧异。

需要补充说明的是，以上所说只是主要的区别。而在两大版本系统各自的内部，各版本彼此之间还有着更细微、更具体的区别。

从种种迹象来看，朝鲜铜活字本属于甲系统，而不属于乙系统。

① “朴在渊（前）”，代表朴在渊教授原先的看法；“朴在渊（后）”，则代表朴在渊教授后来修正的看法。

讨论铜活字本的底本是哪一个的问题，首先，我们要排除它是叶逢春刊本、余象斗刊本以及其他建阳刊本的可能性，因为从内容和形式两个方面看，铜活字本和该系统诸本都有着许许多多的或大或小的差异。

因此，讨论和寻找铜活字本的底本问题时，我们可以把范围缩小到甲系统的范围以内。

甲系统中的哪一个已知的版本是朝鲜铜活字本的底本？我们将对朴在渊教授提出的说法（“是以周曰校甲本为底本，参照了嘉靖壬午本，并进一步校勘的版本”①）进行商榷。

我们将从以下几个方面展开探讨。

（一）从书名看铜活字本

铜活字本的封面、扉页、首卷首叶、卷八上首叶均已不存，它们所题写的书名不详。

卷八上末叶、卷八下首叶题写的书名则是：“三国志通俗演义”。

用这个书名和嘉靖壬午本比对，完全相同。嘉靖壬午本的封面、扉页、各卷首叶、各卷末叶都一致地题写着“三国志通俗演义”。

而周曰校刊本甲本、朝鲜翻刻本则有所不同。周曰校刊本甲本卷六卷首、卷九卷首题“新刊校正古本大字音释三国志传通俗演义”。朝鲜翻刻本各卷首叶也同样题“新刊校正古本大字音释三国志传通俗演义”，一字不差；卷二末叶作“三国志传道（通）俗演义”，卷四、卷八、卷九、卷十一末叶作“三国演义”，卷六、卷十二末叶作“三国志传通俗演义”。

单从书名看，铜活字本的底本可能是嘉靖壬午本，而不可能是朝鲜翻刻本（周曰校刊本甲本）。

（二）从作者、出版者署名看铜活字本

铜活字本作者的署名为“后学罗本贯中编次”。

---

① 朴在渊：《关于新发现之朝鲜活字本〈三国志通俗演义〉》，朝鲜铜活字本影印本卷首。按：此文又刊载于《南京大学学报》2010 年第 3 期，题为《关于新发现的朝鲜活字本〈三国志通俗演义〉》。以下所引朴在渊教授的说法，凡未注明出处者均见于此文。

这个署名与嘉靖壬午本、周曰校刊本甲本、朝鲜翻刻本完全一致。而与叶逢春刊本、余象斗刊本一系的版本不同。

叶逢春刊本署“东原罗本贯中编次”，余象斗刊本署“东原贯中罗道本”。“东原”二字源自蒋大器的《三国志通俗演义序》，与贾仲明《录鬼簿续编》罗贯中小传相悖，乃后世书商添加，不足信，断非罗贯中自署①。“后学”二字是自谦之词，这方符合罗贯中本人的口气。这也从侧面证明铜活字本的底本是一个早期的版本。

从作者署名看，铜活字本的底本有可能是嘉靖壬午本，或者也可能是周曰校刊本甲本、朝鲜翻刻本。

铜活字本无出版者署名，与嘉靖壬午本一致，而周曰校刊本甲本、朝鲜翻刻本都在作者署名之侧多出了单独的一行：“明书林周曰校刊行”，或作“明书林周曰校梓行”。

我们相信，铜活字本的底本如果也有出版者的署名，那么，铜活字本在排印时肯定是不会遗漏的。

单从出版者署名看，铜活字本的底本有可能是嘉靖壬午本，而不可能是周曰校刊本甲本或朝鲜翻刻本。

（三）从分卷看铜活字本

铜活字本的分卷是一个非常特殊的注意点。

铜活字本残存一册，共分两卷。一为“卷之八上”，一为“卷之八下”。“卷之八上”残存第 36 叶至第 56 叶，其第 1 叶至第 35 叶、第 45 叶佚缺。“卷之八下”残存第 1 叶至第 47 叶前半叶，其第 47 叶后半叶以下佚缺。

卷八上残存部分文字的节目，包括四个：

第 147 节“庞德抬榇战关公”
第 148 节“关云长水淹七军”

① 请参阅刘世德《罗贯中籍贯考辨》（《〈三国演义〉与罗贯中》，中州古籍出版社 2000 年版）、《罗贯中非东平人说——罗贯中籍贯考辨之二》（《〈三国演义〉与荆州》，中州古籍出版社 1993 年版）。

第 149 节“关云长刮骨疗毒”
第 150 节“吕子明智取荆州”

卷八下残存部分文字的节目，则包括九个：

第 151 节“关云长大战徐晃”
第 152 节“关云长夜走麦城”
第 153 节“玉泉山关公显圣”
第 154 节“汉中王痛哭关公”
第 155 节“曹操杀神医华佗”
第 156 节“魏太子曹丕秉政”
第 157 节“曹子建七步成章”
第 158 节“汉中王怒杀刘封”
第 159 节“废献帝曹丕篡汉”

以卷八上而论，现存者起于第 147 节、第 36 叶前半叶，止于第 150 节、第 56 叶后半叶。现存四节，占 21 叶，平均每节五叶半。依此类推，已佚缺的 35 叶应是六节。也就是说，卷八上是起于第 141 节，止于第 150 节，共十节。而卷八下起于第 151 节，正好和卷八上密切衔接。

再以卷八下而论，现存者起于第 151 节、第 1 叶，止于第 159 节、第 47 叶前半叶，其后佚缺。现存九节，占 47 叶，平均每节五叶半，和卷八上相等。而卷八上止于第 150 节，这样看来，卷八下也应当是止于第 160 节，维持着和卷八上一样的每半卷十节的格局。卷八下现存 46 叶半，如果再加上一节平均所需要的五叶半的叶数，正好在 53 叶左右。

用这个平均数字去测算，铜活字本全书应是：12 册，12 卷，每卷 20 节。每卷又分为上下卷，各为 10 节。

在我们已知的《三国志演义》各种版本中，还没有分上下卷的先例。

为什么要分上下卷？是朝鲜印书的通例，还是另有原因？仅此卷分上下卷，还是全书都分上下卷？对这些问题，我们一时做不出准确的回答。

但我们知道，书籍的翻刻和重新排印，其分卷和行款都不是随意为之，而是比较严格地保持着和底本的一致。在中国是如此，在古代的朝鲜也应是如此。《三国志演义》朝鲜翻刻本被认为是周曰校刊本甲本的忠实的翻刻本，正是对这一点的最好的说明。

铜活字本卷八分为上下卷。从字数来说，卷八并没有特殊之处。如果它是个特例，那么，它的字数和其他卷的字数相比，显然并没有涨溢出好多，以致达到了非再细分上下两卷不可的地步。也就是说，在铜活字本上，其他卷和卷八一样，理应也是各自分为上下卷的。

因此，我们认为，铜活字本全书应是分为 12 卷，共 240 节；每卷又分上下卷，各有十节。

据我们分析，这种分卷的格局并非铜活字本的创造发明，而应是它的底本原已如此，铜活字本不过是萧规曹随，照搬而已。

查现知各明刊本《三国志演义》的分卷情况，计有六卷本、十卷本、十二卷本、十九卷本、二十卷本、二十四卷本、六十卷本、不分卷本等。十二卷本，有周曰校刊本、夏振宇刊本、郑以祯刊本等。二十四卷本，有嘉靖壬午本、夷白堂刊本等，每卷十节，十节之数虽和铜活字本的上卷或下卷相等，但总的卷数却是铜活字本的两倍。唯独感到遗憾的是，东找西找，始终找不到每卷再分上下版本的踪影或消息。

单从分卷的情况看，铜活字本的底本疑非朝鲜翻刻本（周曰校刊本），亦非嘉靖壬午本。

（四）从行款看铜活字本

铜活字本的行款是：每半叶 11 行，每行 20 字。

这和毛评本之前的、已知的、已见的哪一个《三国志演义》版本相同呢？

请看：嘉靖壬午本、夷白堂刊本：每半叶 9 行，每行 17 字。李卓吾评本、宝翰楼刊本、遗香堂刊本：每半叶 10 行，每行 22 字。上海图书馆藏残叶：每半叶 12 行，每行 22 字。夏振宇刊本：每半叶 12 行，每行 25 字。钟伯敬评本：每半叶 12 行，每行 26 字。周曰校刊本甲本、朝鲜翻刻本：每半叶 13 行，每行 24 字。周曰校刊本乙本：每半叶 13 行，每行 26 字。熊飞刊本：每半叶 14 行，每行 22 字。郑以祯刊本：每半叶 14 行，每行 30

字。嘉庆二年刊本：每半叶 16 行，每行 41 字。

以上所列举的版本，不包括“上图下文”本在内。这是因为版式不同，无法进行比较。不妨在这里列举较早的三种，以概其余——叶逢春刊本：每半叶 16 行，每行 20 字。余象斗刊本（余象斗刊本甲本）：每半叶 16 行，每行 27 字。“评林”本（余象斗刊本乙本）：每半叶 15 行，每行 22 字。

单从行款看，现存的、已知的毛评本之前的《三国志演义》任何版本均与铜活字本的底本不符。

（五）从正文看铜活字本

《三国志演义》朝鲜铜活字本现存十二个节目，倒是和嘉靖壬午本、朝鲜翻刻本全同。

朴在渊教授对铜活字本的文字细心地作了校勘，写出了校记。现随意选取影印本第 153 节“玉泉山关公显圣”的校记为例。该校记，自第 601 条至第 763 条，共有 162 条之多。其中，文字异于嘉靖壬午本者，104 条；异于朝鲜翻刻本者，24 条；兼异于嘉靖壬午本与朝鲜翻刻本者，34 条。

这似乎符合朴在渊教授的结论：此铜活字本“是以周曰校甲本为底本，参照嘉靖壬午本作了进一步校勘的版本”。

但是，这个统计数字和校记存在两个缺陷。一是它仅仅校勘了嘉靖壬午本和朝鲜翻刻本，而没有参校其他版本，尤其是叶逢春刊本一系的建阳刊本。二是它列入了一些异体字，例如“侯”、“答”、“惧”、“赶”、“于”、“晋”、“怜”、“仇”、“参”、“庵”之类，还列入了一些明显的错讹字，这都影响了统计数字的高度准确性。

朴在渊教授已举出了大量的同于朝鲜翻刻本而异于嘉靖壬午本，或同于嘉靖壬午本而异于朝鲜翻刻本的例子。我们无须重复。

让我们举出另外两类例子，第一类是既不同于嘉靖壬午本，也不同于朝鲜翻刻本，而同于其他版本（以叶逢春刊本为例）的例子；第二类是既不同于嘉靖壬午本、朝鲜翻刻本，也不同于叶逢春刊本的独异的例子，来探讨朝鲜铜活字本的底本问题。

例子为数众多，限于篇幅，不能全举。现仅从我们所记下的上百个例子中随意摘取最后五节（第155节至第159节）中的23个例子，以概其余。我们想，这23个具体的例子已足以说明问题了。

【不同于嘉靖壬午本、朝鲜翻刻本，而同于叶逢春刊本的例子】

例1，铜活字本第155节：

> 操曰："孤平日患偏头风，不时举发……"

"平日"，叶逢春刊本同，嘉靖壬午本、朝鲜翻刻本作"平生"。

例2，铜活字本第157节：

> 两肉齐道行，头上带横骨。

"横骨"，叶逢春刊本同，嘉靖壬午本作"兕骨"，朝鲜翻刻本作"凹骨"。

例3，铜活字本第157节：

> 昔每与庞统共相誓约，庶托足下发踪，尽心于主公之业，追名古人，载勋竹帛。……彭羕顿首。

"发踪"，叶逢春刊本同，嘉靖壬午本、朝鲜翻刻本作"未踪"。"顿首"，叶逢春刊本同，嘉靖壬午本作"顿首拜具"，朝鲜翻刻本作"拜首"。

例4，铜活字本第158节：

> 臣委质以来，愆戾山积，臣犹自知，况于君乎！

"自知"，叶逢春刊本同，嘉靖壬午本、朝鲜翻刻本作"在知"。

例5，铜活字本第158节：

> 臣闻范蠡识微，浮于五湖，吴起谢罪，逡巡于河上。

“吴起”，叶逢春刊本同，嘉靖壬午本、朝鲜翻刻本作“咎犯”。

例6，铜活字本第159节：

> 华歆奏曰：“伏睹魏王自登位以来，布德四方，仁及万物，越古超今，虽唐、虞无以过此……”

“登位”，叶逢春刊本同，嘉靖壬午本、朝鲜翻刻本作“登宝位”。

【既不同于嘉靖壬午本、朝鲜翻刻本，也不同于叶逢春刊本的独异的例子】

例1，铜活字本第155节：

> 操呼：“武士安在?”皂衣人仗剑望操砍。

“望操砍”，嘉靖壬午本、朝鲜翻刻本作“望操便砍”，叶逢春刊本作“向前劈头砍之”。

例2，铜活字本第155节：

> 华歆入奏曰：“王上知有神医华陀否?”操曰：“乃是江东医华陀者乎?”歆曰：“然。”

“华陀”，嘉靖壬午本、朝鲜翻刻本、叶逢春刊本均作“周泰”。

例3，铜活字本第155节：

> 陀令取蒜齑汁三升即饮而愈。

“而”，嘉靖壬午本、朝鲜翻刻本、叶逢春刊本均作“可”。

例4，铜活字本第155节：

> 孤平日患偏头风，不时举发，五七日不饮食，甚是疼痛。

“甚是疼痛”，嘉靖壬午本、朝鲜翻刻本作“甚是痛苦”，叶逢春刊本作“痛楚不可当”。

例5，铜活字本第155节：

> 王上曾闻关公中毒箭，伤其右臂，某刮骨疗毒，自然无忧矣。

“毒箭”，嘉靖壬午本、朝鲜翻刻本作“箭毒”，叶逢春刊本作“药箭”。

例6，铜活字本第155节：

> 妻曰：“《青囊书》吾已烧毁也。”夫问其故，妻又曰：“纵然学得与华陀一般神妙，只落得死于牢中。吾故知此，所以毁之。”

“牢”，嘉靖壬午本、朝鲜翻刻本、叶逢春刊本均作“狱”。

例7，铜活字本第155节：

> 操观毕大笑，出示群臣曰：“是儿欲处使吾居炉火上耶!”

“处”，嘉靖壬午本、朝鲜翻刻本无，叶逢春刊本无此三句。

例8，铜活字本第156节：

> 操病转加，是夜子时梦三马同槽，及晓召贾诩曰：“孤夜梦三马同槽，疑马腾、马林、马铁三人，故将马腾全家杀之。今夜复梦之。”

“孤夜梦”，嘉靖壬午本、朝鲜翻刻本作“孤昔夜梦”，叶逢春刊本作“孤昔日梦”。

例9，铜活字本第156节：

> 群臣曰：“太子宜登宝位，但未得天子诏命，岂敢造次而行耶?”

“耶”，嘉靖壬午本作“之”，朝鲜翻刻本、叶逢春刊本作“耳”。

例10，铜活字本第157节：

> 于是殿上悬一水墨画，画着两只牛斗于土墙之下，一牛坠井而亡。丕指而言曰：“以此画为题。诗中不许犯着画上‘二牛斗墙上，一牛坠井死’字样。”

“墙上”，嘉靖壬午本、朝鲜翻刻本、叶逢春刊本均作“墙下”。

例11，铜活字本第157节：

> 曹操已死，曹丕僭称王位，威逼汉帝，甚于其父。

“甚于其父”，嘉靖壬午本作“尤甚于操贼”，朝鲜翻刻本作“甚如其父”，叶逢春刊本作“过于其父”。

例12，铜活字本第157节：

> 有彭羕与孟达甚厚，听知此事，急回家作书，遣心腹人欲报孟达。

“欲”，嘉靖壬午本、朝鲜翻刻本、叶逢春刊本均无。

例13，铜活字本第157节：

> 羕曰：“公起本部军，结连孟达为外合，某领川兵为内应，天下不足定也。”

“公起本部军”，嘉靖壬午本、朝鲜翻刻本作“公起本部兵”，叶逢春刊本作“将军引军”。“领”，嘉靖壬午本、朝鲜翻刻本、叶逢春刊本均作“引”。

例14，铜活字本第158节：

> 玄德看毕，大怒曰：“匹夫叛吾，安敢以文辞相戏耶！”

“耶”，叶逢春刊本无，嘉靖壬午本、朝鲜翻刻本作“耳”。

例 15，铜活字本第 158 节：

> 封领父命，奋然率兵来擒孟达。不说孟达入郧降魏，且说曹丕聚文武议事……

“不说孟达入郧降魏”，叶逢春刊本无，嘉靖壬午本作“不题”，朝鲜翻刻本作“不说”。

例 16，铜活字本第 158 节：

> 丕曰：“汝既是真心，便可去襄阳取刘封首级前来，孤方准信。”

“便可去”，嘉靖壬午本、朝鲜翻刻本作“可去”。叶逢春刊本作“可便去”。

例 17，铜活字本第 159 节：

> 忽然曹洪、曹休二人带剑上殿，厉声问曰……

“忽然”，嘉靖壬午本、朝鲜翻刻本作“忽”，叶逢春刊本作“忽阶下”。

从正文看，铜活字本的底本既不是嘉靖壬午本，也不是朝鲜翻刻本（周曰校刊本甲本）。

若以它为“百衲本”的性质，恐怕也不合乎常情。

（六）静轩诗的有无

朝鲜翻刻本（周曰校刊本甲本）和朝鲜铜活字本的一个明显的分野，便是静轩诗[①]的有无。

朝鲜翻刻本有静轩诗，而朝鲜铜活字本无静轩诗。

在这一点上，朝鲜铜活字本异于周曰校刊本甲本，同于嘉靖壬午本。

朝鲜铜活字本残存第 147 节至第 159 节。在这 13 节中，朝鲜翻刻本、周曰校刊本乙本均有静轩诗六首：

---

① 我们在这里所说的“静轩诗”，是指以“静轩”或“周静轩”为作者署名的诗。

江东瘖瘵索荆州（第 149 节）
从来仁义感人深（第 151 节）
陆逊青年未有名（第 151 节）
关公义勇孰能俦（第 152 节）
三马同槽事可疑（第 156 节）
奸宄专权汉室亡（第 159 节）

朝鲜铜活字本则无此六诗。由此不难断定，朝鲜铜活字本全书实无静轩诗。

这就产生了一个问题：是朝鲜铜活字本删除了静轩诗呢，还是它的底本根本就没有静轩诗？

朴在渊教授说："朝鲜活字本中周静轩诗被全部删除。"又说，"这一特点与嘉靖壬午本相同。"从这番话可知，他其实是认为：朝鲜铜活字本的底本是有静轩诗的，只不过被铜活字本删去了；嘉靖壬午本也是同样的情形。

这个论断，我们认为大有商榷的余地。

嘉靖壬午本是《三国志演义》现存最早的、最完整的刊本，它没有以"静轩"或"周静轩"为作者署名的诗；同时，我们也没有任何证据能够证明，在它之前，在嘉靖元年（1522）之前，有任何的含有这类"静轩诗"的《三国志演义》版本的存在。

《三国志演义》作者是元末明初人。而静轩诗的作者周静轩（名礼，字德恭）"在正德末、嘉靖初时尚在世"，生于景泰八年（1457）之前，卒于嘉靖四年（1525）左右[①]。这一点可以证明，在罗贯中《三国志演义》原稿中，不可能存在静轩诗。

种种迹象表明，静轩诗是后来插增的，不是原有的。

最早插增静轩诗的《三国志演义》版本是叶逢春刊本（嘉靖二十七年，1548）和周曰校刊本甲本（嘉靖三十一年，1552）。本文作者之一曾

① 陈国军：《谫论周静轩》，《明清小说研究》1995 年第 3 期；《静轩现象：通俗与文言小说的沟通与建设》。

在《〈三国志演义〉叶逢春刊本插增静轩诗考》一文[①]的第四节“静轩诗是原有的，还是插增的?”中一共举出六个具体的例子，分析、判断说：“由于插增，打乱了、破坏了原有的叙事的完整性、流畅性、节奏，造成了主语的丧失，以及叙事的混乱。这就充分地证明了，静轩诗不是原有的，而是后来插增的。”

既然朝鲜铜活字本没有静轩诗，这就证明，它的底本也没有静轩诗，而且其底本刊行年代也要早于插增了静轩诗的叶逢春刊本、周曰校刊本甲本。

假设铜活字本的底本有静轩诗，那么它有没有必要作出删除静轩诗这样的举动呢?

《三国志演义》书中插有大量的诗赞文字。以诗而论，铜活字残本中，除了第147节、第151节、第154节、第158节无诗之外，在下列各节都保存着下列的诗：

第148节三诗：“夜半征鼙响震天”、“开疆施妙略”、“威武不能屈”。

第149节二诗：“治病愁（朝鲜翻刻本作‘然’）分内外科”、“刮骨便能除箭毒”。

第150节二诗：“养子当如孙仲谋”、“一笠覆官铠”。

第152节一诗：“势去人离奈若何”。

第153节五诗：“壮哉熊虎将”、“少年为客离蒲东”、“烈烈三分将”、“当年父子震荆襄”、“忆昔将军起解梁”。

第155节三诗：“神医妙手最为良”、“奸臣曹操苦头风”、“奸雄曹操立功勋”。

第156节四诗：“雄哉魏太祖”、“汉末挺生曹孟德”、“杀人虚堕泪”、“堪叹当时曹孟德”。

第157节四诗：“两肉齐道行”、“煮豆燃豆萁”、“论地谈天口若开”、“五车书记藏心腹”。

---

① 刘世德：《〈三国志演义〉叶逢春刊本插增静轩诗考》，《中国古代小说研究》第二辑（人民文学出版社2006年版）。

以上 24 诗的存在，铜活字本和嘉靖壬午本、朝鲜翻刻本完全一致。很难相信，这只是铜活字本的个例，而它的全书竟会是另外一个样！

何况这说的只是诗。除了诗之外，《三国志演义》还插入了很多的、字数更多的、其他形式的文字，在铜活字残本中，就有：

> 第 153 节引《传灯录》，自“大唐高宗仪凤年间”至“神秀即六祖也”，共 196 字。
>
> 同节又引《传》，自“关公在生之时”至“至今显圣护国佑民”，共 193 字。
>
> 第 156 节“史官赠拟曹操行状”，共 168 字。
>
> 同节“陈寿评曹操曰”，共 90 字。
>
> 第 157 节彭羕致孔明书，共 460 余字。
>
> 第 158 节孟达表章，共 290 字。孟达致刘封书，共 601 字。

如果说为了压缩字数、减少篇幅，那么，铜活字本为什么不对上述六段文字动手术？

铜活字本无静轩诗，这一点表明，它的底本不可能是朝鲜翻刻本（周曰校刊本甲本）。

如果说，铜活字本彻底删除了已有的静轩诗，那么，在中国小说发展史上，这样的事例并不符合小说名著版本演变的规律。

《三国志演义》的关索 A（征西川部分）或关索 B（征孟获）故事，《水浒传》的征田虎、征王庆故事，《西游记》的唐僧出身故事，等等，都是明代嘉靖或万历年间的某些版本插增的。甚至有的《水浒传》简本公然使“插增”二字进入了自己的书名，以增加市场销售的号召力。在明中叶那个时代，对待几部著名的、深受读者喜爱的、畅销的小说名著，面临着图书销售市场上的竞争，还没有哪个书商敢大胆地拍板作出删减书中已为读者熟知的内容的决定。

依我们看，说铜活字本的底本无静轩诗，这应是八九不离十的。而说铜活字本的底本原有静轩诗，后被铜活字本删去，这种几率应是很小很小的。

（七）小结

以上，我们从书名、作者、出版者署名、分卷、行款、正文以及静轩诗有无等方面，论证了铜活字本的底本问题。尽管我们并没有寻找到铜活字本的底本，然而我们却排除了铜活字本的底本为朝鲜翻刻本（周曰校刊本甲本）或嘉靖壬午本的可能。

铜活字本的底本应是一个与嘉靖壬午本、周曰校刊本甲本同时或更早的版本。

朝鲜翻刻本与朝鲜铜活字本，彼此没有父子关系，而是各有不同的底本来源。这一点是非常明显的。在没有获得确凿的证据（刊行时间）之前，我们不能以此证彼，或以彼证此，用以说明它们印行年代的先后。

那么，铜活字本会不会是有两个底本，以其中一个为主，以另一个为副呢？

朴在渊教授就提出了这样的看法。他说："本人认为它是以周曰校甲本为底本，参照嘉靖壬午本作了进一步校勘的版本。"

我们认为，这种可能性是不大的。那时的出版者印书的主要目的是谋利。对他们来说，最简便的翻印办法便是照着葫芦画瓢。时间、精力、兴趣、成本，在限制着他们的想法和行为。他们不可能费九牛二虎之力，用两个不同的底本进行校勘，来出版一部畅销的小说。《三国志演义》朝鲜翻刻本以周曰校刊本甲本为底本正是一个有普遍意义的事例。

四 推测铜活字本排印的年代

怎样确定此铜活字残本的排印年代？

朴在渊教授指出，"此书所用活字为丙子字。1516 年（正德十一年，丙子），当时乙亥字和甲辰字缺损严重，故需铸造新的活字，因此以明版《资治通鉴》为字本，用铜铸造了新的活字，即丙子字"，又指出，"壬辰抗倭战争爆发前，丙子字和己卯字（1519）沿用了七十余年，有许多印本……"

《三国志演义》朝鲜铜活字本使用的是丙子字。这出于韩国专家学者的鉴定，我们投以信任票。

丙子字始用于中宗十一年，正德十一年（1516）。这只能是铜活字本排印年代的上限。问题在于，要找出下限。

朴御庠先生说，此铜活字本“刊行于朝鲜明宗时期（1534—1567）”[①]。按：1534年至1567年乃嘉靖十三年至隆庆元年。他所说的期限长达三十余年；朴御庠先生并没有说出这个结论的依据何在。

朴在渊教授则说，“新资料《三国志通俗演义》活字本当于1560年代初中期被印出的”。朴在渊教授同样也没有说出这个结论的依据何在。他所说的“1560年代初中期”比较含糊。按照我们的理解，他指的其实是嘉靖四十年（1561）至隆庆元年（1567）。隆庆元年（1567）应是最后的期限，再往后便不能列入“1560年代中期”了。

隆庆元年是丁卯年。我们不由得联想到朝鲜翻刻本末叶上的“丁卯”二字。怎么那么巧呢？也许这仅仅是一种乱猜。我们需要着重指出的是，朴在渊教授并没有告诉我们，这个“1560年代初中期”的根据究竟在哪里。

在朝鲜铜活字印刷史上，有三个年份值得注意：一是中宗十四年，二是宣祖六年，三是宣祖二十五年。

第一个年份，中宗十四年，即正德十四年（1519）。这一年铸黄铜字，史称己卯字。丙子字才使用了三年，为什么此时改铸？我们不明白其中的究竟。如果丙子字已不能用，或不够用，而需要改用新字，那么，使用丙子字的《三国志演义》铜活字本当印行于中宗十一年（正德十一年，1516）至中宗十四年（正德十四年，1519）之间。

第二个年份，宣祖六年，即万历元年（1573）。这一年改铸甲寅字。（甲寅字铸于世宗十六年、宣德九年，1434）改铸的原因是不是：到此时，丙子字或己卯字沿用五十余年，已不能用，或不够用了？若然，则使用丙子字的《三国志演义》铜活字本当印行于宣祖六年、万历元年之前。万历元年的前一年是隆庆六年（1572）。隆庆六年因之成为铜活字本印行年代

① 朴御庠：《祝贺朝鲜活字本〈三国志通俗演义〉之影刊》，《三国志演义》朝鲜铜活字本影印本卷首。

的下限。

第三个年份，宣祖二十五年，即万历二十年（1592）。这一年发生抗倭战争。日本从朝鲜掳走了大批的用于印刷的铜活字。因此，《三国志演义》铜活字本（丙子字）的印行必在此年之前。

这里所指出的三个时间下限，尤其是后两个时间下限，和朴彻庠先生、朴在渊教授的结论并没有抵牾。

我们并不反对朴彻庠、朴在渊两位的推断，我们只是希望了解他们的结论的根据何在。

朴在渊教授说，"《朝鲜王朝实录》中《三国志通俗演义》'至于印出'的记录所指的是活字本，不是翻刻本"。这也许就是他的根据或根据之一。

问题在于，奇大升所说的《三国志演义》指的是什么版本？

五　奇大升指的是什么版本？

奇大升是朝鲜王朝宣祖时期的一位大臣。宣祖二年己巳（1569）六月壬辰，他在文政殿进讲《近思录》第二卷时，提到了《三国志演义》。《朝鲜王朝实录》"宣祖实录"有如下的记载：

> 奇大升进启曰："顷日张弼武引见时，传教内'张飞一声走万军'之语，未见正史，在《三国志衍义》云。此书出来未久，小臣未见之，而或因朋辈间闻之，则甚多妄诞，如天文、地理之书，则或有前隐而后著，史记则初失其传，后难臆度，而敷衍增益，极其怪诞。臣后见其册，实是无赖者裒集杂言，如成古谈，非但杂驳无益，甚害义理，自上偶尔一见，甚为未安。就其中而言之，如董承衣带中诏，及赤壁之战胜处，各以怪诞之事，衍成无稽之言。自上幸恐不知其册根本，故敢启。非但此书，如《楚汉衍义》等书如此类不一，无非害理之甚者也。诗文词华，尚且不关，况《剪灯新话》、《太平广记》等书皆足以误人心志者乎。上知其诬而戒之，则可以切实拾学问之功也。"
>
> 又启曰："正史则治乱存亡俱载，不可不见也。然若徒观文字而不

> 观事迹，则有害也。经书则深奥难解，史记则事迹不明，人之厌经而喜事，举世皆然。故自古儒士，杂驳则易，精微则难矣。《剪灯新话》鄙亵可愕之甚者，校书馆私给材料，至于刻板，有识之人，莫不痛心，或欲去其板本而因循至今，闾巷之间，争相印见，其男女会淫神怪不经之说，亦多有之矣。《三国志演义》则怪诞如是，而至于印出，其时之人岂不无识。观其文字亦皆常谈，只见怪僻而已。”

这个《三国志演义》指的是什么版本呢？

需要辨明的是两个问题：（一）奇大升指的是中国的版本，还是朝鲜的版本？（二）如果指的是朝鲜的版本，那么，指的是翻刻本，还是铜活字本？

首先，我们认为，这里所说的《三国志演义》，不是指在中国刊行的版本，而是指在朝鲜境内刊印的版本①。朴在渊教授原来也持这一看法②。

有的学者则持另外的见解。例如，柳铎一教授认为，那是指从中国传来的版本；另外，他还认为，“其时之人”是指其时中国之人③。在学术研讨会议上，也曾有其他的学者在发言中提出了和柳铎一教授相同的见解④。

奇大升的话语中有三处值得推敲：一曰“此书出来未久”，二曰“《剪灯新话》鄙亵可愕之甚者，校书馆私给材料，至于刻板，有识之人，莫不痛心，或欲去其板本而因循至今，闾巷之间，争相印见”，三曰“《三国志演义》则怪诞如是，而至于印出，其时之人岂不无识”。

在这三处的文字中，有三个词汇起了贯穿的作用，即“出来”、“印见”和“印出”；另有两个词汇起着对比的作用，即“有识”和“无识”。

依照我们的理解，第一，“出来”是指在朝鲜境内印出来，而不是指从中国境内印出来。柳铎一教授论文的标题用了“传来”两个字，说的正

① 请参阅刘世德《〈三国志演义〉朝鲜翻刻本试论——周曰校刊本研究之二》，《文学遗产》2010 年第 1 期。

② 朴在渊：《近世中国古典小说在朝鲜之出版》（2008）。

③ 柳铎一：《〈三国志通俗演义〉的传来版本及其时期》，《碧史李佑成先生停年退职纪念国语国文学论丛》（骊江出版社 1990 年版）。

④ 例如，“第八届中国古代小说、戏曲文献暨数字化国际学术研讨会”（2009 年 8 月 17 日）。

是从中国“传来”的版本。一个是“出来”，一个是“传来”，泾渭分明。第二，“印出”和“印见”说的是朝鲜境内之事。这两个词语指的是《剪灯新话》，而《剪灯新话》正是在朝鲜境内“刻板”“印见”的。同样，《三国志演义》也应是在朝鲜境内“印出”，而非“传来”的。第三，从上下文看，“其时之人”被责为“无识”，是因为“印出”了“怪诞”的《三国志演义》。第四，“有识之人”是指反对“刻板”“印见”《剪灯新话》之人。“其时之人岂不无识”，指的也是朝鲜境内印制《三国志演义》的出版者，而不是指在中国境内创作和出版《三国志演义》之人。语义显豁，没有必要另作解释。

最值得注意的是“此书出来未久”一句。奇大升的进讲发生于宣祖二年（隆庆三年，1569）六月。他提到的《三国志演义》在朝鲜境内印出的时间应在此前的不久。而《三国志演义》朝鲜翻刻本“岁在丁卯，耽罗开刊”的记载，恰恰与此相符：丁卯即明宗二十二年、隆庆元年（1567），这时，翻刻本的印出，离奇大升的进讲只有两年多的时间。

而铜活字本何时印出，目前学术界尚没有查考出确切的、具体的时间。

我们认为，铜活字本的底本既不是嘉靖壬午本，也不是周曰校刊本甲本，而可能是一个和嘉靖壬午本、周曰校刊本甲本属于同一系统，大约和嘉靖壬午本、周曰校刊本甲本同时或略早的某版本。

这样，奇大升所说的《三国志演义》的指向就有了三种可能：（1）翻刻本，（2）铜活字本，（3）另外一个未知的版本。我们认为，（1）的可能性最大，（3）的可能性最小。

有的学者（包括朴在渊教授的新见解）认为翻刻本的“丁卯”指的不是隆庆元年（1567），而是天启七年（1627），因而否认奇大升所说的《三国志演义》是指朝鲜翻刻本。

这个意见值得商榷。有的学者的主要论据是“壬辰倭乱”前后的区分（壬辰是万历二十年，1592），以为在“壬辰倭乱”之前，社会动乱，不可能有出版《三国志演义》的朝鲜翻刻本的条件。

但用这个区分作为论据是没有说服力的。这牵涉这样的问题：在“壬辰倭乱”之前，在济州岛（这是《三国志演义》朝鲜翻刻本刊印的地点），或在朝鲜境内其他地方，有没有刊印书籍的可能？若要否定这种可能性的存在，就应跳出抽象的层面，进入具体的范畴。只有举出实例，方有强烈的说服力。

现在朝鲜铜活字本的发现，证明了不能以“壬辰倭乱”前后的划分作为主要的论据来讨论《三国志演义》版本在朝鲜境内刊印的问题。因为铜活字本的出版时间可以肯定是在“壬辰倭乱”之前。

更何况“丁卯”不可能是天启。因为周曰校刊本乙本（万历十九年，1591）那时早已问世。与甲本相比，乙本增加了240幅图像。这个重要的因素，迫使甲本退出了竞争激烈的图书销售市场。时至今日，保存在国内外的乙本和丙本有六种之多[①]，而甲本只有一种，且仅残存三卷[②]。这从侧面说明，在万历十九年之后，在图书销售市场上，周曰校刊本乙本已经抢了甲本的生意，风头盖过了甲本。因此，这时周曰校刊本甲本从中国传入朝鲜的几率很小。

朴在渊教授在文中介绍了韩国古文献学家朴彻庠先生的意见：“认为从现存朝鲜刻本的纸张和版式来看，难以断定此书为1569年以前的版本。”[③]

我们对朝鲜印刷史上的纸张问题和版式问题缺乏感性的认识，更缺乏深入的研究，暂时无法对朴彻庠先生的看法发表具体的意见。但我们注意到，朴在渊教授在《关于新发现的朝鲜翻刻本〈三国志通俗演义〉》一文中曾引述韩国古书商、版本学家李谦鲁先生的话说，“从纸张、字体、版式判断，此刊本是壬辰抗倭战争以前刊印的”，并表示“同意此判断”。同样是韩国学者，一位是“古文献学家”，一位是“版本学家”，同样是从纸张、版式着眼，结论却南辕北辙，使人无所适从。依我们看，朴李二位专家的说法似过于抽象，要真正解决问题恐怕还需要进一步举出具体的证据。

六　研究《三国志演义》铜活字残本的意义何在？

《三国志演义》朝鲜翻刻本和朝鲜铜活字本相继在韩国发现，消息传

---

① 据魏安《三国演义版本考》（上海古籍出版社1996年版）的统计。

② 参阅刘世德《〈三国志演义〉周曰校刊本四种试论》（《文学遗产》2002年第5期）。

③ 按：此段引文中的“朝鲜刻本”系指《三国志演义》朝鲜翻刻本；1569年即隆庆三年。

来，令人兴奋不已。这是一件有重要意义的大事。

简要说来，其意义有三：

第一，从研究铜活字印刷史的角度说，这是一个重要的实物。它表明，早在 16 世纪之时，在我们的邻邦就已出现了用汉字铜活字印刷的中国长篇通俗小说作品。

第二，从研究中韩文化交流史的角度说，这有助于深入研究《三国志演义》等小说作品在域外的流传情况。《三国志演义》朝鲜翻刻本、朝鲜铜活字残本在今天相继发现，可算得上这方面的一段佳话。

第三，从研究中国古代小说史的角度说，这有助于深入探讨《三国志演义》以及其他长篇通俗小说（例如《水浒传》）在嘉靖年间以及在嘉靖之前以抄本、印本流传的情况。而这在当前的学术界仍处于薄弱甚至空白的阶段。

《三国志演义》朝鲜铜活字本底本考辨

——《三国志演义》朝鲜铜活字残本研究之二

一　前言

最近，在韩国发现了《三国志演义》朝鲜铜活字残本。韩国朴在渊教授应邀先后在南京大学、上海师范大学作了有关的学术讲演，并在《南京大学学报》2010 年第 3 期上发表了他的论文《关于新发现之朝鲜活字本〈三国志通俗演义〉》①。韩国鲜文大学中韩翻译文献研究所和学古房在 2010 年 5 月联合出版了此书的影印本②。影印本卷首刊载了朴在渊教授的那篇论文。

朴在渊教授在讲演和论文中谈到了《三国志演义》朝鲜铜活字本的底本问题。他认为，朝鲜铜活字本的底本由嘉靖壬午本和周曰校刊本甲本（朝鲜翻刻本）二本组成，他说，"朝鲜活字本的底本是周曰校甲本（嘉靖三十一，1552）和嘉靖壬午本（嘉靖元年，1522）。"③

他的这个意见是值得商榷的。

我们认为，一般来说，古代的出版者出书，如果不是为了纯学术研究的目的，而只是一种商业性质的活动，那么，他们所遵循的原则应是：选择一个容易找到的底本，用最快的速度、最少的时间、最低的成本，推向图书市场。

---

① 朴在渊教授寄赠了这篇论文的电子版。谨在这里向他表示感谢。

② 此影印本为"限印版"。朴在渊教授寄赠了此影印本。谨在这里再一次向他表示感谢。

③ 朴在渊：《关于新发现之朝鲜活字本〈三国志通俗演义〉》，朝鲜铜活字本影印本卷首。

如果不是为了纯学术研究的目的，谁又愿意那么费事、费时地用两个或两个以上的版本来整理、出版一个新的版本呢？

我们所谈论的是古代长篇通俗小说。它们的特点是：字数多达几十万字，篇幅大到二三十册，而文字繁缛，的了吗呢之类的虚词甚多，校不胜校。这是和其他古籍（例如文言文的诗文集）大不相同的。因此，汇集《三国志演义》的两个或两个以上的版本进行校勘、定字，在15世纪、16世纪那个时代，遑非易事。

二 底本是合成的，还是单一的？

铜活字残本影印本附有朴在渊、金瑛二位的校注。校注中列举了众多的异于或同于嘉靖壬午本或朝鲜翻刻本文字的例子。朴在渊教授从而得出了结论：在正文中，“与嘉靖壬午本不同而与周曰校甲本相同的大约有五百余字，与周曰校甲本不同而与嘉靖壬午本相同的则只有二百余字，可见朝鲜活字本更接近周曰校本。所以，本人认为它是以周曰校甲本为底本，参照嘉靖壬午本作了进一步校勘的版本”。

我们认为，从研究朝鲜铜活字本底本的角度说，朴、金二位的校注是有缺陷的。缺陷在于，他们仅仅校勘了嘉靖壬午本和朝鲜翻刻本两种版本，而没有校勘其他的版本。因此，朴在渊教授很难获得一个比较全面的、比较准确的结论。

我们不必举出许多版本来说明。我们只需要多举出一种版本（叶逢春刊本）[①] 作为例子，就足可清楚地、充分地说明这个问题了。

让我们列举一些具体的文字歧异的例子，并分作两类来作说明。一类是，异于嘉靖壬午本、周曰校刊本，而同于叶逢春刊本；另一类是，既异于嘉靖壬午本、周曰校刊本，亦异于叶逢春刊本。（当然，朝鲜铜活字本中存在着大量的同于嘉靖壬午本、周曰校刊本而异于叶逢春刊本的字句；这和我们目前讨论的问题无关，可以置而不论）

【异于嘉靖壬午本、周曰校刊本甲本，而同于叶逢春刊本】

① 叶逢春刊本和嘉靖壬午本、周曰校刊本并不属于同一个版本系统。

标题中的“周曰校刊本甲本”指的是朝鲜翻刻本。下同。

例 1，第 149 节“关云长刮骨疗毒”，华佗曰——

吾用尖利之器割开皮肉，直至于骨，刮去箭毒，用药敷之，以线缝其口，自然无事。

“箭毒”，叶逢春刊本同，嘉靖壬午本、朝鲜翻刻本作“药毒”。

例 2，第 149 节，陆逊又曰：

余有小方，能治将军沉疴之疾，未审听纳否？

“余”，叶逢春刊本同，嘉靖壬午本、朝鲜翻刻本作“愚”。

例 3，第 150 节“吕子明智取荆州”：

言未毕，忽一人出曰：“不须张弓只箭，某凭三寸拨浪之舌，说公安傅士仁来降，可乎？”

“忽”，叶逢春刊本同，嘉靖壬午本、朝鲜翻刻本无。

例 4，第 150 节，虞翻致傅士仁书——

切（窃）为故人虑，愿熟思之，无自后悔。

“无自”，叶逢春刊本同，嘉靖壬午本作“毋致”，朝鲜翻刻本作“毋贻”。

例 5，第 151 节“关云长大战徐晃”，关平曰——

若第一屯有失，诸营岂得安也？

“诸营”，叶逢春刊本同，嘉靖壬午本、朝鲜翻刻本作“诸屯”。

例 6，第 152 节“关云长夜走麦城”，赵累曰：

> 昔日吕蒙在陆口，时常致书主公以结同盟，共诛操贼，今却与操结盟，是背盟也。

“操贼”，叶逢春刊本同，嘉靖壬午本、朝鲜翻刻本作“曹贼”。

例7，第153节“玉泉山关公显圣”：

> 史官有庙赞曰……

“庙赞”，叶逢春刊本同，嘉靖壬午本作“诗赞”，朝鲜翻刻本作“庙赞诗”。

例8，第153节：

> 荆门州当阳县一座山，名为玉泉山。山上一僧，名普静，是泥（氾）水关镇国长老。

“镇国长老”，叶逢春刊本同，嘉靖壬午本、朝鲜翻刻本作“镇国寺长老”。

例9，第153节：

> 是时静禅师云游天下，来到此处，见山明水秀，就而结草为庵，每日坐禅参道。

“就而”，叶逢春刊本同，嘉靖壬午本、朝鲜翻刻本作“就此”。

例10，第154节“汉中王痛哭关公”，司马懿曰——

> 王上可将关公英灵刻以香木之躯，葬以大臣之礼，使人皆知，则刘备深恨孙权，必尽力南征矣。

“必”，叶逢春刊本同，嘉靖壬午本、朝鲜翻刻本同，作“而”。

以上十例，证明朝鲜铜活字本有的文字同于叶逢春刊本，而异于嘉靖壬午本、周曰校刊本甲本（朝鲜翻刻本）。这个事实是和朴在渊教授的结论直接违背的。

【既异于嘉靖壬午本、周曰校刊本甲本，亦异于叶逢春刊本】

例1，第147节“庞德抬榇战关公”：

> （两员领军将校：一名将军董衡，）一名部曲董起，引各头目参拜于禁。

“董起”，嘉靖壬午本、朝鲜翻刻本、叶逢春刊本均作“董超”。

按：下文第148节“关云长水淹七军”，嘉靖壬午本、朝鲜翻刻本、叶逢春刊本均作“董超”。又按：董超之名，见于《三国志·魏书·庞德传》：“（曹）仁使（庞）德屯樊北十里，会天霖雨十余日，汉水暴溢，樊下平地五六丈，德与诸将避水上堤。（关）羽乘船攻之，以大船四面射堤上。德被甲持弓，箭不虚发。将军董衡、部曲将军董超等欲降，德皆收斩之。”可知“起”乃“超”之形讹。

例2，第147节：

> 吾自战以来，未尝不身先士卒。庞德何等之人也，焉敢辱吾！

“战”，嘉靖壬午本、朝鲜翻刻本作“临战”，叶逢春刊本作“历战”。

例3，第150节“吕子明智取荆州”：

> 子明保卿，必不差错。卿毋得推辞。

“毋得”，嘉靖壬午本、朝鲜翻刻本作“毋”，叶逢春刊本作“勿”。

例4，第151节“关云长大战徐晃”：

> 荆州之兵，围堑鹿角十重，徐晃深入其中，全获其功。孤用兵三十余年，不能及汝！尝闻古人善用兵者，未有长驱径入敌围者也。

“不能及汝，尝闻”六字，嘉靖壬午本、朝鲜翻刻本作“不能及也，尝闻”，叶逢春刊本作“及所闻”。

例5，第152节“关云长夜走麦城”：

以此观之，安得不以公为草芥耶？

“耶”，嘉靖壬午本、朝鲜翻刻本、叶逢春刊本均作“乎”。

例6，第153节“玉泉山关公显圣”：

吴侯孙权恐不了事，自弓（引）末将，直到临沮。

“末将”，嘉靖壬午本、朝鲜翻刻本、叶逢春刊本均作“诸将”。

例7，第153节：

公平昔自以天下无敌，今日何由为吾所擒？

“为”，嘉靖壬午本、朝鲜翻刻本、叶逢春刊本均作“被”。

例8，第153节：

壮哉熊虎将，赳赳汉云长。功迹过于耿，声名重马张。

“过于耿”，嘉靖壬午本、朝鲜翻刻本、叶逢春刊本均作“过韩耿”。

例9，第153节：

昨夜末入主公浑身血污，立于其前，急问之，忽然惊觉，不知主何吉凶？

“末入”，嘉靖壬午本、朝鲜翻刻本、叶逢春刊本均作“梦见”。

例10，第153节：

山上一僧，名普静，是泥（汜）水关镇国长老。

“是”，嘉靖壬午本、朝鲜翻刻本作“原是”，叶逢春刊本作“元是”。

例 11，第 153 节：

> 净曰：“昔非今日，一切休论。只以公所行言之：向日白马隘口，颜良并不待与公相斗，忽然刺之，此人于九泉之下，安得而不惧乎？今日吕蒙以诡计害公，安足较也？……”

“昔非今日”，嘉靖壬午本、朝鲜翻刻本“昔非今是”，叶逢春刊本作“昔非今世”。“不惧”，嘉靖壬午本作“不恨”，朝鲜翻刻本、叶逢春刊本作“不抱恨”。

例 12，第 153 节：

> 次日，树下得金一藏，就于玉泉山创建道场。

“树下”，嘉靖壬午本、朝鲜翻刻本、叶逢春刊本均作“于树下”。

例 13，第 155 节“曹操杀神医华陀”：

> 华歆入奏曰：“王上知有神医华陀否？”操曰：“乃是江东医华陀者乎？”

第二个“华陀”，嘉靖壬午本、朝鲜翻刻本、叶逢春刊本均作“周泰”。

例 14，第 155 节：

> 陀令取蒜齑汁三升即饮而愈。

“而”，嘉靖壬午本、朝鲜翻刻本、叶逢春刊本均作“可”。

例 15，第 155 节：

> 奸臣曹操苦头风，不信神医有妙功。若信华陀将脑劈，尚存神在洛阳宫。

"神在"，嘉靖壬午本、朝鲜翻刻本作"身在"，叶逢春刊本作"性命"。

以上15例，证明朝鲜铜活字本有的文字既不同于叶逢春刊本，亦不同于嘉靖壬午本、周曰校刊本甲本（朝鲜翻刻本）。这个事实表明，朴在渊教授的结论是难以成立的。朝鲜铜活字本并非由两个底本合成的版本。

我们认为，朝鲜铜活字本的底本是某个我们尚不知晓的单一的版本；这个底本的文字，接近于嘉靖壬午本、周曰校刊本甲本（朝鲜翻刻本），而同叶逢春刊本距离较远。

三 一个典型的例子

上文引述了25个例子，都是从字词较少的句子中选出。现再从字句较多、比较完整的小段落中取一个比较典型的例子，作为补充。

第153节"玉泉山关公显圣"：

> 是夜月白风清，正当三更，静禅师正在庵中坐定，忽闻空中有人大呼："还我头来！"普净见是关公，遂以手中麈尾击其户曰："云长安在也？"关公英魂顿悟，即下马，叉手立于庵前曰："吾师何人，愿求清号。"——朝鲜铜活字本

> 当夜月白风清，正值三更时分，净禅师在庵中坐禅，忽闻空中有人大呼："主人何在？"禅师命行者观之，见空中一人，骑赤兔马，提青龙刀，左右随从二将。口中但呼如前言不息。行者回报禅师，禅师知是关公与关平、周仓也。待云头飞至庵前，禅师以手中麈尾击其座曰："颜良安在？"关公闻言，英魂顿悟，即落云下马，叉手立于庵前，曰："吾师何人？愿求清号。"——嘉靖壬午本

> 是夜月白风清，正当三更，净禅师在庵中坐定，忽闻空中有人大呼："还我头来！"静禅师观之，见空中一人，骑赤兔马，提青龙刀，左有关平，右有周仓随公，忽至玉泉山顶，乘云而起，于空中高声大叫。普净见是关公，遂以手中麈尾击其户曰："云长安在也？"

关公英魂顿悟，即落云下马，叉手立于庵前，曰：“吾师何人？愿求清号。”——朝鲜翻刻本

是夜月白风清，正当三更，静禅师正在庵中坐定，忽闻空中有人大呼：“还我头来！”静禅师观之，见空中一人，骑赤兔马，提青龙刀，左有关平，右有周仓，口中但呼如前言不息。静禅师已见是关公，待马到庵前，禅师乃以手中麈尾击其座曰：“颜良安在？”关公英魂顿悟，遂下马，叉手立于庵前曰：“吾师何人？愿求清号。”——叶逢春刊本

这段引文有两方面的问题：一是异文，一是脱文。

异文是：“静禅师正在庵中坐定”，叶逢春刊本同，嘉靖壬午本作“净禅师在庵中坐禅”，朝鲜翻刻本作“净禅师在庵中坐定”。

脱文则是：“普净见是关公”，嘉靖壬午本作“禅师命行者观之，见空中一人，骑赤兔马，提青龙刀，左右随从二将。口中但呼如前言不息。行者回报禅师，禅师知是关公与关平、周仓也。待云头飞至庵前”，朝鲜翻刻本作“静禅师观之，见空中一人，骑赤兔马，提青龙刀，左有关平，右有周仓随公，忽至玉泉山顶，乘云而起，于空中高声大叫。普净见是关公”，叶逢春刊本则作“静禅师观之，见空中一人，骑赤兔马，提青龙刀，左有关平，右有周仓，口中但呼如前言不息。静禅师已见是关公，待马到庵前”。

脱文的现象很可能是朝鲜铜活字本的底本原有的。

总而言之，我们认为，朝鲜铜活字本的底本既非嘉靖壬午本，亦非周曰校刊本甲本（朝鲜翻刻本），更不是叶逢春刊本；它应是一个我们目前尚不知晓的早期（嘉靖年间，或在嘉靖之前）刊本。

最后，容再申述三点：

（一）有些明显的讹字都没有进入我们的比对之例。例如，“麦城”误为“夜城”（第 153 节），“汜水关”误为“泥水关”（第 153 节），“王上”误为“正上”（第 155 节），“马休”误为“马林”（第 156 节）等等。

（二）一个字词的异文，如果仅有一二例，也许可以说是偶误。如果数量众多，再要强为之辩，便缺乏说服力了。

（三）我们揭出的异文，是仅从朝鲜铜活字本与嘉靖壬午本、朝鲜翻刻本、叶逢春刊本三本相校而得。如果若再校以第四本、第五本，我们相信，还会有更多的异文（即不同于上述三本而同于第四本或第五本的异文）出现。难道我们竟然相信朝鲜铜活字本的底本是以某本为主而同时参校了另外四个或五个版本吗?

拙文容或有谬误之处，敬请朴在渊教授以及学界同人不吝赐教。

谈《三国志演义》朝鲜翻刻本

一 引子

在《〈三国志演义〉周曰校刊本四种试论》中，我曾提出过两个初步的结论。

一是说，《三国志演义》周曰校刊本有四种：（1）周曰校刊本甲本，藏于中国社会科学院文学研究所图书馆（残存卷六、卷七、卷九）。（2）周曰校刊本乙本，藏于中国国家图书馆（残存卷三至卷六、卷九、卷十）、北京大学图书馆（残存卷一至卷七）、美国耶鲁大学图书馆。（3）周曰校刊本丙本，藏于台北故宫博物院、日本内阁文库、日本蓬左文库。（4）仁寿堂刊本，已佚。

二是说，根据木版磨损和断裂的现象，我推测《三国志演义》周曰校刊本甲本大约刊行于万历十年至十三年（1582—1585）之间。

由于新的文献资料的出现，上述两点结论需作适当的修正：《三国志演义》周曰校刊本又增加了新的第五种版本；《三国志演义》周曰校刊本甲本的刊行年代远在万历之前。

二 历史文献:朝鲜王朝实录

在《朝鲜王朝实录》的“宣祖实录”中，有这样一段记载：

（六月）壬辰，上御夕将于文政殿进讲《近思录》第二卷。奇大升进启曰：“顷日张弼武引见时，传教内‘张飞一声走万军’之语，

> 未见正史，闻在《三国志衍义》云。此书出来未久，小臣未见之，而或因朋辈间闻之，则甚多妄诞，如天文、地理之书，则或有前隐而后著，史记则初失其传，后难臆度，而敷衍增益，极其怪诞。臣后见其册，实是无赖者裒集杂言，如成古谈，非但杂驳无益，甚害义理，自上偶尔一见，甚为未安。就其中而言之，如董承衣带中诏，及赤壁之战胜处。各以怪诞之事，衍成无稽之言。自上幸恐不知其册根本，故敢启。非但此书，如《楚汉衍义》等书如此类不一，无非害理之甚者也。诗文词华，尚且不关，况《剪灯新话》、《太平广记》等书皆足以误人心志者乎。上知其诬而戒之，则可以切实拾学问之功也。"
>
> 又启曰："正史则治乱存亡俱载，不可不见也。然若徒观文字而不观事迹，则有害也。经书则深奥难解，史记则事迹不明，人之厌经而喜事，举世皆然。故自古儒士，杂驳则易，精微则难矣。《剪灯新话》鄙亵可愕之甚者，校书馆私给材料，至于刻板，有识之人，莫不痛心，或欲去其板本而因循至今，闾巷之间，争相印见，其男女会淫神怪不经之说，亦多有之矣。《三国志演义》则怪诞如是，而至于印出，其时之人岂不无识。观其文字亦皆常谈，只见怪僻而已。"

其中提到了《三国志衍义》小说。"三国志衍义"是不是"三国志演义"呢？

"衍"通"演"。"三国志衍义"也就是"三国志演义"。从这段引文的第二段仍作"三国志演义"看，可知"三国志演义"、"三国志衍义"二者所指实是同一部书。

古时书名中常用"衍义"二字。例如《御定孝经衍义》、《中庸衍义》、《周易衍义》、《千金方衍义》、《本草衍义》，等等。那时的朝鲜人士也常称"三国志演义"为"三国志衍义"或"三国衍义"。

何况奇大升还提到张飞断桥、董承衣带诏、赤壁之战等情节，那都是《三国志演义》中的重要关目，更证明了奇大升所说的非罗贯中《三国志演义》莫属。

尽管囿于成见，奇大升对《三国志演义》的艺术成就评价不高，而且横加指责，蔑称作者罗贯中为"无赖者"，他的话却反映了一个重要的、客观的事实：在朝鲜李朝宣祖时期，罗贯中的《三国志演义》已在朝鲜半岛的读者中间广泛流传。

朝鲜王朝宣祖时期是怎样的一个时间概念呢？

据朝鲜王朝《璿源系谱》记载，明宗李峘（1534—1567）卒于明代隆庆元年六月二十八日，在位22年；其后，宣祖李昖（1552—1608）即位于同年七月三日，卒于万历三十六年，在位41年（1567—1608）。

那么，奇大升的进言又发生在什么时候呢？

《宣祖实录》的这段记载系于己巳年六月。己巳乃宣祖即位之次年，也就是明代的隆庆三年（1569）。

奇大升在隆庆三年的进言中提到了《三国志演义》，这足以证明，在这一年，或在这一年之前，《三国志演义》之书已在朝鲜半岛拥有了众多的读者，并在他们中间产生了重大的影响。

三 关于版本的考证

那么当时在朝鲜半岛流传的《三国志演义》究竟是什么版本？答案是，在隆庆三年流传的《三国志演义》版本，既不是嘉靖壬午本，也不是叶逢春刊本。

在以往我们所知道的明代隆庆三年（1569）之前的《三国志演义》版本，只有嘉靖壬午本（嘉靖元年，1522）和叶逢春刊本（嘉靖二十七年，1548）两种，外加上海图书馆所藏的残叶（可能刊行于成化、弘治年间）一种。

但是，奇大升所说的《三国志演义》断非上述三种。

因为这受了奇大升所说的“此书出来未久”以及“印出”的限制。这两句话是关键所在，值得仔细推敲。先说说“出来未久”。

“出来”不等于“进来”。“出”和“进”是两个含义相反的词。“进来”是指从外地、域外传入。而“出来”则是指在本地、域内产生（刊印）。换句话说，“此书出来未久”实际上是说“此书在朝鲜出来未久”，而绝不是说“此书在中国出来未久”。“未久”则是说明，这个《三国志演义》的版本之“出来”，离己巳（隆庆三年）时间很近。

既然使用了“未久”这样一个表示时间概念的词语，表明奇大升多少是了解这部《三国志演义》的刊行时间的。这只有在这本书刊行于朝鲜境内的条件下，奇大升才有可能对此了解清楚的。他并不是研究《三国志演义》版本和传播史的专家学者，他不可能真正掌握罗贯中的《三国志演义》在隆庆三年之前、在中国本土产生和流传的具体时间。如果把他所说的“此书出来未久”解释为“在中国出来未久”，那就未免对他这样一位朝鲜人士要求太高、太苛刻了。

再说“印出”。

这指的是在朝鲜本土“印出”，而不是指在中国“印出”。如果是指在中国“印出”，作为朝鲜王朝的大臣，奇大升是无权、无法加以指责的，也无须在他的君主面前提及。何况，奇大升在前面还提到了《剪灯新话》，指责“校书馆私给材料，至于刻板”，说的一样也是朝鲜境内之事。

奇大升向宣祖进言之事，在150年后又见于李瀷的记载，并且他也使用了“印出”二字：“宣庙之世，上教有‘张飞一声走万军’之语。奇高峰大升进曰：《三国演义》出来未久，臣未之见，后因朋辈闻之，甚多诞妄云云。盖此书始出，而上偶及之。高峰之启，真得体矣。在今印出广布，家户诵读，试场之中，举而为题，前后相续，不知愧耻，亦可以观世变矣。”

这段记载更明确地给“印出”加上了时间的限制：先说“此书始出”，然后又说“在今印出广布”。这更证明奇大升所提到的《三国志演义》是刊印于朝鲜，而不是刊印于中国。一个“始”字，再加上“在今”二字，分明指的既不是遥远的地点（中国），也不是遥远的时间。

因此，“出来”是指在朝鲜刊印出来，“未久”是指离己巳（隆庆三年）很近，“印出”也是指在朝鲜印出。语义分明，不容误解。

那么，奇大升究竟指的是《三国志演义》的什么版本呢？要探讨这个问题，在时间和地点上，必须从三个重要的前提出发。

第一，这个《三国志演义》版本必是在朝鲜王朝宣祖即位之次年己巳（即明代隆庆三年）之前印行的。

第二，这个《三国志演义》版本印行年代不光必是在隆庆三年“之前”，而且还必是在隆庆三年之前的“未久”。换言之，它的印行年代不能离隆庆三年太远。

第三，这个《三国志演义》版本是在朝鲜印行的，也就是说，是在朝鲜翻刻的。

抛弃这三个前提而不顾，就容易产生理解的偏差，有找到错误答案的可能。

有些中国古代小说作品传入朝鲜后，在读书界十分流行。但是，“朝鲜翻刻的通俗小说只有《三国志演义》一种”。这一种便是我们所要讨论的《三国志演义》朝鲜翻刻本。

在毛评本传入之前，在朝鲜半岛流行的《三国志演义》，不是别的版本，正是周曰校刊本。我们现在讨论的朝鲜翻刻本，其底本正是周曰校刊本。

2008 年 6 月，韩国鲜文大学中韩翻译文献研究所、学古房公开出版了《三国志演义》朝鲜翻刻本的影印本，由朴在渊、金敏智校注，共印 200 部。

四　从翻刻本看底本

《三国志演义》翻刻本共 12 卷，12 册，没有封面。

有“三国志通俗演义引”，末尾署的是“嘉靖壬子孟夏吉望，关中修髯子书于居易草亭”。

这段引言也见于嘉靖壬午本和周曰校刊本乙本。标题和嘉靖壬午本相同，周曰校刊本乙本写的是“全像三国志通俗演义引”。中间也有个别的异文。这里有两点值得注意。第一点是“壬子”二字，周曰校刊本乙本也有这两个字，而嘉靖壬午本则作“壬午”。“壬子”是指嘉靖三十一年（1552），“壬午”则是嘉靖元年（1522）。第二点：在引言的末行，周曰校刊本乙本题“万历辛卯季冬吉望，刊于万卷楼”，这锁定了周曰校刊本乙本的刊刻年代。辛卯就是万历十九年（1591）。

有“三国志通俗演义叙”，末尾署的是“弘治甲寅仲春几望，庸愚子拜书”。这段序言也见于嘉靖壬午和周曰校刊本乙本。

有“三国志（宗寮）”，也见于嘉靖壬午本和周曰校刊本乙本。文字基本上相同。重要的异文，可以举出四个例子：（1）“关羽”，周曰校刊本乙本同，嘉靖壬午本作“关某”。（2）关羽“解人”，周曰校刊本乙本同，嘉靖壬午本作“解良人”。(3) 张飞“字翼德”，周曰校刊本乙本同，嘉靖壬午本作“益德”。(4) “许静”，周曰校刊本乙本同，嘉靖壬午本作“许靖”。另外，值得注意的是，没有“关索”之名，“关平”下接“张苞”、“关兴”。

各卷卷首书名，卷一至卷六、卷八、卷九题“新刊校正古本大字音释三国志传通俗演义”；卷七、卷十残缺，不详。版心题“三国演义”。每半叶 13 行，每行 24 字。

卷一有四行题署：“晋平阳侯陈寿史传”，“后学罗本贯中编次”，“晚学庐陵叶才音释”，“明书林周曰校刊行”。其中“晚学庐陵叶才音释”一行为其他各卷所无。叶才何许人，不详，有待于我们继续查找。卷四之“平阳”误作“评阳”。卷十一、卷十二“刊行”作“梓行”。此书卷八封面贴用“忠孝经集注合壁”扉页，并有两行字：“开国四百九十三年”、“广印社公所刊行”，则此书之改装已在 19 世纪末叶了。末叶末行钤有方章一枚，阳文四字，模糊不清。

卷九之首有空白叶，有“册主柳琦”字样，所指当是某个时段的收藏者；同叶另有“柳昌善”三字。之末有空白叶题字，署“甲午七月”。

全书有墨笔涂改多处。有的地方还用墨笔画人名号。

从题署可以看出，朝鲜翻刻本的底本是周曰校刊本。周曰校刊本有甲本、乙本、丙本之分。朝鲜翻刻本的底本又是哪一种周曰校刊本呢？

周曰校刊本甲本和乙本、丙本最明显区别的主要标志有两点。第一点：甲本无图，乙本、丙本有图。第二点：甲本每行 24 字，乙本、丙本每行 26 字。而朝鲜翻刻本恰恰无图，又是每行 24 字。仅从这两点就可以判断，它所根据的底本是甲本。

我们把藏于中国社会科学院文学研究所图书馆的周曰校刊本甲本残存的卷六、卷七、卷九与朝鲜翻刻本的卷六、卷七、卷九进行对比，会发现很多相同的地方：卷首所题书名相同。甲本卷六、卷九是“新刊校正古本大字音释三国志传通俗演义”；行款相同，甲本和翻刻本都是每半叶 13 行，每行 24 字；甲本无图像，朝鲜翻刻本亦无图像；作者、出版者的题署相同，甲本残存的三卷和翻刻本都是三行，各八字：“晋平阳侯陈寿史传，后学罗本贯中编次，明书林周曰校刊行”。

甲本和朝鲜翻刻本之间最大的不同则在于：甲本有句读，朝鲜翻刻本无句读。但这无碍于二者正文文字的相同。

我在《〈三国志演义〉周曰校刊本四种试论》一文中，曾举出许多的例子来说明周曰校刊本甲本和乙本文字的歧异。用这些例子来对照朝鲜翻刻本，可以看到，凡是甲本和乙本文字不同的地方，朝鲜翻刻本均同于甲本，而异于乙本。尤其重要的便是张飞的表字“益德”和“翼德”的歧异。

可以看出，周曰校刊本的朝鲜翻刻本是一个基本上忠实于周曰校刊本甲本的、有价值的版本。

由于《三国志演义》周曰校刊本甲本全书已不可见，通过朝鲜翻刻本不难窥见它的真貌。这便是朝鲜翻刻本的价值之所在。朝鲜翻刻本是我们研究周曰校刊本甲本的一座桥梁。

现存的《三国志演义》完整的和比较完整的明代刊本中，最早的是嘉靖元年（1522）的嘉靖壬午本和嘉靖二十七年（1548）的叶逢春刊本。再加上嘉靖三十一年（或嘉靖四十一年至四十二年）的周曰校刊本甲本，使得嘉靖刊本至少有三种之多。

这是就现存的、已知的版本而言。想来，在明代嘉靖年间，作为畅销书的小说《三国志演义》一定不止印行了这三种。

如果再加上现存的、藏于上海图书馆的《三国志演义》残叶，那么，刊行于嘉靖年间和嘉靖之前的《三国志演义》刊本至少已发现了四种。

周曰校刊本甲本的朝鲜翻刻本卷首有“弘治甲寅仲春几望”的庸愚子（蒋大器）的序文。其中说：“书成，士君子之好事者争相誊录，以便观览。”庸愚子的这篇序文亦见于嘉靖壬午本卷首，与上引一段文字完全相同。这又说明，至少在弘治七年之前，或者说，在公元16世纪之前，罗贯中的《三国志演义》已以传抄本的形式在社会群众之间广为流传了。

《三国志演义》魏氏刊本试论

一 前言

《三国志演义》魏氏刊本（下文简称“魏本”）是海内外仅存的孤本。

魏本藏于国家图书馆。

孙楷第《中国小说书目》失载。魏安的《三国演义版本考》[①]、中川谕的《〈三国志演义〉版本研究》[②] 著录。中川谕称之为“魏某刊本”；魏安则称为“魏氏刊本”，现从之。

魏本残存卷一、卷二、卷三。即使在这残存的三卷中，也有多叶残损。

魏本的书名，卷一卷首只残存一个末尾的“传”字[③]；卷二卷首卷尾、卷三卷首均作“二刻按鉴演义全像三国英雄志传”；卷二卷尾作“三国”。

每半叶15行，每行35字。上图下文。图采取的是魏安《三国演义版本考》所说的“刘次泉式嵌像图”形式。图占9行、7字位。图上方框外横列八言标题。例如卷二第一叶“冯纪说绍计取冀州”、“袁绍与公孙瓒对阵”，卷三第二叶“吕布徐州投见玄德”、“张飞拔剑叱骂吕布”。

卷三首叶次行题有叙事纪年的起讫：“汉献帝兴平二年乙亥岁起，汉献帝建安五年庚辰岁止”。卷二无。卷一有无，因该叶残损而不详。

每节只有节目，没有节次。

---

① 魏安：《三国演义版本考》，上海古籍出版社1996年版。

② 中川谕：《〈三国志演义〉版本研究》，上海古籍出版社2010年版。

③ 魏安误谓，此书名见于卷一至卷三的卷端（《三国演义版本考》，第52页）。

卷一末节是“袁绍孙坚夺玉玺”（第12节）。卷二首节是“赵子龙盘河大战”（第13节），末节是“曹操定陶破吕布”（第24节）。卷三首节是“李傕郭玘（汜）乱长安”（第25节），末节是“夏侯惇拔矢啖睛”（第36节）。因此可以知道，全书分为20卷，每卷12节。

无总目。节目大多为七言。偶有作八言、六言者，如第15节“凤仪亭吕布戏貂蝉”，第31节“吕布辕门射戟”。第7节“废汉帝董卓弄”，夺“权”字。

卷一题：

> 晋　平阳　陈　□志传
> 元　东原　罗贯□□□
> □　□林　魏□□□□

这三行是一些明代建阳刊本习用的题署。陈寿的籍贯乃四川安汉，而平阳却在山西或浙江。陈寿之所以被错误地和“平阳”搭上了线，只不过因为他曾任“平阳侯相”。第3行“林”字之前残缺的两个字应是“闽书”。书林是福建建阳的一个乡镇，也是宋元明三代的一个出版印刷业中心地。

二　魏氏刊本是简本

《三国志演义》版本有繁本与简本之分。

魏氏刊本是繁本呢，还是简本？

最简单的辨别方法，就是检查它的字数。

不用检查全书的字数，只要挑选其中的一节就可以举一反三，行之有效了。

我们挑选第10节“虎牢关三战吕布”作为一个解剖麻雀的例子。

从这一节正文的字数上，可以明显地看出，魏氏刊本是个简本。

魏氏刊本第10节正文共672字。而现存最早的两个版本，嘉靖壬午本此节正文共1575字，叶逢春刊本此节正文共1401字。嘉靖壬午本比魏氏刊本多903字，叶逢春刊本比魏氏刊本多729字。它们多出的字数超过了一倍有余。

那么，嘉靖壬午本或叶逢春刊本的字数多在哪里呢？试举三例。

例1，请看嘉靖壬午本的下列引文：

> 先说河内太守王匡，引兵先到。吕布在寨中听得有军来到，欣然上马，带铁骑三千，飞奔来迎。见吕布出阵，王匡将军马列成阵势，勒马门旗下时，见吕布出阵，头戴三叉束发紫金冠，体挂西川红锦百花袍，身披兽面吞头连环铠，腰系勒甲玲珑狮蛮带，弓箭随身可体，手持画杆方天戟，坐下嘶风赤兔马，果然是人中吕布、马中赤兔。人马之中，汉末两绝。那马左右盘旋，往来驰骋。王匡见了，心中惶惶，回头问曰："谁出阵战？"后面一将纵马挺枪而出。匡视之，乃是河内名将方悦。两马相交，无五合，被吕布一戟刺于马下。王匡便勒马入阵。吕布挺戟，直冲过来。匡军大溃，四散奔走。布冲阵，如入无人之境。铁甲背后拥来，乔瑁、袁遗两军皆至，来救王匡，吕布方退。三处各折了人马，退三十里下寨。

再看魏氏刊本相应的文字：

> 太守王匡引兵先到，见吕布出阵往来。令名将方悦出战，无五合，被吕布刺死。匡军大溃，却得乔瑁、袁遗两军赶来，救了王匡，吕布方退。

这是多么的简约！它削减了战争的场面，删弃了关于吕布装饰、兵器、坐骑的细致描写。

除了战争场面和将领的打扮、兵器等之外，作为简本，魏氏刊本还在哪些方面施行削减呢？

例2，请看嘉靖壬午本的下列引文：

> 旁边一将，圆睁环眼，倒竖虎须，挺丈八矛，飞马大叫："三姓家奴休走！燕人张飞在此！"吕布见了，弃了公孙瓒，便战张飞。飞抖擞

神威，酣战吕布。八路诸侯见张飞渐渐枪法散乱，吕布越添精神。张飞性起，大喊一声。云长把马一拍，舞八十二斤青龙偃月刀，来夹攻吕布。三匹马丁字儿厮杀。又战到三十合，两员将战不倒吕布。刘玄德看了，心中暗想："我不下手，更待何时！"掣双股剑，骤黄骠马，刺斜里去砍。这三个围住吕布，转灯儿般厮杀。八路人马都看得呆了。吕布架隔遮拦不定，看玄德面上刺一戟。玄德急闪。吕布荡开阵角，倒拖画戟，飞马便走。三个那里肯舍，拍马赶来。八路军兵喊声大震，一齐掩杀。吕布军望关上奔走。玄德、关、张随后跟定吕布。

这段文字，魏氏刊本作：

傍边一将，睁开环眼，倒竖虎须，挺丈八蛇矛，飞马大叫："三姓家奴休走！燕人张翌（翼）德在此！"吕布见了，弃了公孙瓒，来战张飞。五十合不分胜负。云长舞青龙刀，亦来战吕布。三匹马，丁字厮杀。又战三十合。玄德看了，抡双股剑，去砍吕布。三个围定，吕布架隔遮拦不住，倒拖画戟，飞马便走。

魏氏刊本芟弃了八路诸侯的反应，刘备的心理活动，刘、关、张追赶，八路军兵掩杀等的叙述和描写。

例3，再请看嘉靖壬午本的下列引文：

古人曾有篇言语，单道着玄德、关、张虎牢关三战吕布：汉朝天数当桓灵，炎炎红日将西倾。奸臣董卓废少帝，刘协懦弱魂梦惊。曹操传檄告天下，诸侯奋怒皆兴兵。议立袁绍作盟主，誓扶王室定太平。温侯吕布世无比，雄才四海夸英伟。护躯银铠砌龙鳞，束发金冠簪雉尾。参差宝带兽平吞，错落锦袍飞凤起。龙驹跳踏起天风，画戟荧煌射秋水。出关搦战谁敢当？诸侯胆裂心惶惶。踊出燕人张益德，手提蛇矛丈八枪。虎须倒竖翻金线，环眼圆睁起电光。酣战未能分胜败，阵前恼起关云长。青龙宝刀灿霜雪，鹦鹉战袍飞蛱蝶。马蹄到处鬼神号，目前一怒应流血。枭雄玄德掣霜锋，抖擞天威施勇烈。三人围绕战多时，遮拦架隔无休歇。喊声震动天地翻，杀气迷漫牛斗寒。吕布力穷寻走路，遥望家山迫马还。倒拖画杆方天戟，乱散销金五彩幡。顿断绒绦走赤兔，翻身飞上虎牢关。

魏氏刊本把这首长诗删得一干二净。

这三个例子具有典型的意义。在另外的章节里，魏氏刊本也在这些相同的或类似的方面作了削减。

三 “二刻”意味着什么？

魏氏刊本是简本。而《三国志演义》的简本，现知者就有十余种之多。

那么，它和它们之中的哪一种版本关系最为亲近呢？

不妨先对魏氏刊本的书名进行考察。

魏氏刊本卷首的书名是“二刻按鉴演义全像三国英雄志传”。版心的书名作“二刻三国英雄志传”。“二刻”二字比较突出、醒目。

寻找以“二刻”为名的《三国志演义》版本，这不禁使我们首先想到了美玉堂刊本。美玉堂刊本残存卷六至卷十，见于福华德的《中文、满文手抄本与罕见刊本》的著录①。魏安的《三国演义版本考》也有著录，只不过称它为“魏玛藏本”②。

魏氏刊本和美玉堂刊本有很多相同的地方。美玉堂刊本的书名也叫做《二刻按鉴演义全像三国英雄志传》。书名中也有“二刻”二字。全书也分为20卷。也是上图下文的版式（也是“刘次泉式嵌像图”）。

它们会不会是同一个版本呢？

我们无缘见到藏于德国的美玉堂刊本原书，无法进行比较。但已知的两点显示出它们的差异：第一，版心所题书名不同。魏氏刊本题“二刻三国英雄志传”，而美玉堂刊本题“二刻三国志传”，没有“英雄”二字。第

① 《德国所藏东方语文抄本书目》第12卷，第一部（Wiesbaden F. Steiner，1966年）。

② 《三国演义版本考》，第52—53页。

二，行款不同。魏氏刊本是每半叶 15 行，每行 35 字；图占 9 行、7 字位。而美玉堂刊本却是每半叶 17 行，每行 37 字；图占 10 行、7 字位。有了这两点差异，就很难把这两个版本看成是同一个版本了。

我们认为，既然有了“二刻”，那就必然应该有“初刻”。

“初刻”在哪里呢？

魏氏刊本是 20 卷本。而在 20 卷本系列中，属于简本性质的，除魏氏刊本、美玉堂刊本这两种外，另有 12 种。现将它们的书名列举于下：

（1）《新刻京本补遗通俗演义三国全传》——熊清波刊本
（2）《新锓全像大字通俗演义三国志传》——刘龙田刊本
（3）《新锓全像大字通俗演义三国志传》——笈邮斋刊本
（4）《新刻音释旁训评林演义三国志史传》——朱鼎臣辑本
（5）《新刻京本按鉴演义合像三国志传》——天理图书馆藏本
（6）《新锲音释评林演义合相三国志史传》——熊佛贵刊本
（7）《新刻考订按鉴通俗演义全像三国志传》——黄正甫刊本
（8）《新刻按鉴演义全像三国英雄志传》——杨美生刊本
（9）《新刻全像演义三国志传》——国家图书馆藏本
（10）《精镌按鉴全像鼎峙三国志传》——刘荣吾刊本
（11）《新刻按鉴演义京本三国英雄志传》——聚贤山房刊本
（12）《新刻按鉴演义三国英雄志传》——嘉庆七年刊本①

我们试把魏氏刊本的书名分解为 A“二刻”、B“按鉴”、C“演义”、D“全像”、E“三国”、F“英雄”、G“志传”七点，再来和上述十二个书名一一核对，看是其中哪个书名和它最接近、关系最亲密。

其中，E 是全有的，可以不计。从 A 可以排除（2）（3）（6）（10）；和 A 可以配套的，只有（1）（4）（5）（7）（8）（9）（11）（12）。从 B 可以排除（1）（2）（3）（4）（6）（9）。从 C 可以排除（10）。从 D 可以排

① 嘉庆七年刊本，魏安称为“哈佛大学藏本”。请参阅刘世德《〈三国志演义〉嘉庆七年刊本考论》（《〈三国志演义〉作者与版本考论》，中华书局 2010 年版）。

除（1）（4）（5）（6）（10）（12）。从 F 可以排除（1）（2）（3）（4）（5）（6）（7）（9）（10）。从 G 可以排除（4）（6）。这样计算下来，没有被排除的，只剩下（8）了。

也就是说，杨美生刊本的书名最接近魏氏刊本的书名。从书名看，它们之间的关系最亲密。

四 节目的缺失

魏氏刊本残存的三卷中，正文共有 36 节，但节目却只有 31 个。

五个节目的缺失，有三种不同的情况：

情况之一——因上下两节不分节，正文直接连在一起，而失去节目的，有二：一是第 19 节“李傕郭汜杀樊稠”[①]，二是第 34 节“曹操会兵击袁术”。

情况之二——因书叶缺损而失去节目的，有二：一是第 1 节“祭天地桃园结义”，二是第 29 节“孙策大战太史慈”。

情况之三——因分节之处恰巧遇上书叶残缺，一时无法辨认是属于上述何种情况的，有一：第 3 节“安喜张飞鞭督邮”。

其余 31 个节目中，持与嘉靖壬午本、叶逢春刊本、杨美生刊本三本对校[②]，结果如下。

（一）四本全同者：第 2 节“刘玄德斩寇立功”、第 4 节“何进谋杀十常侍”、第 5 节“董卓议立陈留王”、第 6 节“吕布刺杀丁建阳”、第 10 节“虎牢关三战吕布”、第 11 节“董卓火烧长乐宫”、第 12 节“袁绍孙坚夺玉玺”、第 14 节“孙坚跨江战刘表”、第 15 节“司徒王允说貂蝉”、第 20 节“曹操兴兵报父仇”、第 21 节“刘玄德北海解围”、第 24 节“曹操定陶破吕布”、第 26 节“杨奉董承双救驾”、第 33 节“袁术七路下徐州”、第

---

① 此节目的文字据嘉靖壬午本，下同。

② 选择这三种版本进行对校，是因为第一，嘉靖壬午本（嘉靖元年，1522）和叶逢春刊本（嘉靖二十七年，1548）是现存的刊行年代最早的两个分属于不同系统的版本；第二，杨美生刊本则是和魏氏刊本关系最为亲密的版本。另外需要说明的是，魏氏刊本与嘉靖壬午本、叶逢春刊本的异同不再列入小标题，以免枝蔓。

34 节“曹操会兵击袁术”。

（二）魏氏刊本独异者：第 7 节“废汉帝董卓弄”，夺一“权”字，杨美生刊本作“废汉帝董卓弄权”；“汉帝”，嘉靖壬午本、叶逢春刊本作“汉君”。

（三）魏氏刊本同于杨美生刊本而异于嘉靖壬午本或叶逢春刊本者：第 8 节“曹操刺董卓私奔”，杨美生刊本同；嘉靖壬午本作“曹孟德谋杀董卓”，叶逢春刊本作“曹操谋杀董卓”。第 9 节“曹操兴兵杀董卓”，杨美生刊本同；“兴兵”，嘉靖壬午本作“曹操起兵伐董卓”，叶逢春刊本作“曹操起兵杀董卓”。第 16 节“凤仪亭吕布戏貂蝉”，叶逢春刊本、杨美生刊本同；“吕布”，嘉靖壬午本作“布”。第 17 节“王允定计诛董卓”，叶逢春刊本、杨美生刊本同；“定计”，嘉靖壬午本作“授计”。第 22 节“吕奉先濮阳大战”，杨美生刊本同；“吕奉先”，嘉靖壬午本、叶逢春刊本作“吕温侯”。第 23 节“陶谦三让徐州”，叶逢春刊本、杨美生刊本同；“陶谦”，嘉靖壬午本作“陶恭祖”。第 25 节“李傕郭玘乱长安”，杨美生刊本同；“郭玘”，嘉靖壬午本、叶逢春刊本作“郭汜”。第 27 节“迁鸾舆曹操秉政”，杨美生刊本同；“鸾舆”，嘉靖壬午本、叶逢春刊本作“銮舆”。第 28 节“吕布月夜夺徐州”，叶逢春刊本、杨美生刊本同；“月夜”，嘉靖壬午本作“夜月”。第 30 节“孙策大战严白虎”，嘉靖壬午本、杨美生刊本同；“大战”，叶逢春刊本作“大破”。第 31 节“吕布辕门射戟”，叶逢春刊本、杨美生刊本同；“吕布”，嘉靖壬午本作“吕奉先”。第 32 节“曹操兴兵征张绣”，杨美生刊本同，“征”，嘉靖壬午本、叶逢春刊本作“击”。第 35 节“贾诩谈兵决胜负”，杨美生刊本同；嘉靖壬午本、叶逢春刊本作“决胜负贾诩谈兵”（叶逢春刊本“诩”作“翊”）。第 36 节“夏侯惇拔矢啖睛”，嘉靖壬午本、杨美生刊本同；“矢”，叶逢春刊本作“箭”。

值得注意的是第 18 节和第 25 节的节目。第 18 节的节目，杨美生刊本、魏氏刊本作“李傕郭汜乱长安”，嘉靖壬午本作“李傕郭汜寇长安”，叶逢春刊本作“李傕郭玘寇长安”。而第 25 节的节目，杨美生刊本、魏氏刊本作“李傕郭玘乱长安”，嘉靖壬午本、叶逢春刊本作“李傕郭汜乱长安”。其中那个“玘”字乃是“汜”字的形讹。因此，在魏氏刊本、杨美生刊本中，第25节的节目实际上是和第18节的节目重复的。这是一个特殊的现象。

五 简本:删交战场面

试举四例。

例1，第23节“陶谦三让徐州”，嘉靖壬午本作:

> 操急走南门，高顺、侯成拦住。典韦怒目咬牙，冲杀出去。高顺、侯成倒走出城。典韦杀离了吊桥，回头不见曹操在后，翻身杀入城来，门下撞着李典。典韦问:“主公何在?”典曰:“吾亦寻不见。”韦曰:“汝在城外催救军，我入去寻主人。”李典去了，韦左冲右突，杀将入来，又不见，再杀出城，壕边撞着乐进。进曰:“主公何在?”韦曰:“往复两遭，寻觅不见。”进曰:“同杀入去救主!”两人到门边，城上火炮滚下。乐进马不能入。典韦冲烟突火，又杀入去。似此三遭。世之罕有。却说曹操见典韦杀出去了，四下里人马截来，不得南门；再转北门，火光里正撞见吕布挺戟跃马，追杀曹兵。操加鞭纵马过去。吕布从后拍马赶来，用戟于曹操盔上一击，问曰:“曹操何在?”

魏氏刊本作:

> 操急走南门，高顺、侯成拦路。操左冲右突，火光中见吕布挺戟跃马赶来，将戟去操盔上一击，问曰:“曹操何在?”

这里不仅是删削字数，而且还有改写，把“左冲右突”四字从典韦头上嫁接给了曹操。

例2，第26节“杨奉董承双救驾”，嘉靖壬午本作:

> 傕曰:“如今张济兵据长安，未敢动兵。我和你合兵一处，至弘农杀了汉君，平分天下，有何不可?”汜曰:“若兄长肯带携小弟，一同

共夺地面。”二人合兵，于路劫掠，所过一空。杨奉、董承知贼势远来，遂勒兵回，与贼大战于东涧。傕、汜二人商议：“只不可斗将，只是混战，我众彼寡，安得不胜。”商议已定，李傕在左，郭汜在右，漫山遍野拥来。杨奉、董承两边死战，刚保天子皇后车出；百官宫人，符策典籍，一应御用之物，尽皆抛弃，俱被傕、汜兵卒抢去。死者不知其数。郭汜军尽入弘农劫掠。

叶逢春刊本基本上同于嘉靖壬午本。魏氏刊本则作：

傕曰：“目今张济占据长安，我和你合兵一处，直至弘农，杀了汉君，共分天下。”汜从傕言，合兵杀入弘农。

例3，第28节“吕布月夜夺徐州”，嘉靖壬午本作：

纪灵乃山东人也，使一口三尖刀，重五十斤，手下战将极多。是日，纪灵引兵出阵，大骂：“刘备村夫，安敢侵吾境界!”玄德曰：“吾奉明命，以顺讨逆。汝今罪不容诛!”纪灵大怒，拍马舞刀来迎玄德。关公大喝曰：“有吾在此!”骤马与纪灵大战二十合。纪灵少歇，关公回阵立马久等。纪灵遣手将荀正出马来。关公曰：“只教纪灵来，与他决个胜负。”荀正曰：“汝乃无名下将，非是纪将军之对手。”关公大怒，直取荀正，交马一合，砍荀正于马下。玄德驱兵杀败纪灵。纪灵退守淮阴河口，并不交战，时只教军士来偷营劫寨。

叶逢春刊本基本上同于嘉靖壬午本。

魏氏刊本作：

次日，纪灵提刀出马，与玄德约战数合。灵喝：“少住!”再令首将荀正出马，与关羽交战三合，被羽斩于马下。

例4，第30节“孙策大战严白虎”，嘉靖壬午本作：

策谢曰："先生之言如金玉，但恐将士不用命当先耳。"随遣韩当出马，比及骤马到桥上时，蒋钦、陈武各驾小舟，从河岸边早杀过桥里去了，乱箭射倒岸上军，二人飞身上岸砍杀。严舆退走。韩当引军直杀过昌门下，贼退入城里去了。策分兵水陆并进，围吴城，一困三日。策引众军到昌门外招谕。城上一个裨将，左手托定护梁，右手指着城下骂。太史慈马上拈弓取箭，搭箭云："看我射中这厮左手。"一箭去，射透左手，反牢钉在护梁上。城下城上人所见者，无不喝采，群贼救了这人入城。白虎大惊："城外有人如此神射！"遂商量求和。次日……

魏氏刊本作：

策曰："先生之言诚如金石。"便令蒋钦、韩当、陈武出敌。严舆大败，退走入城。次日……

以上四例表明，魏氏刊本所删弃者全是双方交战场面的描写。这使它大大地节省了字数。

六　简本:删细节

作为简本，魏氏刊本还在删节细节描写方面下了很大的工夫。

例如，第 34 节"曹操会兵击袁术"，嘉靖壬午本作：

操围城攻打。城上擂鼓不绝，炮石金汁弩箭以守之。城壕大阔，水势尤深，急难近城。操令军兵运土填壕；又用做土布袋，并柴薪草把相杂，来城边作凳梯；又立云梯，窥望城中。

魏氏刊本则作：

操令围城攻打，城上矢石如雨，操令军士运土填壕；又立云梯窥望……

这个删削是失败的，因为它损害了文意。曹操为什么要“令军士运土填壕”？恰恰是因为被删掉的那三句话：“城壕大阔，水势尤深，急难近城。”因果关系紧紧相扣。没有了因，果岂不是变成了建筑在沙滩上的房屋？

七 简本:删人物对话

试举三例。

例1，第22节“吕奉先濮阳大战”，嘉靖壬午本作：

> 陈宫知，急入见曰：“将军弃兖州，将欲何往？”布曰：“吾欲屯兵濮阳，以成鼎足之势。”宫曰：“非也。薛兰必守兖州不住。此去正南一百八十里，泰山路险，可伏精兵万余在彼。曹操闻失兖州，必然倍道而进。待其过半，一击可擒也。昔韩信欲破赵兵，渡井陉口。广武君李左车说成安君陈馀曰：‘今闻韩信乘势远闻，其锋不可当也。今井陉之道，车不能方轨，骑不能成列，略其势，粮食必在其后。愿假臣奇兵三万，从其间道，绝其辎重。足下深沟高垒而勿与战，彼前不得斗，退不得还，野无所掠，不十日，两将之头可悬于麾下。否则，必为二子所擒矣。’馀曰：‘吾掌义兵二十万，并不用诈谋奇计。’不听李左车之言。韩信间视知之，大喜，乃敢遂下。未至井陉口止舍，夜半传发，选轻骑二千人，人持一赤帜，从间道箄山而望赵军，戒曰：‘赵空壁逐我，疾入赵壁，拔其帜而易之。’令裨将传餐，曰：‘今日破赵会食，乃使万人先行，出背水阵。’赵军见，皆大笑。平旦，韩信建大将旗鼓，行出井陉口，赵开壁击之。大战良久，于是韩信、张耳半弃旗鼓，走水上军。赵果空壁逐之。韩信所遣骑驰入赵壁，拔赵帜，立汉帜，水上军皆殊死战。赵军已失，馀等欲归壁，见帜大惊，遂乱遁走。汉兵夹攻，大破之，遂斩陈馀，收败兵二十余万，而擒赵王歇。今日正用此断粮之计，将军察焉。”

魏氏刊本作：

陈宫谏曰："将军离兖州，将欲何往?"布曰："我屯兵濮阳，为鼎足之势。"宫曰："非也，薛兰必守不住。此去正南一百八十里，泰山路狭，可伏精兵一万在彼。操知失兖州，必倍道而进，待其过半，一击可擒矣。昔韩信攻赵，陈馀不听李左车之言，损兵二十万而失国，今日正用此人之计，将军察焉。"

嘉靖壬午本自"昔韩信欲破赵兵"开始，至"而擒赵王歇"，共327字。到了魏本，被删改的只剩下22个字了。

例2，第31节"吕布辕门射戟"，陈宫和吕布谈结亲择日之事，嘉靖壬午本作：

官乃入见吕布曰："闻主公之女许嫁袁公路之子，此正合吾之心。徐州可保永远之基业也。不知主公欲用何日?"布曰："不晓。"官曰："古人结亲，以受聘之良辰，已有定例：天子一年，诸侯半年，大夫一季，庶民一月。"布曰："袁公路，天赐国宝，早晚为皇帝，当为天子例。"官曰："不可。"布曰："今只是诸侯例。"官曰："亦不可。"布曰："依我门风俗，就卿大夫例。"官曰："便也不可。"布曰："吾今虽霸徐州，未受明诏，欲教吾依庶民例也?"官曰："岂有此理。"布曰："汝意欲如何?"官曰："方今天下，递相征伐……"

魏氏刊本作：

官入见布曰："闻主公许亲公路，不知择何日?"布曰："未择。"官曰："今天下递相征伐……"

它用7句简约的文字代替了嘉靖壬午本原来的42句。

例3，第36节"夏侯惇拔矢啖睛"，郭嘉有"十败"、"十胜"之论，嘉靖壬午本作：

> 嘉曰："刘、项之不敌，公所知。汉祖惟智胜，项羽虽强，终被汉祖擒之，惟智胜也。如嘉窃料之，绍有十败，公有十胜。绍兵虽强，无能为也。绍繁礼多仪，公体任自然，此道胜，一也。绍以逆动，公奉顺以率天下，此义胜，二也。汉末失政于宽，绍以宽济宽，故不摄。公纠之以猛，而上下知制，此治胜，三也。绍外宽而内忌，用人而疑之，所任惟亲戚子弟。公外易简而内机明，用人无疑，惟才所宜，不问远近，此度胜，四也。绍多谋少决，失在后事。公得策辄行，应变无穷，此谋胜，五也。绍因累世之资，高议揖让，以收名誉之士，好言饰外者多归之。公以至心待人，推诚而行，不为虚美，以俭率下，与有功者无所吝，士之忠正远见而有实者皆愿为用，此德胜，六也。绍见人饥寒，恤念之形于颜色，其所不见，虑或不及也，所谓妇人之仁耳。公于目前小事，时有所忽，至于大事，与四海接，恩之所加，皆过其望，虽所不见，虑之所周，无不济也，此仁胜，七也。绍大臣争权，谗言惑乱。公御下以道，浸润不行，此明胜，八也。绍是非不知。公所是进之以礼，所不是正之以法，此文胜，九也。绍好虚势，不知兵要。公以少克众，用兵如神，军人恃之，敌人畏之，此武胜，十也。公有十胜之德，绍安可望也?"

叶逢春刊本基本上相同，而魏氏刊本作：

> 嘉曰："刘、项之不敌，公所知也。项羽虽强，终被汉灭，惟智胜之。以嘉料之，绍有十败，公有十胜。绍兵虽强，无能为也。"

这样一来，郭嘉所说的"十败"、"十胜"之论，变成只有空洞的帽子，而没有具体的内容了。

八　简本:删人物介绍

试举二例。

例如，第 21 节"刘玄德北海解围"，嘉靖壬午本开端作：

却说献计之人，乃东海朐人，居淮安，姓糜，名竺，字子仲。此人家世富豪，庄户僮仆等万余人。糜竺尝往洛阳买卖回归；坐于车，路傍见一妇人，甚有颜色，来求同载。竺乃下车步行，让车与妇人。妇人再拜，请竺同载。竺上车，目不邪视，并无调戏之意。行及数里，妇人辞去，临别对竺曰："我天使也，奉上帝敕，往烧汝家。感君见待以礼，故私告耳。"竺曰："娘子何神也?"妇曰："吾乃南方火德星君耳。"竺拜而祈之。妇曰："此天命，不敢不烧。君可速回，搬出财物。吾当夜来。"竺飞奔到家，搬出财物。日中，厨下果然火起，尽烧其屋。竺因此济贫拔苦，救难扶危。后陶谦请为别驾从事。谦问解救之策，竺曰："某当亲往北海郡投托孔融，令起兵救援。更得一人往青州田楷处求救。二路军马前来夹攻，操兵必退矣。"谦大喜，遂写告急书二封，商量青州教谁人可去。一人出曰："某愿往。"众视之，乃是广陵谋士，姓陈，名登，字元龙。谦喜，先遣陈元龙青州去了，然后命糜竺行。谦率众守城，以备攻击。操亦未敢轻逼城下，且去四下筑城，以孤徐州之势。

以上一段相应的文字，魏氏刊本没有放在本节，而是安置在上一节的末尾，但作了一番删削：

别驾从事糜竺曰："府君且坚守勿出，竺往北海郡，投借孔融起兵来援。再得一人，往青州田阶（楷）处求救，二路军马在外夹攻，操必退兵。"陶谦从之，遂写告急书二封，遣陈登往青州，糜竺往北海去讫。谦率众守城。曹操四下引兵屠城，以孤徐州之势。

魏本所删削者是流行于古代传说糜竺与火德星君的故事。这也正是罗贯中写作《三国志演义》时吸纳众多历史素材的一个例子。魏本的删削无疑减弱了糜竺形象些许光彩。

同样是在这一节，紧接在上段引文之后，嘉靖壬午本作：

却说北海孔融，字文举，鲁国曲阜人也，孔子二十世孙，泰山都尉孔宙之子。自小聪明，人皆敬仰。年十岁时，去谒河南尹李膺。膺乃汉代人物，等闲不能勾相见，除非是当世大贤，通家子孙，方能勾到堂上。时融到门，告门吏曰："我李相通家子孙。"及至入见，膺问曰："汝祖与吾祖何亲也?"融曰："先君孔子与君先尊李老君，同德比义而相师友，则融与君累世通家也。"膺大奇之。少顷，太中大夫陈炜至，膺因指融曰："此异童子也。"炜曰："小时聪明，大未必聪明。"融即应声曰："如君所言，幼时必愚浊也。"炜等皆笑曰："此子长成，必当代之伟器也。"自此得名。无书不览，海内称为冠冕。后为中郎将。累迁北海太守。极好宾客，尝曰："座上客常满，尊中酒不空，吾之愿也。"在北海六年，甚得民心。

魏氏刊本把这一段相应的文字放在本节的开端，但只有寥寥二十余字：

却说北海孔融，字文举，孔子二十世嫡孙，在北海六年，甚得民心。

和麋竺的故事相同，孔融的口耳相传的故事也遭到了被魏本剔除的命运。

九　简本:删论、赞、诗

试举二例。

例1，第5节"董卓议立陈留王"，在何进被杀后，嘉靖壬午本有"论"和"赞"：

论曰：窦武、何进借元舅之资，据辅政之权，内倚太后临朝之威，外迎群英乘风之势，卒而事败阉竖，身死功颓，为世所悲，岂智不足而权有余乎?《传》曰："天之废商久矣，君将兴之。"斯宋襄公所以败于泓也。赞曰：武生蛇祥，进自屠羊。惟女惟弟，来仪紫房。上惛下嬖，人灵动怨。将纠邪慝，以合人愿。道之屈矣，代离凶困。

魏本无之。

例2，第24节“曹操定陶破吕布”，许褚降曹操后，嘉靖壬午本作：

> 后人有诗曰：天下瓜分汉欲亡，四方豪杰尽鹰扬。葛陂许褚投降后，自此何忧吕布强。

魏本亦无之。

十 魏、杨二本文字比较：同误

在魏氏刊本第5节“董卓议立陈留王”中有四个与杨美生刊本同误的例子。

一见于此节的开端——

> 操曰：“宦者之祸，古今通弊，但世主不可假之以重权。近代浸润成疾，以至于此。若欲治罪，当除元恶，但付一狱吏足矣，何必召外兵乎？……”

杨美生刊本的文字和这相同。

但其中第4句，嘉靖壬午本作“但世主不当假之权宠近侍”，叶逢春刊本作“但世主不可付之以权”；第5句，嘉靖壬午本作“浸润成疾”，叶逢春刊本作“近代浸淫成病”。细察文字演变，应是形讹、音讹兼有，先后误“重权”为“权宠”，误“近侍”为“近代”。

二见于袁绍分兵四下寻觅少帝——

> 张让、段瑕引从者二十余人从后宰门连夜奔走北邙山。天色昏暗，二更时分，后面喊声追赶。遇见河南掾吏关贡，大叫：“张让休走！”

其中有两个人名“段瑕”和“关贡”，魏氏刊本与杨美生刊本同误。

“段瑕”，嘉靖壬午本、叶逢春刊本作“段珪”。此人是十常侍之一。

“瑕”乃“珪”的形讹。在下文，无论是魏氏刊本，还是杨美生刊本，均作“段珪”不误。

“关贡”，嘉靖壬午本、叶逢春刊本作“闵贡”。此人见于《三国志·魏书》董卓传裴松之注引《英雄记》：“河南中部掾闵贡扶帝及陈留王上至雒舍止。”“关”乃“闵”的形讹。

段珪和闵贡在本节下文还有出场的机会，但二人情况不同。在魏氏刊本杨美生刊本下文，段珪的名字不误，可知“瑕”名属于偶尔的形讹；而在魏氏刊本和杨美生刊本下文，闵贡仍作“关贡”，可知“关”姓属于误认。

三见于卢植救太后得免——

> 吴匡杀入后庭，见何苗提剑来，匡大呼曰：“你同谋杀兄。愿执执者向前！”

其中有两处异文：一是同异，另一是同误。

“后庭”，杨美生刊本同，嘉靖壬午本、叶逢春刊本作“内庭”。

“执执”，杨美生刊本作“执苗”，嘉靖壬午本、叶逢春刊本作“报仇”。第一个“执”字乃是“报”字的形讹，魏氏刊本、杨美生刊本同误。

四见于“莫言微物相轻贱，曾与君王指路迷”——

> 二帝走至五更，足痛不能行，卧于草堆上。前面是一所庄院，庄主是夜梦一轮红日坠于庄后。次日早，庄主出见二人卧于草堆。

这段引文，杨美生刊本同，但其中有与魏氏刊本相同的错字和脱文。

共同的错字：“一”。“一轮红日”，嘉靖壬午本作“两红日”。“两红日”暗喻两位皇帝（少帝和陈留王），即上文所说的“二帝”。“一”系误改。同误可证是同出一源。

脱文见于叶逢春刊本。魏氏刊本、杨美生刊本的“庄主是夜梦一轮红日坠于庄后。次日早，庄主出见二人卧于草堆”，嘉靖壬午本作“庄主是夜梦两红日坠于庄后，庄主惊觉，披衣出户，四下观望，见庄后草堆上火起冲天。庄主慌忙往观，见二帝卧于草畔”。而叶逢春刊本却作“庄主是夜梦见二帝卧于草畔”。叶逢春刊本的脱漏造成了文意的错乱：庄主梦见的是“红日坠于庄后”，并不是“二帝卧于草畔”。

同误现象表明了魏、杨二本关系之亲密。

十一 魏、杨二本文字比较：同与异

魏本第28节“吕布月夜夺徐州”：

> 飞设一宴，请各官赴席曰：“我哥哥临行，分付我少饮酒，恐误事。今日请众官尽此一醉，明日禁酒，帮我把守城池。”将酒把到陶谦次将曹豹面前，豹曰：“从来大戒不饮。”飞曰：“厮杀汉如何不饮？我要你饮一杯。”

杨美生刊本同于魏本。

“次将”，嘉靖壬午本作“旧将”，叶逢春刊本作“故将”。

魏本第29节“孙策大战太史慈”：

> 二人弃枪下马，揪住厮打。策手快，掣出慈佩剑，慈却取了策头上兜鍪，策以剑砍慈，慈将盔遮拦，忽然山后刘繇引兵接应。

杨美生刊本同于魏本。

嘉靖壬午本作“策一枪搠去来，慈闪过，挟住枪，慈也一枪搠去，策亦闪过，挟住枪。两个用力只一拖，都滚下马，马不知走的哪里去了。两个弃了枪，揪住厮打。慈年三十岁，策年二十一岁，两个揪住战袍，扯得粉碎。慈把兜鍪遮架。忽然喊声后起，乃刘繇接应军到来，约有千余”。

叶逢春刊本基本上同于嘉靖壬午本。

魏氏刊本第30节“孙策大战严白虎”有五例。

例1，

> 众呼策为小伯王。

“伯”，杨美生刊本同。嘉靖壬午本、叶逢春刊本作“霸”。

按：“伯”读入声，通“霸”。改“霸”为“伯”，想必是因为笔画甚少的缘故。

例2，

> 慈人困马乏，被策伏兵并出，将绊马索绊倒，解赴大寨。策亲释其缚，策把慈手曰：“宁识神亭时乎？若公是时获我，还相害否？”慈曰：“未可量也。”

这段文字，杨美生刊本同于魏本（仅“获”作“得”）。

嘉靖壬午本字数多于魏本、杨美生刊本，作：

> 人困马乏，芦苇之中，喊声忽起。慈急待走，两下里绊马索齐来，将马绊翻了，生擒慈，解上大寨。策知解到太史慈，亲自出营，喝散士卒，自释其缚，将自己锦袍以衣之，请入寨中。太史慈曰：“败将请诛。”策曰：“我知子义真丈夫也。刘繇蠢辈，不能用为大将，以致此败。”慈见策待之如兄，遂请降之。策执慈手曰：“宁识神亭乎？若公是时获我，不相害否？”慈答曰：“未可量也。”

叶逢春刊本基本上同于嘉靖壬午本。

例3，无令国内上下危惧——

> 策曰：“先生之言诚如金石。但恐将士不用命当先耳。”便令蒋钦、韩当、陈武出敌。

杨美生刊本同于魏本。

“便令蒋钦、韩当、陈武出敌”，嘉靖壬午本作“随遣韩当出马。比及骤马到桥上时，蒋钦、陈武各驾小舟，从河岸边早杀过桥里去了，乱箭射倒岸上军……”叶逢春刊本基本上同于嘉靖壬午本。

主要的异文在于，“蒋钦”作“韩当”，“韩当”作“蒋钦”。

例4，魏本——

严舆大败，退走入城。次日，白虎令严舆出城，来见孙策说求和事。

这段引文，嘉靖壬午本作：

严舆退走。韩当引军直杀过昌门下，贼退入城里去了。策分兵水陆并进，围吴城，一困三日。策引众军到昌门外招谕。城上一个裨将，左手托定护梁，右手指着城下骂。太史慈马上拈弓取箭，搭箭云：“看我射中这厮左手。”一箭去，射透左手，反牢钉在护梁上。城下城上人所见者，无不喝采。群贼救了这人入城。白虎大惊：“城外有人如此神箭！”遂商量求和。

叶逢春刊本基本上同于嘉靖壬午本。

例5，魏本——

董袭曰：“某曾身被数枪，得会稽郡吏虞翻荐一医士来治，半月即痊。”

“枪”，杨美生刊本同，嘉靖壬午本、叶逢春刊本作“箭”。

再举一个同误与独异兼有的例子，见于魏本第29节“孙策大战太史慈”：

却说孙策见父葬后，居江东，招贤纳士，因刘繇与策母弟当阳太守吴景不和……

“刘繇”，嘉靖壬午本、叶逢春刊本作“陶谦”，杨美生刊本也作“陶谦”。此独异也。

“当阳太守”，嘉靖壬午本、叶逢春刊本作“丹阳”，杨美生刊本同于魏氏刊本。按：当阳在今湖北省，丹阳则在今江苏省，自以丹阳为是。吴景任丹杨太守，见于《三国志·吴书》。丹杨即丹阳。此同误也。

其他的魏本与杨美生刊本同误的例子还有——

有彭城相薛礼、下邳相孔融引兵帮助刘繇。

“孔融”，嘉靖壬午本、叶逢春刊本作“笮融”，杨美生刊本同于魏氏刊本。

笮融屡见于《三国志·魏书》陶谦传注及《三国志·吴书》孙讨逆传注、刘繇传、吴夫人传、徐夫人传、张纮传注、周瑜传、吕范传。大概是“笮”字罕见，遂讹为“孔”。

以上所举种种例证，无不表明：第一，魏氏刊本的文字与杨美生刊本有着密切的关系；第二，尽管如此，魏氏刊本的文字仍和杨美生刊本保持着一定的距离。

十二 各节结尾的同与异

魏本和杨美生刊本各节结尾，有的相同，有的不同。

第 2 节结尾因残缺而不详。

第 6 节和第 7 节不分节。

《三国志演义》各版本不仅文字有着多多少少的歧异，有时候分节也不一致。

现举魏本各节结尾与嘉靖壬午本、叶逢春刊本不同的例子如下。

例 1，嘉靖壬午本第 9 节“曹操起兵伐董卓”的结尾——

云长出马，只一合斩了华雄，提头入献，众皆大喜。玄德背后转出张飞，高声大叫：“俺哥哥斩了华雄，不就这里杀入关去，活拿董卓，更待何时！”掉丈八蛇矛，来抢关隘。如何？

叶逢春刊本第 9 节“曹操起兵杀董卓”的结尾基本上同于嘉靖壬午

本。而魏本第9节“曹操兴兵杀董卓”的结尾却作：

> 众皆大喜。张飞大叫曰：“我哥哥斩了华雄，不就乘势杀入关去，活捉董卓，更待何时！”提丈八蛇矛，便要上马，袁术怒曰：“我是朝廷大臣，尚自谦逊，量一县令手下小卒，敢耀武扬威！唤旗军赶出帐去！”操曰：“得功者赏，何分贵贱？”术曰：“既然汝等待用一县令，我回避便了！”操曰：“岂可因一言而误大事！”令公孙瓒且带玄德、关、张回寨。众官皆散。曹操使人赍牛酒抚慰三人。

例2，嘉靖壬午本第11节“董卓火烧长乐宫”的结尾——

> 洪曰：“主公下马，脱去袍铠，洪抱主公渡水。”操挣过大河，爬得上岸，后军已到，隔水放箭。操带水而走。方始天晓，约走二十余里，土岗下少歇，喊声起处，徐荣从上流渡河，一彪人马赶来。曹操性命如何？

叶逢春刊本基本上同于嘉靖壬午本。而魏本却作：

> 洪曰：“主公下马，脱去袍铠。”背负曹操挣过大河，上岸，后军已到，隔河放箭。方始天明，约走二十余里，正在土岗下少歇，只见徐荣渡河赶到，却得夏侯渊、夏侯惇引数十骑来，刺死徐荣。随后曹仁、李典、乐进各引军齐到，见操，忧喜交集，聚有五百人马，同回河内。卓兵自往长安。

例3，嘉靖壬午本第12节“袁绍孙坚夺玉玺”的结尾——

> 黄昏，左侧两山后伏兵齐起，背后蒯越、蔡瑁赶来，围孙坚围在垓心。性命如何？

叶逢春刊本基本上同于嘉靖壬午本，而魏本作：

黄昏时候，左侧两山后伏兵齐起，背后蒯越、蔡瑁杀来，把孙坚困在垓心。却得程普、黄盖、韩当三将死战得出，折军一半。孙坚连夜领兵回转江东。刘表回荆州，以书报绍。自此坚与刘表结仇。

十三　魏、杨二本图像的比较

既然从书名和正文的文字能够看出魏本和杨美生刊本之间的亲密关系，那么，从二本的图像上能不能印证这一点呢？

从表面上看，魏本和杨美生刊本都是上图下文的版式，都是魏安所说的“刘次泉式嵌像图”。而从图像的标目和画面看，魏、杨二本都有相同或相似之处，那么，魏氏刊本和杨美生刊本之间，在图像上有没有参照甚或移植的可能呢？

魏氏刊本三卷共有图 137 幅，其中卷一有 49 幅，卷二有 43 幅，卷三有 45 幅。但其中严重残损者共 22 幅，包括卷一的 12 幅，卷三的 10 幅；只有卷二的 43 幅基本上保持完整。

魏氏刊本多叶图像残损。其完整者共 106 幅，分别是：卷一，31 幅；卷二，43 幅；卷三，32 幅。

杨美生刊本图像完整，卷一有图 45 幅，卷二有图 39 幅，卷三有图 41 幅。

我们选择魏本图像比较完整的卷二来和杨美生刊本卷二的图像进行比较。

魏本卷二的图像比杨美生刊本多出了四幅：“伏兵乱箭射死孙坚”、“董卓怒吕布窥貂蝉”、“曹操军往徐州报仇”、“典韦冒火救出曹操 ”。这初步说明，二本图像的数目不尽一致。

我们再从二本图像的标目和画面上进行仔细的比较，看它们是不是一样，或者是不是基本上一样。所谓“一样”，是说它们的图像是不是一本从另一本移植过来。所谓“基本上一样”，是说它们的图像是不是一本参照另一本重新绘制、刻印。

先看图像。

如果浮光掠影地粗粗一看，二本的图像是基本上一样的。但是，如果再作进一步的深入的检查，就会发现，二本的图像还是有区别的。

这可以指出两点：

第一，有的图像中出现的人数不同。“陈耽谏帝遭贬下狱”和“袁绍放火烧翠花楼”，魏氏刊本图中有二人，杨美生刊本只有一人。“太后少帝观燕作辞”，魏氏刊本图中有三人，杨美生刊本只有二人。“袁绍设宴款待曹操”，魏氏刊本图中三人，袁绍桌旁立有一人，杨美生刊本图中只有袁绍、曹操二人。

第二，在有的图像中，细节的描绘不同。“吕布刺杀丁建阳”，图中吕布执剑时，剑的倾斜程度，魏氏刊本较杨美生刊本为甚。“李儒劝卓迁都长安”，在杨美生刊本中，董卓的双手缩在袖内，而在魏氏刊本中，董卓的右手扬举在袖外。“程普斩胡轸于马下”，在魏氏刊本中，胡轸被杀后，双脚朝天，而在杨美生刊本中，胡轸的下半身没有出现在画面内。“华雄立斩俞涉潘凤”，华雄出战，有骑马（魏氏刊本）与不骑马（杨美生刊本）的区别。

这两点只是非常明显的不同。而在图像刀法的工拙、布局的详略、线条的粗细等方面仍存在着细微的差别。因此，可以排除移植的可能。

再看标目。

表面上，魏氏刊本和杨美生刊本的标目似乎是一样的。但在实际上，二本的标目仍然显示出细微的区别。例如，魏氏刊本的“徐荣箭射曹操左肩”，杨美生刊本作“徐荣箭射曹操左臂”，但在正文中，却未明言中箭是在哪一侧的肩或臂。

魏氏刊本的标目文字有时和杨美生刊本犯同样的错误。“赵子云辞别刘玄德”，“赵子云”乃是“赵子龙”的显误，二本相同。“吕布观玄德灵纪书”，二本相同，而“灵纪”乃是人名“纪灵”的颠倒。“曹操斩主垕安众军”，二本相同，而“主垕”乃是人名“王垕”的形讹，多出了一点。

之所以发生这样的情况，表明这两个本子的图像标目在刊刻时有彼此抄袭的可能。

从魏本和杨美生刊本书名的字面上看，理应是“新刻”（杨美生刊本）在前，“二刻”（魏氏刊本）在后。所以，如果是抄袭，最大的可能便是魏本抄袭杨美生刊本了。

十四 结语

（一）《三国志演义》魏氏刊本是明代万历年间或万历以后的福建建阳刊本。

（二）刊行者姓魏，名不详。

（三）魏氏刊本是《三国志演义》二十卷本中的简本。

（四）它删减的内容主要是：细节描写，人物对话，人物出身介绍，正文中所插入的诗、论，等等。

（五）从书名、正文看，魏氏刊本和杨美生刊本之间有着亲近的关系。但彼此并不构成父子的血缘关系，而是有着共同的底本或祖本。

（六）魏氏刊本和杨美生刊本使用的都是上图下文（“刘次泉式嵌图”）的版式。图的数目不尽一致，各图的标目和画面则基本上相同。甚至在标目的文字上还存在着同误的现象。这表明，魏氏刊本（“二刻”）参照了杨美生刊本（“新刻”）进行刊刻。

（七）魏氏刊本的书名和藏于德国的美玉堂刊本相同。魏氏刊本和美玉堂刊本之间的关系，以及美玉堂刊本和杨美生刊本之间的关系，均有待于进行深入的研究。

在第三十三节与第三十四节之间

——《三国志演义》版本散论

一 引言

《三国志演义》有分节本（240节）和分回本（120回）的区别。

在分节本中，第33节“袁术七路下徐州”和第34节“曹操会兵击袁术”的结构有着一定的特殊性。

第33节开端的文字、情节，各本基本上一致。

但第33节的结尾止于何处，或者说，第34节的开端起于何处？不同的版本却有着不同的设置。

而在分回本（例如李渔评本、毛宗岗评本）中，由于第33节已和第34节合并为第17回“袁公路大起三军，曹孟德会合三将”，故不存在这一问题。

从第33节结尾和第34节开端的不同处理能不能判断各个版本在版本系统中的归属，以及现存两个早期刊本（嘉靖壬午本和叶逢春刊本）成立的先后？为什么会形成这种不同的处理方式？这在《三国志演义》版本演变过程中有什么意义？——这就是本文所要讨论的问题。

二 三种不同的类型

综观《三国志演义》现存各版本，对第33节结尾的处理至少有甲、乙、丙三种不同的类型。

甲种类型以嘉靖壬午本为代表。

嘉靖壬午本第33节的结尾是这样的：

> 却说袁术军马折其大半，乃回到淮南，遣人往江东去问孙策借兵报仇。使至江东，说袁王借兵之事，策怒："汝僭称帝位，背反汉室，赖吾玉玺，非义人也！吾欲加兵问罪，岂肯妄助逆党乎！"作书以绝之。书曰："……"
>
> 使赍书回见袁术。术看毕，怒曰："黄口孺子，敢以文字讥我！吾先伐之，以取江东！"长史杨大将苦苦谏方住。
>
> 却说孙策自发书后，每防术来，令点军守住江口。忽曹操使至，拜策为会稽太守，便令起兵，征讨袁术。策乃商议，便要起兵。
>
> 不知如何，且听下回分解。

第33节结尾和嘉靖壬午本相同的，有周曰校刊本、夏振宇刊本、李卓吾评本、钟伯敬评本等。

乙种类型最早出现于叶逢春刊本中。

叶逢春刊本第33节的结尾是这样的：

> 布即便分兵五路，高顺引一军进小沛，敌乔蕤；陈宫引一军进沂都，敌陈纪；张辽、臧霸引一军出琅琊，敌雷薄；宋宪、魏续引一军出碣石，敌陈兰；吕布一军，出大道，敌张勋。各与兵一万，余者守城。
>
> 先说吕布出城三十里下住寨。张勋军马早来到，出阵。张勋非吕布对手，退三十里，等四下兵应。是夜，望见山上一齐号火起，勋兵自乱。暹、奉分兵，到处放火，接应各军入寨。吕布乘势一击，张勋败走。吕布赶到天明，正撞着纪灵救应兵到，两军相迎，却欲交锋。暹、奉两军杀出，纪灵大败，奔溃，吕布引军追杀。
>
> 山背后一彪军出，门旗两路分开，一队马出，打龙凤日月旗，四斗五方旌旆，金瓜银钺，黄钺白旄，黄罗锁金凉伞盖下，袁术浑身金甲，腕悬两刀，立马阵前，骂吕布："杀父逆贼，背主家奴！"布大

怒，挺戟向前，来杀袁术。副将李丰挺枪纵马出迎，战不三合，伤其手，弃枪而走。梁刚、乐就双出，来战吕布。袁术引中队出后军走，三军大乱。吕布抢夺衣甲、马匹无数。

袁术败军走不及数十里，山后一彪军出，截住去路。

袁术性命如何？

第33节结尾和叶逢春刊本相同的，有熊成冶刊本、余象斗刊本甲本（双峰堂刊本）、余象斗刊本乙本（“评林”本）、郑世容刊本、郑纯镐刊本（郑少垣刊本）、汤宾尹校正本等。

丙种类型不妨以费守斋刊本为例。

费守斋刊本第33节结尾：

登辞暹回见布报知，大喜，分兵五路：令高顺领兵进小沛，敌乔蕤；陈宫领兵进沂都，敌陈纪；张辽、臧霸引兵出琅琊，敌雷薄；宋宪、魏绩引兵出碣石，敌陈兰；吕布自领兵出大路，敌张勋。是夜，山上望见周围火起，勋兵自乱。吕布乘势掩杀，正遇纪灵救兵到，却被暹、奉引兵左右杀出。纪灵败走，吕布引兵追杀。

山背后又遇袁术带副将李丰来敌，丰被布戟伤手而走，梁纲、乐就双出，战吕不住，大败而逃，走数十里，却遇关公羽拦住去路，大叫：“反贼袁术！”术落荒而走。关公赶来，纪灵引兵敌住，余兵四散奔溃。袁术引兵回淮南。

吕布得胜，与韩暹、杨奉回徐州，设宴款待。布保暹为沂都牧。杨奉为琅琊牧。各谢而去。云长辞去。

次日，布与陈珪商议，欲留众军在徐州。珪曰：“不可。使韩、杨二人据山东，不久城郭属将军矣。”布重赏三军，送暹、奉权为两处屯扎。登问父曰：“为何不留暹、奉在此？”珪曰：“倘暹、奉二人协助吕布，又添牙爪也。”

与费守斋刊本相同者，有杨美生刊本、刘龙田刊本、黄一鹗刊本（黄正甫刊本）、朱鼎臣辑本、熊清波刊本、熊佛贵刊本、刘荣吾刊本、魏氏刊本等。

三 结尾为什么不同

同样是《三国志演义》的文本，为什么第33节的结尾会出现了异样的设置?

这有两个原因。

第一个原因是和组成这一节的字数有关。

不把空白、双行小字注释计算在内，甲、乙、丙三种类型这一节的字数分别是:

甲种类型，嘉靖壬午本：2890字。

乙种类型，叶逢春刊本：1613字。

丙种类型，费守斋刊本：1137字。

这个数字的统计有一定的启发意义。从它可以看出，在同一节字数的对比上，甲、乙、丙三种类型之间的相差是巨大的；尤其是丙种类型竟比甲种类型少了一千七百余字。

在一部长篇小说之中，每节或每回的字数大体上维持在相同或接近的状态，应是最理想的追求。

从丙种类型的角度看，像甲种类型那样，一节的字数等于两节有余，这无疑是破坏了各节结构的平衡。

因此，寻求和弥补字数结构上的平衡和缺陷，就是在《三国志演义》传播过程中造成第33节结尾参差错落的一个重要的原因。

第二个原因则和这一节的叙事内容有关。

这一节叙事头绪繁多，在全书是比较突出的一个例子。

甲、乙、丙三种类型所包含的情节内容约可分为以下四组11点。

第一组——

(1) 袁术称帝。不听阎象的谏劝。

(2) 袁术起七路兵征吕布。

第二组——

(3) 吕布与众谋士商议对策。陈宫劝吕布杀陈氏父子。

(4) 陈珪献计。吕布遣陈登往韩暹、杨奉处下书。韩、杨允为内应。

(5) 吕布分兵五路应敌。袁军大败。

(6) 关羽拦路。

第三组——

(7) 袁术败回淮南。

(8) 吕布设宴，管待众将。

(9) 陈珪劝吕布勿留韩暹、杨奉于徐州。

第四组——

(10) 袁术向孙策借兵，孙策作书拒绝。袁术怒。

(11) 曹操令孙策讨伐袁术。

三种类型的版本各自包含以上的哪些情节内容呢？

甲种类型（嘉靖壬午本，2890 字）有第一组、第二组、第三组和第四组（1—11）。

乙种类型（叶逢春刊本，1613 字）只有第一组和第二组（1—6）。

丙种类型（费守斋刊本，1134 字）则有第一组、第二组和第三组（1—9）。

这样，从情节内容说，甲种类型叙事最多，字数也最多，丙种类型叙事次之，字数却最少，乙种类型叙事偏少，字数居于中游。

为了追求各节字数的平衡，于是在传播过程中有的整理者（编辑者、刊行者）便对字数多的文本施行了芟荑的手术。

四　两封书信

嘉靖壬午本第 33 节中有两封书信。

第一封是吕布致韩暹、杨奉书。嘉靖壬午本作：

布闻二将军同扶大驾，立万世之功，偶因一时之间言，以致失身于关外。若能革故鼎新，去邪从正，同诛党逆，共佐皇朝，以图远大，名书竹帛。专候回音，切希照察。

叶逢春刊本基本上同于嘉靖壬午本，仅“以图远大，名书竹帛”作“以图功名，书于竹帛”，“候”作“俟”。

费守斋刊本此信的文字则与嘉靖壬午本略有四点歧异：(1)“立万世之功”作“立为万世之功”。(2)“偶因一时之间言”作“奈何只因一时之间”。(3)在“以致失身于关外”一句之后，多出“近依袁术，兴兵以伐徐州，不知布有何罪，以触将军”四句。(4)“同诛党逆，共佐皇朝，以图远大，名书竹帛”作“共诛逆党，同扶汉室，芳名不朽，岂不美哉”。其中，“间言”作“间”，更是显误。

第一封书信的字数，比较地说，不算多，而且三种类型（嘉靖壬午本、叶逢春刊本、费守斋刊本）全都拥有，因此它和我们讨论的问题无关。

需要注意的是第二封书信，它的字数大大地超过了第一封。

第二封书信是孙策写给袁术的。嘉靖壬午本作：

策闻：盖上天垂司过之星，圣王建敢谏之鼓，设非谬之备，急箴阙之言，何哉？凡有所长，必有所短也。去冬传有大计，无不悚惧，旋知供备贡献，万夫解或。顿闻建议，复欲追遵前图，即事之期，便有定月。益使怃然，想是流妄；设其必尔，民何望乎？曩日之举义兵也，天下之士所以响应者，董卓擅废置，害太后、弘农王，略烝宫人，发掘园陵，暴逆至此，故诸州郡雄豪，闻声慕义。神武外振，卓遂内歼。元恶既毙，幼主东顾，俾保傅宣命，欲令诸军振旅于河北，通谋黑山。曹操放毒东徐，刘表称乱南荆，公孙瓒炰烋燕幽，刘繇决力江浒，刘备争盟淮隅，是以未获承命，櫜弓戢戈也。今备、繇既破，操等饥馁，谓当与天下合谋，以诛丑类。舍而不图，有自取之志，非海内所望，一也。昔成汤伐桀，称有夏多罪；武王伐纣，曰殷有罪，罚重哉。此二王者，虽有圣德，宜当若世；如使不遭其时，亦无由兴矣。幼主非有恶于天下，徒以春秋尚少，胁于疆（强）臣，若无过而夺之，惧未合于汤、武之事，二也。卓虽狂狡，至废主自兴，亦犹未也，而天下闻其桀虐，攘臂同心而疾之，以中土希战之兵，当边地劲捍之虏，所以斯须游魂也。今四方之人，皆玩敌而便战斗矣，可得而胜者，以彼乱而我治，彼逆而我顺也。见当世之纷，若欲大举以临之，适足趋祸，三也。天下神器，不可虚干，必须天赞与人力也。殷汤有白鸠之祥，周武有赤鸟之瑞，汉高有星聚之符，世祖有神光之征，皆因民困瘁于桀、纣之政，毒苦于秦、莽之役，故能芟去无道，致成其志。今天下非患于幼主，未见受命之应验，而欲一旦卒然登即尊号，未之或有，四也。天子之贵，四海之富，谁不欲焉？义不可，势不得耳。陈胜、项籍、王莽、公孙述之徒，皆南面称孤，莫之能济。帝王之位，不可横冀，五也。幼主岐嶷，若出其逼，去其鲠，必成中兴之业。夫致主于周成之盛，自受旦、奭之美，此诚所望于尊明也。纵使幼主有他改异，犹望推宗室之谱属，论近亲之贤良，以绍刘统，以固汉宗，皆所以书功金石，图形丹青，流庆无穷，垂声管弦。舍而不为，为其难者，想明明之素，必所不忍，六也。五世为相，权之重，势之盛，天下莫得而比焉。忠贞者必曰宜夙夜思惟，所以扶国家之踬顿，念社稷之危殆，以奉祖考之志，以报汉室之恩。其忽履道之节而疆（强）进取之欲者，将曰天下之人，非家吏则门生也，孰不从我？四方之敌，非吾匹则吾役也，谁能违我？盍乘累世之势，起而取之哉？二者殊数，不可不详察，七也。所贵于圣哲者，以其审于机宜，慎于举措。若难图之事，难保之势，以激群敌之气，以生众人之心，公议固不可，私计又不利，明哲不处，八也。世人多惑于图纬而牵非类，比合文字以悦所事，苟以才上惑众，终有后悔者，自往迄今，未尝无之，不可不深择而熟思，九也。九者，尊明所见之余耳，庶备以予，惟所遗志。忠言逆耳，幸留神听！

对于此信的处理，三种类型迥然不同。此信在甲种类型嘉靖壬午本中位于第33节。乙种类型叶逢春刊本则将此信改置于下一节（第34节），但书信的文字因有歧异而字数略少。丙种类型费守斋刊本则将此信全删，其上下文也像叶逢春刊本那样改置于第34节；删弃此信的原因，不外乎嫌它的字数超长。

这封书信显然成为后来的整理者（编辑者、刊行者）变动这一节结构的一个起因。

五 两次调整与修改

在甲、乙、丙三种类型中，哪一种是罗贯中的原稿，哪一种是后人的改稿呢?

在这个问题上，判断的方法有二。

首先，要考察这三种类型的版本刊行年份的先后。

甲种类型的嘉靖壬午本卷首载有关中修髯子嘉靖元年（1522，壬午）《三国志通俗演义引》，按照通例，这个年份即代表着嘉靖壬午本刊行的年份。

乙种类型的叶逢春刊本卷首载有钟陵元峰子嘉靖二十七年（1548）《三国志传加像序》，按照通例，这也意味着叶逢春刊本刊行于此年。

丙种类型的费守斋刊本在卷尾有木记曰：“万历庚申岁仲秋月与畊堂费守斋梓行”。庚申即万历四十八年（1620），可知费守斋刊本问世于这一年。

从这个角度说，三种类型的这三个版本成立的先后顺序应是：

> 甲种类型嘉靖壬午本—乙种类型叶逢春刊本—丙种类型费守斋刊本

这个结论还有待于另一个方法的检验。

其次，就是看这种调整和修改是否符合这样的原则：越改越趋向合理，越改越减少或祛除了疵病。也就是说，合理者的刊行时间晚于不合理者或欠合理者的刊行时间。

孙策答袁术书出于张纮之手，原文见于《三国志 · 吴书 · 孙讨逆传》裴松之注引《吴录》。罗贯中只不过是把它全文移录在第33节之中。显然，他在这样做的时候，似是专注于欣赏文章的精彩，说理的透彻，而没有顾及这封书信字数超长对这一节篇幅的影响，以致使第33节的结构呈现畸形。

孙策答袁术书共925字，占嘉靖壬午本第33节全文字数的32%。这难道不算是结构上的畸形吗？第34节全文不过是两千字出头（2112），第33节全文却是将近三千字（2890），这难道不算是结构上的畸形吗？

第一次调整见于叶逢春刊本。它将此信及有关的上下文迁移至下一节。看来，整理者这样做的目的有二：一是避免同一节内出现两封书信，二是避免这一节篇幅过于庞大的问题。但是他（或他们）没有想到的是，第33节固然减少了篇幅，变成1613字，第34节却增加了篇幅，反而涨溢了一倍，变成3276字。

这就引来了第二次的调整。

第二次调整见于丙种类型的费守斋刊本。它干脆删掉了这封信的全文，使得第33节的字数（1137）和第34节的字数（1578）比较地接近于平衡。

依据以上的分析和判断，我们认为，甲种类型出于罗贯中的原稿，乙种类型出于后人的第一次调整和修改。第一次调整和修改的目的就是减少第33节的字数。丙种类型是第二次调整和修改的结果。第二次调整和修改是有鉴于第一次调整和修改的缺点，就把孙策答袁术书的上下文又恢复到原先所在的那一节的位置，并将此信全文删弃，目的依旧是减少第34节的字数。

现存《三国志演义》两个最早的刊本，嘉靖壬午本和叶逢春刊本，谁最接近于作者罗贯中原稿的面貌，在学术界一直存在着争议。现在这个第33节和第34节的结构问题，至少可以说明，在这一点上，相比较而言，嘉靖壬午本更接近于罗贯中原稿的面貌。

六　释疑

我们说，从这个例子看，嘉靖壬午本接近于罗贯中原稿的面貌。

也许有的读者会提出疑问：难道不能是叶逢春刊本接近于罗贯中原稿的面貌吗？

他或他们的看法可能是这样的——叶逢春刊本更接近于罗贯中原稿的

面貌；罗贯中先把孙策答袁术书放在第 34 节之内，然后嘉靖壬午本的整理者（编辑者、刊行者）嫌第 34 节字数太长，而把孙策答袁术书改放在第 33 节。

我们认为，这种可能性很小很小。

第一，乙种类型和丙种类型，前者包括叶逢春刊本、熊成冶刊本、余象斗刊本甲本（双峰堂刊本）、余象斗刊本乙本（“评林”本）、郑世容刊本、郑纯镐刊本（郑少垣刊本）、汤宾尹校正本等，后者包括费守斋刊本、杨美生刊本、刘龙田刊本、黄一鹗刊本（黄正甫刊本）、朱鼎臣辑本、熊清波刊本、熊佛贵刊本、刘荣吾刊本、魏氏刊本等，都是上图下文的版式，都刊印于福建建阳，它们无疑地出于同一个版本系统。它们之中，现存最早的是叶逢春刊本。因此，丙种类型出于叶逢春刊本之后，不成其为问题。我们讨论的问题只涉及甲种类型（嘉靖壬午本）和乙种类型（叶逢春刊本）的先后问题。

第二，无论是甲种类型（嘉靖壬午本），还是乙种类型（叶逢春刊本）或丙种类型（费守斋刊本），其第 33 节的开端是一致的。变化不是发生在第 33 节的开端，而是发生在第 33 节的结尾。而结尾的不同则是调整结构的结果。

第三，有几个数字是必须记住的：叶逢春刊本第 33 节的字数是 1613；第 34 节的字数是 2429，其中，孙策答袁术书的字数是 872。嘉靖壬午本第 33 节的字数是 2890，第 34 节的字数是 2265。

第四，叶逢春刊本如果把孙策答袁术书从第 34 节挪移到第 33 节去，则第 34 节剩下 1557 字。而嘉靖壬午本第 33 节却是 2890 字。叶逢春刊本挪移孙策答袁术书的初衷原是要削减第 34 节的字数，如此一来，适得其反。

第五，依照一般的情况，整理者把他或他们认为不妥当的大段文字自第 33 节挪移到第 34 节去，是顺当的、省力的，因为那样做只涉及结尾的变动。如果自下一节挪移到上一节去，势必还要涉及该段文字的上下文的处理，事情就变得比较复杂了。

“捉放曹”：从《三国志》到《三国志演义》

——在“文津讲坛”的演讲

各位听众：大家好！

今天是父亲节，首先我祝大家节日快乐。

本人才疏学浅，今天讲的内容，容或有很多片面的和不正确的地方，我在这里预先请大家原谅，欢迎大家批评、指教。

一

我原来要讲的题目是《“捉放曹”和“宋江杀惜”》，副标题是《从两个情节看罗贯中和施耐庵的创造性》。由于时间有限制，只有两个小时，所以我就舍弃了一半。今天就先讲《“捉放曹”——从〈三国志〉到〈三国志演义〉》。

我插一句。为什么要说“三国志演义”，而不说“三国演义”？

我认为，《三国志演义》这部书的书名，就是这五个字，四个字是不准确的。“三国志演义”就是“演”《三国志》之“义”。明朝的大多数刻本，以及当代许多著名的权威的学者，在他们的论文里，提到《三国志演义》的时候，都是用这五个字，而不用那四个字。但是“三国演义”四个字在广大的群众当中已经约定俗成。我呢，还是照样用《三国志演义》。

我准备讲四个问题。第一个问题，“捉放曹”故事的梗概；第二个问题，曹操为什么杀死吕伯奢？第三个问题，曹操为什么杀死陈宫？第四，最后的结语，就是说，三国志演义不是“累积型”的作品，或者说不是“积累型”的作品。准备讲这么四个问题。

二

现在先讲头一个问题，“捉放曹”故事的梗概。

应该说，“捉放曹”这个故事大家都很熟悉。为什么现在还要重新讲一遍呢？希望大家能够有一个复习的机会，回头结合着我底下所讲的，就能够看出来罗贯中写的和以前的记载有什么不同，罗贯中的创造性的劳动又表现在什么地方。是这么一个目的，所以我们先要介绍这个《三国志演义》的原文。

《三国志演义》的原文，“捉放曹”这个故事情节，见于嘉靖壬午本第八节；或者说，在大家现在所看到的毛宗岗评本，也就是通行本，在它的第四回。第八节，就是说，这部书一共有 240 节。说回呢，就是说，全书分成 120 回。

为什么要从嘉靖壬午本讲起呢？我认为，嘉靖壬午本是现在所知道的最早的《三国志演义》这部书的刻本；我认为，它也是最接近于罗贯中原稿文字的版本。毛宗岗评点本，大家所看到的，已经离开罗贯中原书的距离很远了，所以我们讲的时候是以嘉靖壬午本为依据。

京剧当中有很多剧目是从《三国志演义》改编的。很多三国戏流传得很广，地域很广，时间很久。这说明，京剧三国戏的改编者是很有眼光的。他们选择的剧目绝大多数都是小说当中最精彩、最脍炙人口的片段。

“捉放曹”就是这样一个片段。在京剧里，“捉放曹”是谭派和余派老生的唱功戏。这出戏分为公堂、行路、宿店这几个折子。现在常演的是行路和宿店的选场。十天以前，中央电视台第十一套节目的“空中剧院”刚播放了上海京剧院余派女须生王珮瑜的“捉放曹”选场，演的就是“行路”和“宿店”。我小时候最喜欢听的京剧一个是“甘露寺”的“劝千岁……”，另外一个就是“捉放曹”的“听他言……”。然而，“捉放曹”里边“公堂”这一折，现在我们在京剧舞台上已经不大看见了。如果想知道，也许从李金斗、陈涌泉的相声里边还能够看到一二。

我们现在就介绍“捉放曹”的故事情节：

曹操日行夜住，奔谯郡来。路经中牟县过，把关者见之，曰：“朝廷捕获曹操，此必是也。”当住，问曰：“汝何姓？那里来？”操曰：“我覆姓皇甫，从泗州来。”把关者曰：“朝廷捕获曹操，你的服色模样正对。”拖见县令。操赖道：“我是客人。”县令曰：“我在洛阳求官，认得曹操。捉来便知。”夺了马，拥至庭下，县令喝曰：“我认得你，如何隐讳？且把来监下，来日起解。万户侯我做，千金赏分与众人。”把关人赏了，皆散。

至晚，县令引亲随人取出曹操，于后院问之：“我闻丞相待你甚厚，何故自取其祸？”操曰：“燕雀安知鸿鹄之志哉！汝既拿住，便当解去请赏，何必多问？”县令曰：“汝休小觑我。我亦有冲天之志，奈何未遇其主耳。”操曰：“吾乃相国曹参之后，祖宗四百年食汉禄矣，不思报本，与禽兽何异？吾屈身而事董贼者，实欲与国家除害耳，今事不成，此乃天意也。”县令曰：“孟德此行，将欲何往？”操曰：“吾归乡中，发矫诏于四海，使天下诸侯共兴兵诛董卓，吾之愿也。奈何天不从之！”

县令闻之，乃亲释其缚，扶之上座，酌酒再拜曰：“公乃天下忠义之士也！吾弃官而从之。”操问姓名，县令曰：“某姓陈，名宫，字公台。老母妻子皆在东郡。宫愿从公，更衣易马，共谋大事。”

是夜，收拾盘费，陈宫与曹操各背剑乘马，投故乡来。三日至成皋，天色向晚，操以鞭指林深处而言曰：“此间有一人，姓吕，名伯奢，是吾父亲拜义弟兄。就往问家中信息，觅一宿，若何？”宫曰：“最好。”

二人到庄门下马，入见伯奢，下拜。奢曰：“我闻朝廷遍行文书，捉你太紧，你父避陈留去了。贤侄如何到此？”操告以前事：“今番不是陈县令，已粉骨碎身矣。”伯奢拜陈宫曰：“小侄若非使君，曹氏灭门矣。”言罢，与操曰：“贤侄相陪使君，宽怀安坐。老夫家无好酒，容往西村沽一樽以待使君。”言讫，上驴去了。

操坐久，闻庄后磨刀之声。操与宫曰：“吕伯奢非吾至亲，此去可疑，当窃听之。”二人潜步入草堂后，但闻人语曰：“缚而杀之。”操曰：“不先下手，吾死矣。”与宫拔剑直入，不问男女，皆杀之，杀死八口。搜至厨下，见缚一猪欲杀。陈宫曰："孟德心多，误杀好人!"操曰："可急上马!"

二人行不到二里，见吕伯奢驴鞍前鞒悬酒二瓶，手抱果木而来。伯奢叫曰："贤侄何故便去?"操曰："被获之人，不敢久住。"伯奢曰："吾已分付宰一猪相款使君，何憎一宿?"操不顾，策马便行。

又不到数步，操拔剑复回，叫伯奢曰："此来者何人?"伯奢回头看时，操将吕伯奢砍于驴下。宫曰："适才误耳，今何故也?"操曰："伯奢到家，见杀死亲子，安肯罢休?吾等必遭祸矣。"宫曰："非也。知而故杀，大不义也!"操曰："宁使我负天下人，休教天下人负我!"陈宫默然。

当夜，陈宫行数里，月明中，敲开店门觅宿。先喂了马匹。操先睡，陈宫寻思："我将谓曹操是好人，弃官跟将他来，原是狼心狗行之徒。今日留之，必为后患。"拔剑来杀曹操，未知性命如何?

曹操离开董卓，逃往谯郡，经过了中牟县，把关的人看见了，就说，朝廷正在捉拿曹操，那么这个人就一定是曹操，就把他挡住了，问他：你姓什么？从什么地方来？曹操就说，我姓皇甫，从泗洲来。把关的人就说，朝廷正在抓曹操，你的衣服、模样正好和曹操一样。于是把他抓住了去见县令。曹操就赖了，说我是一个客商。知县就说，我在洛阳求官的时候，认得曹操，把这个人抓来了就行。于是呢，把他抓到了亭下。县官就说，我认得你，你怎么说你不是曹操。先把他监禁起来，明天就把他解送到朝廷那里去。朝廷有赏，官我做，赏金分给你们底下这些人。把关的人领了这个赏，都散开了。

到了晚上，县官就领着他底下的亲随，把曹操取出来，在后院，不在公堂上，就问他，我听说董卓对你很好，你为什么自己现在要逃走，还得罪了他，被他捉拿。曹操说，燕雀安知鸿鹄之志，你既然拿住了我，你就拿我去请赏，何必多问。县官说，你不要小看我，我也有很大的志气。只不过我没有遇到明主。曹操就说，我的家世很好，我是相国曹参的后代，祖宗四百年来都是在汉朝做官。如果汉朝对我们这么好，我不想报本，那我和禽兽不一样了吗。我所以在董卓手底下做事，实在的本意是想为国家除害，现在事情不成，这也不是我人的问题，是天意。然后县官就问他，你要到什么地方去。他说，我回到我的故乡，然后呢我请天下的诸侯一块起兵，来捉杀董卓。我的愿望就是这个。可是现在上天不答应我这么做。

县官听到了以后，就把绑缚他的绳子给解开，把他扶到座位上，酌上了酒，对他下拜，说你是天下忠义之士，我不愿意做这个官了，我要跟你一起走。曹操就问他，你叫什么名字。知县就说，我姓陈，名宫，字公台，我一家都在东郡。因为曹操是在东郡做太守。我愿意跟随你，然后我们换衣服，换马，我们一块去做大事。

这天晚上，陈宫和曹操就背着剑，骑着马，奔曹操的故乡来。走了三天，走到了成皋这个地方。天色已经晚了，曹操拿马鞭子指着树林深处说，这个地方有一个人，姓吕，名伯奢，是我父亲的结拜兄弟，我们就到他家里去打听一下我父亲现在究竟在什么地方，然后在他那里住一个晚上。怎么样？陈宫说，很好。

两个人就到了这个庄门，下了马，看见了吕伯奢。吕伯奢就问，我听说朝廷在捉拿你，你的父亲已经避难到了陈留去了，你怎么到这里来了。曹操就把以前的事情告诉了吕伯奢，如果今天不是陈宫放了我，跟着我一块走，我早已经粉身碎骨了。于是吕伯奢就下拜，对陈宫说，我的侄子要不是你，曹家就已经没有后代了。说完了，又对曹操说，你好好地陪着县官。我呢，家里没有好酒，我到西村去买酒去，来招待你们。说完，骑上毛驴就走了。

曹操坐了半天，忽然听到庄后有磨刀的声音。曹操就对陈宫说，吕伯奢跟我关系不是那么紧密，他这一出去非常可疑，我们应当去偷听，看看是怎么一回事。于是两个人就到了草堂的后边，就听到有人说：把他绑起来，再把他杀掉。曹操说，我们要不先下手就死了。于是和陈宫两个人拔出宝剑，就进到了堂后，不问男女，全部都杀了，一共杀了八口。然后就搜，看看还有什么可疑的现象。到了厨房里，看见有一头猪，绑在那里，正在准备要杀它。陈宫就说，曹操你心多，你是杀错了，把好人杀了。曹操说，我们赶紧逃走。

两人走了不到二里路，看见吕伯奢骑着毛驴，马鞍子上挂着两瓶酒，手里边还抱着蔬菜果木。吕伯奢就叫，贤侄，你为什么现在就要走啊。曹操说，我是被捉之人，岂敢久住，不敢在这里多停留。吕伯奢说，我已经吩咐他们杀一头猪来招待你。你再住一个晚上又有什么不好。曹操不顾这个话，打着马就走。又走了不到几步，曹操拔了剑出来，又回来了，他对吕伯奢说，你看后面来的是什么人。吕伯奢回头一看，曹操一剑就把吕伯奢砍在了驴下。陈宫说，刚才你是误杀，现在你又杀他，这是什么缘故。曹操说，吕伯奢到了家里一看他的亲戚、儿子都给杀死了，他怎么肯罢休，这样我们就要遭祸。陈宫说，不对。你知而故杀，这是大不义的行为。曹操说，宁使我负天下人，休叫天下人负我。陈宫听了，一句话也没说。

当天晚上，他们走了几里路，到了一个旅店，就去住下来。先喂了马，曹操就先睡了。陈宫心里边就想，我本来以为曹操是好人，所以官也不做了跟了他，谁知他是一个狼心狗行之徒。今天要是留着他，一定是后患。拔出宝剑，要杀曹操。那么这一回，这一节就到此结束，未知曹操性命如何？

以上讲的就是现在我们所看到的《三国志演义》里边写的捉放曹的整个的故事。当然，后来陈宫并没有杀曹操，而是抛弃了曹操在那里，自己骑了马，逃走了。

这就是我今天先要介绍的第一个问题。就是让我们大家复习一下，《三国志演义》“捉放曹”里边描写的前后整个的经过。这样呢，我们才好在下边做比较。

三

现在就讲第二个问题：曹操为什么要杀吕伯奢？

没有讲这个问题之前，先讲几句题外话。

我有一个看法。我认为，《三国志演义》这部小说是作家的创作，不是积累型作品，也不是群众创作。

所谓“积累型作品”，是说：作品的故事情节在成书以前，已经有了素材的积累；《三国志演义》、《水浒传》这些作品，不过是素材积累的集大成的作品。这是当前学术界一个比较流行的看法。

我不同意这种说法。我认为，任何作品都有素材。既然是历史演义小说，它必然是根据历史记载上的一些素材来写的。但是，任何成功的、优秀的、伟大的作品，从素材的搜集到写成了这个作品，这是一个质变的过程，而不是一个量变的过程。既然是伟大的作品，一定出于伟大的作家之手。既然是伟大的作家一定有鲜明的个性，鲜明的特点，鲜明的风格。无论是《三国志演义》也好，《水浒传》也好，《西游记》也好，《红楼梦》也好，等等，都是这样的，都应当把它们看成是作家的创作，绝对不是“积累型”的作品，绝对不是群众创作。有素材并不等于是“积累型”的作品。所以，我认为，在学术界有人把这些名著都归结为一个名词叫做“积累型”作品，我认为是不正确的。

我今天讲这个问题，主要就是要表达这么一个观点。光有观点还不行。我们将举出具体的证据来说明这个观点。现在我就是选择“捉放曹”这个故事来说明这个道理。

题外话讲完了，我们言归正传。

曹操杀吕伯奢这个故事，在《三国志演义》之前，在历史上有没有记载呢？

首先，我要指出，在元代的话本里边，没有记载这个故事。就是说，《三分事略》或《三国志平话》没有记载这个故事。《三分事略》就是《三国志平话》。因为现在流传下来两个版本，名称不同。它的原来的名字应该叫做《三分事略》，现在保存着元代至元（元世祖忽必烈的年号）甲午年（1264—1294）间的刻本。这个刻本现在保存在日本。这是最早的讲述三国故事的话本。里边没有这个故事。

那么，在历史上有没有记载呢？在《三国志》的《魏书》里边，《武帝纪》里边有那么一点点记载。《三国志》是“二十四史”之一，是陈寿编写的。这里边有三个部分，一部分叫《魏书》，一部分叫《蜀书》，一部分叫《吴书》。在《魏书》里边，有《武帝纪》，“武帝”就是曹操，“纪”是对于做过皇帝的人的传记的一种称呼。那么，《三国志魏书·武帝纪》里边怎样记载这个故事呢？怎么我说是“略有记载”呢？那么，请看原文：

卓表太祖为骁骑校尉，欲与计事，太祖乃变易姓名，间行东归。出关，过中牟，为亭长所疑，执诣县。邑中或窃识之，为请，得解。……太祖至陈留，散家财，合义兵，将以诛卓。

太祖，就是曹操。董卓封他为骁骑校尉，要和他一块商量一些大事。曹操不答应，曹操就改名换姓，就偷偷地逃回他的故乡。出了关，过中牟县的时候，被亭长所疑，就把他抓起来了，抓到县里边去，这个县里边有人认识曹操，觉得曹操这个人还不错，就到县官那里做请求，希望能够把他放掉，县官就答应了县里边这些人的请求，于是曹操就被放了，然后他就回到了陈留，因为他的父亲现在在陈留。因为他家里很有钱，就利用这些个资金，招募了一些兵，就起军，要去讨伐董卓。

这个是历史上，正史上的记载，就是说，曹操被抓住了，然后又被释放了，就这么一回事。这个记载只有“捉放曹”这个故事的前奏曲，抓住他了，然后就把他放了，没有这个故事的主体，本体，就是陈宫怎么抓住他，又放了，然后又跟着他一起走，走了以后他又杀了吕伯奢，然后陈宫又把他抛弃了，走掉。这个是故事的主体。“主体”，不是题目的题，是身体的体。没有故事的主体，也就是说，在历史记载上根本没有姓吕的这个人，也没有他被杀死这么一件事情。这是正史的记载。

曹操离开中牟县以后，直接就到了陈留，他没有到成皋这个地方，也没有见到姓吕的这个人，他们没有机会见上一面。这是在正史上，没有见面。但是，在裴松之的注解里边有了，有了这个故事，有了吕伯奢这个人，也有了他被杀的记载。

裴松之是给三国志这部历史著作作注解、作注释的人，他是南北朝时候的山西人。这个人很有学问，博览群书，他奉皇帝的命令去注陈寿的《三国志》，补注阙遗，注了很多，看了很多书，从很多的书籍里边引用了材料。他所引用的书籍有一百五十种之多，他的注释的文字甚至超过了陈寿《三国志》本身的文字，而且还不是超过了一倍两倍，而是超过了好几倍。那么，就是在他的注解里边，我们找到了有“捉放曹”这个故事。

他引了三部书，这三部书里边都记载了这个故事。这三部书，一部是王沈的《魏书》，一部是郭颁的《世语》，一部是孙盛的《杂记》。这三部书现在没有流传下来，我们只有通过《三国志》的裴松之注，才知道这三部书里有这么一个故事的记载。

这三部书关于“捉放曹”故事的记载，是罗贯中创作、写作《三国志演义》时候所使用的素材。但是，罗贯中是作家，是有思想的作家，有独特艺术风格的作家，他不是搬运工，他不是很轻易地把这些材料就搬到《三国志演义》里边来。不是的，他采纳了这些个素材，对这些素材进行了重大的改造。

那么，这些素材到了罗贯中的手里，有些情节不一样了，就发生了我所说的质变。我曾经打过一个比方，这些素材好比是很多很多的布片。很多很多的布片，你把它们放在一块，它绝对不是一件衣服。要把这些个布片变成一件衣服，那一定要经过裁缝。经过裁缝的手，裁缝的头脑，把这些布片缝在一起，这样才能够做出一件漂亮的衣服。打比方的话，罗贯中就是裁缝。因此，你不能够说，《三国志演义》是积累型的作品，是那些布片堆在一起。我说了，那些布片堆在一起绝对不是一件漂亮的衣服。没有裁缝的缝制，衣服不可能产生。所以，这个比喻就可以说明，《三国志演义》、《水浒传》、《西游记》这些伟大的作品绝对不能够用“积累型”这么一个称呼、这么一个名词来概括它们。

那么，裴松之所引用的这三部书是怎么说“捉放曹”这个故事的呢？

我们先看王沈的《魏书》是怎么说的：

> 太祖以卓终必覆败，遂不就拜，逃归乡里。从数骑过故人成皋吕伯奢。伯奢不在，其子与宾客共劫太祖，取马及物，太祖手刃击杀数人。

曹操认为董卓终究会败亡，于是呢，封他官他不做，就逃回家去了，他跟着几匹马，几个人一块儿到了成皋，过他的故人吕伯奢的家里。正好吕伯奢不在家，吕伯奢的儿子和他家里的宾客就抢劫了曹操。因为曹操骑了马，还带了一些东西。抢曹操，就抢了他们的马，又抢了曹操和几个一起来的人的东西。曹操一看他来抢，马上就反抗、反击，就杀死了几个人。王沈的《魏书》就是这么来描写“捉放曹”这个故事的。

通过这个故事，我们看到了七点。这七点值得我们注意。

第一点：曹操到成皋，去找吕伯奢，不是孤身一个人去的，是好几个人骑着马跟他一块走。那么，跟他一块儿走的同行者是哪几个人？作者没有说出他们的姓名。这个和《三国志演义》是不一样的。《三国志演义》里只有陈宫一个人跟着他一起走。这是值得注意的第一点。

值得注意的第二点：吕伯奢仅仅是曹操的故人。所谓“故人”，就是以前认识的人；这个认识也不是很深，就是见过一两次面，说过一两次话，互相认识而已。这也只是一般关系。也就是说，他们两个人之间，曹操和吕伯奢之间，没有那种特殊的亲密关系。因为《三国志演义》说他是曹操父亲的结拜兄弟。这个《魏书》里边说的，没有这种关系。

值得注意的第三点：曹操在这次行程中没有见到吕伯奢本人。当时，他已经外出，不在家里边，既然是外出，不在家里边，根本就不可能被杀。这是第三点。

第四点：吕伯奢有几个儿子？没有讲清楚，没有明确的具体的交代。只是说，吕伯奢的儿子和他的宾客抢了曹操的财物和马匹，所以呢，曹操就杀了他们。为什么要提出来有几个儿子的问题，因为在下面引的那几部书里边讲到了，吕伯奢有五个儿子。这也就是《三国志演义》所说的，杀死了一家八口。一家八口就包括五个儿子。这是值得注意的第四点。

值得注意的第五点：吕伯奢的儿子是怎么样招待曹操这些人的？没有说，只是说他一见了曹操，就抢他的财物抢他的马，然后就被杀。他究竟是招待了曹操还是没有招待？要是招待了的话，又是怎么招待？那么，这部书里边没有明确的交代，也没有具体的交代。这是值得注意的第五点。

第六点：吕伯奢的儿子对曹操这几个人主动地采取了恶意的攻击行动，要抢他的财物，要抢他所骑的马，而且已经成功了，抢到了，然后才被杀了。这是值得注意的第六点。

值得注意的最后一点：曹操杀了人，但是他杀死的是谁？他是不是成心杀人？不是的。他不是故意的，他是被迫的，他是出于自卫。拿今天的法律用语来说，就是防卫过当。杀了谁？杀了几个人？被杀的人里边包括不包括吕伯奢的儿子？这些都没有说清楚。这个记载比较简略。

这是值得注意的这么几点。这是介绍的第一部书，王沈的《魏书》。

我再介绍第二部书，郭颁的《世语》。它是怎么记载“捉放曹”这个故事的？在这个郭颁的《世语》里边说：

> 太祖过伯奢。伯奢出行，五子皆在，备宾主礼。太祖自以背卓命，疑其图己，手剑夜杀八人而去。

曹操来到吕伯奢的家，吕伯奢不在家，出门在外。他的五个儿子都在家。然后呢，招待得很好，所以叫做备宾主礼，拿他当很好的客人对待。曹操自以为他违反了董卓的命令，现正在逃亡的途中，而这五个儿子很可能对自己不利，要杀自己，或者要去告密，于是晚上就杀了八个人，逃走了。这是这个《世语》，第二部书里边这么记载的。

这个《世语》和我们刚才介绍的第一部书《魏书》比较，有两点相同。

第一点相同的，吕伯奢不在家，都出门了，曹操根本没有见到吕伯奢这个人。

第二点，曹操杀了人但是读者不知道曹操究竟杀的是谁，作者没有明确讲。当然，曹操并没有杀吕伯奢，因为吕伯奢不在家。

这是两点和前面所讲的《魏书》相同的。但是，还有和《魏书》不同的。不同的主要有六点。和《魏书》比较一下呢，有六点不同。

第一点：好像没有交代曹操是跟谁一块去的。《三国志演义》小说说是跟陈宫两个人。《魏书》说是好几个人跟他一块儿。而这里说就是曹操一个人，没有人跟着他走。这是第一点。

第二点：他过成皋，到了姓吕的这个人家里。那么，他们两个人究竟是什么关系呢？《三国志演义》说是他父亲的结拜兄弟，《魏书》说是故人，而这个《世语》里边呢，根本没有提到这个关系。这是第二点。

第三点：明确地指出了吕伯奢是五个儿子，前面的几个记载都没有明确地这么讲。

第四点：这五个儿子招待曹操，招待的非常好，可以说是殷勤的、礼貌的、善意的。这么好的招待，结果却遭到了恶劣的命运。

第五点：和《魏书》不同的，是曹操无缘无故地起了疑心，他怀疑吕伯奢的儿子尽管对自己的招待是那么的好，可是暗中很可能有不良的企图，有不良的举动，曹操的疑心比较大。这是第五点。

第六点：在这个《世语》里边说，曹操一共杀了八个人。但是，这八个人里边有没有吕伯奢的五个儿子？仍然是没有直截了当地说。有，还是没有？没有告诉我们，所以我们看了以后，还是一篇糊涂账。猜想起来，应该这五个儿子是在被杀的人之内。这是根据情理来推测。杀了八个人，其中有五个人肯定是吕伯奢的儿子。这是我们的猜想。作者并没有这么交代。

这是讲的第二部书《世语》里边所记载的“捉放曹”的故事。

现在我们介绍第三部书，第三部书就是孙盛的《杂记》。这个记载比较简单：

> 太祖闻其食器声，以为图己，遂夜杀之。既而凄怆曰：“宁我负人，毋人负我！”遂行。

曹操听到了有食器之声，吃饭的盘、杯子、碗、筷的声音，就以为对自己有不良的企图，于是在晚上就把他们杀掉了。杀掉了以后用一种很凄惨的语气说：“宁可我负人，不让人来负我。”于是就走了。

孙盛的《杂记》就是这么简短的记载。这个记载实际上是对前面所提到的《魏书》、《世语》那两部书的补充。吕伯奢是不是在家？吕伯奢的儿子对曹操是善意，还是恶意？孙盛的《杂记》都没有正面涉及，没有正面提到。这是和前边两部书不一样的地方。它仅仅是从曹操的视角出发，写他怎么样产生疑心，怎么样听到厨房里有声音，然后呢，杀错了人以后，怎么又抒发了比较悲戚的一种感情。孙盛的《杂记》主要是起了这么一个作用。尤其是最后的两句话，“宁可我负天下人，不让天下人来负我”这两句话，起了画龙点睛的作用。这两句话，把曹操内心深处的一种思想，集中地、突出地暴露在读者的面前，非常突出，也非常集中。

这就是我介绍的这三部书记载的“捉放曹”的故事。这三部书的叙述是不同的。个别的地方相同，大部分是不相同。这三部书里边的记载，都是罗贯中写作《三国志演义》的时候所采用的素材。

我们可以把这三部书来比较一下。这三部书里边，最后提到的孙盛的

《杂记》写得最好。虽然它文字很短，没有几句话，可是很尖锐，而且又很深刻。现在大家所知道的印象很深的曹操的那两句话就见于这部书，“宁可我负天下人，不让天下人来负我”。这是这三部书里写得最好的。其次就是第二部书，郭颁的《世语》。写得最不好的，用我们今天的眼光来评价，那就是刚才提到的第一部书，王沈的《魏书》，写得最差。差在什么地方？它是替曹操文过饰非，对吕伯奢父子恶意中伤。

三部书中，有两部书都认为吕伯奢他们招待曹操很好，并没有谋害、告密这些行为，都没有。但是，曹操却把他们杀了。而第一部书说是吕家对曹操很不好，要想杀曹操，抢曹操的钱，抢曹操的马。这是对吕伯奢父子的一种恶意的中伤。这是和后面两部书比较起来看，应该是这样。而事实的真相应该不是这样的。

罗贯中显然是从裴松之注释里边看到了这三部书的记载，就把它们吸收过来，然后在写作的过程当中加以改造。在这个过程当中，他有所继承，把其中一些好的、他认为对他有用的、适合于表现陈宫的性格、表现曹操的性格的部分继承下来。他把不符合他的这种创作思想，不符合他笔下的曹操这个人物的思想性格的地方抛弃了。

就在继承和扬弃的过程当中，表现了他的创造性。他的创造性主要是有三点。

他的创造性表现的第一点：罗贯中增加了一个有名有姓的角色。因为在历史上，抓住曹操的中牟县的县令没有名没有姓，我们只能叫他无名氏。无名氏这个名字也就是对于一些个应该有那个人，可是不知道他的姓名所起的名字。

《红楼梦》120 回本的后 40 回是不是曹雪芹写的？不是。是谁写的？很多人认为是高鹗。我曾经在别的演讲里边证明《红楼梦》后 40 回不是高鹗写的，高鹗不是后 40 回的续作者。那是一种误解。那么，是谁写的呢？我也不知道。最后我说，后 40 回的作者是无名氏。就是对我们不知道他姓什么、叫什么，但是确实有那么一个人，那么就叫他无名氏。当然有的作家也用无名氏这个名字作为自己的笔名。新中国成立以前，上海就有一个很著名的作家，也很轰动的，他就叫无名氏。北京大学的教授冯文炳，他的笔名就叫废名，荒废的废，废除的废，废名。

我们说，这个历史上中牟县令抓住曹操的那个人，他是无名氏。我们不知道他的姓名。但是罗贯中改了，给了他姓，给了他名，就把陈宫安在了这个中牟县县令、捉曹操、放曹操的那个人的身上，让他姓陈名宫。

那么，罗贯中为什么要把陈宫放在中牟县县令的位子上，而不是放别的人，不让他姓张姓李，而让他姓陈名宫？这是罗贯中有意识安排的。

在罗贯中的笔下，陈宫有双重身份。哪双重呢？一方面，他是救曹操的人，他是被捉拿、已经到了公堂的曹操的救援者。没有他的帮助，曹操不可能离开中牟县的监狱，必定是抓在那里，递解到京师，然后被砍头。必然是造成这么一个命运。这是一方面，是曹操被捉拿的时候的一个救援者，帮助曹操逃出了中牟县的监狱。另一方面，他又是逃亡的曹操的同行者。跟随曹操，官不做了，我跟着你去谋大事，是曹操的同行者。在罗贯中安排下，陈宫有这么双重的身份。

既然是两个人一路同行，不会是你不说话，我也不说话，低着头闷闷地向前走。两个人总有交谈、说话的机会。有说话的机会，陈宫就有可能提出些问题问曹操，你为什么杀人，你杀错了，你为什么还要把这个老头杀死？陈宫问，曹操不能不回答啊。那么，曹操就回答了。于是，从曹操回答的话里就暴露了曹操的思想深处的一些隐秘的东西。罗贯中就安排陈宫做这样子一个人，因此把曹操内心的一些思想暴露在我们读者的面前。陈宫就是起到了这么个双重的作用。从这个意义上来说，陈宫无疑就是曹操内心深处最隐秘的思想的揭露者。罗贯中安排陈宫就是要起这么一个作用。这是第一点。

第二点，罗贯中还改变了曹操和吕伯奢之间的关系。他们不是故人了。故人也就是点点头，见过一两次面，说过一两句话，看见了还能够点头认识，还能够说上几句话。不是那样子的故人，而变成了曹操父亲的结义弟兄。这个关系就紧密了。这样子你就说，曹操更不应该杀他了。一般的故人他可能害我，可能去告密，因此我就起了疑心怀疑他，这也许还说得过去。现在是你父亲的结拜兄弟，而且告诉你了，你的父亲现在逃难，逃到了陈留。又是很好的要买酒、买东西招待你。在这样的情况下你要去杀他，起疑心，这更形成了对曹操的这种不正当的行为，那种恶毒的思想的一种揭露。

所以，这两个人他们之间的关系，从这个故人，一般的认识，而趋向于是他父亲的结拜兄弟，亲密了，把两人的关系搞得亲密了，是两方面的作用。一方面，吕伯奢这个老头他不可能对自己结拜兄弟的儿子现在处于逃难的过程当中，对他有恶意，对他有敌意，不可能，因为他们关系比较亲密，相信曹操是怎么一个人，他的父亲是怎么一个人。这是其中一方面。另外一方面，曹操更不应该对这么一个关系亲密的人产生疑心，产生戒心。更不应该那么狠毒，一杀就杀死了八口。你杀死一个人还则罢了，连杀了一家八口。再说，两个人的关系变成了结拜兄弟的儿子，这么亲密的关系，这也让我们读者理解到，吕伯奢在家里因为没有好酒，因为没有好东西招待自己的侄子，便出门去买酒，这个行动有正当的、充分的理由，能让我们读者感觉到这一点。

这个创造性有第三点，刚才讲的是第一点和第二点。罗贯中在改造这个故事过程当中，表现出了巨大的创造性。第三点，就是他增添了两个细节。这两个细节是非常重要的。

第一个细节，杀死吕伯奢一家八口之后，曹操和陈宫搜查到了厨房里边，看到了绑住了一口猪，准备要杀的一口猪，这个是历史记载过去的素材里没有的。这么一个非常具体的情节，是罗贯中增加的。有了这个细节，就让我们的读者看到以后就知道了真相，真相是什么呢？吕伯奢确确实实真心实意地、善意地准备招待曹操。这个细节就很重要，起这么个作用。

第二点，曹操出庄以后，看到了吕伯奢带着酒、带着菜回来，反而骗他“你看，背后那个人是谁?”然后把他杀了。这个细节是历史记载上没有的。就是说，杀死了人，出去以后见到了吕伯奢，又把他杀了。以前还可以说是误杀，现在是故意地杀、主动地杀。这个细节也是罗贯中增加的。错杀了八口人，曹操并不感到后悔，而且不惜一错再错，一错到底，杀死了这么一个老头。这个老头是毫无防备，而且对自己的侄子是好心善意。把这么一个人杀了。这个老头又不是别人，是他父亲的结拜兄弟。这样一来，这些个故事情节增加了这个细节，就使得曹操这个人的性格完全地暴露在读者面前，就是曹操这个人多疑、自私、奸险、狠毒、残忍。

这是在《三国志演义》开头，毛评本是第四回，嘉靖壬午本是第 8 节，曹操才出场没有多久，就已经把曹操这个人物的性格很充分的，通过这么一个很具体的细节表现出来了，给了读者一个很深刻的印象，所以以后慢慢地、逐渐地增加，哦，曹操是一个奸雄。这才把他的性格丰满起来。所以，这个开始很重要，这也是我说的，这是罗贯中的神来之笔，这也是他刻画曹操性格当中，全书都在刻画曹操的性格，好比是一盘棋，全局棋里边很重要的一个要着。“捉放曹”这个故事在《三国志演义》情节当中的地位，在全书当中的地位，在人物性格塑造当中的地位，是非常重要的。就从这里就可以看出来。这是我要讲的第二点。

四

下面我们讲第三个问题。曹操为什么要杀死陈宫？这是讲的后来，不是讲的“捉放曹”的故事当中。

曹操为什么要杀死陈宫？这里边讲两个小问题。第一个问题，中牟县令是不是陈宫；第二个问题，曹操为什么如此恨陈宫，非要把他处死不可？

先讲第一个小问题。中牟县令是不是陈宫？在《三国志演义》小说里边，抓住了曹操的中牟县令是陈宫。但是在历史上，抓住曹操的中牟县令是一位无名氏，无姓无名，但是肯定不是陈宫。

我们看看历史上怎么说的。

> 卓表太祖为骁骑校尉，欲与计事。太祖乃变易姓名，间行东归。出关，过中牟，为亭长所疑，执诣县。邑中或窃识之，为请得解。

这一段文字，见于《三国志·魏书》的《武帝纪》，我在前面已经引过了。

我们注意其中的这个亭长，抓住曹操的是亭长。这“亭长”什么意思呢？古时候，十里一亭，十亭就是乡，亭有亭长，乡有乡长，这是一种解释。还有第二种解释，在城内和城厢，设都亭，在城门那里设了一个门亭，都亭有亭长，门亭也有亭长。十里一亭也好，城门门亭也好，城厢都亭也好，管的事情是一样的。都是管治安、诉讼这些事情。我们从曹操逃走的具体情况、抓住他的具体情况看，这个亭长应该是第二种解释，应该是在城门那里，画影图形么，图就挂在城墙上，就挂在城门上，所以应该是第二种解释符合这个。

亭长是很普遍的，过去经常有的，也有很多名人，当他没有发达的时候，就是做的是亭长。我们知道，汉高祖刘邦当年就做过亭长。相当于现在的，不恰当的比方，相当于现在的居委会主任什么的，或者是带着红箍箍在马路上巡逻的这些人，就把曹操抓住了。就是这么个情况。

放曹操，在历史上，是那个不知名的县令做出的决定。为什么他要放曹操？是因为有人替他求情，求情的人一定是在这个县令的眼睛里边很有地位，他的话应该重视。那个认识曹操的人一定是一个在当地有地位、有势力的人。他说，曹操这个人不错啊，我认识，他这次是要杀董卓，要反董卓，不应该把他抓住啊。他的话起了作用，县令就把他放掉了。所以他的放曹操只是接受了县里边认识曹操的人的请求。因此这个不知名的县令，他放曹操不是主动的，是被动的，这个和小说里的陈宫不一样。是县里边有地位有势力的人的请求，他不得不听他们的话。陈宫是完全很主动的。这个是不同的。罗贯中就把历史上的这个就给改变了，把这个无名氏变成了有名有姓，就变成了陈宫。陈宫要放曹操，是非常主动的，也是很合理的，也是非常必然的。这点改动就比较重要，说明了陈宫也想做大事，他也认为曹操是好人，跟着他以后也许会成功。他有这样的想法，所以放着一个堂堂的县令不做，跟着曹操一块去逃亡，说明他还是有想法的。这是我要讲的第一个小问题。这点呢，是罗贯中改变的。

五

下面我要讲第二个问题，陈宫离开了曹操了，想杀曹操，最后一想，没有必要，他就离开了曹操，把曹操一个人扔在了旅店里。但是，后来曹操却把他杀了。

那么，曹操为什么最后要处死陈宫呢？这个故事情节，在《三国志演义》上，见于嘉靖壬午本的第 38 节，“曹操白门斩吕布”。那么，我们看看小说里怎么描写的，历史上是怎么记载的。我们要揭露曹操杀陈宫的真相，以及罗贯中为什么隐瞒这个真相，移花接木，来描写曹操跟陈宫之间的关系，用意何在？

让我们先看《三国志演义》小说里边怎么写的：

> 押过陈宫来。操曰："公台，自别来无恙！"宫曰："汝心术不正，吾故弃之！"操曰："吾心不正，尔如何事布？"宫曰："布虽无谋，不似你谄诈奸雄也。"操曰："公台自谓智谋有余，今竟如何？"宫顾吕布曰："但此人不从吾言。若从吾言，亦未必被擒也。"操笑曰："今日之事当如何？"宫曰："为臣不忠，为子不孝，死自甘心也。"操曰："卿如是，奈老母如何？"宫曰："吾闻将以孝治天下者，不害人之亲。老母之存亡，在于明公也。"操曰："若卿妻子何如？"宫曰："吾闻施仁政于天下者，不绝人之祀。妻子之存亡，亦在于明公也。"操有留恋之心。宫曰："请出就戮，以明军法。"遂步下楼，牵之不住。操起身泣而送之。宫并不回顾。操与从者曰："即送公台老母、妻子回许都，吾府中恩养。怠慢者斩。"宫闻不言，伸颈受刑。众皆下泪。操以棺椁盛之，迁葬许都。

小说里，在这一节里边，放了张辽，杀死了吕布，杀死了陈宫。

这时候把陈宫押过来，曹操就说："公台，别来无恙。"陈宫说你心术不正，所以我离开了你。曹操就回答，你说我心术不正，那么你为什么又跑到吕布手底下去做事。陈宫说，吕布虽然无谋，不像你，是个奸雄。曹操说，你自己认为你自己智谋有余，那么你今天被捉了，落得这么一个下场，又怎么样啊？陈宫就看着吕布说，这个人不听从我的话，要是听从我的话，今天我绝对不会被你抓到。曹操就笑了，今天你既然已经被我抓到了，怎么办。陈宫就说，为臣不忠，为子不孝，死也甘心。曹操就说，你这样子你还有一个老母亲呢。你死了她怎么办。陈宫就说了，我听说以孝治天下的人，不害人之亲。老母是死是活，完全在你。曹操说，那么你的妻子怎么样。（这个妻子不是今天我们所说的老婆。妻是老婆，子是儿子。称老婆就是妻，连着子一起呢是今天的话，妻子。古人这个子是指儿子。）你的老婆跟儿子怎么办？陈宫说，我听说施仁政于天下者，不绝人的后。老婆和孩子是死是活也完全在你。曹操还不想杀陈宫，还有留恋之心。陈宫说，事到如今，你就把我杀了吧，以明军法。自己就主动的在白门楼上，城门楼上，就下楼，有人想拉他也拉不住。曹操就起身，泣而送之。流着眼泪，流了鳄鱼的眼泪。陈宫并不回顾。曹操就对跟随他的人说，马上把陈宫的母亲、妻子、孩子送回许都，送到我家里，我来恩养他们，不许对他们怠慢。陈宫听到这个话，也不说话，伸着脖子就被砍头。很多人看了这个场面都掉了眼泪。后来曹操就把他安葬在许都。

这就是曹操处死陈宫的场面。罗贯中有着很具体、很仔细的描写。这里边提到了两句话。陈宫说：你心术不正，所以我就离开了你。曹操说：你说我心术不正，可是你为什么又去跟随吕布呢？从这两句话里边我们知道了两点。

我们知道的第一点，陈宫曾经抛弃了曹操逃走。第二点，陈宫离开了曹操之后，他去投奔了吕布。我们从这个话里边，看出了这么两点。

陈宫离开了曹操，在历史上来说，绝对不是“捉放曹”宿店的时候，要想杀他又没有杀，最后离开了，绝对不是指的这个事。

历史上另外有事。罗贯中就没有采纳这个素材。那么，历史上有什么事呢？

我们知道，《三国志演义》当中，从第 8 节到第 38 节，这是写陈宫的。一共可以分为前后两个阶段。

前一个阶段，陈宫是中牟县的县令，抓住了曹操，放了曹操，又跟了曹操一块逃亡，最后曹操又错杀了吕伯奢。这是第一个阶段。

第二个阶段，陈宫不做中牟县县令了，做了东郡的从事。从事，是太守底下的官，小官。陈宫劝曹操，你不要打徐州，因为那个时候徐州陶谦的部下把曹操的父亲杀死了。曹操大怒，就要兴兵报父仇，要把徐州的老百姓全部杀掉。犯了这样子的事，陈宫就跑来劝曹操，你不要这样做，这个事情不能够怪陶谦，是他手底下的人，而且不是他手底下的将军，是手底下的兵卒。你不能这样做，不能去杀害无辜的老百姓。曹操不听，杀死我的父亲，此仇岂能不报。陈宫就只好去投奔张辽、吕布。结果吕布兵败，陈宫就被抓住了，被杀了。

这是前后这么两个阶段。

我们看，《三国志演义》第 37 节描写了这么一个细节。这个细节很值得我们琢磨。什么细节呢？

> 陈宫在布侧，大骂操曰：“汝是欺君之贼，反欲毁他人也！”言罢，一箭射中麾盖。操指而恨曰：“吾誓杀汝！”遂引兵攻城。

攻打下邳城的时候，吕布、陈宫站在城上，曹操在城下领着兵，双方在互相答话。陈宫在吕布的旁边就大骂曹操，你是欺君之贼，你反而毁骂别人。说完了，射了一箭，这一箭射到了麾盖。

什么叫做麾盖？旗子的顶上，竹竿，绑着一个旗子，旗子的顶上。这一箭要想射曹操，没有射中曹操，射中了曹操旗子的顶部。

这本来是一件小的事情，并没有射到你曹操本人，没有伤到你的皮肤。但是曹操指着陈宫，恨声说，我发誓要杀你。于是就引兵攻城。就是说，一箭射了旗子也没有射到他，也没有伤到他的皮肉，当年又是把他抓住了又放了他的有恩于他的人，只不过这么一箭，为什么发出如此恶毒的语言，我发誓要杀你。这是《三国志演义》第37节里边写的。

我们知道，吕布打败了，吕布被抓住了，陈宫是他的谋士，也被抓住了。那么两军交战，打败了仗，被抓住了，应该说罪不至死。他没有犯别的罪，就是两军交战这么一件事情，兵败被擒么。

更何况，第一，陈宫并不是对方的主帅，他只不过是主帅吕布手底下的一个谋士，出谋划策的人。要杀应该杀那个主帅，他底下的谋士不一定有这么大的罪名，非杀死他不可。这是第一。第二，他对你有恩，当年抓住你以后把你放掉了，你怎么可以不念当年之情啊，为什么非要把他杀死不可？这就是罗贯中通过故事情节告诉给我们的。

有人说，一方面要杀陈宫，另外一方面，把他的棺材安葬在许都，把他的妈妈，把他的妻子，把他的孩子都接到了许都自己的家里边加以恩养，那曹操对他不是很好吗？这不是曹操爱惜人才吗？我们容易有这么一个表面上的看法。实际上，我们深刻地一想，就是我刚才提出来的，当年有恩于你，如今一箭射在旗杆上，为什么非要发誓杀他不可，抓住了以后还真的就是把他杀了。那么也就是曹操对着很多人所表态的，我要恩养他的家眷，这岂不是在流鳄鱼的眼泪，沽名钓誉，故意做作？罗贯中写了曹操给陈宫这么一个下场，也给大家的印象，就是描写曹操的思想性格的这一面。

那么，究竟罗贯中把陈宫在历史上离开曹操这件事情没有采纳，抛弃掉的情节，细节是什么呢？为什么不采纳那个细节呢？就是为了要塑造曹操的性格。要写曹的沽名钓誉，写曹操坏，忘恩负义。

究竟陈宫离开曹操是怎么一回事？曹操为什么如此的恨死了陈宫？

我们撇开“捉放曹”不算，陈宫第一次登场是在第20节，“曹操兴兵报父仇”。请看小说是怎么写的：

> 时陈宫为东郡从事，与陶谦最好，知曹操起兵报仇，尽杀百姓，慌忙星夜前来见操。操想旧日之恩，请入帐中。然亦不赐坐。宫曰：“今闻明公尽起大兵下徐州，报尊父之仇，所到尽杀百姓，某因此特来进言。陶谦乃仁人君子，非刚强好利之辈，中间必有缘故。且州县之民，皆大汉百姓，与明公有何仇恶？杀之不祥。望三思然后行之，幸甚。”操大怒曰：“汝昔时弃我而去，今有何面目相见？陶谦杀吾一家，誓当摘胆剜心以祭之！汝与陶谦有旧，何敢阻我军心。”宫默然而去，曰：“吾亦无面目为汉之官也！”驰马来投陈留太守张邈。

陈宫这个时候做东郡从事，和陶谦最好。知道曹操起兵报仇，要把老百姓杀得一个不留。连忙星夜来见曹操，曹操想起了旧日之事，这个人是有恩于我。把他请入帐中。因为知道他是来求情的，对他也不礼貌，不给他座位。陈宫说，听说你要报仇，要杀尽老百姓。我现在来劝你，陶谦是仁人君子，不是刚强好利之徒，中间一定有别的原因，杀死你的父亲。州县之民，老百姓他和你有什么仇呢？所以希望你三思而行。曹操听了以后大怒：你从前抛弃了我，离开了我，你今天还有什么面目来见我。陶谦杀我父亲一家，我非杀死他不可。你和陶谦有旧，怎么可以跑来阻拦我的部队的前进，扰乱我的军心。陈宫一听，话不投机，只好走了。另外我也没有脸在曹操手底下做官了，于是他就去投奔张邈，后来又投奔了吕布。

这个是在小说里描写的。而历史上陈宫离开曹操是怎么一回事，罗贯中却没有采纳。

这里边讲的“从事”，是州郡长官底下的一个小官，东郡从事就是东郡太守的僚属。东郡，它的治所在当今的河南省濮阳的附近。它管辖的范围很大，今天的山东、河南部分的地区都归东郡管，都归东郡太守管。当时东郡太守是曹操，陈宫是他手底下的一个官。这是历史上的事。

但是，罗贯中没有明写，在小说里边还是写到了。所以我们要知道，当时的东郡太守是曹操，这个见于《三国志演义》的第 19 节和第 20 节：

> 青州黄巾又起，聚众百万……朱隽曰："要破山东群贼，必须得曹孟德方可。"李傕曰："今在何处？"隽曰："……见引兵于东郡权州事。差人就命曹孟德方可领兖州牧，破山东群寇，可克日而定也。"李傕大喜，星夜差人赍赏赐，命东郡太守曹操与济北相鲍信一同破贼。

青州黄巾起来了，有一百万之多。朱隽说，要破山东群贼，一定要用曹操。李傕说，曹操现在在哪里啊？朱隽说，曹操现在引兵在东郡，管着东郡的事情。就让他做兖州太守。李傕大喜，马上派人。李傕当时是当权派，就叫东郡太守曹操和济北相鲍信一同破贼。这是很明确的，当时的东郡太守就是曹操。

我们看历史上也确实是这样。这个见于《三国志·魏书》的《武帝纪》，初平二年：

> 黑山贼于毒、白绕、眭固等十余万众，略魏郡，王肱不能御，曹操引兵入东郡，击白绕于濮阳，破之，袁绍因表曹操为东郡太守。

曹操破了黑山贼以后，袁绍就上表，奏请皇帝任命曹操为东郡太守。这个是见于曹操的传记。

然后我们看，陈宫离开曹操，在《武帝纪》里边没有明写，没有写到，但是，在《三国志·魏书》的吕布传里边写到了，我们就可以知道陈宫为什么离开曹操。

我可以预先告诉大家，陈宫是背叛、叛变，叛变了曹操。所以曹操如此的恨死了陈宫。我们看看，陈宫是怎么叛变曹操的。历史记载有这件事，但是这个情节罗贯中不采纳。让我们来看裴松之注解引的鱼豢的《典略》：

> 陈宫，字公台，东郡人也。刚直壮烈，少与海内知名之士皆相连

结。及天下乱，始随太祖，后自疑，乃从吕布，为布画策。

天下大乱，陈宫开始追随曹操。后来，觉得曹操不中意他，或者对他不好，所以就离开了曹操，去跟随吕布，做了吕布的谋士。这里，还是说他离开了曹操。怎么离开曹操的，这里没有讲。我们要看吕布传里怎么说。《三国志·魏书》吕布传是这么说的：

> 兴平元年，太祖复征（陶）谦，（张）邈弟（张）超，与太祖将陈宫、从事中郎许汜、王楷共谋叛太祖。宫说邈曰："今雄杰并起，天下分崩，君以千里之众，当四战之地，抚剑顾眄，亦足以为人豪，而反制于人，不以鄙乎！今州军东征，其处空虚，吕布壮士，善战无前，若权迎之，共牧兖州，观天下形势，俟时事之变通，此亦纵横之一时也。"邈从之。太祖初使宫将兵留屯东郡，遂以其众东迎布为兖州牧，据濮阳。郡县皆应，唯鄄城、东阿、范为太祖守。

这里就说得比较明确了。兴平元年，曹操征伐陶谦，张邈，张超这个时候，吕布就和陈宫还有许汜、王楷等人商量，要叛变。陈宫就出面，对张邈说，现在雄杰并起，天下分崩离析，你已经领了千里之众，占领了四战之地，这个地点又很好，你可以做一个英雄。为什么现在要在别人的手底下。张邈听了以后觉得这个话讲得有道理，现在我们这个州里边的部队东征，正好是空虚，吕布人很好，是个英雄，如果把吕布接来，一块管理兖州，这是很好的一个形势。张邈听从了他的话。怎么具体地实行呢？曹操一开始让陈宫领着部队，屯扎在东郡。曹操是东郡太守，他就离开了这个根据地去打仗，让这个陈宫留守。陈宫趁着留守的机会，就把吕布接来，让吕布做兖州太守，就把濮阳（就是东郡的治所所在地，东郡的中心地点）占领了。东郡其他的州县都响应了陈宫的叛变，结果只有三个城市，三个地方，一个叫鄄城，一个叫东阿，一个叫范，还听曹操的话，别的全部都叛变了，而这一切都是陈宫的计谋，陈宫的主动。

这个历史事实呢，值得注意的有三点。

第一点，陈宫的叛变不是孤立的行动，他联络了很多人，历史记载上就有姓张的兄弟两个，姓许的，姓王的，等等，这些个人。不是孤立的行动，不是个人的行动。

第二点，他的叛变明显地带有主动的色彩。在这次叛变的行动当中，陈宫实际上是主谋，这是第二点。

第三点，陈宫的这次叛变给曹操造成了严重的威胁和巨大的打击。陈宫占领了曹操的一个重要的根据地，就是濮阳。那是东郡的治所。除了鄄城、东阿、范县这三个地方以外，兖州的其他地方，东郡的其他地方，都纷纷地响应陈宫，先后宣布脱离曹操的统治，归顺了陈宫所拥立的吕布。可见得，这件事情给曹操很大的打击，造成了很严重的威胁。因为曹操当时本人不在，在外地。

甚至于还有这么一件事情。我们今天不是有绑架，有人质，然后有勒索，有赎金之类的事么，在这件事情上也发生了。古代东汉末年也有绑架、人质、赎金。谁呢？夏侯惇被绑架。那个时候曹操命令夏侯惇留守濮阳，由他来继续担任东郡太守。陈宫叛变以后马上扣留了夏侯惇，作为人质，提出来，你要把夏侯惇赎回去，你要出赎金。这赎金不但是有巨大的钱财，还要珠宝。这件事情我不知道是不是我们历史上第一件，不是第一件也是很早的，绑架、人质、赎金。今天是常见的，我们在电视剧、电影里边常见的，古代东汉末年就发生了这样的事情，这事情就发生在夏侯惇的身上，条件是向曹操提出来的。所以曹操非常地恨，不仅是地方被吕布占领了，民心失去了，只留下了三个点。那么一大片土地是自己所统治的，结果只留下了那三个点，其余的全部都归顺吕布了。而且，自己心爱的将领，自己的亲戚夏侯惇被人家抓住当做人质，提出了要珠宝，要钱去赎他。这件事情对曹操的打击是很重大的。曹操一直记在心里。

这是在历史上，所以后来抓住了陈宫，这口气不得不出，非处死他不可。在历史上来说，就是这么个情况。陈宫和曹操的关系就是这样的。

但是，罗贯中把它改变了，舍弃了这段情节。而且不但舍弃了陈宫叛变曹操的情节，反而写陈宫在这以前曾有恩于曹操。这就是他为什么要把陈宫安排在中牟县县令的位子上。为什么要让他去释放曹操，让他对曹操有救命之恩，所以到后来曹操对于自己有救命之恩的人忘恩负义。这又是罗贯中描写曹操性格的一个很重要的改变，一个创造。

我们看看历史上记载的夏侯惇被抓住了，作为人质，绑架索要赎金这件事情，见于《三国志·魏书》夏侯惇的传：

> 太祖行奋武将军，以惇为司马，别屯白马，迁折冲校尉，领东郡太守。太祖征陶谦，留惇守濮阳。张邈叛迎吕布，太祖家在鄄城，惇轻军往赴，适与布会，交战。布退还，遂入濮阳，袭得惇军辎重。遣将伪降共执持惇，责以宝货，惇军中震恐。

太祖就是曹操，他担任了奋武将军，就任命夏侯惇为司马，屯兵屯在了白马。白马就是白马坡，就是关公斩颜良的那个地方。白马是一个渡口。然后曹操又升夏侯惇的官做折冲校尉。然后又让他做东郡太守，因为曹操原来就是东郡太守，他后来做了兖州刺史，就让自己的亲信来做东郡太守。这个时候，曹操去打陶谦，打徐州，就留着夏侯惇守濮阳。结果吕布、张邈这些人就趁这个机会，由于陈宫的叛变，就占领了濮阳。曹操的家在鄄城，夏侯惇丢了濮阳以后，就赶到了鄄城，要去保护曹操家里的老少。正好在路上和吕布的军队碰到一起了。双方交战，吕布呢不打，就退了，然后退到了濮阳，因为他已经占领了濮阳。到了濮阳以后呢，就得到了夏侯惇军队里边的辎重。这个时候就派遣了一个将军，跑到了夏侯惇的军营里边去，说是我要投降。夏侯惇就相信了。这个将军就趁机和别人一起就把夏侯惇抓住了。然后就问曹操要珍珠宝贝和钱。人质在我手里，要赎回来必须得这样。这件事情使得夏侯惇的军队震恐。这也是陈宫的叛变所造成的一个后果，也是给曹操当时的一个打击，使得曹操非常的没有面子。一方面是打徐州，没想到后门起火，把根据地丢了，丢了以后还发生了这么一件事情，夏侯惇被人家当做人质，问他要赎金。所以，这就是我讲的，曹操为什么如此的恨陈宫。

陈宫的叛变，罗贯中没有写，相反地，他让陈宫摇身一变，去担任中牟县县令，成了捉放曹的主角，成了曹操的救命恩人，这个呢就为曹操的忘恩负义埋下了伏笔。也就是说，他写曹操处死陈宫，是为了要写曹操的忘恩负义，另外从陈宫在捉放曹当中的行动，从他的眼睛，从他的耳朵里，揭露了曹操的多疑、自私、奸险、狠毒、残忍的性格。又从最后陈宫的遭遇里边，揭露曹操的沽名钓誉，忘恩负义。这就是我要讲的第三点。

六

现在讲第四点，结语。

从“捉放曹”这个故事情节可以看出来，《三国志演义》不是积累型的作品。认为《三国志演义》不是积累型的作品，这在中国古代小说研究界是少数派。认为《三国志演义》、《水浒传》、《西游记》乃至包括《金瓶梅》等是积累型的作品，在中国古代小说研究界是多数派。多数不等于真理。我个人认为，积累型作品是不能成功的。任何作品都有素材，有素材不等于是积累。采纳素材的过程当中，有继承，有批判，有扬弃。如果把素材凑在一起，就是我说的，那是个搬运工人，那不是创作。不是作家，不是伟大的作家。我有一个看法，伟大的作品必然是出于伟大的作家之手。群众创作不能够产生伟大的作品。伟大的作品一定是有个性的，一定是个人的东西。一定是个人的创作，也就是作家的创作。这一点，我觉得，中外文学史上无数的事实证明这一点。

在外国当代汉学家当中，也有一些权威学者不同意积累型作品这个看法，而认为《三国志演义》、《水浒传》都是作家的创作。我推荐大家一本书，美国普林斯顿大学教授叫浦安迪，他的英文名字叫做 Andrew Plaks。他出了一本书，他出了好几部书，我特别提到其中一部书，叫《明代四大奇书》。有中译本，在浙江文艺出版社出版的，最近又在三联书店再版。浦安迪的观点就是这几部伟大作品是作家的创作，不是积累型的。他就是这个观点。这个人我认识，我跟他交谈过，他同意我的观点，在这一点上我们有共同的看法。《三国志演义》、《水浒传》是个人的创作，是作家的创造，不是积累型的作品，不是群众创作，不是集大成的作品，不是滚雪球般越滚越大的作品。

所以，我为什么要讲，通过捉放曹这个故事，看罗贯中是怎么改编的，目的就是想说明这一点。是不是这个故事就很清楚地表现出，罗贯中是有创造的，是有独创性的。罗贯中的《三国志演义》并不是把《三国志》上的那些个故事，那些个人物，全部弄在一起就编成了一部书。有的材料他拿过来是改造的，有的材料是他不要的，与他要表现的思想，要表现的人物不合，没有起衬托的作用，我不要，我加以改变。所以，一个无名无姓的中牟县令，放曹操这么一件事情，他非要把它改掉了不可，他改上了一个有姓有名的，使他和后边陈宫这个人物的命运联系起来，意图就在这里。这都是服务于罗贯中描写曹操的思想、性格，而不是随便地把这个不要了，把那个拿过来。都是有他的一个通盘的想法，都是服务于他的中心思想，就是刻画曹操的性格。

从这点上来讲，我们应该承认，这是罗贯中的创造性。所以我说，通过这个情节，可以看出来《三国志演义》不是积累型作品。我有这么几句话：我认为，《三国志演义》是作家的创作，不是群众创作。我认为，把《三国志演义》、《水浒传》等作品说成是积累型作品，实际上是对罗贯中、施耐庵等伟大作家的创造性劳动的漠视、轻视和蔑视。漠视，沙漠的漠；轻视，轻重的轻；蔑视，轻蔑的蔑。把这个作品说成是积累型的作品，是对这些伟大作家的创造性劳动的漠视、轻视和蔑视。

这是我个人的浅见，不一定对，欢迎大家批评指教。

今天我要讲的就是这个内容。下面还有一点时间，我想可以和大家有机会能不能互相交流一下。如果大家有什么问题，我愿意回答。

谢谢国图，谢谢主持人蔡萍女士，谢谢各位听众的光临捧场。

下边如果大家有什么问题，我愿意在这里尽我所知，做一点回答。

问 1：罗贯中他是不是有自己的思想，所以他这个对刚才您说的三本书材料的取舍，他对曹操是有偏见的，因为毕竟是他取代了汉室。您刚才举的材料，那三本书，我觉得还是有说服力的。

答：谢谢这位听众的提问。罗贯中是封建社会的文人，他肯定有封建正统思想。这是不成问题的，我也认为是这样。尽管他究竟以谁为正统，这是另外一个问题。根据刘备、曹操这些人物的思想性格，以他对当时东汉末年和三国形势的分析，有他的看法，他当然也受了一些民间传说的影响。因为从南宋以后，在民间传说、故事戏曲当中，群众、老百姓的同情倾向于刘备这个集团，不认为曹操是正统。他是受了这个影响，他本人也有封建正统思想这种观念，因为这是一种封建思想，所以他倾向刘备，也处处强调，他是皇叔，他是汉朝宗室之后，这是他所塑造的、所歌颂的正面的英雄人物，也是这样子想的，这也反映了他这样一个封建知识分子的封建正统思想。

在《三国志演义》里边，封建正统思想是比较复杂的。我最近写了一篇文章，介绍一部海内外仅存的孤本，一个明代的《三国志演义》的版本。这个版本现在保存在日本。这里边有一个奇怪的现象。就是说，在刘备，汉中王称帝以后，在正史上，和在其他的《三国志演义》版本里边，就把刘备，以前叫玄德，或者直称为刘备，在他称帝以后，都叫他先主。刘备的儿子后来做了皇帝就叫后主。在《三国志》里边，刘备的传也叫做《先主传》。但是我所介绍的那个《三国志演义》明代刻本里边，不叫“先主”，叫什么呢？叫“蜀主”。蜀、魏、吴，曹丕叫“魏主”。并不是很多《三国志演义》版本里都是用这样的写法。那也是对他作为正统皇帝的一种贬义的称呼。但是呢，对刘备，一般都叫做“先主”。但在这个版本里边呢，不叫“先主”，叫“蜀主”。你只是一个地方割据集团，你不是属于正统。这个名词表现的就是这个意思。

我们知道，京剧里边有一个“九伐中原”，这是京剧，现在不大演了。那么，在《三国志演义》的一些明代的刻本里边，在姜维领兵出征的那个回目，每一节的节目的底下，有四个字，“一伐中原”，“二伐中原”，“三伐中原”，一直到“九伐中原”，所以“九伐中原”在现在的通行本里很普遍。但是，在有的明代版本里边，不叫“九伐中原”，叫“九犯中原”。侵犯的犯。“一犯中原”，“二犯中原”，“三犯中原”，一直到“九犯中原”。别看一个是“伐”，一个是“犯”，立场不同。“九伐中原”，它是以蜀汉为正统，它是去打曹魏。“九犯中原”，它是以曹魏为正统，你蜀汉领着兵，来侵犯我的边境，来侵犯我的国界。

所以，正统思想是很复杂的一个问题。封建文人一般都有正统思想。究竟他是以曹魏为正统，还是以蜀汉为正统，也有争论。以蜀汉为正统，主要起于南宋以后。南宋偏安江南，所以很同情刘备偏安在四川。

总而言之，这个问题比较复杂，我简单的看法就是这样。

问 2：我想知道你对罗贯中生平的看法和了解。请简单谈谈那个时代。

答：根据我的了解，根据我的研究，罗贯中是元末明初的人，《三国志演义》是元末明初的作品。

罗贯中是太原人，不是山东人。不是山东东平。现在有很多明代的《三国志演义》刻本上面写的“东原罗贯中”。“东原”，在我们的历史上没有这个地名。它是在《尚书》的一个注解里边提出来，“东原”这个地点相当于我们现在的山东省东平县这一带。所以很多人都认为这“东原”就是东平。实际上不是。

罗贯中是山西太原人，也不是浙江慈溪人。浙江慈溪人有一个罗本，和罗贯中是同名同姓。那个不可靠。罗贯中也不是江西吉安人。江西吉安人姓罗的是望族，但是和罗贯中没有什么关系。那只是很晚的一个小说里边的说法。

罗贯中最可靠的材料来自《续录鬼簿》。《续录鬼簿》的作者有争议。我认为作者就是贾仲明，山东人。贾仲明在罗贯中小传里说，他是太原人。所以就应该是太原人。而且，《续录鬼簿》里边提到了好多作家的籍贯，都用了“太原”这个词。另外，《录鬼簿》和《续录鬼簿》还提到了八个东平人，包括高文秀等，都用的是“东平”这两个字，如果罗贯中是东原人，为什么把别的东平人不说成是东原人，而把别的八个杂剧作家都说成是东平人，而且是东平府学的生员。以前的东平府学是很有名的。所以，不能说《续录鬼簿》的“太原人”是“东原人”的讹误。罗贯中不是东平人。

另外，蒋大器在《三国志演义》的序里边提到了“东原罗贯中”。但是，蒋大器是浙江金华人，他自己盖了一个图章，就是金华蒋大器，他也是用的金华，不用古地名。东原这个字在元末明初，甚至于从秦汉以来，地名上从来没有。只有东平，没有东原。那么蒋大器为什么自己称自己是金华，《录鬼簿》称那些人都是东平人，都是太原人，不用古代的地名，为什么偏偏让罗贯中跑到了东原。为什么会错成了东原，这可以有种种理解，也许是“太原”二字的错误，也许是搞错了。但是，凡写罗贯中是东原的刻本全部是福建建阳的刻本。福建建阳的刻本迎合什么阶层的读者呢？文化水平比较低，刻得比较差，有图，上图下文。你从这个上图下文就可以了解到，等于是给大家看一个连环画。文化水平不高，你可以不看文字，你看这个画。但是给文化水平比较高的读者，安徽、杭州、南京这些地方刻的《三国志演义》，没有上面是图，底下是文。他们的插图都是插在当中的一页，你可看可不看。那个是给文化水平比较高的人看的。

罗贯中大概就是这样了。他是大概一直到明初还活着。他和《续录鬼簿》的作者贾仲明是忘年交。忘年交，就是说，两个人的年龄差得多，大约要差二十岁。而这个贾仲明哪一年死的呢？这查得出来。那么，罗贯中的生卒年基本是可以框定的，通过贾仲明的生卒年，可以确定罗贯中是元末明初的人。

罗贯中的时代牵涉一个问题，就是《三国志演义》究竟是什么时代的作品。这在学术界有不同的看法。最早的，有人说是宋代的，那个不可靠，根本不用相信他。其次，有人说是元代的，那有一定的道理。再次，有人说是明代的。现在呢，更有人推到了嘉靖以后。这个呢，我认为不太可靠。因为我们现在看到的最早的刻本是嘉靖元年，那就是说，罗贯中的《三国志演义》肯定是嘉靖以前的作品。

而且在上海图书馆，有一部书叫做《陶渊明集》，在它这个书里边有一个现象发现了，这部线装书是这个样子，它的书叶怕这个纸有时候破碎，当中要加个衬叶，衬一张纸。结果发现上海图书馆所收藏的嘉靖八年刊印的《陶渊明集》，它这个衬叶竟是《三国志演义》里边的一叶。而从那个残叶和现在我们所保存的《三国志演义》来比较的话，它是比较早的，比嘉靖元年的本子还要早。它是一个比较简略的简本，有很多复杂的情节没有。就是那个残叶只有两叶，就可以看出这个问题。那就说明和判断，那个残页很可能是成化、正德年间刻印的版本。有可能就是说嘉靖以前的版本。这个符合元末明初之说。

问题复杂在什么地方？在研究古代小说的学者中，有一个现象始终没有说清楚。怎么个现象呢？从明代的初年开始，150 年当中，在文献资料里没有发现小说的存在。明初 150 年，在中国古代小说史上是一个空白点。为什么这 150 年里边，我们现在看不到当时的一本小说，或者当时是谁在写小说？这个现象应该怎么去解释，长期以来困扰着研究古代小说，写古代小说史的人，得不到一个比较准确的答案。

现在当然有人试图回答，从印刷条件，从各个方面去解释，你现在看不见不等于那个时候没有。这是留给我们中国古代小说研究界的一个很艰巨的任务。怎么看待明初150年现在我们看不到有任何小说出现，这个现象怎么解释，是不是就等于现在我们看到的《三国志演义》、《水浒传》都是嘉靖以后的作品？现在确实是有人持这个看法。

我认为，《三国志演义》、《水浒传》肯定不是嘉靖以后的作品。它们是元末明初作品，这点是不成问题。因为罗贯中生活的时代就是元末明初那个时代。不能够贬低罗贯中的创造。《三国志演义》有一个很特殊的现象。现在所流传的版本，我是研究《三国志演义》版本的，根据我的看法，根据我搜集到的情况，在毛宗岗评本出现以前，毛宗岗评本出现在康熙五年，在它之前，我所知道的《三国志演义》的版本有六十多种，这六十多种并不等于我们现在都能看到，而且有很多现在是保存在国外。在日本，在欧洲。在日本的最多。这些个刻本和现在我们所看到的毛宗岗评本不一样。毛宗岗评本是改写的，增加了、删掉了一些东西，我们现在所认为最接近罗贯中原本的那个嘉靖元年的那个本子和福建刊行的很多《三国志演义》明代的刻本，字句上有很多的不同，几乎每一页每一面都有异文。这个现象是非常特殊，不同于《水浒传》，不同于《西游记》，不同于《红楼梦》，字句不同，经过修改，甚至还增加了故事，增加了人物。这是研究《三国志演义》版本当中的一个非常复杂的现象，这也影响了很多人认为，它不是元末明初的作品，它是明代很后的作品。这有关系。

实际上，《三国志演义》有那么多异文出现，明刻本，说明了它在明代那个时候非常流行，非常受到读者的欢迎。所以当时的出版商挖空心思地要改一些东西，加一些东西，用来说明我这个版本和别的版本不一样，你要买就来买我这个。这是一种号召，是一种标榜。这个风气是在明代万历年间非常流行的。万历年间非常流行的就是一个：你那个版本不全，我这个全。于是出现了《三国志演义》全，它有关索的故事，你那个没有。《水浒传》全，万历年间出现的，我有田虎、王庆的故事，你那个没有。《西游记》也是万历出现了，“唐僧出身”一些东西，你没有，我有。就是说，在万历年间，书商修改文字，加进去很多东西，成为一时的风气。所以影响了这个版本的复杂性。

由于听众问对罗贯中生平和时代有什么看法，我顺便讲了这些。

问3：第一个问题，《三国志演义》，在日本、韩国一直到现在都有很大的影响。不知道您如何评价这个现象。因为三国在日本啊，日本印了这本书，把它做成了动漫，日本的中年人、年轻人很喜欢。日本的商界把《三国志演义》看成他们的一种文化。韩国也是这样。为什么这么优秀的小说，《三国志演义》会有这种现象。这是第一个问题。第二个问题是有关施耐庵的问题。因为山东有个说法，施耐庵这个名字是山东地方话，意思是“就是我”。俺是山东话。施耐庵他真实的作者的身份究竟是什么情况。不知道您是怎么看的？

答：两个问题，我先谈第一个问题。《三国志演义》对日本、对韩国、对朝鲜都有很重大的影响。尤其是日本，表现比较突出。现象比较突出。日本的小说里边，古代的小说里边，有一种类型的小说叫军谈小说，军队的军，谈话的谈，就是受了《三国志演义》的影响而产生的那种小说的门类。日本有三国志学会。它的成立大会我去参加了，我还是日本三国志学会的理事。你想，一个《三国志》历史，《三国志演义》，他们叫《三国志》，一个《三国志》他们能成立一个学会，这个也是很不简单的事情，说明了对他们的影响。1980 年，我访问日本，在电视上就看到了日本所改编的《三国志演义》的电视连续剧，真人和木偶合演，1980 年就已经有了。我看到的是“风雪访孔明”一段。现在中央电视台在去年 10 月 1 号播了三集《三国演义》大型动画片，最近好像听说还要再播。这部《三国演义》动画片，中日合作，中国制造的，日本出钱。为什么日本人有兴趣，还要拿出钱来，帮助我们搞这个动画片。他们喜欢这个。他们最近要播出。据我所知，一共有 52 集。去年 10 月播了 3 集。这个是中日合资的。这个可以说明，《三国志演义》在日本是很受欢迎的。

《三国志演义》这部书，在日本叫《三国志》，他跟历史的二十四史的《三国志》完全同名。所以他们研究《三国志演义》的学会叫“三国志学会”。这都可以看出《三国志演义》对他们的影响。这是第一个问题。

现在很多日本保存的《三国志演义》的明刻本不少，都是海内外仅存的孤本。那么，为什么一些海内外仅存的孤本，包括《水浒传》，不保存在我们中国，而保存在日本，保存在欧洲？这个有一定的原因。在明代和清代，有很多外国传教士，到中国来传教，他要学习中国的语言，要了解中国的风土人情，那么，最可利用的课本便是这些中国古代的通俗小说。

从中可以学习语言，可以了解社会上各阶层的风土人情，而这个正是一般的正统文学、诗文集里边没有的。所以他们来了就买。而在我们中国，这些古代小说当时是被当做消遣品看待的，茶余酒后的消遣品，看那个东西的时候大部分人是为了消遣，拿来就看，就翻，看完了就扔到一边，不把它当做文物，不把它作为珍贵的图书保存下来。所以，明清的很多小说，尤其是明代的很多小说，很多版本没有流传下来，而那些个传教士，他们买了这些书，回国时就带回去，像日本的就带回日本去了，但带回到欧洲的就发生了一个很有趣的现象，就是现在我们在德国，在丹麦，在挪威，我们发现了，他们收藏的我们的古代长篇小说往往是残本，例如《水浒传》，同一个版本，丹麦这个地方有这两回，挪威或者是荷兰有另外几回。为什么一部小说被拆散开来，分散到几个地方去了？原来那些传教士回国以后，在荷兰的阿姆斯特丹，这个地方是一个港口城市，是他们出国、回国必经的一个地方。阿姆斯特丹的市场上，就有卖书的。他们这些书带回来以后就觉得没有用了，就拿到市场上去卖，就很多私人买到了。为了卖，一部书他不愿意一下子全部拿出来，一部书他可能拆成三本四本去卖，于是就给不同的人分别买到了，给不同的图书馆保存下来了。就发生了这样一个现象。

这就是很多古代小说，明代的珍贵的版本，海内外仅存的孤本现在没有保存在我们国内，而是保存在日本，保存在欧洲，法国、荷兰、丹麦、德国这么一个重要的原因。这是第一个问题。

第二个问题是关于施耐庵。施耐庵是有这么个人，对这个人存在一些争论，资料太少。根据我的研究，我可以告诉大家的是，施耐庵是杭州人，浙江杭州人，不是江苏兴化、大丰人。《水浒传》最早的明代刻本上面写的是“钱塘施耐庵”，他的籍贯是钱塘。

从现在我们所看到的《水浒传》，征方腊的一部分，后边的一部分，因为方腊是在杭州附近起事，在浙江起事的，打方腊的时候那个进军的路线经过的地方也是杭州的附近，浙江那一带。那些个地理完全符合我们今天所知道的浙江杭州一带的地理情况。相反的，其他的地方，对河南、对山东、对山西，那里的地理情况，《水浒传》的作者不了解，他不是那些地方的人，他写的那些个地方在地理环境上都有缺点。你比如说，打华山，宋江那个军队就能够直接打过去。当中隔着太行山，他的军队怎么过去？就是很多很多这方面的情况。这说明作者对很多地方，例如西北陕西那一带情况不了解。所以他出现了很多地理上的错误。唯独对于浙江杭州附近的情况，非常详细、非常具体，而又没有错误。

我举个一小例子。《水浒传》提到了一个地名叫道古桥，道理的道，古代的古，桥梁的桥。为什么要提这个小地名呢？杭州大学我有一个朋友，他写给我的信，信封上就写着杭州道古桥某某寄。就是到现在道古桥这个地名杭州还有。那是征方腊的里边写到的一个小地名。其他的几个大地名就更是符合了。因此这个作者他应该是熟悉杭州那一带的情况。所以明代的刻本上写的是“钱塘施耐庵”。这个是可靠的。

我认为施耐庵就是这样，至于说他是江苏兴化或大丰人，那个不可靠。那个事情我有亲身的经历。20 世纪 70 年代，在江苏大丰开了一个专家座谈会，在这个座谈会上认为施耐庵是大丰人，写了报道。完了以后当时的胡乔木，是中央领导同志，写了封信给我们文学所，我们文学所当时的副所长叫余冠英。余冠英跟胡乔木是中学同学，扬州中学的同学。胡乔木本人是江苏盐城人，盐城就在江苏大丰的旁边，邻县。胡乔木的信就说，说施耐庵是大丰人。我怎么从《水浒传》里看不出这方面的迹象？无论从生活场景，从语言，都看不出他是苏北人。他说，你们文学所是不是派一个人到江苏大丰去调查一下，看究竟说他是大丰人有什么根据，这些根据可靠不可靠。当时大丰要办一个施耐庵纪念馆，就在一个岛上，上报给江苏省委宣传部，就批准了他 20 万元，就给他筹备这个施耐庵纪念馆。就在这个时候，文学所的余冠英先生，他也是我们古代文学研究室的室主任，就派我去调查，中宣部还派了一个《中国社会科学》杂志的编辑，随我一块儿到南京，携带中宣部的介绍信，先找了江苏省委宣传部，然后由江苏省社会科学院文学研究所派了一位研究人员陪我到了大丰，进行调查。调查以后，我认为一切材料都是不可靠的。认为说一个人叫施彦端，他和施耐庵毫无关系。有一本家谱，说里边有施耐庵，但那“字耐庵”三个字写在旁边，是后加的，毛笔写的。一切材料都不可靠。于是我建议，把发现的地下文物，就是那个施彦端的墓志铭，以及他们说的家谱，调到北京来，请北京的文物考古、古典文学研究界开一个座谈会进行鉴定。这个会在全国总工会招待所进行。大丰县把那些文物都带来了，在这个会上有很多专家发表意见，大多数意见，压倒性的意见，认为他不是大丰人，这些材料都不可靠。所以他施耐庵，我想应该是杭州人。但是杭州这个地方好像对这个事情并不热心，很多地方哪个作家是我们这里的它是非常热心的，大肆宣传。杭州名人比较多，所以在那里没什么动静，顶多发一两篇文章，不像在大丰，大丰是 1949 年以后新成立的一个县，它现在有名无非有一个四不像的饲养场，它没有什么别的。好不容易有这么一个施耐庵名人在它那里，所以大造声势。我想是不可靠的。

施耐庵大概我所了解的是这么个情况。去调查研究，我是参加的。大概是这样。他也应该是元末明初的人。而且呢，罗贯中是到过杭州。我们知道，在元代末年，那些个杂剧家都南下，南下是经过大运河南下的。元杂剧后期的繁荣也在杭州一带。不在北京。因为罗贯中也是一个杂剧家，他也是到了南方，到了杭州。我猜想他和施耐庵是这么认识的。所以两人合作写了《水浒传》。至于《三国志演义》，那是罗贯中自己创作的。我知道的施耐庵的情况，大致就是这样。不知道这个回答令不令人满意？

谈《三国志演义》中的正统观念问题

近几年来，报纸杂志上发表了不少介绍和分析《三国志演义》的文章。这些文章都肯定《三国志演义》是一部现实主义的，有人民性的作品。这个结论是对的；然而有些作者对这个结论所提出的理由和根据，却还大可商榷。

有不少人认为，《三国志演义》里面所表现出来的正统观念是有“人民性”、有“爱国主义”的。这正是其中一个突出的例子。而且，这也正代表了目前流行于古典文学研究界的一种比较普遍的错误倾向。

下面，我打算对这种看法进行一些分析，并提出自己的初步意见。

一

我们可以先接触这样的问题：《三国志演义》里的正统观念表现在哪些地方，它们在书里究竟起着什么样的作用?

可以肯定地说，《三国志演义》里面，在不少场合下，表现了正统观念。虽然它的作者声称，这部书是根据晋代陈寿的《三国志》写成的①，然而他却摒弃了陈寿的尊曹抑刘的立场，而代之以尊刘抑曹的立场。

《三国志演义》的作者非常强调刘备属于汉朝刘姓皇帝的血统，不厌其烦地处处加以点明。在书里，刘备方面的人物总是一而再，再而三地提到这一点，用以抬高自己“主公”的身份，进而扩大影响，争取地位。吕布请刘备饮酒的时候，说了一句：“贤弟不必推让。”张飞听了，便瞋目大叱说：“我哥哥是金枝玉叶，你是何等人，敢称我哥哥为贤弟!”刘琦死

① 《明弘治本三国志通俗演义》卷首题：“晋平阳侯陈寿史传，后学罗本贯中编次”。

后，鲁肃借吊丧之名，来讨荆州。诸葛亮用这样一番话来应付：

> 子敬好不通理！直须待人开口！自我高皇帝斩蛇起义，开基立业，传至于今；不幸奸雄并起，各据一方；少不得天道好还，复归正统。我主乃中山靖王之后，孝景皇帝玄孙，今皇上之叔，岂不可分茅裂土？况刘景升乃我主之兄也，弟承兄业，有何不顺？汝主乃钱塘小吏之子，素无功德于朝廷；今倚势力，占据六郡八十一州，尚自贪心不足，而欲并吞汉土。刘氏天下，我主姓刘倒无分，汝主姓孙反要强争？

结果“一席话，说得鲁子敬缄口无言”。明明是东吴视为无理的事，偏变成了有理的事。刘备的血统在这里起了决定性的作用。孙夫人随刘备逃回荆州，半路上被追兵赶上，她带着傲然的神色对徐奉、丁盛说：“玄德乃大汉皇叔，是我丈夫。”她用这个来表明自己的逃走是名正言顺的。张松路过荆州时，庞统对他说：“吾主汉朝皇叔，反不能占据州郡；其他皆汉之蟊贼，却都恃强侵占地土；惟智者不平焉。”诸葛瑾到荆州索讨长沙、零陵、桂阳三郡时，关羽说：“荆州本大汉疆土，岂得妄以尺寸与人？”言下之意是，大汉疆土，只有姓刘的可以占领。刘备得到汉中以后，诸葛亮、法正等人劝他即皇帝位，继而又劝他暂为汉中王，刘备再三不肯，张飞便大叫说：“异姓之人，皆欲为君，何况哥哥乃汉朝宗派！莫说汉中王，就称皇帝，有何不可！”汉朝宗派，这正是称帝的一个重要根据。曹丕自立为大魏皇帝以后，诸葛亮、许靖、谯周认为“天下不可一日无君”，欲尊刘备为帝，“以继汉统”。诸葛亮振振有词地对刘备说：“曹丕篡汉自立，主人乃汉室苗裔，理合继统以延汉祀。”刘备死后，东吴派张温入川答礼的时候，蜀汉方面的秦宓和张温互相问难。张温问：“天有姓乎？”秦宓说：“岂得无姓！”张温又问：“何姓？”秦宓回答：“姓刘。”张温进一步问：“何以知之？”秦宓回答说：“天子姓刘，以故知之。”结果，张温无话可说。由于刘禅在做皇帝，因而连天都跟着他姓刘了。

不但刘备手下的文官武将是这样的，就是刘备本人，也“当仁不让”，动辄向人宣扬自己的家世。刚与张飞见面，刘备就说：“我本汉室宗亲，姓刘名备。”在互通姓名的时候，重点按理应在姓名，然而这里强调的却是上半句。当督邮询问“刘县尉是何出身”的时候，刘备连忙回答：“备乃中山靖王之后。”刘备引兵袭许都时，半路遇见曹兵，便打马而出，在门旗下对曹操大骂：“汝托名汉相，实为国贼！吾乃汉室宗亲，奉天子密诏，来讨反贼！”在三顾茅庐的时候，刘备也先后打着这个招牌。第一次叩柴门时，对童子说：“汉左将军宜城亭侯领豫州牧皇叔刘备特来拜见先生。”二访不遇，留书自称“汉朝苗裔”。见到孔明以后，在下拜时自称：“汉室末胄，涿郡愚夫。”

刘备和他手下的人之所以要这样，是有原因的。汉末，天下纷乱，群雄并起，各人怀着做皇帝的野心，纷纷割据自立。他们之中，有的是名门之后，例如所谓“四世三公，门多故吏”之类，有的则是兵强粮足，有的更进一步“挟天子以令诸侯”。刘备和他们比较起来，未免相形见绌。第一，他出身贫贱，根据书上的描写，“家贫，贩屦织席为业”，处处被人瞧不起。破黄巾以后，由于他是“白身”，没有官职，董卓很轻视他，不为礼；而且，在以后，每逢战场上两军对阵的时候，刘备往往被人揭短，骂他是“织席”、“卖草鞋”的。第二，起初，他既无军队，又无土地，一会儿逃到这里，一会儿又投奔那里，过着颠沛流离的生活，也因此常常受到别人的轻视。所以，当袁绍命文丑和刘备同领军队，做前锋的时候，文丑很不愿意，他说：“刘玄德屡败之将，于军不利。既主公要他去时，某分三万军，教他为后部。”于是，文丑自领七万军先行，令刘备引三万军随后。刘备有自知之明，这些事，他都清清楚楚地看在眼里，记在心里。为了加强自己的号召力，使自己的名字与其他那些军阀的名字同列一起，以便作为将来夺取天下的资本，他就不得不给自己抬出一块招牌：“汉室苗裔。”他倚靠着这块招牌来和别人对抗。它终于在政治上起了莫大的作用。从此，他获得了群众，获得了干部，建立了威信，赤手空拳给蜀汉打出了天下。

就连一些不属于刘备手下的人，也在经常地替他的“汉室苗裔”招牌做义务宣传。倚靠着这块招牌，刘备确实占了不少的便宜。张飞怒鞭督邮以后，刘备和关张二人同往代州投刘恢，“恢见玄德乃汉室宗亲，留匿在家”。犯了罪，仗着是姓刘的，可以到处有地方给他避难。十八镇诸侯会师以后，公孙瓒把刘备介绍给袁绍。袁绍说：“既是汉室宗派，取坐来。”命坐，刘备逊谢。袁绍说："吾非敬汝名爵，吾敬汝是帝室之胄耳。"这番话正投合了刘备的胃口。刘备正不要旁人来尊敬他的名爵，因为他当时的名爵只是一个小小的平原县令，没有什么了不起的地方。他要人家尊敬的，恰好在于"帝室之胄"。因为当时也只有这四个字才能为他的身份添加一些光彩。刘备到了徐州以后，陶谦再三要把徐州牌印让给他。陶谦对刘备说："今天下扰乱，王纲不振，公乃汉室宗亲，正宜力扶社稷。"他的着眼点也无非在于："刘公乃帝室之胄，德高才广，可领徐州。"刘备的威信，就是这样逐渐建立起来的。当然，不能否认，刘备做事也确有些被封建社会里的人认为是"仁"、"义"的地方，但显然可以看山，刘备之所以"得人心"，起作用较多的地方还在于他是汉朝皇帝的叔父。因为刘备的所谓"仁"和"义"，在书里描写得并不怎样成功。刘备的形象也是比较苍白无力的。

事实上，也很难怪刘备，在那样一个时代，要想割据、称帝，而不去找出一个当时许多人觉得名正言顺的理由，是不可能的。袁术也很清楚地看到了这一点，所以在他称帝时，给自己找了这样一条根据："吾袁姓出于陈。陈乃大舜之后。以土承火，正应其运。"可见要做皇帝，自己姓什么在封建社会里是一个很重要的问题。

这些地方都是《三国志演义》的作者根据历史真实而创造的情节。它们基本上能说明这样一个问题：出身微末，没有一兵一卒的刘备为什么会逐渐地成为割据一方，与曹魏、孙吴鼎立而三的一个军阀。刘备之所以有后来那样的地位，主要是因为他打着正统的招牌，拿这来作为他的政治资本的缘故。

我们要知道，《三国志演义》写的是封建社会里的人物和事情。而这些人物又都属于封建统治集团，所以他们的思想上有正统观念，是不成问题的。《三国志演义》的作者生动而深刻地写出了这一点，正说明了他是一个现实主义的作家。在这一点上，我们对他是无可非议的。

可是，我们不能不注意到，在《三国志演义》里面，有些地方流露了正统观念，这些地方却与人物性格的刻画、故事情节的发展几乎没有关联。例如，刘备袭取涪水关以后，进取雒城，刘璋派刘聩、冷苞、张任、邓贤领兵前去抵挡。按照书里的叙述，两军交战的时候，刘璋军队被称为"川兵”，刘备军队则被称为“汉军”。刘备此时还没有称帝建国，怎么可以把他的军队称为“汉军”呢？又如，叙述魏、吴的事，却用蜀汉的年号纪年。同时，我们显然也可看出，书里被大力歌颂的英雄人物也以蜀汉方面为最多。

这些地方，都表明作者本人主观上也有着浓厚的正统观念。《三国志演义》的作者是一个生长在封建社会里面的作家，在他的思想上有落后的一面，有封建思想和封建的历史观，例如正统观念，也是一件不足为奇的事情。他写的是一部以三国这个封建时代的各个封建割据集团之间的矛盾和斗争为题材的历史小说。既然当时有三个集团鼎立，互相争战，作者在描写它们的时候，有所选择和偏袒，有所拥护和反对，这也是比较自然的事情。而其中的一个集团又确乎是曾以“正统”作为自己的招牌，于是作者思想里的正统观念就和这合上了拍。《三国志演义》的作者之所以有拥刘反曹的态度，主要的原因即在于此。至于《三国志演义》作者以前的一般人之所以拥刘反曹，也可以用这个原因来说明。当然，也不能否认，《三国志演义》作者以前的一般人的看法在某种程度上对《三国志演义》拥刘反曹的态度发生了影响，而《三国志演义》的这种态度又对在它以后的一般人的拥刘反曹的看法或多或少地发生了影响。

到这里，我们可以得出这样一个结论：《三国志演义》里面的正统观念的表现，或是反映了历史真实，或是反映了作者自己头脑中所存在的封建的历史观点；无论是前者，还是后者，都和“人民性”、“爱国主义”这些概念联系不到一起去。那么，有些人说，《三国志演义》的正统观念有“人民性”，有“爱国主义”，这究竟是怎么一回事呢？

二

目前某些古典文学研究者中间有一种不好的倾向：他们用简单化的贴标签的方法来分析和评价文学作品。他们初步接触了马克思列宁主义，企图用新的观点来对待古典文学。但是，他们之中有的人还没有完全摆脱唯心主义和形而上学的影响，还不能领会马克思列宁主义的精神实质，只会记住和背诵一些条文；甚至有的人并没有改变自己的旧的立场、观点、方法，只是为了要写文章，才去阅读马克思列宁主义的书籍，以便从里面找到一些词句来作装饰。他们把马克思列宁主义看成是现成的简单的套语，不加深究地把它的一些词句贴在一切东西上。由于这样的做法，在他们的文章里面，经常会出现一些马克思列宁主义的词句，但是内容却是与马克思列宁主义直接违反的。这些人没有认识到，马克思列宁主义是行动的指南，而不是一些空洞洞的条文、公式，却错误地以为，记得了一些马克思列宁主义的词句，就可以不必深入地研究古典文学而随便写文章，就可以在新的时代里继续贩卖那旧的一套。譬如说，“人民性”这样一个概念，某些古典文学研究工作者就把它当成万灵仙丹，用它来肯定一切可以肯定的古典作品或者甚至只是他们主观上认为可以肯定的作品。仿佛古代的文学作品不是有人民性，就一定是反人民的。最近关于李煜词的讨论，就突出地表现出来了这样的情形。

这种情形在《三国志演义》研究中也是存在的。不少人在文章里谈起《三国志演义》，就一定要先把正统观念大讲一番，说它如何如何地有人民性。

这些人的说法，不外是：（一）“事实上，封建社会中的人民群众也往往有正统思想。人民对于国家统一的愿望，对于和平生活的要求，有时通过正统思想而曲折地表现出来。人民承认正统的政权，一般地说，就是能实现国家的统一，因而能给予人民比较和平的生活的政权。”（二）“南宋以后，因为朝廷偏安江南，同刘备的偏安西蜀相似，加上当时人民渴望恢复中原，力图早日统一，于是统治阶级才承认人民的‘帝蜀寇魏’的看法是合理合法的，从而也改变了他们自己的观点。当时大学者朱熹写了一部历史书《通鉴纲目》，就正式肯定刘备是‘正统’，曹操父子是篡弑，朱熹在这一点上，是有人民性的。”从以上两点出发，他们得出了这种正统观念是有人民性的结论。而实际上，这些论点都是站不住的。

正统观念是什么东西呢，它是封建统治阶级和站在封建统治阶级立场上的历史家用来为封建君主的统治作辩护的一种理论。在他们看来，皇帝是天的儿子，秉承了天的意志，在人世间统治着人民。皇帝的宝座是神圣不可侵犯的。一个皇帝死了，就由他的儿子或是其他直系亲属继承。总之，整个天下都是皇帝这一姓一家的私有财产。然而在封建社会里，有着无数的变乱，经历了许许多多的朝代，皇帝的姓氏也换了很多。而且，在天下不统一的年代中，每一个封建割据者都想爬上皇帝的宝座，纷纷自封为皇帝。而每一个当上了皇帝的人总是想尽各种办法，来证明自己的皇位的合法性，同时，也总是想尽各种办法，来证明那些反对他的人，或和他同时并称皇帝的人是非法的。因此，姓什么的人和那一个人应该算是“只此一家，别无分出”的正牌皇帝，便成为一个容易引起争论的问题。这个问题对于他们是意义非常重大的。因为这关系到他们的皇帝的名义能不能被承认的问题。要承认他们当时的皇帝是合法的，便不得不把前一朝的皇帝也认为是合法的，只有这样，才能“名正言顺”，才是合法的继承。也只有这样，这些历史家的主子才算是真正的皇帝。所以，难怪这要成为他们所经常关心和注意的一个问题。

封建社会里的所谓正统观念正是一种为封建统治阶级服务的封建思想。这是我们首先必须加以确定的。

在封建社会里，一般人民也可能有正统观念。但是这并不能证明正统观念有人民性。因为“在每一个时代，统治阶级的思想就是占统治地位的思想”[①]。一般人民的正统观念是从统治阶级那里来的。正统观念为封建帝王的利益辩护，它显然是由封建帝王和他们的御用文人提倡出来的。由于他们的竭力鼓吹，一部分人民才逐渐地予以接受。如果把这种正统观念看成是有人民性，那么，迷信、宿命论等落后的思想因素也都会变成有人民性了。因为在这些人看来，凡是人民所有的东西都是有人民性的。要知道，文学中的人民性固然是人民大众的思想和感情在文学中的表现。但我们绝对不能反过来说，表现了人民大众的不管是什么样的思想和感情的作品都有人民性。因为那时人民的思想和感情，既有先进的，也有落后的，未可一概而论。俄国革命民主主义批评家别林斯基、车尔尼雪夫斯基、杜布洛留波夫等人在使用人民性这一概念时，曾再三强调指出，文学应该为人民的利益而斗争，应该捍卫当代最先进的思想。我们谈人民性，也应该用这一点来衡量。文学作品，只有表现了或在客观意义上表现了人民大众自己

---

① ［德］马克思、恩格斯：《德意志意识形态》，转引自康士坦丁诺夫《社会意识及其形态》，人民出版社 1954 年版，第 17 页。

的先进的思想和感情，才算有人民性。所以，某些人看到一般人民有正统观念，因而断定正统观念也有人民性，显然是对人民性的曲解。

人民希望统一，那是希望过安居乐业的生活，是希望统治阶级的剥削比较缓和，使他们能够活下去。所以，如果某一个封建统治集团结束了战乱纷争的局面，使国家得到统一，并且减轻苛捐杂税等剥削，向人民有所让步，是会得到人民暂时的拥戴。这种情形在历史上是有过的。但这与正统观念毫不相干。因为对于人民来说，所有的封建统治者，无论是姓刘姓曹，都是压迫者和剥削者，没有什么正统可言。而所谓谁是正统，只是由谁来做人民的压迫者和剥削者而已。所以，正统问题的争论仅仅是封建统治阶级的内讧，从来也没有和人民的根本利益相符合过。把人民希望统一和谁是正统这两个概念混同起来的做法是没有事实根据的。试以刘备为例，他以正统自居，不少人也都承认他是正统，可是他并没有统一全国；反过来说，曹魏占有全国绝大多数的地方，几乎到了统一的局势，可是有很多人不承认它是正统。因此，我们怎么能够像某些人那样说是“人民承认为正统的政权，一般来说，就是能实现国家的统一，因而能给予人民比较和平的生活的政权”呢?

各个朝代的历史家的正统观念都是从统治阶级的利益出发的，都是属于封建思想范畴之内的东西，并非受了人民看法的影响而产生的，也并不会受了人民看法的影响而有所改变。我们认为，朱熹作《资治通鉴纲目》，以蜀汉为正统，原因可能有三点：第一，南宋朝廷偏安江南，与蜀汉处境相似；第二，他肯定刘备，主要是对于曹魏的篡位的否定；第三，南宋、北宋的皇帝都姓赵，蜀汉、东汉的皇帝都姓刘，都是一姓相传，情况也有相似之处。在这里，没有一点不是为封建统治阶级的利益着想的。因此可以说是，在朱熹身上，我们连一点儿人民性的影子都找不到。问题还不在于上面所说的这些。问题在于：即使退一步说，南宋时代以刘备为正统的看法有人民性，但这并不足以证明《三国志演义》这部出现在明朝的作品里面的正统观念是有人民性的。文学作品中的人民性，不存在于文学作品本身之内，这岂不是笑话。

总而言之，某些古典文学研究工作者认为《三国志演义》的正统观念有“人民性”的论点没有一条是可以成立的。

从前面我们所举的正统观念的例子中可以看出，某些研究工作者是如何地拿着“人民性”这张标签，随心所欲地遍处乱贴。为什么会产生这种情况呢？除了我们在前面所说的那些以外，还因为某些人把研究古典文学看做是一件轻而易举的事。古典作品拿在他们手里，并没有被反复地阅读和深入地钻研。他们研究古典文学，不想花费辛勤的劳动，只想很快地从里面发现一些个别的例子，来印证自己脑子里早就存在的一些简单的概念。如果这个目的达不到，他们就不惜到作品之外去找一些所谓理由来牵强附会地胡乱凑合。

马克思列宁主义是放之四海而皆准的真理。但是马克思列宁主义的经典作家不可能接触到世界上的一切具体问题。我们学了马克思列宁主义的经典著作之后，主要是要运用它的立场、观点和方法，在实践中来解决我们所遇到的具体问题，而每一个具体问题的获得解决，又反过来，或是证明了马克思列宁主义的结论的正确，或是进而丰富了它的内容。在这里，重要的是，我们要进行独立的思考，要花费充分的劳动。在我们的古典文学研究领域里，马克思列宁主义经典作家所没有接触到的具体问题很多，只依靠几个概念是什么问题也不能解决的。

我们要经常记住毛泽东同志所说的话：“马克思主义的最本质的东西，马克思主义的活的灵魂，就在于具体地分析具体的情况。”① 古典文学作品的人民性，有就是有，没有就是没有。我们不能把有的说成没有，把没有的说成有。我们更不能把落后的封建糟粕粉饰为有人民性的精华。这才是起码的实事求是的态度。

三

近年来，在有些古典文学研究工作者中间，还流行着一种看法，这个看法可以用下面的公式来表达：凡是产生在元、清异族统治时期的作品，尤其是戏曲和小说，只要思想内容方面具有进步的倾向，就一定在里面表现了民族思想。持这种说法的人也往往是不对具体的作品进行具体的分析，

① 《毛泽东选集》第二卷，第778页。

只是凭着主观上的猜测和想象，任意武断，凭空给作品贴上一个与它的内容不相符合的标签。举例来说，王实甫的《西厢记》、马致远的杂剧、元曲中的包公戏、吴敬梓的《儒林外史》、蒲松龄的《聊斋志异》、曹雪芹的《红楼梦》、李汝珍的《镜花缘》等作品，在这些作者的笔下都忽然一律变成了表现“民族思想”的作品。

在异族统治的朝代里，某些思想比较进步的有正义感的作家可能有民族思想，这是谁也不能否认的。但这并不等于说，这些作家写出来的一切作品里都一定有民族思想。首先，作家的思想并不像某些人所想象的那样简单，他们可能有民族思想，然而也还有其他许多思想成分。在他们所写出的作品里面，当然可以找到他们的思想的烙印，但是他们脑子里的各种思想成分并不一定完完全全都表现在他们的每一部作品里。其次，社会现象是错综复杂的，社会生活是多方面的，文学作品在反映社会现象和社会生活的时候，可以从各种各样的角度出发，可以选择各种各样的素材。有的作家可能把和民族思想有关的人物和事件写进了他的作品以内，有的作家所写的人物和事件却也可能和民族思想毫无关系。一部作品里有没有民族思想，我们只能在作品本身里面去考察，而不应该到作品之外去寻找。这并不是否认社会环境对文学作品的影响。社会环境上存在着民族矛盾与民族斗争，某些文学作品会把这种社会现实作为题材表现出来。可是在当时的社会上，并非除了民族矛盾与民族斗争以外，就什么都没有了。既然还有别的矛盾，还有别的斗争，它们便有了作为某些作家的描写对象的可能。我们要是没有经过具体分析，就断定产生于异族统治时代的作品必然表现民族思想，那无疑是一种十分主观主义的做法。

有人说，在异族统治的时代里，民族压迫非常厉害，有些作家为了避免砍头的危险，不得不在作品里隐晦曲折地表达他们的民族思想，不能畅所欲言，因此我们要细心地寻绎他们的作品里的民族思想，不应该把它一笔抹杀。这种说法我们也可以来研究一下。就拿这些同志所爱举的蒲松龄的《聊斋志异》来说吧。《聊斋志异》流传到今天，获得不少人的喜爱，主要是由于它的内容和艺术，而绝对不是由于其中隐晦曲折地表现了民族思想。我们今天来肯定《聊斋志异》，主要是肯定它用了现实主义的创作手法，真实地反映了封建社会里的生活。退一步说，就算《聊斋志异》可能隐晦曲折地表现了一点民族思想，那也不是它的主要内容。何况无论怎样隐晦曲折，总还是应该能够在作品里找得出一些无可争辩的迹象。而现在有些作者所讲的“隐晦曲折”，却实际上很多都是在作品里连一点迹象也没有，不过是他们自己的离奇的穿凿附会的代名词罢了。

《三国志演义》不是出现在异族统治时代的作品，而且它里面没有一点民族思想的影子，十分出人意料地，也被认为是一部表现了民族思想的作品，而且其中的民族思想正表现在正统观念上。

有人这样说：“《三国演义》的作者罗贯中是元代末年人，在罗贯中的时代，刘备已经被社会公认为三国时代的‘正统’了。……这种‘帝蜀’思想，正表现了一种民族意识。南宋人民承认赵宋的偏安是正统，实际上就是否定侵略者金民族在中原的统治。这种民族意识表现在对三国时代的看法上，就是‘帝蜀’‘寇魏’的思想。元代是异民族统治时代，元代人民的思想是直接继承了宋代的，那么罗贯中在《三国演义》里所表现的尊崇刘氏的‘正统’思想，其中是也包含着爱国主义的思想成分的。”因此，《三国志演义》里的正统观念是“基于民族意识”的。所有主张《三国志演义》的正统观念表现了民族思想的人几乎都是用了这样一种奇怪的逻辑来推论的。

客观事实是否和这种“逻辑”相符合呢?

主张《三国志演义》的正统观念表现了民族思想的那些人的第一种论点是：“‘三国演义’中的‘正统观’，就是在元末的民族斗争中，作者结合自己的经历和看法，汲取了人民大众的愿望，运用这一历史传统的武器，来宣传、教育人民而被提出来的。”我们首先要指出的是，这种说法没有史料的根据，只是某些人的“假设”而已。况且，《三国志演义》这部书，在今天，我们也没有确切的证据说它是出现在元朝的作品。目前，在国内所能见到的最早的《三国志演义》的版本是一般人通称为“弘治本”的《三国志通俗演义》，上有蒋大器和张尚德二序[①]，蒋序作于弘治甲寅年

---

① 涵芬楼影印出版《明弘治本三国志通俗演义》时，已将张序抽去。

(1494)，张序作于嘉靖壬午年（1522）。据此可知它大约是刻于明代嘉靖或弘治年间。作者罗贯中是元末明初的人。所以，《三国志演义》的成书当在明朝初年左右。一部出现在明朝的作品，它里面的某些思想成分竟会在元朝末年的民族斗争中起作用，这岂不是奇怪的说法？我们并不否认在元朝时候已有三国故事在社会上流传，可是所谓三国故事和作家的创作《三国志演义》并非一个概念。三国故事中的正统观念和《三国志演义》中的正统观念更不完全是一回事。我们绝对不能用评价元末的正统观念的办法来替换对《三国志演义》这部作品里面的正统观念作评价。很难想象，文学批评所批评的竟不是文学。

三国故事的正统观念是否在民族斗争中起过作用，也是值得怀疑的。正统观念对任何一个皇朝都会产生，并非仅仅局限于三国时代。就以元末来说，农民起义领袖韩山童曾以“宋徽宗八世孙”自居，作为“当为中国主”的根据（《通鉴辑览》卷九八）。因为宋灭于元，所以他们打起“复宋”的旗帜。但我们还没有发现任何材料，证明元末民族斗争曾和尊刘贬曹的正统观念发生关系，证明有哪一个农民起义领袖曾以“汉室苗裔”作为号召。至于有人说：“恢复汉室”的口号是“在民族矛盾最尖锐的时候”的最好的“宣传工具和斗争武器”，“汉贼不两立”的思想是“人民在民族斗争中锐利的宣传武器”，那不但缺乏史料的根据，而且还违反了常识。他们有一个前提：《三国志演义》是一部“歌颂汉民族”的作品。但《三国志演义》中的所谓“恢复汉室”，所谓“汉贼不两立”，其中的“汉”字，指的是汉朝或汉朝姓刘的皇帝一家，和“汉民族”是不相干的。然而这些人为了急于证明他们的主观假设，不惜连这点起码的常识都不管了。结果，汉朝的“汉”字到了他们的笔下，就变成了汉民族。按照这些人的逻辑推论下去，曹操似乎非是异民族不可。事实上，也正有人说：“曹操、董卓等人和元蒙统治者一样”，而《三国志演义》通过对“曹操、董卓、袁绍、孙皓、曹丕”等“一系列罪恶的统治人物的典型”的批判，激发了人民仇恨“民族敌人”的感情。有人还说：“《三国演义》里，对统治北中国的曹魏，尤其是曹操的残暴奸诈，得国不正，采取了否定的态度；是和当时中国人民对统治北方以至整个中国的蒙元的残酷压迫，采取反抗的态度，二者在精神上是相通的、一致的。”其所以这样，无非是为了挖空心思地证明《三国志演义》表现出民族思想这种根本不存在的东西。

认为《三国志演义》表现了民族思想的那些人的第二种论点是：罗贯中本人是一个“有民族意识”的人，是一个“进行民族革命活动的爱国者”，是一个“鼓动（或竟是倡导）民族运动的‘危险分子’”。而罗贯中所写的几部作品，“或直接写农民起义，或写‘改朝换代’之‘际’的战争事迹，在一定程度上反映了真实的战争生活，并歌颂其中某些英雄人物，谴责其中某些‘乱臣贼子’。在兵荒马乱的当时，他大批地、专门地撰写这类小说，能说它与实际斗争毫无关系?”这些说法更是一击就破。有民族思想的人写出来的作品不一定都有民族思想。判断一部作品是否表现了民族思想，主要要看这部作品的内容是否表现了民族思想，而不在于写出这部作品的作家是否有民族思想。拿这个标准来衡量《三国志演义》，我们可以得出结论：它没有表现出民族思想。即使作者罗贯中本人有民族思想，也丝毫不能更动这个结论。更何况，断定罗贯中有民族思想的证据也是十分薄弱的。

把民族思想赠给罗贯中的人所引证的材料不外是明抄本贾仲明《录鬼簿续编》、王圻《稗史汇编》、徐渭仁《徐鋉所绘水浒一百单八将图题跋》这三种材料。贾仲明说他“与人寡合”，“与余为忘年交，遭时多故，各天一方”，“竟不知所终”。从这些话中，我们根本找不出民族思想的痕迹。王圻说他是“有志图王者”，“乃遇真主”而“传神稗史”。这也不能成为罗贯中有民族思想的佐证。因为所谓“有志图王”不一定是指“进行民族革命活动”。否则他又为什么要在“真主”朱元璋的统治之下，退而“传神稗史”呢，徐渭仁说：“施耐庵感时政陵夷，作《水浒传》七十回。罗贯中客伪吴，欲讽士诚，续成百二十回。”这话说得比较含混。徐渭仁又是清朝人，他的话是否可靠，还属疑问。所以，这些话都不是可以断定罗贯中有民族思想的确证。

总之，无论是从书里的正统观念来看，或是从作者的身世来看，都不能说明《三国志演义》表现了什么民族思想。

说《三国志演义》表现了民族思想的人还有一个论点，那就是：“《三国演义》特别歌颂诸葛亮的武略是还表现着一定的民族意识的。”“诸葛亮的武略”和“民族意识”不明明是风马牛不相及吗？而居然也硬把它们连在一起了。这种胡扯是不值一驳的，而且这也超出了我们要讨论的正统观念的范围，我们就不去介绍这种离奇的搭题文章的做法，也不去详细指出那些牵强已极的议论的荒谬了。

卷　二

《红楼》论

《红楼梦》

——《中国古代小说总目提要》词条

红楼梦 （清）曹雪芹撰

通行的《红楼梦》（120回本）作者不止一人。《红楼梦》可分为前80回和后40回两个部分。前80回的作者乃是曹雪芹。后40回的作者另有其人。120回全书的编辑者、修改者则是程伟元和高鹗。

曹雪芹（1715—1763），名霑，字梦阮，号雪芹，又号芹溪、芹圃。祖籍辽阳（今属辽宁省辽阳市）。先世原是汉族，后为满洲正白旗“包衣”。他的曾祖母孙氏做过康熙的保姆。他的祖父曹寅是康熙的亲信，少年时做过康熙的御前侍卫。他的上世，从曾祖曹玺开始，三代四人，任江宁织造一职，前后达六十年之久。康熙六次南巡，其中四次以江宁织造署为行宫，由曹寅主持接驾。曹寅死后，由其子曹颙接任。曹颙死后，由其弟曹頫接任。曹颙或曹頫乃是曹雪芹之父。雍正五年（1727），曹頫获罪，撤职抄家，家人遣回北京。曹雪芹随全家迁回北京，先在城内居住，后又迁往西郊、东郊一带，过着“举家食粥”的清贫生活，“茅椽蓬牖”，“瓦灶绳床”，呕心沥血，从事于《红楼梦》的写作。

曹雪芹素性放达，高谈雄辩，好饮酒。工诗善画。“诗笔有奇气”，“诗胆如铁”，诗风近似于唐代诗人李贺。他的诗歌，除《红楼梦》外，仅留传题咏敦诚《琵琶行传奇》七律中的两句：“白傅诗灵应喜甚，定教蛮素鬼排场”（敦诚《四松堂集》卷五）。绘画则常以石头为题材，“醉余奋扫如椽笔，写出胸中块垒时”。相传他“身胖，头广而色黑。善谈吐，风雅游戏，触境生春。闻其奇谈娓娓然，令人终日不倦，是以其书绝妙尽致”，“又闻其尝作戏语云：‘若有人欲快睹我书，不难，惟日以南酒、烧鸭享我，我即为之作书'”（裕瑞《枣窗闲笔》）。

曹雪芹与敦敏、敦诚、张宜泉等人交游。敦敏《懋斋诗钞》有《芹圃曹君（霑）别来已一载余矣。偶过明君（琳）养石轩，隔院闻高谈声，疑是曹君，急就相访，惊喜意外，因呼酒话旧事，感成长句》、《题芹圃画石》、《赠芹圃》、《访曹雪芹不值》、《小诗代简寄曹雪芹》、《河干集饮题壁，兼吊雪芹》等，敦诚《四松堂集》有《寄怀曹雪芹（霑）》、《赠曹雪芹》、《佩刀质酒歌》、《挽曹雪芹》等诗，张宜泉《春柳堂诗稿》有《怀曹雪芹》、《题芹溪居士》、《和曹雪芹〈西郊信步憩废寺〉原韵》、《伤芹溪居士》等，永忠《延芬室稿》有《因墨香得观〈红楼梦〉小说，吊雪芹三绝句（姓曹）》，都对曹雪芹的为人和创作成就作了比较真实的刻画和评价。乾隆二十七年（1762）秋，曹雪芹之子夭殇，他感伤成疾，卧床不起，于除夕（1763 年 2 月 12 日）逝世。死后，葬于北京东郊的张家湾（今属北京市通州区张家湾镇）。

在曹雪芹生前，《红楼梦》前 80 回已基本上定稿。80 回以后的情节和文字，他也已写出了大部分初稿，但却没有流传下来。

现在所看到的《红楼梦》后 40 回（第 81—120 回），不是出于曹雪芹的手笔。高鹗或程伟元也不是后 40 回的作者。他们的身份，不过是前 80 回的修改者和后 40 回的整理者而已。后 40 回真正的作者是一位无名氏，他的生活年代要晚于曹雪芹，而早于程伟元、高鹗。

程伟元（1745？—1819？），字小泉，苏州（今属江苏省）人。出身诗书之家，有文才，“工于诗”，“擅字画”（李棨《且住草堂诗稿跋》）。乾隆五十五年（1790）前，流寓北京。乾隆五年（1800）入盛京将军晋昌幕府，佐理书翰奏牍。七年（1802）为晋昌编辑、整理诗集《且住草堂诗稿》。与李棨、刘大观、孙锡等人交游，唱酬往来。孙锡有《赠程小泉（伟元）》诗。后卒于辽东。生前曾教授金朝觐书画，金朝觐《三槐书屋诗钞》卷三有《题小泉先生画册》，小序作于嘉庆二十五年（1820）四月八日，其中说程伟元已“下世”。可知程伟元卒于嘉庆十九年左右。他的绘画作品，今知有：1. 《双松并茂图》，辽阳市博物馆藏，嘉庆元年（1796）为庆祝内阁侍读王尔烈而作；2. 山水扇面，嘉庆六年（1801）五月作，仿米南宫法。3. 《柳阴垂钓图》，存，嘉庆十四年（1809）为善怡庵作（见刘大观《题觉罗善观察怡庵〈柳阴垂钓图〉》诗）；4.《松柏祝寿图》，台北某氏藏；5.《指画罗汉册》，十二开，北京丘氏藏。

程伟元流寓北京时，竭力搜罗《红楼梦》原书、续书的各种抄本。乾隆五十六年（1791），与友人高鹗共同将他所搜罗到的《红楼梦》前 80 回和后 40 回拼接在一起，“截长补短，抄成全部”，镌板印行，是为《新镌全部绣像红楼梦》，即人们习称的“程甲本”。次年，他们又在程甲本的基础上作了较多的修订，改版印行了“程乙本”。

高鹗（1758—1815），字云士，号秋雨，别号兰墅，别署红楼外史，铁岭（今属辽宁省）人，隶内务府镶黄旗汉军。廪膳生。早年曾以坐馆、作幕为生。乾隆五十三年（1788）恩科顺天乡试举人，六十年（1795）殿试三甲第一名进士。嘉庆元年（1796）补授内阁中书，六年（1801）充顺天乡试同考官，十四年（1809）由内阁侍读考选都察院江南道监察御史，十八年（1813）升刑科给事中，后以林清案失察降三级调用。著有《月小山房遗稿》（诗集，有嘉庆二十一年刊本）、《兰墅诗钞》（《清史稿》“文苑传”著录，已佚）、《砚香词》（收乾隆三十九年至五十三年词 44 首）、《兰墅文存》（稿本，收八股文 16 篇）、《兰墅十艺》（稿本，收八股文 11 篇）、《吏治辑要》（有汉、满、蒙三种文字合刊本）、《高兰墅集》（《八旗文经》卷五十九著录，现存诗、文、制艺辑本，有文学古籍刊行社 1955 年影印本）等。

张问陶《赠高兰墅（鹗）同年》七律：“侠气君能空紫塞，艳情人自说红楼。”（《船山诗草》卷 16）诗题下有小注云：“传奇《红楼梦》八十回以后俱兰墅所补。”指的就是高鹗于乾隆五十六年（1791）与程伟元合作，编辑、出版《红楼梦》“程甲本”一事。次年，他们又在程甲本的基础上作了较多的修订，改版印行了“程乙本”。此时，高鹗有《重订〈红楼梦〉小说既竣题》七绝一首云：“老去风情减昔年，万花丛里日高眠。昨宵偶抱嫦娥月，悟得光明自在禅。”

《红楼梦》的版本可以分为脂本（80 回）、混合本（脂本前 80 回 + 程本后 40 回）、程本（120 回）三类。

第一类：脂本（80 回本），出于曹雪芹的原稿，以抄本的形式流传。在曹雪芹生前，它们从来没有正式出版过。80 回本大多附有脂砚斋等人的批语，有的抄本题名《脂砚斋重评石头记》，人们称之为“脂本”。现存的属于脂本系统的版本有：甲戌本、己卯本、庚辰本、戚本（包括有正本、张本、泽存本三种）、舒本、彼本、梦本、郑本。

甲戌本，即“脂砚斋甲戌（乾隆十九年，1754）抄阅再评”本。卷首题《脂砚斋重评石头记》。抄本，过录本，4 册，残存 16 回（第 1—8 回，第 13—16 回，第 25—28 回）。第 4 回末缺下半叶，第 13 回首上半叶缺左下角。有眉批、双行小字夹批、行侧批。有回前总评者，共 9 回。正文每半叶 12 行，每行 13 字。此本第 1 回正文，历举本书异名曰：空空道人“因空见色，由色生情，传情入色，自色悟空，遂易名为情僧，改《石头记》为《情僧录》。至吴玉峰题曰《红楼梦》。东鲁孔梅溪则题曰《风月宝鉴》。后因曹雪芹于悼红轩中披阅十载，增删五次，纂成目录，分出章回，则题曰《金陵十二钗》，并题一绝云：‘满纸荒唐言，一把辛酸泪。都云作者痴，谁解其中味？’”在五绝之后，有云：“至脂砚斋甲戌抄阅再评，仍用‘石头记’。”此语为他本所无。故以“甲戌本”作为此本的简称。书前有凡例五条，附七律一首，均为他本所无。凡例第一条“红楼梦旨义”云

> 是书题名极多。一曰《红楼梦》，是总其全部之名也；又曰《风月宝鉴》，是戒妄动风月之情；又曰《石头记》，是自譬石头所记之事也。此三名皆书中曾已点睛矣。如宝玉作梦，梦中有曲，名曰“红楼梦”十二支，此则《红楼梦》之点睛。又如贾瑞病，跛道人持一镜来，上面即錾“风月宝鉴”四字，此则《风月宝鉴》之点睛。又如道人亲眼见石上大书一篇故事，则系石头所记之往来，此则《石头记》之点睛处。然此书又名曰《金陵十二钗》，审其名，则必系金陵十二女子也，然通部细搜检去，上中下女子岂止十二人哉？若云其中自有十二个，则又未尝指明白系某某。极（及）至“红楼梦”一回中，亦曾翻出金陵十二钗之簿籍，又有十二支曲可考。

凡例第五条云：

> 此书开卷第一回也，作者自云：因曾历过一番梦幻之后，故将真

事隐去，而撰此《石头记》一书也，故曰“甄士隐梦幻识通灵”。但书中所记何事，又因何而撰是书哉？自云：今风尘碌碌，一事无成，忽念及当日所有之女子，一一细推了去，觉其行止见识皆出于我之上，何堂堂之须眉诚不若彼一干裙钗？实愧则有余、悔则无益之大无可奈何之日也。当此时，则自欲将已往所赖上赖天恩，下承祖德，锦衣纨绔之时，饫甘餍美之日，背父母教育之恩，负师兄规训之德，以致今日一事无成、半生潦倒之罪，编述一记，以告普天下人。虽我之罪固不能免，然闺阁中本自历历有人，万不可因我不肖，则一并使其泯灭也。虽今日之茅椽蓬牖，瓦灶绳床，其风晨月夕，阶柳庭花，亦未有伤于我之襟怀笔墨者，何为不用假语村言敷演出一段故事来，以悦人之耳目哉？故曰“风尘怀闺秀”，乃是第一回题纲正义也。

凡例末系七律一首：“浮生着甚苦奔忙，盛席华筵终散场。悲喜千般同幻渺，古今一梦尽荒唐。漫言红袖啼痕重，更有情痴抱恨长。字字看来皆是血，十年辛苦不寻常。”正文第一回，自“（生得骨格不凡，）丰神迥别”至“将一块大石登时变成（一块鲜明莹洁的美玉）”四百余字，为他本所无。有回前总评、回后总评、眉批、双行小字夹批、行侧批。甲戌本乃刘位坦、刘铨福父子旧藏。有刘铨福（白云吟客、云客）“癸亥（1863）春日”、“五月廿七日”、“戊辰（1868）秋”跋语五条。跋云：“李伯盂郎中言，翁叔平殿撰有原本而无脂批，与此文不同。”又跋云：“原文与刊本有不同处，尚留真面。惜止存八卷，海内收藏家处有副本，愿抄补全之，则妙矣。”另有濮文暹（青士）、濮文昶（椿余）“乙丑孟秋”跋语一条。1927 年此本归于胡适。有胡适 1948 年、1949 年、1950 年跋语三条。跋云：“我这个残本为最早写本，故最近于雪芹原稿，最可宝贵。”甲戌本现存于美国康奈尔大学。有商务印书馆（台北）套色影印本、友联出版社（香港）影印本、中华书局（上海）影印本（有甲种本、乙种本两种）、上海人民出版社影印本、上海古籍出版社影印本、作家出版社（北京）排印校本。

己卯本，即“己卯（乾隆二十四年，1759）冬月定本”。卷首题《脂砚斋重评石头记》。抄本，过录本，残存 43 回（含两个半回）。己卯本由中国国家图书馆藏本、中国历史博物馆藏本两个部分组成。正文每半叶10行或11行，每行30或约25字。有回前总评、回末总评、眉批、双行小字夹批、行侧批。中国国家图书馆藏本，残存40回（第1—20回，第31—40回，第61—70回），4册。每10回一册。每册有一总目。一册总目缺。第一回首缺3叶半，正文从“只以观花修竹，酌酒吟诗为乐”开始。第10回末缺一叶半。2册题“脂砚斋凡四阅评过”。第17回、第18回未分回。第19回无回目。3册总目题“脂砚斋凡四阅评过”、“己卯冬月定本”。4册总目注“内缺第六十四回、第六十七回”。今本第64回、第67回系后人据程甲本抄配。第67回后题云：“《石头记》第六十七回终，按乾隆年间抄本，武裕庵补抄。”第70回末残缺。书中存笺条6纸。第5回前笺条云：“春困成（葳）蕤拥绣衾，恍谁（随）仙子别红尘。问谁幻入华胥境，千古风流造业人。”中国国家图书馆藏本原系董康旧藏，一度转归陶洙。陶洙曾据甲戌本、庚辰本抄补残缺的部分。中国历史博物馆藏本，残存三整回（第56—58回）和两半回（第55回下半、第59回上半）。己卯本（中国国家图书馆藏本 + 中国历史博物馆藏本）有上海古籍出版社影印本、里仁（台北）影印本。

庚辰本，即“庚辰（乾隆二十五年，1760）秋月定本”。抄本，过录本，卷首题《脂砚斋重评石头记》。残存78回（第1—63回，第65回，第66回，第68—80回）。全书分装8册，每册10回（第7册仅8回）。每册总目题“石头记”、“脂砚斋凡四阅评过”。5册总目题“庚辰秋月定本”，6册总目题“庚辰秋定本”。7册总目注明缺第64回、第67回。8册总目仅9个回目。第17回、第18回未分回，题“第十七回至十八回”。第19回、第80回无回目。第22回未完，回后总评云：“此回未成，而芹逝矣，叹叹。丁亥（1767）夏，畸笏叟。”第75回缺中秋诗，回前总评云：“乾隆二十一年（1756）五月初七日对清，缺中秋诗，俟雪芹。”正文每半叶10行，每行25字至30字不等。第10回以前，无评语。第10回以后，有回前总评、回末总评、眉批、双行小字夹批、行侧批。庚辰本系徐祯祥旧藏，后归燕京大学图书馆。1952年全国高等院校院系调整后，转归北京大学图书馆。有文学古籍刊行社（北京）套色影印本（第64回、第67回以己卯本补入）、文渊出版社（台北）影印本、联亚出版社（台北）影印本、广文书局（台北）影印本、人民文学出版社（北京）套色影印本（缺文改用蒙本补入）、中华书局（香港）影印本、宏业书局（台北）影印本。

戚本，即戚蓼生序本。戚本现有三种：有正本、张本、泽存本。

有正本，即有正书局（上海）石印戚蓼生序本。80 回。有大字本、小字本之分。

大字本，有正书局民国元年（1912）石印。8 卷，80 回。封面题《国初钞本原本红楼梦》，扉页题《原本红楼梦》，版心题《石头记》。有戚蓼生序。正文每半叶 9 行，每行 20 字。有回前总评、回末总评、双行小字夹批。前 40 回有近人眉批。此本的底本原为张开模旧藏，后归俞明震，又归狄葆贤，付之石印。有人民文学出版社（北京）影印本、学生书局（台北）影印本、广文书局影印本（台北）。

小字本，有正书局民国九年（1920）石印。8 卷，80 回。封面题《国初钞本原本红楼梦》，扉页题《原本红楼梦》，版心题《原本石头记》。有戚蓼生序。正文每半叶 15 行，每行 30 字。有回前总评、回后总评、双行小字夹批。有近人眉批。小字本系据大字本剪贴、缩印而成，后 40 回补录近人眉批。有有正书局民国十六年（1927）重印本、艺文书局（台北）影印本。

张本，即张开模旧藏戚蓼生序本。抄本，过录本，残存 4 卷，40 回（第 1—40 回），10 册。版心题《石头记》。有回前总评、回末总评、双行小字夹批。每半叶 9 行，每行 20 字。张本是有正本据以石印的底本。现藏于上海古籍书店。

泽存本，即泽存书库旧藏戚蓼生序本。抄本，80 回，20 册。过录本，晚于张本，早于有正本。版心题《石头记》。昆山于氏旧藏，后归陈群泽存书库，现藏于南京图书馆。

舒本，即舒元炜序本。抄本，残存 40 回（第 1—40 回）。卷首题《红楼梦》。有舒元炜乾隆五十四年（1789）“且月上浣”序，钤印两方：“元炜”、“董园”。序云：“惜乎《红楼梦》之观止于八十回也。全册未窥，怅神龙之无尾；阙疑不少，隐斑豹之全身”，“漫云用十而得五，业已有二于三分”，“于是摇毫掷简，口诵手批。就现在之五十三篇，特加雠校；借邻家之二十七卷，合付钞胥。核全函于斯部，数尚缺夫秦关；返故物于君家，璧已完乎赵舍”。另有舒元炳（澹游）《沁园春》题词，钤“元”、“炳”二印。总目第40回回目作“夏金桂计用夺宠饵，王道士戏述疗妒羹”，盖因后人撕去第39回至第79回回目而与第80回误接。第9回结尾异于他本。有眉批、双行小字夹批、行侧批。正文每半叶8行，每行24字。吴晓铃旧藏，现归首都图书馆（北京）。有中华书局（北京）《古本小说丛刊》影印本。

彼本，即俄国圣彼得堡藏本。卷首题《石头记》，或《红楼梦》。抄本，残存78回（第1—4回，第7—80回），35册。第17回、第18回未分回，但中间有“再听下回分解”一句。第79回、第80回未分回。第12回、第50回、第75回、第77回等结尾残缺。有眉批、行侧批。正文每半叶9行，每行16字、20字或18—24字不等。此本由俄国希腊正教会大学生库尔连德采夫于道光十二年（1832）自北京带回俄国，原存外交部，后归俄国科学院东方学研究所圣彼得堡分所。有中华书局（北京）影印本。

梦本，即梦觉主人序本。抄本，80回，8函，40册。卷首、版心题《红楼梦》。朱丝栏，工楷精抄。有梦觉主人“甲辰岁（乾隆四十九年，1784）菊月中浣”序。有回前总评、双行小字夹批，较少，且简略。19回有回前总评。正文每半叶9行，每行21字。第13回、第21回、第23回无回末对。第4回、第9回、第19回回末对为他本所无。80回缺末叶。原藏山西省文物局，后归中国国家图书馆。有书目文献出版社（北京）影印本。

郑本，即郑振铎旧藏本。抄本，残存两回（第23—24回）。卷首题《石头记》，版心题《红楼梦》。第24回小红出场一段文字异于他本。

第二类：混合本，指80回本和120回本的混合本。它们的前80回属于80回本系统，正文没有经过程伟元、高鹗等人的改动。后40回则属于120本系统。混合本现存两种：杨本、蒙本。

杨本，即杨继振旧藏本。封面题《红楼梦稿本》，卷首题《红楼梦》。抄本，80回+40回，12册。第78回末批有“兰墅阅过”朱笔四字。总目、正文7回无回目。第41—50回及若干残叶，据程甲本抄补。书中文字有大量增删涂改之处。每半叶14行，每行40字至60字不等。现藏于中国社会科学院文学研究所图书馆。有中华书局（北京）影印本、鼎文书局

（台北）影印本、联经出版事业公司（台北）影印本、上海古籍出版社影印本、中国文化大学（台北）《红楼梦》研究小组校定排印本。

蒙本，即蒙古王府旧藏本。抄本，12 卷，80 回 + 40 回，4 函，32 册。蒙古王府旧藏，第 71 回回后总评后半叶有“柒爷王爷”字样。前 80 回：总目，正文第 1—56 回、第 63—80 回，用朱丝栏竖格粉纸抄写。版心题“石头记”。每半叶 9 行，每行约 20 字。其中的第 57—62 回正文系后人用素白纸抄配。有程伟元序，系后人拆前 80 回中空白余纸据程甲本抄补。有回前总评、回末总评、双行小字夹批、行侧批。后 40 回：总目，第 81—120 回正文，后人用素白纸据程甲本抄补，每半叶 9 行，每行 24 字。现藏于中国国家图书馆。有书目文献出版社（北京）影印本。

混合本的排印本，有俞平伯校本、红楼梦研究所校本、中文大学校本、蔡义江校本、刘世德校本。

俞平伯校本，俞平伯校订，王惜时参校。题《红楼梦八十回校本》。120 回，4 册。人民文学出版社 1958 年印行，1963 年再版。第 1、2 册是第 1—80 回正文。以有正本为底本，参校其他脂本。有序言、弁言、凡例、音释简表。第 3 册为校字记。第 4 册为第 81—120 回正文，据程甲本排。

红楼梦研究所校本，中国艺术研究院红楼梦研究所校注。120 回，3 册。人民文学出版社 1982 年印行。以庚辰本为底本，参校其他脂本、程本。后 40 回则以程甲本为底本。有前言、校注凡例、注释、校记。

中文大学校本，香港中文大学新亚书院中文系学生、香港文化学院学生抄校。题《校定本红楼梦》。以杨本为底本，参校他本。底本文字以墨印，校文改字以朱印。有潘重规序。香港中文大学中国文化研究所 1983 年印行。

蔡义江校本，120 回，1 册。浙江文艺出版社 1994 年印行。前 80 回底本以甲戌本、己卯本、庚辰本为主，参校其他脂本。后 40 回底本以程甲本、程乙本为主互校。有前言、校注凡例、注释。

刘世德校本，120 回，2 册。江苏古籍出版社 1994 年印行。前 80 回以甲戌本、庚辰本为底本，参校其他脂本。后 40 回以程甲本为底本，参校程乙本。有前言、注释。选录一部分脂批，以及王希廉、张新之、姚燮、洪锡绶四家的评语，附于每回之后。

第三类：程本（120回本），最早由程伟元、高鹗二人整理、出版。他们对前80回的正文进行了大量的修改，并删去批语。他们把苦心搜集到的后40回和前80回拼接在一起，使得《红楼梦》成为一部有头有尾的完整的小说，开始出现在更多的读者的面前。程本基本上只有两种：程甲本、程乙本。

程甲本，乾隆五十六年（1791）萃文书屋木活字印本。120回，4函24册。封面题《绣像红楼梦》，扉页题《新镌全部绣像红楼梦》、"萃文书屋"，卷首、版心题《红楼梦》。全书末叶末行左下角题"萃文书屋藏版"。有程伟元序，高鹗"乾隆辛亥（五十六年，1791）冬至后五日"序。绣像24叶，前图后赞，无批语。正文每半叶10行，每行24字。程伟元序云：

> 《红楼梦》小说本名《石头记》，作者相传不一，究未知出自何人，惟书内记雪芹曹先生删改数过。好事者每传抄一部，置庙市中，昂其值，得数十金，可谓不胫而走者矣。然原目一百廿卷，今所传祇八十卷，殊非原本。即间称有全部者，及检阅仍祇八十卷，读者颇以为憾。不佞以是书既有百廿卷之目，岂无全璧？爰为竭力搜罗，自藏书家甚至故纸堆中无不留心，数年以来，仅积有廿余卷。一日，偶于鼓担上得十余卷，遂重价购之。欣然翻阅，见其前后起伏，尚属接笋，然漶漫殆不可收拾。乃同友人细加厘剔，截长补短，抄成全部。复为镌板，以公同好，《红楼梦》全书始至是告成矣。

高鹗序云：

> 予闻《红楼梦》脍炙人口者，几廿余年，然无全璧，无定本。向曾从友人借观，窃以染指尝鼎为憾。今年春，友人程子小泉过余，以其所购全书见示，且曰：此仆数年铢积寸累之苦心，将付剞劂公同好。子闲且惫矣，盍分任之？予以是书虽稗官野史之流，然尚不谬于名教，欣然拜诺，正以波斯奴见宝为幸，遂襄其役。

中国社会科学院文学研究所藏。有书目文献出版社（北京）影印本，北京师范大学出版社标点排印本、花城出版社（广州）标点排印本、中华书局（北京）标点排印本。

程乙本，乾隆五十七年（1792）萃文书屋木活字印本。120 回。封面题《绣像红楼梦》，扉页题《新镌全部绣像红楼梦》，卷首、版心题《红楼梦》。有高鹗"乾隆辛亥（五十六年，1791）冬至后五日"序，程伟元、高鹗"壬子（乾隆五十七年，1792）花朝后一日"引言。绣像 24 叶，前图后赞。无批语。正文每半叶 10 行，每行 24 字。和程甲本比较起来，程乙本全书正文的改动甚多。程伟元、高鹗引言云："是书前八十回，藏书家抄录传阅几三十年矣，今得后四十回合成完璧。缘友人借抄，争睹者甚夥，抄录故难，刊板亦需时日，姑集活字刷印。因急欲公诸同好，故初印时不及细校，间有纰缪。今复聚集各原本详加校阅，改订无讹，惟识者谅之。""书中前八十回抄本，各家互异。今广集核勘，准情酌理，补遗订讹。其间或有增损数字处，意在便于披阅，非敢争胜前人也。""是书沿传既久，坊间缮本及诸家所藏秘稿，繁简歧出，前后错见。即如六十七回，此有彼无，题同文异，燕石莫辨。兹惟择其情理较协者，取为定本。""书中后四十回系就历年所得，集腋成裘，更无他本可考。为按其前后关照者，略为修辑，使其有应接而无矛盾。至其原文，未敢臆改，俟再得善本，更为厘定，且不欲尽掩其本来面目也。"吴晓铃藏，后归首都图书馆。有亚东图书馆（上海）标点排印本、人民文学出版社（北京）标点排印本。

此外，还存在某些程甲本、程乙本旧版的印刷拼凑本，有人称之为程丙本、程丁本等。

程甲本系统的版本，可分为白文本、批评本三类。

程甲本系统的白文本，主要有东观阁刊本、藤花榭刊本。

东观阁刊本，120 回。扉页题《新镌全部绣像红楼梦》，"东观阁梓行"，并有识言云："《红楼梦》一书，向来只有抄本，仅八十卷。近因程氏搜辑刊印，始成全璧。但原刻系用活字摆成，勘对较难，书中颠倒错落，几不成文。且所印不多，则所行不广。爰细加厘定，订讹正舛，寿诸梨枣"，"东观主人识"。有程伟元序、高鹗序。绣像 24 叶，前图后赞。正文每半叶 10 行，每行 22 字。此是程甲本最早的翻刻本。

属于东观阁刊本系统的，有"本衙藏板"本、抱青阁刊本、东观阁重刊本。

“本衙藏板”本，120卷。扉页题《新镌全部绣像红楼梦》，“本衙藏板”，并有题记（同东观阁刊本，唯无“东观主人识”五字）。有高鹗序、程伟元序。绣像24叶，前图后赞。正文每半叶10行，每行24字。

抱青阁刊本，120卷。嘉庆四年（1799）刊行。扉页题《绣像红楼梦》，“嘉庆己未年镌”，“抱青阁梓”。有程伟元序，高鹗序。绣像24叶，前图后赞。正文每半叶10行，每行24字。无题记，余同“本衙藏板”本。

东观阁重刊本，和初刊本不同的是增加了圈点和比较简略的批语。东观阁重刊本有三种：（1）嘉庆十六年（1811）重刊本，扉页题《新增批评绣像红楼梦》，“嘉庆辛未重镌，东观阁梓行”，并有题记。有程伟元序、高鹗序。绣像24叶，前图后赞。正文每半叶10行，每行22字。有圈点、重点、重圈、行侧评。（2）嘉庆二十三年（1818）重刊本，扉页题《新增批评绣像红楼梦》，“嘉庆戊寅重镌，东观阁梓行”。（3）道光二年（1822）重刊本，扉页题《新增批评绣像红楼梦》，“道光壬午重镌，东观阁梓行”。

属于东观阁重刊本系统的，有宝文堂刊本、善因楼刊本、三让堂刊本。

宝文堂刊本，120回。扉页题《新增批评绣像红楼梦》，“同治壬戌（元年，1862）重镌，东观阁梓行，宝文堂藏板”，并有题记。有程伟元序，末署“小泉程伟先（元）识”。绣像64叶，各配“西厢”及花名，前人后花。正文每半叶10行，每行22字。有圈点、重点、重圈、行侧评。

善因楼刊本，120回。扉页题《批评新大奇书红楼梦》，“善因楼梓行”。有程伟先（元）序、高鹗序。绣像24叶，前图后赞。正文每半叶10行，每行22字。有圈点、重点、重圈、行侧评。另有一种善因楼刊本，扉页题《批评新奇绣像红楼梦》，“善因楼梓”。

三让堂刊本，120回。扉页题《绣像批点红楼梦》，“三让堂藏板”。每回首叶版心题“三让堂”。有程伟元序。绣像15叶，前图后赞。正文每半叶11行，每行27字或28字。有圈点、重点、重圈、行侧批。

属于三让堂刊本系统的，有同文堂刊本、纬文堂刊本、三元堂刊本、佛山连元阁刊本、翰选楼刊本、五云楼刊本、文元堂刊本、忠信堂刊本、经纶堂刊本、务本堂刊本、经元升记刊本、登秀堂刊本等。

同文堂刊本，120回。扉页题《新增批点绣像红楼梦》，“曹雪芹原本”，“古文堂发兑”，“同文堂藏板”，并有题记（同东观阁刊本）。版心偶题“三让堂”。有程伟元序。绣像15叶，前图后赞。正文每半叶11行，每行27字或28字。有圈点、重点、重圈、行侧批。

纬文堂刊本，120回。扉页题《绣像批点红楼梦》，“纬文堂藏板”。版心偶题“三让堂”。有程伟元序。绣像15叶，前图后赞。正文每半叶11行，每行27字或28字。有圈点、重点、重圈、行侧批。

三元堂刊本，120回。扉页题《新增批评绣像红楼梦》，“东观阁梓行，三元堂藏板”。版心偶题“三让堂”、“三元堂板”。有程伟元序。绣像15叶，前图后赞。正文每半叶11行，每行22字至28字。有圈点、重点、重圈、行侧批。

佛山连元阁刊本，120回。扉页题《新增批点绣像红楼梦》，“曹雪芹原本”，“佛山连元阁藏板”。版心偶题“三让堂”、“三元堂板”。有程伟元序。绣像15叶，前图后赞。正文每半叶11行，每行22字至28字。有圈点、重点、重圈、行侧批。

翰选楼刊本，120回。扉页题《绣像红楼梦》，“翰选楼藏板”。版心偶题“三让堂”。有程伟元序。绣像15叶，前图后赞。正文每半叶11行，每行27字或28字。有圈点、重点、重圈、行侧批。

五云楼刊本，120回。咸丰九年（1859）刊行。扉页题《绣像红楼梦》，“咸丰己未新镌”，“五云楼藏板，光华堂发兑”。板心偶题“三让堂”。有程伟元序。绣像15叶，前图后赞。正文每半叶11行，每行27字或28字。有圈点、重点、重圈、行侧批。

文元堂刊本，120回。扉页题《绣像批点红楼梦》，“文元堂藏板”。板心偶题“三让堂”。有程伟元序。绣像15叶，前图后赞。正文每半叶11行，每行27字或28字。有圈点、重点、重圈、行间批。

忠信堂刊本，120回。扉页题《绣像批点红楼梦》，“忠信堂藏板”。板心偶题“三让堂”。有程伟元序。绣像15叶，前图后赞。正文每半叶11行，每行27字或28字。有圈点、重点、重圈、行侧批。

经纶堂刊本，120回。扉页题《绣像批点红楼梦》，“经纶堂藏板”。有程伟元序。绣像15叶，前图后赞。正文每半叶11行，每行27字或28字。有圈点、重点、重圈、行侧批。

务本堂刊本，120 回。扉页题《绣像批点红楼梦》，“务本堂藏板”。有程伟元序。绣像 15 叶，前图后赞。正文每半叶 11 行，每行 27 字或 28 字。有圈点、重点、重圈、行侧批。

经元升记刊本，120 回。扉页题《绣像批点红楼梦》，“经元升记梓”。有程伟元序。绣像 14 叶，前图后赞。正文每半叶 11 行，每行 27 字或 28 字。有圈点、重点、重圈、行间批。

登秀堂刊本，120 回。扉页题《绣像批点红楼梦》，“登秀堂藏板”。有程伟元序。绣像 15 叶，前图后赞。正文每半叶 11 行，每行 27 字或 28 字。有圈点、重点、重圈、行间批。

藤花榭刊本，120 回。约刊行于嘉庆二十三年（1818）。扉页题《绣像红楼梦》，“藤花榭藏板”。有程伟元序。绣像 15 叶，前图后赞。正文每半叶 11 行，每行 24 字。藤花榭刊本有重刊本，扉页题《重镌全部绣像红楼梦》，“藤花榭藏板”。

属于藤花榭刊本系统的，有耘香阁刊本、凝翠草堂刊本、咸丰九年刊本。

耘香阁刊本，120 回。同治三年（1864）刊行。扉页题《绣像红楼梦》，“藤花榭原板，耘香阁重梓”，并有题记云：“《红楼梦》一书，向来只有抄本，仅八十卷。近因程氏搜辑，始成全璧。但彼用集锦板，校勘非易，不无颠倒错乱。藤花榭校雠刊刻，始极精详。兹本坊又将藤花榭刊本细加厘正，较定讹舛，寿诸梨枣，公行海内，阅者珍之。甲子夏日，本堂主人谨识。”有程伟元序。绣像 15 叶，前图后赞。正文每半叶 11 行，每行 24 字。

属于耘香阁刊本系统的，有济南会锦堂刊本、济南聚和堂刊本。济南会锦堂刊本，120 回，扉页题《绣像红楼梦》，“济南会锦堂藏板”，并有题记（同耘香阁刊本）。有程伟元序。绣像 15 叶，前图后赞。正文每半叶 11 行，每行 24 字。济南聚和堂刊本，120 回。扉页题《绣像红楼梦》，“济南聚和堂藏板”，并有题记（同耘香阁刊本）。有程伟元序。绣像 15 叶，前图后赞。正文每半叶 11 行，每行 24 字。

凝翠草堂刊本，120 回。道光十一年（1831）刊行。扉页题《绣像红楼梦》，“道光辛卯孟冬”、“凝翠草堂监印”。有程伟元序。绣像 15 叶，前图后赞。正文11行，每行24字。

咸丰九年刊本，120回。扉页题《绣像红楼梦》，“咸丰己未年秋镌”。有程伟元序（有钤记）。绣像15叶，前图后赞。正文每半叶11行，每行24字。

程甲本系统的批评本，甚多。主要的一类是王希廉、张新之、姚燮、蝶芗仙史四家的单评本和合评本。它们绝大多数是刊本，流行比较普遍。有王希廉评本，张新之评本，王、姚合评本，王、张、姚合评本，王、蝶合评本。

王希廉评本，有双清仙馆刊本、聚珍堂刊本、翰苑楼刊本、芸居楼刊本。

双清仙馆刊本，120回。道光十二年（1832）刊行。扉页题《新评绣像红楼梦全传》，“道光壬辰岁之暮春上浣开雕”。有王希廉序（末署“道光壬辰花朝日吴县王希廉雪芗氏书于双清仙馆”）、程伟元序。绣像64叶，各配“西厢”及花名，前人后花。有读花人《红楼梦论赞》74首，《红楼梦问答》23则，《大观园图说》，周绮《红楼梦题词》10首，王希廉《红楼梦总评》，“音释”。正文每半叶10行，每行22字。回首题“洞庭王希廉雪香评”，回末有评语。

聚珍堂刊本，120回。光绪二年（1876）刊行。扉页题《绣像红楼梦》，“光绪丙子年校印”，“京都隆福寺路南聚珍堂书坊发兑”。有聚珍主人序，云：“《红楼梦》流传海内，以程氏初刻为最精”，“本堂既得雪香先生所评原本，更加雠校，付之手民。”有王希廉序、程伟元序，读花人《红楼梦论赞》，王希廉《红楼梦总评》，周绮《红楼梦题词》，《红楼梦问答》，“音释”，《大观园图说》。绣像64叶，前人后花。正文每半叶10行，每行22字。回首题“洞庭王希廉雪香评”，回末有评语。

翰苑楼刊本，120回。光绪三年（1877）刊行。扉页题《新评绣像红楼梦全传》，“光绪丁丑岁之暮春上浣开雕”，版心题“翰苑楼藏板”。有王希廉序、程伟元序。绣像64叶，前人后花。读花人《红楼梦论赞》，《红楼梦问答》，《大观园图说》，周绮《红楼梦题词》，王希廉《红楼梦总评》，“音释”。正文每半叶10行，每行22字。回首题“洞庭王希廉雪香评”，回末有评语。另一本扉页版心题“龙藏街翰苑楼藏板”。

芸居楼刊本，120回。光绪三年（1877）刊行。扉页题《新评绣像红楼梦全传》，“光绪丁丑岁之暮春上浣开雕”，版心题“芸居楼藏板”。有王希廉序、程伟元序。绣像64叶，前人后花。读花人《红楼梦论赞》，《红楼梦问答》，《大观园图说》，周绮《红楼梦题词》，王希廉《红楼梦总评》，“音释”。正文每半叶10行，每行22字。回首题“洞庭王希廉雪香评”，回末有评语。

张新之评本，有抄本、卧云山馆刊本。

抄本，120回。有紫琅山人序，鸳湖月痴子“咸丰元年（1851）小春望前一日”序，五桂山人“道光三十年（1850）庚戌一阳月”序，自述，《红楼梦读法》，自题诗《道光三十年岁次庚戌秋丁卯在台湾府署评〈红楼梦〉成，作七律三首以志喜》。正文每半叶14行，每行约32字。五桂山人序云：“岁辛丑（道光二十年，1841）客莆田，张新之至自京，落拓湖海，一穷人也”，“遂乐于谈”，“偶及《红楼梦》，突称之曰：‘好’”，“笑而启以簏，出评本”，“评甫廿余卷”，“迨甲辰（道光二十四年，1844），得十卷，新之亦遂归京矣”，“越四年，新之竟后来，意外之逢可喜，而尤喜《红楼梦》评之窥全璧也。遽询之，而仍止八十卷。同游台湾，居郡署，稍暇，即促之。阅一载，百二十回竟脱稿”。自述云：“洎道光戊子岁（八年，1828），由黑龙江之行，客都护署，清净岑寂，堑穈外乃及之，而心定神闲，觉妙义纷来，如相告诉，评因起。及辛卯（十一年，1831）春，得廿回，纲举目张，归京矣，扰扰缁尘，亦遂止。次年夏，铭子东屏相与谈，有同见，乃是书之知己也，乞借观，三阅月，屡索未还，而失之云。原评二十回，从此不知所终”，“阅八岁庚子（二十年，1840），短书长剑，作南游”，“是书未尝一日离。明年秋，至闽之莆田”，“评复起，以十余年之潴蓄，较前评，思若涌，而懒，故著墨日无多。迨乙巳（二十五年，1845），复归宗，仅将五十卷”，“及戊申（二十八年，1848），得八十五卷，适不获已，为台湾之行，客都署”，“而是评遂以成”。

卧云山馆刊本，120回，12册。光绪七年（1881）刊行。扉页题《绣像石头记红楼梦》，“光绪辛巳新镌”，“妙复轩评本”，“卧云山馆藏本”。有程伟元序，孙桐生“同治癸酉（十二年，1873）季秋月下浣”序，孙桐生“光绪二年（1876）岁在丙子十一月二十日”跋，绣像20叶，前图后赞。太平闲人《红楼梦读法》，太平闲人自题诗，孙桐生“光绪辛巳（七年，1881）季秋下浣”题诗。正文每半叶10行，每行25字。有回末总评、双行小字夹批。孙桐生序云：“丙寅（同治五年，1866）寓都门，得友人刘子重贻妙复轩《石头记》评本，逐句疏栉，细加排比，反复玩索，寻其义，究其归，如是者五年。”孙桐生跋云：“原评未有正文，予为逐句排比，按节分疏，约三四年，始编录就绪。间亦有未安未确处，容再详订另注”，“自壬申（同治十一年，1872）暮春经始，至丙子（光绪二年，1876）十一月二十日竣事，无间寒暑者，五年有奇，获成此一种大观，并以备他年剞劂之用，庶不没作者、评者一番苦心云尔”。孙桐生题诗“十年心血编排尽，作述如何等量观”句下注云：“忆自同治丁卯（六年，1867）得评本于京邸，其文逐段分疏界画，而无正文，余为排比，添注刻本之上，又亲手合正文评语，编次钞录，间有脱误，不惮改订，日尽数纸，竭十年心力，始克成此完书，敢云有功前哲，差不没评者之苦心云尔。”

王、姚合评本，即王希廉、姚燮合评本，有广百宋斋铅印本、光绪十二年铅印本、诵芬阁刊本、上海石印本、光绪二十六年石印本、日本铅印本、日本金港堂编印本、商务印书馆“万有文库”本、商务印书馆“国学基本丛书”本、铸记书局铅印本。

广百宋斋铅印本，120回。光绪年间印行。王希廉、姚燮评。扉页题《增评补图石头记》。卷首题“悼红轩原本，东洞庭护花主人评，蛟川大某山民加评”。有程伟元序，护花主人序，太平闲人读法附补遗、订误，护花主人总评，护花主人摘误，大某山人总评，明斋主人总评，或问，读花人论赞，周绮题词，大观园影事十二咏，大观园图及图说，音释。绣像19叶，前图后赞。每回前有回目画2幅。正文每半叶14行，每行31字。有圈点、重点、重圈、行侧批、眉批、回末总评。

光绪十二年铅印本，120卷。光绪十二年（1886）印行。王希廉、姚燮评。扉页题《增评绘图大观琐录》，“光绪十有二年六月校印”。与广百宋斋铅印本全同，唯缺大观园图。每两回有回目画2幅。绣像、回目画版心题“增评补图石头记”。正文每半叶14行，每行31字。

诵芬阁刊本，120卷。光绪十八年（1892）刊行。王希廉、姚燮评。扉页题《石头记》，“古越诵芬阁藏板，护花主人黄（王）原批，大某山民姚加评”，“泉唐毛承基署”，“光绪十八年岁次壬辰重校刊印”。同前。正文每半叶 15 行，每行 40 字。

上海石印本，120 卷。光绪二十四年（1898）印行。王希廉、姚燮评。扉页题《增评补图石头记》，“光绪戊戌季夏上海石印”。卷首题“悼红轩原本，东洞庭护花主人评，蛟川大某山民加评，海角居士校正”。总目前题“悼红轩原本，海角居士校正”。同前，唯绣像后有回目画 120 叶。正文每半叶 16 行，每行 40 字。有圈点、重点、重圈、双行小字夹批、眉批、回末总评。

光绪二十六年石印本，120 卷。光绪二十六年（1900）印行。王希廉、姚燮评。扉页题《绣像全图增批石头记》，“悼红轩原本，钟山居士题”，“光绪廿有六年庚子石印”，版心题《增评补图石头记》。卷首题“悼红轩原本，东洞庭护花主人评，蛟川大某山民加评，海角居士校正”。总目前题“悼红轩原本，海角居士校正”。同前，唯绣像 24 叶，除首两叶外，均各配“西厢”及花名。每四回有回目画 8 幅。正文每半叶 16 行，每行 40 字。有圈点、重点、重圈、双行小字夹批、眉批、回末总评。

日本铅印本，120 卷。1905 年印行。王希廉评、姚燮评。版权页题“明治三十八年（1905）一月十三日印刷，明治三十八年一月十七日发行，编辑兼发行者下河边半五郎，印刷者中野瑛太郎，印刷所帝国印刷株式会社”。正文每页 18 行，每行 40 字。

日本金港堂编印本，1905 年印行。同前。

商务印书馆“万有文库”本，120 卷。王希廉、姚燮评。民国十九年（1930）印行。题《石头记》。同前，唯太平闲人读法后附补遗、订误有目无文。绣像 19 叶，前图后赞。每回前有回目画 2 页。正文每页 16 行，每行 34 字。

商务印书馆“国学基本丛书”本，民国二十二年（1933）印行。与商务印书馆“万有文库”本同。

铸记书局铅印本，120 回。王希廉、姚燮评。封面题《原本重刊大字全图石头记》（一本题《精校全图足本铅印金玉缘》），“铸记书局铅印”。扉页题《精校全图铅印评注金玉缘》，“蛰道人题”。版心题《红楼梦》。卷首题“悼红轩原本，东洞庭护花主人评，蛟川大某山民加评”。与广百宋斋前印本同，唯太平闲人读法后无补遗、订误，而有刘家铭杂记 9 条。每回前有回目画 2 幅。正文每页 15 行，每行 29 字。有圈点、重点、重圈、双行小字夹批、眉批、回末总评。

王、张、姚合评本，有同文书局石印本、沪上石印本、上海石印本（1892）、文选石印本、上海书局石印本、求不负斋石印本、上海石印本（1925）、江东书局石印本、文明书局铅印本。

同文书局石印本，120 回。王希廉、张新之、姚燮评。有二：（1）光绪十年（1884）石印本。扉页题《增评补像全图金玉缘》，“光绪十年甲申仲冬上海同文书局石印”。有华阳仙裔“光绪十四年（1888）小阳月望日”序。太平闲人读法，护花主人序，护花主人摘误，护花主人总评，明斋主人总评，大某山民总评，读花人论赞，或文，大观园影事十二咏，周绮题词，音释，大观园图及图说。绣像 120 叶，上赞下图。每回前有回目画 2 幅。正文每半叶 17 行，每行 39 字。有圈点、重点、重圈、双行小字夹批、回末总评。（2）光绪十五年（1889）石印本。封里题“铁城广百宋斋藏本，上海同文书局石印”。扉页题“己丑仲夏上海同文书局石印”。同前，唯绣像仅 42 叶。正文每半叶 18 行，每行 39 字。

沪上石印本，120 回。有二：（1）光绪十四年（1888）石印本。王希廉、张新之、姚燮评。扉页题《增评补像全图金玉缘》，“戊子仲冬沪上石印”。同前。正文每半叶 17 行，每行 39 字。（2）光绪十五年（1889）石印本。王希廉、张新之、姚燮评。扉页题《增评补像全图金玉缘》，“己丑仲夏沪上石印”。同前。

上海石印本（1892），120 回。王希廉、张新之、姚燮评。光绪十八年（1892）印行。扉页题《增评补像全图金玉缘》，“壬辰仲夏上海石印”。同前。正文每半叶 17 行，每行 39 字。

文选石印本，120 回。王希廉、张新之、姚燮评。光绪十八年（1892）印行。扉页题“壬辰仲夏文选石印”。同前。

上海书局石印本，120 回。王希廉、张新之、姚燮评。光绪二十四年（1898）印行。扉页题《绣像全图金玉缘》，“光绪戊戌孟夏上海书局石印”。同前，唯绣像仅 42 叶，图赞同叶。每 2 回有回目画 2 幅。正文每半叶 22 行，每行 50 字。有圈点、重点、重圈、双行小字夹批、回末总评。

求不负斋石印本，120 回。王希廉、张新之、姚燮评。光绪三十四年

（1908）印行。扉页题《增评全图足本金玉缘》，“光绪戊申九月求不负斋印行”。同前，唯华阳仙裔序未署年月、人名，多评论6条，绣像18叶。每回前有回目画2幅。正文每半叶18行，每行40字。有圈点、重点、重圈、双行小字夹批、回末总评。

上海石印本（1925），120回。王希廉、张新之、姚燮评。民国十四年（1925）印行。扉页题《增评加注全图红楼梦》，“一名《增补石头记》，一名《图注金玉缘》，己丑仲夏上海同文书局藏板，民国十四年三月印行”。与同文书局光绪十五年（1889）石印本同，唯绣像12叶。每单数回有回目画2幅。正文每半叶16行，每行34字。有圈点、重点、重圈、双行小字夹批、回末总评。

江东书局石印本，120回。王希廉、张新之、姚燮评。扉页题《评注加批红楼梦全传》，“上海江东书局石印”。同前，唯无华阳仙裔序；绣像22叶，无赞（首二叶例外）。每4回有回目画4幅。正文每半叶22行，每行50字。有圈点、双行小字夹批、回末总评。

文明书局铅印本，120回。王希廉、张新之、姚燮评。有三：（1）民国十六年（1927）上海印行。同前，唯无华阳仙裔序、绣像、回目画，多程伟元序、评论6条。正文每页14行，每行33字。有新式标点，双行小字夹批、回末总评。（2）民国十七年（1928）再版本。（3）民国十九年（1930）三版本。

王、蝶合评本，有桐荫轩石印本、阜记书局石印本、海上石印本。

桐荫轩石印本，120卷。王希廉、蝶芗仙史评。有二：（1）光绪三十二年（1906）印行。扉页题《全图增评金玉缘》，“光绪丙午九秋石芗”，“光绪丙午菊秋月上海桐荫轩石印”。卷首题《增评加批金玉缘图说》，“蝶芗仙史评订”。与同文书局石印本同，但次序异；华阳仙裔序末署“光绪三十二年（1906）九秋既望华阳仙裔识”；多评论6条；绣像60叶，上赞下图。每2回有回目画2幅。正文每半叶21行，每行40字。有圈点、重圈、双行小字夹批、回末总评。（2）同前，唯扉页题《足本全图金玉缘》。

阜记书局石印本，120卷。王希廉、蝶芗仙史评。宣统元年（1909）印行。封面题《绘图石头记》，扉页题“全图增评金玉缘”，“宣统元年季冬上海阜记书局石印”。卷首题《增评加批金玉缘图说》，“蝶芗仙史评订”。同前，唯绣像6叶。每4回有回目画2幅。正文每半叶22行，每行48字。有圈点、重圈、双行小字夹批、回末总评。

海上石印本，120卷。王希廉、蝶芗仙史评。有二：（1）民国三年（1914）石印本。封面、扉页题《全图增评金玉缘》。版心题《增评绘图石头记》。卷首题《增评加批金玉缘图说》，“蝶芗仙史评订”。同前，但华阳仙裔序末署“民国甲寅年夏月后学王浩书于海上”，多程伟元序，绣像18叶。每2回有回目画2幅。正文每半叶26行，每行56字。有圈点、双行小字夹批、眉批。（2）石印本。全同，唯无华阳仙裔序。正文每半叶27行，每行58字。

此外，还有中华书局“索隐本”：王梦阮、沈瓶庵索隐，题“悟真道人戏笔”。书名题《红楼梦索隐》。中华书局（上海）1916年铅印。以王、姚合评本为底本，删去卷前各种图文及正文中的批注，保留回后总评。正文中夹注索隐，回末又有索隐。有“清世祖五台山入定真相”彩色插图，悟真道人1913年序，例言，提要。

程甲本系统中，还有另一类批评本。其特点是：评者在自己收藏的刊本上用朱、蓝、墨笔写下大量的评语，或是转录他人的评语。属于此类的，有孙超之评本，黄小田评本，过浩、顾曾寿合评本，张汝执、菊圃合评本，徐传经评本，刘履芬评语。此外，尚有许多见于各种记载的评本。

孙超之评本，抄本。120回，16册。封面题《红楼梦》，“孙崧甫先生评点，仙樵氏珍藏”，并钤印章两枚：“仙樵印”、“侯树瀛印”。卷首有序，序下钤印章：“心青居士”，序后钤印章两枚：“崧甫”、“孙超之印”。底本属于程甲本系统。过录时间在道光九年之前。评语约5万字。现藏于南通某氏。

黄小田评本，底本是东观阁刊本系统的宝文堂刊本（同治元年刊行，120回）。由杨葆光将黄小田评语过录在宝文堂刊本上。有总评、眉批、行侧批、回末总评，而以眉批为主。眉批共1992条。除黄小田评语（3014条）外，另有杨葆光评语13条，夬斋评语1条。黄小田评语约作于道光二十年（1840）至咸丰三年（1853）间。杨葆光过录约在同治元年（1862）至光绪二年（1876）间。此评本藏于南京博物院。

过浩、顾曾寿合评本，底本是藤花榭刊本（120回）。有顾曾寿题记。

此书原有过浩所写的大量评语，后于同治三年（1864）归顾曾寿收藏，又于两年间分别用蓝、朱笔作了四次评点。有总评、眉批、行侧批、地角批，20 余万字。姚炜藏。

张汝执、菊圃合评本，底本是程甲本（存第 1—80 回）。有张汝执序。有朱、墨两色眉批，朱笔行侧批及回后总评。部分回后总评署名“菊圃”，其余评语全为张汝执所写。郑振铎旧藏，现归中国国家图书馆。

徐传经评本，底本是双清仙馆刊本（道光十二年，120 回）。有徐传经于“咸丰五年（1855）岁次乙卯秋七月”、“丁巳（咸丰七年，1857）春三月”所写朱、墨两色评语。间或过录苕溪渔隐评语。苏州市图书馆藏。

刘履芬评本，底本是东观阁重刊本（嘉庆十六年，120 回）。有刘履芬所写眉批、行侧批、地角批 900 余条，其中转录王希廉评语 200 余条。

程甲本系统的铅印本，还有上海文明书局《大字标点红楼梦》、上海文明书局《绣像绘图大字红楼梦》、上海大达图书供应社《红楼梦》（1929）、上海新文化书社《红楼梦》（1929，何铭标点校阅）、上海广益书局《红楼梦》（1934，李菊庐校阅）、北京师范大学出版社《红楼梦》（1987，启功序，龚书铎、武静寰、聂石樵校，张俊、聂石樵、周纪彬注）、中华书局（北京，1998，同前）、花城出版社（广州，1994，欧阳健、曲沐、陈年希、金钟泠校注）等。

另有亚东图书馆铅印初排本，120 回。其底本是王希廉评本双清仙馆刊本，并用戚本的有正本（小字本）和王、姚合评本的日本铅印本校订。汪原放句读，汪原放、胡鉴初校对。民国十年（1921）五月印行。有胡适《红楼梦考证》初稿，陈独秀《红楼梦新叙》，程伟元序，汪原放《校读后记》。正文每页 12 行，每行 36 字。有新式标点。此初排本共印行 7 版。再版本，民国十一年（1922）五月印行，有胡适《红楼梦考证》改稿，附蔡元培《石头记索隐第六版自序——对于胡适之先生〈红楼梦考证〉的商榷》、胡适《跋〈红楼梦考证〉》、胡适《答蔡孑民先生的商榷》。第 3 版本至第 7 版本同于再版本。

程乙本出版后，迄无翻刻本。直至民国十六年（1927）亚东图书馆铅印重排本问世，方打破此一局面。

程乙本系统的排印本，有亚东图书馆铅印重印本、世界书局铅印本、作家出版社铅印本、人民文学出版社铅印本、岳麓书社铅印本。

亚东图书馆铅印重排本，其底本是程乙本，120 回。汪原放句读。民国十六年（1927）二月出版。有胡适《重印乾隆壬子本红楼梦序》，汪原放《重印乾隆壬子本红楼梦校读后记》，高鹗序，高鹗、程伟元引言，其余与初排再版本同。正文每页 12 行，每行 36 字。有新式标点。此本系据程乙本正文排印。此重排本共印行 9 版，内容全同。至民国三十七年（1948）十月，为 9 版。

世界书局铅印本，120 回，1 册。赵苕狂编校。题《足本红楼梦》。有“本书特点”，《红楼梦考》；高鹗、程伟元引言，高鹗序，程伟元序；李崇孝《红楼梦贾府人物系图》，赵苕狂《红楼梦人名辞典》（收 106 人）。

作家出版社铅印本，120 回，3 册。题《红楼梦》。1953 年出版。有出版说明。实际上以亚东图书馆重排本为底本。汪静之整理。分段标点，繁体直排。有注释，由俞平伯、华粹深、李鼎芳、启功合写。有《关于本书的作者》。正文每页 17 行，每行 44 字。有新式标点。

人民文学出版社铅印本，120 回。有第 1 版、第 2 版、第 3 版之分。第 1 版：3 册。1957 年 10 月印行。周汝昌、周绍良、李易校点，启功注释。以程乙本为底本，参校 7 种版本。简体横排。有出版说明，“关于本书的作者”，王冈“曹雪芹小像”，改琦绣像 40 幅。第 2 版：4 册。1959 年 10 月印行。简体直排。删去“关于本书的作者”，增加何其芳《论红楼梦》作为代序。第 3 版：平装 4 册，精装 3 册。1964 年 6 月印行。删去卷首小像及绣像，增加程十发彩色插图 12 幅。第 3 版第 9 次印刷本，1972 年 4 月印行。有“再版说明”，“关于本书的整理情况”。删去何其芳代序、程十发插图。第 10 次印刷本，1973 年 8 月印行。删去“再版说明”。增加李希凡《曹雪芹和红楼梦》作为“前言”。第 3 版横排第 1 次印刷本，1974 年 10 月印行。李希凡前言经过修改。横排第 2 次印刷本，1979 年 6 月印行。删去李希凡前言。有“再版说明”。

岳麓书社铅印本，120 回。李全华校点。有舒芜前言。以通行本为底本，参校彼本、杨本。岳麓书社（长沙）1987 年印行。

程乙本系统的批评本，有陈其泰评本。

陈其泰评本，120 回。36 册。底本为程乙本。有陈其泰《吊梦文》，跋。有眉批、行侧批、回后总评，并对回目作出修改。杭州市图书馆藏。

脂本、程本混合本系统中还有删节本、改写本一类。其中有李希凡选粹本，张欣伯批削本，胡小伟、谢文芬编改本，林冠夫节编本。

李希凡选粹本，25 节。题《红楼梦选粹》。有《和中学生谈红楼梦》代序。正文和注释选自红楼梦研究所校本。上海教育出版社 1986 年印行，列入“中学生文库”。

张欣伯批削本，110 回。题《石头记稿》。以戚本为底本，他本为辅，对正文、批语作了删节，并杂以批削者的评注。若干情节有改动。有自序。台湾文华印刷实业有限公司 1986 年印行。

胡小伟、谢文芬编改本，“广播本”。90 回，2 册。题《红楼梦》。以脂本为底本，部分选用程乙本。个别文字和段落作了更动和调整。有前言。中国广播电视出版社（北京）1986 年印行。

林冠夫节编本，65 回。中国少年儿童出版社 1988 年出版。

程本系统中的删节本、改写本，在中华人民共和国成立之前的，有宝兴堂刊本、群学社铅印本、文明书局铅印本、开明书店铅印本，在中华人民共和国成立之后的，有宝文堂书店铅印本、盲文本、郑渊洁改写本。

宝兴堂刊本，16 卷，120 回。嘉庆十一年（1806）刊行。扉页题《嘉庆丙寅新刻全部绣像红楼梦》，“宝兴堂藏板”。卷首题《新刊红楼梦》。有程伟元序。绣像 16 叶，上赞下图。正文每半叶 13 行，每行 30 字。

群学社铅印本，100 回。许啸天句读，胡云翼校阅。民国十二年（1923）上海印行。书名题《红楼梦》。有楔子，许啸天《红楼梦新序初稿》，程伟元序，戚蓼生序。正文每页 13 行，每行 39 字。有新式标点。

文明书局铅印本，120 回。书名题《红楼梦精华》。邹仁达选辑。

开明书店铅印本，50 章，1 册。沈雁冰改订。题《洁本小说红楼梦》。改题回目。有序。民国二十四年（1935）印行。

宝文堂书店铅印本，据开明书店铅印本排印。1982 年印行。

盲文本，据宝文堂书店铅印本排印。中国盲文出版社 1984 年印行。

陶明浚改编本，120 回。题《红楼梦别本》。一名《木石缘》，又名《宝黛因缘》。沈阳平记印刷所民国二十五年（1936）印行。

郑渊洁改写本，50 回。以人民文学出版社 1959 年排印本为底本，加以改写。中国电影出版社（北京）1987 年印行。

《红楼梦》的译本，有两类：少数民族文字译本，外文译本。

少数民族文字译本，有蒙古文译本、藏文译本、朝鲜文译本、维吾尔文译本、哈萨克文译本。

蒙古文译本，有哈斯宝译本、赛音巴雅尔等译本。

哈斯宝译本，以宝黛故事为中心，将 120 回摘译成 40 回。每回有回批。有道光二十七年（1847）序、读法、总录。附哈斯宝所绘彩色“鸳鸯戏水图”11 幅。现存三种抄本，各 29 册，分藏于内蒙古图书馆、内蒙古大学、内蒙古语文历史研究所。有内蒙古人民出版社（呼和浩特）1980 年影印本。另有一种残抄本。

赛音巴雅尔等译本，全译本。120 回，6 册。赛音巴雅尔、钦达木尼、丁尔甲、达吉、丹森尼玛、旺吉勒等译。据人民文学出版社铅印本第 3 版译出。内蒙古人民出版社（呼和浩特）1976 年至 1981 年出版。

藏文译本，有索朗班觉译本。

索朗班觉译本，全译本。120 回，4 册。据人民文学出版社铅印本译出。有出版前言，李希凡序。各回有注释。民族出版社（北京）1983 年出版。

朝鲜文译本，有延边大学中文系《红楼梦》翻译小组译本。

延边大学中文系《红楼梦》翻译小组译本，全译本。据人民文学出版社铅印本第 3 版译出。其中第 4 回曾发表于《延边大学学报》1974 年第 4 期，第 73、74 回曾发表于《延边大学学报》1975 年第 1、2 期。此译本有延边人民出版社本、外文出版社本两种。延边人民出版社本，30 回（未完），1 册，1978 年出版。外文出版社本，120 回，5 册。1978 年开始出版。此本系在延边人民出版社本（已出 1 册）的基础上修订重出，有译者前言，戴敦邦插图。

维吾尔文译本，有《红楼梦》翻译小组译本。

《红楼梦》翻译小组译本，全译本。120 回，8 册。据人民文学出版社铅印本第 3 版译出。有李希凡序，有注释。新疆人民出版社 1975 年至 1979 年出版。

哈萨克文译本，有《红楼梦》翻译小组译本。

《红楼梦》翻译小组译本，全译本。120 回，8 册。有李希凡序。据人民文学出版社铅印本第 2 版译出。新疆人民出版社 1976 年至 1981 年出版。

外文译本，有英文译本、法文译本、德文译本、俄文译本、西班牙文译本、意大利文译本、荷兰文译本、希腊文译本、罗马尼亚文译本、匈牙利文译本、捷克文译本、日文译本、越南文译本、泰文译本、缅甸文译本、韩文译本。

英文译本，有［英］汤姆译本，［英］波拉译本，［英］裘里译本，［英］赫德生译本，王际真译本，王际真译本增订本，袁家骅、石明译本，［美］麦克休姐妹译本，［英］戴维·霍克斯译本，杨宪益、戴乃迭译本。［英］汤姆译本，载于 1842 年《中国话》（宁波）的第 62 页至第 819 页。选译几段，为外国人学习华语课本。［英］波拉译本，选译第 1—8 回。载于 1868 年至 1869 年《中国杂志》（香港）。［英］裘里译本，2 册。选译第 1—56 回。有译者序。第 1 册，香港《中国邮报》出版（1892）。第 2 册，商务排印局（澳门）1893 年出版。［英］赫德生译本，选译第 4 回。载于 1928 年《中国杂志》第 8 期（上海）。有译者引言。王际真译本，节译本。39 章，楔子。后半部故事有提要式叙述。有卫莱序，译者引言。道伯里台·杜兰公司（纽约）1929 年出版，乔治·路脱来奇父子公司（伦敦）1929 年出版。王际真译本增订本，节译本。60 章。吐温公司（纽约）1958 年出版。有马·万·多伦序。袁家骅、石明译本，选译本。17 段。中英文对照。北新书局（上海）1933 年出版，系《英译中国文学选辑》第 2 辑。［美］麦克休姐妹译本，节译本。译主要故事。弗·麦克休、伊·麦克休据［德］库恩德译本（1951）转译。潘蒂昂公司（纽约）1957 年出版；劳特莱基与基根·保罗公司（伦敦）1958 年出版。美国格林伍德 1975 年重印本。有［德］库恩序。木刻图咏 34 幅。［英］戴维·霍克斯译本，全译本。80 回，3 册。据脂本译。有引言，附录金陵十二钗解，人名表。企鹅书店（英国）1973 年开始出版。据介绍，后 40 回将由其婿明费的继续翻译出版。杨宪益、戴乃迭译本，全译本。120 回，3 册。前 80 回据有正本译，后 40 回据程乙本译。吴世昌校订。附戴敦邦插图 36 幅。外文出版社（北京）1978 年至 1980 年出版。

法文译本，有［法］盖尔纳译本，郭麟阁译本，徐仲年译本，鲍文蔚译本，［法］葵尼译本，李治华、［法］维·阿雷扎克译本。［法］盖尔纳译本，42 回。郭麟阁译本，50 回。徐仲年译本，节译本。译第 17、27、28、31、32 回。德拉格拉夫图书公司（巴黎）1933 年出版，列入《现代中国文学选辑》。鲍文蔚译本，摘译第 57 回。中法文对照。载于《法文研究》（汉学研究所，北京）1943 年第 4 期。［法］葵尼译本，节译本。39 章。译主要故事。据库恩德译本节译。有序，并附改琦绣像 7 幅。居不勒斯公司（巴黎）1957 年出版。李治华、［法］阿雷扎伊斯译本，全译本。120 回。2 册。前 80 回据脂本译，后 40 回据程乙本译。有译者序，人名对照表、注释，插图 199 幅。葛利玛出版社（巴黎）1981 年出版，系《七星丛书》之一。

德文译本，有丁文渊译本、［德］库恩节译本、［德］库恩摘译本。丁文渊译本，节译本。译第 21、22 回。有序。载于《中国学》第 4 卷（1928，法兰克福）。［德］库恩节译本，节译本。39 章。节译主要故事，约占原书一半篇幅。有译者序。此译本影响颇大，已被转译为英、法、意、荷、匈等多种文字。岛社（莱比锡）1932 年出版。后经修订、补译，陆续于 1948 年、1951 年、1956 年、1974 年再版印行。［德］库恩摘译本，摘译原书第 18 回元妃省亲一段。此系库恩节译本中的第 15 章。载于《中国学》第 7 卷（法兰克福，1932）。

俄文译本，有［俄］巴那苏克译本、［俄］路德门译本。［俄］巴那苏克译本，全译本。120 回。2 册。据人民文学出版社铅印本译出。有［俄］费德林导言。附改琦绘宝玉、黛玉像，贾氏世系表，注释。国家文学艺术出版社（莫斯科）1958 年出版。［俄］路德门译本，摘译第 1、2 回。有［俄］马玛耶娃引言。载于《中国文学读本》第 1 册（教育书籍出版社，莫斯科，1959）。

西班牙文译本，有［西］图西译本。［西］图西译本，全译本。120 回，3 卷。据外文出版社杨宪益、戴乃迭英文译本转译。有李希凡序，［西］卡萨诺瓦序，刘旦宅彩色插图 36 幅，［西］吉内斯《红楼梦人物姓名表》。格拉纳达大学出版。

意大利文译本，有［意］克拉拉·波维罗、卡尔拉·皮罗内·里乔译本，［意］贝内狄克特译本。［意］克拉拉·波维罗、卡尔拉·皮罗内·

里乔译本，节译本。50 章，1 册。节译主要故事。据［德］库恩节译本转译。有［意］贝内狄克特序，［德］库恩原序。附改琦绣像 27 幅。埃依纳乌迪出版社（都灵）1958 年出版。［意］贝内狄克特译本，摘译第 1 回楔子。载于《中国》1959 年第 5 期（中东远东研究所，罗马）。

荷兰文译本，有［荷］沃斯特曼译本。［荷］沃斯特曼译本，节译主要故事。据［德］库恩节译本转译。克罗斯曼书店（海牙）1946 年出版。

希腊文译本，1963 年出版。

罗马尼亚文译本，有［罗］霍杰卡、维利斯库译本。［罗］霍杰卡、维利斯库译本，节译本。3 卷，39 回。据人民文学出版社铅印本（1957）译出。有注解。附《红楼梦》及曹雪芹大事记。3 卷封面分别为改琦绘宝玉、黛玉、宝钗像。米利纳瓦出版社（布加勒斯特）1975 年出版。

匈牙利文译本，有［匈］乔治译本。［匈］乔治译本，节译主要故事。2 卷。据［德］库恩节译本转译。欧罗巴书（布达佩斯）1959 年出版。有初版本、再版本、三版本之分。初版本，2 卷，1959 年出版；再版本改为 1 卷，增加彩色插图，1962 年出版；三版本无插图。

捷克文译本，有［捷］克拉尔译本。［捷］克拉尔译本，全译本。120 回，3 册。据人民文学出版社铅印本译。奥德昂文学艺术出版社 1987 年出版。

日文译本，有［日］森槐南译本，［日］岛崎藤村译本，［日］岸春风楼译本，［日］幸田露伴、平冈龙城译本，［日］太宰卫门译本，［日］松枝茂夫译本，［日］松枝茂夫重译本，［日］繁塚朗译本，陈德胜译本，［日］大高岩译本，［日］野崎骏平、志村良治译本，［日］石原岩彻译本，［日］伊藤漱平译本，［日］富士正晴、武部利男译本、［日］增田涉、松枝茂夫、常石茂译本，［日］立间祥介译本。［日］森槐南译本，《红楼梦》。译第 1 回楔子。1892 年发表。［日］岛崎藤村译本，《风月宝鉴》。选译第 12 回。载于《女学生杂志》第 321 号（1892）。［日］岸春风楼译本，《新译红楼梦上卷》。译第 1—39 回。文教社（东京）1916 年出版。［日］幸田露伴、平冈龙城译本，《国译红楼梦》，80 回，3 卷。据有正本译出。日汉对照。有幸田露伴《红楼梦解题》，注解，图像 12 幅。国民文库刊行会（东京）1920 年至 1922 年出版，列入“国译汉文大成”。［日］太宰卫门译本，《新译红楼梦》。节译本。三星书社（东京）1924 年出版。[日]松枝茂夫译本，全译本。《红楼梦》，120 回。前 80 回据有正本译出，后 40 回据程乙本译出。有注解，附贾氏世系图。此译本有三种版本：（1）岩波书店 1940 年至 1951 年出版，14 册，列入“岩波文库”。1977 年再版，改为 12 册。（2）平凡社 1955 年出版，列入“世界名著全集”第 5 卷，1963 年再版。（3）讲谈社 1967 年出版。[日]松枝茂夫重译本，全译本。《红楼梦》，12 册。[日]繁塚朗译本，《红楼梦》。据 120 回本编译。连载于《国际新闻》（1948，大阪）。未出单行本。陈德胜译本，《新译红楼梦》。译第 1—60 回。中华文化研究所（神户）1953 年出版。[日]大高岩译本，《红楼梦摘译》。摘译第 1—4 回。载于《新声》1957 年 12 月号至 1958 年 3 月号。[日]野崎骏平、志村良治译本，《尤三姐》。选译第 65、66 回。有注释。载于《文科纪要》第 10 期。[日]石原岩彻译本，《新编红楼梦》。节译本。1 册。附图。春阳堂（东京）1958 年出版。[日]伊藤漱平译本，《红楼梦》，120 回，3 卷。据俞平伯《红楼梦八十回校本》、程甲本后 40 回译出。附解说，大观园图，贾氏世系谱，荣国府想象图，《红楼梦》年表。插图 138 幅，采自程甲本、王希廉评本、改琦《红楼梦图咏》。平凡社（东京）1958 年至 1960 年出版，列入“中国古典文学全集”。其后，1969 年、1970 年又出新译本，1974 年重印。[日]富士正晴、武部利男译本《红楼梦》。节译本。1 册。河出书房（东京）1968 年出版，列入“世界文学全集”。[日]增田涉、松枝茂夫、常石茂译本，《红楼梦》。节译本。平凡社（东京）1970 年出版，列入“奇书丛书”。[日]立间祥介译本，《红楼梦》。节译本。1 册。集英社（东京）1971 年 1 月出版；平凡社（东京）1971 年 7 月出版。

越南文译本，有[越]武培煌、阮允泽等译本。[越]武培煌、阮允泽等译本，全译本。120 回，6 册。后 40 回译者为阮育文、阮文煊。原据人民文学出版社 1957 年铅印本翻译，后改用俞平伯《红楼梦八十回校本》（附后 40 回）翻译。有[越]裴杞《内容介绍》。文化社（河内）1962 年至 1963 年出版。

泰文译本，有哇拉他·台吉高译本。哇拉他·台吉高译本，摘译本。40 回，1 册。有洛·拉威旺序。建设出版社（曼谷）1980 年出版。

缅甸文译本，有［缅甸］吴妙丹丁译本。［缅甸］吴妙丹丁译本，全译本。120 回，9 册。据外文出版社杨宪益、戴乃迭英译本转译。缅甸新力出版社 1988 年出版。

韩文译本，有乐善斋藏本、［韩］金龙济译本、［韩］李周海译本、［韩］金相一译本、［韩］吴荣锡译本、［韩］禹玄民译本、［韩］洌上古典研究会译本。乐善斋藏本，抄本。全译本。120 回。残存 117 册（缺第 24、54、71 回）。现藏于韩国精神文化研究院。每叶分上下栏。上栏（1/3）朱笔抄写原文。底本属于程甲本系统。下栏（2/3）译文。疑是朝鲜高宗年间文士李钟泰等人所译，其时约在 1884 年。有亚细亚文化社（汉城）1988 年影印本。影印本有［韩］李家源序，删去每册封面（原有回目），并将上栏朱笔原文印为墨色，所缺三回则以台湾新陆书局 1957 年《古本红楼梦》补配。［韩］金龙济译本，120 回，2 册。据 120 回本意译。有译者跋。每回附插图。正音社（汉城）1960 年出版。1962 年、1977 年重印。［韩］李周海译本，全译本。120 回，5 册。内容有改写处。有译者序。每回附插图。乙酉文化社（汉城）1969 年出版。［韩］金相一译本，节译本。72 章，1 册。有曹雪芹像，大观园图，解说，贾氏世系表。徽文出版社（汉城）1974 年出版，1975 年再版。［韩］吴荣锡译本，节译本。120 回，5 册。回目另起名。知星出版社（汉城）1980 年出版，列入“中国古典文学选集”。［韩］禹玄民译本，节译本，120 回，6 册。底本属于程本系统。瑞文堂（汉城）1982 年出版。［韩］洌上古典研究会译本，全译本。120 回，8 册。据中国艺术研究院红楼梦研究所校注本译出。有［韩］李家源序，人物解说，贾氏家世表，插图，注释。平民社（汉城）出版。

论曹雪芹画像真伪问题

一 问题的提出

所谓“曹雪芹画像”，其传世者，已发现两幅：一为手卷，王冈绘，李祖韩藏；一为册页，陆厚信绘，河南省博物馆藏。

王冈所绘的手卷，原件一直没有公开，只有照片流传。据说，此画署“壬午（乾隆二十七年）三月”，上有皇八子永璇、钱大昕，倪承宽、那穆齐札、钱载、观保、蔡以台、谢墉、陈兆崙、秦大士等乾隆时名人的题咏。

陆厚信所绘的册页，有陆厚值的识语和尹继善的题诗。从识语可知画中之人为两江总督尹继善的幕僚，常与尹继善“诗酒赓和”。

有些研究红学的专家对这两幅画像的真伪作出了鉴定。认为王冈所绘确是曹雪芹者，有俞平伯、吴世昌、吴思裕等同志。至于陆厚信所绘，周汝昌同志力主“这是传世的最为可靠的一幅曹雪芹画像”。

有些研究红学的专家更根据这两幅画像和有关的资料，来推断曹雪芹的生平历史，并得出了一些值得注意的结论。例如，吴恩裕同志在《有关曹雪芹十种》一书中说：“然则，雪芹虽贫困落拓，著书西郊，与当时上层社会亦自有关系。”后来，他更在《曹雪芹的佚著和传记材料的发现》[①]中进一步作出了这样的推论：“雪芹当时在上层官场中是颇知名的，这一点同以前有些人的设想不同。”周汝昌同志虽对王冈的画持怀疑态度，但却深信陆厚信所绘系曹雪芹。他在《红楼梦新证》、《史事稽年》的乾隆二十四年记事中写道：“秋，赴尹继善招，入两江总督幕，重至江宁。”在乾

① 《文物》1973 年第 2 期。

隆二十五年记事中又写道："旋弃江南幕归京。"

显然，这些对曹雪芹生平事迹的推断都是根据这两幅画作出的。如果这两幅画确实是曹雪芹的画像，这些推断自然能被大家接受，反之，则难以成立。

因此，辨证"曹雪芹画像"的真伪问题，其意义实际上不仅是鉴别这两幅画像的文物价值，而且还直接关系到对曹雪芹的生活道路和历史的理解。曹雪芹有没有做过两江总督尹继善的幕僚，并和他"诗酒赓和"？曹雪芹和皇八子永璇以及观保、谢墉等人有无交往？这些问题都涉及他的政治态度、思想和创作的发展过程，不容等闲视之。我们应该根据马克思主义的历史唯物主义的观点对古代作家进行研究和评论。我们探讨这两幅所谓"曹雪芹画像"的真伪问题，正是从这样的认识出发的。

二 两个重大的疑点

这两幅画像，经过深入的考察，我们发现有两个重大的疑点。

第一，画中人的相貌和曹雪芹全然不符。

我们知道，曹雪芹生前的好友敦诚曾写过两首《挽曹雪芹》诗，第一首开头两句说："四十萧然太瘦生，晓风昨日拂铭旌"（《鹪鹩庵杂记》），明白表述曹雪芹活了四十来岁，家境穷困，相当消瘦。"太瘦生"是用李白《戏赠杜甫》一诗的意思。李诗云："饭颗山头逢杜甫，头戴笠子日卓午。借问别来太瘦生，总为从前作诗苦。"曹雪芹在艰苦的环境中努力从事《红楼梦》的创作，正如甲戌本《石头记》中"凡例"后面的题诗所云："字字看来皆是血，十年辛苦不寻常"，他为此而损害了身体健康。敦诚在诗中用"太瘦生"一词来形容他，并以那"呕尽心肝"而早死的诗人李贺相比，是真实的写照。

明远堂藏抄本《石头记》（或称"靖本"），在第1回正文"生得骨格不凡，丰神迥异"句上有一条"脂批"："作者自己形容"。又梦觉主人序本《红楼梦》（或称"甲辰本"），在这两句正文上也有一条"脂批"："这是真像，非幻像也。"我们知道，"脂批"的作者主要是脂砚斋和畸笏叟，都和曹雪芹有着密切的关系。他们留下的有关曹雪芹相貌的描述应是可靠的。

由此可见，曹雪芹在他倾注心血创作《红楼梦》的时期，特别是在他生活的后期，相貌较为清瘦。人一消瘦，就容易显得骨格突出。与曹雪芹交往的明琳之弟明义，写了二十首《题红楼梦》诗，最后一首写作者曹雪芹，就说是“馔玉炊金未几春，王孙瘦损骨嶙峋”。曹雪芹人虽瘦，可是很有精神，风貌神采十分出众。

所谓“曹雪芹画像”，陆厚信所绘的一幅据周汝昌同志考订，作于乾隆二十四年秋至二十五年秋，王冈所绘的一幅署为“壬午三月”，即乾隆二十七年三月，相距不到三年，都是属于曹雪芹生活的后期。这两幅画像所画的人，都脸圆而胖，相貌平庸，无出众之处，和我们所知的描述曹雪芹相貌的可靠材料，确实差得很远。

主张是曹雪芹画像的同志，都引裕瑞《枣窗闲笔》上“其人身胖头广而色黑”的话为证。查裕瑞（1771—1838）在曹雪芹去世八年之后方才出世，根本不可能见过曹雪芹本人。他说曹雪芹是汉军人，“亦不知隶何旗”，又说“其名不得知”，“雪芹”是字还是号也弄不清。如果这些情况是出自“前辈姻戚”的口中，这位“前辈姻戚”究竟是否真和曹雪芹“交好”，值得打上一个问号。《枣窗闲笔》在嘉庆、道光年间写成，裕瑞的记载可能是捕风捉影之谈，不尽属实，充其量只能看作是有关曹雪芹的一种传说。两相比较，我们只能相信与曹雪芹确实交往密切的人——敦诚、脂砚斋等的描述。因为他们是亲眼目睹，自然可信；而裕瑞的记载只是耳食之言，不足为凭。

第二个重大疑点是这两幅画像的题咏者均为当时的达官贵人和翰苑名流，他们和久困山村、穷愁著书的曹雪芹都有交往，一起为他题像，并且还有聘他入两江总督幕府之事，与我们所知道的曹雪芹的情况完全不符。

敦诚在乾隆二十六年秋天写了一首《赠曹芹圃》诗：“满径蓬蒿老不华，举家食粥酒常赊。衡门僻巷愁今雨，废馆颓楼梦旧家。司业青钱留客醉，步兵白眼向人斜。阿谁买与猪肝食？日望西山餐暮霞。”[①] 其中描写了曹雪芹住在北京西郊，居处简陋，除了老友有时前来探望，绝少新交。尾

① 敦诚：《四松堂集》稿本。

联用东汉闵贡的故事：闵贡“客居安邑。老病家贫，不能得肉，日买猪肝一片，屠者或不肯与，安邑令闻，敕吏常给焉”（《后汉书·周黄徐姜申屠列传》）。敦诚感叹当时连像安邑令那样肯帮助贫困文人的官吏都没有，根本无人关心和照顾曹雪芹，任其潦倒。这首诗最清楚不过地说明了曹雪芹当时的处境，何来官居一品、声势显赫的两江总督来和“罪人之子”的曹雪芹叙“通家之好”，请他到南京进入幕府，待如上宾呢？

除了敦诚以外，我们还可以请出一位当时人袁枚来做见证。此人和尹继善的关系极深，经常出入两江总督的部院衙门及宅邸，却根本不知道幕府中有一个曹雪芹。他在《随园诗话》中是这样说的：“雪芹者，曹练亭织造之嗣君也，相隔已百年矣”（卷十六）。哪怕是他们两人仅有一面之交，恐怕也不至于会发生这么大的误会，闹这样大的笑话，竟说曹雪芹是百年前的古人！我们不难断定，曹雪芹对于袁枚来说是陌生的人，而这也正好间接地证明了曹雪芹不可能在尹继善的两江总督衙门里做幕僚。

王冈所绘的那幅画像，据说题咏者计有十人，除皇八子永璇外，其他九人都是进士。其中秦大士是乾隆十七年状元，倪承宽是乾隆十九年探花，蔡以台是乾隆二十二年状元。这九个人先后都进入翰林，任官又大都在翰林院和詹事府。乾隆二十七年，即题画像的那一年，他们所担任的职务经考订如下：

观保　吏部右侍郎兼翰林院掌院学士
陈兆崙　通政司副使
谢墉　翰林院编修
钱载　詹事府右庶子兼翰林院侍讲
倪承宽　太仆寺少卿
钱大昕　翰林院侍读
蔡以台　翰林院修撰
那穆齐礼　翰林院庶吉士
秦大士　翰林院侍讲

其中观保的地位最高，他自乾隆二十年起就入直“上书房”（又名“阿哥书房”），二十二年升为总师傅。倪承宽自乾隆二十二年，陈兆崙自乾隆二十三年，谢墉自乾隆二十四年，也分别入直“上书房”，做了皇子的师傅。

我们知道，傲岸不屈是曹雪芹性格上很突出的一个特点，敦敏称他为“傲骨如君世已奇”，敦诚也说他是“步兵白眼向人斜”。翻开《红楼梦》，我们便可看到，曹雪芹写林黛玉把北静王水溶称为“臭男人”（第16回）。他还通过惜春之口说：“难道状元就没有不通的吗？”（第74回）又借冷子兴来讽刺贾雨村之流：“亏你是进士出身，原来不通！”他写贾宝玉痛骂当时所谓“读书上进”和一心做官的人是“禄蠹”（第19回），并把史湘云所说的“你就不愿读书去考举人进士，也该常常的会会这些为官作宰的人们，谈谈讲讲些仕途经济的学问”，斥之为“混账话”（第32回），如此等等。足见曹雪芹在思想上是对什么皇子、总督、状元、进士极其厌恶和藐视的，不屑与之为伍。

乾隆二十七年的秋天，敦诚与曹雪芹相遇于槐园。他解下佩刀，为雪芹质酒买醉，在诗中写道：“我有古剑尚在匣，一条秋水苍波凉，君才抑塞倘欲拔，不妨斫地歌王郎。”[①] 他用杜甫《短歌行，赠王郎司直》的诗意，感叹曹雪芹虽有“磊落之奇才”，但在当时无人赏识，不能为世所用。如果就在这一年的三月里有皇八子及那么一大批供职于翰林院和詹事府的名流和他交往，纷纷为他题像，封建统治阶级岂不是非常重视这位文学家了吗？我们看敦诚十分斩钉截铁地对曹雪芹说“君才抑塞”，而且还劝他斫地而歌，足见他并无此“幸遇”。

这一年的除夕，曹雪芹去世了。敦诚为他所写挽诗的定稿，首联云：“四十年华付杳冥，哀旌一片阿谁铭？”他感叹曹雪芹身后萧条，至无人为题铭旌。当时，题铭旌一般需找有功名和有官职的人。应该说，观保、陈兆崙、谢墉等九人都是最佳的人选。他们一个个都是进士出身，其中又有两名状元和一名探花，既有功名，又是现任官员。他们在这一年的三月里既能为曹雪芹题画像，难道就不能题题铭旌吗？

敦诚的挽诗是有力的证据，它清楚地说明了，曹雪芹在他生活的后期，

---

① 敦诚：《四松堂集》卷一。

并未和那许多闻人和名流交往。他的朋友只有敦敏、敦诚、张宜泉等人，他们既没考中什么举人和进士，当时也都无有一官半职。曹家的阔亲戚早已把曹雪芹视同陌路之人了。敦诚所说的“哀旌一片阿谁铭”完全是写实的。

因此，我们认为，陆厚信和王冈所绘的都不是曹雪芹的画像。

三 陆厚信画的是俞楚江

这两幅画像既然都不是曹雪芹的画像，那么，它们所画的人究竟是谁呢？

由于陆厚信这幅画业已公之于世，它的识语和题诗也已全部披露，我们先对它进行研究，以彻底揭开“曹雪芹画像”之谜。

1963 年，在“曹雪芹逝世二百周年纪念展览会”筹备期间，陆厚信所绘的这幅画像的原件曾调来北京，我们有机会得以目验。画上有两江总督尹继善手题的两首七绝，对于判明画中人，这实是一个关键所在。题诗和画像处于单开册页的同一张整纸上，自成一套，形成了有机的联系。陆厚信的识语明确地点出，他所画的人是尹继善的幕僚。而尹继善的题诗，显然系为幕僚的画像而作，属于临别纪念的性质。

周汝昌同志在《雪芹小像辨》一文中说，画像和题诗“各不相涉”，“并非一事”，没有必然的联系。我们认为，这种说法是缺乏说服力的，他所举出的几条理由也是站不住脚的。

理由之一：“尹氏题诗和陆氏画像各居‘对开叶’的左右扇，自成‘单位’。裱成的对开叶，虽然相连，但照例为中间的折缝分隔，实成两幅，因此这种对开叶的两扇书画之间，不一定都有必然关系。”

我们认为，单开册页为同一张整纸，一半画像，另一半题诗，诗画关合，这在古人书画中是常见的情形。既是同一张整纸，就完全排除了装裱错乱的可能。既是册页，就难免要有折缝；但不能一见到折缝就指前后两个半开为“两幅”，其理甚明。

理由之二：“尹诗说：‘万里天空气泬寥，白门云树望中遥；风流谁似题诗客；坐对青山想六朝。’则足证尹氏原来所题的画幅，是有‘云树’

‘青山’等景物为背景的画幅，而陆画却只是一个单人肖像，席地而坐，别无任何衬景。可见尹诗并非是为专题陆画而入册者甚明，二者实各不相涉。”

我们认为，尹诗是为专题陆画而入册的。一个诗人，在他的笔下，可以任意驰骋他的想象。题画诗这种体裁并不例外。诗人可写画内景物，也可写画外的景物。“云树”、“青山”，显然就是那种画外的景物。原诗说：“云树望中遥”。这个“望中”，指所画之人的“望中”，不是题诗者的“望中”。原诗又说：“坐对青山”。这个“坐对”，也同样指所画之人在“坐对”，不是题诗者在“坐对”。而陆厚信所画的是正面像，不是侧面像，更不是背面像。试想，在画上，一个正面而坐的人，他“望中”或“坐对”的景物，能在画幅上出现吗?

这首诗一开头就说：“万里天空气泬寥”。“泬寥”一词出自《楚辞·九辩》：“泬寥兮天高而气清”。王逸注云：“泬寥，旷荡空虚也。”这正好和画上之无衬景相合。以为画上无衬景便与尹诗不符，实际上是未曾明白诗的原意。

理由之三：“尹诗又云：‘久住江城别亦难，秋风送我整归鞍；他时光景如相忆，好把新图一借看。’尤足证明原来所题的画幅是‘江城’的‘光景’为主，即南京风物为主，而绝不是一幅单人肖像。”

我们认为，这条理由也是很难成立的。这里牵涉对尹继善这首七绝内容的理解。第一句所写的寓别，含意双关，既指他久住的南京，又指和他共同久住南京的人，即陆厚信所画的那个人，而且主要是指后者。第三句“光景”一词，在这里应作人的仪表风貌解，指画中人，也就是指那个和尹继善一起在南京长期相处的幕僚，必须强调指出，尹继善题的是人物画，不是风景画。所以，不存在什么“南京风物为主”的问题。

理由之四：“尹氏题诗中既有‘新图’，则此图作画必不是旧日陈事，即距尹氏离开南京入都时必定很近。而陆厚信的题记提到尹氏时只云‘尹公望山时督两江’，殊无一字表示或流露将别的语气。亦足见诗、画并非一事。”

我们认为，周汝昌同志所作的解释不符合尹继善诗句和陆厚信识语的原意。尹诗的“新”字，不是指此图所绘的内容，而是指绘此图的时间。

所谓“新图”，表明绘此图的时间在新近。而陆厚信识语所说的“尹公望山时督两江”，“时”字是指尹继善聘请“雪芹先生”做幕僚之时，不是指尹继善离开南京北返之时。陆厚信识语的最后一句说“以志雪鸿之迹云尔”，已流露出将要离别的口气。这里用的是苏轼《和子由渑池怀旧》诗中“人生到处知何似？应似飞鸿踏雪泥，泥上偶然留指爪，鸿飞那复计东西”的意思。所以，说他的识语“殊无一字表示或流露将别的语气”，是不符合事实的。

理由之五：“尹诗如真是为这里的图幅而专题的，那它起码要有‘奉题某某先生小照’之类的上款。而册中的尹诗却只有秃秃的‘望山尹继善’五字下款。又足证此处尹诗不过是为应求题册人的请求而随意写下的个人诗句。其所以写下这两首，揣度情理：一是因见雪芹画像而联想到自己另外题像的诗，题目略有关联；二是此两诗刚作不久，容易记起，故而随手落笔了。”

我们认为，这条理由仍然是不能成立的。题画诗固然可以有上款，但也可以没有上款，尤其是在画家识语中已经出现了被画者名字的时候。尹诗题赠的对象应该就是陆厚信所画的那个人，即尹继善的幕僚，而不可能是一个不相干的“求题册人”。试想，当一个不相干的人来请尹继善题诗时，他拿出手的册页上竟是尹继善幕僚的画像，请问，这个人能这样干吗？再说，尹继善肯为他把诗题在自己幕僚的画像之侧吗？从另一方面说，尹继善是一个以诗人自负的大官僚，当他为幕僚题诗，而这位幕僚又是一个同他“诗酒赓和”的文人，在这样的情况下，尹继善难道竟会“随意”乱写一通吗，竟会把自己为别人题像的现成诗句搬来敷衍塞责，而不专门构思、命笔以应诗友的要求吗？

尹继善的诗集叫作《尹文端公诗集》。其中，卷九收有这两首七绝。除了第二首的“江城”作“金陵”以外，其余字句和画像上的题诗完全相同。更重要的是，诗题作《题俞楚江照》。这不啻告诉我们，陆厚信所画的人就是这位也叫作“雪芹”的俞楚江。

《尹文端公诗集》是按创作年月编次的。《题俞楚江照》为卷九的第四十九题。从前后排列的诗可以看出，它作于乾隆三十年秋季，其时在九月六日之前的不久。

尹继善一生曾四次出任两江总督。最后一任时间最长，从乾隆十九年八月到三十年三月。寓任的命令是四月初从北京发出的，尹继善动身还朝的日期则是九月初六。

《题俞楚江照》正写于这次寓任的时候。“久住金陵别亦难，秋风送我整归鞍”，表明尹继善写此诗时曾在南京久住，离开的时间则在秋季。既是“久住”，就不可能写于第一任和第三任寓任之时。因为第一任只有两年左右，第三任只有一年左右。既是“秋”季，就不可能是第二任。因为第二任任满离开南京的时间是在冬季。

总之，这两首七绝写于乾隆三十年秋季，这是确凿无疑的事实。因而这就完全排除了它是题赠曹雪芹画像的可能。大家知道，曹雪芹卒于乾隆二十七年（壬午）除夕。到了乾隆三十年，他已逝世两年有余。这也间接地证明了陆厚信所画的人虽然也叫作“雪芹”，却确实不是曹雪芹。正像尹继善的诗题《题俞楚江照》所表明的，这是一幅俞楚江的画像。

俞楚江，名瀚，一字楚善，号知止老人、壶山渔者，浙江山阴人。他工诗，善画，精于篆书、篆刻，通古文字学。著有《壶山诗钞》、《居易集》。其父俞士震，寄籍上元，也是南京地方的一个有名的文人，著有《倦轩吟》。袁枚《随园诗话》卷 13 说，俞瀚“久客京师，金少司农辉荐与望山相公”。沈大成《亡友俞楚江金陵怀古诗跋》说：“当相国尹公总制两江时，楚江为上客，出入幕府，游金陵最久。”（《学福斋集》卷 14）袁枚《俞楚江诗序》说：“乐令语宫，全资潘岳；窦融章奏，半出班彪。”（《小仓山房外集》卷三）可见俞楚江确是两江总督尹继善的幕僚，深受尹继善的器重。

四　王冈画的也是俞楚江

周汝昌同志在《雪芹小像辨》一文中，曾提出这样一种意见，即王冈所绘可能是其父王睿章的画像。他说：

> 后来，我转向于存疑的态度。因为王冈是上海宝山刻印家王睿章之子，睿章号“雪岑”。其乾隆五年序刊本《醉爱居印赏》，即自署

“雪岑老人”。那么是否存在着一个可能——即此像本系王冈或他人为王雪岑所作的行乐图，而被讹传划涂改成为“雪芹”字样的？这一可能，不容不估计到。

王冈的生年是可考的。他的同乡冯金伯在《墨香居画识》上有段记载，为我们提供了这方面的资料。

> 王冈，字南石，号旅云山人，居邑（南汇县）之航头镇。工花卉、人物，并善写照。其画初学于新安黄仙源，后则自出己意，随手写生，无不入妙。其写水族、草虫，尤觉生动。戊子（乾隆三十三年，1768）春来舍，为先君写松鸽图照，最为逼肖。庚寅（乾隆三十五年，1770）又至，作画颇多，时年已七十有四，即于是秋去世。

据此，王冈在乾隆三十五年是74岁，死在这一年秋天。推算起来，他的生年当在1697年，即康熙三十六年。由此可以推算其父的年龄。我们姑且假定王睿章16岁结婚，17岁得子即王冈，则王睿章的出生不能迟于1679年，即康熙十八年。他在乾隆五年至少有62岁，故自署为“雪岑老人”。乾隆二十七年，王睿章至少已83岁了。我们看这幅画像绝非为80多岁老翁所作的写照，王睿章的实际年龄与画中人甚为悬殊，岂能是他的画像？周汝昌同志所提出的这一说法显然是不能成立的。

因此我们必须寻找另外的途径来判断画中人。我们认为，把王冈的画和陆厚信的画联系起来考察，很有必要。它们之间存在着许多联系。

第一，画中人的面貌相似。此点已为一些专家所注意，如吴恩裕同志曾指出：陆厚信所绘的画像“面圆而胖，色绝黑，盖画时著铅粉，年既久，遂暗黑至不可辨识。细察其眉目平正，鼻下端较阔，与王南石所绘似为一人，惟较王作稍早耳”①。第二，两幅画的题词和识语都同称画中人为“雪芹”。第三，它们作画的时间相去不远，只有三年。第四，为陆厚信画题诗的两江总督尹继善，与为王冈画题词的皇八子永璇有着亲密的翁婿关系。

① 吴恩裕：《有关曹雪芹十种》，第169页。

我们业已考订出陆厚信所绘确为尹继善的幕僚俞楚江的画像，那么，王冈所绘是否也是俞楚江的画像呢？这是值得认真研究的。

沈大成在《俞楚江壶山诗钞序》一文中曾写道："吾友俞君楚江，少即以诗名东南。壮而出游四方，入京师，巨公贵人，倒屣迎致；海内硕师鸿儒，知名之士，无不折辈行与之交；下至释老方伎之徒，亦皆知有楚江先生者"（《学福斋集》卷四）。由此可知，俞楚江在北京交游很广，结识了许多"巨公贵人"和"知名之士"，这和王冈画上有许多名流、闻人题词的情况是相符合的。我们还可指出，当时的著名数学家吴烺（即《儒林外史》作者吴敬梓之子）和他也有交往，《杉亭集》中存有《放歌赠俞楚江》诗。吴烺与谢墉为"同年"，又同居一寓，关系密切；钱大昕曾为他的《杉亭集》写序，沈大成曾为他的《周髀算经图注》写序；钱载、秦大士等人也和他常相唱和。看来，俞楚江和这些人都有过接触往来。

此外，我们还在清代的《历科题名碑录》中发现俞瀚之名，知道他在乾隆二十二年中过进士。

乾隆二十二年丁丑科的进士考试，共录取了 242 名。俞瀚是第二甲第 68 名，进士题名碑上注明是"顺天府大兴县人"。光绪《畿辅通志》卷四十一《选举志》也有同样沈大成在《哭俞楚江文》中说俞楚江是"故乡在越，寄家在燕"（《学福斋集》卷二十）。袁枚在《俞楚江诗序》里也说"楚江山阴著姓，燕北寄公"，并在《随园诗话》中说他"久客京师"。看来俞瀚的祖籍是浙江山阴，他在北京参加考试所报的籍贯是他的寄籍。我们只要看一下清代的《越中科第录》，这种情况屡见不鲜，许多祖籍浙江山阴、会稽、上虞、萧山的人，都是以"大兴籍"考中进士的。

我们看王冈这幅画的题词者，便可发现其中有两人是俞瀚的"同年"。一个是蔡以台，他是丁丑科的状元，和俞瀚还有同乡之谊。另一个是那穆齐礼，他在丁丑科的榜上列为第二甲第 47 名，经过朝考而被选作翰林院的庶吉士。这一科共挑选了庶吉士 37 名，俞瀚未被选上。有人说王冈画的是一个"翰林公"，乃无稽之谈。

尹继善是乾隆派到江南去坐镇一方的重臣，在他的幕府中罗致有进士出身的人实不足为奇。当时大官僚常物色进士作为幕府中人。更为重要的是，俞瀚的"幕主"尹继善是皇八子永璇的岳丈。乾隆二十六年的春天，尹继善奉乾隆之命，来京筹办“八阿哥”的婚礼，六月里大婚告成。第二年春天，俞楚江回北京探亲，借此机会联络皇八子，也是题中应有之义。皇八子新婚半年多，对他老丈人身边的高级幕僚自然待以师礼。于是，上书房的一些师傅和翰苑文人（他们都和尹继善有交往）纷纷出来捧场，为他的画像题词。事实的真相大抵不过如此。

王冈与陆厚信所绘的这两幅画像虽然是两个画家在不同的时间画的，不可能完全一样，但是由于所画的是同一个人，作画时间相隔不到三年，所以画中人的面貌、风度相似。两幅画像上的识语和题词又和俞楚江的生平经历和社会关系相符，尤足以证明这两幅都是俞楚江的画像，而不是曹雪芹的画像。

俞楚江是否也号雪芹呢？我们虽未发现当时人为他写的传记或墓志，但是陆厚信在画上所题的识语，白纸黑字，明明称他是“雪芹先生”，而王冈画上的题词也都是称他“雪芹”（据说其中有一人称为雪琴，当是误记）。这些都是物证。此外，我们还可循古人的名和字号常相关联之例试作探索。

俞楚江之名瀚，当是取自《淮南子·俶真训》上的“浩浩瀚瀚”，高诱注云“广大貌也”。唐代冯贽在《云仙杂记》上记载：“张曲江（九龄）语人曰：‘学者常想胸次吞云梦泽，笔头涌若耶溪，量既并包，文亦浩瀚’”，“浩瀚”一词也被用来形容文章之放肆汪洋。《诗经·鲁颂·泮水篇》上说：“思乐泮水，薄采其芹”，古人每用“采芹”来比喻入学为生员，因之“雪芹”之号和“瀚”之名是相关联的，盖取文章登科之意。另外，二者也都和“云梦泽”有关。（司马相如《子虚赋》上说：“云梦者，方九百里”，《吕氏春秋·本味篇》上说：“云梦之芹”，高诱注云“云梦，楚泽。芹生水涯。”）

我们知道俞楚江又字楚善。显而易见，“雪芹”和“楚善”也有密切的联系，正是出于《吕氏春秋·本味篇》上所记载的大臣伊尹对汤讲的话：“菜之美者……云梦之芹”（一般类书如《太平御览》等均引作“菜之美者，云梦之芹”，把这两句直接连在一起）。“善”在古汉语中本可作“美”解，如《吕氏春秋·古乐篇》上说“以见其善”，高诱注云“善，美”。

俞楚江的名和字既和“雪芹”都有关联，而且他的两幅画像的识语和题词都称他“雪芹”，因此我们可以断定俞楚江是号雪芹。

生活在同一时代的人，同名或者同号并非罕见。俞楚江的画像被误认作曹雪芹的画像，正是由于他俩是同时人，都号“雪芹”，又都曾在南京和北京居住过，后人不察，因而相混。这是一个很好的例子，可供鉴定历史文物的同志们参考。

解破了《红楼梦》的一个谜

——初谈舒本的重要价值

一 确凿可信的乾隆抄本

辨别一个版本的年代，有时非看原书不可。只凭复印本、晒蓝本或影印本作为研究的资料，有些问题是不易察觉的。

舒本[①]就是这样的。

在《红楼梦》诸版本中，舒本是一种具有重要价值的版本。

它的重要性，首先在于，它是确凿可信的乾隆年间的抄本。从它的纸张、墨色，可以作这样的判断。不仅如此，从它的序文所署的年月日，更可以作这样的判断。

序文的最后两行的落款是："乾隆五十四年，岁次屠维作噩，且月上浣，虎林董园氏舒元炜序并书于金台客舍。"

乾隆五十四年即公元1789年。屠维作噩系记年的干支己酉。且月则为阴历六月的别称。上浣即上旬。乾隆五十四年（1789）六月上旬——这就是舒元炜撰写这篇序文的年月日。

金台为北京的别称。北京——这就是舒元炜撰写序文的地点。

由于序文中有"摇毫简掷，口诵手批"、"特加雠校"、"合付钞胥"等语，可知舒本（抄本）正文抄写的时间就在乾隆五十四年六月前后，抄写的地点则在北京。

① "舒本"是舒元炜序本的简称。也有人称它为"己酉本"。

这个时间和地点的记载引人注意。我们知道，北京是曹雪芹晚年居住和逝世的地点，他的《红楼梦》无疑是在北京写成的；北京也是《红楼梦》第一部刊本（萃文书屋活字本，即程甲本）出现的地点。而乾隆五十四年六月上旬，上距曹雪芹之死，仅有二十六年半，下距程甲本的问世，早了两年半。对于了解《红楼梦》一书在乾隆年间曹雪芹身前身后这一时间跨度和在北京这一地域的传播、流行，舒本自然是个重要的物证。

这样说，并不能祛除人们从反面提出的疑问：舒元炜撰序的时间，难道就一定能代表舒本抄写的时间吗？这个舒本不是原抄本，而是一种过录本——有没有这种可能呢？

请让我举出两个证据来加以解释。

第一，舒元炜序文的末尾说，“虎林董园氏舒元炜序并书于金台客舍”。请注意“序并书”三字。这告诉我们，序文不仅为舒元炜所撰，而且也为舒元炜亲笔书写。一看舒元炜序文的笔迹，果然和紧接在后面的舒元炳题词的笔迹不同。可信确为二人亲笔所写。

第二，更重要的，在序文末行下端，钤有舒元炜印章两方，印色赫然在目。据我仔细和反复观察，印泥的颜色和书中句读打圈所用的印泥的颜色一样，和全书的纸色、墨色也保持着一致，浑然一体，确为两百年前的旧迹，断非出于后人的伪造。由此可见，印章钤盖之时正是舒元炜序文书写之日。这不啻告诉我们，舒本乃乾隆年间（可以具体界定在乾隆五十四年）的旧物。也就是说，舒本是原抄本，而非过录本。

现存的各种《红楼梦》的早期抄本，无论是甲戌本、己卯本、庚辰本，还是列宁格勒藏本，蒙古王府本，本身都没有留下它们的抄写时间的直接的确凿可靠的证据；杨继振藏本的两个影印本①都题为《乾隆抄本百廿回红楼梦稿》，那“乾隆抄本”四字只是我们这一时代的个别人的看法，其实并没有获得书中任何直接的确凿可靠的证据的支持。相反的，舒本是唯一的例外。

这难道还不足以说明舒本的重要价值吗？

作为《红楼梦》早期抄本，舒本的重要价值曾经长期被人们忽视。其

---

① 1983年，中华书局上海编辑所；1984年，上海古籍出版社。

中一个重要的原因是，它藏于私人的书库中[1]，一般的研究者、读者没有觌面的机缘。一些有关《红楼梦》版本的论文和著作中，又根本不提及舒本序文钤有印章的事实。现在，舒本已经影印出版[2]。我相信，它的重要价值一定会被越来越多的研究者、读者所充分发现和认识。

从版本的角度说，舒本是一种具有重要价值的乾隆抄本。这只是问题的一面。问题还有另外的一面，并且是更为重要的一面。那就是说，舒本中还包含了曹雪芹的《红楼梦》初稿的若干成分，因而它对了解和研究曹雪芹的创作过程具有重要的意义。

下文将举一个具体的例子来作探讨。

二 两个奇怪的文句

《红楼梦》第34回有一段奇文。匆促间难得其解。

那是紧接在宝玉挨打之后。袭人满心委屈，找了焙茗来细问原故。袭人问："方才好端端的，为什么打起来?"焙茗回说："是为琪官、金钏姐姐的事。"袭人说问："老爷怎么得知道的?"焙茗答言："那琪官的事，多半是薛大爷素日吃醋，没法儿出气，不知在外头唆挑了谁来，在老爷跟前下的火。那金钏儿的事，是三爷说的。"关于薛蟠挑唆之事，本是焙茗自己"想当然耳"的猜测，袭人心中偏偏信了八九分。接着，宝钗来探视宝玉，向袭人问起挨打的起因。袭人顺口就把焙茗的话说了出来。宝玉怕宝钗沉心，忙止住袭人说："薛大哥从来不这样的，你们不可混裁度!"宝钗懂得宝玉的用意，因之产生了一番心理活动。据庚辰本，宝钗是这样想的：

> 打的这个形象，疼还顾不过来，还是这样细心，怕得罪了人，可见在我们身上也算是用心了。你既这样心，何不在外头大事上做工夫，老爷也欢喜了，也不能吃这样亏。但你固然怕我沉心，所以拦袭人的

---

① 舒本系著名的藏书家、中国社会科学院文学研究所研究员吴晓铃先生的藏书。

② 《古本小说丛刊》第一辑，中华书局1987年版，第四、五册。

话，难道我就不知我的哥哥，素日恣心纵欲，毫无防犯的那种心性，当日为一个秦钟，还闹的天翻地覆，自然如今比先又更利害了。

奇文，奇就奇在“当日为一个秦钟，还闹的天翻地覆”两句上。

这两句何所指？其中到底包含着什么样的故事情节？

即使去一一翻检甲戌本、庚辰本、己卯本、戚蓼生序本、列宁格勒藏本、蒙古王府本、杨继振藏本、梦觉主人序本、程甲本、程乙本等版本的上下文，哪儿也找不到这两句的本事或出处。它们提供不出令人惬意的解释。

试看秦钟和薛蟠在全书中出场的情况。秦钟的初次登场，在第7回。后在第8回至第9回，第13回至第16回中露过面。他死于第16回的末尾和第17回的开端。薛蟠的初次登场，则在第4回。其后，他还在第9回中一度出现。第10回，在金荣母亲胡氏的话语里，提到过他的名字。可知只有第9回秦钟和薛蟠共同出现于一回之中。但无论是第9回，或是第16回之前的任何一回，都没有描写秦、薛二人直接打交道的篇幅。第9回仅仅一个在前，一个在后，被作者分别写到而已。他们没有晤面的机会。因此，宝钗所说的薛蟠“当日为一个秦钟，还闹的天翻地覆”，究竟包含着什么样的内容，可算是一个难解的谜。

这有两种可能性。

其一，曹雪芹信笔写下了这两句，并没有任何特殊的考虑，当然也就不包括任何特殊的含义了。

其二，曹雪芹以细针密缕见长，他写下这两句绝非偶然。它和前文一定有所照应。

我是相信后一种可能性的。

那么，有所照应的前文何在呢？

舒本恰恰有助于这个谜底的解破。

三　一个奇怪的结尾

在众多的《红楼梦》版本中，舒本是个不起眼儿的本子。粗粗一看，它仅仅残存半部，正文字句和回目中又有一些和通行的脂本不尽一致甚至独异的地方，难怪有的学者把它归入了后人的“妄改”一类①。

但在我看来，这些地方却大多自有来历，是很值得注意的宝贵的异文。

例如，舒本第 9 回的结尾就与众不同：

> 贾瑞只要暂息此事，又悄悄的劝金荣说，“俗语说的，光棍不吃眼前亏。咱们如今少不得委曲着陪个不是，然后再寻主意报仇。不然，弄出事来，道是你起端，也不得干净。”金荣听了有理，方忍气含愧的，来与秦钟磕了一个头，方罢了。贾瑞遂立意要去调拨薛蟠来报仇，与金荣计议已定。一时散学，各自回家。不知他怎么去调拨薛蟠？且看下回分解。

而在其他版本里，这一回却不是这样结束的。以己卯本、庚辰本和杨继振藏本为例：

> 贾瑞只要暂息此事，又悄悄的劝金荣说：“俗语说的好，杀人不过头点地。你既惹出事来，少不得下点气儿磕个头，就完事了。”金荣无奈，只得进前来与宝玉磕头。且听下回分解。

两者的不同，是显而易见的。

两段不同的结尾，同样都以相同的字句（“贾瑞只要暂息此事，又悄悄的劝金荣说”）起头。但它们的内涵却大不相同。己卯本、庚辰本和杨继振藏本的结尾，是要让这场风波平息下去，以免引发新的矛盾和扩大冲突的范围。舒本的结尾，则是只求暂时平息眼下发生的事端，采取忍耐的态度，表面上退让，实际上在寻觅和等待另外的机会，企图再来报这一箭之仇。如果说前者算得上真正的退却，那么，后者的战略却是佯退和以退为进了。

两个不同的结尾，都各自在贾瑞的话语中使用了一句不同的俗语，来

① 俞平伯：《读红楼梦随笔》第三十四、三十五篇。

阐述他的打算，这和它们整体的内涵完全适应一致。己卯本、庚辰本和杨继振藏本的俗语是“杀人不过头点地”，暗示不会是更坏的结局。谁挑起事端，谁有责任来了结。只要“下点气儿磕个头”，赔礼道歉，这幕闹剧也就可以收场了。而舒本的俗语却是“光棍不吃眼前亏”，它所引出的意义包含着三层。第一，说是不吃亏，其实吃了亏，只不过不是大亏，而是小亏罢了。第二，要让金荣带着“委屈”的情绪去赔不是，这为下一步的行动计划埋下了伏笔。第三，事由金荣而起，因此吃点儿小亏，也不算完全冤枉。贾瑞这番话还暗含着为自己开脱的意思。他是司塾的贾代儒的孙子，奉命担应了“暂且管理”的责任。不把这场风波暂时平息下去，他无法向自己的祖父以及荣、宁二府交代。然而，他又心有不甘，哪肯就此罢休。这番话充分地暴露了他的这种矛盾的心情。

在结尾的最后两句，叙述的主体也有所不同。己卯本、庚辰本、杨继振藏本以金荣为主体。他处于无可奈何的境地，感到贾瑞并没有完全站在自己一边，大势已去，被迫地去磕了一个不大情愿的头。舒本则以贾瑞为主体。其时，金荣已磕过了头。贾瑞拿定主意，并和金荣共同策划，要去“调拨”薛蟠来报仇。他是主要矛盾的一方，表现积极的主动性。这样做的结果，使金荣感到贾瑞是自己人，是在为自己设身处地地着想，因而觉得有理，也有依靠和盼望。叙述主体的不同，这是引起下文的关键所在。

不同的处理，是由于构思的不同。

现存第十回的开端部分，在脂本系统的诸版本中，基本上没有异文，都以金荣为叙述的主体。它们和己卯本、庚辰本、杨继振藏本等的第9回的结尾衔接，丝丝入扣，而和舒本第9回结尾不衔接，扞格不入。

再拿第34回薛宝钗所说的“当日为一个秦钟，还闹的天翻地覆”来作比较。它和己卯本、庚辰本、杨继振藏本等的第9回结尾没有关涉。但是，它和舒本第9回结尾却遥相呼应。秦钟—金荣—贾瑞—薛蟠，一条线把他们串联起来了。本文第二节所说的“有所照应”的前文，应该就在这里。这也可以证明，舒本第9回结尾的异文并非出于后人的“妄改”。我相信，在修改前人的文稿时，后人不会有这样缜密的文思。

从上述两点比较来看，第9回两种不同的结尾有初稿、改稿之分。与现存第10回衔接者，属于改稿；与现存第10回不衔接者，属于初稿。换言之，舒本第9回结尾出于曹雪芹的初稿，已卯本、庚辰本、杨继振藏本等的第9回结尾则是曹雪芹的改稿。

既然第9回结尾初稿已露出端倪，那么，第10回初稿应该是个什么样的面貌呢？

四　推测:第10回初稿内容

"贾瑞遂立意要去调拨薛蟠来报仇"，"不知他怎么去调拨薛蟠"？

什么叫调拨？调拨就是挑拨。这有《红楼梦》本文为证。第9回，李贵喝骂茗烟说："仔细回去我好不好先捶了你，然后再回老爷、太太，就说宝玉全是你调唆的。""调唆"，舒本作"挑唆"。第10回，尤氏对金荣的姑妈谈到了"扯是搬非、调三惑四的那些人"。"调三惑四"，舒本作"挑三惑四"。可知"调"、"挑"二字通用。而第9回，贾蔷"悄悄把跟宝玉的书童，名唤茗烟者，唤至身边，如此这般，调拨他几句"——从用法上分析，"调拨"分明和"挑拨"完全相等。

第10回初稿的全部情节内容，或一部分情节内容，自然是对第9回结尾"不知他怎么去调拨薛蟠？且看下回分解"的直接回答。我的推测如下：

（一）开端部分，叙述的主体仍是贾瑞，而不是金荣

就全书而论，贾瑞是比金荣更重要的人物，从家塾看，金荣只不过是个普普通通的学生，贾瑞却有管理者的身份和责任。从人物的出场看，金荣仅昙花一现而已，贾瑞却在接连着的几回中频繁登场。而在全书的结构上，从"顽童闹学堂"到"起淫心"和"正照风月鉴"，需要有过渡性的情节，方显得完整。第10回初稿写贾瑞，正好可以作为中间环节。这样，就有了两条线索。一条是：贾瑞—薛蟠—贾瑞，另一条是：秦钟—秦可卿—王熙凤。最后，这两条线索会聚在一起，才上演了"见熙凤贾瑞起淫心"那一幕。

（二）贾瑞找到薛蟠，进行挑拨

薛蟠和贾瑞、金荣等人的关系，在第9回中间曾再三地着重交代。薛蟠是贾瑞的“提携帮衬之人”。贾瑞贪图他的“银钱酒肉”，听任薛蟠在学堂中“横行霸道”，还时常“助纣为虐”。连贾蔷也知道“金荣、贾瑞一等人，都是薛大叔的相知”，并估计到会有“他们告诉了老薛”的可能，从而产生“岂不伤和气”的结局。第10回，尤氏曾骂贾瑞、金荣等人是“狐朋狗友”，专干“扯是搬非，挑三惑四”的勾当。所以，写贾瑞在薛蟠跟前搬弄是非，是可信的。

而贾瑞的挑拨，又必然要对事情的原委添枝加叶，大加渲染，来触动薛蟠的神经。

（三）薛蟠大闹学堂

这应当是第10回初稿的主要情节。薛蟠是个炮仗，一点就着。只有写出他的大闹特闹，方能与薛宝钗所说的“闹的天翻地覆”一语相称。闹的地点则以学堂为最适宜，而且登场人物至少要包括秦钟在内。很可能他们两人之间发生了遭遇战。至于交战双方投入多少兵力，战场实况怎样，如何交火，以及如何结束，等等，“此系疑案，不敢纂创”。

这也应当是紧锣密鼓的重头戏。在第9回和在前几回，作者已经富有匠心地作了许多铺垫。第7回秦钟上场之后，以后在第8回，几乎处处不忘记提及秦钟上学之事。终于在第9回和第10回初稿中先后迎来了一小一大两场风暴。所以，薛蟠大闹学堂的情节必是前10回中的重要关目。

（四）这事对秦可卿有影响，造成了心理的压力，以致染病

秦可卿在第7回出现的时候是个正常健康的人。第8回开端，写贾宝玉的心理活动，提到她一句。第9回她没有出场。到第10回，从尤氏的话语中透露出，她病倒了。这病来得突兀。读者听到这个消息时，有点儿出乎意外。在这之前，似乎缺少一个必要的过程。

如果把薛蟠大闹学堂和秦可卿得病两件事用因果关系加以连接，那不

就可以把这个过程补叙出来了吗?

五 删改的原因

曹雪芹为什么要对第10回初稿进行删改呢?

依我看，多半是出于两个方面的考虑。

从思想内容上说，在初稿写出后，他需要进行一番净化的工夫。有的学者已指出，《风月宝鉴》为曹雪芹的《红楼梦》的初稿。由于题材等原因，其内容存在许多有伤大雅的描写。第16回是秦钟之死。而在这之前，第6回、第7回、第9回、第12回、第15回等回都程度不同地存在一些比较庸俗的、格调不高的细节描写。这还是就改稿而言，已有五回之多。我想，在初稿之中，一定会远远超过此数。为了提高思想和艺术境界，他必须动这样的手术。或者删，或者改。不让它们显得那么多，那么集中。

初稿中本有“秦可卿淫丧天香楼”的情节，从脂批中得知，已被删去。现在见到的第35回结尾和第36回开端脱节，当然是由于初稿被改写和重新拼接时没有细加注意而留下的漏洞。这都是《红楼梦》的创作有一个从初稿到改稿的过程的明证。第10回初稿的删改，也是属于这样的情况。舒本第9回、第10回，难道不是和现存各脂本的第35回、第36回相仿佛吗?

从艺术表现上说，在初稿写出后，曹雪芹同样需要芟除枝叶，以突出主干。贾宝玉、林黛玉和薛宝钗的恋爱、婚姻故事，是全书的精华，也是全书的中心线索。他必须采取一切艺术手段，使这条线索起贯串全书的作用。尤其不能使它停滞、中断，甚至退避一侧，造成喧宾夺主的局面。

试以现在见到的第8回至第19回、第20回为例。这首尾三回都围绕着贾、林、薛三人的关系而展开描写。中间的10回则反之。个别的地方最多也只是写到了三人中的两人或一人。从第8回到第19回，这不是显得悬隔了吗?何况中间再加上第10回初稿，以及“秦可卿淫丧天香楼”的情节，可能还有其他被删弃的故事情节，初稿首尾悬隔的距离肯定超过

10 回。

看来，曹雪芹在前一二十回删改掉的初稿（包括第 10 回在内），基本上属于一些和贾、林、薛三人的恋爱、婚姻故事发展的线索没有直接关系或者关系不大的人物和情节。这样，他们之间的纠葛，他们的种种悲欢离合的故事就能更完整地、更连续地、更清晰地、更提前地和读者见面了。

戚本:《红楼梦》脂本中的一种重要的版本

——《戚蓼生序本石头记》影印本前言

一 什么叫做“脂本”?

大略地说,《红楼梦》的版本可以分为两大系统:“脂本”和“程本”。

如果再进一步分析,则不妨说,《红楼梦》的版本可以区分为四种类型:

(一) 脂本
(二) 混合本
(三) 过渡本
(四) 程本

脂本全书应是80回,程本则是120回。混合本也是120回,但其中的前80回是脂本,后40回是程本;它实际上是把脂本和程本拼凑在一起的。过渡本和脂本一样,是80回;从文字演变的角度说,它实际上是从脂本向程本过渡的桥梁。

程本就是由程伟元搜集,并由程伟元、高鹗二人整理,于乾隆五十六年(1791)出版的《红楼梦》活字排印本。

在20世纪50年代之前出版的各种《红楼梦》基本上是属于程本系统的版本。

脂本过去基本上都以抄本的形式流传。

唯一的例外就是现在影印的这部戚本。

戚本属于脂本系统。它是《红楼梦》脂本中的一种比较重要的版本。

那么，什么叫做脂本，什么叫做戚本呢？

在现存的《红楼梦》早期[1]抄本中，大多附有批语。批语写得最多的是一位署名脂砚斋的人。其他的批者还有畸笏叟等人。他们大多是曹雪芹的同时代人，有的还和曹雪芹保持着亲密的关系。

像脂砚斋，相传他是曹雪芹的叔辈[2]。他的大量批语表明，他是《红楼梦》的第一位读者，他了解和熟悉《红楼梦》所描写和表现的生活素材，他也了解和熟悉《红楼梦》的创作过程，他显然是曹雪芹的亲人[3]，他甚至还参与了《红楼梦》创作的构思和修改。

因此，脂砚斋成为这一群批者的代表。人们就把上述这些批语称为“脂批”或“脂评”。

载有“脂批”或“脂评”的这些早期抄本因之也就被简称为“脂本”了。

现在保存下来的脂本有：

甲戌本，即“脂砚斋甲戌（乾隆十九年，1754）抄阅再评”本。卷首题“脂砚斋重评石头记”。残存16回（第1回至第8回，第13回至第16回，第25回至第28回）。胡适旧藏，现归上海博物馆。

己卯本，即“己卯（乾隆二十四年，1759）冬月定本”。卷首题“脂砚斋重评石头记”。残存40回（第1回至第20回，第31回至第40回，第61回至第70回）。另有第64回、第67回，原缺，系后人据程甲本抄配。分别藏于中国国家图书馆、中国历史博物馆。

庚辰本，即“庚辰（乾隆二十五年，1760）秋月定本”。卷首题“脂砚斋重评石头记”。残存78回（第1回至第63回，第65回，第66回，第68回至第80回）。藏于北京大学图书馆。

---

① 所谓“早期”，指的是程甲本出版（乾隆五十六年，1791）之前。所谓“抄本”，有时是指该抄本本身，有时是指该抄本的底本。

② 裕瑞《枣窗闲笔》：“曾见抄本，卷额本本有其叔脂砚斋之批语。”

③ 我想，他应是一位男性。有的学者认为他是女性，即书中的史湘云，那恐怕是没有说服力的。

舒本，即舒元炜序（乾隆五十四年己酉，1789）本。卷首题“红楼梦”。残存40回（第1回至第40回）。吴晓铃旧藏，现归首都图书馆。

彼本，即俄罗斯圣彼得堡（原名列宁格勒）藏本。卷首题“石头记”或“红楼梦”。残存78回（第1回至第4回，第7回至第80回）。此本由俄国希腊正教会大学生库尔连德采夫于道光十二年（1832）自北京带回俄国，现藏于俄罗斯科学院东方学研究所圣彼得堡分所。

戚本，即戚蓼生序本。关于它，将在下一节作重点的介绍，此处从略。

除了以上提到的几种脂本之外，另有两类版本，也不妨归入脂本的行列，一是混合本，二是过渡本。

混合本①有两种，杨本、蒙本，其前80回也是脂本。

杨本，即杨继振旧藏本。封面题“红楼梦稿本”。120回。现藏于中国社会科学院文学研究所图书馆。

蒙本，即蒙古王府旧藏本。版心题“石头记”。12卷，120回。其中，第1回至第56回，第63回至第80回，用朱丝栏竖格粉纸抄写；第57回至第62回，第81回至第120回，系后人用素白纸抄配。现藏于中国国家图书馆。

过渡本一种，梦本。

梦本，即梦觉主人序（乾隆四十九年甲辰，1784）本。卷首、版心题“红楼梦”。80回。藏于中国国家图书馆。

以上介绍了脂本名称的由来和八种脂本（包括混合本、过渡本，但戚本除外）的概况。

此外，还有两种版本，有人也把它们看作是脂本。一是靖本，二是郑本。

靖本，即靖应鹍藏本，抄本。有人曾辑录和发表其中的批语150条。此本下落不明，是真是伪，学术界尚有争论。

郑本，即郑振铎旧藏本。抄本。回首题“石头记”，版心题“红楼梦”。仅存两回（第23回，第24回）。短短两回，人名和情节却有和脂本

① 目前出版的几种《红楼梦》120回排印本，其实也是混合本（以程甲本、程乙本为底本的除外）。

相异之处。有人视之为脂本，似缺乏确凿的证据。

二 什么叫做“戚本”?

读者现在所看到的本书就是戚本，亦即有正本。

什么叫做“戚本”？什么叫做“有正本”？

戚本，即戚蓼生序本。

戚本之称，有狭义与广义的区别。按广义说，它应包括有正本、张本和泽存本三种。按狭义说，它指的只是其中的有正本一种。

戚本现有三种：

（一）有正本
（二）张本
（三）泽存本

有正本，即有正书局（上海）石印戚蓼生序本。

有正本有两种：

（一）大字本
（二）小字本

大字本，即有正书局宣统三年（1911）、民国元年（1912）相继出版的石印本。8卷，80回。封面题《国初钞本原本红楼梦》，扉页题《原本红楼梦》，版心题《石头记》。

小字本，有正书局民国九年（1920）石印本。8卷，80回。封面题《国初钞本原本红楼梦》，扉页题《原本红楼梦》，版心题《原本石头记》。小字本系据大字本剪贴、缩印而成。

张本，即张开模旧藏本。抄本。版心题“石头记”。残存4卷，40回（第1回至第40回）。有回前总评、回末总评、双行小字夹批。每半叶9行，每行20字。张本是有正本据以石印的底本。现藏于上海古籍书店。

泽存本，即陈群泽存书库旧藏本。抄本。版心题《石头记》。80 回。泽存本晚于张本，而早于有正本。现藏于南京图书馆。

读者所看到的本书就是有正本的大字本。

三　戚序写于何时?

戚蓼生，字彦功[①]，号晓塘[②]，浙江德清人，著有《竺湖春墅诗钞》。

他是乾隆二十七年（1762）举人，三十四年（1769）进士。历任刑部主事、户部江南司郎中，四十六年（1781）任江西南康府知府，四十七年（1782）任福建盐法道，五十六年（1791）任福建按察使。

《德清县续志》说他“为人倜傥，不修威仪，使酒好狎侮人，然强干有吏才，案无留牍，以劳悴卒官”。

现存一份戚蓼生所写的“恭呈御览”履历表[③]：

> 臣戚蓼生浙江湖州府德清县进士。年四十二岁。现任户部江南司郎中。乾隆四十六年十一月，奉旨记名以繁缺知府用。四十六年十二月分签升江西南康府知府缺。敬缮履历，恭呈御览。谨奏。乾隆四十七年正月三十日。

乾隆四十七年时 42 岁，由此逆推，可知他生于乾隆六年（1741）。

据《清史稿》觉罗伍拉纳传，戚蓼生曾于乾隆五十七年（1792）随闽浙总督伍拉纳前往泉州平叛。而五十七年十二月朝廷已授钱受椿接任福建按察使。可知戚蓼生即卒于该年。

戚本序言并没有署撰写年月。但有两个时间段值得我们关注。

第一个时间段是戚蓼生在京期间，即乾隆三十四年（1769）至四十六年（1781）。这 12 年中，他在京城做官，而北京是《红楼梦》传播的主要

① “彦功”，一作“念切”。

② “晓塘”，一作“晓堂”。

③ 《清代官员履历档案全编》第 21 册，华东师范大学出版社 1997 年版，第 383 页。

地域。这时，他或许有接触、借阅、购买《红楼梦》抄本的可能。

第二个时间段是戚蓼生在福建期间，即乾隆四十七年（1782）至五十五年（1790）。其中有五年半之久，他和福建巡抚徐嗣曾同城为官。

周春《读红楼梦笔记》说：

> 乾隆庚戌秋，杨畹耕语余云："雁隅以重价购抄本两部，一为《石头记》，八十回，一为《红楼梦》，一百二十回，微有异同，爱不释手，监临省试，必携带入闱，闽中传为佳话。"

以上一段文字，周春写于乾隆五十九年（1794）中元日。其中的"庚戌"系指乾隆五十五年（1790）。

周春所说的"雁隅"，即徐嗣曾。

徐嗣曾，海宁人，乾隆二十八年进士。他在乾隆五十年（1785）七月任福建巡抚，五十五年（1790）十一月卒于任。他购买《石头记》、《红楼梦》抄本，即在此任期之内。具体来说，是在五十年至五十一年之间，或在五十年至五十四年之间[①]。

而戚蓼生正是徐嗣曾的同僚，这时，一个是福建巡抚，一个是福建盐法道、福建按察使。他们当然认识，并有往来。戚蓼生向徐嗣曾借阅《石头记》80 回抄本，并撰写序言的可能性无疑是存在的。

我认为，第二个时间段的可能性要大于第一个时间段。因为种种迹象[②]表明，戚本抄成的年代要晚于其他几个主要的脂本。

---

① 因为这和徐嗣曾"监临省试"有关，必系发生于福建之事。"省试"即"乡试"。按照清代的制度，乡试是每逢子、午、卯、酉年，在八月初九日至十五日举行。在徐嗣曾任期五年之内，则是按例于五十一年（丙午）、五十四年（己酉）举行。但，五十五年恰遇乾隆八十寿辰，所以把五十四年八月的乡试提前在五十三年举行；五十四年八月则举行恩科乡试。其中，五十三年八月乡试之时，徐嗣曾正在台湾出差，不可能"监临"。他"监临"的只可能是五十一年、五十四年两次。他购买《石头记》、《红楼梦》抄本，要么在五十一年之前，要么在五十四年之前。无论如何，不能晚于五十四年八月。

② 最明显的例子，如第 13 回榜文，泽存本及其他脂本作"恭人"，有正本作"宜人"；第 17 回回目，蒙本、泽存本及有正本总目作"怡红院迷路探曲折"，有正本分目作"怡红院迷路探深幽"。

四　有正本的书名和出版时间

有正本的书名叫做“原本红楼梦”。它的封面题为“国初钞本原本红楼梦”，版权页则题为“国初秘本原本红楼梦”。

这些书名不见于张本和泽存本。

它们非底本所有，而是有正书局出版时加上去的。说“原本”，显然是夸大之词。它的底本只是个传抄本而已。

为什么说是“国初”呢？原来这和它的出版时间有关。

它是分作上下两集（各 40 回）出版的。上集十册出版于宣统三年（1911）下半年。下集十册则出版于民国元年（1912）下半年。虽然是紧接着的两年，却跨着清末和民初两代。

由此可知，所谓“国初”不是指民国初年，而是指曹雪芹所处的清代乾隆年间①。

五　有正本的两个特殊的问题

有正本有两个比较特殊的问题。一是第 64 回、第 67 回；二是某些批语。

程伟元、高鹗在程乙本引言中说：

> 是书沿传既久，坊间缮本及诸家所藏秘稿，繁简歧出，前后错见。即如六十七回，此有彼无，题同文异，燕石莫辨。

己卯本、庚辰本恰恰是缺少这第 67 回以及第 64 回。而戚本却不缺；杨本、彼本、梦本亦不缺。

第 64 回文字，戚本与杨、彼、梦三本出入不大。但有四处异文。引蒙本于下：

---

① 其实，乾隆年间离开顺治元年已有 100 多年之久，严格地说，不能算是“国初”了。

只听见里面哭声震天，却是贾赦、贾政送贾母到家，即过这边来了。当下贾母进入里面，早有贾赦、贾政率领族中人哭着迎了出来。赦、政一边一个，挽了贾母，走至灵前。又有贾珍、贾蓉跪着，扑入贾母怀中痛哭。贾母暮年人见此光景，亦接了珍、蓉等痛苦不已。贾赦、贾政在旁苦劝，方略略止住。

按照第37回和第70回的叙述，此时贾政不在家中。所以戚本对其中出现的四处“贾政”作了改动，以弥补漏洞[①]。

第67回的问题比较复杂，各本出入较大。蒙本也缺此回。大体来说，戚本近于彼本、梦本，而与杨本、程甲本不同。而且戚本此回无回前总批和回后的总评，有别于书中的其他各回。

有正本的大部分批语都是脂批。但在有正本中，没有在批语文字之内出现“脂砚斋”之名，也没有在批语之末出现“脂砚斋”的署名。原因在于，抄写者在誊录这些批语的时候，有时把脂砚斋的名字予以删弃；有时则把脂砚斋的名字予以改换[②]。这只要拿其他脂本的脂批一一对照，即可看出。

前者，例如第16回己卯本、庚辰本有批语曰：“阿凤欺人处如此。忽又写到利弊，真令人一叹。脂砚。”有正本也有此批语，但末尾的署名已被删去，而增添了一个“也”字。

后者，例如第19回己卯本、庚辰本有批语曰：“脂砚斋所谓不知是何心思，始得口出此等不成话之至奇至妙之话，诸公请如何解得，如何评论。”有正本也有此批语，但其中“脂砚斋”之名已易为“此评者”三字。

唯一的例外是，第21回有正本回前总批曰：

有客题《红楼梦》一律，失其姓氏，惟见其诗意骇警，故录于斯：“自执金矛又执戈，自相戕戮自张罗。茜纱公子情无限，脂砚先生

---

① 在这段引文中，“贾政”之名共在四处出现，戚本将第一处、第三处的“贾赦、贾政”改换为“贾琏、贾珖”，将第二处的“贾政”删掉，将第四处的“贾赦、贾政”更易为“贾赦合众人”。

② 也有另外一种可能：不是戚本的抄写者删弃和改换了脂砚斋之名，而是他所依据的底本原已如此。

> 恨几多。是幻是真空历遍，闲风闲月枉吟哦。情机转得情天破，情不情兮奈我何。”凡是书题者不可（不以）此为绝调。诗句警拔，且深知拟书底里，惜乎失石（名）矣。……

其中赫然保留着“脂砚先生”四字。

此外，有正本的批语虽然不见了“脂砚斋”的署名，却多出了另一人的署名：“立松轩”。这仅仅见于一条批语，即第41回的回前总批：“任呼牛马从来乐，随分清高凡可安。自古世情难意拟，淡妆浓抹有千般。立松轩。”

有的学者据此推断有“立松轩本”的存在[1]。但，这只不过是一条孤证，它得不到更多的证据的支持。最多可以说，戚本、蒙本中的那些用诗句写作的批语可能出于此人之手；并不能说，除了脂批之外，全是或大多数是立松轩批语。照我看，此人只不过是位在现成的抄本上偶尔加写批语的读者，他不是《红楼梦》抄本文字的整理者。

有正本批语更有一点，不但与一般脂本不同，而且也和蒙本、张本、泽存本不同。在第1回至第40回部分，有有正书局主人狄葆贤（平子）所加的多条眉批。例如，第25回正文：

> 李宫裁并贾府三艳、薛宝钗、林黛玉、平儿、袭人等在外间听消息，闻得吃了米汤，省了人事，别人未开口，林黛玉先就念了一声如来佛，薛宝钗便回头看了他半日，嗤的一声笑。众人都不会意，惟惜春问道：“宝姐姐，好好的笑什么？”宝钗笑道：“我笑如来佛比人还忙，又要讲经说法，又要普渡众生。这如今宝玉、凤姐姐病，又是烧香还愿，赐福消灾。今儿才好些，又要管林姑娘的姻缘了。你说忙得可笑不可笑？”

有正本在石印前把“如来”二字贴改为“弥陀”，并针对此事加了一

---

① 陈庆浩：《新编石头记脂砚斋评语辑校》，中国友谊出版公司1987年版；郑庆山：《立松轩本石头记考辨》，中国文联出版公司1992年版。

条眉批曰："'弥陀佛比人还忙'，今本改作'如来佛'，不知如来佛乃婆娑世界之佛，弥陀佛乃极乐世界之佛，吾乃知擅改此书者不但不知佛法，即佛典上事迹、名号亦均茫然，可笑甚矣。"现在有的《红楼梦》排印本仍用"弥陀"二字，是上了有正书局主人狄葆贤的当[①]。

有正本上集出版时的广告语曰："《国初秘本原本红楼梦》出版：此秘本《红楼梦》与流行本绝然不同，现用重金租得版权，并请著名小说家加以批评。"[②] 可知戚本前40回的某些批语系底本所无，而是有正书局石印之前增添的。

它的下集出版时，在第一册的"封二"印有有正书局"征求批评"的启事："此书前集四十回，曾将与今本不同之点略为批出。此后集四十回中之优点欲求阅者寄稿无论顶批、总批，只求精意妙论，一俟再版即行加入。"这既证实了上集某些批语的来源，又说明了下集中没有后来者批语的原因。

① 狄葆贤笃信佛教，精通佛学。

② 《小说时报》第十三号（1912年8月）。

关于《红楼梦》杨继振旧藏本的总目

一

现存的几部《红楼梦》抄本，有的有总目，有的没有总目。

总目置于全书之首。按理说，总目应该和各回正文的回目是一致的、完全相同的。但实际情况却相反，有的版本（不尽限于抄本）往往在前面的总目和后面的各回回目之间有着或多或少的差异。

这都可以列入我们研究的课题。

研究总目、正文各回回目有助于进一步研究各版本之间的同异、亲疏的关系。

现以杨本（杨继振旧藏本）总目为例。

杨本有没有总目呢?

有的。这一点，在杨本的影印本上有着非常清楚的显示。然而，这个总目并没有忠实地反映出杨本的原貌。具体地说，杨本的总目是不完整的、有残缺的。然而，我们现在从影印本（无论是上海古籍出版社影印本，还是沈阳出版社影印本）上所看到的杨本总目却是完整的，回回不缺（第7回例外）。

这是怎么一回事呢?

我们从杨本影印本上看到的总目，共9页，可以分为两个部分。第一部分是第1页至第6页，即第1回至第83回。第二部分是第7页至第9页，即第84回至第120回。

必须指出，第一部分是时人补抄的。第二部分才是杨本原有的。

原来在杨本入藏中国社会科学院文学研究所图书馆之时，它的总目只残存着第 84 回至第 120 回。入藏之后，由文学研究所当时的图书馆副主任汪蔚林先生安排图书馆临时工作人员那延龄先生补抄了第 1 回至第 83 回的回目。

这有两点可以证明。第一，第 1 回至第 83 回的回目的笔迹与第 84 回回目的笔迹大不相同。第二，在第 84 回回目一行的上下，钤有原藏主杨继振的三枚印章，表明他所收藏的抄本的总目是从此处开始的。

由于总目补抄的情况不为外界所熟悉，影印本又没有条件作必要的交代和说明，这就给杨本的研究带来了障碍和一定的混乱。这使我们感到非常遗憾。

遗憾之一在于，有的研究者误把时人补抄的总目当作了杨本原有的总目。最糟糕的是，时人的补抄存在着舛误，引起了混乱。

二

本着求真的原则，现将杨本总目补抄部分的舛误一一列举于下，供研究者和读者们参考（“原”是指杨本正文原有的回目，“误”是指补抄的总目的回目）：

（与众多版本相同者：）

【原文与异文两通】

第 2 回　原：贾夫人仙游杨州城　　误：贾夫人仙逝扬州城*

第 14 回　原：林如海捐馆杨州城　　误：林如海捐馆扬州城*

第 20 回　原：林黛玉俏语谑姣音　　误：林黛玉俏语谑娇音*

第 38 回　原：薛蘅芜讽和螃蟹咏　　误：薛蘅芜讽和螃蟹吟

第 42 回　原：蘅芜君兰言解疑癖　　误：蘅芜君兰言解疑语

原：潇湘子雅谑补余音　　误：潇湘子雅谑补余香*

第 46 回　原：鸳鸯女誓绝鸳鸯偶　　误：鸳鸯女誓绝鸳鸯侣

【原文误而异文不误】

第 12 回　原：王熙凤毒设想思局　　误：王熙凤毒设相思局*

第 20 回　原：王熙凤正言弹妬意　　误：王熙凤正言弹妒意*

第 23 回　原：牡丹亭艳曲警芳心　　误：牡丹亭艳曲惊芳心

第 24 回　原：痴女儿遗帕染相思　　误：痴女儿遗帕惹相思*

第 40 回　原：史太君两晏大观园　　误：史太君两宴大观园*
第 54 回　原：王熙凤效戏彩班衣　　误：王熙凤效戏彩斑衣
第 73 回　原：懦小姐不问垒金凤　　误：懦小姐不问纍金凤*
第 75 回　原：赏中秋新词得佳识　　误：赏中秋新词得佳讖*

【原文不误而异文误】

第 16 回　原：秦鲸卿夭逝黄泉路　　误：秦鲸卿夭游黄泉路
第 30 回　原：椿灵划蔷痴及局外　　误：春灵划蔷痴及局外
第 33 回　原：不肖种种大承笞挞　　误：不肖种种大乘笞挞
第 39 回　原：村老妪谎谈承色笑　　误：村老妪说谈承色笑
第 58 回　原：茜纱窗真情揆痴理　　误：茜纱窗真情拨痴理
第 74 回　原：矢孤介杜绝宁国府　　误：矢孤人杜绝宁国府

【原文有涂改而异文与涂改同】

第 29 回　原：痴情女情重愈鐘情　　误：多情女情重愈锺情
（“痴”杨本原为此字，后涂改为“多”）
第 57 回　原：慧紫鹃情辞试宝玉　　误：慧紫鹃情辞试莽玉
（“宝”杨本原为此字，后旁改为“莽”）
原：慈姨母爱语慰痴颦　　误：慈姨妈爱语慰痴颦
（“母”杨本原为此字，后旁改为“妈”）
第 79 回　原：薛文龙悔娶河东狮　　误：薛文起悔娶河东吼
（“龙”，杨本原为此字，后旁改为“起”）*
（“狮”，杨本原为此字，后旁改为“吼”）

【原文有旁注而异文与旁注同】

第 80 回　原：懦迎春肠回九曲　　误：美香菱屈受贪夫棒
（“懦迎春肠回九曲”，杨本原为此七字，后旁注为“美香菱屈受贪夫棒”）
原：姣香菱病入膏肓　　误：王道士胡诌妒妇方
（“姣香菱病入膏肓”，杨本原为此七字，后旁注为“王道士胡诌妒妇方”）

三

异文有如此之多，可知补抄的总目不是来源于杨本正文各回的回目。

经与现存各脂本以及程甲本、程乙本核对，第23回“警芳心”的“警”字无作“惊”者，第30回“椿灵划蔷”的“椿”字无作“春”者，第38回“螃蟹咏”的“咏”字无作“吟”者。可知此三例实出于那氏的笔误。

那氏补抄的异文，除了笔误之外，还有什么出处呢？也就是说，能不能寻找出那氏补抄总目时是依据了哪一个版本？

结果颇令我们失望。补抄的异文不是与这一版本相同，就是与那一版本相同，始终找不出与某个版本全部相同的。换言之，我们只能确认一点：那氏补抄的依据不是杨本正文各回的回目；我们一时还无法确认，那氏补抄的依据是哪个版本的目录。

这变成了一个谜。

汪、那二位弃世已多年，恨不能起汪、那二位于地下，一问究竟。

四

以上说的是杨本总目的第一部分，即那氏补抄的部分，与正文各回回目不一致的问题。

那么，杨本总目的第二部分，即杨本原有的总目部分，有没有与正文各回回目不一致的问题呢？

有的。有六例可说。

第93回回目下联“水月庵掀翻风月案”，总目作“水月庵翻掀风月案”。蒙本总目及正文回目、程甲本总目及正文回目、程乙本总目及正文回目与杨本正文回目同，作“掀翻”。

第94回回目上联“晏海棠贾母赏花妖”，总目作“宴海棠贾母赏花妖”。蒙本总目及正文回目、程甲本总目及正文回目、程乙本正文回目与杨本正文回目同，作“晏”；程乙本总目与杨本总目同，作“宴”。

第 101 回回目下联“散花寺神签惊异兆”，总目原与之同，后圈去“惊”，旁改“占”。程甲本总目与杨本涂改同，作“占”；蒙本总目及正文回目、程甲本正文回目、程乙本总目及正文回目与杨本总目原文同，作“惊”。

第 113 回回目下联“释旧感情婢感痴郎”，总目原与之同，但第一个“感”字被涂改为“憾”；按上联为“忏宿怨凤姐托村妪”，其中并无重复之字，故知第一个“感”乃是误字。该字，蒙本总目及正文回目、程甲本总目及正文回目、程乙本总目及正文回目正作“憾”。

第 117 回回目下联“欣聚党恶子独承家”，总目作“欣聚党恶子独成家”。蒙本总目及正文回目与杨本总目同，作“成”。程甲本总目及正文回目、程乙本总目及正文回目与杨本回目同，作“承”。

第 119 回回目上联“中乡魁宝玉却尘缘”，总目作“中乡魁宝玉知尘缘”。蒙本总目及正文回目、程甲本总目及正文回目、程乙本总目及正文回目与杨本正文回目同，作“却”。

从以上六例可以看出：

(1) 杨本第 93 回总目的“翻掀”是独异的，第 119 回的“知”也是独异的，均异于蒙、程甲、程乙三本。

(2) 杨本第 94 回总目的“宴”，仅同于程乙本总目。

(3) 杨本第 101 回总目后改的“占”，仅同于程甲本总目。

(4) 杨本第 117 回总目的“成”，仅同于蒙本。

因此可以得出两个结论：第一，杨本总目可能不是根据自身的正文回目移录的；第二，杨本总目也可能不是我们现在所看到的蒙本、程甲本、程乙本移录的，而是另有来源。

三论《红楼梦》眉盦藏本

——答季稚跃先生质疑

季稚跃先生最近发表《眉盦题记十回〈红楼梦〉抄本不是“上元刘氏”藏书》[①] 一文，就《红楼梦》眉盦藏本（下文简称“眉本”）中的“上元刘氏图书之印”、“文介私印”两枚印章的真伪问题，对拙文《〈红楼梦〉眉盦藏本续论——“眉盦”究竟是谁?》（下文简称“拙文”）[②] 的结论提出了质疑。

现谨对季稚跃先生论文（下文简称“季文”）的异议作出回应。

一 不容忽视的证据链

眉本卷首有署名“眉盦”的题记一则，并钤有阳文印章“文介私印”一枚。此印章钤于落款“眉盦”二字的左下侧，自应视为“眉盦”其人的名章。题记页右下角钤有阴文印章“上元刘氏图书之印”一枚，先写题记，后钤盖此印章，印章钤盖在题记字迹之上[③]，自应视此为“眉盦”其人的藏书章。

这个“眉盦”和“文介”是谁?“眉盦”和“文介”两个名字之间有什么联系?“眉盦”和“上元刘氏”之间又有着何等的关联？考察这三个

① 《红楼梦研究辑刊》第一辑，香港文汇出版社 2010 年版。

② 《红楼梦学刊》2008 年第一辑。按：此文由于鹏兄提供线索，我执笔写成，发表时与于鹏兄共同署名。

③ 这是据原书而言。在眉本的国家图书馆出版社影印本上，由于印刷技术原因，给人以题记文字写在印章之上的错觉。

问题，是解决眉本真伪的关键。

首先，我们发现，在《李太白文集》、《宝纶堂集》、《午亭文编》、《感旧集》、《珊瑚鞭》、《秦淮八艳图咏》、《两罍轩彝器图释》、《新刻徐玄扈先生纂辑毛诗六帖讲意》八种书籍[①]上，都钤有“上元刘氏图书之印”的藏书印。

而在《新刻徐玄扈先生纂辑毛诗六帖讲意》一书上，既有藏书印“上元刘氏图书之印”，又有名章“刘氏文俨”，这表明该“上元刘氏图书之印”的主人便是“刘文俨”。

于是，这又增加了第四个和第五个需要回答的问题：刘文俨和“眉盦”、“文介”之间有什么关系？为什么“眉盦”和刘文俨都使用了“上元刘氏”的藏书章？

其次，我们终于在《上元刘氏家谱》[②]中发现了重要的证据，正好可以圆满地回答上述五个重要的问题。

从《上元刘氏家谱》可以知道：

（1）世系表上有“文介”之名，证明“上元”、“刘”、“文介”确有其人，证明“文介私印”不是子虚乌有的印章。

（2）世系表上又有“文俨”之名，他是刘宝和的次子，刘文介则是刘宝和的幼子。因此，刘文俨和刘文介是嫡亲的兄弟。这就使刘文俨、刘文介二人共用藏书印“上元刘氏图书之印”一事找到了合理的解释。

（3）刘文俨卒于民国二十四年（1935）七月十五日。而眉盦题记写于民国三十七年（1948）；如果题记页上的“上元刘氏图书之印”为眉盦撰写题记之时所钤，则其时刘文俨已不在人世；这表明，该页上的印章“上元刘氏图书之印”非刘文俨所钤；该印章的主人和钤者应是刘文介。

（4）刘文介生于光绪二十三年（1897）。他于民国二十五年（1936）在上海地摊购藏此《红楼梦》残抄本，时年 40 岁。他于民国三十七年

---

① 请参阅拙文《〈红楼梦〉眉盦藏本续论——“眉盦”究竟是谁?》对这八种书籍版本的介绍，见《红楼梦学刊》2008 年第一辑，第 12 页。

② 《上元刘氏家谱》，稿本，刘文燿编撰，国家图书馆藏。（《上元刘氏家谱》的发现，应归功于曹震兄与于鹏兄。）

(1948) 在上海寓所为此残抄本写了一则题记，时年52岁。

(5) 刘文介的表字是“眉叔”。由此可以推知，“眉盦”当是他的别署。

我认为，以上五点构成了彼此之间互相支持、互相佐证的证据链，证明了刘文介其人即眉本的收藏者，亦即眉本上的题记的撰写者眉盦。他使用的名章是“文介私印”；他使用的藏书章是“上元刘氏图书之印”。“文介”、“眉叔”、“上元”和“刘氏”，这几点都和他的姓名、籍贯、身份吻合。

当初眉本发现之时，有个别的学者在互联网上撰文指斥其为伪书。但在拙文考出“眉盦”即刘文介之后，反对者的声音大为减少。然而季文却是例外。季稚跃先生并没有直接说出眉本是伪书。他闭口不谈拙文已引录的《上元刘氏家谱》中的种种证据。他选择的突破口是“上元刘氏图书之印”和“文介私印”两枚印章的真伪问题，并从而断定，新发现的《红楼梦》眉本“不是‘上元刘氏’藏书”[①]。

季稚跃先生两年前曾将他的论文初稿寄至舍下。当时，笔者忙于他事，未能及时奉答[②]。现在趁着季文公开发表的机会，在这里作一个坦诚的回应，请季稚跃先生赐教。

二 不容无视的种种可能性

季文细心地指出，同样是藏书印“上元刘氏图书之印”，印文也是相同的八个字，但是，钤盖在《红楼梦》眉本题记页上的这一枚印章和钤盖在《新刻徐玄扈先生纂辑毛诗六帖讲意》上的那一枚印章，至少有三处不同：

> (1) 两印章“元”字的结体不同。《新刻徐玄扈先生纂辑毛诗六帖讲意》藏书章的“元”字为四笔……而眉盦题记本的则为五笔……

---

① 《红楼梦研究辑刊》第一辑，第178页。

② 在这里向季稚跃先生表示歉意，请季先生原谅我的失礼。

(2)《新刻徐玄扈先生纂辑毛诗六帖讲意》藏书章“上”字第一笔……“刘”字最后两笔……露锋如悬针；而眉盦题记本的藏书章则不出锋似铁柱。

(3)《新刻徐玄扈先生纂辑毛诗六帖讲意》藏书章利用“印”字最下部分……白文，使左下角自然缺失成圆弧；而眉盦题记本藏书章左下角则基本完整。①

我佩服季文眼光的敏锐。在发表拙文之前，我并没有觉察到这两枚印章会有这样细微的差异。目前限于客观条件，我们一时尚无法对季文提出的这三点立即作出进一步的肯定或否定的判断。原因在于，《新刻徐玄扈先生纂辑毛诗六帖讲意》原书藏于台北，我和季稚跃先生看到的都只是台北友人为拙文所拍摄的书影。我们目前无法持原书对这两枚印章作进一步的仔细的比照、验证。

即使如此，但我却认为，这两枚印章的同或不同，都不足以割断眉盦·刘文介·“文介私印”·“上元刘氏图书之印”四者之间联系的纽带，都不足以摇撼我们所提出的刘文介是眉本原收藏者的结论。

我的具体意见如下：

眉本的印章“上元刘氏图书之印”和《新刻徐玄扈先生纂辑毛诗六帖讲意》的印章“上元刘氏图书之印”的同或不同，不是只有季文所说的一种可能性，一种结论；在我看来，实际上有着以下几种可能性，几种结论，这必须列入我们考虑的范围，无法规避：

第一种可能性——它们是相同的一枚印章。可是，由于钤盖印章时手用力的强弱，印色的深浅，再加上书影翻拍所带来的一定程度的模糊，可能会造成某种错觉。

我相信季稚跃先生的眼力，他细心地看出了这两枚印章的不同。因此，我认为，第一种可能性尽管不应被忽视，但这种可能性也许是比较小的。

第二种可能性——它们的确是不同的两枚印章，印文的字体存在着细

① 《红楼梦研究辑刊》第一辑，第177—178页。按：由于技术原因，这里的引文中有五处的图像改以省略号代替之。

微的差异。

第一种可能性且不去说它。

我们要着重讨论的是第二种可能性。

第二种可能性又派生了第三种、第四种和第五种可能性。

第三种可能性——它们的确是不同的两枚印章，有着细微的差异。《新刻徐玄扈先生纂辑毛诗六帖讲意》的印章刻于前，眉本的印章刻于后。

第四种可能性——它们是不同的两枚印章，但眉本的印章刻于前，《新刻徐玄扈先生纂辑毛诗六帖讲意》的印章刻于后。

第五种可能性——它们是不同的两枚印章，但为同时所刻[①]。

由于在刘文介写题记之时刘文俨业已亡故十余年之久，第三种可能性小于第四种、第五种可能性。

可能性尚不止此。以上所列举的可能性是仅就两种印章真而不伪而言的。如果再就这两种印章的真伪本身来说，起码又有了二者均真、二者一真一伪、二者均伪等可能性。

因此，在考察某个问题时，如果企图得出一个正确的、无可辩驳的结论，那就必须充分地估计到各种各样的可能性。一个正确的结论是不应该仅仅建立在其中某一种可能性的基础上；如果有其他的可能性存在或被忽视，那么，这个结论的可信性势必大打折扣，甚至会有被推翻的危险。

季文恰恰是仅仅从上文引录的三点不同就得出了以下的结论：

> 由此可知，眉盦题记本上的藏书章不是上海藏书家刘文俨所使用的藏书章，而是后人仿刻的，其篆刻气韵不在同一水平，可以肯定该抄本不是“上元刘氏”藏书。[②]

季文说：“眉盦题记本上的藏书章不是上海藏书家刘文俨所使用的藏书

---

① 这里所说的“同时”，是指在同一时间段之内，与上文所说的“刻于前”、“刻于后”的含义不同；后二者所涵盖的时间要长得多。

② 《红楼梦研究辑刊》第一辑，第178页。

章”[①]。这我可以同意。但是，季文接着说：“而是后人仿刻的”。这我却未敢苟同。

所谓“后人”，是个模糊的、多义的概念。它的范围很宽泛，既可以指刘文俨、刘文介之后的人，也可以指当今的人。季文并未给出明确的指向。季文似在暗示，这个“后人”与刘文介无干。

我却认为，眉本上的上元刘氏藏书章不是“后人”所刻。为什么不可以是以下两种情况呢：其一，当年刘文俨请人刻了两枚藏书章，其中一枚自己使用，另一枚交其弟刘文介使用。其二，刘文俨逝世后，刘文介仿照其兄的藏书章式样，重新刻了另一枚。而不论是哪一种情况，刻者又有两种可能：或为二人，或为同一人。

以上所说的种种可能性，在做出判断之前，应给予充分的注意和估计。

如果这是两枚相异的印章，那么，怎样判断它们之中谁是先刻、谁是后刻呢？同时所刻的可能性且置而不论。

我认为，要做出这样的判断，必须要依凭铁硬的客观的证据。而季文却依赖于一种主观的认识，即“其篆刻气韵不在同一水平”。

怎么可以用“气韵”水平的高低来判断刻印时间的先后呢？如果两枚印章摆在你的面前，一为高水平者所刻，一为低水平者所刻，你怎么下断语呢？有两种可能性，你怎么选择呢？选择之一：高水平者在先，低水平者或是菜鸟，或是低级的模仿者，因此理应在后。选择之二：低水平者或菜鸟在先，高水平者在前者的基础上做了改进，提高了印章气韵的水平，因此自然在后。这两种可能性的几率是相等的。你无法用一种可能性来否定另一种可能性。

总之，严格地说，唯一正确的结论是不能容许多种可能性同时存在的。

我倒是比较赞同季文的这个观点：这两枚印章的文字结构有差异；我认为，在目前，季文的这个说法具有一定的说服力。

---

① 季文所说的“上海藏书家刘文俨”，不知含藏何意？刘文俨明明是南京人，这有家谱（《上元刘氏家谱》）、印章（“上元刘氏图书之印”）为证。他怎么变成了“上海”人？

三 印异而文同，这意味着什么？

感谢季稚跃先生，他细心地发现了两枚藏书章的不同。这给了我很大的启发。

我原先以为，眉本上的“上元刘氏图书之印”和《新刻徐玄扈先生纂辑毛诗六帖讲意》上的“上元刘氏图书之印”是同一枚藏书章，在这个前提下，我说：

> 藏书章“上元刘氏图书之印”本为长住上海的藏书家刘文伻所使用。刘文伻逝世后，此印章转到了其幼弟刘文介手上。
>
> ……
>
> 刘文介写完题记后，把自己的私章钤盖在落款处，并把他和胞兄共用的藏书章“上元刘氏图书之印”钤盖在题记页的右下角。①

这个说法只是无奈之下的一种推测。应该承认，它并没有获得真正的证据的支持。

依照季稚跃先生的鉴定，这其实是两枚不同的印章。既然如此，这两枚藏书章分属于二人，一属于长兄刘文伻，一为幼弟刘文介所用，同出于一个家庭内部，就是顺理成章的了。从印章本身说，两枚是相异的；而从印章上的文字说，两枚却是相同的。难道我们还能有别的证据使“文介”不姓“刘”，使“眉盦”和“文介”变成两个毫不相干的陌生人吗？难道我们还能有别的证据把刘文介从“上元刘氏”家族剥离出去吗？

在《新刻徐玄扈先生纂辑毛诗六帖讲意》一书上，既有藏书印“上元刘氏图书之印”，又有名章“刘氏文伻”。注意：藏书印是“上元刘氏图书之印”，而不是“刘文伻图书之印”。这就表明，在上元刘氏家族内部，“上元刘氏图书之印”的印文有很大的共用性，更何况刘文伻和刘文介是嫡亲的同胞兄弟。刘文介是眉本的购藏者，又是题记的撰写者，在同一页

① 《红楼梦学刊》2008年第一辑，第25—26页。

上，既盖下了自己的名章，又盖下了自己的藏书章，这不是自然而然、理所当然的事吗？

这种可能性，就非常清楚地、直接地解释了两枚藏书章印异而文同的原因。这种可能性，在我看来，要远远大于眉本藏书章出于“后人仿刻”之说的可能性。更何况，从眉本的纸张、字迹和墨色看，确为两百年前的旧物；印色陈旧，印章也明显地不是当代人所钤盖。

四 “文介私印”破坏了“规矩”吗？

我们从《上元刘氏家谱》中找出刘文俨之弟“文介”的名字，考察出刘文介的表字是“眉叔”，从而断定新发现的《红楼梦》残抄本的原收藏者眉盦即刘文介。

季文不仅认为眉本上的“上元刘氏藏书之印”是“仿刻章”，而且还认为，“‘文介私印’也不是刘文介的”。季文并没有考出此印的主人是姓张，或是姓李。那么，季文为什么反对此印为刘文介所有呢？

奇怪得很，季文提出的理由竟然是：

> 因为按篆刻名章规矩，只有单名才能刻成“姓、名私印”，双名是不可以的。①

恕我孤陋寡闻，这个“规矩”不知从何而来？是明文制定的，还是约定俗成的？

退一步说，即使确实有此“规矩”，也不能否定“文介私印”印章的主人是刘文介。

首先，需要指出，“文介私印”印章上的四个字和季文所提出的“规矩”是两回事。因为“文介私印”四个字的结构明显地不是季文所说的“姓、名私印”，而是“双名 + 私印”，其中并没有那个“姓”。季文并没有举出任何证据能够证明该印章的主人姓“文”，名“介”。只有那样，方

① 《红楼梦研究辑刊》第一辑，第178页。

能符合季文所提出的“规矩”。

“文介”明明是双名，而季文却认为“文介”是单名。我们要向季先生讨教，请问：您把“文介私印”解释为“姓、名私印”，有什么根据吗？您是不是认为此人姓“文”名“介”？他究竟是谁？

其次，即使存在着那样一个“规矩”，那么，它也并非每个人都必须遵守不可。据我所知，不符合此项“规矩”的书画名家、藏书名家大有人在。我在这里只需要举出清代一位众所周知的名人即可。此人姓莫，名友芝（1811—1871）。他在自己的藏书上钤盖的名章中就有这样的：“友芝私印”。例如，在他的《郘亭书画经眼录》稿本[①]上，钤有印章多枚，而以“友芝私印”为最多。莫友芝是双名，而不是单名。刘文介也是双名，而不是单名。“友芝私印”与“文介私印”，四字结构完全相同。难道鼎鼎大名的莫友芝也是不懂“篆刻名章规矩”的门外汉？100 多年以来，并没有见到有任何人指责莫友芝破坏了“篆刻名章规矩”！为什么莫友芝可以有这样的名章，而刘文介就“不可以”有这样的名章？

事实证明，“文介私印”并没有违反“篆刻名章规矩”，而且的的确确有先例可援。

“文介私印”是不是刘文介（眉叔、眉盦）的名章？这需要有证据来证实。第一，钤盖在题记的落款处的名章，应即是题者本人的。按照正常的理解，“文介”即题者眉盦之名。第二，刘文介实有其人，属于“上元”“刘氏”家族，见于《上元刘氏家谱》。

若要推翻“文介私印”是刘文介的名章，请先推翻《上元刘氏家谱》中关于刘文介、刘文俨的种种记载。

如果有一位作伪者，他事先在北京看过国家图书馆藏的《上元刘氏家谱》（知道其中有一个名叫“文介”的人），事先在台北看过台北“中央”图书馆藏的《新刻徐玄扈先生纂辑毛诗六帖讲意》（知道其中有一枚“上元刘氏图书之印”），事先看过如今散存于各地的刘文俨旧藏书籍（知道刘文俨就是藏书章“上元刘氏图书之印”的主人），然后又去“仿刻”“上元刘氏图书之印”，再伪造“文介”的名章，而且他还预先掌握了眉本将于

① 《郘亭书画经眼录》稿本，中国社会科学院文学研究所图书馆藏。

2006年秋季在北京公开拍卖的信息，这岂非“天方夜谭”？

五 结语

证据链是不能忽视的：《上元刘氏家谱》证明了刘文俨、刘文介是上元人，是同胞兄弟；《望之哀启》[①] 证明了刘文介的表字叫做眉叔，也就是说，他的别号极有可能叫做眉盦；“文介私印”证明了“眉盦”就是“文介”；“上元刘氏图书之印”既是刘文俨的藏书章，也是刘文介的藏书章，既钤盖在刘文俨的藏书上，也钤盖在刘文介的藏书上。

《新刻徐玄扈先生纂辑毛诗六帖讲意》上的“上元刘氏图书之印”和《红楼梦》眉本上的“上元刘氏图书之印”两枚印章如果不是同一枚，那么，为什么就斩钉截铁地说“可以肯定该抄本（按：即《红楼梦》眉本）不是‘上元刘氏’藏书”？为什么就一口咬定《红楼梦》眉本上的“上元刘氏图书之印”必是“后人仿刻的”？（季文在这里所说的“后人”，不言而喻，是指刘文介之后的人，其实也就是暗指当今作伪的人）百思不得其解。唯一可能的解释就是料定眉本是伪书。

总之，要想断定《红楼梦》眉本是伪书，必须另外拿出直接的、正面的证据来；要想断定眉本上的“上元刘氏图书之印”是“后人”仿刻的，也必须以客观存在的证据为凭，而不能徒然地驰骋自己的臆想。

---

① 《望之哀启》是《上元刘氏家谱》的附录。请参阅拙文《〈红楼梦〉眉盦藏本续论——“眉盦”究竟是谁?》第六、七节，《红楼梦学刊》2008年第一辑，第19—25页。

四论《红楼梦》眉盦藏本

——提供一项新证据

《上元刘氏家谱》—刘文介—眉叔—眉盦，这是一个证据链。

这雄辩地证明了：刘文介是《红楼梦》眉盦藏本（眉本）的原收藏者，《红楼梦》眉本不是伪书。但是，某些“作伪说”者始终无视这个证据链的存在。

季稚跃先生就在他公开发表的质疑论文[①]中回避这个证据链。我已经对季稚跃先生的质疑作出了回答[②]。现再向读者和红学界的朋友们提供一项新证据[③]。

新证据见于光绪刊本《莫愁湖志》。

据网友“爱嗑瓜子”说，他从“沪上一老者”处购得此书。老者原是上海图书馆工作人员，于“20世纪80年代”“从馆内精选购得，当时此书定价二元五角”，“今日书上亦留有当年价格标签可证”。

此书原为刘文介旧藏。名曰《莫愁湖志》，6卷，分为上下两册，上册第1—4卷，“光绪壬午卯月重锓”。壬午即光绪八年（1882），卯月即农历二月。下册为第5卷、第6卷，“光绪辛卯五月重锓”，辛卯即光绪十七年（1891）。

从研究《红楼梦》眉本的角度说，此书有三个特别值得注意的地方（参阅附图）：

---

① 《红楼梦研究辑刊》第一辑，香港文汇出版社2010年版。

② 刘世德：《三论〈红楼梦〉眉盦藏本——答季稚跃先生质疑》，《红楼梦学刊》2011年第三辑。

③ 此项新证据系由网友“爱嗑瓜子”首先披露，并蒙于鹏兄赐告。在这里向他们二位表示诚挚的谢意。

（一）在上下两册的封面，在上册的扉页，以及在卷首，这四处各钤有一枚阴文藏书章：“上元刘氏图书之印”。

（二）在卷首《莫愁湖志自序》标题的下方，紧挨在藏书章“上元刘氏图书之印”之下，钤有一枚阴文名章：“文介”。

（三）在上下两册封面左上侧，各有藏者墨笔题写的书名“莫愁湖志上”和“莫愁湖志下”。在上册封面的右上侧，有藏者的署名：“眉道人”。在下册封面的右上侧，则是“眉道人珍”四字。两个“眉”字以及下册封面那个“道”字写的都是异体字。

再次在一本书上同时出现藏书章“上元刘氏图书之印”和名章“文介”，我们能对这个证据置之不理吗?

《莫愁湖志》上的藏书章“上元刘氏图书之印”、名章“文介”和《红楼梦》眉本“眉盦题记”页上的藏书章“上元刘氏图书之印”、名章“文介私印”构成了新的证据链。这再一次证明了：

（一）刘文介就是《红楼梦》眉本的原收藏者（在卞亦文先生之前的收藏者）。

（二）刘文介姓“刘”，不姓“文”。他是《上元刘氏家谱》中人。他不是一个住在空中楼阁之上的姓“文”名“介”的人。

（三）刘文介字“眉叔”，别署“眉盦”、“眉道人”。一个“眉”字，天衣无缝地关合着刘文介的名、字和别署。

（四）《红楼梦》眉本实有其书，不是后人制作的伪书，尤其不是我们当代人能够制作出来的伪书。

五论《红楼梦》眉盦藏本

——再答季稚跃先生质疑

季稚跃先生曾发表《眉盦题记十回〈红楼梦〉抄本不是“上元刘氏”藏书》（下文简称《不是》）①，对拙文《〈红楼梦〉眉盦藏本续论——眉盦究竟是谁?》（下文简称《续论》）② 的结论提出质疑。对此，拙文《三论〈红楼梦〉眉盦藏本——答季稚跃先生质疑》（下文简称《三论》）③ 已作出回应。季稚跃先生嗣后又继续发表《眉盦题记十回〈红楼梦〉抄本续考(一)》（下文简称《续考》）④，再度对拙文《续论》提出质疑。现谨对季稚跃先生的《续考》提出再商榷，向季稚跃先生求教。

一 眉盦题记有何“不合”之可言?

季稚跃先生的《续考》，主要针对《红楼梦》眉本的眉盦题记的文字而发。为此，我们不得不先将眉盦题记原文援引于下，以供读者参阅、思考和判断：

> 残抄本《红楼梦》，余于民廿五年得自沪市地摊。书仅存十回，原订二册。置之行箧，忽忽十余载矣。今夏整理书籍，以其残破太甚，

① 《红楼梦研究辑刊》第一辑，香港文汇出版社 2010 年版。
② 《红楼梦学刊》2008 年第一辑。
③ 《红楼梦学刊》2011 年第三辑。
④ 《红楼梦研究辑刊》第二辑，香港文汇出版社 2011 年版。

触手即裂，爰亲自衬补，订成四册。因细检一过，觉与他本相异之处甚多，即与戚本、脂本亦有出入之处，他日有暇，当细为详校也。民卅七年初夏，眉盦识于沪寓。

季稚跃先生指出，他“细读”这篇题记后，发现“至少还有五处不合”（第60页）[①]。

哪五处呢？

“第一个是题记中民廿五年，民卅七年不合民国时期纪年表示法。”（第60页）

“第二个是‘沪市’不合。”（第61页）

“第三个是时序不合。”（第61页）

“第四个是题记中有错字不合”。（第61页）

“第五个是‘文介私印’不合。”（第61页）

在我们看来，平心而论，不是眉盦题记“不合”，而是季稚跃先生的指责“不合”。

请让我们在下文一一指出和分析季稚跃先生的指责是如何的“不合”。

二 “文介私印”“是不可以的”吗？

先谈季稚跃先生一再提出的“文介私印”问题。

季稚跃先生曾在《不是》一文中说：“按照篆刻名章规矩，只有单名才能刻成‘姓、名私印’，双名是不可以的。”[②] 拙文《三论》曾就此问道：“这个‘规矩’不知从何而来？是明文制定的，还是约定俗成的？”[③] 季稚跃先生终于在《续考》一文中亮出了他的底牌。

他援引了邓散木《篆刻学》[④] 中关于“私印”的论述：

---

① “60页”，即“《红楼梦研究辑刊》第二辑，60页”。下同，仅注页码，不另注刊名刊期。

② 《红楼梦研究辑刊》第一辑，第178页。

③ 《红楼梦学刊》2011年第三辑，第13页。

④ 邓散木：《篆刻学》，人民美术出版社1979年版。按：此据季稚跃《续考》转引。

> 有印上加私字作私印者，文曰姓某私印，系用于私书封记，所以示有别于官印也。双名无作私印者，私印亦不得作回文。（第61页）

如何理解邓氏所说的“文曰姓某私印”、“双名无作私印者”两句?

何谓“文曰姓某私印”? 依照我们的理解，此是指印文作“姓+单名+‘私印’”者。“某”代表单名。例如《红楼梦》杨本扉页钤有“于原私印”名章，即符合于邓氏所说的“姓某私印”——“姓”是“于”，“某”即“原”（“源”）字之代称。如果是指双名，就不能只用一个“某”字，而是需要改用“某某”二字。

如果我们的理解符合邓氏的原意，则邓氏此语并无不妥。反而是季稚跃先生的误读造成了偏颇的理解。

何谓“双名无作私印者”? 依照我们的理解，此句没有提到“姓”，但它显然并没有排斥“姓”，因为它在前面已明确地限定了自己所论述的范围:“文曰姓某私印”。因此，邓氏所谓“双名无作私印者”，若以刘文介的名章为例，就是说，它否定的对象仅仅是类似于“刘（姓）文介（双名）私印”（五个字）那样的印文; 从这句话，得不出它含有否定“文介（双名）私印”（不带姓）四字印文的意思。

但，季稚跃先生却把这句话解读为:“‘文介’（双名）私印”“是不可以的”。

邓氏乃沪上篆刻、书法名家，他理应掌握这样两个事实:（一）在过去，不带“姓”的“双名私印”印章实际上是大量存在的。（二）带“姓”的“双名私印”实际上也是存在的。邓氏此语，如果按照季稚跃先生的理解，则违背了客观存在的事实。无视客观存在的事实，而断言“不可以”云云，那真的需要在邓氏《篆刻学》之外，对篆刻学再作一些了解了。

拙文《三论》曾举出莫友芝的名章“友芝私印”，作为证据，反驳了季稚跃先生所说的“规矩”。也许有人会怀疑那可能只是个孤证。为了释疑，且让我们在这里再举出几个证据，以证季稚跃先生之非。

首先，不妨转引和季稚跃先生的《续考》发表在同一刊物同一期的朱琪先生《关于〈红楼梦〉眉盦藏钞本所钤印章的几个问题》一文[①]所举出的两个证据：

（1）“延闿私印”——这是谭延闿的名章。谭延闿（1880—1930），曾任两广督军、湖南督军、南京国民政府主席、南京国民政府行政院院长。他是著名的书法家，南京中山陵“中国国民党葬总理孙先生于此”题写者。

（2）“廷飏私印”——这是吴廷飏的名章。吴廷飏（1799—1870）是著名的书法家、画家、篆刻家。

我们再继续补充三个证据：

（3）“文治私印”——这是清代王文治的名章。王文治（1730—1802）是著名的书法家，乾隆十三年（1748）探花，官至云南临安知府。王文治的“集禊帖”行书八言联“林阴清和兰言曲觞，流水今日修竹古时”，款署“梦楼王文治”，并钤有“文治私印”、“文章太守”、“柿叶山房”等印章。

（4）“文治私印”——这是当代宋文治的名章。宋文治（1919—1999）是著名的画家。他于1982年绘《春雨江南图》，引首题“万顷太湖入画图”，署“娄江文治”，钤有阴文印章“文治私印”、阳文印章“太仓人也”。

（5）“吴廷飏私印”——这是吴廷飏的另外一个阴文名章[②]。印文的组合，呈“姓＋双名＋‘私印’”式。这难道不是破坏了季稚跃先生所说的“规矩”（“只有单名才能刻成‘姓、名私印’，双名是不可以的”）的另一例吗？吴廷飏是著名的篆刻家，难道他也不遵守这个“规矩”吗？这不能不令人起疑：到底有没有季稚跃先生刻意强调的这种“规矩”？

拙文《三论》曾说：

> “文介”明明是双名，而季文却认为“文介”是单名。我们要向

---

① 朱琪：《关于〈红楼梦〉眉盦藏钞本所钤印章的几个问题——兼与季稚跃、刘世德、于鹏三先生商榷》，《红楼梦研究辑刊》第二辑，第290页。

② 上海博物馆书画组编纂：《中国书画家印鉴款识》，文物出版社1987年版。

> 季先生讨教，请问：您把“文介私印”解释为“姓、名私印”，有什么根据吗？您是不是认为此人姓“文”名“介”？他究竟是谁？[①]

而季稚跃先生果然在《续考》中直率地承认说：“按‘文介私印’章来看，文介就是文家，则这十回《红楼梦》抄本属文氏家的。”（第61页至第62页）

王文治、宋文治都有印文相同的名章“文治私印”，不知它们是否会被划入“文氏家”？

我们不禁向季稚跃先生提问：您既然执意认定眉本是属于“文氏家”的，那么，“文氏家”的人为什么要钤盖“刘氏家”的藏书章呢？

错误的考据方法，必然会得出错误的结论！

三　这难道不是“民国时期纪年表示法”？

季稚跃先生说，“题记中民廿五年，民卅七年不合民国时期纪年表示法”，“不合”。

笔者之一在中小学读书期间（20世纪30年代末至50年代初）一直生活在上海。根据记忆，在那个时期之内，我们可以经常看到，在报刊、书籍所登载的文章、通信中，有“民某某年”或“民某年”的表述。当时，这是司空见惯的事情，不值得大惊小怪。有时，那个“年”字还会被省略掉。

试举几个例子，以破季稚跃先生之疑。

例一：林语堂有一篇散文，名曰《鲁迅之死》[②]，其开篇第一句曰：“民廿五年十月十九日鲁迅死于上海。”结尾署有撰写的日期和地点：“廿六年十一月廿二于纽约”。

例二：不久前，我们曾从“中国书网”上见到有这样的记载：

---

① 《红楼梦学刊》2011年第三辑，第13—14页。

② 林语堂：《林语堂文选》，中国广播电视出版社1990年版。

《交大平院毕业纪念册：民廿五级》，“北平交通大学”编印，1936 年。

例三：任中敏于民国三十三年（1944）三月二十三日写《致白健生先生书》[①]，白健生即白崇禧，其中有这样几句：

> 民廿五以前，何以人人异口同声，皆指广西？
>
> 此等事当然为民二十至民廿五年间，本省之所无也，昔在北平、南京等地，则常有之；当然为民三十三，赣南之所无也，顾民三十三之桂林乃竟有之！

使用这种“民国时期纪年表示法”的记载，可以说多如牛毛。我们只选择了三个例子。这三个例子不前不后，恰恰都是“民廿五年”或“民廿五”的“民国时期纪年表示法”，这与眉盦题记的“民廿五年”毫无二致。

例四：蒋介石《上星期反省录》（1941 年 4 月 5 日）[②] 中有这样一段话：

> 对溥泉斥责事，愧悔不知所止。此为余每十年必发愤暴戾一次之恶习。回忆民十对季陶，民廿对汉民，而今民卅对溥泉之愤怒，其事实虽不同，而不自爱重之过恶则同也。

这几个反证，表明季稚跃先生所说的第一个“不合”是完全不能成立的。反证还有很多很多，但已没有必要再一一胪列了。事实证明，在过去，使用类似“民廿五年”、“民卅七年”这种“民国时期纪年表示法”的，大有人在。

我们做考据文章，不能只知其一，不知其二。否则必然会导致谬误的判断。

---

① 据“桂林人论坛”网站“漓江文坛”转引。

② 《蒋介石日记》。

四 这“沪市”不是那“沪市”！

季稚跃先生说，第二个“不合”，“是‘沪市’不合。‘沪’是上海市的简称……只有上海股票市场出现后才有‘沪市’一词，它是上海股市的简称”。（第61页）

“沪市”当然可以是“上海股市的简称”，但，难道它不可以是“上海”或“上海市”的代称吗？季稚跃先生只承认“‘沪’是上海市的简称”。难道“沪市”就不可以是“上海市”的简称吗？我们需要补充和提醒季稚跃先生的是：在1949年之前，称“上海市”或“上海特别市”为“沪市”，是当时的上海人士的一种普遍的习惯性的用法。

不举例不足以解季稚跃先生之惑。

请看周越然《〈琵琶记〉之版本》[①]：

> 余所藏者，有后列各本。近年刊本、铅字本及石印本不列入。
>
> （一）影印元刊本二卷四十三出，题《新刊巾箱蔡伯喈琵琶记》，白口，单鱼尾，左右双栏，半叶十行，行大小18字。前有图十叶，取自吴兴凌氏刻本（见第三种），非此书原有也。后有复翁，枚庵，松禅，云鸿等跋。原书于二十年冬在沪市见过。……

这是出自著名的藏书家笔下的“沪市”二字，指的是当年（1931）的上海，自然不是如今的“上海股票市场”。

再举一例。1935年上海世界书局出版了《清代七百名人传》一书，编者蔡冠洛在序言中说：

> 余乙丙之交，蛰居沪市，遇艰处困，钝塞勿施……[②]

① 周越然：《言言斋古籍丛谈》，辽宁教育出版社2001年版。

② 《清代七百名人传》，北京图书馆出版社影印本2008年版。

为什么那二人（周越然、蔡冠洛）那时那地可以使用“沪市”一词，而对这一人（刘文介），就不允许他那时那地在笔下写出“沪市”二字？

季稚跃先生说“只有上海股票市场出现后才有‘沪市’一词”（61页）。“只有”和“才有”四字说得太绝对化了，建议季稚跃先生收回。

其实，“沪市”二字常用，乃久居沪上的人士所熟知，并非罕事、奇事。笔者之一当年自上海写家信向居住在北京的祖父拜年之时，在信封上就常写“寄自沪市”四字。

请仔细琢磨眉盦所写的“得自沪市地摊”一语。不写“沪”，而写“沪市”，这和修辞有关。若以“沪”代替“沪市”，两个字变成了一个字，读起来自然拗口得多。

“沪市”（沪市 = 上海市）一词，不仅1949年之前为人们习用，即在今日，当“上海股票市场”出现之后，仍然偶尔见于人们的文章中。

试举一例：在网上读到“左耳”的“我的日记”，其2009年5月23日的日记中记载了读张爱玲短篇小说《色·戒》之后的感受，有这样一段文字：

> 沉缅《色·戒》里，她被阻隔在沪市的咖啡厅内的角落一隅，独饮，更独自对付民族的春秋战国；而故事与她对坐，不无聊寂至极，兴来，同这乱世参与了一场忠诚的嬉戏，乃至是情欲落败的战俘。

其中就以“沪市”代指“上海”，而与股市无涉。故知此语之用，不仅昔日如此，今日亦复如此。

季稚跃先生身居上海，居然不知“沪市”乃昔日沪上人士对“上海市”或“上海特别市”的一种习惯性的称呼，奇哉怪也！偏执地以为“沪市”非是“上海股票市场”的简称不可，这无疑会受到老上海们的奚落。

五　时序未“倒流”

季稚跃先生所说的第三个“不合”，“是时序不合。‘以其残破太甚，

触手即裂’，于‘今夏’‘亲自衬补订成四册’，而题记写成时反为‘初夏’，属时序倒流”。(第61页)

和季稚跃先生一样，我们也再三“细读”眉盦题记，但并没有发现其中有“时序倒流”的疵病。

“今夏”，是“今年夏天”。从夏初到夏末，都应该在它所涵盖的范围之内。眉盦所说的“今夏”，分明是指：他衬补装订这个残抄本的工作是安排在“今夏”进行的；眉盦所说的“初夏”，则是指他完成衬补装订工作的时间。其间实无龃龉。

即使眉盦题记“时序倒流”，也只能批评其驾驭文字水平的优劣，而不能判断此题记的真伪，更何况时序并未倒流。

六　此非“错字”也

季稚跃先生所说的第四个“不合”，“是题记中有错字不合”。所谓“错字”，指的是“以其残破太甚”中的那个“残”字。季稚跃先生断言，“这个‘残’字写法，是一个错字，他代表的真书该是‘马’字旁的一个错字，而不是‘歹’字旁的真正的‘残’字。按草书写法，此本此处错误的‘残’字偏旁草体，代表的真书是‘马、交’等偏旁；而真正‘残’字的草书偏旁‘歹’不是这样写法”(第61页)。

“真正‘残’字的偏旁‘歹’”的“写法”应该是怎样的？请季稚跃先生有以教我。

我们认为，在“残”字的写法上，眉盦并没有写错，反倒是季稚跃先生说错了。

像眉盦所写的“残”字，其偏旁“歹”字的写法，屡见于古代著名的书法家王羲之、王献之、颜真卿、孙过庭、苏轼等名人的笔下，也见于《草书韵会》一书。例如，王羲之草书《游目帖》（又名《蜀都帖》）唐人摹本中有云“扬雄《蜀都》、左太冲《三都》殊为不备”，其中那个“殊”字的偏旁“歹”的写法，不知季稚跃先生会不会认为是“马”或“交”？

眉盦题记中的那个“残”字[①]的偏旁“歹”的写法是基本上和王羲之的写法一样的。

那个“残”字的偏旁根本不是季稚跃先生所指称的“马”或“交”。这属于草书的ABC，只要是学习过草书的写法，只要对草书的基本常识有所涉猎，只要抽暇去查一查一些普通的工具书，例如《草书大字典》的“歹部”[②]，即可一目了然，无须我辈再作多余的饶舌。

少见多怪，将正确的说成错误的，值得我辈三思！

总之，季稚跃先生所说的五个“不合”，在我们看来，不是眉盦题记的文字“不合”，而是季稚跃先生自己的质疑“不合”。

七　虚而不实

季稚跃先生在《不是》一文中摘录了“悼红轩”[③]、“蠹读”、“中正”三位“网论者”的文字。并把这些文字置于自己的文章之首。这表明，季稚跃先生对这三位的意见和观点，持重视的，也是赞同的态度。

因此，请让我们在这里也对这三位的意见和观点作出必要的回应。

先谈“中正”的“网论”。

“中正”的“网论”是虚的，不是实的。请看：

> 现在的作伪手段，已经到了无孔不入的地步。据我所知：清中期的纸张、墨在古玩市场完全能够淘到（而且现在还有人收购），纸张的老化程度更加不在话下。
>
> 要知道两册书拍了十九万，重赏之下必有勇夫。（第57页）

在当今的拍卖会上，“十九万”就称得上“重赏”吗？比这个价格贵

① 眉盦题记中有两个“残”字，一见于首句“残抄本红楼梦”，二见于“以其残破太甚”。这里所说的是第二个“残”字。

② 《草书大字典》，中国世界语出版社2001年版，第700—703页。按：“残”字见于该书第703页。

③ 从季稚跃先生的引文中，看不出“悼红轩”是“网论者”的网名，还是某个网站的名称。因为季稚跃先生是以此作为“网论者”的“网名”引用的，姑依之。

几十倍、几百倍、几千倍的拍品，比比皆是。它们难道不是更值得怀疑吗？断定某书是伪书，必须要有证据，信口一说，没有任何的说服力。何况“中正”本人对《红楼梦》眉本的意见后来有了转变，不知季稚跃先生是否有所闻：

> 目前真假难辨，主流红学家都说是真的，谁的本事再大也伪造不出来那些异文。业余爱好者有很多坚持认为伪造的……我希望它是真的，所以对这不太关心，说不好……

因此，对于季稚跃先生所引用的这种虚而不实的议论，在讨论《红楼梦》眉本的真伪问题时，可以不必予以理会。

八 戴着有色的眼镜

再谈“蠹读”的“网论”。

平心而论，眉盦题记文通字顺，显然出于一位文字水平较高、文化修养较高的文人的笔下。无奈“蠹读”戴的是有色眼镜，他竟然斥之为“蹩脚的题记”。我们只能喟然而叹：欲加之罪，何患无辞。

“蠹读”的“网论”用的是按语、批注的形式。这一共有五点（第56页至第57页）：

第一点，在“抄本《红楼梦》”五字之后，“蠹读”加按语说：“按：给自己的藏书这么命名，不合常规”。

“抄本《红楼梦》”的命名根据的是“名从主人”的原则。它是抄本，不是印本；它叫《红楼梦》，因为它的第一回首叶就开宗明义地以“红楼梦”三字作为正式的书名。难道还要给它另起一个书名，才算“合常规”吗？此可谓在鸡蛋里面挑骨头。

第二点，在“今夏”二字之后，“蠹读”加批语说：“夏字不当有”。

“夏”字为什么不当有？有了“夏”字又有何等的干碍？说“夏”，是表明不是“春”，也不是“秋”和“冬”。

第三点，在“脂本”二字之后，“蠹读”加了三个“？”。

“脂本”固然是今天红学界习用的名词。但是不要忘记，在六七十年前，“脂本”一词早已屡屡出现在红学家（例如胡适等）的笔下。那时，“脂本”的概念和今天红学家所使用的概念有区别：当时是单指甲戌本，今天则是指脂系诸本。这，我们在下文第九节还要举例细说。

第四点，在“今夏”二字之后，“蠹读”加批语说：“夏字不当有”；在“初夏”二字之后，加批语说：“又一夏字，且限定初夏，而上文‘今夏’是整个夏天”。

我们的意见，在上文第五节已表达清楚，此处无须赘述。

第五点，在“沪寓”二字之后，“蠹读”加批语说：“沪市、沪寓重复，且交待过于清楚”。

“沪寓”是指写题记的地点，“沪市”是指购买《红楼梦》残抄本的地点，前者是在自己家内，后者是在自己家外，何重复之有？

眉盦写的是题记，不是“朦胧诗”。“交待过于清楚”为何也变成被指责的缺点，这就不是我们所能理解的了。

九 他本·戚本·脂本·徐本

“悼红轩”的“网论”位列季稚跃先生引用的“网论”的首位。看来，它受到了季稚跃先生的特别的重视。季稚跃先生强调说，“网论者的切入点是题记中的‘它本’、‘戚本、脂本’”（第55页）。我们就先来看看“悼红轩”的“网论”是怎样说的（第55页至第56页）：

> 1. “它本”① 的范围是什么？它是否指程本？从正常的词句理解，“他本”就是这个本子以外的其他本子。如果是这个意思，下面的那句“即与戚本、脂本亦有出入之处”，岂不是太画蛇添足了吗？从《题记》中看，“他本”是排除在“戚本”、“脂本”之外的。那时候大众能看到的红楼梦几乎只有程本，那么“他本”似乎就是指程本。但是这种分类观念太接近现代人的观点了吧？

① 按：眉盦题记原文是“他本”，不是“它本”。

> 2. “戚本”在那时候是否就叫“戚本”？要知道，无论大字本还是小字本，都题作《国初抄本原本红楼梦》。建国后影印的有正书局大字本才叫《戚蓼生序本石头记》。民国三十七年就称“戚本”，这个概念也太超前了吧？
>
> 3. “脂本”指哪个本子？《题记》中既然与“戚本”并列，指的应该不包括戚序本。一九四八年夏之前，脂砚斋重评石头记本已知有三种：甲戌、庚辰、己卯。甲戌本胡适向来密不示人，极少数有人看到。其他本子在一九四八年前也没有石印或影印过，到俞平伯先生辑录脂批之前，看过脂本的人是可以数出来的，不知藏主如何得见，还“细检”过？

季稚跃先生自己也在《续考》的正文中专门详细地谈到了“脂本”、“戚本”和“徐本”的问题（第58页至第60页）。

对他们二位的意见，我们也一一予以回应。

第一，“他本”一词含义明确，即眉本之外的其他的《红楼梦》版本。眉盦所说的“他本”，从上下文看，实包括两层意思：一层意思即特指题记下文所说的“戚本”和“脂本”，另一层意思即指“程本”以及“那时候大众能看到的”出版界所出的形形色色的《红楼梦》版本（后者恰恰被这位“网论者”忽略了）。我们认为，在这一点上，题记原文并不存在“画蛇添足”的问题。需要提醒的是，题记既没有提到“程本”这个名词，更没有在“他本”和“程本”之间画等号。

第二，季稚跃先生引用了周汝昌1948年7月25日致胡适信，指出：“那时连周先生都未见过徐本和戚大字本，而胡适也不知徐本的下落。”（第58页）季稚跃先生用了将近三页的篇幅详谈“脂本”、“徐本”的下落以及“戚本”的问题，目的何在呢？画龙点睛，他说：“要之，不管眉盦是谁都不可能见过或拥有甲戌本和徐本，怎能‘有暇时’‘细为详校’呢?”（第60页）在文末，他还说：“综上所述，不管眉盦是谁都不可能在民国卅七年夏天看过或拥有脂本（甲戌、庚辰）；题记显系伪托。”（第62页）当时眉盦不拥有甲戌本、庚辰本，这一点我们相信。但，他没有看到甲戌本原书，不等于他没有看到甲戌本的引文。因为在胡适有关甲戌本的论文中引用了大量的甲戌本的原文，尤其是对那些特殊的、引人注意的文字作了十分详细的介绍。而这应是眉盦能够看到的。他所说的“他日有暇，当细为详校”，“详校”的对象显非胡适所拥有的甲戌本原书，其义自明。

周汝昌没有见过“戚大字本”，是不是等于眉盦也没有见过戚本呢？不是的。这不成其为理由。

这有两点可说。石印戚本的有正书局开设在上海，眉盦的寓所也在同一座城市，而周汝昌却远处北京，当时还是个青年学生，他不拥有戚本，甚至没有机会见到戚本大字本，是可以想见的。此其一也。笔者之一在1948年曾在沪市地摊上购到戚本小字本一部。当时目睹摊上待售的戚本小字本远远不止一部，售价低廉。以此例彼，眉盦是有条件知道和见到戚本（小字本或大字本）的。此其二也。

第三，“悼红轩”的“网论”问：“‘戚本’在那时候是否就叫‘戚本’？……民国三十七年就称‘戚本’，这个概念也太超前了吧？”我们的回答是：“‘戚本’在那个时候”的的确确“就叫‘戚本’”。在我们看来，不是那位题记者使用的概念“太超前”，而是这位“网论者”的认识太落后了。

“程本”与“戚本”二词，早在20世纪20年代，胡适就已开始使用。当时，胡适、鲁迅、俞平伯等人早已在“脂本”（甲戌本）、“戚本”和“程本”（俞平伯那时称“程本”为“高本”）之间画上了清晰的分界线。这位“网论者”问道：“这种分类观念太接近现代人的观点了吧？”我们不知道这位“网论者”所说的“现代人”是什么概念，它是指眉盦之前的人士，还是指眉盦之后的人士？包括不包括20世纪20年代的胡适、鲁迅、俞平伯等人士？这里恐怕存在着逻辑混乱的问题。我们只想指出一点：眉盦在40年代接受和继续使用胡适、鲁迅、俞平伯等人士在20年代使用过的“脂本”、“戚本”概念，是很自然的，后人根本不必发出惊讶之声。其实，这在红学史上是个基本的常识。

请看，1921年胡适在《红楼梦考证（改定稿）》一文①中说：

---

① 胡适：《红楼梦考证（改定稿）》，作于1921年11月12日，收入《胡适文存一集》卷三，亚东图书馆1921年版。

> 上海有正书局石印的一部八十回本的《红楼梦》，前面有一篇德清戚蓼生的序，我们可叫他做“戚本”。……戚本大概是乾隆时无数辗转传抄本之中幸而保存的一种，可以用来参校程本，故自有他的相当价值，正不必假托“国初钞本”。

1933 年，胡适在《跋乾隆庚辰本脂砚斋重评本石头记钞本》一文[①]中又说：

> 此本与戚本最相近，但戚本已有补足的部分，故知此本的底本出于戚本之前，除甲戌本外，此本在今日可算是最古本了。

可知他早在 90 年前就已经把上海有正书局石印戚蓼生序本定名为“戚本”了。

在胡适之后，俞平伯也继续使用了“戚本”这个简称。他的专著《红楼梦辨》[②] 的上卷第五篇的标题就叫做《高本戚本大体的比较》。

此外，在 1924 年出版的鲁迅的《中国小说史略》中，凡引用《红楼梦》原文，均注明“戚本第……回，括弧中句据程本补”。

所以，在胡适、俞平伯、鲁迅之后，在 20 余年之后的 40 年代，眉盦题记沿用“戚本”一词，绝非使某些人感到新奇的创举。

第四，眉盦在当时知道“脂本”的概念吗？他有可能见过“脂本”吗？

1948 年 7 月 11 日，周汝昌致胡适信[③]说：

> ……我已准备要写一篇专文，叙论脂本的价值，从此本所能窥见的奥秘，和个人对他的意见。

---

① 胡适：《跋乾隆庚辰本脂砚斋重评本石头记钞本》，作于 1933 年 1 月 22 日，收入《胡适论学近著》第一集卷三，商务印书馆 1935 年版。

② 俞平伯：《红楼梦辨》，亚东图书馆 1923 年版。

③ 《胡适遗稿及密藏书信》，黄山书社 1994 年版。

信中所说“脂本”，即甲戌本。观下文所说“此本”一词，即可明白。

胡适在1928年即已屡称甲戌本为“脂本”。他的《考证〈红楼梦〉的新材料》一文的第五节、第六节、第七节的标题就分别叫做“脂本与戚本”、“脂本的文字胜于各本”、“从脂本里推论曹雪芹未完之书”①。

在写眉盦题记的那个年代，人们所说的“脂本”是指甲戌本，而不是指庚辰本，也不把庚辰本包括在内。眉盦题记通篇只提及“戚本”和“脂本”，而与所谓的“徐本”或“庚辰本”无涉。所以季稚跃先生大谈“徐本”问题，可谓无的放矢。

真理越辩越明。

我们相信，会有越来越多的人肯定《红楼梦》眉本的真实性！

十　再提供三项新证据

现在我们再提供三项新证据。

新证据之一：李榕《李申夫先生全集》上的三枚印章“上元刘氏图书之印”、“文介私印”和“孟晋斋”。

拙文《四论〈红楼梦〉眉盦藏本——提供一项新证据》介绍了《莫愁湖志》书上所钤盖的藏书章“上元刘氏图书之印”、名章“文介”，以及“眉道人”的署名。

那篇拙文回避了一点：《莫愁湖志》书上另有三处钤有“孟晋斋主人”的印章。当时，对于此印章与刘文介有无关系这一点没有太大的把握。

网友曹震先生2011年7月30日在自己的博客“网海云天”上发表《卞藏本和上元刘氏藏印谈屑》一文②中说：

> 现在，我再来公布一种曾经上元刘氏收藏的古籍，上面同时出现有“上元刘氏图书之印”、“文介私印”和“孟晋斋”三个印章。这部书是《十三峰书屋全集》，扉页题“十三峰书屋 李申夫先生全集”，

① 胡适：《考证〈红楼梦〉的新材料》，《新月》第一卷第一期（1928年3月）。

② 此文同时也在“中国古代小说网”上发表。

光绪己亥（二十五年）袖海山房石印本。

根据曹震先生的提示，我们在互联网上查到：“雅昌艺术网”曾于2008年4月6日发表网友“沪鲁王”的《名家所藏——光绪〈李申夫先生全集〉》。该文介绍了《李申夫先生全集》，并发表了该书的三帧图片。从图片上可以看到：（1）在扉页，钤有一枚印章，阴文“上元刘氏图书之印”。（2）在目录页，钤有一枚印章，阳文“孟晋斋”。（3）在序文之末，钤有两枚印章，在上者为阳文“文介私印”，在下者为阴文“上元刘氏图书之印”。

李榕（1819—1889），原名甲先，字申夫，四川广元人。《李申夫先生全集》九卷，蒋德钧辑，龙安书院光绪十六年至十八年（1890—1892）刊行。

曹震先生认为：

> 这样看来，“上元刘氏图书之印”、“文介私印”、“文介”、“孟晋斋主人”和“孟晋斋”这些印，应该都属于一个人或一个家族所有。

我们基本上同意这个判断。

这个证据表明，在一部书上同时钤有“上元刘氏图书之印”、“文介私印”两枚印章，除了《红楼梦》眉本之外，还有这部《李申夫先生全集》。此外，还证明了“孟晋斋”和“孟晋斋主人”也是刘文介的别署。

感谢曹震先生提供了新的信息（尽管在《红楼梦》眉盦藏本真伪问题上，他和我们有不同的判断），这无疑又增加了“上元刘氏图书之印”和“文介私印”非伪造的可信性。

新证据之二：李洪进造像拓片上的印章“上元刘氏金石文字印”。

“中国书法超市”网站2010年6月16日曾公布一份李洪进造像拓片。李洪进，东魏人。此像造于东魏孝静帝武定二年（544）。像原藏河南获嘉县南法云寺，现藏英国维多利亚与阿尔伯特博物馆。拓片上钤有阳文印章“上元刘氏金石文字印”。

此印章极可能为刘文介或刘文俨所钤。这使我们了解到，除了“图书之印”以外，“上元刘氏”还有“金石文字印”。

新证据之三：《苏慈墓志》拓片上的两枚印章“眉尗”、“上元刘氏金石文字印”。

《苏慈墓志》立于隋文帝仁寿三年（603），清光绪十三年（1887）[①]出土于陕西蒲城县，现藏蒲城博物馆。此墓志有拓片传世。拓片上钤有印章两方，一为阳文“上元刘氏金石文字之印”，另一为阴文“眉尗”。

按：“尗”即“叔”字。《汉语大字典》说，“尗”字有两个义项：（1）同“菽”；（2）同“叔”，《字汇·小部》：“尗，与叔同。季父也。”[②]可知“眉尗”实即“眉叔”，也就是刘文介的表字。

《上元刘氏家谱》所附的《望之哀启》[③]文末的署名为刘文俨的嗣子刘珩章及亲生女刘琅章、刘琳章。文中有“不孝本生父眉叔”之语。此“叔”字曾被“作伪说”者怀疑为“伯、叔”之“叔”，进而对《望之哀启》投出了不信任票。现在《苏慈墓志》拓片上的“眉叔”印章发现后，刘文介的表字为“眉叔”，确证无疑。

总之，《红楼梦》眉本上的“上元刘氏图书之印”、“文介私印”、“眉盦”——《上元刘氏家谱》中的“刘文介”、“眉叔”——《莫愁湖志》上的“上元刘氏图书之印”、“文介”、“眉道人”、“孟晋斋主人”——《李申夫先生全集》上的“上元刘氏图书之印”、“文介私印”、“孟晋斋”——李洪进造像拓片上的“上元刘氏金石文字之印”——《苏慈墓志》拓片上的“上元刘氏金石文字之印”、“眉尗”：这又构成了新的完整的证据链，再次证明了《红楼梦》眉本非伪书。

此外，网友“爱嗑瓜子”的《〈莫愁湖志〉“上元刘氏”钤印考》，先发表于“新华网”的“发展论坛”，后又署名“王鹏”，再发表于2011年7月18日《辽宁日报》。二文略有歧异。网文说：

---

① 一说光绪十四年（1888）。

② 《汉语大字典》上册，四川辞书出版社、湖北辞书出版社1995年版，第562页。

③ 按：“望之”，即刘文俨；《望之哀启》全文已引录于拙文《〈红楼梦〉眉盦藏本续论——眉盦究竟是谁?》。

> 今年六月，本人于沪上一老者处购得《莫愁湖志》上下两册。……据卖书老者述，此书是其20世纪80年代于上海图书馆工作时从馆内精选购得，当时此书定价二元五角。查之，今日书上亦留有当年价格标签可证。

报文则说：

> 今年6月12日，笔者于沪上一老者处以600元购得《莫愁湖志》上下两册。……据卖书老者述，此书是其20世纪80年代于上海古籍书店精选购得，当时此书定价2.5元。查之，今日书上亦留有当年价格标签可证。

据友人见告，王鹏先生系辽宁鞍山人，对上海话不熟悉，故将“上海古籍书店”误听为“上海图书馆”。录此备考。

六论《红楼梦》眉盦藏本

——再提供一项新证据

眉盦是谁？眉盦是不是刘文介？——这是判断《红楼梦》眉盦藏本是不是伪书的一个关键问题。

首先，让我们来回顾一下寻找眉盦的过程。

从《红楼梦》眉本发现以来，已经过去了六个年头，寻找眉盦的过程一直没有停止。

我们先从眉盦题记页上的一个署名“眉盦”、一枚名章“文介私印”和一枚藏书章“上元刘氏图书之印”入手，从藏于台北的《新刻徐玄扈先生纂辑毛诗六帖》上查到了并存的名章“刘氏文俨”和藏书章“上元刘氏图书之印”；从另外九种书籍上发现，或钤有藏书章“上元刘氏图书之印”，或钤有名章“刘氏文俨”，或有“江宁刘文俨”题写的书名，或有“刘文俨”所撰写的跋文。其后，从藏于北京的《上元刘氏家谱》稿本的世系表证实了刘文俨和刘文介二人是嫡亲的兄弟；从《上元刘氏家谱》附录的《望之哀启》获知，刘文介的表字是“眉叔”。①

接着，在《莫愁湖志》上发现了“眉道人”的题名以及名章“文介”、藏书章“上元刘氏图书之印”，在《李申夫先生全集》中发现了名章“文

① 我已在《红楼梦学刊》发表五篇关于《红楼梦》眉盦藏本的论文。它们是：《〈红楼梦〉眉盦藏本试论——新发现的〈红楼梦〉残抄本研究》（2007 年第一辑）、《〈红楼梦〉眉盦藏本续论——“眉盦”究竟是谁?》（2008 年第一辑）、《三论〈红楼梦〉眉盦藏本——答季稚跃先生质疑》（2011 年第三辑）、《四论〈红楼梦〉眉盦藏本——提供一项新证据》（2011 年第四辑）、《五论〈红楼梦〉眉盦藏本——再答季稚跃先生质疑》（2012 年第一辑）。其中“续论”和“五论”两篇由我执笔写成，于鹏先生提供了重要的线索，也提出了一些修改的意见，故发表时由我和于鹏先生共同署名。

介私印”和藏书章“上元刘氏图书之印”；又在《苏慈墓志》拓片上发现，钤有“眉尗”印章（“尗”即“叔”字）和“上元刘氏金石文字印”；在“李洪进造像”拓片上也发现了同样的印章“上元刘氏金石文字印”。

至此，我们判断，“文介私印”和“眉尗”是刘文介的名章，“上元刘氏图书之印”是刘文介一再使用的藏书章，而“眉盦”极有可能是刘文介的别署。

但，有些执拗的“伪书说”者们至此仍然拒不服输。他们指出，你说“眉盦”即刘文介，这只是“推论”，不是证据；请举出直接的证据来！

在这里，我们给予回答：直接的证据赫然存在。请看——

经过王鹏先生（网名“关枫舍人”）的努力寻觅，在《施葆生先生墨迹》写本中，发现了刘文介所写的题记和“眉盦”印章[①]。

《施葆生先生墨迹》的发现，终于使得这个寻找眉盦的过程有了一个完满的收尾。

《施葆生先生墨迹》（单片，纸本）出现于上海嘉泰拍卖有限公司2008年秋季艺术品拍卖会古籍善本专场[②]。拍卖公司介绍该拍品说：

> 清光绪写本，线装一册，白纸。钤印：适翁六十后作（白）、施氏仲子（白）。说明：施葆生，又名施瑞年，清光绪、上元人（今南京），字石叟，晚号江东布衣，工篆隶，善山水、人物，晚年好静，寄居莫愁湖上以终。是书尾有“同里后学刘文介珍藏”题记。

拍卖的时间是2008年12月18日，地点则是上海延安饭店。估价1500元至2000元。

据“关枫舍人”说：“该资料据我最新掌握的线索，在2008年拍卖后，于2011年由江苏宿迁的一位藏家又转手给四川某藏家。”

书尾题“施葆生先生墨迹”，下有双行小字曰：

---

① http：//blog. sina. com. cn/s/blog_ 6149a09d0100zgz7. html.

② http：//guohua. findart. com. cn/show/260932/.

同里后学刘文介珍藏
纪元十年五月

在“五月”二字之下，钤有印章一方，阴文：“眉盦”。

“纪元十年”指的是民国十年（1921）。以刘文介生于光绪二十三年（1897）[①] 推算，则他当时是25岁。难怪他的字迹较之《红楼梦》眉本题记显得稚拙。

《施葆生先生墨迹》藏者刘文介的署名和“眉盦”印章，这就是对质疑者的最好回答！

① 请参阅拙文《〈红楼梦〉眉盦藏本续论——“眉盦”究竟是谁?》。

从《红楼梦》前十回看程乙本对程甲本的修改

一 缘起

程本《红楼梦》长达120回，若要全面地、完整地探讨程乙本对程甲本的修改，势必要费很大的事。思来想去，不如选取其中的开头10回，作为一只麻雀，加以解剖，或许能够窥见一二，有所发现，因草撰此文。

《红楼梦》脂本意味着曹雪芹的原稿、初稿和改稿。程甲本对脂本做了修改和续补。不管程甲本对脂本造成了多大的伤害，它毕竟是《红楼梦》头一个公开出版发行的版本，在《红楼梦》传播史上占有重要的地位。但是，从今天的角度来看，它和脂本之间已经有了不小的距离。程乙本则是对程甲本修改而成的。那么，它究竟是改得好，还是改得不好？无论如何，它和程甲本之间也已有了一段距离。那么，它是不是距离脂本更远了？

有的学者曾认为程乙本比程甲本好，这个评价对不对？是不是符合事实？

这些都是我们研究程乙本时需要思考的问题。这也是我写这篇论文的由来。

二 各回修改数字统计

首先，让我们来做一个程乙本第1回至第10回修改多少的统计：

第一回96处　第二回153处　第三回293处　第四回165处
第五回216处　第六回472处　第七回413处　第八回317处

第九回133处　第十回136处

可以看出，在这10回之中，程乙本修改最少的是第1回，修改最多的是第6回。

十回修改之处相加，等于2394处。这只占全书120回的1/12。姑且假设这是个平均的数字，则全书的修改约有28728处。

修改将近3万处之多，这个数字可谓不小啊！

三　人名之改

在前10回中，程乙本更改程甲本的人名，有三处。另有两处则是改有为无。

【秦邦叶、秦业与秦邦业】

秦钟的父亲，在程甲本先叫秦邦叶，后叫秦业，在程乙本则改称秦邦业：

> 他父亲秦邦叶现任营缮郎……秦邦叶五旬之上方得了秦钟。（甲8）
>
> 他父亲秦邦业现任营缮司郎中……秦邦业却于五十三岁上得了秦钟，（乙8）
>
> 话说秦业父子专候贾家的人来送上学之信。（甲9）
>
> 话说秦邦业父子专候贾家人来送上学之信。（乙9）

程甲本为什么会产生"秦邦叶"与"秦业"的两歧呢？

原来在脂本此人的名字就叫做秦业，程甲本第9回的开端显然沿袭了脂本的人名。至于程甲本第8回末尾的"秦邦叶"，则不过是一增一误而已：增添了"邦"字；"叶"的繁体字"葉"与"业"的繁体字"業"形体相近，读音也相近，遂导致了讹舛。①

① 请参阅拙著《〈红楼梦〉版本探微》，华东师范大学出版社2003年版，卷下第十五节"秦钟之父"。

程乙本发现了这个问题，就恢复脂本原有的“业”字，却又保留了程甲本增添的“邦”字。

【来陞与赖陞】

宁国府管家之名，有“来昇”、“来陞”、“赖陞”的三歧。

> 贾珍说道：“……且叫来陞来，吩咐他预备两日的筵席。”尤氏因叫了贾蓉来：“吩咐来陞照例预备两日的筵席，要丰丰富富的。……”……贾蓉复转身进去，回了贾珍和尤氏的话，方出来叫了来陞，吩咐预备两日的筵席的话。来陞听毕，自去照例料理。(甲10)
>
> 贾珍说道：“……且叫赖陞来，吩咐他预备两日的筵席。”尤氏因叫了贾蓉来：“吩咐赖陞照例预备两日的筵席，要丰丰富富的。……”……贾蓉复转身进去，回了贾珍、尤氏的话，方出来叫了赖陞，吩咐预备两日的筵席的话，赖陞答应，自去照例料理。(乙10)

三歧的原因在于一改再改，经历了一个曲折的过程。此人的名字在脂本原作“来昇”。从脂本到程甲本，“昇”被改为“陞”。而从程甲本到程乙本，“来”又被改为“赖”。[①]

【蕊珠与珍珠】

> 原来这袭人亦是贾母之婢，本名珍珠，贾母因溺爱宝玉，生恐宝玉之婢不中任使，素知袭人心地纯良，遂与宝玉。宝玉因知他本姓花，又曾见旧人诗句有“花气袭人”之句，遂回明贾母，即更名袭人。(甲3)
>
> 原来这袭人亦是贾母之婢，本名蕊珠，贾母因溺爱宝玉，恐宝玉之婢不中使，素日蕊珠心地纯良，遂与宝玉。宝玉因知他本姓花，又曾见旧人诗句有“花气袭人”之句，遂回明贾母，即把蕊珠更名袭人。(乙3)

---

① 拙文《赖大与赖二：角色与名字的转换——〈红楼梦〉版本探微外篇》(《红楼梦学刊》2008年第六辑）已对这个奇怪的现象作了比较详细的分析和论述，此处不赘。

程甲本的“珍珠”来自脂本。珍珠原是贾母的丫环。按照曹雪芹的安排，此人与贾母的另外三个丫环琥珀、玻璃、翡翠构成四人一组的伴侣形象。她们的特点是都以珍贵的饰品命名。程乙本把“珍珠”改成“蕊珠”，这完全打乱了曹雪芹富有匠心的艺术安排。

程乙本这样做，是有原因的。原来在前80回和后40回中，另有一位和袭人同时存在的丫环，她也名叫珍珠，也是贾母房中的丫环，但她和袭人不是同一人。前者见于第29回，在前往清虚观打醮的路上，和贾母另外三个丫环鸳鸯、鹦鹉、琥珀并列。后者见于第94回、第96回、第98回、第106回、第108回、第109回和第111回，曝光率不低。从全书来看，袭人是袭人，珍珠是珍珠，二人之间不存在改名的问题。

显然，第29回的“珍珠”是曹雪芹创作过程中的不断修改的漏网之鱼。程甲本整理者没有发现这个纰漏，一仍其旧。后40回续作者也依然让珍珠频繁地出现在贾母的身边。程乙本觉察到这个明显的漏洞，因而作了弥补，但是它的修改又违反了曹雪芹的原意。

【有与无】

此外，还有一种例子，故意删去人名，改用笼统的“人”字来代替。

例1：

> 正问着，只听那边一阵笑声，却有贾琏的声音，接着房门响处，平儿拿着大铜盆出来，叫丰儿舀水进去。（甲7）
>
> 正问着，只听那边微有笑声儿，却是贾琏的声音，接着房门响，平儿拿着大铜盆出来，叫人舀水。（乙7）

上文丰儿已经出场：周瑞家的来送花，见她坐在凤姐的房门槛上，摆手儿叫她往东屋里去。既然丰儿守候在房门口，那叫她去舀水是顺理成章的事，不知程乙本为什么要删除她的名字。

这可说是程乙本删改随意性的一种表现。

例2：

> 说着，大家取笑一回，惜春命丫鬟入画来收了。（甲7）

说着，大家取笑一回，惜春命丫鬟收了。（乙7）

这是入画在全书的首次出场。可惜她的名字竟不容于程乙本整理者之手。

周瑞家的给迎春、探春、惜春送花，“迎春的丫环司棋和探春的丫环侍书”先露面，然后轮到入画亮相。程乙本却造成了“三缺一”的局面，不能不说是一件遗憾的事。

四 年龄之改

【林如海的年龄】

《红楼梦》第2回提到林如海的年龄。程甲本与程乙本相较，林如海年龄却有十岁的出入：

今如海年已四十，只有一个三岁之子，又于去岁亡了。虽有几房姬妾，奈命中无子，亦无可如何之事。只嫡妻贾氏生得一女，乳名黛玉，年方五岁。（甲二）

今如海年已五十，只有一个三岁之子，又于去岁亡了。虽有几房姬妾，奈命中无子，亦无可如何之事。只嫡妻贾氏生得一女，乳名黛玉，年方五岁。（乙二）

“四十”，程甲本同于脂本。这个年龄应出于曹雪芹的原稿。

程乙本为什么要给林如海添加十岁呢？原来在第3回中也写到了林如海的年龄：

且兼如海说：“汝父年已半百，再无续室之意……”（甲3、乙3）

“年已半百”，当然就是年已五十或年逾五十的意思。想来这就是程乙本要改“四十”为“五十”的原因了。但这里边还有比较复杂的原因。

“年已半百”，程甲本、程乙本同于梦本，其他脂本均作“年将半百”。“年将半百”意味着，他的年龄还不到50岁。在脂本，第2回的“年已四十”与第 3 回的“年将半百”虽有差距，但差距还不算大。而在程本，程甲本第 2 回的“年已四十”和第 3 回的“年已半百”就存在着矛盾；程乙本改了第 2 回，总算勉强拉平了距离。

【薛姨妈的年龄】

“四十”与“五十”的差异，无独有偶，又发生在薛姨妈身上。

这见于第 4 回：

> 寡母王氏乃现任京营节度使王子腾之妹，与荣国府贾政的夫人王氏是一母所生的姊妹，今年方四十上下。（甲 4）
>
> 寡母王氏乃现任京营节度王子腾之妹，与荣国府贾政的夫人王氏是一母所生的姊妹，今年方五十上下。（乙 4）

难怪陈其泰的评语对此提出了疑问：“王夫人是王子腾之姊，然则已五十外矣，生宝玉何其迟也？”[①] 他问得甚有道理。

程甲本以上两例的“四十”二字，都来自脂本。这个纰漏自然应由脂本负责。

【宝玉与秦钟的年龄】

此外，宝玉的年龄和秦钟的年龄，在程甲本和程乙本也是有差异的。先看宝玉的年龄：

> 说来又奇，如今长了七八岁，虽然淘气异常，但聪明乖觉，百个不及他一个。（甲 2）
>
> 说来又奇，如今长了十来岁，虽然淘气异常，但聪明乖觉，百个不及他一个。（乙 2）

程甲本的“七八岁”三字与脂本一致。《红楼梦》的读者大多觉得宝、黛、钗三人的年龄普遍地嫌小。这大概就是程乙本要在这里加大宝玉年龄的原因。另外，这也和秦钟的年龄有关：

---

① 《桐花凤阁批校本〈红楼梦〉程乙本》第一册，北京图书馆出版社 2001 年影印本，第 192 页。

> 他父亲秦邦叶现任营膳郎，年近七旬。……秦邦叶五旬之上方得了秦钟。（甲 8）
>
> 他父亲秦邦业现任营膳司郎中，年近七旬。……秦邦业却于五十三岁上得了秦钟，今年十二岁了。（乙 8）

“年近七旬”是两本相同的，也基本上同于脂本；“五旬之上”和“五十三岁上”却显示出区别来。但更大的区别却在于程乙本所增添的“今年十二岁了”一句。

程乙本增添的这一句存在着缺陷。缺陷之一是，它和上文的“年近七旬”抵牾。我曾指出：“既然秦钟现年十二岁，而他又是在秦业（秦邦业）五十三岁时诞生的，则秦业（秦邦业）应当现年六十四岁。这和上文‘年近七旬’的距离并不算‘近’。”① “年近七旬”，放宽些说，69 岁、68 岁、67 岁都可以包含在内。然而 64 岁就无论如何和“年近七旬”搭不上界了。缺陷之二是，它和上文脂本以及程甲本第二回所说的宝玉年龄发生明显的矛盾。脂本以及程甲本明明说，宝玉“如今长了七八岁”。我们知道，宝玉和秦钟同年②。如果秦钟是 12 岁，他岂不比宝玉大了许多？

因此，在第 2 回那里，程乙本把程甲本的宝玉年龄“七八岁”改为“十来岁”。在第 8 回这里，程乙本又把程甲本的秦钟年龄增补为“十二岁”。二者实际上是捆绑在一起的。这算是程乙本对脂本以及程甲本所打的两个补丁。

【凤姐的年龄】

> 刘老老因说：“这位凤姑娘今年不过二十岁罢了。”（甲 6）
>
> 刘老老因说：“这位凤姑娘今年不过十八九岁罢了。”（乙 6）

“二十岁”，脂本同于程甲本。程乙本却给她减少了一两岁。

程乙本一方面减少凤姐的年龄，另一方面又提前了凤姐结婚的时间：

---

① 《〈红楼梦〉版本探微》，卷下第十六节“秦钟的岁数”。

② 第 5 回，秦可卿说，宝玉和秦钟“同年”；第 9 回，宝玉对秦钟说，“咱们两个人一样的年纪”。

(贾琏)亲上做亲，娶的是政爷夫人王氏之内侄女，今已娶了二年。(甲2)

(贾琏)亲上做亲，娶的是政老爷夫人王氏内侄女，今已娶了四五年。(乙2)

凤姐结婚的年龄，按照程甲本的说法推算，是18岁；按照程乙本的说法推算，却是14岁上下，这是不是略嫌早了些？

五 其他几处重要的改动

第2回在《红楼梦》全书中有着特殊的意义和地位。曹雪芹在这一回，通过冷子兴的演说，巧妙地向读者介绍了贾府人员的构成，他们之间的血缘关系，某些人物的思想性格特点，等等。如果打个比方，冷子兴演说所起的作用就相当于话剧剧本前面的“人物表”。

恰恰在这一回中，程乙本对一些比较关键的字句作了改动。

【宁国公有几个儿子?】

宁公居长，生了四个儿子。(甲2)

宁公居长，生了两个儿子。(乙2)

程甲本的“四个儿子”和脂本相同。这反映了曹雪芹原先的设想。但是在后来的改稿中没有得到体现。程乙本觉察到这个破绽的存在，因而作了改动。

在紧接着的下文说：“宁国公死了，长子贾代化袭了官，也养了两个儿子。”这里用了一个“也”字。有人据此断定，在曹雪芹原稿中，“四个儿子”应是“两个儿子”之误。我认为，“也”字的确是照应下文而言的，但不是指向“生了四个儿子”这一句，而是指向更前面的一句：“当日宁国公是一母同胞弟兄两个。”

【“原籍”与“家里”】

程乙本用模糊的概念代替了明确的概念：

因他父亲一心想作神仙，把官倒让他袭了。他父亲又不肯回原籍来，只在都中城外和那些道士们胡羼。(甲2)

因他父亲一心想作神仙，把官倒让他袭了。他父亲又不肯住在家里，只在都中城外和那些道士们胡羼。(乙2)

这个改动牵涉到贾府在南抑或在北的问题。按照程甲本（脂本与此相同）的说法，“原籍”和“都中”不在一处。程乙本企图回避曹雪芹留下的这个难题，遂用“家里”代替“原籍”。但这样的处理仍有微疵。“原籍”和“都中”本指两个互相排斥的地域。“家里”比“原籍”含糊。如果用了“家里”，而又删去“都中”，那就使文意顺畅得多了。

【元春比宝玉大几岁?】

程甲本说是差一岁，程乙本说是差十几岁。

第二胎生了一位小姐，生在大年初一就奇了，不想次年又生了一位公子。(甲2)

第二胎生了一位小姐，生在大年初一就奇了，不想隔了十几年又生了一位公子。(乙2)

“次年”，程甲本同于脂本中的甲戌本、己卯本、庚辰本、杨本、蒙本、彼本、梦本，只有戚本、舒本、卞本作“后来”。

这涉及元春和宝玉的年龄差异。因为第18回说到“贾妃乃长姊，宝玉为幼弟”，二人“虽为姊弟，有如母子”。可知“次年”二字不妥。这是曹雪芹初稿遗留的有待修订的文字。程乙本改为“隔了十几年”，可以作为一种补救的措施。然而这又与王夫人的年龄发生了龃龉[①]。

【贾赦的性格】

程甲本说是“平静中和”，程乙本说是“中平”：

① 陈其泰：“生宝玉何其迟也?”见《桐花凤阁批校本〈红楼梦〉程乙本》影印本，第192页。

长子贾赦袭了官，为人平静中和，也不管理家。（甲2）

长子贾赦袭了官，为人却也中平，也不管理家事，（乙2）

这牵涉到对贾赦的评价。“为人平静中和”，并非程甲本的新创，而是始自梦本，其他脂本均无此句。程乙本的改文稍微减弱了一些为贾赦捧场的色彩。但这仍然不可避免地成为脂本和程本有重大歧异的所在。

【贾赦有几个儿子?】

程甲本说是两个儿子，程乙本则说是只有一个儿子：

那赦公也有二子，次名贾琏。（甲2）

那赦老爷也有一子，名叫贾琏。（乙2）

程甲本和脂本有同有异。同的是，都说贾赦有两个儿子。异的是，脂本以贾琏为长子，程甲本以贾琏为次子。程乙本则既和脂本不同，也和程甲本不同，它把贾琏改为贾赦的独生子。

三个不同的说法，以何者为是呢？愚意当以脂本为是。贾赦确有二子，一为贾琏，一为贾琮，均是书中的出场人物。而贾琏的年龄也确实高于贾琮。问题在于，书中一再称贾琏为“琏二爷”，称凤姐为“琏二奶奶”，以致使人产生了贾琏是贾赦次子的猜想。[①]

除了第2回，在其他几回也有几处重要的改动。

【贾母有几个女儿?】

不免贾母又伤感起来，因说：“我这些女儿，所疼者独有你母，今一旦先我而逝，不得见一面，教我怎不伤心！”（甲3）

不免贾母又伤感起来，因说：“我这些女孩儿，所疼的独有你母亲。今一旦先我而亡，不得见面，怎不伤心！”（乙3）

“这些女儿”，在大多数脂本中，均作“这些儿女”；只有杨本、梦本同于

① 请参阅拙著《〈红楼梦〉之谜——刘世德学术演讲录》，线装书局2007年版，“从琏二爷说起”。

程甲本。“儿女”，当然包括贾赦、贾政和贾敏。“女儿”，就只有贾敏一人。“些”是复数。贾母实际上只有一个女儿。程甲本误“儿女”为“女儿”在先，程乙本改“女儿”为“女孩儿”在后。二者都不正确。

【外孙女，还是外甥女？】

> 贾母命两个老嬷嬷带了黛玉去见两个舅舅去。维时贾赦之妻邢氏忙起身笑回道：“我带了外孙女过去，到底便宜些。”（甲3）
>
> 贾母命两个老嬷嬷带黛玉去见两个舅舅去。维时贾赦之妻邢氏忙起身笑回道：“我带了外甥女儿过去，到底便宜些。”（乙3）

“外孙女”，脂本均作“外甥女”。程甲本作“外孙女”，这有两个可能。一个可能是，“孙”乃“甥”之误植。另一个更大的可能是，“孙”字不误。吴语称“外孙”为“外甥”。此处的“外甥”也正是吴语的运用。若然，则此处的修改者极可能是程伟元。因为他恰恰是苏州人。

无独有偶，这一回回目和总目的下联也有“外孙”和“外甥”的歧异。不过歧异并不发生在程甲本和程乙本上。几个脂本（舒本、彼本、卞本、梦本）的回目均一致作“外孙”。歧异发生在蒙本、戚本的回目和总目上：

> 接外孙贾母惜孤女（蒙、戚回目）
>
> 接外甥贾母惜孤女（蒙、戚总目）

难道修改蒙本、戚本总目的人也曾生活在吴语区域？

【狗儿，还是狗儿之父？】

> 周瑞家的听了，便已猜着几分来意，只因他丈夫昔年争买田地一事，多得狗儿之力，今见刘老老如此，心中难却其意……（甲6）
>
> 周瑞家的听了，便已猜着几分来意，只因他丈夫昔年争买田地一事，多得狗儿他父亲之力，今见刘老老如此，心中难却其意……（乙6）

“狗儿之力”，脂本均同于程甲本。程乙本却改为“狗儿他父亲之力”。

按上文狗儿曾说，“这周瑞先时曾和我父亲交过一桩事”。程乙本大概是根据此句而增加“他父亲”三字的。殊不知底下还有一句：“我们本极好的”。所谓“我们”，包括周瑞和狗儿在内。因此，“他父亲”三字之增加，显得是画蛇添足。

【贾琏有几个女儿?】

> 刘老老此时点头咂嘴念佛而已。于是引他到东边这间屋里，乃是贾琏的大女儿睡觉之所。(甲6)
>
> 刘老老此时只有点头咂嘴念佛而已。于是走到东边这间屋里，乃是贾琏的女儿睡觉之所。(乙6)

程甲本的“贾琏的大女儿”，同于梦本，其他脂本均作“贾琏的女儿大姐儿”；程乙本则改为“贾琏的女儿”。这牵涉贾琏有一个女儿还是有两个女儿的问题。

脂本在这个问题上有歧说。多数的脂本说，贾琏有两个女儿，一名大姐儿，一名巧姐儿。这见于甲戌本、庚辰本、杨本、舒本、彼本、梦本的第27回，又见于庚辰本、杨本、蒙本、舒本、彼本、梦本的第29回。蒙本、戚本的第27回，以及戚本的第29回则只有大姐儿，而无巧姐儿。而在第42回诸本更说，大姐儿、巧姐儿实是同一人。这些混乱的情况是在曹雪芹创作过程中产生的。他在生前没有来得及作最后统一的处理。

程甲本和程乙本则弃去二女说，采用一女说。但程甲本改得不够彻底。它说“贾琏的大女儿”，那就意味着贾琏还有个“小女儿”。岂不是改了等于没有改？程乙本则做得比较干脆，“贾琏的女儿”，既躲开了大、小，也回避了一、二。①

【东廊与东南】

> 老嬷嬷听了，于是又引黛玉出来，到了东廊三间小正房内。(甲3)

① 关于大姐儿与巧姐儿的问题比较复杂，非三言两语所能说清楚，容再另撰专文论述。

老嬷嬷听了，于是又引黛玉出来，到了东南三间小正房内。(乙3)

“东廊”，舒本作“西边院内”，其他脂本同于程甲本。既非形误，又非音误，不知程乙本为什么要把贾政、王夫人的正房从“东廊”迁徙到“东南”去?

六 添油加醋

程乙本往程甲本里添加了一些东西。有的添加的字句只能算是一种“佐料”。它传达给读者的是变了味儿的内容。在前10回中，这主要体现在关于宝玉与袭人、凤姐与贾蓉、宝玉与可卿的关系上，程乙本给读者以某种暧昧的暗示。

例如第6回的“初试云雨情”:

袭人……今见宝玉如此光景，心中便觉察了一半，不觉羞得红涨了脸面，遂不敢再问。……袭人趁众奶娘、丫鬟不在旁时，另取出一件中衣与宝玉换上。宝玉含羞央道:“好姐姐，千万别告诉别人。”袭人含羞笑问道:“你梦见什么故事了? 是那里流出来的那些脏东西?”宝玉道:“一言难尽。”便把梦中之事细说与袭人知了，说至警幻所授云雨之情，羞的袭人掩面伏身而笑。宝玉亦素喜袭人柔媚姣俏，遂与袭人同领警幻所训云雨之事。袭人自知系贾母将他与了宝玉的，今便如此，亦不为越理，遂和宝玉偷试了一番，幸无人撞见。自此宝玉视袭人更与别个不同，袭人待宝玉越发尽职。(甲6)

袭人……今见宝玉如此光景，心中便觉察了一半，不觉把个粉脸羞的飞红，遂不好再问。……趁众奶娘、丫鬟不在旁时，另取出一件中衣与宝玉换上。宝玉含羞央告道:“好姐姐，千万别告诉人。”袭人也含着羞悄悄的笑问道:“你为什么”，说到这里，把眼又往四下里瞧了瞧，才又问道:“那是那里流出来的?”宝玉只管红着脸不言语，袭人却只瞅着他笑。迟了一会，宝玉才把梦中之事细说与袭人听。说到云雨私情，羞的袭人掩面伏身而笑。宝玉亦素喜袭人柔媚姣俏，遂强

> 拉袭人同领警幻所训之事。袭人自知贾母曾将他给了宝玉，也无可推托的，扭捏了半日，无奈何，只得和宝玉温存了一番。自此宝玉视袭人更自不同，袭人待宝玉也越发尽职了。（乙6）

其中，“把个粉脸羞的飞红”、“悄悄的”、“你为什么”、“说到这里，把眼又往四下里瞧了瞧，才又问道”、“宝玉只管红着脸不言语，袭人却只瞅着他笑。迟了一会”、“也无可推托的，扭捏了半日，无奈何”，凡此等等，莫不是程乙本所刻意添加的。

同回，贾蓉见凤姐之后，程乙本又故伎重施：

> 这凤姐忽又想起一事来，便向窗外叫：“蓉儿回来。”外面几个人接声说：“请蓉大爷快回来。”贾蓉忙转回来，垂手侍立，听何指示。那凤姐只管慢慢地吃茶，出了半日神，方笑道：“罢了，你且去罢。晚饭后你来再说罢。这会子有人，我也没精神了。”贾蓉方慢慢退去。（甲6）
>
> 这凤姐忽然想起一件事来，便向窗外叫：“蓉儿回来！”外面几个人接声说：“请蓉大爷回来呢！”贾蓉忙回来，满脸笑容的瞅着凤姐，听何指示。那凤姐只管慢慢吃茶，出了半日神，忽然把脸一红，笑道：“罢了，你先去罢。晚饭后你来再说罢。这会子有人，我也没精神了。”贾蓉答应个“是”，抿着嘴儿一笑，方慢慢退去。（乙6）

到了下一回，程乙本依然不放过在凤姐、贾蓉二人的暧昧关系上做文章的机会。凤姐要见秦钟，贾蓉说：“他生得腼腆，没见过大阵仗儿，婶子见了，没得生气”——

> 凤姐碎（啐）道：“他是哪吒，我也要见一见。别放你娘的屁了。再不带来，给你一顿好嘴巴子。”贾蓉笑道：“我不敢强，就带他来。”（甲7）
>
> 凤姐啐道：“呸！扯臊！他是哪吒，我也要见见。别放你娘的屁了。再不带来，打你一顿好嘴巴子。”贾蓉溜湫着眼儿笑道：“何苦婶

子又使利害！我们带了来就是了。”凤姐也笑了。(乙7)

曹雪芹撰写《红楼梦》用的是一种比较含蓄的风格和手法。在以上三段文字中，程甲本与脂本基本上相同，程乙本的改动与曹雪芹的风格有着一定的距离。

曹雪芹在书中（主要是在初稿中）的确描写和暗示了贾珍和秦可卿的通奸，但他并没有描写和暗示凤姐和贾蓉之间也有类似在贾珍和秦可卿、宝玉和袭人身上所发生过的那种事。在这一点上，程乙本可以说是无中生有。它的袭人“扭捏了半日”、“把个粉脸羞的飞红”，贾蓉“抿着嘴儿一笑”、“溜湫着眼儿”云云，更可以说是堕入了恶趣。

与这相似的是周瑞家的送花儿，到了凤姐房门前，奶子的诡异的表情——

只见奶子拍着大姐儿睡觉呢，周瑞家的悄问奶子：“姐儿睡中觉呢，也该请醒了。”奶子摇头儿。(甲7)

只见奶子拍着大姐儿睡觉呢，周家的悄悄儿问道：“二奶奶睡中觉呢吗？也该请醒了。”奶子笑着，撇着嘴摇头儿。(乙7)

这里有两个问题。一是“姐儿”和“二奶奶”。二是“笑着，撇着嘴”。“姐儿”，程甲本同于多数脂本，只有梦本作“姐姐儿”，甲戌本、蒙本、戚本作“奶奶”。周瑞家的所说的“该请醒”的，应是凤姐，而不是大姐儿。她要见的是凤姐，大姐儿醒不醒与她此行无关。在她的口中，绝不可能贬称凤姐为“姐儿”，谅她没有那么大的胆量。因此，在这里，“奶奶”是正确的。当然，程甲本的错误应由那些脂本来承当。“笑着，撇嘴儿”为程乙本所加，是对奶子的形容。凤姐一向对下人很苛刻。连周瑞家的见了刘老老，都介绍说：“待下人未免严了些”（第6回）。既然这样，奶子怎敢就在凤姐的房门前、在凤姐的心腹陪房面前公然做出这样的表情、举动？不言而喻，这是程乙本的败笔。

七 删节不当

有增就有删。程乙本往往会删掉程甲本中的某些字句和细节。有的删节起到了良好的使文字洁净的作用。但是，更多的删节显然对程甲本以及脂本造成了或多或少的损伤。

这方面的例子有二十几个，现举十例以概其余。

例 1：第 5 回，秦氏吩咐小丫环们好生在檐下看着猫儿狗儿打架——

> 那宝玉才合上眼，便恍恍惚惚的睡去，犹似秦氏在前，遂悠悠荡荡随了秦氏，至一所在。但见朱栏玉砌，绿树清溪，真是人迹不逢，飞尘罕到。宝玉在梦中欢喜，想道："这个去处有趣，我就在这里过一生，虽然失了家也愿意，强如天天被父母、先生打去。"（甲）
>
> 那宝玉才合上眼，便恍恍惚惚的睡去，犹似秦氏在前，悠悠荡荡跟着秦氏，到了一处。但见朱栏玉砌，绿树清溪，真是人迹不逢，飞尘罕到。宝玉在梦中欢喜，想道："这个地方儿有趣，我若能在这里过一生，强如天天被父母、师傅管束呢！"（乙）

程甲本的"虽然失了家也愿意"被程乙本删去。脂本均有此句，与程甲本基本上相同。

据脂批，宝玉的结局是出家为僧，悬崖撒手。这里的一句"虽然失了家也愿意"正起了前后呼应的作用。程乙本之删自然是有悖于曹雪芹的构思。

例 2：第 8 回，宝玉想起去看宝钗，半路上——

> 偏顶头遇见了门下清客相公詹光、单聘仁二人走来，一见了宝玉，便都赶上来笑着，一个抱住腰，一个携着手，都道："我的菩萨哥儿！我说做了好梦呢，好容易遇见了你！"说着，请了安，又问好，劳叨了半日才走开。（甲）
>
> 偏顶头遇见了门下清客相公詹光、单聘仁二人走来，一见了宝

> 玉，便都赶上来笑着，一个抱着腰，一个拉着手，道："我的菩萨哥儿！我说做了好梦呢，好容易遇见你了！"说着，又劳叨了半日才走开。（乙）

这里是两个清客相公的初次出场。作者淋漓尽致地刻画了两个清客相公阿谀奉承的丑恶嘴脸。其中"请了安，又问好"两句，从表面上看，好像啰嗦、拖沓、重复，实际上却是作者有意地、强调地描绘二人的丑态。这正是不在程乙本整理者的考虑之中。

例3：第6回，只见有三二十个孩子在厮闹——

> 刘老老便拉住一个道："我问哥儿一声，有个周大娘可在家么？"孩子道："那个周大娘？我们这周大娘有三个呢，还有两位周奶奶，不知是那一行当上的？"（甲）
>
> 刘老老便拉住一个道："我问哥儿一声，有个周大娘在家么？"那孩子番眼瞅着道："那个周大娘？我们这里周大娘有几个呢。不知那一个行当儿上的？"（乙）

程甲本的"还有两位周奶奶"一句，脂本基本上相同，它是孩子用调皮的语气说出的。这写出了孩子天真、活泼，待人诚恳的性格。程乙本删去此句，减色不少。

例4：第6回，刘姥姥到了荣府门前，众人叫她远远的在那墙角下等着——

> 内中有一年老的说道："不要误了他的事，何苦耍他。"（甲）
>
> 内中有个年老的说道："何苦误他的事呢。"（乙）

"何苦耍他"，程甲本同于脂本。

那位老人只说了两句话。头一句是劝解，第二句则隐含着不满和谴责的意思。"耍他"显然是"误了他的事"的起因。两句话表现了好心的老人对一位素不相识的老妇人的关怀。程乙本把"何苦"二字移前，又抹去

“要他”二字，减弱了原著对那位老人的性格的描绘。

例 5：第 4 回，有顿饭工夫，贾雨村方回来问这门子——

门子道：“这四家皆连络有亲，一损俱损，一荣俱荣，扶持遮饰，皆有照应的。今告打死人之薛，就是‘丰年大雪’之薛也。……”(甲)

门子道：“四家皆连络有亲，一损俱损，一荣俱荣。今告打死人之薛，就是‘丰年大雪’之薛……”(乙)

自经 20 世纪 50 年代、70 年代以来，“扶持遮饰，皆有照应的”这九个字已随着“一损俱损，一荣俱荣”两句，深入人心，耳熟能详，可惜，竟被程乙本莫名其妙地删掉了。

例 6：第 4 回，两家拿住拐子，打了个半死，都不肯收银，各要领人——

那薛公子岂肯让人的，便喝令下人动手，将冯公子打了个稀烂，抬回去三日竟死了。(甲)

那薛公子便喝令下人动手，将冯公子打了个稀烂，抬回去三日竟死了。(乙)

“岂肯让人的”，这活生生地画出了呆霸王薛蟠的逞强、霸道的面目。程乙本整理者却轻易地放过了如此重要的五个字。

例 7：第 4 回，门子笑问，八九年来就忘了我了——

雨村道：“却十分面善，一时想不起来。”门子笑道：“贵人多忘事，把出身之地竟忘了，不记得当年葫芦庙里之事么?”雨村大惊，方忆起往事。(甲)

雨村道：“我看你十分眼熟，但一时总想不起来。”门子笑道：“老爷怎么把出身之地竟忘了！老爷不记得当年葫芦庙里的事么?”雨村大惊，方想起往事。(乙)

门子所说的“贵人多忘事”这句成语，隐含着揶揄的意思。这不禁使读者联想到，贾雨村不仅忘了当年葫芦庙之事，他还忘了甄士隐、英莲父女，忘了甄士隐当年的恩情。因此，这句成语肩负着刻画贾雨村思想、性格的重要任务，怎可舍去？

例8：第8回，薛姨妈摆了几样细巧茶果，留他们吃茶——

> 宝玉因夸前日在那边府里珍大嫂子的好鹅掌、鸭信，薛姨妈连忙把自己糟的取来与他尝。(甲)
>
> 宝玉因夸前日在东府里珍大嫂子的好鹅掌。薛姨妈连忙把自己糟的取了来给他尝。(乙)

程甲本的“鹅掌”、“鸭信”源自脂本。它们的并列，可窥见贾府这个封建贵族大家庭中奢侈饮食之一斑。为什么弃“鸭信”而留“鹅掌”？似乎说不出什么道理来。这只能归结为程乙本修改动作的随意性的表现。

例9：第6回，自此袭人待宝玉越发尽职，暂且别无话说——

> 按荣府一宅中合算起来，人口虽不多，从上至下，也有三百余口，事虽不多，一天也有一二十件，竟如乱麻一般，并没有个头绪可作纲领。(甲)
>
> 且说荣府中合算起来，从上至下，也有三百余口人，一天也有一二十件事，竟如乱麻一般，没个头绪可作纲领。(乙)

被程乙本删掉的“人口虽不多”和“事虽不多”两句，也不是程甲本独有的，而是来自脂本。它们属于让步句，在修辞上起着强调的作用。没有这两句，势必减弱语气不少。

例10：第7回，秦氏对宝玉说，她兄弟今儿也在这里，何不去瞧一瞧——

> 宝玉即下炕要走，尤氏便吩咐人小心跟着，别委曲着他。倒比不得跟着老太太过来就罢了。(甲)

宝玉便去要见，尤氏忙吩咐人小心伺候着跟了去。（乙）

被程乙本删去的两句，刻画了尤氏的细心和谨慎的性格，也从侧面表明了宝玉、贾母在贾府众人心目中的地位。

八 “吃”与“喝”，“周瑞家的”与“周家的”

程乙本改字有一定的随意性。在这方面比较突出的例子是“吃”、“喝”二字的改动。

曹雪芹幼年生活在南京，因此他的语言文字中偶尔保留一些南语的习惯。例如，“吃茶”和“吃酒”常出现在他的笔下。程甲本的“吃茶”、“吃酒”，自脂本承袭而来。它们有时候会被程乙本改为“喝茶”、“喝酒”，有时候却又不改，一仍其旧。

改“吃”为“喝”的例子，集中在第7回、第8回，试举二例：

着实对你老人家说，你女婿因前儿多吃了几杯酒……（甲7）
实对你老人家说，你女婿因前儿多喝了点子酒……（乙7）
这里薛姨妈已摆了几样细巧茶果，留他们吃茶。（甲7）
这里薛姨妈已摆了几样细巧茶食，留他们喝茶吃果子。（乙7）

程乙本沿袭程甲本的“吃”字不改，在前10回中，有多例。其中，第1回有一例，第2回有四例，第3回有四例，第6回有二例，第7回有二例。现举三例，以概其余：

雨村收了银衣，不过略谢一语，并不介意，仍是吃酒谈笑。(1)
黛玉也漱了口，又盥手毕，然后又捧上茶来，这方是吃的茶。(3)
因这年秋尽冬初，天气冷将上来，家中冬事未办，狗儿未免心中烦躁，吃了几杯闷酒，在家里闲寻气恼。(6)

“吃”、“喝”二字，有的改，有的不改，这就表明，程乙本这样做有一定的随意性。

与“吃”、“喝”二字改和不改相仿佛的是“周瑞家的”、“周家的”。

“周瑞家的”是书中对周瑞之妻的称呼。脂本和程甲本基本上都是这样处理的。程乙本有时候却别出心裁地改为“周家的”，删弃了其中的那个“瑞”字。

在前十回中，周瑞家的分别于第6回、第7回出场。其中，“周瑞家的”作为人名，在程甲本中，第6回出现35次，第7回出现49次。程乙本，则在第6回中，“周瑞家的”出现34次，“周家的”出现一次；在第7回中，“周瑞家的”出现42次，“周家的”出现8次。

“周瑞家的”不必举例，以免辞费。“周家的”举二例如下：

> 凤姐忙命快传饭来。一时周瑞家的传了一桌客馔来，摆在东边屋里，过来带了刘老老和板儿过去吃饭。(甲6)
>
> 凤姐便命快传饭来。一时周家的传了一桌客馔，摆在东屋里，过来带了刘老老和板儿过去吃饭。(乙6)
>
> 那周瑞家的又和智能儿唠叨了一回，便往凤姐处来。(甲7)
>
> 那周家的又和智能儿唠叨了一回，便往凤姐处来。(乙7)

“周瑞家的”和“周家的”，一字之差。程乙本为什么要在这一个字上下工夫呢？

原来这和程乙本修改程甲本的技术原则有关。

九　每叶首字与末字

程乙本改动程甲本，在技术层面上，基本上遵循三个原则：第一，改动的字和原字在字数上基本一致，例如“吃”改“喝”。第二，如果删减（或增添）几个字，例如“周瑞家的”改“周家的”，则在本行或附近行中再增添（或删减）几个字，以维持字数的平衡。第三，更重要的是，不管增删多少字，但每叶（每一版面）的首字和末字基本上不作改变。

关于第三点，现分回统计如下：

第1回共13叶。每叶首字，全同（13叶）；每叶末字，全同（13叶）。第2回共11叶。每叶首字，全同（11叶）；每叶末字，除第5叶外，其余均同（10叶）。第3回共14叶。每叶首字，除第11叶、第14叶外，其余均同（12叶）；每叶末字，除第10叶、第13叶外，其余均同（12叶）。第4回共10叶。每叶首字，除第4叶、第8叶外，其余均同（8叶）；每叶末字，除第3叶、第7叶外，其余均同（8叶）。第5回共15叶。每叶首字，除第13叶外，其余均同（14叶）；每叶末字，除第12叶外，其余均同（14叶）。第6回共13叶。每叶首字，除第12叶外，其余均同（12叶）；每叶末字，除第5叶、第11叶外，其余均同（11叶）。第7回共13叶。每叶首字，除第2叶外，其余均同（12叶）；每叶末字，全同（13叶）。第8回共12叶。每叶首字，全同（12叶）；每叶末字，除第3叶外，其余均同（11叶）。第9回共10叶。每叶首字，除第5叶外，其余均同（9叶）；每叶末字，除第1叶、第3叶外，其余均同（8叶）。第10回共9叶。每叶首字，全同（9叶）；每叶末字，全同（9叶）。

以上10回共120叶。其中，每叶首字相同者112叶，占93.3%。每叶末字相同者109叶，占90.83%。

由此可见，程乙本确是基本上按照每叶首字、末字不改动的原则进行修改的。

程乙本一方面维持不更换首字与末字的原则，另一方面又有个别的有意的或无心的例外。

无心的例外，如第4回第5叶末行，程甲本原作：

> 依老爷这说，不但不能报效朝廷，亦且自（身不保）。

“自”字是该叶末字，程乙本却误植为“白”字。

有意的例外，可以举出三个例子。

例1，第7回第2叶首行，程甲本原作：

> （幸而我先天）结壮，还不相干。

“结”字是该叶首字，程乙本删掉该字，原因可能是整理者认为“结壮”一词欠通或不够通俗。

例2，第9回第3叶末行，程甲本原作：

> 原来这学中虽多（是本族子弟与些亲戚家的子侄……）

“多”字是该叶末字，被程乙本改换为“都”字。

例3，第9回第5叶首行，程甲本原作：

> （可巧这日代儒有事）事回家，只留下一句七言对联……

“事”字是该叶首字，它正好和第四叶末字重复，是程甲本的误植。程乙本因此删去此字。

此外，第9回有一个特例，在第1叶末行和第2叶首行，程甲本原作：

> 然后去见王夫人，又出来到书房中见贾政。偏生这日/政回家早，正在书房中与相公清客们闲话。

以上一段引文见于国家图书馆藏本（马幼渔旧藏本）。其中第2叶开头的那个“政”字，在中国社会科学院文学研究所藏本中被改为“贾政”，二字并占一字位。程乙本则是这样改动的：

> 然后去见王夫人，又出来到书房中见贾政。这日贾/政正在书房中和相公们闲话儿。

从这个例子可以看出三点：

第一，程乙本为什么要删掉“回家早”？因为它要保留此叶的首字“政”。

第二，程乙本所依据的底本不是中国社会科学院文学研究所藏本之类的程甲本，而是国家图书馆藏本（马幼渔旧藏本）之类的程甲本。

第三，中国社会科学院文学研究所藏本（该叶首字地位是合并的“贾政”二字）的印行晚于国家图书馆藏本（该叶首字是“政”字）。

十 结语

如何评价《红楼梦》程乙本对程甲本的修改？

在人们的印象里，后出的版本所修改的文字总要胜于原先的同一版本的文字。实际上不完全如此。仔细比较一下程甲本和程乙本的文字，便可发现，程乙本的修改有时并不是从文字的含义深浅、语气畅窒出发，而是为了最终维持每叶、每行字数的均衡，有时甚至只是兴之所至，随意为之。因之出现了这样的情况：可改可不改的，改了；本来不错的，反而改错了；“吃”与“喝”，有的改，有的不改；同一个字词，有的儿化，有的不儿化，或不该儿化的却儿化了，等等。有很多修改是草率的、不成功的，并不比程甲本的原文优越。当然，也不必讳言，改得见佳的也有，但那居于少数。

可以从两个角度来评价程乙本对程甲本的修改。一个角度是视《红楼梦》为一部普通的、平凡的供一般读者阅读的小说。另一个角度是把《红楼梦》作为一部伟大的经典作品，作为我国古代文学遗产中的瑰宝来对待。无论从哪个角度出发，都不难看出，程乙本的修改是缺点多于优点，失败大于成功的。

造成这样的结果，原因有二：程乙本整理者的修改工作，从开始到完成，时间匆促，毕竟只有短暂的两三个月的工夫，他或他们不可能作更多的、更仔细的斟酌。整理者的水平有限，尤其是对于这种比较通俗的、以白话文写作的小说体裁还不够熟悉，以及对于这种以封建贵族大家庭为背景的小说题材内容还不够熟悉。

因此，在20世纪20年代上海亚东图书馆的《红楼梦》排印本出版之前，《红楼梦》流行的、公开出版的版本主要是程甲本以及归属于程甲本系统的各种版本，而不是程乙本，这一现象实非偶然。

在程甲本出版之后，世上流传的《红楼梦》版本绝大多数是程甲本以及程甲本的衍生本。程乙本对后世的影响极小。这也可以说是对程乙本在《红楼梦》传播史上的地位的历史评价。一个版本的好坏、优劣，有时就可以从它在传播过程中的地位、作用得到比较准确的答案。程乙本无疑证明了这一点。

《红楼梦》程乙本的修改为什么要保持每叶首字、末字基本上不变呢?

如果从叙述文字的佳美与否出发，或从故事情节、结构的合理与否出发，又有何种必要戴着枷锁跳舞呢?

想来，这样做必有其不得已的苦衷在。我认为，就整理者的主观意图而言，最大的可能是整理者抱着两个不同的目的进行修改。一个目的是，改正程甲本的错讹，并对文字进行加工。另一个目的则是，为印刷和装订程甲本时所剩余下来的大量散叶寻找出路。这就给混装本、冒充本的制造开了端，一直延续到今天。

这里所说的“整理者”包括刊行者和编辑者。据程甲本、程乙本卷首的程伟元、高鹗的序文和引言，可知程、高二人都是编辑者，而程伟元则是刊行者。因此，制定每叶首字、末字基本上不变这个原则的人应是程伟元，高鹗在修改程甲本的过程中接受和执行了这个原则。

此文仅以开头10回为例。这10回自有代表性、典型性。举例或论述中若有以偏赅全之弊，则恭请学界同人赐以教正。

四种《红楼梦》程乙本的差异

所谓“四种《红楼梦》程乙本”，指的是：一、中国书店影印本[①]，下文简称“中本”；二、浙江图书馆藏桐花凤阁批校本影印本[②]，下文简称“浙本”；三、杜春耕藏本，仅获见第81回至第100回的影印本，附录于浙本之内，以补其缺，下文简称“杜本”；四、吴晓铃旧藏本[③]，下文简称“吴本”。

在人们的心目中，既然这四种版本都是程乙本，它们理应是彼此无差异的。实际上，不然。拙文撰写的目的之一就在于，指出这四种程乙本之间所存在的或大或小的差异，以求有助于红学界同人在使用程乙本之时有所注意和抉择；目的之二则是，希望拙文能引起关于《红楼梦》程乙本版次问题的注意和进一步的探讨。

一　书首与书尾

先说书首。

【扉页】

浙本有扉页。框内分三行，中行五大字：“绣像红楼梦”；右行上端四小字：“新镌全部”；左行下端四小字：“萃文书屋”。

中本[④]、吴本均无扉页。

【引言】

---

① 《程乙本红楼梦》，中国书店2001年影印本。

② 《红楼梦》（程乙本）桐花凤阁批校本影印本，北京图书馆出版社2001年版。

③ 《红楼梦》，首都图书馆藏。

④ 中国书店影印本的扉页是另制的。

中本、吴本都没有“红楼梦引言”。

浙本则有“小泉、兰墅又识”的“红楼梦引言”六则。

“红楼梦引言”是程乙本区别于程甲本的重要标识之一。尤其是末尾所署的年月“壬子花朝后一日”，更明确地标注出编辑和出版的时间：乾隆五十七年（1792）。中本、吴本缺乏“红楼梦引言”，不能不说是一个很大的遗憾。

【绣像】

中本、浙本、吴本都有 24 幅绣像。但中本第六幅图“元春”，元春和宫女的脸庞均被后人用墨笔胡乱涂抹，甚至被画上了胡子；第 16 幅图“史湘云”，湘云的丫环的眼睛也被画上了黑圈。

这种恶意涂抹的现象，在中本全书正文中并没有发现。我怀疑这些绣像并非中本原有，而是被人做了手脚，是从别处移来的。如果确有绣像移配之事，则当发生于 1947 年之前[①]。

浙本、吴本的绣像倒是和全书连成一体的。浙本第三幅“贾氏宗祠”像赞页钤有阳文“鹤皋”印章一枚。此印章又见于第 1 回首页。这似可作为浙本绣像乃全书原配的旁证。

【序文、引言、绣像与目录的顺序】

中、浙、吴三本中的序文、引言、绣像与目录的前后排列的次序彼此不同：

中本的顺序是：绣像，程伟元序，高鹗叙，目录。

浙本的顺序是：程伟元序，高鹗叙，引言，绣像，目录。

吴本的顺序则基本上和浙本相同：程伟元序，高鹗叙，绣像，目录。

中本以绣像冠首是一种比较特殊的安排。这有别于古代小说刊本的通例。

浙本安排的顺序（扉页—序文—引言—绣像—目录—正文）或吴本安排的顺序则符合于常规。

---

① 中本“出版前言”说：“中国书店的老店员雷梦水老先生在其回忆文章中曾记录：‘琉璃厂海王村内的荣华堂店主孙华卿曾于一九四七年在西晓市打鼓摊上以三元的价格购得程乙本《红楼梦》，并转售于来薰阁。’”

当然，不排除两种可能性。可能性之一：某位藏主购入中本之后，在重新装订时调换了它们的原有的前后次序。可能性之二：在中本入藏中国书店（或其前身）之前，不知什么原因缺少了绣像，某位藏主乃从别处移配了绣像。

再说书尾。

第120回最后一叶是第15叶。浙本、吴本第15叶前半叶仅一行文字，即“四句偈语”的后两句：

由来同一梦，休笑世人痴。

在吴本第120回第15叶后半叶末行末尾，题有六字：

萃文书屋藏板

浙本缺失最后一叶的后半叶。

中本则最后一叶的前半叶和后半叶均告缺失。而它的第14叶（最后倒数第二叶）却是重出的双胞胎，不知是原书确然如此，还是影印时的误植。

二　叶码错讹与重叶

中本末回的第14叶是双胞胎，其叶码是相同的“十四”。与此同中有异的现象则发生在中本的第116回。

中本第116回第3叶的叶码为“三”，其前半叶的文字为：

今能够亲身到此，也是大幸……便认真看去，底下又有“金簪雪里”四字，诧异道：“怎

其后半叶的文字则接续了前叶的末行：

么又像他的文字呢？”……只见图上影影有一个放风筝的人儿，

> 也无心去看，急

中本第4叶的叶码为“四”，而文字则从首至尾和第3叶完全相同，一模一样。也就是说，中本第116回第3叶和第4叶的文字完全重复，但叶码并不重复，一为“三”，一为“四”；显然，中本缺少了第4叶的文字，造成了不衔接。

查浙本、吴本第116回第3叶的叶码和文字，与中本无异；而第4叶的叶码为“四”，其整叶的文字为：

> 急的将那十二首诗词都看遍了……只得央告道：“神仙姐姐，既是那管理仙

下接第5叶“草的，必然是花神姐姐了。但不知这草有何好处……”。

再查程甲本，发现第116回第4叶的文字和行款全同于浙本、吴本。这就有了三种可能性。可能性之一：中本此回原缺第4叶，后用第3叶代替之。可能性之二：浙本、吴本原来也缺第4叶，后用程甲本的第4叶代替之。可能性之三：浙本、吴本的第4叶是原有的。我认为，第三种可能性最大。

若援用“错误者在先，改正者在后”的一般规律，则自然可以断言：从第116回看，中本的版次在浙本、吴本之后。

中本影印本的“出版前言”说：

> 第二十六回第五页页码错为“六”，第二十七回第十页无页码……

此语说对了一半。

中本第26回第5叶的叶码错为“六”，验之浙本、吴本，亦然。

中本第27回第10叶则确有叶码“十”，但印得较浅而已，粗看容易产生误解。持浙本、吴本对看，则该叶码“十”字赫然在目。

三 补抄之一:程、高二序

【程伟元序】

中本、浙本、吴本均有程伟元序。但中本、浙本的程伟元序均有缺字。校以吴本以及程甲本所载的程序，中本所缺之25字应为：

1a/3[①]“自”
1a/4“先生”
1a/5“好”，“抄一部置”
1a/6“得数十”
2a/1“年以来”
2a/2“于鼓”
2a/3“购之”
2a/4“起伏”
2a/5“不可收”
2a/6“截长”

中本所缺之字，没有填补。相反的，浙本所缺之30字却被后人用墨笔填补。但，浙本填补之字系后人[②]以意为之，不免错讹，且不符合原意。浙本所填补之字，校以吴本及程甲本，如下：

1a/2“记作”
1a/3“何人”
1a/4“生增删”（应为“生删改”）
1a/5“成帙售之”（应为“一部置”）
1a/6“得数十金可”

① “1a/3”，即第1叶、前半叶、第3行。下同。
② 此“后人”疑即批者陈其泰。下同。

1b/1“百廿卷”（应为“一百廿卷”）
1b/2“人或”（应为“即间”）
2a/1“来”（应为“以来”）
2a/2“小市”（应为“鼓”）
2a/3“购归”（应为“购之”）
2a/4“情节”（应为“起伏”）
2b/1“复□□以公诸”（应为“复为镌板以公”）
2b/2“得观厥”（应为“至是告”）
2b/3“想”（应为“以告”）

【高鹗叙】

中本、浙本、吴本均有高鹗叙，但中本、浙本亦均有缺字。

校以吴本以及程甲本，中本高叙所缺之字应为：

1a/2“者”
1a/3“本向”
1a/4“鼎”
1a/5“过予”

浙本所缺之12字，已由后人用墨笔填补，校以吴本以及程甲本，如下：

1a/2“余每”（应为“向曾”）
1a/4“未畅为”（应为“尝鼎为”）
1a/5“枉过”（应为“过予”）
1b/1“十余”（应为“仆数”）
1b/2“梓以”（应为“剞劂”）
1b/3“余”（应为“予”）

总之，浙本程、高二序的补抄文字，是后人以意为之，不足为据。

四 补抄之二:第三回的末叶

吴本各回的文字是完整的。中本和浙本的正文则各有补抄的文字。

补抄的文字可分为四类。第一类是补抄整回的文字，例如浙本第81回至100回。关于这20回文字的来源问题，已见于夏薇《〈红楼梦〉桐花凤阁评本后补二十回探蕴》① 一文所论，这里不再赘述。第二类是补抄少数行的少数字，例如浙本第30回末叶两行，浙本第63回15a/7—10，也不必涉及。第三类是特殊的情况，例如中本第38回“林潇湘魁夺菊花诗，薛蘅芜讽和螃蟹咏”抄补了三叶（7a—9b），文字以诗为主，同样也可不必涉及。第四类是补抄了多数行多数字，例如浙本第3回末尾（15a/1—6），浙本第47回的第12叶，这才是我们需要注意和重视的对象。

浙本第3回“托内兄如海荐西宾，接外孙贾母惜孤女”末叶佚缺，配补了抄录的半叶，如下：

> 安歇。次早起来，省过贾母，因往王夫人处来。正值王夫人与熙凤在一处拆金陵来的书信，又有王夫人之a兄嫂处遣来的两个媳妇儿来说话的b。黛玉c不知原委，探春等恰d晓得是议论金陵城中居住的薛家姨母之子、表兄薛蟠倚财仗势、打死人命，现在应天府案下审理，如今母舅e王子腾得了信，遣人来告诉这边，要f唤取进京之意。毕竟怎的？下回分解。②

其实，这段文字既非抄自程甲本或程乙本，亦非抄自脂本。它有六处异于中本、吴本，有三处异于程甲本。

试看：(a)“之”，中本、吴本作“的”。(b)“的”，中本、吴本无。(c)“黛玉”二字之下，中本、吴本有“虽”字；“黛玉”二字之前，程甲本有“虽”字；(d)“恰”，中本、吴本、程甲本作“却”；(e)“母

① 夏薇：《〈红楼梦〉桐花凤阁评本后补二十回探蕴》，《清代文学研究集刊》第三辑。

② 此段引文中需要引起注意的字词，用a、b、c、d分别标注于其后。

舅”，中本、吴本作“舅舅”；(f)“要”，中本、吴本、程甲本作“意欲”。

我认为，这段文字应是抄自程甲本系统的某一版本。

但可确认，这段文字不是抄自东观阁本：因为在东观阁本中，“王子腾”作“王子胜”。

五 补抄之三：第四十七回一叶文字

中本、浙本、吴本第47回“呆霸王调情遭苦打，冷郎君惧祸走他乡”第11叶后半叶末行最后的几个字是：

> 湘莲道：这么气息倒

但第12叶前半叶首行却是：

> 又骂一回湘莲，意欲告诉王夫人……

二者的捂句明显的不相连接。

细察叶码，二者却是连接的，一作“十一”，一作“十二”。在这一点上，中、浙、吴三本全然相同。

这是怎么一回事？

原来它们都缺少第12叶，并把第13叶（即第47回的末叶）误作第12叶。

我相信，在中本、浙本、吴本之外，另有保留着真正的第12叶的程乙本在世。但，目前不知它在何处藏身？

浙本发现了这个不衔接的现象，于是在第11叶和第“十二”叶之间补抄了一叶文字：

> “……熏坏了我。”说着，丢下了薛蟠，便牵马去了。这里薛蟠见他去远，方放下心来，后悔自己不该错认了人，待要扎挣起来，无奈遍身疼痛难受。谁知贾珍等席上忽然不见了他两个，各处寻找不见。有人

说，恍惚出北门去了。薛蟠的小厮素日是怕他的，他分付了不许跟去，谁敢找去。后来还是贾珍不放心，叫贾蓉带着小厮们寻踪问迹的直找出北门下桥二里多路，忽见苇坑旁边。薛蟠的马拴在那里。众人都道："好了，有马必有人。"一齐来到马前，只听苇中有人呻吟，大家忙走来一看，只见薛蟠的衣衫零碎，面目肿破，没头没脸，遍身内外，滚的似个泥母猪一般。贾蓉心内已猜着八九了，忙下马命人抬了起来，笑道："薛大叔天天调情，今儿调到苇坑子里去，必定是龙王爷也爱上你风流，要你招驸马去，你就碰到龙犄角上了。"薛蟠羞得没地缝儿钻进去，那里爬的上马去。贾蓉命人赶到关厢里雇了一辆车来，扛扶薛蟠坐了，一齐进城。贾蓉还要回到赖家去赴席。薛蟠百般苦苦哀求，央及他不用告诉人。贾蓉方依允了，让他各自回家。贾蓉仍往赖家回复贾珍，并说方才的形景。贾珍也知是湘莲所打，也笑道："他须得吃个亏才好。"至晚散了，便来问候，薛蟠自在卧房将养，推病不见。贾母等回来，各自归家时，薛姨妈与宝钗见香菱哭得眼睛都肿了，问起原故，忙来瞧看薛蟠时，脸上身上虽见伤痕，并未伤筋动骨。薛姨妈又是心疼，又是发恨，骂一回薛蟠。

经与程甲本对校，发现它们最主要的异文是：

贾蓉命人赶到关厢里雇了一辆车来，扛扶薛蟠坐了，一齐进城。——浙本补抄

贾蓉命人赶到关厢里雇了一乘小轿子，薛蟠坐了，一齐进城。——程甲本

这里是两个重要的区别：一、贾蓉命人所雇的是什么？浙本的补抄是"一辆车"，而程甲本是"一乘小轿子"；二、薛蟠是怎么上车或上轿的？浙本的补抄是被"扛扶"上去的，而程甲本则没有交代出怎么上去的。

此外，还有22处异文，择其重要者，例如："牵马"作"牵马认镫"，"去远"作"已去"，"回到赖家"作"抬往赖家"，"苦苦哀求"作"苦

告”，等等。

程甲本的异文（尤其是“小轿子”云云）基本上同于脂本。

这充分说明：第一，浙本所补抄的一叶文字与中本、吴本无涉；第二，这些补抄的文字也不是来自程甲本（包括程甲本系统的东观阁本等）以及脂本，而是目前尚不知晓的另外某个版本。

六 人名错讹与涂改

【檀云/晴雯】

第 24 回“听曲文宝玉悟禅机，制灯谜贾政悲谶语”：

> 檀云又因他母亲病了，接出去了。

“檀云”，浙本、吴本同，中本旁改“晴雯”。

书中没有写到晴雯之母。此改大误。上文提及袭人、秋纹、碧痕，下文提及麝月，唯独没有提及晴雯，而檀云又在书中罕见，这就是那位读者提笔作这样改动的原因。

岂不知庚辰本、蒙本、戚本、舒本、梦本、程甲本此处正作“檀云”（梦本“檀”误作“擅”）；彼本、眉本作“红檀”。只有杨本作“晴雯”。中本涂改者的依据大约在此。

【贾政/贾赦】

第 25 回“魇魔法叔嫂逢五鬼，通灵玉蒙蔽遇双真”：

> 此时贾赦、贾政 a 又恐哭坏了贾母，日夜熬油费火，闹的上下不安，贾赦还各处去寻觅僧道。贾政 b 见不效验，因阻贾政 c 道：“儿女之数，总由天命，非人力可强。他二人之病，百般医治不效，想是天意该如此，也只好由他去。”贾赦不理，仍是百般忙乱。①

---

① 此段引文中需要引起注意的人名，分别用 a、b、c 标注。下同。

"贾政c"的"政"字，中本、浙本、吴本同，但浙本旁改"赦"。

程甲本此字原作"赦"。这是程乙本改正为误的一例。

【李纨/李纹】

第50回"芦雪亭争联即景诗，暖香坞雅制春灯谜"人名的涂改有两例。一例为：

> 谁知岫烟、李纨、宝琴三人都已吟成，各自写了出来。

"李纨"，中本、浙本、吴本同，但浙本涂改"纨"为"纹"。

另--例是在《赋得红梅花》"白梅懒赋赋红梅"一诗的作者署名上，中本、浙本、吴本原作"李纨"，但浙本涂改"纨"为"纹"。

浙本以上两处的涂改，其实都是有根据的，也是符合情理的。"李纨"，在程甲本中，原作"李纹"。程乙本竟然用不大会写诗的李纨替换了李纹，是不是替换者没有细读过曹雪芹的原文，殊可怀疑。

【宝玉/黛玉】

第52回"憨湘云醉眠芍药裀，呆香菱情解石榴裙"：

> 宝玉笑道："这说奇了……"

"宝"，吴本同，中本、浙本原亦作"宝"，但均墨笔涂改为"黛"。

此乃程乙本的显误。这里写的是宝玉、黛玉二人的对话。上文是"宝玉笑道……"，下文也是"宝玉笑道……"，哪里有接连三个"宝玉笑道"的道理？第二个"宝玉笑道"自然是"黛玉笑道"的讹误。

程甲本此处原作"黛玉笑道"，不知程乙本为什么反而改错了？

【魔秋/麝月】

第54回"史太君破陈腐旧仓（套），王熙凤效戏彩斑衣"：

> 宝玉命揭起来："我瞧瞧。"秋纹、魔秋忙上去将两个盒子揭开。

"魔秋"，中本、浙本、吴本同，但浙本墨笔旁改"麝月"。

此人名，脂本均作“秋纹”，程甲本作“魔秋”，“魔”乃“麝”的形讹，“秋”则是连上而误。秋纹和麝月是在上下文中屡次出现的两个丫环。

此乃程乙本沿袭了程甲本的错误。

【王子胜/王子腾】

第54回“史太君破陈腐旧仓（套），王熙凤效戏彩斑衣”：

> 自十八日以后，亲友来请或来赴席的，贾母一概不会，有邢夫人、王夫人、凤姐三人料理，连宝玉只除王子胜家去了，余者亦皆不去。

“王子胜”，中本、浙本、吴本同，但浙本涂改“胜”为“腾”。

程甲本原作“王子腾”①。这是程乙本改正为误的又一例。

【小蟾/小蝉】

第60回“茉莉粉替去蔷薇硝，玫瑰露引出茯苓霜”：

> 忽有一个婆子手里托了一碟子糕来，芳官戏说：“谁买的热糕？我先尝一块儿。”小蟾 a 一手接了道：“这是人家买的。你们还希罕这个。”……
>
> 芳官便拿着那糕举到小蟾 b 脸上……
>
> 小蟾 c 气的怔怔的瞅着说道……
>
> 当下小蟾 d 也不敢十分说话……

以上四处的“蟾”字，中本、浙本、吴本同，但浙本涂改为“蝉”。

此人是探春房中的小丫头。她的名字在《红楼梦》的不同版本中有不同的写法。

“小蟾 a”，蒙本、程甲本同，庚辰本、杨本作“蝉姐儿”，戚本、彼本、梦本作“蝉姐”。

“小蟾 b”，蒙本同。庚辰本作“蝉姐儿”，戚本、梦本作“蝉姐”，彼

① 请参阅刘世德、夏薇《王子腾与王子胜：增添与更换》，《曹雪芹研究》2011年第1辑。

本作“蝉儿”，杨本作“蝉姐姐”，程甲本作“小蝉”。

“小蟾 c”，蒙本同，庚辰本、梦本、程甲本作“小蝉姐儿”，戚本作“小蝉姐”，彼本、杨本作“小蝉儿”。

“小蟾 d”，蒙本同，庚辰本、彼本作“蝉姐儿”，戚本、杨本、梦本作“蝉姐”，程甲本作“小蝉”。

以上所列，大体而论，不过是“蝉”、“蟾”两类。值得注意的是程甲本，a 作“小蟾”。b、d 作“小蝉”，c 作“小蝉姐儿”。它既是“蝉”，又是“蟾”，袭用目前几部电视剧中人物对白的常用语，真是“奇了怪了”。

程乙本的修改者有鉴于此，把此人的名字统一为“小蟾”。而浙本的涂改者却执意要恢复为“小蝉”。

【探春/迎春】

第 61 回“投鼠忌器宝玉瞒赃，判冤决狱平儿行权”：

> 忽见探春房里小丫头莲花儿走来说……

“探”，中本、浙本、吴本同，但中本、浙本均墨笔涂改为“迎”。

莲花儿乃迎春房里的小丫头，不是探春房里的。这在脂本以及程甲本中从来都没有弄错过。在这里，程乙本又犯了一次改正为误的错误。

【贾给/贾珍　柳湘云/柳湘莲】

第 67 回“见土仪颦卿思故里，闻秘事凤姐讯家童”：

> 话说尤三姐自尽之后，尤老娘合二姐儿、贾给、贾琏等俱不胜悲恸，自不必说。忙命人盛殓送往城外埋葬。柳湘云见三姐身亡，痴情眷恋，却被道人数句冷言打破迷关，竟自截发出家，跟随这疯道人飘然而去，不知何往。

“贾给”，中本、浙本、吴本同，但浙本涂改“给”为“珍”。

“柳湘云”，中本、浙本、吴本同，但浙本旁改“云”为“莲”。

“贾给”、“柳湘莲”二名，程甲本原不误。这依然是程乙本改正为误的一例。

【宝玉/宝钗】

第 67 回“见土仪颦卿思故里，闻秘事凤姐讯家童”：

黛玉道：“这些东西我们小时候倒不理会，如今看见真是新鲜物儿了。”宝玉 a 因笑道：“妹妹知道，这就是俗语说的，物离乡贵。其实可算什么呢。”宝玉 b 听了这话正对了黛玉方才的心事，连忙拿话岔道：“明年好歹大哥哥再去时，替我们多带些来。”……

三个人又闲话了一回，因提起黛玉的病来，宝玉 c 劝了一回，因说道：“妹妹若觉着身上不爽快，倒要自己勉强扎挣着出来各处走走逛逛散散心，比在屋里闷坐着到底好些……”黛玉道：“姐姐说的何尝不是。我也是这么想着呢。”

“宝玉 a”的“玉”字，中本、浙本、吴本同，但中本、浙本均被墨笔涂改为“钗”。

“宝玉 a”，程甲本原作“宝钗”。当时谈话者有黛玉、宝钗、宝玉三人，正好一人一番话。所谓“岔”是岔开别人的话，哪有宝玉自己岔开自己的话的道理？

“宝玉 c”的“玉”字，中本、浙本、吴本同，但中本、浙本也同样均被墨笔涂改为“钗”。

下文黛玉的回话，口称“姐姐”，正说明“宝玉 c”乃“宝钗”之误。

也许在程乙本的修改者（不是程伟元，就是高鹗）的意识中，以为口称黛玉“妹妹”的只可能是宝玉。

【祝妈】

第 67 回“见土仪颦卿思故里，闻秘事凤姐讯家童”：

袭人走着，沿堤看玩了一回，猛抬头看见那边葡萄架底下有人在那里掸什么呢，走到跟前，却是老×妈。

“×”，吴本作“祀”，中本、浙本均墨笔涂改为“祝”，原字不清，仅能看出是示字旁。

此字，己卯本、蒙本、杨本、程甲本均作“祝”。

【宝蟾/薛蝌】

第90回“失绵衣贫女耐嗷嘈，送果品小郎惊叵测”：

宝蟾a方才要走，又到门口，往外看看，回过头来，向着宝蟾b一笑，又用手指着里面说道……

“宝蟾b”，中本、杜本、吴本同，但中本旁改“薛蝌”。

此人名，程甲本原作“薛蟾”，乃“薛蝌”之误。程乙本不悟，不改“蟾”，反而改“薛”，以致产生了“宝蟾”向“宝蟾”自己一笑的滑稽事。[①]

【尤二姐/尤三姐】

第107回“散余资贾母明大义，复世职政老沐天恩”：

……所参贾珍强占良民妻女为妾、不从逼死一款，提取都察院原案，看得尤三姐a实系张华指腹为婚未娶之妻，因伊贫苦，自愿退婚，尤三姐b之母愿结贾珍之弟为妾，并非强占。再尤三姐c自刎掩埋，并未报官一款，查尤三姐d原系贾珍妻妹，本意为伊择配，因被逼索定礼，众人扬言秽乱，以致羞忿自尽，并非贾珍逼勒致死……

“尤三姐a、b、c、d”，中本、浙本、吴本同；但浙本涂改“三a”为“二”，旁改“三b”为“二”。

程乙本“尤三姐a、b”系沿袭了程甲本的错误。

以上所说，都是人名的错讹和涂改。

此外，还有字词的错讹和涂改，仅举一例，以概其余：第79回“薛文龙悔娶河东吼，贾迎春误嫁中山狼”：

你二姐姐已有了人家×准了，所以叫你们过去呢。

---

① 请参阅刘世德《〈红楼梦〉后四十回作者是谁》，《〈红楼梦〉之谜——刘世德学术演讲录》，线装书局2007年版。

其中那个“×”字，中本涂改“说”，浙本涂改“相”。原字，吴本、浙本是“救”，中本模糊，不易辨认。

此字在脂本以及程甲本均作“求”。这样看来，吴本、浙本的“救”字应是“求”的形讹。

七 中本的批语

吴本无后人的批语。浙本有陈其泰的批语，已有学者辑成专书行世①。这里只介绍中本的批语。

中本有五条后人书写的批语，如下：

（一）第29回“享福人福深还祷福，多情女情重愈斟情”：

> 那宝玉……心里干噎，口里说不出来，便赌气向颈上摘下通灵玉来，咬咬牙，狠命往地下一摔……偏生那玉坚硬非常，摔了一下，竟文风不动。

此处有眉批说：

> “文风不动”，即“纹丝不动”也。

（二）第51回“薛小妹新编怀古诗，胡庸医乱用虎狼药”有十首怀古诗，内藏十个谜语，但正文没有点出谜底。后人批曰：

> 《赤壁怀古》：“走马灯”
> 《交趾怀古》：“风筝”
> 《广陵怀古》：“牙杖，柳木”
> 《青冢怀古》：“墨斗”
> 《梅花观怀古》：“纨扇”

① 刘操南：《桐花凤阁评〈红楼梦〉辑录》，天津人民出版社1981年版。

（三）同回正文：

那婆子站在门口笑道："那是五两的锭子，夹了半个，这一块至少还有二两呢。这会子又没夹剪，姑娘收了这块，拣一块小些的。"麝月早关了柜子出来，笑道："谁又找去呢，多少你拿了去就完了。"

此处有后人的眉批说：

如此糟蹋银钱，安得不穷？宝玉安得不作贫僧？

（四）第68回"尤苦娘赚入大观园，酸凤姐大闹宁国府"：

（凤姐）说了又哭，哭了又骂，后来又放声大哭起祖宗、爷娘来，又要寻死撞头，把个尤氏揉搓成一个面团儿，衣服上全是眼泪、鼻涕，并无别话。

此处有行侧批语：

泼贱未必如此，形容太过。

（五）第80回"美香菱屈受贪夫棒，王道士胡诌妒妇方"：

（香菱）虽然在薛蟠房中几年，皆因血分中有病，是以并无胎孕，今复加以气怒伤肝，内外折挫不堪，竟酿成干血之症，日渐羸瘦，饮食懒进，请医服药不效。

此处有行侧批语：

已伏后线。

八 十个值得注意的特例

这里举出十个特例，以供进一步研讨下列问题时的参考：在中本、吴本、浙本之中，何者的版次在前，何者的版次在后？

这十个特例可分为空缺、颠倒、字上加字、异字四种情况。

【空缺】

其例有二（特例一至二）——

特例一，第 10 回“金寡妇贪利权受辱，张太医论病细穷源”：

> 只当人家都是瞎子，看不见。

“子”，中本空缺。浙本、吴本有此字。按：程甲本有此字。

此字在中本影印本中空缺。待查中本原本。在原本中，此字空缺的原因也许有可能是纸叶的缺损。

特例二，第 78 回“老学士闲征姽婳词，痴公子杜撰芙蓉诔”：

> 袭人本来从小儿不言不语，我只说是没嘴的葫芦。

“葫”，浙本空缺。中本、吴本有此字。按：程甲本有此字。

一般来说，空缺者在先，填补者在后。在以上二例中，版次在先者应是吴本，中本、浙本的版次列于其后。但中本和浙本各有空缺和填补，它们之间分不出先后。

这里有个特殊的情况：我所看到的中本、浙本、杜本（只看到其中的 20 回）都是影印本，不是原书，也许个别的地方不免没有如实地反映出原书的原貌（譬如说，空缺的某字在原书也许并不是空缺，而是印得浅而又浅，这一点可能在影印本上恰恰不能反映出来）。因此，我们不能仅仅依据以上二例来判断版次的先后。

不管怎样，这毕竟是两个有参考价值的例子，有助于我们进一步深入研究程乙本的版本问题。

【倒置】

其例有三（特例三至五）——

特例三，第97回“林黛玉焚稿断痴情，薛宝钗出闺成大礼”：

> 话说黛玉到潇湘馆门口，紫鹃说了一句话，更动了心，一时吐出血来，几乎晕倒，亏了紫鹃还同着秋纹两个人搀扶着黛玉到屋里来。

“鹃”，中本、杜本、吴本均倒置（浙本无此回）。

按：此数句，程甲本作：

> ……一时吐出血来，几乎晕倒，亏了还同着秋纹两个人挽扶着黛玉到屋里来。

除了“挽”异于“搀”之外，程甲本无“紫鹃”二字。可以看出，在补进“紫鹃”二字之时，程乙本一时出于疏忽，在排印时倒置了“鹃”字。

既然中本、杜本、吴本同样倒置，那就从这个例子分辨不出它们是或不是同一个版次。

前三例（特例一至例三）只是引子。我们还需要寻找其他的更有说服力的例子。

特例四，第69回“弄小巧用借剑杀人，觉大限生吞金自逝”：

> 王夫人正因他风声不雅，深为忧虑，见他今行此事，岂有不乐之理。

“行”字，中本、吴本倒置。浙本此字正而不颠倒。程甲本此字也不颠倒。

一般的认识是：在同一种版本内，倒置者（错）的版次在先，纠正者的版次在后。本着这样的认识，此例给我们的启发是：中本、吴本和浙本不处于同一个版次，中本、吴本在先，浙本在后。

特例五，第5回“贾宝玉神游太虚境，警幻仙曲演红楼梦”：

> 话犹未了……

“话”字，中本、浙本、吴本均倒置，但浙本在倒置的“话”字上又加印一正“话”字。

按：此字在程甲本中也是倒置。一来，这证明，中本、浙本、吴本沿袭了程甲本的错误。二来，这更进一步证明，中本、吴本的版次在先，浙本（字上加字）的版次在后。

【字上加字】

上举的特例五也属于此类。

此外，还有二例（特例六、七）——

特例六，第71回“嫌隙人有心生嫌隙，鸳鸯女无意遇鸳鸯”：

> 这么大丫头也没个黑家白日，只是顽不够。

“家”，中本、吴本同，浙本原字不清，后加印“家”于该字之上。按：脂本中的庚辰本、蒙本、戚本、彼本、杨本作“家”，梦本、程甲本此字作“夜”。细察浙本，疑原字亦当是“夜”。

先后的次序应当是这样的：程甲本据梦本作“夜”，程乙本的中本、吴本、浙本据程甲本作“夜”，其后，浙本又据脂本改“夜”为“家”。这表明，中本、吴本的版次在前，浙本的版次在后。

脂本的“黑家白日”是方言俗语，梦本的修改者误以为欠通，遂改为“黑夜白日”，程甲本承袭梦本，程乙本先是照抄程甲本（这就是中本、吴本），后又恢复脂本的原字（这就是浙本）。

特例七，第80回“美香菱屈受贪夫棒，王道士胡诌妒妇方”：

> 王一贴心动，便笑着悄悄的说道……

“笑”，浙本、吴本同，中本原字模糊不清，不详为何字，后又加印

“笑”字于其上。按：脂本及程甲本此字是“笑”。

这有两种可能性。

可能性之一：程甲本据梦本作“笑”，程乙本中的浙本、吴本据程甲本作“笑”，中本先改“笑”为另一字，后又恢复为“笑”。这表明，浙本、吴本的版次在前，中本的版次在后。

可能性之二：中本先改程甲本的“笑”为另一字，后恢复为“笑”，浙本、吴本又据中本作“笑”。这表明，中本的版次在前，浙本、吴本的版次在后。

愚意以可能性之一为胜。

【异字】

其例有三（特例八至特例十）——

特例八，第52回“俏平儿情掩虾须镯，勇晴雯病补孔雀裘”：

> 小螺笑道：“我们三位姑娘都在林姑娘屋里呢……”

“三”，浙本作“二”，中本、吴本原作“三”，但中本后人墨笔涂改为“二”。

按：小螺是宝琴的丫环，她所说的“二位姑娘”正是指宝钗和宝琴。此外，在书中，薛家并没有第三位姑娘。

此“三”字，脂本及程甲本均作“二”。这就有了两种可能性。

可能性之一：既然浙本同于程甲本，可知它的版次早于中本、吴本。

可能性之二：中本、吴本误改程甲本的“二”为“三”。然后浙本纠正了它的这项错误。按照先误后正的通例，可知中本、吴本的版次在先，浙本的版次在后。

我认为，可能性之二微乎其微。

特例九，第7回“送宫花贾琏戏熙凤，晏宁府宝玉会秦钟”：

> 手里都捧着茶×茶钟

“×”，中本、吴本作“盘”；浙本作“钟”，但墨笔旁改“托”。

程甲本此字作“盘”，同于中本、吴本。

中本、吴本的“茶盘茶钟”，提及二器，而二者有别。浙本的“茶钟茶钟”，却无疑是床上架床了。

此例也有两种可能性。

可能性之一：中本、吴本沿袭了程甲本的“盘”字，浙本想把“茶盘”改成另一种茶具，不料却改错了。可知从版次上说，中本、吴本在先，浙本在后。

可能性之二：浙本错印“（茶）钟（茶钟）”在先，中本、吴本改印“（茶）盘（茶钟）”在后。

我认可可能性之一。

特例十，第54回“史太君破陈腐旧仓（套），王熙凤效戏彩斑衣”：

> 小厮们忙将一把新暖银壶捧来，递与贾琏手内，随了贾珍×至里面。

“×”，中本、吴本作“趋”，浙本原作“赶”，墨笔旁改“趋”。

按：中本、吴本此字同于脂本及程甲本。

这也有两种可能性。

可能性之一：中本、吴本此字依据的是程甲本。浙本的“赶”则是“趋”的形讹。这表明了，中本、吴本的版次在前，而浙本的“赶”字则是后来的改动。

可能性之二：浙本先改程甲本的“趋”为“赶”，后又恢复原字。这意味着，浙本的版次在前，中本、吴本的版次在后。

我的信任票投给可能性之一。

【小结】

以上所举十个特例，例一至例三是引子。在例四至例十中，得出的参考数字如下：

> （1）中本、吴本版次在前，浙本版次在后者有三例，即特例四、特例五、特例六。
>
> （2）有两种可能性者有四例，即特例七、特例八、特例九、特

例十。

(3) 在这有两种可能性者四例中，以可能性大者而论，可分为以下三种情况：

a. 浙本版次在前，中本、吴本版次在后者，一例，即特例八。

b. 中本、吴本版次在前，浙本版次在后者有两例，即特例九、特例十。

c. 吴本、浙本版次在前、中本版次在后者一例，即特例七。

(4) 中本、吴本版次在前，浙本版次在后者，若将1和3b相加，得六例。

初步的结论是：在特例中，中本、吴本版次在前，浙本版次在后者，占75%。

版次问题比较复杂，何况程乙本又是个木活字排印本，在排印过程中有着随时更换个别的木活字和修改的可能。因此，拙文所举的仅是少数的例子，只有发掘出多而又多的例子，方能得出更有说服力的、比较正确的结论。

拙文只是在做一种不成熟的尝试，希望求得大家的指教。

【附记】

此文脱稿后，从网上获悉，天津立达拍卖公司于2011年9月17日古籍拍卖会上曾拍卖一部《红楼梦》程乙本。引起我注意的有两点：（一）该书上有红印曰："乾隆壬子重加校订增补引言"；（二）卷末题"萃文书屋藏版"。此与中本、浙本皆有所不同。从（一）可知，既然说是"增补引言"，其版次当在缺少引言的中本、吴本之后。从（二）可知，程乙本卷末普遍地应有"萃文书屋藏版"的题记。中本、浙本末叶均缺失后半叶，有无此题记不详。吴本则难能可贵地保存着这个题记。

赖大与赖二:角色与名字的转换

在荣国府和宁国府的仆役中，各有总管，也称大管家，或简称管家。

他们各叫什么名字呢?

这，不同的版本，不同的章回，给予了不同的回答。

一 赖二昙花一现

第7回，在尤氏、贾蓉送秦钟和凤姐等人离去之时，第一次出现了赖大或赖二的名字。

当时，宁国府的管家派了焦大去送秦钟，焦大大为不满，对管家破口大骂。

引彼本①有关文字如下：

> 那焦大又恃贾珍不在家，即在亦不好怎样，更可以姿（恣）意洒落洒落，因趁着酒兴，先骂大总管赖大，说他“不公道，欺软怕硬！有了好差使就派别人，像这样深更半夜送人的事就派着我了。没良心的忘八羔子，瞎充管家！你也不想想，焦大太爷跷起一只脚来，比你头还高呢！二十年头里的焦大太爷眼里有谁，别说你们这一把子杂种、忘八羔子们！”

① “彼本”，即“俄罗斯圣彼得堡藏本”的简称。有的学者称为“俄藏本”或“列藏本”。（俄罗斯所藏的《红楼梦》版本不止一种，“俄藏本”有泛称之嫌，因此不宜使用；“列宁格勒”是该城市的旧名，现已改名“圣彼得堡”，因此“列藏本”之称业已过时，建议不再使用）

这里挨骂的“赖大”，舒本、眉本同于彼本，其他脂本（甲戌本、己卯本、庚辰本、杨本、蒙本、戚本、梦本）则作“赖二”。另外，程甲本、程乙本也作“赖二”。

舒本、彼本、眉本在这里明确交代，赖大是宁国府的“大总管”、“管家”。

相反的，其他脂本也说得十分清楚，宁国府的“大总管”、管家却是“赖二”。

舒本、眉本都是残本。前者残存第1回至第40回，后者残存第1回至第10回。彼本也缺第5回和第6回。在它们残缺的那些章回中，有没有赖大，赖大是不是宁国府的“大总管”、“管家”，则不详。

赖二之名，在目前所能看到的舒本、彼本、眉本中，包括第7回在内，不见踪影。

而在现存的甲戌本、己卯本、庚辰本、杨本、蒙本、戚本、梦本以及程甲本、程乙本中，赖二之名亦仅仅在第7回中昙花一现。

这是什么原因？

相反的，在现存的《红楼梦》各个脂本（包括舒本、彼本在内）的另外几回（第16回、第33回、第47回、第52回、第56回、第57回、第58回、第59回、第71回、第77回）①，再次出现“赖大”之名的时候，却推翻了舒本、彼本、眉本第7回的说法，把“赖大”从宁国府搬到了荣国府，让他充任荣国府的管家。

这又是什么原因？

宁国府的管家到底叫什么名字？

二　赖大是荣国府管家

从全书来看，赖大确实是荣国府的管家，而不是宁国府的管家。

试以庚辰本为例，考察一下，在第7回以后，赖大是以什么身份出场的。

---

① 另外还有“赖大家的”、“赖大娘”、“赖大母亲”、“赖嬷嬷”、“赖大奶奶”、“赖大之子”等（第27回、第43回、第45回、第47回、第52回、第57回、第70回等），也可以包括在内。

最早是在第16回。贾政被宣入朝，贾母等人心中惶恐不定，不住地使人来往报信，有两个时辰工夫——

忽见赖大等三四个管家喘吁吁跑进仪门报喜。又说“奉老爷命，速请老太太带领太太等进朝谢恩”等语。那时，贾母正心神不定，在大堂廊下伫立，那邢夫人、王夫人、尤氏、李纨、凤姐、迎春姊妹以及薛姨妈等皆在一处。听如此信至，贾母便唤进赖大来细问端的。赖大禀道：“小弟（的）们只在临敬门外伺候，里头的信息一概不能得知。后来还是夏太监出来道喜，说咱们家大小姐晋封为凤藻宫尚书，加封贤德妃。后来老爷出来，亦如此吩咐小的。如今老爷又往东宫去了。速请［老］太太领众去谢恩。”贾母等听了，方心神安定，不免又都洋洋喜气盈腮。

这三四个管家（其中有赖大）口中所称的“老爷”是指被宣入朝的贾政。这可以证明，这个赖大是荣国府的管家，而确非宁国府的管家。

又如第47回，贾琏奉贾赦之命去请邢夫人，在院门前遇到平儿，就问她：“太太在那里呢?”——

平儿忙笑道：“在老太太跟前呢，站了这半日还没动呢。趁早儿丢开手罢。老太太生了半日气，这会子亏二奶奶凑了半日趣儿，才略好了些。”贾琏道：“我过去只说讨老太太的示下，十四往赖大家取钱去，好预备轿子的。又请了太太，又凑了趣儿，岂不好?”平儿笑道：“依我说，你竟不去罢。合家子连太太、宝玉都有了不是，这会子你又填限去了。”贾琏道：“已经完了，难道还找补不成?况且与我又无干。二则老爷亲自分付我请太太的，这会子我打发了人去，倘或知道了，正没好气呢，指着这个拿我出气罢。”说着就走。平儿见他说得有理，也便跟了过来。

赖大如果不是荣国府的管家，贾琏是不会到他那里去“取钱”的。

下文，又提到了“赖大的媳妇”和“赖大花园”：

展眼到了十四日，黑早，赖大的媳妇又进来请。贾母高兴，便带了王夫人、薛姨妈及宝玉姊妹等，到赖大花园中坐了半日。

可知，赖大媳妇请的不是宁国府的人，而是荣国府的老太太、太太、少爷、小姐们。

第52回，宝玉来到潇湘馆——

说着，便坐在代（黛）玉常坐的搭着灰鼠椅搭的一张椅上。因见暖阁之中有一玉石条盆[①]，里面攒三聚五栽着一盆单瓣水仙，点着宣石，便极口赞："好花！这屋子越发暖，这花香的越清香。昨日未见。"代（黛）玉因说道："这是你家的大总管赖大婶子这（送）薛二姑娘的两盆腊梅，两盆水仙。他送了我一盆水仙，他送了蕉丫头一盆腊梅。我原不要的，又恐辜负了他的心。你若要，我转送你如何?"

黛玉对宝玉所说的"你家的大总管"，即荣国府的大总管也。"你家的"三字，严格地限制住了赖大所属的府第。

下文，宝玉要出门去拜寿——

老嬷嬷跟至厅上，只见宝玉的奶兄李贵和[②]、王荣、张若锦、赵亦华、钱启、周瑞六个人，带着茗烟、伴鹤、锄药、扫红四个小厮，背着衣包，抱着坐褥，笼着一匹雕鞍彩辔的白马，早已伺候多时了。老嬷嬷又分付了他六人些话，六个人忙答应了几个"是"，忙捧鞭坠镫。宝玉慢慢的上了马，李贵和、王荣笼着嚼环，钱启、周瑞二人在前引导，张若锦、赵亦华在两边紧贴宝玉后身。宝玉在马上笑道："周哥，钱哥，咱们打这角门走罢，省得到了老爷的书房门口又下来。"周

① 庚辰本原文作"玉石条盆"，后分别旁添三字，变成了"白玉石长条盆子"。

② "李贵和"或"李贵"，庚辰本此处出现四次，前三次是"李贵和"，与别本不同，后一次是"李贵"，则与别本相同。这个问题和"王荣和"、"王和荣"问题相似。请参阅拙著《红楼梦版本探微》（华东师范大学出版社2003年版）卷下《读红脞录》第四十四节《王和荣·王荣和》。

瑞侧身笑道："老爷不在家，书房天天锁着的，爷可以不用下来罢了。"宝玉笑道："虽锁着，要下来的。"钱启、李贵和都笑道："爷说的是。便托懒不下来，倘或遇见赖大爷、林二爷，虽不好说爷，也劝两句。有的不是，都派在我们身上，又说我们不教爷礼了。"周瑞、钱启便一直出角门来。

正说话时，顶头果见赖大爷来。宝玉忙笼住马，意欲下来。赖大忙上来抱住腿。宝玉便在镫上站起来，笑携他的手，说了几句话。接着又见一个小厮带着二十个拿扫帚、簸箕的人进来，见了宝玉，都顺墙垂手立住，独那为首的小厮打千儿，请了一个安。宝玉不识名姓，只微笑点了点头儿。马已过去，那人方带人去了。于是出了角门，门外又有李贵和等六人的小厮并几个马夫，早预备下十来匹马专候。一出了角门，李贵等都各上了马，前引傍围的一阵烟去了，不在话下。

宝玉还没有出角门，就遇上了赖大，其地点当然是在荣国府的大门之内。这也同样说明，赖大属于荣国府，而不是属于宁国府。

第58回的文字更直接把赖大和荣国府紧密地联系在一起：

当下荣、宁两处主人既如此不暇，并两处执事人等，或有人跟随入朝的，或有朝外照理下处事务的，又有先踩踏下处的，也都各各忙乱。因此两处下人无了正经头绪，也都偷安，或乘隙结党，与权暂执事者窃弄威福。荣府只留得赖大并几个管事照管外务。这赖大手下常用几个人已去，虽另委人，都是些生的，只觉不顺手。且他们无知，或赚骗无节，或呈告无据，或举荐无因，种种不善，在在生事，也难备述。

以上所引各回的文字都可以说明，赖大实为宝玉所在的荣国府的"管家"、"大总管"，他并不是贾珍、贾蓉所在的宁国府的"大总管"、"管家"。

而那个焦大却是宁国府的仆人，不是荣国府的仆人。他如果要骂，也应该骂宁国府的管家赖二。

所以，舒本、彼本、眉本第7回以赖大充任宁国府的管家，从现在我们所看到的全书来看，是不协调的、错误的。

三 “赖大”的出现早于“赖二”

舒本、彼本、眉本三本的同误表明：在第7回[①]，这三个脂本彼此之间的关系比较亲近。

三个脂本同误，这也同样表明了最大的一种可能性：此一错误的制造者不是旁人，也不是后人，而是曹雪芹自己。

“大”字和“二”字，字形相差比较悬殊，而且易认，写错、认错、读错、抄错的几率极小。因此，在一般的情况下，对抄手来说，这两个字是不会发生讹误、混淆的。

那么，曹雪芹自己为什么会犯下如此明显的错误呢？

我认为，这是因为曹雪芹在撰写第7回的时候，最初是想安排赖大做宁国府管家的；但是，写到后来的几回，他改变了注意，让赖大到荣国府去当管家了。

《红楼梦》最早的初稿是《风月宝鉴》。《风月宝鉴》的原貌今已不可得见。据我分析和推测，《风月宝鉴》开始所写的故事情节以宁国府为重点；曹雪芹原先的设想是安排赖大为宁国府的总管，同时安排赖二为荣国府的总管。以辈分、年龄而论，宁国府的贾敬要大于荣国府的贾赦、贾政。因此，赖大、赖二在名字上的顺序是和他们各自的家主的情况相符合的。这无疑是曹雪芹最初的设想。

到了在《风月宝鉴》的基础上改写《红楼梦》的时候，故事情节内容的重点逐渐向着荣国府倾斜和转移，赖大的名字也就跟随着安在荣国府总管的头上了。

赖大走了，谁来补他的缺呢？赖二。曹雪芹只要把第7回焦大嘴里的“赖大”改为“赖二”，就完成了他们二人的角色的转换。

这就是说，让赖大做宁国府管家，出于曹雪芹的初稿；宁国府管家变成了赖二，出于曹雪芹的改稿。

---

① 现存的脂本绝大多数是“拼凑本”。因此，这里所说，只能以第7回为限。

根据以上的分析，可以知道，在曹雪芹创作过程中，作为宁国府的管家，“赖大”、“赖二”这两个名字出现的先后次序是：

赖大→赖二

这也就是说，彼本、舒本、眉本三本第7回（“赖大”）的成立要早于其他脂本（甲戌本、己卯本、庚辰本、杨本、蒙本、戚本、梦本）第7回（“赖二”）的成立。

那么，为什么赖二只在第7回焦大的嘴里出现一次，以后在书中再也不露面了？他到哪里去了？

四　赖二改名

赖二的出现只有孤零零的一次，这意味着曹雪芹艺术构思的又一次改变。

一开始，曹雪芹在第7回写的是“赖大”；那时，荣国府管家还没有出场。轮到荣国府管家登台亮相之时，此人被冠以“赖大”之名；于是，他便给宁国府管家另起了一个和“赖大”排行的名字：“赖二”；“赖二”之名用了一次之后，他也许是感到没有必要暗示荣、宁二府的管家是哥儿俩，就抛弃了“赖二”之称，又给此人再度改名。

赖二的改名，说来也很有趣。在《红楼梦》前80回的各种版本中，赖二的改名，竟然多达六个：来升，来昇，来陞，赖升，赖昇，赖陞。

更为有趣的是：“升”、“昇”、“陞”本是三个不同的字。它们读音相同，含义并不完全相同。但在过去制订的汉字简化方案中，它们却被统一为一个笔画比较简单的“升”字。这样一来，在一些《红楼梦》简体字排印本中，一般读者不易察觉到这个微妙的问题的存在：上一字仍有“来”和“赖”的区别，下一字却只有“升”，而“昇”或“陞”消失了。

赖二的改名，在脂本中，最早出现的是“来昇”。

这发生在第10回。

以庚辰本为例[①]，第10回，尤氏和贾珍有一番对话：

> 尤氏听了，心中甚喜，因说道："后日是太爷的寿日，到底怎么办？"贾珍说道："我方才到了太爷那里去请安，兼请太爷来家，来受一受一家子的礼。太爷因说道：'我是清净惯了的，我不愿意往你们那是非场中去闹去。你们必定说是我的生日，要叫我去受众人些头，莫过你把我从前注的《阴骘文》给我令人好好的写出来刻了，比叫我无故受众人的头还强百倍呢。倘或后日这两日一家子要来，你就在家里好好的款待他们就是了。也不必给我送什么东西来，连你后日也不必来。你要心中不安，你今日就给我磕了头去。倘或后日你要来，又跟随多少人闹我，我必和你不依。'如此说了，后日我是再不敢去的了。且叫来昇来，吩咐他预备两日的筵席。"尤氏因叫人叫了贾蓉来："吩咐来昇照旧例预备两日的筵席，要丰丰富富的。你再亲自到西府里去请老太太、太太、二太太和你琏二婶子来逛逛。"

这里的来昇显然扮演着宁国府管家的角色。

此人应该就是第7回的赖二的改名。当然，这只是我们作为读者所获取的印象。曹雪芹并没有对这一点作出公开的、明晰的宣示。

"来昇"，舒本作"来昇儿"，梦本、程甲本作"来陞"，程乙本作"赖陞"，其他脂本同于庚辰本。

依照版本成立先后的顺序，在第10回，这个人名出现的顺序是：

> 来昇→来陞→赖陞

再看第14回的开端：

> 话说宁国府中都总管来昇闻得里面委请了凤姐，因传齐同事人等，

① 下文所引文字，凡不注明出处者，均出自庚辰本。

> 说道："如今请了西府里琏二奶奶管理内事，倘或他来支取东西，或是说话，我们须要比往日小心些，每日大家早来晚散，宁可辛苦这一个月，过后再歇着，不要把老脸丢了。那是个有名的烈货（货），脸酸心硬，一时恼了，不认人的。"

这里开门见山地、明确地交代，来昇的身份是"宁国府中都总管"。

请继续看同回下文：

> 凤姐即命彩明定造簿册，即时传来昇媳妇，兼要家口花名册来查看，又限于明日一早传齐家人媳妇进来听差等语。大概点了一点数目单册，问了来昇媳妇几句话，便坐车回家，一宿无话。
>
> 至次日卯正二刻，便过来了。那宁国府中婆娘、媳妇闻得到齐，只见凤姐正与来昇媳妇分派，众人不敢擅入，只在窗外听觑。只听凤姐与来昇媳妇道："既托了我，我就说不得要讨你们嫌了。我可比不得你们奶奶好性儿，由着你们去。再不要说你们这府里原是这样的话，如今可要依着我行，错我半点儿，管不得谁是有脸的，谁是没脸的，一例现清白处治。"……
>
> 来昇家的每日揽总查看，或有偷懒的，赌钱吃酒的，打架办（拌）嘴的，立刻来回我。你有徇情，经我查出，三四辈子的老脸就顾不成了。……
>
> 一面又掷下宁国府对牌："出去说与来昇，革他一月银米。"

"来昇"，梦本、程甲本作"来陞"，程乙本作"赖升"，其他脂本同于庚辰本。

依照版本成立的顺序，在第14回，这个人名出现的顺序是：

> 来昇→来陞→赖升

程乙本上的名字，由第10回的"赖陞"变成了这里的"赖升"。可见程乙本的改动有一定的随意性。

第16回更有这样的文字：

> 贾政不惯于俗务，只凭贾赦、贾珍、贾琏、赖大、来昇、林之孝、吴新登、詹先、程日兴等些人安插摆布。

这里既提到了荣国府的人们（如贾赦、赖大），又提到了宁国府的人们（如贾珍、来昇）。赖大与来昇分属二府甚明。

“来昇”，各脂本均同。程甲本也作“来昇”，程乙本照旧作“赖陞”。

依照版本成立的顺序，在第16回，这个人名出现的顺序是：

> 来昇→赖陞

和第10回、第14回的顺序相比，少了“来陞”这个衔接性的中间环节；梦本、程甲本舍弃了“来陞”，程乙本又恢复了“赖陞”。

为什么程乙本再三再四地要把脂本和程甲本这个人名的“来”改为“赖”，把“昇”改为“陞”呢？

原来在各脂本以及程甲本中也有和“来昇”不统一的“赖昇”存在，这见于第53回、第54回和第63回。

第53回的文字是这样的：

> 贾珍吃过饭，盥漱毕，换了靴帽，命贾蓉捧着银子跟了来，回过贾母、王夫人，又至这边回过贾赦、邢夫人，方回家去，取出银子，命将口袋向宗祠大炉内焚了。又命贾蓉道：“你去问问你琏二婶子，正月里请吃年酒的日子拟了没有？若拟定了，叫书房里明白开了单子来，咱们再请时，就不能重犯了。旧年不留心重了几家，不说咱们不留神，到像两宅商议定了送虚情、怕费事一样。”贾蓉忙答应了过去。一时，拿了请人吃年酒的日期单子来了。贾珍看了，命交与赖昇去看了，请人别重这上头日子。

“赖昇”，各脂本均同。程甲本、程乙本也作“赖昇”（注意：程乙本不作“赖陞”)。

第54回，正月十五日元宵节聚会之后——

> 十七日一早，又过宁府行礼，伺候掩了祖宗（宗祠），收过影像，方回来。此日便是薛姨妈家请吃年酒，十八日便是赖大家，十九日便是宁府赖昇家，二十日便是林之孝家，二十一日便是单大良家，二十二日便是吴新登家。这几家，贾母也有去的，也有不去，也有高兴直带着众人到晚上方回来的，也有兴尽半日一时就来的。凡诸亲友来请，或来赴席的，贾母一概怕拘束不会。

这里分得十分清楚，赖昇属于“宁府”，赖大则不言自明，属于荣府。正因为是管家，他们才有了请贾母等人吃年酒的资格。

“赖昇”，各脂本均同。程甲本、程乙本自“此日便是薛姨妈家请吃年酒”之后进行了删节，所以“赖昇”二字不见踪影。

第63回，“死金丹独艳理亲丧”：

> 正顽笑不绝，忽见东府中几个人慌慌张张跑来说：“老爷殡天了。”众人听了，唬了一大跳，忙都说：“好好的并无疾病，怎么就没了?”家下人说：“老爷天天修炼，定是功行圆满，升仙去了。”尤氏一闻此言，又见贾珍父子并贾琏等皆不在家，一时竟没个着己的男子来，未免忙了，只得忙卸了妆饰，命人先到玄真观，将所有的道士都锁了起来，等大爷来家审问；一面忙忙坐车，带了赖昇一干老人媳妇出城。

“赖昇”，各脂本均同。程甲本、程乙本也作“赖昇”。

五 小结:三个角度

通过以上的引文，关于宁国府管家的名字，可以从三个角度得出以下三种小结：

小结一，以章回计——

第 7 回

赖大——舒本、彼本、眉本

赖二——甲戌本、己卯本、庚辰本、杨本、蒙本、戚本、梦本、程甲本、程乙本

第 10 回

来升——眉本①

来昇——己卯本、庚辰本、杨本、蒙本、戚本、舒本、彼本、眉本

来陞——梦本、程甲本

赖陞——程乙本

第 14 回

来昇——甲戌本、己卯本、庚辰本、蒙本、戚本、舒本、彼本

来陞——杨本、梦本、程甲本

赖陞——程乙本

第 16 回

来升——梦本、程甲本

来昇——甲戌本、己卯本、庚辰本、杨本、蒙本、戚本、舒本、彼本

赖升——程乙本

第 53 回

赖昇——庚辰本、戚本、彼本、梦本、程甲本、程乙本

赖陞——杨本

赖升——蒙本

第 54 回

赖昇——己卯本、庚辰本、杨本、蒙本、戚本、彼本、梦本

第 63 回

赖昇——己卯本、庚辰本、杨本、蒙本、戚本、彼本、梦本、程甲本、程乙本

① 下文所引文字，凡不注明出处者，均出自庚辰本。

小结二，以人名计——

赖大

第7回；舒本、彼本、眉本

赖二

第7回；甲戌本、己卯本、庚辰本、杨本、蒙本、戚本、梦本、程甲本、程乙本

来升

第10回、第16回；眉本、梦本、程甲本

来昇

第10回、第14回、第16回；甲戌本、己卯本、庚辰本、蒙本、戚本、舒本、彼本

来陞

第10回、第14回；杨本、梦本、程甲本

赖升

第16回、第53回；蒙本、程乙本

赖昇

第53回、第54回、第63回；庚辰本、杨本、蒙本、戚本、彼本、梦本、程甲本、程乙本

赖陞

第10回、第14回、第53回；杨本、程乙本

小结三，以版本计——

甲戌本

第7回，赖二；第14回、第16回，来昇

己卯本

第7回，赖二；第10回、第14回、第16回、第63回，来昇、赖昇

庚辰本

第7回，赖二；第10回、第14回、第16回、第53回、第54回、第63回，来昇、赖昇

杨本

第7回，赖二；第10回、第14回、第16回、第53回、第54回、第63回，来昇、来陞、赖陞

蒙本

第7回，赖二；第10回、第14回、第16回、第53回、第54回、第63回，来昇、赖升、赖陞

戚本

第7回，赖二；第10回、第14回、第16回、第53回、第54回、第63回，来昇、赖昇

舒本

第7回，赖大；第10回、第14回、第16回，来昇

彼本

第7回，赖大；第10回、第14回、第16回、第53回、第54回、第63回，来昇、赖昇

卞本

第7回，赖大；第10回，来升、来昇

梦本

第7回，赖二；第10回、第14回、第16回、第53回、第54回、第63回，来升、来陞、赖昇

程甲本

第7回，赖二；第10回、第14回、第16回、第53回、第63回，来升、来陞、赖昇

程乙本

第7回，赖二；第10回、第14回、第16回、第53回、第63回，赖升、赖昇、赖陞

六 人同名异的现象

通过以上的小结，可以看出，无论是脂本（甲戌本、己卯本、庚辰本、戚本、舒本、彼本、眉本），还是混合本（杨本、蒙本）、过渡本（梦本）、程本（程甲本、程乙本）[①]，宁国府管家的名字都有所不同，或是各个版本之间彼此不同，或是在同一版本中前后不同。

脂本既有“来昇”、“来陞”、“来升”，又有“赖昇”，说的其实是同一个人，但脂本给此人取了不同的、不统一的名字：一个姓赖，名昇；一个不带姓，名来昇。

程乙本的整理者可能觉得，荣国府的赖大姓赖，林之孝姓林，单大良姓单，吴新登姓吴，为什么唯独“来昇”就没有个姓呢？于是，他就仿“赖大”之例，把“来”字改成“赖”，让此人姓赖。

有人也许以为“来”字本身就是姓。姓“来”的人在过去和今天无疑是有的。但贾府此人确非姓“来”。有例可作旁证。荣国府的仆人之中不是也有“来旺”（第15回、第72回）、“来兴”（第33回）和“来喜”（第74回）吗？“旺”、“兴”、“喜”三字正好和“升”、“昇”、“陞”三字是同样相似的褒语。

那么，程乙本为什么非要此人姓“赖”不可呢？

我想，程乙本的整理者可能注意到以下三点。第一点：曹雪芹一度企图让赖大、赖二两个看上去很像是哥儿俩的人分别占据宁、荣二府的总管的地位，所以他就往这条思路靠拢。第二点：几个脂本虽然在第10回、第14回、第16回作“来”，却在第53回、第54回、第63回作“赖”。第三点：程甲本第53回、第63回也作“赖”，不是“来”。

所以，程乙本整理者的“赖”字是以几个脂本为依据的。它采用“陞”字的目的无非是要有意地表示和程甲本的差异。至于程乙本第53

---

① 关于《红楼梦》版本系统的区分，红学界基本上采用脂本、程本的两分法；我认为，应该再细分为脂本、混合本、过渡本、程本四类。请参阅《中国古代小说总目·白话卷》（山西教育出版社2004年版）“红楼梦”。

回、第 63 回仍然保留“昇”字，那是出于程乙本整理者无心的遗漏。

脂本有几回作“来昇”（或“来升”），有几回又变为“赖昇”，原因何在？

这和曹雪芹创作过程中的构思改变有关。

七 脂批“记清”的含意

甲戌本第 7 回，在正文“（焦大）因趁着酒兴先骂大总管赖二”之下，有一条双行小字批语：

> 记清，荣府中则是赖大。又故意综错（错综）的妙。

蒙本、戚本也同样有这条双行小字批语。

此时，赖大（荣国府大总管）尚未在书中露面，脂批却提前作了预告。

这条脂批既有预告性，又有针对性。它提醒读者：这里所说的宁国府大总管，应当是“赖二”，而不是“赖大”；“赖大”是荣国府的大总管；勿将二人混淆。

不妨设想一下，如果甲戌本、蒙本、戚本等脂本，也像舒本、彼本、眉本一样，第 7 回此处的正文不是“赖二”，而是“赖大”，那么，这岂不等于是斥责曹雪芹犯了糊涂吗？只有甲戌本、蒙本、戚本等脂本第 7 回此处的正文是“赖二”，而不是“赖大”，这条批语方称得上有的放矢。

姑且假定这条批语的作者是脂砚斋。脂砚斋为什么要特意提醒读者不要混淆赖大和赖二呢？我想，只有在两个前提下，他才会这样做。哪两个前提呢？第一个前提是他至少已看到了后面的第 16 回或第 52 回的正文，前者是曹雪芹通过情节的叙述让读者有所知晓，后者则是曹雪芹通过林黛玉之口作了直接的、明确的交代：赖大乃荣国府的管家。第二个前提是曹雪芹笔下的第 7 回正文中的宁国府管家的名字（“赖大”或“赖二”）容易滋生张冠李戴的误会。

批语说是“故意综错（错综）”。这指的是“赖大”和“赖二”两个人名；同是一个“赖”姓，“大”和“二”又给人以兄弟排行的感觉。这只可能是指“赖大”和“赖二”。如果不是指“赖二”，而是指后来的“来昇”，那就既无所谓“综错”，也无所谓“故意”了。从名字上说，“赖大”和“来昇”毕竟是不搭界的。

因此，这条批语似可表明，在脂砚斋写下这条批语的时候，他还没有见到第10回、第14回和第16回的“来昇”。他如果注意到后文的宁国府管家是来昇，就没有必要在此处用这种方式来提醒读者了。

八 先有赖昇，还是先有来昇？

在曹雪芹创作过程中，是先有“赖昇”，还是先有“来昇”？

从回次上看，应是先有“来昇”（第10回、第14回、第16回），后有“赖昇”（第53回、第54回、第63回）：

来昇→赖昇

程乙本的整理者就持这样的观点。

但我却认为，判断此类问题时不能以现有的回次前后为依据。因为在我看来，曹雪芹在创作过程中，并不是按照现在我们所看到的《红楼梦》的回次顺序写作的①。

因此，关于这个问题，我的看法是：在曹雪芹笔下，先有“赖大”，再有“赖二”；先有“赖昇”，再有“来昇”：

赖大（第7回）→赖二（第7回）

赖二（第7回）→赖昇（第53回、第54回、第63回）→来昇（第10回、第14回、第16回）

① 请参阅拙著《〈红楼梦〉版本探微》卷上《从红楼版本问题看曹雪芹创作过程》第三章“彩霞与彩云齐飞”的第十六节“跳跃着写”。

从“赖大”到“赖二”，这是第一次改变。为什么要作改变？原因在于，在第16回、第52回等处，作者又安排了赖大的新角色：荣国府的管家。于是宁国府的管家遂由“赖大”变成了“赖二”。

从“赖二”再到“赖昇”，这是第二次改变。“二”字更易了，“赖”字始终纹丝不动。

这个“赖”字维系着第一次改变和第二次改变。

把“赖”字换成了“来”字，才完成了第三次改变。

如果以上的推测能够成立，那么，写作章回的顺序应是：

第7回→第53回、第54回、第63回→第10回、第14回、第16回

这个顺序表表明了两层意思。

第一层意思是，只改动人名，没有改动其他的文字或故事情节。

第二层意思是，不只是改动人名，整回都是新写的、后写的。

第一层意思容易理解，无须饶舌。

第二层意思则只是表明了一种可能性。但我认为，这种可能性是颇大的。

这种可能性如果能够成立，那么，我认为，第53回、第54回、第63回的撰写要早于第10回、第14回、第16回。

王子腾与王子胜:增添与更换

一 问题

有人说，贾、史、王、薛是《红楼梦》中的四大家族。

《红楼梦》叙述和描写的对象主要是贾府，其次也涉及王家。

王家和贾、薛二家都有姻亲关系。

贾政之妻，书中称为王夫人，乃王子腾之妹。贾琏之妻王熙凤乃王夫人大兄之女，即王夫人的内侄女。

薛蟠、薛宝钗之母，书中称为薛姨妈，乃王子腾、王夫人之妹。

这就是曹雪芹在脂本80回中告诉给读者的。

然而，到了程本，尤其是到了程本的后40回里，王家人物的关系发生了混乱，也违背了曹雪芹的原意。

在曹雪芹生前，《红楼梦》并没有写完，前80回也没有做到最后的定稿，以致有一些遗留的问题没有交代清楚。

譬如说，王熙凤的父亲是谁？王子腾兄弟几人？等等。

也许这是由于曹雪芹的疏漏和忽略。也许曹雪芹认为这些问题根本不需要写到，他所设想和准备安排的80回以后的故事情节可能和这些问题没有瓜葛。也许他要把这些问题留到80回之后才向读者揭晓。也许还有其他的我们一时无法知悉的原因。总之，在现存的《红楼梦》各种文本中，这些问题的确是存在的，是会引起许多想要打破砂锅问到底的读者的疑问和兴趣的。

王子胜的出现，就是这些问题中的比较突出的一个。

“腾”和“胜”，这是两个字。“胜”的繁体字是“勝”。“腾”和

“勝”，在字形上，只有右下角的“马”和“力”的差别。一时眼花，甚至有可能把“腾”和“勝”误认为同一个字。

在《红楼梦》中，就有这样的例子。王子腾和王子胜，两个人名，缠夹不清，给一般读者造成了阅读的障碍。

他们有时是一个人，有时又分明是两个人。在现存的脂本以及程甲本的前80回中，有王子腾，而无王子胜，也就是说，王子腾和王子胜其实可能是同一个人。而在程甲本和程乙本的后40回中，王子腾和王子胜却明显地变成了两个人。

这是怎么一回事？

怎样理解这一现象？

二　王子腾：在第25回之前

王子腾之名初见于甲戌本第3回“托内兄如海酬闺师，接外孙贾母怜孤女”末尾：

> 大家又叙了一回，方才安歇。次日起来，省过贾母，因往王夫人处来。正值王夫人与熙凤在一处拆金陵来的书信看，又有王夫人之兄嫂处遣了两个媳妇来说话的。黛玉虽不知原委，探春等却都晓得是议论金陵中所居的薛家姨母之子姨表兄薛蟠，倚财仗势，打死人命，现在应天府案下审理。如今母舅王子腾得了信息，故遣人来告诉这边，意欲唤取进京之意。

从“王夫人之兄嫂”这几个字看来，王子腾乃是“王夫人之兄”无疑。

其后，王子腾之名又或明或暗地相继出现于第4回、第6回和第16回。

甲戌本第4回“薄命女偏逢薄命郎，葫芦僧乱判葫芦案”：

> 雨村断了此案，急忙作书信二封与贾政并京营节度使王子腾，不

过说令甥之事已完，不必过虑等语。……

寡母王氏，乃现任京营节度王子腾之妹，与荣国府贾政的夫人王氏是一母所生的姊妹，今年方四十上下年纪。……

在路不计其日。那日已将入都时，却又闻得母舅王子腾升了九省统制，奉旨出都查边。

薛蟠心中暗喜道："我正愁进京去有个嫡亲的母舅管辖着，不能任意挥霍挥霍，偏如今又升出去了，可知天从人愿。"

以上文字，其他脂本以及程甲本、程乙本基本上相同。

甲戌本第6回"贾宝玉初试雨云情，刘姥姥一进荣国府"：

方才所说这小小一家，姓王，乃本地人士，祖上曾作过小小的一个京官，昔年曾与凤姐之祖、王夫人之父识认，因贪王家的势利，便连了宗，认作侄子。那时只有王夫人之大兄、凤姐之父与王夫人随在京的，知有此一门远族，余者皆不知也。

这一段文字，其他脂本以及程甲本、程乙本也基本上同于甲戌本。

这一段文字，由于当时没有施加标点，以致产生了歧义。读者读到这里，脑中不禁产生了两个问题："王夫人之大兄"和"凤姐之父"，他们是谁？他们是一个人，还是两个人？

这可以有两种理解。第一种理解：他们是两个人。也就是说，"王夫人之大兄"和"凤姐之父"是兄弟二人。那个"大"字表明，在兄弟排行中，"王夫人之大兄"是老大，而"凤姐之父"只能是老二甚或老三……第二种理解：他们是同一个人。在脂本第6回以后，根本没有让"凤姐之父"登场，此人究竟是何名字，便成为一桩疑案。

再看第16回"贾元春才选凤藻宫，秦鲸卿夭逝黄泉路"：

且喜贾琏与黛玉回来，先遣人来报信，明日就可到家。宝玉听了，方略有些喜意，细问原由，方知贾雨村亦进京陛见，皆由王子腾累上保本，此来候补京缺，与贾琏是同宗弟兄，又与黛玉有师徒之谊，故同路作伴而来。

从以上所引第3回、第4回、第6回、第16回的文字可以看出四点：

第一，王子腾乃是王夫人、薛姨妈之兄。

第二，如果王子腾即“王夫人之大兄”而又不是“凤姐之父”，那么，王子腾在王氏兄弟中排行老大；这也意味着，王熙凤之父乃是王子腾之弟。

第三，曹雪芹并没有说，除了“凤姐之父”以外，王子腾还有其他的兄弟。

第四，王子腾官升九省统制，奉旨出都查边。也就是说，从第3回开始，王子腾一直不在京都。这一点特别重要。

值得注意的是，在以上所引第3回、第4回和第16回文字中的“王子腾”三字，各脂本以及程甲本、程乙本均无异文，即无作“王子胜”者。

异文发生在其后的第25回中。

三　第25回:王子胜突然出现

第25回“魇魔法叔嫂逢五鬼，通灵玉蒙蔽遇双真”有四处写到了“王子腾”或“王子胜”，现以a、b、c、d四个符号分别加以表示。

这个人名，和甲戌本等脂本以及程甲本比较起来，程乙本却存在着异文。

甲戌本有关的文字，如下：

> 展眼过了一日。原来次日就是王子腾a夫人的寿诞。……
>
> 林黛玉并丫头们都唬坏了，忙去报知贾母、王夫人等，此时王子腾b的夫人也在这里。……
>
> 堪堪的日落，王子腾c的夫人告辞去后。次日王子腾d自己亲来瞧问。

其他脂本以及程甲本，a、b、c、d均作“王子腾”。

程乙本，a、b、c 作“王子腾”，d 却作“王子胜”。

从故事情节来说，这里出现王子腾的夫人是不难理解的；但是，不该出现王子腾本人。因为他已奉旨出都查边，人不在京都，他不可能到贾府“亲来瞧问”。从现在我们看到的《红楼梦》脂本以及程甲本的前 80 回来说，这算是一个不小的破绽。

由此可见，程乙本第25 回的“王子胜”实际上是后改的。改动的目的是为了弥补这一破绽。不过程乙本并没有全改，它仍维持 a、b、c 的三个“王子腾”（因为这说的是王子腾的夫人，不是王子腾本人），仅仅把 d 的“王子腾”改为“王子胜”。

四　第70 回：王子胜再度出现

在程乙本中，王子胜的名字首先出现于第25 回之内，已见上述。

到了第70 回，他的名字和王子腾的名字又重新出现在程乙本中，试分别以 a、b、c 三个符号代表之，如下：

> 正说着，人回：“舅太太来了，请姑娘们出去请安。”因此大家都往前头来见王子胜 a 的夫人，陪着说话。饭毕，又陪着入园中来游玩一遍，至晚饭后掌灯方去。……
>
> 偏生这日王子胜 b 将侄女许与保宁侯之子为妻，择于五月间过门。凤姐儿又忙着张罗，常三五日不在家。这日，王子腾 c 的夫人又来接凤姐儿一并请众甥男、甥女乐一日。贾母和王夫人命宝玉、探春、黛玉、宝钗四人同凤姐儿去，众人不敢违拗，只得回房去另妆饰了起来。五人去了一日，掌灯方回。

在程乙本以上的文字中，“王子胜”与“王子腾”之名二者相加，共出现三次。

程乙本，a、b 作“王子胜”，c 作“王子腾”。

而在己卯本、庚辰本、杨本、蒙本、戚本、舒本、彼本、梦本以及程甲本中，a、b、c 均作“王子腾”。

依然是上一节所说的，此时王子腾仍在“奉旨出都查边”中，身不在京都，他怎么可能在自己家中忙于嫁女之事呢？

因此，这里的“王子胜”也显然是后改的。

五 小结之一

根据我们考察前80回各版本文字的结果可以确认，在曹雪芹笔下，并没有王子胜这个人物。

王子胜的出场，完全是程乙本改动的结果。甚至在程甲本的前80回中，也不见王子胜的踪影。王子胜露面于程甲本，那是80回以后的事。

从回次顺序上说，先有第25回、第70回的“王子胜”（程乙本），后有80回以后的“王子胜”（程甲本、程乙本）。然而，从出版顺序上说，先有程甲本（乾隆五十六年），后有程乙本（乾隆五十七年）。因此，最先添加王子胜这个人物的，不是程乙本，而是程甲本。

程乙本为什么要把第25回的“王子腾”改为“王子胜”？

程乙本添改王子胜，其目的在于弥补现存各脂本所存在的一个漏洞。

这个漏洞就是：王子腾身在外地，他怎么跑到京都的贾府来了？

但是，程乙本的这个弥补还不够圆满。试想，在第25回，只改“王子腾”为“王子胜”，而“王子腾的夫人”依旧维持原状，读者不免会问：只有王子胜和王子腾的夫人前来慰问，那王子胜的夫人哪里去了？和王子腾的夫人相比，她难道一点儿也不关心凤姐和宝玉的病情吗？那不是失礼吗？

也就是说，程乙本陷入这样的窘境，它弥补了一个漏洞，却又显露了另一个漏洞。

程乙本在第25回没有把“王子腾的夫人”改为“王子胜的夫人”，但在第70回却把“王子腾的夫人”改成了“王子胜的夫人”。这不仅和第25回的做法不一致，而且还增加了读者的困惑。

下人回报的明明是“舅太太来了”，众姑娘出去会见的，竟然不是她们所习知的王子腾的夫人，却是陌生的王子胜的夫人，那不是个天大的意外吗？须知，在书中，在这之前，以“舅太太”身份在贾府现身的，只有王子腾的夫人，哪有什么王子胜的夫人！被称为“舅太太”的只有一个人，那就是王子腾的夫人，此外不可能有第二人。

程乙本第 70 回继续把“王子腾”改为“王子胜”，仍然没有摆脱窘境。它同样是弥补了一个漏洞，却又显露了另外三个漏洞。

程乙本不但把“王子腾”改为“王子胜”，还进一步把“王子腾之女许与保宁侯之子为妻”改成了“王子胜将侄女许与保宁侯之子为妻”。

问题在于，“王子腾之女”并不等于“王子胜之侄女”。“王子腾之女”——这是确定的人。“王子胜之侄女”——这却变成了不确定的人。因为凤姐之父若有另一个女儿，那么，当然也算得上是王子胜的侄女。所以，“侄女”之说是不准确的。此其一也。

在那个时代，女儿的婚姻大事，例由父母做主。王子腾在世，王子腾夫人在家，怎么会由王子胜拍板作出决定，这将置他的兄嫂于何地？此其二也。

如果是王子腾和他的夫人做主将自己的女儿许配，那么，王子腾不在家，就由他的夫人出面邀请甥男甥女去“乐一日”，一是庆贺喜事的来临，二是答谢凤姐张罗此事的辛劳。这都是合情合理的。现在，既然做主的是王子胜，为什么出面邀请的反而没有他的夫人的份？此其三也。

有的读者也许会问：曹雪芹既然早在第 3 回就安排王子腾离开了京都，直到第 80 回也没有让他回来，那么，为什么还要在第 25 回和第 70 回安排他在贾府现身呢？

我认为，这有两种可能性。

可能性之一：智者千虑，必有一失。更何况，《红楼梦》尚未写完曹雪芹就告别了人间。因此造成了第 3 回和第 25 回、第 70 回之间的龃龉。

可能性之二：第 3 回和第 25 回、第 70 回可能是写于不同的时间段。换言之，第 3 回末尾那段关于王子腾升官和奉旨出都查边的情节，其撰写和修改的时间可能晚于第 25 回王子腾在贾府现身情节的撰写。

我们想，这两种可能性的几率应该是相等的。

六 王子腾之死

王子腾死于第96回“瞒消息凤姐设奇谋，泄机关颦儿迷本性”。

程甲本是这样描写的：

> 到了正月十七日，王夫人正盼王子腾来京，只见凤姐进来回说：“今日二爷在外听得有人传说：我们家大老爷赶着进京，离城只二百多里地，在路上没了。太太听见了没有？”
>
> 王夫人吃惊道：“我没有听见，老爷昨晚也没有说起。到底在那里听见的？”凤姐道：“说是在枢密张老爷家听见的。”王夫人怔了半天，那眼泪早流下来了，因拭泪说道：“回来再叫琏儿索性打听明白了来告诉我。”凤姐答应去了。王夫人不免暗里落泪，悲女哭弟，又为宝玉耽忧。如此连三接二，都是不随意的事，那里搁得住？便有些心口疼痛起来。又加贾琏打听明白了，来说道：“舅太爷是赶路劳乏，偶然感冒风寒，到了十里屯地方，延医调治。无奈这个地方没有名医，误用了药，一剂就死了。但不知家眷可到了那里没有？”
>
> 王夫人听了，一阵心酸，便心口疼得坐不住，叫彩云等扶了上炕。……

以上文字，程乙本同于程甲本。

凤姐口中的“大老爷”，贾琏口中的“舅太爷”，都是指王子腾。王夫人“哭弟”的“弟”也是指王子腾。

这里有两个问题。

第一，在第3回，曹雪芹明说王子腾和夫人是王夫人的“兄嫂”。在第96回这里，凤姐称王子腾为“我们家大老爷”，表明王子腾在兄弟的辈分中排行老大。这和第3回的说法还是一致的。然而，第96回却说，王夫人“悲女哭弟”，王子腾怎么一下子又变成了王夫人的弟弟？这样一来，就和第3回产生了矛盾。后40回的续作者怎么糊里糊涂地没有看清楚这一点？

第二，凤姐既然称王子腾为“大老爷”，那就说明家中还有“二老爷”，甚至“三老爷”。如果王子腾还有兄弟，譬如王子胜不就是其中的一个吗？那贾琏就不应该单单称他为“舅太爷”，起码要加上“大”、“二”之类的字眼，以示和王子腾其他兄弟的区别。

程甲本、程乙本在王子腾、王子胜、王夫人三人的兄弟姐妹关系上所犯的错误，还不止此。这在后40回中非常显眼。

七 王子胜:在后40回中

在后40回中，“王子胜”之名继续出现于第101回和第114回。

第101回“大观园月夜感幽魂，散花寺神签惊异兆”，在贾琏夫妻的对话中，既提到了王子腾，也提到了王子胜。当时，贾琏去见裘世安，不遇而回，心中没好气，回家后，一路摔帘子进来，又把茶碗摔了个粉碎，凤姐问他为什么回来得这么快，贾琏半日不答应，凤姐只得又问一声——这是程甲本中一大段写得比较精彩的对话：

贾琏嚷道：“你不要我回来，叫我死在外头罢。”

凤姐笑道：“这又是何苦来呢。常时我见你不像今儿回来的快，问你一声，也没什么生气的。”

贾琏又嚷道：“又没遇见，怎么不快回来呢？”

凤姐笑道：“没有遇见，少不得奈烦些，明儿再去早些儿，自然遇见了。”

贾琏嚷道：“我可不吃着自己的饭替人家赶獐子呢。我这里一大堆的事，没个动秤儿的，没来由为人家的事，瞎闹了这些日子，当什么呢。正经那有事的人，还在家里受用，死活不知，还听见说要锣鼓喧天的摆酒唱戏做生日呢。我可瞎跑他娘的腿子！”一面说，一面往地下啐了一口，又骂平儿。

凤姐听了，气的干咽，要和他分证，想了一想，又忍住了，勉强陪笑道：“何苦来，生这么大气，大清早起和我叫喊什么，谁叫你应了人家的事，你既应了就得耐烦些，少不得替人家办办。也没见这个人自己有为难的事，还有心肠唱戏摆酒的闹。”

贾琏道：“你可说么，你明儿道（倒）也问问他。”

凤姐诧异道：“问谁？”

贾琏道：“问谁？问你哥哥。”

凤姐道：“是他吗？”

贾琏道：“可不是他，还有谁呢。”

凤姐忙问道：“他又有什么事叫你替他跑？”

贾琏道：“你还在坛子里呢。”

凤姐道：“真真这就奇了，我连一个字儿也不知道。”

贾琏道：“你怎么能知道呢？这个事，连太太和姨太太这（还）不知道呢。头一件，怕太太和姨太太不放心；二则，你身上又常嚷不好，所以我在外头压住了，不叫里头知道的。说起来，真真可人恼。你今儿不问我，我也不便告诉你。你打谅你哥哥行事像个人呢。你知道外头人都叫他什么？”

凤姐道：“叫他什么？”

贾琏道：“叫他什么？叫他忘仁。”

凤姐扑哧的一笑：“他可不叫王仁，叫什么呢？”

贾琏道：“你打谅那个王仁吗？是忘了仁义礼智信的那个忘仁哪。”

凤姐道：“这是什么人？这么刻薄嘴儿遭塌人。”

贾琏道：“不是遭塌他吗。今儿索性告诉你，你也不知道知道你那哥哥的好处。到底知道他给他二叔做生日呵。”

凤姐想了一想道：“嗳哟，可是呵，我还忘了问你，二叔不是冬天的生日吗？我记得，年年都是宝玉去。前者老爷升了，二叔那边送过戏来，我还偷偷儿的说二叔为人是最啬刻的，比不得大舅太爷，他们各自家里还乌眼鸡是的，不么昨儿大舅太爷没了，你瞧他是个兄弟，他还出了个头儿，揽了个事儿吗，所以那一天说，赶他的生日咱们还他一班戏子省了亲戚跟前落亏欠。如今这么早就做生日，也不知是什么意思？”

贾琏道：“你还作梦呢。他一到京，接着舅太爷的首尾，就开了一个吊。他怕咱们知道拦他，所以没告诉咱们，弄了好几千银子。后来

> 二舅嗔着他说，他不该一网打尽。他吃不住了，变了个法子，就指着你们二叔的生日撒了个网，想着再弄几个钱好打点，二舅太爷不生气，也不管亲戚朋友、冬天夏天的，人家知道不知道，这么丢脸。你知道我起早为什么？这如今因海疆的事情，御史参了一本，说是大舅太爷的亏空，本员已故，应着落其弟王子胜、侄王仁赔补。爷儿两个急了，找了我给他们托人情。我见他们吓的那么个样儿，再者又关系太太和你，我才应了，想着找找总理内庭都检点老裘替办办，或者前任、后任挪移挪移。偏又去晚了，他进里头去了。我白起来跑了一趟。他们家里还那里定戏摆酒呢。你说说，叫人生气不生气？"
>
> 凤姐听了，才知王仁所行如此，但他素性要强护短，听贾琏如此说，便道："凭他怎么样，到底是你的亲大舅儿。再者这件事，死的大太爷，活的二叔，都感激你罢了。没什么说的，我们家的事，少不得我低三下四的求你了，省的带累别人受气，背地里骂（骂）我。"

在以上一大段文字中，贾琏所说的"二叔"、"二舅"、"二舅太爷"是指王子胜，"舅太爷"、"大舅太爷"是指王子腾，凤姐所说的"二叔"也是指王子胜，"大舅太爷"、"大爷"也是指王子腾。

这里坐实了王子腾、王子胜是兄弟，前者排行老大，后者排行老二。

这样一来，问题就产生了。竟然有两个互相矛盾的结论——结论甲：凤姐既然称王子腾为"大爷"，可知她父亲的年龄小于王子腾；王子腾是凤姐的伯父。结论乙：凤姐既然称王子胜为"二叔"，可见她的父亲的年龄大于王子胜，"二"字表明王子胜排行老二，她的父亲只能是排行老大。但老大明明是王子腾，王子腾并不是凤姐的父亲。凤姐亲口称王子腾为"大爷"，这凿凿有据地排除了王子腾是她的父亲的可能。大于老二，小于老大，凤姐的父亲究竟是老几呢？在这个问题上，程甲本、程乙本的安排显然使读者坠入了五里雾中。

第114回"王熙凤历幻返金陵，甄应嘉蒙恩还玉阙"，凤姐死后，贾琏打发人去请他大舅子王仁过来——

> 那王仁自从王子腾死后，王子胜又是无能的人，任他胡为，已闹

的六亲不和，今知妹子死了，只得赶着过来哭了一场。

这一段文字，程甲本、程乙本全同，倒是没有新问题。

八 小结之二

王子胜这个人物增添、更换的过程是这样的：

（1）在现存各脂本以及程甲本的前80回中是没有王子胜这个人物的。

（2）脂本在王子腾问题上有不在京与在京的前后矛盾的疵病。

（3）程甲本的整理者没有发现此一疵病。

（4）程甲本在续补的后40回中，添加了王子胜这个人物，使他成为王子腾的弟弟。

（5）程乙本的整理者发现了脂本和程甲本中的此一疵病。

（6）程乙本整理者见到程甲本后40回中有王子胜，遂在第25回让他提前出场。

（7）程乙本只把一个“腾”字换为“胜”字，就完成了修改的任务。

当然，这个修改是不够圆满的。这一点，我们已在第五节“小结之一”说过了。

程甲本后40回增添了王子胜这个人物，非但没有使情节得到丰赡，反而增添了叙事的混乱。

不写王子胜，当然就不必交代凤姐的父亲是谁，排行第几。不写王子胜，当然也就不必把出嫁的实的“女儿”变成了虚的“侄女”。不写王子胜，当然也就不必把儿女婚姻大事的决定权由做大官的哥哥交给了平民布衣的弟弟。现在写了王子胜，一切都改变了。

王氏兄弟原仅二人，即王子腾和凤姐之父。现在添加王子胜，变成了三人。兄弟姐妹的排行于是发生了混乱。王子腾既是王夫人的哥哥，又是王夫人的弟弟。完全是一笔糊涂账。

总之，程乙本改动“王子腾”，有一定的道理，但并不圆满；程甲本添加“王子胜”，引出了更多的问题和矛盾，并不成功，也可以说是多此一举。

程甲本、程乙本在王子腾、王子胜问题上的增添、更改，给我们今天的古代小说名著的整理工作有这样几点启示：

（一）古代小说中的名著，有时也不是十全十美的，难免会存在一些瑕疵。对待这，要采取历史主义的态度。

（二）在整理古代小说名著的时候，需要一定的谨慎的态度。尽量不要去改动原著的文字，更不必要去改变人物和情节。对某些有关的问题，用注解的方式加以说明就有助于、有益于今天一般读者的阅读。某种所谓的“校理本”是不可取的。某种所谓的“太极红楼梦”更是可笑的。它们都显示了对古代小说名著的不尊重。

（三）越改越乱，不如不改。

从"红学漩涡"谈起

——在中国社会科学院研究生院的演讲

大家好！研究生院1979年开始招收第一届硕士研究生，那时候我就在这里讲课。那一届的毕业生大部分是现在我们社会科学院院一级、所一级的领导，他们号称"黄埔一期"。所以在研究生院读书还是大有前途的，大家都是在校的研究生，预祝你们成功。

今天我要讲的题目是"从'红学漩涡'谈起"。很早以前，文学所科研处的同志就通知我要来做这么一堂演讲，而且是"文化前沿"课。我想文化前沿课很难讲，讲的都是热点问题，热点问题往往都是有争议的问题。我上一次来讲过一次"文化前沿"课，那次讲的是金庸，当时就觉得很难讲，因为争议很大，对他的评价有褒有贬；这一次又赶上一个刘心武。当时通知我就是要讲"红学"，我就很犹豫，因为很难讲，当时就没有答应，我就说拖一拖，我看一看；现在可能这个高潮已经过去了。那个时候我正在现代文学馆讲"红楼梦之谜"，一共讲了七讲，内容差不多，实际上我自己在心里面也是把这七讲"红楼梦之谜"看作是和刘心武打对台戏的，我完全是从红楼梦的文本出发来讲"红楼梦之谜"，我觉得刘心武不是从文本出发，他是匪夷所思的，是一些主观主义的东西。因此当时我说是不是过一阵儿我再讲，所以就安排在这学期的最后一讲了，我觉得也不能再拖下去了，硬着头皮今天就来讲了。

我准备讲七个问题：第一个问题，什么叫做"草根"；第二个问题，所谓的"红学漩涡"；第三个问题，什么叫做"红学"；第四个问题，什么叫做"索隐派"；第五个问题，怎样理解秦可卿的出身；第六个问题，什么叫做"探佚"；第七个问题，另一种"揭秘"。第七个问题我们看时间，能讲多少讲多少，因为刘心武号称“红楼梦揭秘”，我也“揭秘”，看一看我的揭秘和他的揭秘有什么不同，我想举一个比较简单的例子。

一 “草根”何意？

现在我们讲第一个问题，什么叫做“草根”？

“草根”是现在很流行的一个词，不仅是大家口头上讲，有的著作书名上就标明了“草根红学”四个字。一开始我不懂这个“草根”到底是什么意思，我问了好多人，向他们请教这个“草根”是什么含义，大家也都说不明白。

我想，这个词大概是从外文翻译来的，可是我手头又没有英语词典，我的英语词典都被我外孙拿去了。所以我只好慢慢琢磨。后来我有点儿明白了。根据我的理解，我想能不能这么概括，什么叫做“草根”，就是非正统的、非官方的、在野的、非权威的、平民老百姓的、被“大人先生们”瞧不起的。

我这么说，其实没有什么根据，完全是我自己的瞎猜，不知道对不对。你们有没有学外语的理解这个词的含义，欢迎大家指教，我这个是没有看过那些个解释的，我是从大家的用法上推测的。

用“草根”这个词是现在流行的一种风气，实际上我认为不是那么一回事，嘴巴里说我是“草根”的人，往往他不是“草根”，所谓的“草根”往往是他自己封的，并不是大家公认的。

我们可以举个例子，有一本书叫《草根红学》，它的作者已经出版了四五部学术著作，老实讲，我也只出了四本，赶不上这位自称“草根红学”的人。

我想说，你的书一出来，出版社就给你开新闻发布会，在现在的学术界，在红学界，有几个人能享受这种荣誉，你哪里是什么草根？

你是名人，你是著名的作家，写了那么多的小说，出了那么多的随笔、散文，在报纸上又开辟了专栏，一直到现在世界杯你都还有专栏，你是什么草根？你是文学杂志的主编，你在作家协会大小也是个官儿，老实说，我在作家协会也只是一个普通的会员，你哪里是什么草根？你哪里是什么平民老百姓？

我们不要像陈伯达一样，他明明是一个大大的有名的人物，却偏偏要说自己是一个小小的老百姓，完全是虚伪。我想现在的一些所谓的“草根”，以平民老百姓自居的一些人，无非就是这样，是假的，是一种幌子。

那么，他们称自己是“草根”究竟是什么意思呢？

简单地说，两点：第一是做挡箭牌，要糊住别人的口。不是别人来批评我嘛，我是“草根”，你们批评我干什么？第二是一种哗众取宠的手段。说到底，从本质上讲，就是这么一回事。

这是我对目前流行的所谓“草根”的一个认识，对不对，请大家指教。因为现在“非正统的”、“在野的”，在某些人当中是一个很流行的风气，不是在某一个范围，某一个角落，而是社会上很普遍的一个风气。

二 “红学漩涡”

第二点我讲“红学漩涡”。

“红学漩涡”这四个字是北京电视台一个栏目的一次访问节目的题目，我把它移植过来的。那天，我在现代文学馆讲“红楼梦之谜”，讲完了忽然有北京电视台的人来采访，又是编导，又是主持人，还有好多摄像的人，来势汹汹。我毫无思想准备，完全是一种突然袭击，要我马上回答对当前红学中的很多问题怎么看，对刘心武怎么看？我没有准备，只好临时想了几点，讲了一下，后来这个节目播出了，并不是对我一个人的采访，是对北京的好多文学界、红学界的人的采访，有各种各样的看法。

但是，这些看法无非就是两种：一种批刘的，一种是保刘的。就是这么两派意见，旗帜很鲜明。问我怎么看？我说，我是反对刘心武的看法的。但是，我没有公开发表过文章，我不愿意公开和刘心武打嘴仗。

在那次采访当中，有一个年轻人，我不知道大家看了这个节目没有，这个人是某一本文学杂志的主编，他居然公开地说，那些红学家为什么出来反对刘心武，是因为刘心武抢了他们的饭碗，他们的论文没有地方发表了，他们的著作没有地方出版了。我看了这位文化人的讲话，感觉很可笑，想不到在目前的公开场合会有人这么讲。怎么会有这么低的文化素质，我为我们当前的文坛感到悲哀。这个杂志叫《青年文学》。

在这场争论当中，有人把这两派，一派批刘，一派保刘，归结为群众和专家学者的对立，而且有人公开扬言，你们专家学者没有对红学的垄断权。

我认为，在这个问题上，没有必要拿红学家、拿红学来说事，这个和我们对“红学”是怎么一回事，我们怎么认识“红学”，有很大的关系。所以下面第三个问题，我接着要讲什么叫做“红学”。

三 何谓“红学”

什么叫做“红学”？

我认为，“红学”有两个层次，一个层次是普及的，一个层次是提高的。从普及的层次来讲，就是群众的红学；从提高的层次来讲，就是专家学者们的红学。我认为必须分清这两个层次，这两者不可偏废，不能只有专家学者的红学，也不能只有群众的红学，这两种红学共同为我们红学的繁荣做出了他们各自的贡献。

那么，究竟什么叫做“红学”？我觉得有必要来回顾一下历史，就是“红学”是怎么产生的，红学当时是什么层次的人所说的？回顾一下历史，就可以把这个问题看得比较明白了。

“红学”这个名词，大概是在清朝末年，光绪年间出现的，我这里给大家举三个材料看看。

第一个材料是李放的《八旗画录》，就是一些八旗画家的传记，这本书里引用了一篇文章叫做《绘境轩读画记》。《绘境轩读画记》里面这么说：“光绪初，京朝士大夫，尤喜读之，自相矜为‘红学’云。”

这意思是说，“光绪初年，京城的士大夫尤其喜欢读红楼梦，读完了以后还有一些谈论，在谈论的时候就说我们这个就是‘红学’”，这是讲的光绪年间的事情。

第二个材料是孙雄的《道咸同光四朝诗史一斑录》，讲这四个朝代的一些作诗的人的情况。在这本书的下册引用了一个人叫做徐兆玮的人的诗，诗的题目叫做《游戏报馆杂咏》，这首诗是怎么说的呢？诗中说："说部荒唐遣睡魔，黄车掌录恣搜罗，不谈新学谈红学，谁似蜗庐考索多。"意思是说，"现在人人都在谈论红学，但是都不如我对红学的学问大"，他的红学著作就叫做《黄车掌录》。这首诗下面还有一个注解："都人喜谈《石头记》，谓之'红学'。新政风行，谈红学者改谈经济；康、梁事败，谈经济者又改谈红学。戊戌报章述之，以为笑噱。鄙人著《黄车掌录》十卷，于红学颇多创获，惜未遇深于此道者一证之。"意思是说，"首都的人都喜欢谈《红楼梦》，叫做'红学'；那个时候出来了新政（指戊戌维新变法），改革风行，谈红学的人就不谈了，就谈国家经济大事了；等到康有为、梁启超事情败了以后，谈国家大事的人又不谈国家大事了，又谈红学了。戊戌变法那一年的报纸上都谈了这件事，认为是一种笑谈。我写了《黄车掌录》十卷，对红学有许多创新的地方，可惜没有碰到懂得红学的人来跟我谈论。"这个也是讲的光绪年间的事情。说明"红学"这个词在光绪年间的读书人当中是非常流行的。

我们再引第三个材料，《文艺杂志》1914 年第 8 期，发表了一篇文章叫做《慈竹居零墨》，作者均耀。在这篇文章里，均耀引用了一个人的话，这个人叫做朱昌鼎，"华亭朱子美先生昌鼎，喜读小说。自言生平所见说部有八百余种，而尤以《红楼梦》最为笃嗜。精理名言，所谭极有心得。时风尚好讲经学，为欺饰世俗计。或问：'先生所治何经？'先生曰：'吾之经学，系少三曲者。'或不解所谓，先生曰：'无他。吾所专攻者，盖红学也'"，华亭就是现在上海市的松江，这段话的意思是，松江这个地方有一个人姓朱，叫朱昌鼎，字子美，他喜欢读小说，他自己说平生所看到的小说有 800 多种，而尤其喜欢读《红楼梦》，他对《红楼梦》的一些谈论很有心得，这个时候流行的时尚是"经学"，于是有人就问"朱先生你治的是什么经?"，他就说"我的经学是少了三曲"，有人不懂"为什么你的经学少了三个拐弯呢?"他就说"没有别的，我所攻的就是'红学'"。朱昌鼎是什么意思呢？就是繁体字的"經"，把三个拐弯去掉，就是"红"，就是说，他喜欢的是"红学"而不是"经学"。这个文章发表在民国初年，记的是清朝末年的事情。

我举这三个例子，主要是为了说明，在清朝末年，光绪、宣统年间，《红楼梦》非常流行，在士大夫、文人中间很多人都喜欢在茶余酒后谈论《红楼梦》，而且谈论的时候常常自己夸耀自己，这成为当时一时的风尚。我引的这三个材料，其中值得注意的有这么几点：

第一，那个时候茶余酒后谈论《红楼梦》并没有成为正式的学术研究。大家只是互相谈论而已，你说几句，我说几句。《红楼梦》只是扮演了当时的文人茶余酒后谈论话题的脚色，这些人并没有把《红楼梦》看成是一部文学作品，尤其是我们今天理解的文学作品。

我们现在把《红楼梦》理解为一部反映社会现实生活的小说，那个时候的人没有这种理解，他们就是觉得好玩，互相炫耀自己看了，自己懂得多，互相提一些问题。

那个时候提的问题，到今天也还有。我在现代文学馆讲“红楼梦之谜”，第一讲就是叫做“从琏二爷谈起”。为什么要“从琏二爷谈起”？就是因为在“文化大革命”的时候，我们文学所有一位女同事忽然问我“你研究《红楼梦》，我有一个问题不懂，为什么贾琏叫‘琏二爷’？”当时这个问题我没有回答出来，思索了很久也没有想出怎样回答这个问题。

所以，我讲“红楼梦之谜”的第一讲就是“从琏二爷谈起”。

贾琏为什么叫“琏二爷”？因为无论从哪个版本讲，比如从脂本讲，他都是老大，脂本第二回“冷子兴演说荣国府”没有解说。二十几回突然出来一个贾琮，他从邢夫人的房间里跑出来，邢夫人还骂他说，那些奶妈子死了，也不把他收拾收拾，搞得眉毛是黑的，嘴巴也是黑的。从这些地方来看，这个贾琮就是邢夫人的儿子，是小儿子。那么他是不是贾琏的弟弟？他的妈妈是不是邢夫人？这都是疑问。如果贾琏是老大，为什么叫“琏二爷”？有人说那是大排行，可是如果是大排行的话，我们知道《红楼梦》写的“贾府”，一个是“荣国府”，一个是“宁国府”，宁国府有一个贾珍，贾珍就叫“珍大爷”，那么是不是“琏二爷”就是和“珍大爷”排行的呢？不对。因为贾琏的堂弟，就是贾宝玉，贾宝玉叫“宝二爷”，贾宝玉为什么叫“宝二爷”呢？因为他有一个哥哥，叫贾珠，贾珠死了，贾珠叫“珠大爷”，李纨叫“珠大奶奶”，那可见宝二爷这个“二”是和贾珠排行的，并不和贾琏排行。这样一来，就很混乱。

到底为什么叫贾琏“琏二爷”？所以我的“红楼梦之谜”的第一讲就是从这里讲起的。现场问了一些观众，大家也回答不出个所以然，为什么贾琏叫“琏二爷”？我还是提出这个问题，大家如果熟悉《红楼梦》，你们不妨思考思考。为什么贾琏叫“琏二爷”？他和“宝二爷”是不是一样？这不是我们今天要讲的主题。

那个女同事问我为什么贾琏叫“琏二爷”，这就是一种茶余酒后的谈论，这就是一个例子。

我想，从前在读书人当中也无非就是这样，看了《红楼梦》有很多谜，不懂，提出来问，对方也许能回答，也许不能回答。

还有一种谈论，贾宝玉要娶老婆，究竟是娶薛宝钗好，还是娶林黛玉好？这也是过去大家茶余酒后谈论的题目。一直到现在，一直到今天，还是会有不同的答案，有人拥护林黛玉，有人拥护薛宝钗。从前就有这方面的记载，两个人关于这个问题争论得很激烈，甚至到了动手打架的程度。

所以说，《红楼梦》的谜还是很多的，可以提出来互相问难的谜很多，这是《红楼梦》的一个特殊性。群众之间谈论《红楼梦》，这也是一种红学，《红楼梦》自产生以来一直就存在着这种现象，我们不要忽视这样的现象。

第二，那个时候的红学也没有形成一门严肃的、正经的学问，一门严肃的、正经的学术研究。红学这个称呼本身就带有开玩笑的性质，它也存在于一种开玩笑的气氛当中。首先在那个时候的读书人的心目当中，红学是和国家大事对立的，国家处于变革的时候，大家关心国家大事，就不谈红学了，变革失败了，大家又对国家大事不关心了，于是大家又纷纷谈起《红楼梦》，这是当时的一种特点。

由于有了“红学”这么一个名词，逐渐地又有了“红学家”这么一个名词，但是“红学家”这个名词经历了历史的变化。一开始，在解放以前和解放初期，你如果看见某一个人，你称他是“红学家”，人家肯定不高兴，他会认为，你在开他的玩笑，你看不起他，你不把他当成一个正儿八经的学者，不把他当成一个正儿八经的专家，而叫他一个开玩笑的名词“红学家”，他不高兴。但是到了六七十年代以后，事情发生了变化，大家普遍地把“红学家”当作了一个尊称，如果你这个时候称某人是红学家，他会很高兴地接受，他认为那是对他学术成就的一种肯定，对他本人是一种尊敬。

“红学”到了20世纪20年代才形成了一门正规的、严肃的学问。为什么说是20世纪的20年代？因为20世纪的20年代出了三个人，一个叫胡适，一个叫俞平伯，一个叫顾颉刚，这三个人对“红学”，尤其是“新红学”有很大的贡献，他们是“新红学”的开创者。在他们以前，在20世纪20年代以前，所谓的“红学”，我们都把它们叫做“旧红学”，顾颉刚写了一篇文章叫做《新红学的成立就是旧红学的打倒》，而“新红学”的代表人物一个是胡适，一个是俞平伯。“新红学”最大的贡献就是把《红楼梦》当成一部文学作品，把《红楼梦》当成一部文学作品来研究，研究它的作者，研究它的内容，而不是离开了它的内容去谈一些乱七八糟的事情。

20年代以后，一直到了今天，我们有专门研究曹雪芹和《红楼梦》的专家学者队伍，而且成立了全国性的学会，有了专门研究《红楼梦》的科研机构，也有了专门发表《红楼梦》研究论文的学术刊物。当然人民群众茶余酒后对《红楼梦》的闲谈，一直没有停止。

从历史和现实结合的角度来讲，“红学”实际上就是我前面讲的两个层次，这两个层次的红学完全可以在我们这个和谐社会当中和谐共处，一个是群众的红学，一个是专家学者的红学。群众的红学没有必要去攻击专家的红学，专家的红学也没有必要去反对群众的红学。我认为，任何人都可以去谈论红学，从普及的意义上讲，任何人都可以做红学家。

但是，重要的是，要认清自己的身份，对自己的身份要有一个明确的定位。不要学陈伯达，明明是大大的名人，偏说自己是小小的老百姓。能够登上中央电视台《百家讲坛》栏目的至少是成了家的“百家”之一的名人、专家、学者。如果你是个平民老百姓，不管你对《红楼梦》有多么好的理解，有多么深的理解，我相信，《百家讲坛》的编导同志绝对不会登上你的家门，绝对不会向你发出邀请信。

因此，我认为，要分清楚什么是专家的红学，什么是群众的红学，这是很重要的。对群众的红学，我们采取的态度应该是“宽”，不要拿专家的红学去对他们做苛刻的要求；相反的，对专家学者的红学，我们采取的态度应该是“严”，要对他们做严格的要求。

秦可卿是不是康熙皇帝的孙女？秦可卿之死是不是元春的告密？元春是不是先做了废太子的王妃，后来又做了乾隆皇帝的皇妃？“日”和“月”是不是代表了朝廷里两派政治势力？这些问题可以研究，这种问题从研究方法上来说，应该叫做“考据”。

然而，考据如果没有证据，那就等于儿戏。证据一定要是正面的、直接的，不能是胡拉硬扯的，不能是似是而非的。刚才我说的那几个问题，秦可卿是不是康熙皇帝的孙女；秦可卿之死是不是元春的告密；元春是不是先做了废太子的王妃，后来又做了乾隆皇帝的皇妃；“日”和“月”是不是代表了朝廷里两派政治势力这些问题，可以说，没有一条证据可以证明。它们只存在于一些人的头脑之中。这些人是些什么样的人呢？好奇者、好事者。

这是我要讲的第三个问题。

四　何谓“索隐派”？

下面我讲第四个问题，何谓“索隐派”？

“索隐派”有“新索隐派”和“旧索隐派”两种区别。“旧索隐派”已经被以胡适、俞平伯为代表的“新红学”打倒，胡适和俞平伯，可以说，把“旧索隐派”批得体无完肤。但是，“索隐派”的火种并没有熄灭，先是在我国香港、台湾，现在又蔓延到了我们大陆，到了今天，可以说“索隐派”又死灰复燃了。因此我们重温一下对“索隐派”的批判，也就是“新红学”对“旧索隐派”的批判，是很有现实意义的。

胡适在文章里面把“旧索隐派”称为牵强附会的“《红楼梦》谜学”。这是胡适给“旧索隐派”概括的一个名词，他所批评的“索隐派”主要有两类，一类是蔡元培所写的《石头记索隐》。“索隐派”这个词之所以被人们使用，就是由蔡元培这部书的书名而来的。

蔡元培的观点是认为《红楼梦》是清康熙朝的一部政治小说。蔡元培这个人是一个进步的人，但是他在学术思想上可以说是落后的。

第二类是王梦阮所写的《红楼梦索隐》，他的观点是认为《红楼梦》

“全为清世祖与董鄂妃而作，兼及当时的诸名王奇女”。

我们举蔡元培的比较典型的几句话就可以看出来他们观点的荒谬。比如，蔡元培说《红楼梦》“书中女子多指汉人，男子多指满人”，以男女的性别来分汉族和满族，这是很荒唐的，《红楼梦》里根本看不出这个意思。贾宝玉是男的，他就是满洲人？林黛玉、薛宝钗是女的，她们就是汉族人？他们的恋爱、结婚就是满汉通婚？这不是很荒唐吗？

再比如，蔡元培说“史湘云，陈其年也。其年又号迦陵。史湘云佩金麒麟，当是‘其’字、‘陵’字之借音。氏以‘史’者，其年尝以翰林院检讨纂修《明史》也”。陈其年是康熙年间的一个文学家，江苏常州人，诗写得很好，词也写得很好。为什么史湘云是陈其年呢？蔡元培的道理是，陈其年有一个号，叫迦陵，而史湘云有一个金麒麟，“金麒麟伏白首双星”，“麒麟”两个字就是“其”、“陵”两个字的谐音，可笑不可笑？那么为什么是“史”湘云呢？因为陈其年曾经修过明史，这里就有一个“史”字。所以“索隐派”，尤其是“旧索隐派”是非常可笑的。

“新索隐派”比“旧索隐派”聪明，比“旧索隐派”进一步了，有很多地方他们能够自圆其说了，更能够欺骗读者了。这是“旧索隐派”和“新索隐派”的一点不同。

下面我们再来看一看俞平伯对“索隐派”的看法，他说：“他们大半预先存了一个主观上的偏见，然后把本书上底事迹牵强附会上去，他们底结果，是出了许多索隐，闹得乌烟瘴气不知所云。”

我想我们借用胡适和俞平伯的话，借用“索隐派”自己的观点，就已经可以把这个“索隐派”说得比较清楚了，用不着另外再讲一番大道理。

不管是“旧索隐派”还是“新索隐派”，他们最大的特点就是牵强附会，他们脱离了《红楼梦》的文本，他们违反文学创作的规律和特点，不把《红楼梦》看成是文学作品，不把《红楼梦》看成是小说，认为小说就有影射，于是他们就不顾书里面写什么人物的思想，写什么人物的性格，也不理睬究竟具体写了什么故事，这些故事的情节又有什么发展的线索，完全脱离书里面所表现的实际内容，可以说是匪夷所思、生拉硬扯，把书里面的人物，把书里面的情节，和清朝康熙、雍正、乾隆这三代的种种政治事件联系在一起，捆绑在一起，这就是“索隐派”的特点，我们仅仅抓住这一点就可以看出他们的本质，不管是以往的蔡元培也好，王梦阮也好，今天的所谓“秦学”也好，都是“索隐派”，都有这个特点。

在中国大陆，20世纪70年代最流行的所谓“爱情掩盖政治”说（打着“最高指示”的招牌）、“《红楼梦》是历史小说”说，以及当前关于秦可卿的一些说法，即所谓的“秦学”，都可以归入“新索隐派”的范畴，不管它怎样巧立名目，也逃不脱就是“新索隐派”。

这是我要讲的第四个问题。

五　怎样理解秦可卿的出身?

第五个问题，怎样理解秦可卿的出身，这是“秦学”里面一个相当关键的问题。

“新索隐派”对秦可卿的出身大做文章，他们的一切猜测，一切所谓的“揭秘”，全部是从这一点出发的。

那么，我们就来看一看《红楼梦》里对这个问题究竟是怎么说的。

我们先来看《红楼梦》的第8回。第8回的结尾这么说：

> 这秦业现任营缮郎，年近七十，夫人早亡，因当年无儿女，便向养生堂抱了一个儿子并一个女儿。谁知儿子又死了，只剩女儿，小名叫可儿，长大时，生的形容袅娜，性格风流。因素与贾家有些瓜葛，故结了亲，许与贾蓉为妻。

我们特别注意两点。

秦可卿不是秦业生的，是抱养的，从养生堂抱养的，养生堂相当于我们今天的孤儿院，是一个慈善机构，专门收养弃婴。

这里有作者对秦可卿的介绍，两句八个字，“形容袅娜，性格风流”，前一句无非是说她体态优美，长得漂亮；后一句表现了曹雪芹对秦可卿的评价。

什么叫做“风流”？“风流”这个词有褒义和贬义两种解释，用在这里，我认为暗含着贬义。为什么暗含贬义？这和曹雪芹写《红楼梦》的创作意图有关系。让我们看一看《红楼梦》第5回曹雪芹怎么描写秦可卿的卧室，铺陈华丽，又艳又俗，第5回写道：

> 案上设着武则天当日镜室中设的宝镜，一边摆着飞燕立着舞过的金盘，盘内盛着安禄山掷过伤了太真乳的木瓜。上面设着寿阳公主于含章殿下卧的榻，悬的是同昌公主制的连珠帐。……说着，亲自展开了西子浣过的纱衾，移了红娘抱过的鸳枕。

这里的武则天不是我们现在理解的武则天，我们要回顾200年以前那个时候人们对武则天的评价和理解。那个时候，没有人肯定武则天，人们认为她荒淫无耻，当时有很多黄色小说就是描写武则天的淫乱，我们不要忽略这个历史环境。

赵飞燕也是很多色情小说中的女主角，过去的文人也不是把她当作一个正经的女性来看待的，她姐妹两个进了汉代的宫廷以后，做了很多淫乱的事情。太真就是杨贵妃，杨贵妃也是历史上很有名的淫乱的女性。

所以，描写秦可卿的卧室提到了武则天、赵飞燕、杨贵妃，而且还是“安禄山掷过伤了太真乳的木瓜”。后面两个女人也是过去很有名的香艳的故事的主角，当然不一定是淫乱的故事，一个是寿阳公主在含章殿下卧的榻，这个典故出于南北朝的宋朝，寿阳公主在含章殿底下睡着一个床，睡着的时候，有许多梅花掉在她的身上、脸上，她就仿造这个梅花化了妆，这种妆后来就被叫做“梅花妆”。

这个寿阳公主还有这么一个情况，在曹雪芹写第5回的时候写错了，他把“寿阳公主”写成了“寿昌公主”，一直到1980年之前，所有的木刻本、排印本都是“寿昌公主”，这个“寿昌公主”我们查了很久，始终查不到历史上有这么一个人，查到了“梅花妆”、“含章殿”，但只有一个“寿阳公主”，于是我们就认为这是曹雪芹的一个笔误。1980年，我写了一篇文章，题目就叫“曹雪芹的笔误”，两百年来一直就错着，没有人给它改正，这篇文章发表以后，现在所有的注意到这篇文章的版本里边，全部把“寿昌公主”改成了“寿阳公主”。“寿阳公主”是我们发现的，但是它没有任何的版本的依据，因为曹雪芹一开始就写错了。

同昌公主是破镜重圆的故事。后面还讲了两个人，一个是西施，一个是红娘，我们大家都知道了。

那么，为什么曹雪芹描写秦可卿的卧室要有这么多类似于开玩笑的笔墨呢？我们把《红楼梦》从头看到尾，林黛玉、薛宝钗、探春等这些人的卧室都描写过，大家回忆一下，对林黛玉、薛宝钗、贾探春的卧室什么时候有过这种轻浮的、艳的、俗的描写？没有。这种描写只限于秦可卿一个人。那就是说，曹雪芹不是随随便便写的，他有深意。

更有意思的是，贾宝玉在秦可卿的卧房里睡下了以后，有这么几句话，“秦氏便分付下丫鬟们，好生在廊檐下看着猫儿狗儿打架”。请大家注意，“猫儿狗儿打架”这不是一般的写法，我用不着解释，我们就来看看《红楼梦》里面曹雪芹写的“打架”是什么意思。

我们看第73回，一看就明白了，写的是傻大姐捡了一个绣春囊，“上面绣的并非花鸟等物，一面却是两个人赤条条的盘踞相抱，一面是几个字。这痴丫头原不认得是春意，便心下盘算：‘敢是两个妖精打架？不然，必是两口子相打。’”这里我们就知道“打架”是什么意思了。

作者写这两句话，是含有深意的，不是闲笔，不是闲文。为什么这个话让秦可卿说？这是曹雪芹的一个观点。这种游戏笔墨为什么不用在其他女性身上？为什么不用在十二钗正册、副册、又副册、又又副册，一共六十个人，其他女性身上？而偏偏用在秦可卿的身上？甚至于在尤二姐的身上也没有用这样的词。

我们千万不要忘记，曹雪芹对秦可卿还有很重要的评价，这个见于《红楼梦》第5回。第5回讲的是贾宝玉看了很多册子，册子上面都有一些判词，这些判词是对《红楼梦》里一些女性的评价，并且预告着和暗示着她们的结局。我们看看对秦可卿是怎么说的：“后面又画着高楼大厦，有一美人悬梁自缢。其判云：情天情海幻情身，情既相逢必主淫。漫言不肖皆荣出，造衅开端实在宁。”这最后一句诗请大家特别注意，开淫乱之风的是宁国府，宁国府里开淫乱之风的就是秦可卿。

我们想想宁国府里还写了什么其他女性并说她淫？没有。只有秦可卿。这说明，曹雪芹对秦可卿在创作之初就是这么一个看法。也就是说，曹雪芹一开始写《红楼梦》的时候就把秦可卿安排成这么一个角色，她是造成贾府这个贵族家庭腐败的头一个人，她是罪魁祸首。她不仅和贾宝玉发生了男女关系，而且和她的公公贾珍私通。

另外，曹雪芹原来第13回的回目，现在已经删掉了，叫做“秦可卿淫丧天香楼”。秦可卿淫丧天香楼，大家注意一个“淫”字，在曹雪芹最早的一个本子上有一个批语。大家知道后来凤姐做梦，梦见了秦可卿，秦可卿对她说了一番话，说我们贾府不要现在看上去很兴旺、很发达、很繁华，但是不久就要走下坡路，因此我们要预先做好打算，一败落一犯事，皇帝就要抄家，但是抄家的时候，为了祖坟设的田所收的租子是不抄没的。秦可卿的意思，就是让王凤姐赶紧在贾家祖坟附近置地，作者曹雪芹家的祖坟在通州，有200亩地，这200亩地的地租是供祖坟之用的。王凤姐惊醒了以后就听说秦可卿死了。这个批语就说，秦可卿能这样想，这个人还真是不错，你何必写“秦可卿淫丧天香楼”呢？你还是把它删掉吧。所以我们现在看到的这一回比别的回都短，从抄本来说，少了四五页，原因就是把“秦可卿淫丧天香楼”的情节删掉了。

什么是“秦可卿淫丧天香楼”？就是秦可卿在天香楼和她的公公私通，被丫环看到了，秦可卿觉得很难为情，因为秦可卿是一个很内向的人，觉得这样子受不了，马上就自杀了。这两个丫环，其中有一个要做秦可卿的干女儿，贾珍同意了，就是不让她说出去。这是新红学家读《红楼梦》版本所看出的第一个很重要的意思。

这里我要插一句。前几年开始，直到现在，重拍《红楼梦》一直在酝酿之中。这次重拍《红楼梦》的剧本中就专门有一集讲“秦可卿淫丧天香楼”。我有不同意见。曹雪芹是一个伟大的作家，他不会随意听信别人的意见删改自己的作品，他既然删掉了“秦可卿淫丧天香楼”一段，自然有他的想法，他不会愿意别人再任意给他添加上他删掉的东西。

我们知道，钱钟书就曾经因为人民文学出版社出版了他的《围城》的会校本而打官司，会校本对我们研究钱钟书、研究《围城》是很有用的。但是这表现出来作家的一种心理，就是他在创作过程中是怎么修改的，他不愿意让大众看到，他只愿意让大家看到他最后的终稿。

后来他们接受了我的意见，删掉了“秦可卿淫丧天香楼”一集。我们知道，解放以后，很多作家都把自己作品里的很多东西删掉了，叶圣陶的

《倪焕之》的结尾改过，曹禺的《日出》、《原野》都改过。今天我们都把它们改回来，他们肯定会不高兴。所以，曹雪芹删掉“秦可卿淫丧天香楼”，肯定有他艺术上、思想上的考虑，绝对不会是仅仅接受了一个批语者的意见就删掉了。

通过上面我们讲了曹雪芹对秦可卿出身的描写，以及对她后来的描写处处离不开一个“淫”字，就可以看出曹雪芹对于秦可卿这个人物的道德评价。因此，我们也就可以理解曹雪芹为什么要把秦可卿的出身安排在养生堂，安排在孤儿院。这和过去孤儿院的情况有关系，和过去的文人、知识分子、读书人对孤儿院所收养的孤儿、所收养的弃婴的看法有关系。他们当时的看法和我们今天的看法不太一样。今天我们不能够同意那样子的看法，因为那样的看法是片面的、偏激的。但是，200 年前的古人他们就是那么看的。那就是，那时候的人们认为，养生堂的弃婴大部分是女的，大部分是私生女。曹雪芹就是从这一点来解释秦可卿为什么会淫，他没有明说，但是我们从他的描写中感觉到了，那是秦可卿的遗传因素在起作用，曹雪芹那个时代的人就是认为，养生堂里收养的孤儿都是私生子，他们的父亲或者母亲和“淫”字沾有关系，因此这种遗传的因素保存在秦可卿的身上，所以她会和她的公公私通，会和贾宝玉发生肉体关系。道理很简单，曹雪芹其实用不着特别交代这个秦可卿是抱养的，只要说是秦业的女儿就可以了，管她是抱养的，还是亲生的，这对以后的情节没有什么影响。但既然曹雪芹这样写了，那一定说明他有他的意图。

这个看法我不知道对不对，请大家指教。

曹雪芹对重要人物的出身那一定是有所考虑的，这个人的出身一定和这个人的性格、做事有必然的联系的。一个伟大的作家是没有闲笔的。曹雪芹这样写秦可卿的出身，就是为了对秦可卿后来的性格给读者一个交代。

曹雪芹写作的一个特点，我们要注意，就是含蓄。从前俞平伯说《红楼梦》是“怨而不怒”，这句话在 1954 年受到了很大的批判，但是俞平伯这句话，我们今天来看应该是非常准确的，非常对的，曹雪芹的风格就是“怨而不怒”，就是含蓄。很多伟大的文学家写作品都不是那么直白，不是赤裸裸的辱骂，不像晚清谴责小说那样，而是含蓄的。曹雪芹的创作风格是含蓄的，他没有出头露面对秦可卿横加指责，他对秦可卿的道德评价都体现在判词上、回目上，而在书中的叙述和描写上，都采取了含蓄的笔调。

鲁迅在《中国小说的历史和变迁》里曾经讲过一句话，他说，《红楼梦》出来以后把传统的写法都改变了，打破了。

什么叫“打破了”？我在研究生入学考试题里出过两次这个题目。这句话，我们一定要给予正确的理解。就是说，在《红楼梦》以前的小说中，写好人就是绝对的好，写坏人就是绝对的坏，《红楼梦》把这个打破了。也并不是《红楼梦》突然地把以前的写法打破了，在《红楼梦》以前，就有个别现象。但是以前都是个别的，比如《西游记》写孙悟空、唐僧，都不如写猪八戒。孙悟空全是英雄的东西，全是正确的东西，猪八戒有很多我们平凡老百姓身上的东西，优点也好、缺点也好。孙悟空身上没有什么缺点，关羽身上也没有什么缺点。到了《红楼梦》，就有很多好人身上也有缺点，很多不好的人身上也有优点了，比如秦可卿，曹雪芹就给她说了很多好话，但是对她的道德评价是很严厉的。所以在删掉了“秦可卿淫丧天香楼”以后，秦可卿并没有给我们留下来很多坏的印象，贾母、尤氏还都夸秦可卿。所以在秦可卿身世上做文章是没有什么道理的，她绝对不是什么废太子的女儿，曹家把她拿来藏在家里。曹家和贾府是两回事。

六 何谓“探佚”？

什么叫做“探佚”？研究《红楼梦》叫做“红学”，“红学”里面有很多专门的学问，其中有一门就叫做“探佚学”。什么叫做“探佚”？“探”的什么“佚”？简单地说，探佚的内容有两个方面，第一个方面是探索、寻找《红楼梦》80回以后曹雪芹准备写还没有写出来的故事情节，或者曹雪芹已经写出来了草稿，后来丢了、遗失了。

那么，这样做有没有可能呢？这是有可能的，因为它有依据。那么，有什么依据呢？有三个方面的依据。

第一个依据，80回之内人物性格发展的逻辑，故事情节发展的必然的结局，可以帮助我们去寻找80回后究竟是怎么一个情节。现在的后40回有很多地方都不符合曹雪芹原来的创作意图。

依据之二是，曹雪芹在80回的正文当中有很多伏笔。我们举一个例子，第5回香菱有一个判词，“根并荷花一茎香，平生遭际实堪伤，自从两地生孤木，致使香魂返故乡。”这个“自从两地生孤木”指的是夏金桂，“桂”两个“土”，一个“木”，自从夏金桂进了门以后，香菱就很悲惨地死去了。

按照曹雪芹的设想，香菱最后的结局是受了夏金桂的虐待而死。但是，现在我们看后40回是香菱没死，死的是夏金桂，香菱扶正，由小老婆变成了大老婆，这个完全不符合曹雪芹原来为香菱设计的结局。香菱也是一个薄命女子，不但生前薄命，死也死得很悲惨，这才符合“万艳同悲”的思想。

第三个依据是脂砚斋的批语。我们举个例子，第20回，“枫露茶事件”为了李奶妈被撵的茜雪，脂砚斋有一条批语说“茜雪至‘狱神庙’，方呈正文”。就是说，后面“狱神庙”一节，茜雪还有很大的戏份。

什么是“狱神庙”呢？现在如果我们去看有些地方的清代的监牢，就会看到一个殿，里面供的是狱神，监狱的神。就是说曹雪芹设想的后40回里面有这样的情节，贾宝玉坐了牢，是红玉、茜雪到牢里面去看他，就在狱神庙见的面，不能够直接到牢房里面去。这些丫环还想到原来的主子，尽管落了难，还去看他，这是曹雪芹原来的设想，可惜稿子遗失了，但是脂砚斋是看到了这个稿子的。第20回对茜雪的描写不是正文，到了后面才是对她性格的展开描写。

还有几个例子，第26回，脂砚斋批语“‘狱神庙’红玉、茜雪一大回文字，惜迷失无稿”。曹雪芹已经写出来了，后来丢了。

为什么丢了？这跟《红楼梦》当初的传播方式有很大关系。那个时候，《红楼梦》没有公开出版，只有抄本，它的流传分几个阶段。

第一个阶段，是曹雪芹写出来以后的草稿，他周围的亲戚就借去看，只是在他周围亲友一个很小的范围里传看，而且不是曹雪芹写完了80回一起给他们看，而是写了3回给他们拿去了，又写了5回又给他们拿去了，借出去的人还回来以后，曹雪芹再在上面改，改了以后又被借走了。第一次借的人感觉这个小说写得很好，就把它抄下来了，而他抄的是没有修改过的，第二次借的是曹雪芹改过的，有人也抄下来了，这就是为什么现在很多早期的抄本文字有不同，个别的地方情节有不同。那么怎么会丢了呢？不是他自己搞丢了，是他借给别人，那人就不还他了，他也忘了是借给谁了，这部分就丢失了。所以后 40 回曹雪芹写了一部分，这一部分现在没有流传下来，原因可能有很多，其中一种是借给别人，别人没有再还给他。

这种情况在我们当今也有很多，比如现在有很多藏书家藏了很多书，死后就把这些书捐献给公共图书馆，这时候会有一个捐书的目录。而我们有时候会发现在捐书目录上这个藏书家还藏了哪哪几本书。但是只有目录没有书。原因可能有两个，一个是家属不愿拿出来，这种情况很少；另一个原因就是借给别人了，人家没有还回来，人们也不知道借给谁了。

曹雪芹也是这样，幸亏有脂砚斋的评语，我们得以知道后面还有这样的情节。

"探佚"的第二个方面是探索、寻找曹雪芹在《红楼梦》80 回之内已经写出来了，可是又删掉了一些人物和故事。这也有依据，一个依据是正文，一个依据是批语。

我们举例子来说，比如第 47 回正文"宝玉便拉了柳湘莲到厅侧小书房中坐下，问他这几日可到秦钟的坟上去了。湘莲道：'怎么不去？前日我们几个人放鹰去，离他坟上还有二里。我想今年夏天的雨水勤，恐怕他的坟站不住。我背着众人，走去瞧了一瞧，果然又动了一点子。回家来就便弄了几百钱，第三日一早出去，雇了两个人收拾好了。'"不知道大家看《红楼梦》的时候是不是注意到了这段话，有没有想过这两个人为什么要这么说。我告诉大家，秦钟是在第 16 回死的，16 回之前柳湘莲没有出场，柳湘莲的出场是很晚的事情，肯定是在 16 回之后。也就是说，在《红楼梦》的书里面，秦钟死以前没有见过柳湘莲，柳湘莲也没有见过秦钟，柳湘莲到贾府的时候，秦钟早就死了。

那么，这两个人怎么认识？又怎么成了朋友的呢？只有一种可能，就是曹雪芹最后把柳湘莲和秦钟交朋友的事情删掉了，现在我们看不到了，只留下了这一句话，曹雪芹没有注意到这一句话，疏忽之间留下了这句话，让我们产生了疑问。

我们知道，曹雪芹的《红楼梦》并不是一开始就叫《红楼梦》，并不是一开始就这么写。一开始，《红楼梦》的底稿叫《风月宝鉴》。第1回脂砚斋批语说“雪芹旧有《风月宝鉴》之书”。《风月宝鉴》就是《红楼梦》的初稿。《风月宝鉴》的内容，主要是通过一些男女私情的故事来描写和暴露封建贵族大家庭的腐朽和败落。

我们今天从《红楼梦》里看到的哪些故事是《风月宝鉴》的故事呢？具体地说，就是大闹学堂、秦钟和智能儿的关系、秦可卿和贾珍的关系、王凤姐和贾琏的关系、王凤姐和贾瑞的关系、薛蟠的故事、贾琏和鲍二家的关系、贾琏和尤二姐的关系、柳湘莲和尤三姐的关系，等等，这些都是《风月宝鉴》里面的人物和故事。如果这样来看，柳湘莲和秦钟是可以认识的。

而且最近还有一个新的发现，更证明了我的这个观点。我的一个学生，她现在在我们所读博士后，她发现了一个材料，《红楼梦》第64回有一条批语，我们知道《红楼梦》第64、65、66回写的是尤二姐、尤三姐的故事，这条批语说，上回秦可卿怎么怎么死了，王凤姐怎么怎么协理宁国府。我们知道“秦可卿死封龙禁卫，王凤姐协理宁国府”是第13回的回目，第13回到第64回隔着这么多回怎么能说是“上回”？

这里我们就想，秦可卿死了，尤氏的眷属和尤氏姐妹都来吊唁，尤氏姐妹指的就是尤二姐、尤三姐，那么也就是说，13回就已经写到了尤二姐、尤三姐。但是，从第14回到第63回都不见踪影了，那么隔了这么远，有什么必要提前让尤二姐、尤三姐出场？没有必要。但是作家设计结构、设计人物关系一定是有所考虑的，如果我们联系到柳湘莲认识秦钟，而秦钟是在第16回死的，也就是说，柳湘莲和秦钟认识一定在第16回以前，尤二姐、尤三姐在第13回就已经第一次出场，那么在第14回到第16回应该就是写的尤二姐、尤三姐和柳湘莲的故事，后来被挪到后面去了。由于脂砚斋看过原稿，他了解这个情况，所以他说“上回”。

这作为一个旁证就证明了我的这个论点。就是说，柳湘莲和秦钟结交，这个交情还不是一般的交情，所以死了以后要到他的坟上去填土，这个事情一定发生在第13回到第16回，曹雪芹后来把它移到了后面。关于曹雪芹的创作构思，把故事往前移、往后挪，我有一本书叫做《红楼梦版本探微》，里面有好几篇都是讲的这方面的情况，都是说曹雪芹在创作过程当中艺术构思有变化，因此把一些人物，把一些故事，把一些时间，把一些地点做了改变。

再有，第27回有这么一条批语：“奸邪婢岂是怡红应答者，故即逐之。前良儿，后篆（坠）儿，便是却（确）证。”良儿有一个故事叫“良儿偷玉”，她偷了贾宝玉的玉。第52回正文里面平儿说了这样一句话，“那一年有一个良儿偷玉，刚冷了这一二年，闲时还有人提起来趁愿，这会子又跑出一个偷金子的来了。而且更偷到街坊家去了”。“良儿偷玉”这个故事已经被曹雪芹删掉了，现在没有保留下来。

总而言之，“探佚”的“佚”，指的是曹雪芹已经写下来了，又删掉了；或者是曹雪芹想写而没有来得及写的，这两个方面。

因此，秦可卿是什么废太子的女儿，隐藏在贾府，不属于“探佚”的范畴。曹雪芹没有明写也没有暗写，你要这样说可以，但是你不要给它戴上一顶“探佚”的帽子。刘心武的研究和“探佚”无关，不属于“探佚”的范畴。

七 另一种“揭秘”

《红楼梦》可以揭秘吗？可以。

但是，要从文本出发。曹雪芹在文本中没有写的，你挖空了心思，和清朝的康熙、雍正、乾隆三代的政治事件联系起来，那是没有一丝一毫的根据的，连蛛丝马迹都没有。

只不过关于秦可卿的死，曹雪芹修改过，所以人们有一些疑问，有人就钻了这个空子，提出来秦可卿是废太子的女儿，废太子是朝廷里的一党，曹雪芹的父亲、祖父属于这一党。因为档案上证明，当初废太子一党的人曾经有一对儿金狮子送给了曹家，这个是有的，但是说曹家藏了废太子的女儿，这个没有。即使曹家藏了废太子的女儿，把她保护起来，这个跟《红楼梦》也没有关系，曹家是曹家，贾家是贾家。所以“秦学”就是“新索隐派”，“秦学”不是“探佚”。

关于第七个问题，限于时间，我只讲一点。贾宝玉第33回挨打，第34

回写袭人问焙茗，宝玉为什么挨打，“焙茗急的说：‘偏生我没在跟前，打到半中间，我才听见了，忙打听原故，却是为琪官同金钏姐姐的事。’袭人道：‘老爷怎么得知道的?’焙茗道：‘那琪官的事多半是薛大爷素习吃醋，没法儿出气，不知在外头挑唆了谁来在老爷跟前下的火。那金钏儿的事是三爷说的。我也是听见老爷的人说的。’”后来，宝钗来看宝玉，问袭人宝玉为什么挨打，“袭人便把焙茗的话说了出来。宝玉原来还不知道是贾环说的，见袭人说出，方才知道；因又拉上薛蟠，惟恐宝钗沉心，忙又止住袭人道：‘薛大哥哥从来不这样的，你们别混裁夺。’宝钗听说，便知道是怕他多心，用话相拦袭人，因心中暗暗想道：‘打的这个形象，疼还顾不过来，还是这样细心，怕得罪了人，可见在我们身上也算是用心了。你既这样用心，何不在外头大事上做工夫，老爷也欢喜了，也不能吃这样亏。但你固然怕我沉心，所以拦袭人的话，难道我就不知我的哥哥，素日恣心纵欲、毫无防范的那种心性，当日为一个秦钟，还闹的天翻地覆，自然如今比先又更利害了。’”这里注意，宝钗说的“当日为一个秦钟，还闹的天翻地覆”，翻遍了整部《红楼梦》也找不到薛蟠为一个秦钟闹得天翻地覆。

那么，这一段肯定是删掉了。根据在哪里呢？70 年代我们找到了一个根据。有一个《红楼梦》的抄本，叫做舒元炜序本，这个本子影印在中华书局出的《古本小说丛刊》第一辑上，它是货真价实的乾隆五十四年以前的抄本。

舒本第 9 回有一个与现在所有版本都不同的结尾，这个结尾恰好说明了薛宝钗这两句话指的是什么。

舒本第 9 回结尾写的是：

> 贾瑞只要暂息此事，又悄悄的劝金荣说：“俗语说的，光棍不吃眼前亏。咱们如今少不得委屈着陪个不是，然后再寻主意报仇。不然，弄出事来，到是你起端，也不得干净。”金荣听了有理，方忍气含愧的来与秦钟磕了一个头，方罢了。贾瑞遂立意要去调拨薛蟠来报仇。二人计议已定，不知他们如何挑拨薛蟠来报仇，且看下回分解。

但是，我们现在打开任何版本的第 10 回，一开头和这句话都不衔接，曹雪芹把薛蟠大闹学堂这件事删掉了。正因为薛蟠大闹学堂，事情闹得很大，本来已经生病，再加上奸情暴露，现在又得罪了薛蟠。薛蟠可不是别人，薛蟠的母亲薛姨妈是王夫人的亲姐妹，王夫人、王凤姐这些人在贾府是当权的。秦可卿生病不好，干脆就自杀了。秦可卿自杀除了书里面明写的原因，还有薛蟠大闹学堂这么一层原因。

这个，我也叫做红楼梦揭秘，我自认为，我这种揭秘是从文本出发的。第一，解释了薛宝钗的那两句话“当日为一个秦钟，还闹的天翻地覆”；第二，解释了舒元炜序本的结尾为什么是“不知他们如何挑拨薛蟠来报仇，且看下回分解”。

贾宝玉和王玉辉

贾宝玉是《红楼梦》中的主人公，王玉辉是《儒林外史》中的一个次要人物，两者焉能发生关系？尽管他们的和读者见面，同属于18世纪的事。

要说没有关系，却也有一点关系。人们发现，他二人在对待殉葬的态度上，竟有惊人的相似之处。

《儒林外史》第48回《徽州府列妇殉夫》对王玉辉有一番精彩的描写。他是60多岁的老秀才，思想上深受封建礼教的毒害。当他的三女婿病故，三女儿要为夫殉节的时候，他的表态竟是这样的："我儿，你既如此，这是青史上留名的事，我难道反拦阻你？你竟是这样做罢。"在他的怂恿和鼓励下，九天以后，三女儿终于绝食而亡。消息传来，他的老伴哭得死去活来。他的反应又是怎样呢？请看：王玉辉走到床前说："你这老人家真正是个呆子！三女儿他而今已是成了仙了，你哭他怎的？他这死的好，只怕我将来不能像他这一个好题目死哩！"因仰天大笑道："死的好！死的好！"大笑着，走出房门去了。

吴敬梓用他的生花妙笔使一个封建道德信奉者的精神世界格外清晰地呈现在读者面前，这段笔墨真可以说是惊心动魄，淋漓尽致。他向读者提供了一幅礼教吃人的活生生的图景，客观上对封建社会进行了猛烈的诛伐。

显而易见，吴敬梓塑造王玉辉这个令人难忘的艺术形象，用的是暴露的手法，讽刺的笔墨。

《儒林外史》描绘了王玉辉三女儿的"殉夫"，《红楼梦》则描绘了鸳鸯的"殉主"。其人其事虽异，其为"殉"则一。《红楼梦》第110回《鸳鸯女殉主登太虚》表现贾宝玉的思想、性格的场面也很突出。那是在贾母逝世之后，贾母身边跟随多年的丫环鸳鸯怀着"老太太疼我一场，我跟了去”的想法，在秦可卿鬼魂的引导下，上吊死去。全家人得知此信，都哭着去瞧。这时——

> 只有宝玉听见此信，便唬的双眼直竖。袭人等慌忙扶着，说道：“你要哭就哭，别憋着气。”宝玉死命的才哭出来了，心想“鸳鸯这样一个人，偏又这样死法！”又想“实在天地间的灵气，独钟在这些女子身上了。他算得了死所，我们究竟是一件浊物，还是老太太的儿孙，谁能赶得上他？”复又喜欢起来。

须知第一，这段文字不是伟大作家曹雪芹所作，而是出于后40回续作者之手；第二，这里的贾宝玉不是暴露或讽刺的对象，他是续作者在诚心诚意地塑造的正面人物。换句话说，在对待鸳鸯“殉主”这桩事情的态度上，续作者不是否定宝玉，而是肯定了宝玉。然而我们试把《红楼梦》第110回的贾宝玉和《儒林外史》第48回的王玉辉加以比较，就会发现：他们都赞叹殉者为“死得其所”，都自愧弗如，都一时感到高兴。二人何其相似乃尔！如果宝玉也像王玉辉一样，是一个封建思想禁锢着头脑，因而人性濒于泯灭的读书人，那倒还罢了，无奈曹雪芹所塑造的、这个在世界文学典型人物画廊中占有一席重要地位的贾宝玉，他的思想、性格和那位冬烘先生王玉辉南辕北辙，大异其趣。这有曹雪芹的前80回为证。众所周知，贾宝玉是封建思想的叛逆者，他对儒家的经典，对封建统治阶级所信奉的教条，对封建社会为他安排的生活道路，无不采取抵制、反抗的态度，他对封建礼教更是进行了大胆的批判。如果把他写成了王玉辉一流的人物，那无疑等于艺术上的失败，而曹雪芹必不为此。

即使仅从这一点也不难看出，《红楼梦》后40回的续作者的思想、艺术水平，同伟大作家曹雪芹相比起来，其相差实不可以道里计。

卷　三

读红偶说

一　虚化·虚花·虚话

第5回，宝玉游太虚幻境，听到了“红楼梦曲”，第三支是“枉凝眉”，它的前六句说：

> 一个是阆苑仙葩，一个是美玉无瑕。若说没奇缘，今生偏又遇着他；若说有奇缘，如何心事终虚化？

以上引文来自甲戌本。

其中“虚化”二字，在各个不同的版本中有异文，列举如下：

> “虚化”——甲戌本、己卯本、庚辰本、杨本、舒本
>
> “虚花”——蒙本（原文）、戚本
>
> “虚话”——梦本、蒙本（改文）、程甲本、程乙本、东观阁本、双清仙馆本
>
> “许他”——眉盦藏本（卞本）

在2006年眉盦藏本出现之前，我对“虚化”或“虚花”一词始终不得其解，对“虚话”一词虽心存怀疑，但又说不出个所以然来。

直到眉盦藏本出现，我才恍然大悟。原来“许他”二字放在这里，是最合适的，我相信，这就是曹雪芹笔下的原文。

细看“枉凝眉”原文，第三句（“若说没奇缘”）和第五句（“若说有奇缘”）是相对而举的。因此，第四句（“今生偏又遇着他”）和第六句（“如何心事终许他”），既是分别承接第三句和第五句而来，当然也是相对而举的。尤其两个“他”字，分置于第四句和第六句的末尾，更突出了对称的意蕴。没奇缘如何如何，有奇缘又如何如何，都归结到“他”。这样来理解，文字无疑地顺畅而又自然、妥帖。

异文应该是在传抄过程中产生的。先是音讹，“许”变成了“虚”。接着是形讹，“他”变成了“化”。“虚化”欠通，于是改成了“虚花”，大

概是采取“镜中花、水中月”是意思。其后，“虚花”再变成了同音的“虚话”。“虚话”显然不像“虚花”那么虚了。然而，变来变去，都比不上“许他”二字的顺畅、自然而妥帖。

这两个字演变的过程是这样的：

> “许他”→“虚化”→“虚花”→“虚话”

而从版本演变的顺序来说，则是这样的：

> 原稿→眉盦藏本→甲戌本、己卯本、庚辰本、杨本、舒本→蒙本、戚本→梦本、程甲本、程乙本、东观阁本、双清仙馆本

眉盦藏本的价值，于此可见一斑。

二 “可着”

《红楼梦》第9回，宝玉准备上学，袭人叮嘱他说：

> 脚炉、手炉的炭，也交去了。你可着他们添。那一起懒贼，你不说，他们乐得不动，白冻坏了你。

这段引文见于庚辰本。其中第三句“你可着他们添”，己卯本、杨本、彼本（列藏本）同，其他版本存在着异文。异文如下：

> 你可逼着他们添——蒙本、戚本、舒本
> 你可逼着他们添炭——梦本
> 你可叫他们添——眉盦藏本（卞本）
> 你可逼着他们——程甲本、东观阁本、双清仙馆本
> 你可逼着他们给你笼上——程乙本

应该说，己卯本、庚辰本、杨本、彼本的这一句出自曹雪芹的原文。其他的异文都是出自后人的改动。

后人为什么要在这里动手术呢？

关键在于，他们不懂曹雪芹笔下的“可着”这个词儿。

“可着”是北京方言。《现代汉语词典》和《汉语大词典》都收录了这个词儿。前者说：“就着某个范围不增减；尽着。”后者说：“谓在某个范围不增减；尽着。”它们的解释完全符合《红楼梦》此处的语境。

后人不懂“可着”一词的含义而改。他们的改动可以看出，有两条线索。

最早的改动显然是从蒙本、戚本、舒本开始的。在这之后是一增一减的梦本和程甲本。梦本增添了一个“炭”字，程甲本则削减了一个“添”字。最后的改动由程乙本完成。它们的共同点是分别保留了“可”、“着”二字，但在中间插进去一个动词：“逼”。这是一条线索。

另一条线索是眉盦藏本。它的改动与众不同，只保留了“可”字，并没有增添那个“逼”字。由此看来，作为脂本，它很可能在这个问题上没有受到蒙本、戚本、舒本、梦本的影响，它的底本很可能属于己卯本、庚辰本、杨本、彼本那一个支系。

三　两个程甲本的差异

程甲本现有两个影印本。一个是吉林文史出版社影印本，底本为中国社会科学院文学研究所藏本；另一个是国家图书馆出版社影印本，底本为马幼渔旧藏本（现藏于国家图书馆）。

文学所本和马幼渔本都是程甲本，它们之间有没有差异呢？

请看第82回，黛玉做梦——

又见凤姐同邢夫人、王夫人、宝钗等都来笑道：“我们一来道喜，二来送行。”黛玉慌道：“你们说什么话？”凤姐道：“你还装什么呆，你难道不知道林姑爷升了湖北的粮道，娶了一位继母，十分合心合意。如今想着你撂在这里，不成事体，因托了贾雨村作媒，将你许了你继

> 母的什么亲戚，还说是续弦，所以着人到这里来接你回去，大约一到家中就要过去的，都是你继母作主。怕的是道儿上没有照应，还叫你琏二哥哥送去。”说得黛玉一身冷汗，黛玉又恍惚父亲果在那里做官的样子，心上急着硬说道：“没有的事，都是凤姐姐混闹。”只见邢夫人向王夫人使个眼色儿道：“他还不信呢，咱们走罢。”黛玉含着泪道：“二位舅母坐坐去。”众人不言语，都冷笑而去。

以上是马幼渔本的引文。

这一段引文，起于第9叶前半叶第2行，止于第9叶后半叶第2行。

其中一句“只见邢夫人向王夫人使个眼色儿道”中的那个“道”字，为文学所本所无。

程甲本的行款是每行24字。但，“道”字所在的那一行，文学所本是24字，马幼渔本却是25字，多出了一个字。

试比较两本该行的文字于下：

> 见邢夫人向王夫人使个眼色儿道：他还不信呢，咱们走罢。黛玉（马幼渔本）
>
> 见邢夫人向王夫人使个眼色儿：他还不信呢，咱们走罢。黛玉（文学所本）

马幼渔本多出的那个字便是“道”。

细看马幼渔本，不难发现，在该行中，“道他”二字并占一字位，露出了后改的痕迹。

这个例子证明，从排印时间上说，马幼渔本（增加“道”字）晚于文学所本（没有“道”字）。

还有一个同样的例子，见于第85回。在北静王府中，宝玉正和北静王谈话——

> 正说着，小太监进来回道：“外面诸位大人老爷都在前殿谢王爷赏。”说着，呈上谢宴并请午安的帖子来。

以上是马幼渔本的引文。

这一段引文，起于第2叶后半叶第8行，止于同叶第9行。

其中一句“呈上谢宴并请午安的帖子来”中的那个“帖”字，为文学所本所无。

试比较马幼渔本和文学所本在该叶第9行的文字：

> “……前殿谢王爷赏。”说着，呈上谢宴并请午安的帖子来。北静王略（马幼渔本）
>
> “……前殿谢王爷赏。”说着，呈上谢宴并请午安的子来。北静王略（文学所本）

可知马幼渔本的那个“帖”字是后添的。它恰恰破坏了程甲本每行24字个格局。那“帖子”二字挤占着本来属于“子”一个字的字位。

这个例子又一次证明了，从排印时间上说，马幼渔本（增加“帖”字）晚于文学所本（没有“帖”字）。

这一段文字，在程乙本中起了变化，如下：

> 正说着，小太监进来回道：“外面诸位大人老爷都在前殿谢王爷赏。”说着，呈上谢宴并请午安的片子来。

变化就在于，“帖子”变成了“片子”。

且不论“帖子”和“片子”两个词汇的正误和优劣。这个异文告诉给我们的信息是：程乙本所据以修订的程甲本不是马幼渔本，而是文学所本。正因为文学所本缺少了那个“帖”字，程乙本方以意补上了那个“片”字，完成了和“子”字的搭配。

这证明了，程乙本修改时所依据的原书是文学所本，而不是马幼渔本。

四　“转来”与“回来”

《红楼梦》第101回，凤姐看到宝玉和宝钗两口子恩爱缠绵，想起贾琏方才对待自己的情景，好不伤心，就起身和宝钗一起去见贾母——

> 宝玉正在那里回贾母往舅舅家去，贾母点头说道："去罢。只是少吃酒，早些回来，你身子才好些。"宝玉答应着出来，刚走到院内，又转身回来，向宝钗耳边说了几句不知什么。宝钗笑道："是了，你快去罢。"将宝玉催着去了。这（里）贾母和凤姐说了没三句话，只见秋纹进来传说："二爷打发焙茗转来说请二奶奶。"宝钗说道："他又忘了什么，又叫他回来。"秋纹道："我叫小丫头问了，焙茗说是二爷忘了一句话，二爷叫我回来告诉二奶奶，若是去呢，快些来罢；若不去呢，别在风地里站着。"说的贾母、凤姐并地下站着的众老婆子、丫头都笑了。

以上引文见于程甲本。

这一段文字中接连用了两个"转"字。一曰"转身"，一曰"转来"。虽然用的是同一个"转"字，意义却不尽相同。头一个"转"，是"改换方向"的意思。第二个"转"，和"来"字搭配在一起，却是"回来"的意思。"转来"是个方言词汇，属于吴语，至今仍挂在上海、苏州一带人们的嘴边。

程甲本那句"二爷打发焙茗转来"中的"转来"二字，在其他版本中的情况怎样呢？

试以程甲本、程乙本、杨本（杨继振旧藏本）、蒙本（蒙古王府旧藏本）、东观阁本、双清仙馆本六种为例，列举如下：

> 转来（程甲本、蒙本、东观阁本、双清仙馆本）
> 回来（程乙本、杨本）

仅从使用这一词汇的角度着眼，得出的结论是：东观阁本、双清仙馆本的确是属于程甲本系统的版本，在这个例子上，它们没有受到程乙本的影响；蒙本和杨本都是脂本和程本的混合本，但从这个例子可以看出，一个出于或近于程甲本，一个出于或近于程乙本。

"转来"作"回来"解，出于吴语，这又使我们想到了另外的问题。

《红楼梦》后40回作者使用了吴语"转"（作"回来"解），这不禁让我们联想到，此人会不会是个出生于江南一带的文人？同样，程乙本把"转来"改为"回来"，校订者会不会是个不懂吴语"转"字含义的文人？如果这推测能够成立，那么，程乙本（起码是这一回或这一处）的校订者应该是一位不懂吴语的北方人。而高鹗是铁岭（今属辽宁省）人，恰恰符合这一条件。

若然，则高鹗只可能是程乙本的校订者，而不可能是程乙本后40回的作者了。

五　三个歧异的人名

从《红楼梦》改编的京剧有多种。《宝蟾送酒》是其中之一。当年欧阳予倩和梅兰芳都曾演出过。

宝蟾送酒的故事见于《红楼梦》第90回。

为了引诱薛蝌，夏金桂派遣宝蟾给薛蝌送来四碟果子和一壶酒。薛蝌一再拒绝，却不见效，只得留下。

在这个故事情节中，特别值得注意的是，有两处出现了异文。

薛蝌是薛蟠的堂弟，他曾为营救薛蟠出狱而出了力。宝蟾则是薛蟠妻子夏金桂使用的丫环。两处异文主要发生在他们三个人（宝蟾、薛蝌、薛蟠）的名字之间。

文字的歧异并不算大，但对于《红楼梦》后40回版本研究的重要性却不容小视。

由于问题的不同，有两类版本需要分别来考察。一类是程本（120回），仅以程甲本、程乙本、东观阁本、双清仙馆本四种为例。另一类是脂、程混合本（脂本前80回 + 程本后40回），以蒙本、杨本为例。

请先看程本的第一处文字。

引程甲本于下：

宝蟾方才要走，又到门口往外看看，回过头来，向着薛蟾一笑，又用手指着里面说道："他还只怕要来亲自给你道乏呢。"

其中有一个错字："薛蟾"实无其人；其人应是"薛蝌"。"蟾"字属于形讹，殆出于手民之误。

"回过头来，向着薛蟾一笑"两句，在程本的其他版本中是怎样的呢？程乙本、东观阁本、双清仙馆本这三个版本彼此全然不同，如下：

回过头来，向着宝蟾一笑（程乙本）
回过头来，向着薛蟾一笑（东观阁本）
回过头来，向着薛蝌一笑（双清仙馆本）

可以看出，东观阁本沿袭了程甲本的错误。这表明，东观阁本是以程甲本为底本刊行的。

程乙本的校订者（高鹗）显然发现了程甲本的错误（"薛蟾"），但他又抱有成见，以为"蟾"字不误，错的只是"薛"字，遂改"薛"为"宝"。上下文连读，岂不是个大笑话。宝蟾竟"回过头来"向自己一笑！这个可发一噱的异文可以导致一个直接的结论和一个间接的结论。

直接的结论自然是：程乙本校订者在工作中存在着粗枝大叶的马虎作风。

间接的结论则是：程乙本的校订者和后40回的作者不是同一人。如果校订者就是作者本人，他怎么能不知道宝蟾此时此刻向着笑的对象是何许人呢？如果用一时的、偶然的疏忽来勉强解释，未免牵强。试想，他怎么会对自己笔下的作品情节显得是那样的陌生？这个结论如果能够成立，那么，这就是后40回作者非高鹗的一个重要的旁证了。

双清仙馆本改正了这个本来不应该发生的错误。在这一点上，它没有受到程甲本、东观阁本、程乙本的影响。

所以，在这四个程本中，出现错误和纠正的顺序是这样的：

　　　　　　　　　　　　　　┌—宝蟾（程乙本）
薛蟾（程甲本、东观阁本）—┤
　　　　　　　　　　　　　　└—薛蝌（双清仙馆本）

再请看程本的第二段文字。

引程甲本于下：

> 薛蝌始而以为金桂为薛蝌之事，或者真是不过意，备此酒果给自己道乏，也是有的。

其中仍然有一个错字："为薛蝌之事"的"薛蝌"应是"薛蟠"。"蟠"与"蝌"，形似而误。这依旧可能是来源于手民。

这两个字，在程本的其他版本中是怎样的情况呢？

且引程乙本、东观阁本、双清仙馆本如下：

> 为薛蝌之事（程乙本）
> 为薛蟠之事（东观阁本、双清仙馆本）

程乙本以讹传讹。校订者也不想一想，这里写的是薛蝌的心理活动，他怎么会在此处把薛蟠的事嫁接在自己的头上呢？须知，惹出事端之人是薛蟠，不是薛蝌。

这个明显的舛误，终于被东观阁本、双清仙馆本细心地纠正了。当然，它们纠正的对象是程甲本，而不是程乙本。

说完程本，再说脂、程混合本。

脂本中的蒙本、杨本配有程本的后40回。那么，它们这两处的文字又是怎样的情况呢？

先看蒙本：

> 宝蟾方才要走，又到门口，往外看看，回过头来，向着薛蝌一笑，又用手指着里面说道："他还要来亲自给你道乏呢。"

> 薛蝌始而以为金桂为薛蟠之事，或者真是过意不去，备些酒果给自己道乏，也是有的。

在蒙本的第一处文字中，“向着薛蝌一笑”，这同于双清仙馆本，而不同于程甲本、程乙本、东观阁本。在蒙本的第二处文字中，“为薛蟠之事”，同于东观阁本、双清仙馆本，而不同于程甲本、程乙本。

蒙本的这两处异文的产生，有两种可能：一种可能是：它的底本是程甲本，但是发现了“薛蝌”二字是“薛蟠”的讹误，就加以改正了。另一种可能则是：它的底本不是程甲本、程乙本（“薛蝌”），而是东观阁本、双清仙馆本（“薛蟠”）之类。我更相信是后者。

再看杨本。

杨本的第一处文字比较特殊。在这里，它有两种不同的笔迹、两种歧异的文字。一为抄本原有的笔迹、文字，一为藏主杨继振补写、改写的笔迹、文字。

原有的文字如下：

> 宝蟾便走到门口，向外一看，回头道：“只怕他还要来亲自给你道乏呢。”

经过杨继振补、改的文字是：

> 宝蟾方才要走，又到门口往外看看，回过头来，向着薛蝌一笑，又用手指着里面说道：“只怕他还要亲自来给你道乏呢。”

在杨本第一处原有的文字根本没有“向着”某人“一笑”云云。既没有让宝蟾奇怪地向自己笑，也没有让宝蟾向“薛蟾”或薛蝌笑。显然是为了要躲避那个有问题的人名，因而作了删削。这样看来，它（这一回，或者说，这个地方的文字）应该晚于程甲本或程乙本、东观阁本。如果它的底本此处也像双清仙馆本一样是“向着薛蝌一笑”，那么，故意的删削就不免是多此一举了。也就是说，它的底本要早于双清仙馆本之类的版本。

我认为，杨继振的改文有着版本的依据，并非出于他的自创。因此，两种不同的笔迹、文字，代表着两种不同的版本的来源。也就是说，他的改文所依据的极可能是双清仙馆本之类的版本，而不会是程甲本、程乙本或东观阁本之类的版本。

杨本的第二处文字，无原文与改文之分，一律作："薛蝌始而以为金桂为薛蟠之事，或者真是不过意，备此酒果与自己道乏，也是有的。"这表明，杨本这里的文字只可能来自程甲本或东观阁本、双清仙馆本等版本，而与程乙本无涉。

从个别的人名的歧异来推断各有关版本之间的关系和演变，只是出于一种局部的角度，是否确切无疑地符合真实的情况，还有待于更多的、更全面的证据的检验。

六　凤姐是谁的女儿？

凤姐是谁的女儿？这一点，在《红楼梦》中，曹雪芹没有明说，更没有直接指出此人的名字。

先是在第 2 回，冷子兴介绍说，贾琏"娶的就是政老爹夫人王氏之内侄女"。既然是"内侄女"，那么，凤姐的父亲只有两种可能：不是王夫人的哥哥，便是王夫人的弟弟。

后来在第 6 回，周瑞家的对刘姥姥说："你道这琏二奶奶是谁？就是太太的内侄女，当日大舅老爷的女儿，小名凤哥的。"这又多透露了一点：凤姐的父亲被称为"大舅老爷"。可知在王氏兄弟排行中，凤姐的父亲位居老大。但是，此人到底是王夫人的哥哥，还是王夫人的弟弟，依旧未见分晓。

第 4 回提到薛蟠时，曾说："寡母王氏，乃现任京营节度王子腾之妹，与荣国府贾政的夫人王氏是一母所生的姊妹。"这里说的是薛姨妈。薛姨妈乃王子腾之妹。至于王夫人是王子腾的姐姐，还是王子腾的妹妹，没有涉及。

在第 6 回，还有这样一段叙述："那时只有王夫人之大兄、凤姐之父与王夫人随在京的，知有此一门远族，余者皆不知也。”在《红楼梦》的早期抄本中，并没有施加我们今天所用的标点符号。因此，在今天读者眼中，这一段文字便产生了歧义。问题在于，“王夫人之大兄”和“凤姐之父”是一个人，还是两个人？若是同一个人，凤姐之父便是王夫人的大哥；若非同一个人，凤姐之父便不是王夫人的大哥，而有可能是王夫人的弟弟，或者是王夫人的二哥、三哥……

在曹雪芹所写的第 6 回之后，直到第 80 回之前，再也没有提到凤姐之父。

因此，在曹雪芹笔下，王子腾兄弟几人？凤姐之父排行第几？成为难解的谜。

曹雪芹并没有交代凤姐父亲的名字。也许他认为没有必要，在《红楼梦》的全部故事中，并不打算让此人出场；也许他准备安排此人在 80 回之后露面，到那时才肯说出此人的名字。

然而，在程乙本的第 25 回和第 70 回中，突然出现了一个叫“王子胜”的人。此人在所有的脂本中以及程甲本中都是“王子腾”三个字。把“王子腾”改为“王子胜”，显然是出于程乙本修订者的手笔。那么，他为什么要做出这样的举动呢？原来他细心地看出了曹雪芹笔下的一个漏洞。早在第 4 回就说，王子腾官升九省统制，奉旨出都查边。这意味着，从第 4 回开始，王子腾一直不在京都。直到第 80 回他都没有回京。在他人续写的第 96 回“瞒消息凤姐设奇谋，泄机关颦儿迷本性”中才写道：王子腾在返京途中去世。这样，他怎么能在第 25 回出现在京都呢？为了弥补这个不大不小的漏洞，程乙本的修订者遂把第 25 回和第 70 回的“王子腾”更换为“王子胜”。

由于王子胜的出现，扰乱了王氏兄弟姐妹的排行，凤姐的父亲是谁，反而增添了困惑。

同样在这第 96 回，一句“王夫人不免暗里落泪，悲女哭弟”，让程甲本、程乙本的续作者犯了一个明显的错误。“女”是指元春，“弟”则指的是王子腾。王子腾怎么轻易地由王夫人的哥哥变成了王夫人的弟弟？

这样，王子腾、王子胜、王夫人、凤姐之父四人之间的排行次序就成了一笔糊涂账。

到了以后的第101回“大观园月夜感幽魂，散花寺神签惊异兆”的贾琏和凤姐的对话中，贾琏和凤姐称王子胜为“二叔”、“二舅”、“二舅太爷”，称王子腾为“大舅太爷”、“大爷”。这就肯定了王子腾和王子胜的兄弟排行：前者是老大，后者是老二。

在书中，没有任何的明示或暗示，表明王子腾或王子胜会是凤姐的父亲。从这一点看来，凤姐的父亲必然是排行第三或第四……但是，琏、凤又共称王子胜为“二叔”，这表明王子胜的年龄要小于凤姐之父。王子胜已然是老二，难道凤姐之父竟是老大不成？这不可避免地和王子腾发生了冲突。因为第一，老大明明是王子腾；第二，王子腾绝不可能是凤姐之父。读者不会忘记，凤姐并不称王子腾为父亲，而是称他为“大舅太爷”！

总之，对一般读者的阅读《红楼梦》来说，凤姐的父亲是谁并不重要；他排行第几似乎也不重要。但是，无论如何，不能给读者一笔又一笔糊涂账。

这个问题，不能怪曹雪芹。要怪，只能怪那个修订前80回、续写后40回的人。

这个问题给我们的启示是：对待古人的、前人的作品，请不要乱改！越改越乱，不如不改！

七 檀云回家

《红楼梦》第24回，小红出场。

她是在一个偶然的机会中登场的。

那天晚上，宝玉从北静王府回来，见过贾母、王夫人等，回至怡红院，想要喝茶，偏偏在这个时候，怡红院内的几个丫环都不在跟前：袭人被宝钗请去打结子了，秋纹和碧痕两个去提水了，檀云被接回家去了，麝月则在自己家中养病，几个做粗活听唤的丫头也都出去寻伙觅伴地玩去了。这就给了小红在宝玉跟前一个倒茶、递茶的机会。

这里暂且不说小红，只说檀云。

檀云的名字是在这一回初次出现的。名字出现了，人却不在。她到哪里去了呢？据《红楼梦》庚辰本说，“檀云又因他母亲的生日接了出去”。被接回家去的原因写得非常清楚，是“他母亲的生日”。

恰恰是这过“生日”之事，在《红楼梦》脂本和程本之间产生了异文。

“他母亲的生日”六字，各脂本基本上相同（只有戚蓼生序本缺少那个“亲”字），但梦觉主人序本（梦本）、程甲本、程乙本另作“他母亲病了”。

从脂本的“生日”到程本的“病了”，梦本起到了过渡的作用，无怪乎我们要称梦本为脂本和程本之间的“过渡本”。

梦本为什么要把檀云母亲过生日改成檀云母亲病了呢？

我们分析，梦本的整理者可能是觉着母亲过生日构不成充足的、急迫的、非要檀云回去不可的理由，所以才把过生日改成了生病。

然而梦本的整理者显然没有体察到曹雪芹使用“过生日”一词的用心。

在《红楼梦》里，曹雪芹写了好多人过生日之事，上自贾母，下至丫环，林林总总，有的细写，有的只是一笔带过，不重复，不呆板，各臻其妙。

同时，曹雪芹还写了贾府好几个丫环回家的事。她们的回家有主动和被动的区分。前者如袭人（第19回），后者如麝月（第8回）、彩霞（第72回）。她们的回家有各种各样的原因和理由。

袭人母亲接袭人回家，原因是叫她回去“吃年茶”。而她的回家，也正是为了给下文宝玉去花家探视袭人以及下文“情切切良宵花解语”大段文字埋下伏笔。

麝月回家，是为了养病。

彩霞被打发回家，理由是她“多灾多病”，回家等候嫁人。这也给她和贾环的风月故事暂时打上了一个休止符。

檀云回家则是母亲过生日。

不同的人，不同的原因和理由，这可以看出曹雪芹用笔的变化和生动。而原因和理由又各有其必要性。

而曹雪芹之所以安排檀云回家，则是为小红接近宝玉腾出机会。因此他要选择一个和别人不同的理由。相比较而言，檀云只是个小人物，在目前我们所见到的80回中，在她身上几乎没有发生什么能勾起我们回忆的故事。相反的，小红则是曹雪芹着力塑造的人物，不仅前80回中对她有大段精彩的描写，给读者留下了比较深刻的印象，而且根据脂砚斋的批语，她在曹雪芹所构想的《红楼梦》未完成的部分中，还算是个重要的人物，“宝玉后有大得力处”。

从曹雪芹用母亲过生日为理由写檀云回家还可以看出，在贾府，对待下人有时也是比较宽厚的、仁慈的、合乎人情的。但这点为梦本的修改者所不理解。他焉能揆度到曹雪芹的用心。这恰恰显示出平庸者与艺术大师的水平的差距。

八 何几与何三

在《红楼梦》的出场人物里，没有“何几”，只有“何三”。

“何几”出自贾珍之口。那是在第88回“正家法贾珍鞭悍仆”。

这是怎么一回事呢？请先看程甲本的引文：

> 贾珍正在厢房里歇着，听见门上闹的翻江搅海，叫人去查问，回来说道：“鲍二和周瑞的干儿子打架。”贾珍道：“周瑞的干儿子是谁?”门上的回道：“他叫何三，本来是个没味儿的，天天在家里喝酒闹事，常来门上坐着，听见鲍二与周瑞拌嘴，他就插在里头。”贾珍道：“这却可恶。把鲍二和那个什么何几给我一块儿捆起来。周瑞呢?”门上的回道：“打架时，他先走了。”贾珍道：“给我拿了来。这还了得了!”

再看程乙本的引文：

> 贾珍正在书房里歇着，听见门上闹的翻江搅海，叫人去查问，回来说道：“鲍二和周瑞的干儿子打架。”贾珍道：“周瑞的干儿子是谁?”门上的回道：“他叫何三，本来是个没味儿的，天天在家里吃酒

闹事，常来门上坐着，听见鲍二和周瑞拌嘴，他就插在里头。”贾珍道：“这却可恶。把鲍二和那个什么何三给我一块儿捆起来。周瑞呢？”门上的回道：“打架时，他先走了。”贾珍道：“给我拿了来。这还了得了！”

其中，除了有“厢房”与“书房”、“喝酒”与“吃酒”、“与”与“和”的三个不同以外，还有“何几”与“何三”的不同。

“何几”与“何三”的不同，在其他版本中是怎样的情况呢？

试以东观阁本、双清仙馆本、杨本、蒙本为例，列举于下：

何几（程甲本）——东观阁本、双清仙馆本
何三（程乙本）——杨本、蒙本

现在要考察的是，这个“何几”与“何三”的不同，和那三个不同（“厢房”与“书房”、“喝酒”与“吃酒”、“与”与“和”）是不是一致？考察的结果如下：

厢房（程甲本）——蒙本、东观阁本、双清仙馆本
书房（程乙本）——杨本

喝酒（程甲本）——东观阁本、双清仙馆本
吃酒（程乙本）——杨本
呷酒——蒙本

与（程甲本）——蒙本、东观阁本、双清仙馆本
和（程乙本）——杨本

于此可见，这四项比较下来，东观阁本、双清仙馆本四项全同于程甲本；杨本四项全同于程乙本；蒙本两项同于程甲本，一项同于程乙本，另外一项则既不同于程甲本，也不同于程乙本。

因此，从这里所举的例证来看，杨本和程乙本的关系最亲近，东观阁本、双清仙馆本和程甲本的关系最亲近，蒙本则和程甲本的关系比较亲近。

“何几”和“何三”的不同，不表现为文字的正误与否，但却有着文字优与劣的区分。

在贾府，贾珍是主人，何三则是仆人周瑞的干儿子。周瑞是众多仆人中的一人。由于地位的悬殊，平日很少和仆人们直接打交道。在贾珍的脑海里，或许能记住周瑞的名字，但他不可能牢牢地记住，也没有必要牢牢地记住周瑞干儿子这个人的名字。

当贾珍初次从“门上的”嘴里听到“何三”这个人名的时候，只记住了此人是以数字为名的，此时又缠夹着一个“鲍二”，便随口说出“何几”来。

这表现了作者的一种风趣。

可惜，程乙本整理者不解此意，坐实了“何三”，却摒弃了程甲本的风趣。

九　何谓赤金绦?

《红楼梦》第 8 回，宝玉到了梨香院，遵照薛姨妈的吩咐，进入里间去瞧宝钗。作者从宝钗的视角描写了宝玉的打扮，其中有一句，在各个版本中呈现三种异文，值得仔细推敲。

异文之一：

> 腰系着五色蝴蝶赤金绦。

以上文字引自舒元炜序本（舒本）。杨继振旧藏本（杨本）与之相同，但“赤”字系旁添；俄罗斯圣得堡藏本（彼本）亦与之相同，但无“着”字。

异文之二：

> 系着五色蝴蝶銮绦。

以上文字见于甲戌本、己卯本、庚辰本和蒙古王府旧藏本（蒙本）。

异文之二区别于异文之一的有两点：无“腰”字；“赤金”作“銮”。

异文之三：

> 系着五色蝴蝶鸾绦。

以上文字见于戚蓼生序本（戚本）、梦觉主人序本（梦本）、程甲本、程乙本、东观阁本和双清仙馆本。

异文之三区别于异文之二的，唯有一点：“銮”作“鸾”。

试对这三种异文作一番分析。

“绦”是用丝线编织而成的带子。它是丝织品，不是金属品。因此，放在此字前面的形容词如果是“赤金”二字，那就只能是用以形容它的颜色。但是，前面已有“五色”二字涵盖了颜色的形容，无须再来突出“赤金”色。这样看来，“赤金”二字不可能是颜色，而只可能代表它的本义。

“绦”与“赤金”龃龉，必有一误。腰间所系，是“绦”而非“赤金”。

持“赤金”与“銮”而观，当可悟到，前者必为后者之形讹。

“銮”（异文之二）和“鸾”（异文之三）的含义大异。“銮”与“绦”亦无涉（除非是说，有人在腰带上系了铃铛）。

“銮”是铃铛，“鸾”则是传说中的凤凰一类的飞禽。喜爱京剧的读者兴许对这两个不同的字并不陌生。《四郎探母》中，饰演杨宗保的小生演员在巡营一场有个著名的唱段，其中有一句“耳边厢又听得銮铃声震”，就包含了那个“銮”字。另外，在京剧舞台上，武生演员穿箭衣或英雄衣时腰间束鸾带，一般多为白色，也有紫色、蓝色、黄色的。踢鸾带更是京剧武生演员或说书艺人的一种特技表演。

“鸾绦”或名“鸾带”。鸾带是一种两端有排须的宽腰带。《水浒传》第20回“虔婆醉打唐牛儿，宋江怒杀阎婆惜”就写到了宋江“腰里解下鸾带”的动作。《西游记》第30回也说：“足下乌靴花摺，腰间鸾带光明。”

这样看来，只有异文之三才是最正确的。

十　贾雨村的籍贯

今本《红楼梦》在第1回和第2回两处提到了贾雨村的籍贯。以人民文学出版社的铅印本为例，第1回说“这贾雨村原系湖州人氏”，第2回说他“本湖州人氏”。湖州确有其地，系隋代始置，因濒临太湖而得名，明清两代为湖州府，治所在今浙江省吴兴县。作者把贾雨村的籍贯安排为湖州，看来这应不成为问题。

但恰恰在这个地名上产生了版本问题，存在着异文。

异文的情况是这样的：第1回中，作“胡州”者，有甲戌本、庚辰本；作“湖州”者，有己卯本、蒙古王府本、戚蓼生序本、舒元炜序本、梦觉主人序本、程甲本、程乙本；作“湖北”者，为杨继振旧藏本。第2回中，作“胡州”者，有甲戌本、己卯本、庚辰本、杨本；作“湖州”者，有戚本、舒本、梦本、程甲本、程乙本。需要说明的是，甲戌本第2回原作“胡”，后笔添改成“湖”。

杨本作“湖北”属于显误，姑置不论。剩下来的只有“胡州”和“湖州”的区别。这两个地名之中，应以何者为是呢？

我认为，贾雨村的籍贯应以胡州为是。

查甲戌本第1回“胡州”二字，有脂批注解说：“胡诌也。”可见“胡州”是“胡诌”的谐音。而谐音这种艺术手法，乃曹雪芹在书中常用者。我们大家熟悉的例子极多，如“元、迎、探、惜”之谐“原应叹息”，“万艳同杯”之谐“万艳同悲”等都是。尤其在前五回之内，这种手法的运用显得更为频繁和突出。

值得注意的是，与贾雨村的籍贯互相照应，第1回还提到了甄士隐的岳丈封肃的籍贯。正文说他“本贯大如州人氏”。对此，甲戌本有一条眉批，说：“托言大概如此之风俗也。”可见“封肃”即“风俗”之谐音，“大如”即“大概如此”之意。

胡州和大如州，同是地名，又出现于同一回，前者既属无稽，则后者也就不必胶柱鼓瑟地坐实为湖州了。

作“胡州”者为甲戌本和庚辰本（第1回、第2回），己卯本和杨本

（第 2 回）。这都是较早的本子。相反的，作“湖州”者为蒙本、戚本、舒本、梦本、程甲本、程乙本。这都是较晚的本子。因此，不难得出这样的结论：作“胡州”者在前，作“湖州”者在后。我认为，“胡州”出于曹雪芹的原稿，“湖州”当是后来的改笔。

甲戌本、庚辰本等八种本子，在这个地名上，第 1 回和第 2 回前后一致。唯独己卯本、杨本两种本子，第 1 回和第 2 回前后歧异。这说明什么呢？据我看来，其原因很可能是：它们所依据的底本第 1 回和第 2 回非同一来源。换句话说，己卯本和杨本都很可能是拼凑而成的本子，它们各自的底本不止一个。

十一　潘文本诗与“大观园故址”

《永平诗存》，史梦兰编，同治十年（1871）刊本，共 24 卷。书中收录了清代直隶永平府籍诗人的作品。

该书卷 16 载潘文本《戏简李伯度》七绝四首。第三首全诗如下：

> 云车风马绮罗香，出却巫云枉擅场。
> 客子光阴愁绝处，一帘花雨梦潇湘。

其中第四句下原有小注云：“携友访大观园故址。”

按：潘文本，字立堂，号石湖，迁安人。诸生。著有《石湖诗草》。嘉庆间人。

从潘文本的这首诗和这条小注可以知道，远在嘉庆年间，由于《红楼梦》的深入人心，社会上就已开始有了关于“大观园故址”的传说。遗憾的是，潘文本语焉不详，没有明确指出这个所谓“大观园故址”究竟是在何处。

十二　姚鼐与《红楼梦》

姚鼐是清代著名的桐城派散文作家。在乾嘉时期的文坛上很有一点名气。他在中国文学史上的地位也很重要。直到今天，他的《登泰山记》作为一篇优秀的散文作品，还不断地出现在许许多多的选本里。

姚鼐生于1731年，卒于1815年。从时间上看，可以说是曹雪芹的同时代人。如按曹雪芹生于1715年计算，则姚鼐仅仅小曹雪芹十余岁而已。

记得郝懿行在《晒书堂笔录》卷三说过，“余于乾隆、嘉庆间入都，见人家案头必有一部《红楼梦》。”可见那时的文人对于《红楼梦》是很嗜好的。那么，姚鼐对于《红楼梦》又是怎样呢？

这里有一条材料，见于甘熙《白下琐言》卷二：

> 吾乡造作折纸扇竹，素有盛名，多聚居通济门外。其面用杭连纸者，谓之“本面”。
>
> 用京元纸者，谓之“苏面”，较“本面”良。三山街绸缎廊一带，不下数十家。张氏庆云馆为最，揩磨光熟，纸料洁厚，远方来购，其价较高。唯时样短小，求旧时之老粽竹、樱桃红、湘妃竹，骨长而脚方者，不可得矣。且雕刻字画，有取《红楼》女名者，殊失雅驯。姚惜抱先生最厌之。

甘熙是江宁人，《白下琐言》所记大多为他故乡的事迹。从他的这项记载里，我们可以知道这样三点：

一、在乾隆、嘉庆时期，《红楼梦》在江宁一带非常流行。否则当地便不会取《红楼梦》中的妇女的名字，在扇骨上雕刻成字画了。

二、在封建社会里，人民大众喜闻乐见的东西，往往被一小部分士大夫文人斥为有失“雅驯”。在扇骨上取《红楼梦》人名雕刻字画，这件事也不免遭到了《白下琐言》作者甘熙的指责。

三、姚鼐的态度甚至比甘熙还要激烈。什么叫“最厌之”？我想，姚先生所讨厌的，既明显地指直接的对象，恐怕也隐隐约约地包括了间接的对象。前者当然是取《红楼梦》人名雕刻字画的扇骨，后者实即《红楼梦》本身。

这个分析如果能够成立则不难看出，在乾隆、嘉庆时期的文人中，对《红楼梦》喜爱者有之，厌恶者亦有之。姚鼐可归入后一种人的行列。

十三 《椒生随笔》谈《石头记》

王之春《椒生随笔》中有几个地方提到了《红楼梦》。一粟（朱南铣、周绍良）编《古典文学研究资料汇编·红楼梦卷》辑录了卷四“《镜花缘》”和卷五“《西游记》”两条。但正像标题所表明的那样，这两条系对《镜花缘》和《西游记》两部作品进行正面的评论。其中涉及《红楼梦》之处，仅仅顺笔提到一句而已。据我所知，在《椒生随笔》卷八，另有一条“痴人莫若英雄”，曾援引《红楼梦》第一回中的“好了歌”来发议论，似比上述两条更为重要。不知何故，《红楼梦卷》失收此条。现全文抄录于后，供研究者和读者参考：

> 尝读瓯北诗，有“英雄大抵是痴人”之句，又读刘省三爵帅诗，有云“高官足荣贵，身居何所有？李广若封侯，至今犹在否？”因忆小说《石头记》中有歌语云：“古来将相在何方？荒冢一堆草没了。”措辞异而用意同。是则千古痴人，莫英雄若也。然使英雄而不痴，非为山林之真隐，即为廊庙之大奸也。

卷 四

附 录

《何其芳论红楼梦》序

刘世德

先师何其芳先生不但是著名的诗人，著名的散文家，著名的文艺理论家，还是著名的红学家。

他的红学代表作有三："红楼梦选修课"讲稿，《论红楼梦》论文，《曹雪芹的贡献》论文。这奠定了他在红学史上的重要地位。

1951年，我考入清华大学中文系，当时的系主任是吴组缃先生。1952年，清华大学中文系并入北京大学中文系，我和吴先生都转到了北京大学。我听了吴先生开设的现代文学作品选讲的课程。1955年，大学毕业后，我被分配到中国科学院文学研究所（它还有另外一个名称叫"北京大学文学研究所"）工作。何其芳先生亲自决定由他来担任我的导师。1956年，北京大学中文系开设了《红楼梦》选修课。由吴、何两位老师分别讲授。两位的观点不尽一致，讲课采取的是"打擂台"方式。当时的文学研究所就设在北京大学校园内的哲学楼。因此，我得以有了听讲的机会。我听完了全部的课程，并且记下了比较详细的笔记。遗憾的是，两位先生的讲稿没有公开发表，似乎也没有保存下来；我的那个笔记本在经历了"十年动乱"之后，也已不知放到什么地方去了。

《论红楼梦》发表于1958年。这是我们"《红楼梦》研究小组"（由何其芳、胡念贻、曹道衡、邓绍基和我五人组成）的四篇系列论文之一，也是小组主要的带有总结性质的长篇论文。这篇论文的主要部分曾经作为"代序"一度刊载于人民文学出版社的《红楼梦》排印本的卷首。在这之前，何先生曾在北京大学、中央文学讲习所做过关于《红楼梦》的演讲，都为这篇论文的产生作了初步的准备。伴随着这篇论文的产生，我们小组的其他成员事先也曾为何先生查阅、搜集了一些相关的资料。后来，我用笔名（解叔平，谐音“写书评”）写了一篇关于《论红楼梦》的简介。

1962 年，我受何先生的派遣去参加文化部、中华全国文学艺术界联合会、中国作家协会、故宫博物院主办的“曹雪芹逝世二百周年纪念展览会”筹备组的工作。筹备期间，不少中央领导同志来到文华殿参观展品，提出指导性的意见。胡乔木同志热心地来过三四次。1963 年 8 月 5 日，胡乔木同志约请周扬同志、邵荃麟同志谈话。邵荃麟同志时任中国作家协会副主席、党组书记，负责领导展览筹备组的工作。我随他来到了胡乔木同志中南海的家中。谈话的内容很多，主要是关于展览会以及对曹雪芹和《红楼梦》的评价问题。我一一作了比较详细的记录。谈话中，他们决定在北京召开“曹雪芹逝世二百周年纪念大会”，并由何先生作大会报告。事后，邵荃麟同志命我去向何先生汇报，并由我根据胡乔木同志、周扬同志谈话的精神代何先生撰写报告的初稿。但何先生没有用我起草的报告提纲，而是自己动手撰写报告，题为《曹雪芹的贡献》。因为迫于当时的政治形势，纪念大会最终没有开成。那篇大会报告也就仅仅以普通论文的形式发表在《文学评论》上了。

1966 年 5 月底，我正在江西丰城参加“四清”，突然接到文学所学术办公室主任朱寨先生的电话，调我回京，去完成一项紧急任务。抵京后，方知何先生应邀访日，所领导调我回京为何先生作一些资料方面的准备。我立刻赶到何先生寓所。何先生让我先稍事休息，然后为他的演讲内容搜集有关的资料，主要是关于中国古代小说，尤其是关于《红楼梦》方面的资料。我的“休息”尚未结束，“文化大革命”的风暴即已来临。6 月初，在一次全所大会上，有两位《新建设》编辑部的人（一位姓刘，另一位姓余）来“串联”，当场用一种带有福建口音的腔调喝令：“何其臭，站出来!”从此，何先生被打成“黑帮分子”，挨批挨斗，关进了“牛棚”。他的日本之行也就没有了下文。而他的《红楼梦》论文也因之成为“大毒草”。

以上所说，是在“我·何其芳·《红楼梦》”这个框架内的一些情况。

至于何先生《红楼梦》研究的成就，以及他在红学史上的地位等等，则未著一笔，暂付阙如，因为这已远非我这篇小小的序文所能负担的任务。好在时贤的论著，以及本书“附录卷”的“何其芳红学年谱”、“何其芳论红楼梦研究综述”、“整理校订者言”对此都已有所介绍、评议和分析，毋庸我在这里再饶舌了。

白山出版社的董志新先生热心于“何其芳论《红楼梦》”课题的研究，花费了大量的精力搜集有关的资料，并作出了精彩的评论。我怀着愉悦的心情读完了他编辑和撰写的这部专著。作为何先生的学生，我在这里向白山出版社和董志新先生表示衷心的尊敬和感谢。

《红楼梦》与古代小说版本学的创立

——刘世德先生访谈录

夏 薇

刘世德先生是我博士后期间的合作导师，由于工作的关系，我有幸可以经常聆听先生的教诲。可是对先生的学术访谈这还是第一次，也让我情不自禁地要去回想我与《红楼梦》版本研究结缘的经过，既然回忆的大门已经打开，那么我和刘先生的谈话也就从这里开始吧：

夏薇：刘先生，我印象当中最深刻的一次听说“古代小说版本学”这个名字，是在我第一次给您打电话的时候。还记得那时我问您可不可以让我做您的博士后。

刘世德：是啊，那天我说：“你要不要走我‘探微’的路子？如果不想走这条路，还是不要做我的博士后。”

夏薇：版本和考据的文章我也看了很多，却很少见您的那种写作思路。其实我正是因为读了您的《〈红楼梦〉版本探微》，被您的创作风格和研究方法所吸引，才希望自己也能从事此项研究的。您说《〈红楼梦〉版本探微》是您的“古代小说版本学”的一个生动的实践，“古代小说学”和“版本学”都为学者们所悉知，但“古代小说版本学”从何而来，我记得您曾为此提到过一个学术会议，您能再详细地讲一下吗？

刘世德：那次学术会议，是1995年10月10日至12日在北京龙都宾馆召开的。会议有两个内容，一是“《文学遗产》创刊四十周年与复刊十五周年纪念”，二是“中国古代文学学会成立”。我提交给会议一篇论文，题目叫做“关于建立古代小说版本学的几点认识”。会议期间，我作过一次学术报告，对“古代小说版本学”的概念作了比较详细的阐述。后来又把这篇论文的删节稿收入专著《红楼梦版本探微》，作为“代序”。

夏薇：您怎样为“古代小说版本学”下定义呢？

刘世德：我认为，古代小说版本学是研究古代小说版本的学问；它的研究对象可以是某一个古代小说作品的版本问题，可以是两三个古代小说作品的版本问题，也可以是古代小说的整体的版本问题。不妨说，古代小说版本学是版本学的一个分支。

夏薇：既然已经有了版本学，那么又为什么要在它之下另设一个古代小说版本学呢？

刘世德：这是因为研究的对象不同，研究的内容和重点也不同。传统的版本学主要的研究对象是经、史、子、集之类的古籍。大体上说，它研究的内容有三个方面。第一，研究版本形式的特征；第二，研究版本内容的差异；第三，研究版本流传的经过。在这个基础上，再进一步追索版本的源流，鉴别版本的真伪，鉴别版本的早晚，鉴别版本的优劣。

夏薇：您能对这三个方面作些具体的说明吗？

刘世德：研究版本形式的特征，就是说，要研究书写、刊印、年代、版次、刀法、版式、行款、纸张、墨色、装订，等等。研究版本内容的差异，主要是研究字句的不同，章节的不同，分卷或卷次的不同等。研究版本流传的经过，还应该包括收藏、印章、题记、批点、校勘、整理等等。

夏薇：那就是说古代小说版本学与传统的版本学是存在着不同的了！

刘世德：是的。传统的版本学和古代小说版本学的不同，主要表现为研究对象的不同。刚才说了，传统的版本学主要的研究对象是经、史、子、集之类的古籍。而古代小说版本学的主要研究对象是通俗小说。二者有很大的不同。经、史、子、集之类的古籍是用比较简练的文言文写成的，而通俗小说用的却基本上是通俗的白话文。此外，通俗小说作品往往篇幅大、字数多；有的作品甚至达到了100回或者100万字的地步。由于二者的不同，研究的重点自然不同，研究的方法也就不同。拿我刚才所举的三个方面来说：第三个方面（研究版本流传的经过），二者研究的任务是完全相同的；第一个方面（研究版本形式的特征），二者研究的任务是基本上相同的，但研究的难易程度却有较大的差别；唯独第二个方面（研究版本内容的差异），二者的研究任务有所不同。所谓“内容的差异”，就是指文字的差异。文字的差异，大致分为两种。第一种是一个字、一个词或者一个句子的差异，这种差异是比较微小的。这种例子在古代小说作品中多得很，不胜枚举，有时甚至只是“的、了、吗、呢”的差异。第二种文字差异比较重要，它们涉及书中人物的性格、故事的情节、内容的思想倾向，以及其他一些细节描写的差异，等等。这两种不可偏废，但应有轻有重，有先有后。第二种自然是重点，处于优先的地位。

夏薇：我知道，您有一句话经常被国内的和国外的学者引用。

刘世德：是的。是这样一句话：“古代小说版本学的主要目的（或主要任务），不在于比勘一字一词一句的异同。”在前几年召开全国中青年《红楼梦》学术研讨会上有几位红学家曾引用过，表示赞同。据《文学遗产》杂志报道，美国华盛顿大学的何谷理教授在一次访谈中，也对这两句话表示赞赏。

夏薇：您提出了“古代小说版本学”的学说，给我们年轻一代研究小说的学人打开了一片崭新的思维空间。研究古代小说版本对青年学者来说是一项艰苦的工作和比较严峻的考验，不仅要有坚实深厚的学术功底，还要有沉稳细致的研究精神，版本间异文的比对工作就是一个很好的例证。

刘世德：是的。不下苦功，没有“坐冷板凳”的精神，对古代小说版本研究这门学问来说，是搞不出什么名堂的。不过我还要说一句：一字、一词、一句的细微差别的比对固然也很重要，但这只能算是“千里之行，始于足下”。我认为，研究古代小说的版本问题，有两个步骤。第一个步骤是，考察各个版本的异同，研究各个版本的异同，这里面既包括文字的异同，也包括情节内容的异同。第二个步骤是，通过对文字异同的研究，通过对情节内容异同的研究，来揭示作家创作过程中的某些重大的问题，揭示作品传播过程中的某些重大的问题。我研究《红楼梦》版本，就是想通过这些版本问题，来探索曹雪芹创作过程中的艺术构思的改变，等等。而我研究《三国志演义》、《水浒传》版本，属于另一个方面，就是想通过那些版本问题，来探索它们传播过程中的插增、避讳、修饰、删节，等等。

夏薇：我记得您还说过，古代小说版本学有高低两个层次的要求。您能说说，是哪两个层次吗？

刘世德：确实是应该有两个不同层次的要求。既要有低层次的要求，这是最起码的，更要有高层次的要求。低层次的要求，就是要做到对版本学的一般的、基本的要求。凡是版本学能够做到的，古代小说版本学也应该做到。什么是高层次的要求呢？就是要在版本学的基础上，再添加上古代小说版本学的特殊的色彩。也就是说，要达到版本学和古代小说版本学美满的结合。这就是古代小说版本学所追求的理想的目标。我曾经在文章中指出："从这个角度讲，在内容、性质的距离上，古代小说版本学更应当近于文艺学、小说学、古代小说学，而远于一般的版本学、古籍版本学。"这就是古代小说版本学的最高的境界。

夏薇：您说的古代小说版本研究的这个最高的境界真的非常令人神往！这让我想起我最早看到的您的著作《曹雪芹祖籍辨证》，我还记得邓绍基先生在那本书的序言中专门提到您独特的创作风格，他赞叹说："今年夏天，我应邀外出讲课，有几位中年学人同我谈起世德同志的论文，他们认为，世德同志论文有一特色，不一味就事论事，而能提到考据学的原则来立论，他们认为这对青年学生很有帮助……"①，他还说："每当我读世德同志的此类论文，我总是要想起一位海外学人的话，他说他很爱读世德同志的论文，说它们颇有沿波讨源和算无遗策的推理小说的若干风格。我想，这位学人的话，也可用来证明世德同志的这类学术文章，虽属专门，却也很有吸引读者的可读性。"② 邓先生的看法我深有同感，我也觉得青年学生在面对令人望而生畏的版本研究时，您的那种推理小说般的写作风格使看似枯燥的工作变得充满了趣味性，版本问题好像是一个谜案，各种材料就是勘破案件的条件，严密的逻辑思维一步步将结果推导出来，最后真相大白于天下，看您的文章就是这样一个紧张而又引人入胜的过程。

刘世德：我认为，写版本研究的论文，或者写考据的论文，应该力戒枯燥乏味。在保持学术性的前提下，要写得生动活泼，力求有一定的可读性。文章写得不好，没有可读性，谁有兴趣看，谁有耐心看？版本研究论

① 刘世德：《曹雪芹祖籍辨证》，中国大百科全书出版社 1998 年版，序第 2 页。

② 同上书，序第 4 页。

文、考据论文更是这样。在这方面，可读性的表现至少可以归结为两点。第一点是要写得顺畅，思路清晰，避免文字上的疙疙瘩瘩。第二点是要讲究布局。先谈什么，后谈什么，怎样从第一节转入第二节，行文中的逻辑关系，论述中的逻辑关系，以及怎样从证据、推论中引出应有的、唯一正确的结论，这都要费一番心思。建议你们多读几本侦探、推理小说。电视上的“庭审直播”之类的节目也不妨多看看。这对你们写版本研究论文，写考据论文，都会有启发和帮助的。写考据论文成功与否，首先要使人读得下去，不感到沉闷，其次，要引人入胜，读了这一节，还想读下一节。最后，要使你的结论有充分的说服力，读者愿意接受。

夏薇：您当初提出让我走您《〈红楼梦〉版本探微》的路子时，我就立刻联想到了您那本书中写到的“秦钟之死”、“薛蟠之闹”、“迎春是谁的女儿”、“彩霞与彩云齐飞”等一些著名的《红楼梦》版本研究篇章。在此之前，我相信很少有人会留意到这些问题，更加想不到由于《红楼梦》版本多而复杂，各版本间诸多不同的写法，使得一些问题，如，到底哪些文字是曹雪芹本人设计的？它们是出于作者的初稿还是修改稿？它们先后出现的顺序又是怎样的？等等，都一齐浮出水面。而您的研究更是独辟蹊径，读后令人难忘。您能不能简单谈一下您《红楼梦》版本研究的方法？

刘世德：《红楼梦》有它的特殊性。前80回是伟大作家曹雪芹写的。没有写完，曹雪芹就死了。前80回只是初步的定稿。在曹雪芹生前，他写下的《红楼梦》初稿和改稿已在亲戚和朋友之间的小范围内流传。现在保存下来的早期传抄本（脂本）在十种以上。曹雪芹自己说过，“于悼红轩中披阅十载，增删五次”。那么，这五次修改的痕迹能不能在目前所能看到的十几种脂本中找到呢？这就是我们努力的目标。古代小说版本学的研究方法，说来也很简单，就是寻找问题，发现问题，研究问题。

夏薇：这些问题都是哪方面的呢？

刘世德：所要寻找的，所要发现的，我把它归结为人、事、时、地四个方面。

夏薇：请您再谈详细些吧！

刘世德：“人”是指书中人物名字、性格、思想、外貌、打扮、举动等等。“事”是指故事情节的安排、衔接、结局，等等。“时”是指故事情节发生时间的先后、正误等等。“地”是指故事展开的地点、人物的住处等等。

夏薇：寻找到这四个方面的问题之后，接下来的研究又是什么呢？

刘世德：从这四个方面寻找到某些矛盾、漏洞之后，再去根究产生错误的原因，并联系到曹雪芹的创作过程进行恰当的、合理的解释。我那本书上卷的十章就是沿着这个步骤去做的。

夏薇：您能不能给我们举一个具体的例子？

刘世德：好。就拿“薛蟠之闹”来说。你记得《红楼梦》第33回、第34回的情节么？

夏薇：记得。第33回是写宝玉挨打。第34回是写宝钗去探望挨打之后的宝玉。

刘世德：不错。第34回宝钗探望宝玉时，袭人嘴快，提到了薛蟠，宝玉拦住，不让说下去。宝钗心里这样想：“你固然怕我沉心，所以拦袭人的话，难道我就不知我的哥哥素日恣心纵欲，毫无防范的那种心性。当日为一个秦钟，还闹的天翻地覆，自然如今比先又更利害了。”你记得这几句吗？

夏薇：记得。当时读到“当日为一个秦钟，还闹的天翻地覆”这两句的时候，觉得有些糊涂，因为整部《红楼梦》都不曾见薛蟠为秦钟闹了什么事，他二人又有什么关系。

刘世德：对了，这就是问题所在。要知道，秦钟在第16回就死了。而在第16回之前，薛蟠根本就没有跟秦钟照过面。曹雪芹写《红楼梦》，以细针密线见长。他怎么会写下这两句突然冒出来的话呢？你翻遍了全书也找不到和这两句话相对应的情节。这时，我们开始怀疑，是不是与此相关的文字已经被曹雪芹删掉了。于是，我们就要继续寻找。

夏薇：继续寻找，又有什么新的发现？

刘世德：在舒元炜序本的第9回果然有了新的发现。舒元炜序本第9回的结尾与所有的脂本都不同。《红楼梦》第9回写的是众学童大闹学堂的故事。金荣被迫向秦钟磕头赔罪。舒元炜序本独特的结尾是这样的：“贾瑞遂立意要去调拨（挑拨）薛蟠来报仇，与金荣计议已定，一时散学，各自回家，不知他怎么去调拨（挑拨）薛蟠？且看下回分解。”

夏薇：这个结尾确实和别的脂本大不相同！

刘世德：更奇怪的是，所有的脂本（包括舒元炜序本）的第10回的开头都是一样的，没有异文。所有的脂本的第9回结尾文字都和自己的第10回开头文字衔接，唯独舒元炜序本第9回结尾文字和自己的第10回开头文字不接榫，失去照应。

夏薇：是啊，它说要挑拨薛蟠来报仇，这事却在下文消失得无影无踪了！

刘世德：经过深入分析，终于把第34回的那两句奇怪的文字和舒元炜序本第9回的结尾联系起来，方始知道在曹雪芹的初稿里，第10回原先写的是薛蟠大闹学堂的故事。蒙古王府本第9回有一条脂批说："伏下文'阿呆争风'一回"指的就是这回事。

夏薇：有人说，这条批语指的是第47回薛蟠因为调戏柳湘莲而遭到毒打的情节。我想，那是不对的。因为那和"争风"两个字扯不上关系。"下文"应该指的是紧接着第9回的第10回。

刘世德：把这三个证据联系在一起就可以推测出初稿中的第10回的内容。然后就可以进一步研究：曹雪芹为什么要删掉这原先的第10回，思想上的原因是什么，艺术上的原因又是什么，这被删掉的内容和秦可卿的生病有没有直接的关系，等等。这样的研究不是很有意思的吗？

夏薇：是啊。这的确体现了您说的那句话：要通过版本问题的研究，来揭示作家创作过程中的某些重要的问题。

刘世德：运用这种方法，得出了我自己比较满意的结论。当然，结论正确不正确，这要受到读者的检验，受到时间的检验。

夏薇：我相信，读者是会认同您的研究和您的结论的。

刘世德：总之，还是要强调那几句话，古代小说版本学追求的是：一、通过版本问题的研究，来揭示作家创作过程中的某些重大的问题，二、通过版本问题的研究，来揭示作品传播过程中的某些重大的问题。这样的研究是极有意义的。

夏薇：揭示作家创作过程中的某些重大的问题，这体现在《红楼梦》版本研究上。那么，揭示作品传播过程中的某些重大的问题，又体现在对什么作品的版本研究上呢？

刘世德：就我所做的研究工作来说，揭示作品传播过程中的某些重大的问题，主要体现在对《水浒传》和《三国志演义》的版本研究上。

夏薇：我知道，您以前是“中国红楼梦学会”副会长，现在担任这个学会的顾问；您还是“中国三国演义学会”的会长，是《三国》版本研究的专家，您能否谈一下您在这方面的研究？

刘世德：说起《三国志演义》版本的研究，还有个小插曲可讲。

夏薇：您学术研究上的故事就是很多，从我入师门以来，就经常可以听到，真是有意思极了！这又是什么小插曲？我想听听。

刘世德：我原来想全面地研究《水浒传》版本，并且已经发表了十几篇论文。后来停滞了。

夏薇：真是很可惜的事！到底是什么原因呢？

刘世德：停滞的原因是，《水浒传》的明刊本，尤其是明刊简本大多收藏于海外，包括日本、法国、英国、德国、丹麦、梵蒂冈等地，不容易见到，给研究工作增加了暂时无法克服的困难。

夏薇：于是您就暂时放弃了《水浒传》版本研究，转而研究《三国志演义》版本了，是吗？

刘世德：是的。我考虑到，目前国内还没有出版过全面地、系统地研究《三国志演义》版本的专著，在这一点上，我们已经落后于日本学者。所以，必须迎头赶上。就是这样，我从研究《水浒传》版本转向研究《三国志演义》版本了。

夏薇：您能举一个研究《三国志演义》版本的具体例子吗？

刘世德：好。现在所知道的《三国志演义》最早的刻本是嘉靖壬午本。而嘉靖壬午本有初刻本和覆刻本的区别。初刻本就是北京人民文学出版社 1974 年的影印本。覆刻本是上海商务印书馆 1929 年的影印本。

夏薇：初刻本和覆刻本究竟有什么区别？

刘世德：它们最大的、最重要的区别就在于第 153 节“玉泉山关公显圣”对关羽之死的描写。

夏薇：关羽之死也存在着版本问题？

刘世德：是啊。初刻本是这样描写的：关羽正走之间，被绊马索绊倒，为马忠所擒。关平也被潘璋、朱然捉住。马忠把关羽送到孙权帐中，孙权问关羽服不服，挨了关羽一顿臭骂。孙权想招降关羽，征求手下的意见。有人劝阻，于是孙权就命令推出斩首。以上这些情节都写得比较详细。

夏薇：那么，覆刻本又是怎么改写的呢？

刘世德：覆刻本的描写简单得多：关羽正走之间，和潘璋、朱然、马忠等相遇，忽然听到空中有声音说，“玉帝有诏，云长不要和凡夫争胜负了！”关羽听后，不再恋战，放弃刀马，“父子归神”。这“父子归神”四个字就是关羽的结局。他如何被擒，如何见孙权，如何骂孙权，如何被砍头，一切全都删掉了。

夏薇：为什么要删掉这些细节描写呢？

刘世德：这就是一个值得我们深入研究的问题。这反映了当时社会上充满了对关羽的崇拜的风气。人们把关羽当作天神一样崇敬，不愿意看到他被擒、被杀的悲惨结局，因此就做了这样的掩饰。表面上看来，是个版本问题。实质上却是牵涉时代风气、民族心理、崇拜文化等重要而广泛的问题。这就是我在前面所说的：通过版本研究，揭示作品传播过程中的某些重要的问题。

夏薇：看来古代小说版本的复杂性还在于各小说版本流传情况不一。对不同的小说版本的研究要根据其版本状况找到有针对性的研究方法。我的博士后论文是《红楼梦》版本研究。《红楼梦》的版本就很多，80回的脂本就有12种，120回刻本的数量到目前为止还没有一个切实的数字，120回抄本也有17种之多。

刘世德：我要你走“探微”的路子原因就在于此。就像诸位专家给你的出站报告的评语一样，《红楼梦》120回抄本的研究是《红楼梦》版本研究中的一个空白点、薄弱点，你要以这项研究作为一个开始，然后可以把眼光放得更远一些，“探微”是一种研究方法，我希望你将这种方法也用到其他古代小说版本研究中去。

夏薇：是的，我打算以《红楼梦》版本研究为中心，逐步将研究范围推向其他古代小说版本，文字的比对仅仅是一个基础性工作，更重要的就是要达到您在“古代小说版本学”中提出的“通过文字、内容异同的研究来揭示作家创作过程中的某些重大问题，揭示作品流传过程中的某些重大问题的”小说版本研究的至高境界。最后，还是请您再对广大青年学人提出建议和期望吧！

刘世德：我希望有更多的青年学者投身于我所提倡的古代小说版本学的研究。我对青年学者说过八个字，我愿意借这个机会再重复一遍：古代小说版本学是一座美丽的繁花似锦的园林，“别有天地，大有可为”！

听到刘先生这几句话，我知道我的访谈该告一个段落了。话语是音和义的结合体，即使是余音绕梁，也终有消散的时候，但先生学术研究的大义却是历久而弥新的。当老一辈的学者带着他们和蔼可亲的微笑对我侃侃而谈，我就忍不住要去想那微笑背后的艰辛和刚毅。刘先生今年75岁高龄了，他的作息时间表我能倒背如流，为什么？因为它是最简单而又几乎是永远都没有变化的：早餐、写作，午餐、写作，晚餐、写作。我想说“学术研究就是他的生活、他的生命”之类的话，但又觉得还是此时无声胜有声比较好，一切的描述和肤浅的赞美在一个人几十年付出的汗水与拼搏面前都是渺小而令人不可忍耐的。如果一定要说，那就让我们青年一代的学人对我们的前辈和导师承诺吧，要知道，有取舍的继承固然不易，发扬和创新，再传递下去不仅是技术和能力的检验，也是道德与品格的呈现。踏着前辈的足迹，我们的路即便有坎坷，也已经是走在绿荫如许的园林了！

访谈时间：2007年6月7日上午10点

访谈地点：中国社会科学院文学研究所会议室

2007年6月12日定稿

附记：2007年3月，中国社会科学院青年人文社会科学研究中心开展“与学部委员、荣誉学部委员学习交谈”活动。文学研究所青年研究人员夏薇奉命访问荣誉学部委员刘世德，就古代小说版本研究问题进行交谈。这里发表的就是当时的访谈实录。

刘世德:古代小说的新实践

付小悦

刘世德　中国社会科学院文史哲学部首批荣誉学部委员，文学研究所研究员、教授、博士生导师。1932 年生于北京，1955 年从北京大学中文系毕业后分配至中国科学院文学研究所（现中国社会科学院文学研究所）工作至今。主要从事中国古代文学特别是古代小说、戏曲研究。著有《红楼梦版本探微》、《曹雪芹祖籍辨证》、《夜话三国》、《红学探索——刘世德论红楼梦》、《明代散文选注》、《魏晋南北朝小说选注》等，主编《古本小说丛刊》、《中国古代小说百科全书》、《古代公案小说丛书》、《三国演义学刊》等。发表论文两百余篇。

果然是研究版本学的专家，和刘世德先生聊天，话题看似随意，细细想来，却都与“版本”有关，且句句直指现实。

关于读书，他说：“现在年轻人有个缺点，不是静下心来读原著，而是喜欢听别人讲故事，当做消遣。现代人看电视、吃快餐，多方便。可是，老吃快餐也不利于健康啊！书的好坏只有通过原著方能有深刻体会。”

关于“讲红楼”、“品三国”的热潮，他说：“普及古典名著当然是好事，不过前提是要从文本出发，如果离开文本进行主观、片面的解释，既不符合作者原意，也不是文学研究的正确方法，难免有误导和哗众取宠之嫌疑。要是讲完之后提醒听众一声就好了：有时间最好还是读读原著。”

关于学术研究，他说：“现在年轻人做学问不愿意积累资料，基本功不扎实。”一位英国学者看到一篇研究《聊斋志异》的论文，曾跟我说，他能料到，那位作者的书桌上只有一部《聊斋志异》，别无他书。我跟学生讲，首先要看很多书，然后才能有独到见解；论文不仅写给当代，也写给后人，争取50年后还有人来看你的论文，了解你的观点。以前何其芳先生曾说，“研究人员一年有一篇论文达到公开发表水平就算不错。”可现在，一年一本书都写出来了。

这么说，刘先生是不是“食古不化”、跟不上时代、净发牢骚的“老夫子”呢？非也非也。刘先生与时代和年轻人绝不隔膜，从年轻人心理到时代特征乃至重拍《红楼梦》海选演员，他都了解，也不乏理解：“我也知道，年轻人忙，研究者要评职称、报成果，难免有点儿人心浮躁、急功近利，这是时代的通病。”刘先生挠着脑袋，仿佛一脸踟蹰。那怎么办？就这么“坐以待毙”吗？刘先生不。板脸说教不如因势利导，坐而论道不如起而行之，他用自己的方式在进行古代小说的新实践。

他在现代文学馆做讲座：《西游记》是怎样成书的？《三国志演义》的作者是罗贯中吗？《水浒传》的版本怎么回事？他有理有据，娓娓道来。四大名著都讲了，光《红楼梦》就讲了七讲。他如此解释自己心中的“红学”：“红学有两个层次，专家的红学与群众的红学。这两者有区别，但应互相靠近，两者的结合才是最高境界。但是，要注意：是把学术教给群众，而非媚俗。”

开讲座不仅是为了普及学术，还为了实践他的“小说版本学”理论。“把传统的版本学和小说学、文艺学结合，研究目的不是为了拘泥于某字某句，而是处处联系人物、情节、时间、地点、环境的差异，通过研究版本来解决作者创作过程、作品传播过程中的问题。现在年轻人和老先生不一样了，不爱研究版本，觉得枯燥，而欢迎有趣味的东西，我开创这条新路子，也是为了吸引年轻人打好基础，让学术后继有人。讲《红楼梦》不是跟风，而是用它作例子，来尝试这一方法是否可行。”这方法显然可行，刘世德先生很受欢迎，坐在客厅一眼就能看见书柜中的一幅素描，那是他做讲座时台下一位“粉丝”现场画下送给他的，还真神似。

告别刘世德先生时，他站在一楼门口冲我微笑挥手，8月的最后一天了，阳光仍是耀眼，照着他的星星白发。时光倒退53年，1953年，北京大学中文系三年级学生刘世德听完何其芳的学术报告，挤到何先生面前，拘谨又坚定地说："您的报告真精彩。我下定决心，毕业以后做古代文学研究工作。"两年后，他成为何先生的助手。说到做到，半个世纪过去，仍不改初衷。

后　记

本书分为四卷。

卷一名“《三国》论”。

“《三国》论”共收论文七篇和演讲稿两篇。其中的《〈三国志演义〉朝鲜铜活字残本试论——《三国志演义》朝鲜铜活字残本研究之一》、《朝鲜铜活字本底本考辨——〈三国志演义〉朝鲜铜活字残本研究之二》、《〈三国志演义〉魏氏刊本试论》、《在第三十三节与第三十四节之间——〈三国志演义〉版本散论》是和夏薇合作撰写的。

《论〈三分事略〉与〈三国志平话〉的异同和先后》初稿写于1983年冬，1984年春改定，发表于《文学遗产》1984年第四期。发表时的标题是“谈《三分事略》：它和《三国志平话》的异同和先后”，现改易此题。

《罗贯中与〈三国志演义〉——醉耕堂毛评本〈三国志演义〉校点本前言》，写于1994年4月中旬。此《三国志演义》排印本封面的副标题是“醉耕堂本四大奇书第一种”，为“中华版古典小说宝库”第一辑之一，中华书局（北京）1995年3月出版，其后亦由中华书局（香港）另行出版。

这篇前言系应校点者郑铭先生之请而写。郑先生说，此前，外间许多毛评本排印本的底本来历不明，他认为，此醉耕堂本是现知最早的毛评本。这是此排印本难能可贵之处。

《〈三国志演义〉朝鲜铜活字残本试论——〈三国志演义〉朝鲜铜活字残本研究之一》、《〈三国志演义〉朝鲜铜活字本底本考辨——〈三国志演义〉朝鲜铜活字残本研究之二》乃是提交“第80回韩国中国小说学会定期学术发表会”、“第九届中国古代小说文献暨数字化国际研讨会”（2010年8月，韩国首尔，成均馆大学）的两篇论文，发表于会议论文集《前近代东亚小说的交流》。前一篇的另一修改稿曾提交“东吴文化暨第二十届《三国演义》学术研讨会”（2010年8月，镇江），并刊载于《东吴文化暨第二十届〈三国演义〉学术研讨会论文集》（安徽大学出版社2010年版）。这两篇的合并与改写稿后又应竺青先生之约，刊载于《文学遗产》2011年第一期。

《谈〈三国志演义〉朝鲜翻刻本》，系应王小宁女士之约，发表于《人民政协报》（2010年6月14日）“学术家园·讲坛”，是一篇演讲稿。文前刊登了作者的一张照片，并有“演讲人简介”和“编者按”。

《〈三国志演义〉魏氏刊本试论》一文系应胡伟先生之约，发表于《辽东学院学报》2012年第二期。

《在第三十三节与第三十四节之间——〈三国志演义〉版本散论》系提交“第二十一届全国《三国演义》学术研讨会”的论文，发表于《第二十一届全国〈三国演义〉学术研讨会论文集》（中国文史出版社2011年版），后又应邓骏捷先生之约，刊载于《澳门文献信息学刊》第五期（2011年10月）。

《“捉放曹”：从〈三国志〉到〈三国志演义〉》是一篇演讲录音稿。那次演讲，是应蔡萍女士之约，于2009年6月21日在国家图书馆“文津讲坛”第473次讲座所作。此演讲稿的内容，我还在韩国高丽大学和日本大东文化大学做过演讲。

由于是工作人员整理的录音稿，我为了保持原貌，就没有在文字上作什么改动。此前，我曾于2005年7月30日在“文津讲坛”做过一次题为“关于曹雪芹的佚著、文物等几个问题”的演讲，可惜演讲稿没有保存下来。

《谈〈三国志演义〉中的正统观念问题》，原载中国科学院文学研究所（现已改名中国社会科学院文学研究所）编辑的《文学研究集刊》第三册（人民文学出版社1956年版），后又先后转载于《三国演义研究论文集》（中华书局1991年版）、《名家解读〈三国演义〉》（山东人民出版社1998年版）二书。这是我到文学所以后所写的第一篇论文。当时，根据何其芳同志的安排，古代文学研究组内的几个年轻同志每个月都要集体编写《古代文学研究情况》（油印本），我负责小说部分。此文就是这项工作的一个“副产品”。我在这里要特别指出，此文初稿经过何其芳同志亲自命题和修改，其中有些文字更是何其芳同志亲笔在原稿上添加的，作为纪念，至今我还保存着发排时的原稿。

卷二是“《红楼》论”。

卷二共收论文十四篇和演讲稿一篇。其中《关于〈红楼梦〉杨继振旧藏本的总目》、《王子腾与王子胜：增添与更换》是和夏薇合作撰写的；《论曹雪芹画像真伪问题》则是和陈毓罴合写的。

《红楼梦》词条是于21世纪初为《中国古代小说总目》（石昌渝主编，山西教育出版社2004年版）而写，事先主编指定《三国志演义》、《水浒传》、《红楼梦》等大型词条均需写出三万左右的字数。我是努力遵照这一要求去做的。

《论曹雪芹画像真伪问题》写于1978年10月，发表于《学术月刊》（上海）1979年第二期。当时，编辑部来约稿，指定写有关曹雪芹画像辨伪的题目。我们回答说，我们已于1974年3月和1978年3月写了《曹雪芹画像辨伪》正续两篇论文。——这两篇论文后来合并成一篇，收入我们的《红楼梦论丛》一书（上海古籍出版社1978年版），后又收入《红学探索——刘世德论红楼梦》一书（文化艺术出版社2006年版）。——他们说，不怕题目和内容重复，只要重写或改写即可。盛情难却，遂在上述二文的基础上，压缩、改写而成此文。

《解破了〈红楼梦〉的一个谜——初谈舒本的重要价值》发表于《红楼梦学刊》1990年第二辑。这原本是我在“国际《红楼梦》研讨会”（1986年6月，哈尔滨）的一个发言稿。会后改写成此文。

有一件好笑的事情，不得不在这里提一下。我在此文中有这样两段完整的文字：

> 现存的各种《红楼梦》的早期抄本，无论是甲戌本、己卯本、庚辰本，还是列宁格勒藏本、蒙古王府本，本身都没有留下它们的抄写时间的直接的确凿可靠的证据；杨继振藏本的两个影印本都题为“乾隆抄本百廿回红楼梦稿”，那“乾隆抄本”四字只是我们这一时代的个别人的看法，其实并没有获得书中任何直接的确凿可靠的证据的支持。相反的，舒本是唯一的例外。

这难道还不足以说明舒本的重要价值吗？

有人援引其中的文字为他的“程前脂后”说张目，不禁使我啼笑皆非，殊不知我是“程前脂后”说的反对者，我的上述两段文字一点儿也帮不了“程前脂后”说的忙。请读者看看，我在上述两段文字是怎样说的？第一，我把甲戌本、己卯本、庚辰本、彼本（即“列宁格勒藏本”）、蒙古王府本等脂本称为“早期抄本”。什么叫做“早期抄本”呢？这在我所写的论文中有着十分明确的概念，即在程甲本出版（乾隆五十六年）之前的《红楼梦》脂本。第二，我指出，作为脂本之一，舒本的“抄写时间”有“直接的确凿可靠的证据”，即在乾隆五十四年。明明我的说法是反对“程前脂后”说的，怎么竟会被割裂、歪曲为“程前脂后”说的佐证？真是匪夷所思了。

《戚本：〈红楼梦〉脂本中的一种重要的版本》是应周绚隆先生之约，为人民文学出版社《戚蓼生序本石头记》影印本所撰写的前言。

《三论〈红楼梦〉眉盦藏本——答季稚跃先生质疑》发表于《红楼梦学刊》2011 年第三辑，《四论〈红楼梦〉眉盦藏本——提供一项新证据》发表于《红楼梦学刊》2011 年第四辑，《五论〈红楼梦〉眉盦藏本——再答季稚跃先生质疑》发表于《红楼梦学刊》2012 年第一辑，《六论〈红楼梦〉眉盦藏本——再提供一项新证据》发表于《红楼梦学刊》2012 年第三辑，是四篇论驳文章。此前的“一论”、“二论”是指《〈红楼梦〉眉盦藏本试论——新发现的〈红楼梦〉残抄本研究》（《红楼梦学刊》2007 年第一辑）、《〈红楼梦〉眉盦藏本续论——“眉盦”究竟是谁?》（《红楼梦学刊》2008 年第一辑）二文。

《从〈红楼梦〉前十回看程乙本对程甲本的修改》，原是提交“一百二十回《红楼梦》版本专题学术研讨会”（2008 年 12 月 6 日，首都师范大学国际文化交流中心）的论文，打印稿曾在会上散发，原文本来分为 23 节，约四万余字，发表于《一百二十回本〈红楼梦〉版本研究和数字化论文集》（首都师范大学出版社 2011 年版），后经压缩修改，略作调整，刊载于《文学遗产》2009 年第四期和《中国社会科学院文学哲学学部集刊》“文学卷”（社会科学文献出版社 2012 年版）。

《四种〈红楼梦〉程乙本的差异》写于2012年5月16日，发表时注明："一个值得纪念的日子"，是向"中国古代小说前沿问题研究"国际学术研讨会（北京大学国际汉学家研修基地、北京大学古小说研究会主办，2012年6月，北大博雅国际酒店）提交的论文，后发表于《红楼梦学刊》2012年第五辑。

《赖大与赖二：角色与名字的转换》发表于《红楼梦学刊》2008年第六辑。

《王子腾与王子胜：增添与更换》系应郑铁生先生之约而写，发表于《曹雪芹研究》2011年第一辑。

《从"红学漩涡"谈起》是2006年6月19日在中国社会科学院研究生院的演讲稿。和本书收录的另一篇《"捉放曹"：从〈三国志〉到〈三国志演义〉》一样，由于是工作人员整理的录音稿，我为了保持原貌，就没有在文字上作什么改动。这篇演讲录音稿的编辑整理者是邱霞。我在这里要向她表示感谢。

《贾宝玉和王玉辉》发表于《羊城晚报》1980年3月4日。当时，黄苗子、周绍良、沈玉成和我四人共同在《羊城晚报》和《文汇报》（香港）开设了一个专栏，名曰"三鱼小札"，以"三鱼"谐音"三余"，取《三国志·魏书》王肃传"三余"之义。另外，和《红楼》、《三国》有关的内容，我当时还写过《关于红学》、《曹雪芹佚诗的来历》、《撕罗》、《张飞断桥》等篇，匆促间找不到保存的剪报资料，只得暂付阙如了。

卷三是"读红偶说"。

"读红偶说"共收札记十二篇。其中的《凤姐是谁的女儿?》、《檀云回家》、《何几与何三》、《何谓赤金绦?》是和夏薇合作撰写的。

《虚化·虚花·虚话》、《可着》、《两个程甲本的差异》三篇发表于《红楼梦学刊》2010年第二辑。《"转来"与"回来"》、《三个歧异的人名》两篇发表于《明清小说研究》2010年第一期。《凤姐是谁的女儿?》、《檀云回家》、《何几与何三》、《何谓赤金绦?》四篇发表于上海的《红楼梦研究辑刊》第四辑（作家书局，2012，香港）。这几篇的写法是和我以前写过的"读红胜录"（已收于《红楼梦版本探微》一书）相仿的。

《贾雨村的籍贯》刊载于《学林漫录》二集（中华书局1981年版）。

《学林漫录》创办之初，向我约稿，于是交出了《稗乘脞记》三篇。这是其中的第三篇。其余两篇为《金圣叹的后人》和《马中锡的生卒年》。

我和陈毓罴先生、魏同贤先生等曾于20世纪80年代创办了《红楼梦研究集刊》，由上海古籍出版社出版，一共出了十四辑。没有专职的编辑人员，没有办公室，单位没有拨给任何的经费，出版社也没有向我们要过一分钱。编辑工作实际上就是由我和陈先生，再加上当时还在中国社会科学院研究生院文学系就读的石昌渝、胡小伟两位，利用业余或课余的时间，共同操作的。没有继续出版下去的原因，是因为出版社改变了初衷，由他们给我们发编辑费变成了要我们向他们交纳资助费。由于经费没有来源，无奈之下，只得被迫停刊。

卷四是“附录”。

卷四共收我和其他同志所写的四篇文章。

日前参加了文学所举办的“纪念何其芳先生诞辰一百周年”座谈会。我在发言中，表达了对何其芳同志的怀念、感激之情。我于1953年在北京大学礼堂听了何其芳同志所作的关于学习古典文学的报告，内心受到了很大的鼓舞，下决心要在大学毕业后从事古典文学的研究工作。在我大学毕业之时，又是何其芳同志亲自到北大挑选我到文学所工作，然后又亲自担任我的导师。当年，他不但是所领导，还亲自先后担任古代文学研究组组长、元明清文学研究组组长，其间我都是组秘书，在他身边工作，亲身聆听他的教诲。我在业务上的成长都是和他密不可分的。为了悼念他，我曾写过一篇文章，《辛苦的种树人》。现再在此书中附录我写的《〈何其芳论红楼梦〉序》，以寄哀思。

《何其芳论红楼梦》（白山出版社2009年版）一书是白山出版社总编辑董志新先生整理、校订的，董先生屡屡下问有关何其芳老师的著作、学术见解、学术活动等等。他的热情、认真，使我甚受感动。对他的询问，我尽自己所知，一一作出了令他满意的回答。后又应约于2009年4月间（序文末尾注明：“2009年4月9日灯下”）为他的《何其芳论红楼梦》一书撰写了这篇序言。

夏薇的《〈红楼梦〉与古代小说版本学的创立——刘世德先生访谈录》是2007年6月7日对我的访问记。文末的“附记”已说清了这篇访问记的来由。该文曾发表于《学问有道——学部委员访谈录》（中国社会科学院青年人文社会科学研究中心编，方志出版社2007年版）一书。

《光明日报》记者付小悦的《刘世德：古代小说的新实践》是对我的访问记，发表于《光明日报》2006年9月22日第一版“走近大家”栏。

最后，我想在这里说一件和王佩璋有关的事。

王佩璋曾是我在文学研究所的同事，于“文化大革命”中不幸去世。

我经历了两次有关王佩璋的访谈。

第一次是孙玉明先生的访谈。他在撰写《红学，1954》（北京图书馆出版社2003年版）之前，曾偕竺青先生对我进行访谈。访谈是在当时我家楼前的一座小饭馆里进行的，边吃边谈，前后约三个小时。我尽我所知回答了孙先生的全部提问。后来，一些谈话内容已写进了孙先生大著之内。

第二次是《北京青年报》记者刘净植的访谈。她后来写出《消失在历史中的小人物》，发表于《北京青年报》2010年7月26日C4版“探索之旅”。

她的访问内容和孙先生有所不同。除了谈王佩璋的生平遭遇之外，主要是请我鉴定一件“文物”的真伪。她说，那是《北京青年报》的某位读者在北京潘家园古玩市场花2000元购买的一个“文物”，即署名“王佩璋”的一篇文章《我代表俞平伯先生写了哪几篇文章》。文章是用毛笔抄写的，抄在印有朱丝栏的类似记账本的纸上。我一看便说：“这是假的！”

我记得记者当时给我看的是这篇文章的复印件。但是后来在《北京青年报》上发表的张伟《邂逅历史》一文，却说是：“在今年北京的一次小拍卖会上，偶然发现一册解放初期写本，题王佩璋款《红楼梦简说》，起拍价八百元，民国纸，工整书法。”

我当时所作的鉴定意见是：

（1）此乃伪托之作。

（2）从笔迹看，显然不是出于王的手笔。

（3）王在报刊上发表过文章，其底稿无用毛笔书写者。

（4）王是1953年毕业的青年学生。第一，她写稿用的是简体字，而不是繁体字；第二，他写稿用的是文学所的专用稿纸，而不会是这种纸；第三，她写文章用的是新式标点；第四，她不可能用朱墨修改文章。

（5）作伪者似不知王是20世纪50年代初的大学生，或者是不知晓那个时代的年轻人的写作习惯，或者是根本不知晓王的年龄。

书中有几篇文章因系发表于三四十年前，手头没有保存原件，此次得以辑入，多亏学友于鹏先生的鼎力相助，他的高谊我铭记在心，在这里再一次向他道谢。

承蒙中国社会科学出版社的郭晓鸿同志热情约稿，拙著才有了向学界同道请教的机会；在排印校样的过程中，又承蒙责任编辑门小薇同志的细心、认真、负责的帮助，才使得拙著避免了一些技术性的失误。在这里，谨向她们二位表示衷心的感谢。

2012年6月

老妻八十寿辰之日